中国文库
文学类

# 文学研究会小说选

李葆琰　编选

中国出版集团
人民文学出版社

**图书在版编目(CIP)数据**

文学研究会小说选/李葆琰编选. -北京:人民文学出版社,2011
(中国文库)
ISBN 978-7-02-008507-1

Ⅰ.①文… Ⅱ.①李… Ⅲ.①现代小说-小说集-中国
Ⅳ.①I246

中国版本图书馆CIP数据核字(2011)第032115号

责任编辑:杜　丽
责任校对:韩志慧
整体设计:翁　涌　李　梅
责任印制:王铁生

**文学研究会小说选**
Wenxue Yanjiuhui Xiaoshuo Xuan
李葆琰　编选

---

人民文学出版社　出版
http://www.rw-cn.com
北京市朝内大街166号　邮编:100705
北京瑞古冠中印刷厂印刷　新华书店经销
2011年10月第1版　2011年10月第1次印刷
开本:880毫米×1230毫米　1/32　印张:21.625
字数:529千字　印数:1-4500
ISBN 978-7-02-008507-1
定价:48.00元

# “中国文库”出版前言

“中国文库”主要收选20世纪以来我国出版的哲学社会科学研究、文学艺术创作、科学文化普及等方面的优秀著作。这些著作，对我国百余年来的政治、经济、文化和社会的发展产生过重大积极的影响，至今仍具有重要价值，是中国读者必读、必备的经典性、工具性名著。

大凡名著，均是每一时代震撼智慧的学论、启迪民智的典籍、打动心灵的作品，是时代和民族文化的瑰宝，均应功在当时、利在千秋、传之久远。“中国文库”收集百余年来的名著分类出版，便是以新世纪的历史视野和现实视角，对20世纪出版业绩的宏观回顾，对未来出版事业的积极开拓，为中国先进文化的建设，为实现中华民族伟大复兴做出贡献。

大凡名著，总是生命不老，且历久弥新、常温常新的好书。中国人有“万卷藏书宜子弟”的优良传统，更有当前建设学习型社会的时代要求，中华大地读书热潮空前高涨。“中国文库”选辑名著奉献广大读者，便是以新世纪出版人的社会责任心和历史使命感，帮助更多读者坐拥百城，与睿智的专家学者对话，以此获得丰富学养，实现人的全面发展。

为此，我们坚持以邓小平理论和“三个代表”重要思想为指导，深入贯彻落实科学发展观，坚持贯彻“百花齐放、百家争鸣”的方针，坚持按照“贴近实际、贴近生活、贴近群众”的要求，以登高望远、海纳百川的广阔视野，披沙拣金、露钞雪纂的刻苦精神，精益求精、探赜索隐的严谨态度，投入到这项规模宏大的出版工作中来。

“中国文库”所收书籍分列于6个类别，即：(1)哲学社会科学类

（哲学社会科学各门类学术著作）；(2)史学类（通史及专史）；(3)文学类（文学作品及文学理论著作）；(4)艺术类（艺术作品及艺术理论著作）；(5)科技文化类（科技史、科技人物传记、科普读物等）；(6)综合·普及类（教育、大众文化、少儿读物和工具书等）。计划出版约1000种，分辑出版。自2004年以来，已先后出版四辑，每辑约100种，分精平装两类。2011年时值辛亥革命100周年，特将"中国文库"第五辑作为"纪念辛亥革命100周年"特辑推出，主要收选民国时期原创性人文社科类名著。

"中国文库"所收书籍，有少量品种因技术原因需要重新排版，版式有所调整，大多数品种则保留了原有版式。一套文库，千种书籍，庄谐雅俗有异，版式整齐划一未必合适。况且，版式设计也是书籍形态的审美对象之一，读者在摄取知识、欣赏作品的同时，还能看到各个出版机构不同时期版式设计的风格特色，也是留给读者们的一点乐趣。

"中国文库"由中国出版集团发起并组织实施。收选书目以中国出版集团所属出版机构出版的书籍为基础，并邀约其他数十家出版机构参与，共襄盛举。书目由"中国文库"编辑委员会审定，中国出版集团与各有关出版机构按照集约化的原则集中出版经营。编辑委员会特别邀请了我国出版界德高望重的老专家、领导同志担任顾问，以确保我们的事业继往开来，高质量地进行下去。

"中国文库"，顾名思义，所收书籍应当是能够代表中国出版业水平的精品。我们希望将所有可以代表中国出版业水平的精品尽收其中，但这需要全国出版业同行们的鼎立支持和编辑委员会自身的努力。这是中国出版人的一项共同事业。我们相信，只要我们志存高远且持之以恒，这项事业就一定能持续地进行下去，并将不断地发扬光大。

**"中国文库"编辑委员会**

# 中 国 文 库

## （第五辑）

### 【哲学社科类】

孙中山著作选编　陈铮选编 …………………… 中华书局
黄兴集　湖南省社会科学院编 …………………… 中华书局
宋教仁集　陈旭麓主编 …………………… 中华书局
廖仲恺集　广东省社会科学院历史研究所编 …………… 中华书局
朱执信集　广东省哲学社会科学研究所历史研究室编 … 中华书局
中国政治思想史　陶希圣著 ……………… 中国大百科全书出版社
民国政制史　钱端升等著 …………………… 上海人民出版社
民国政党史　谢彬撰　章伯锋整理 ………………… 中华书局
经学历史　皮锡瑞著　周予同注释 ………………… 中华书局
清代学术概论　梁启超著　朱维铮校订 …………… 中华书局
新唯识论　熊十力著 …………………… 上海书店出版社
逻辑　金岳霖著 …………………… 中国人民大学出版社
科学与玄学　罗家伦著 …………………… 商务印书馆
中国古代经济史稿　李剑农著 …………… 武汉大学出版社
中国近代经济史　汪敬虞主编 …………………… 人民出版社
中国交通史　白寿彝著 …………………… 团结出版社
中国经济原论　王亚南著 …………… 中国大百科全书出版社
中国经济思想史　唐庆增著 …………………… 商务印书馆
财政学　何廉、李锐著 …………………… 商务印书馆
货币与银行　杨端六著 …………………… 武汉大学出版社
刑法学　蔡枢衡著 …………………… 中国民主法制出版社
乡土中国　费孝通著 …………………… 人民出版社
文化人类学　林惠祥著 …………………… 商务印书馆
优生概论　潘光旦著 …………………… 北京大学出版社
西洋文化史纲要
　　雷海宗撰　王敦书整理导读 …………… 上海古籍出版社
西学东渐记　容闳著　徐凤石　恽铁樵等译
　　钟叔河导读、标点 ………… 生活·读书·新知三联书店
中国现代语法　王力著 …………………… 商务印书馆
语言学史概要　岑麟祥编著　岑运强评注 …… 世界图书出版公司

蔡元培教育论著选　高平叔编……………………人民教育出版社
陶行知教育论著选　董宝良主编…………………人民教育出版社
中国报学史　戈公振著………………生活·读书·新知三联书店
陆费逵文选　陆费逵著……………………………………中华书局
张元济论出版　张元济著　张人凤　宋丽荣选编……商务印书馆
韬奋文录新编　邹韬奋著……………生活·读书·新知三联书店

**【史学类】**

国故论衡　章太炎撰　庞俊　郭诚永疏证………………中华书局
国史大纲　钱穆著……………………………………商务印书馆
通史新义　何炳松著…………………………………商务印书馆
台湾通史　连横著…………………生活·读书·新知三联书店
武昌革命史　曹亚伯著………………中国大百科全书出版社
辛亥革命与袁世凯　黎澍著…………中国大百科全书出版社
北洋军阀史　来新夏等著……………………东方出版中心
中国国民党史稿　邹鲁编著…………………东方出版中心
中华民国外交史　张忠绂编著……………………华文出版社
西洋史　陈衡哲著………………………中国大百科全书出版社
欧化东渐史　张星烺著……………………………商务印书馆
清末立宪史　高放著………………………………华文出版社

**【文学类】**

秋瑾诗文选注　郭延礼　郭蓁编选………………人民文学出版社
邹容集　张梅编注…………………………………人民文学出版社
陈天华集　刘晴波　彭国兴编　饶怀民补订……湖南人民出版社
于右任诗词选　杨中州选注………………………河南文艺出版社
南社诗选　林东海　宋红选注……………………人民文学出版社
鸳鸯蝴蝶派作品选　范伯群编选…………………人民文学出版社
文学研究会小说选　李葆琰编选…………………人民文学出版社
创造社作品选　刘纳编选…………………………人民文学出版社
太阳社小说选　李松睿　吴晓东编选……………人民文学出版社
湖畔社诗选　刘纳编选……………………………人民文学出版社
浅草－沉钟社作品选　张铁荣编选………………人民文学出版社
《语丝》作品选　张梁编选…………………………人民文学出版社
未名社作品选　黄开发编选………………………人民文学出版社
新月派诗选　蓝棣之编选…………………………人民文学出版社

象征派诗选　孙玉石编选 ………………………… 人民文学出版社
新感觉派小说选　严家炎编选 ……………………… 人民文学出版社
现代派诗选　蓝棣之编选 …………………………… 人民文学出版社
论语派作品选　庄钟庆编选 ………………………… 人民文学出版社
京派小说选　吴福辉编选 …………………………… 人民文学出版社
东北作家群小说选　王培元编选 …………………… 人民文学出版社
七月派作品选　吴子敏编选 ………………………… 人民文学出版社
西南联大文学作品选　李光荣编选 ………………… 人民文学出版社
九叶派诗选　蓝棣之编选 …………………………… 人民文学出版社
荷花淀派小说选　冯健男编选 ……………………… 人民文学出版社
山药蛋派作品选　高捷编选 ………………………… 人民文学出版社
红楼梦辨　俞平伯著 …………………………………… 商务印书馆
中国诗史　陆侃如、冯沅君著 ……………………… 百花文艺出版社
中国文学发展史　刘大杰著 ………………………… 复旦大学出版社

## 【艺术类】

万木草堂论艺　康有为著 ……………………………… 荣宝斋出版社
中国绘画史　潘天寿著 ………………………………… 团结出版社
中国绘画理论　傅抱石著 …………………………… 江苏教育出版社
中国雕塑艺术史　王子云著 ………………………… 人民美术出版社
中国陶瓷史　吴仁敬　辛安潮著 ……………………… 团结出版社
中国戏剧史　徐慕云著 ……………………………… 东方出版中心
洪深戏剧论文集　洪深著 …………………………… 东方出版中心
焦菊隐戏剧论文集　焦菊隐著 ………………………… 华文出版社
中国古代乐论选辑　吴钊　伊鸿书　赵宽仁　古宗智
　　吉联杭编 …………………………………………… 人民音乐出版社
素月楼联语　张伯驹编著 ……………………………… 华文出版社
中国书法理论体系　熊秉明著 ……………………… 人民美术出版社
夏衍电影论文集　夏衍著 …………………………… 东方出版中心
银幕形象创造　赵丹著　赵青整理 ………………… 东方出版中心

## 【科技文化类】

自然辩证法在中国　龚育之著 ……………………… 北京大学出版社
科学家谈21世纪　李四光等著 ………… 中国大百科全书出版社
继承与叛逆——现代科学为何出现于西方
　　陈方正著 ……………………………… 生活·读书·新知三联书店

中国医学史　　陈邦贤著 …………………………… 团结出版社
化学史通考　　丁绪贤著 ………………… 中国大百科全书出版社
科学概论　　王星拱著 ……………………………… 武汉大学出版社
竺可桢科普创作选集　　竺可桢著 ………… 中国大百科全书出版社

【综合普及类】

书林清话　　叶德辉著 …………………………………… 华文出版社
文坛五十年　　曹聚仁著 ……………… 生活·读书·新知三联书店
张菊生先生七十生日纪念论文集
　　胡适　蔡元培　王云五等编 …………………………… 商务印书馆
佛教常识问答　　赵朴初著 ………………………………… 华文出版社
词心笺评　　邵祖平著 ………………………………… 复旦大学出版社
西潮与新潮　　蒋梦麟著 ……………………………………… 东方出版社

# 目　录

# 前　言

李葆琰

## 一

在中国现代文学史上，新文学社团曾经起到重要作用。文学思潮的涌现、文学流派的形成、文学论争的进行、文学创作及理论批评的开展，几乎都是通过文学社团的活动实现的。现代文学社团的数量之多，影响之大，不仅在中国文学史上前所未有，在世界文学史上亦属罕见。茅盾在三十年代所作《中国新文学大系·小说一集·导言》里列举的一九二一——二五年间各地出现的文学社团就有一百余种，他并且说这个统计很不完全，实际数目“也许还要多上一倍”。近年来有人收集到六百多个现代文学社团的名单，也还不能说已经包罗无遗了。

“五四”运动，作为一次伟大的思想解放运动，取得了无比辉煌的成就。两千多年来长期禁锢着中国人民精神的封建思想道德，受到猛烈的冲击，中国人民的思想水平一下跃进了几百年——跨越了欧洲人从中世纪到二十世纪的历史行程，进入了新时代。“五四”运动作为一个历史事件，具有里程碑的意义，中国开始了现代历史新时期。但是，“五四”并未触动社会的基本结构，中国仍然被反动军阀统治着，帝国主义列强的侵略在日益加剧。

在文学方面，“五四”过后，新文化运动的骨干，有的消沉转向，有的出国游历留学，也有的投身社会革命活动，新文化统一战线分化了，解体了。坚持新文学的只剩下少数人了，一度轰轰烈烈的新文坛顿时冷落下来，呈现出“古战场”一样的“寂寞荒凉”。而封建的、殖民地化的“鸳鸯蝴蝶派”一类小说，却由文言改用白话，并且在内容上模仿新文学作品，也去写劳工、妇女、家庭等等问题，披上时髦的外衣，迎合小市民的低级趣味，大肆泛滥起来。言情、黑幕、“社会”、香艳……五花八门的杂志、小报、画报、长短篇出版物，如同丛生的杂草一样，在“娱乐”、“消闲”的幌子下面，散发腐朽的思想毒素，污染着、销蚀着人们的精神。“国粹派”也在惊魂甫定之后，蠢蠢欲动，刚刚诞生不久的新文学，面临着严重的挑战。

经过“五四”洗礼的新文学战士和文学青年，发扬“文学革命”时期集团战斗的精神，组成众多的社团。社团活动贯彻三十年现代文学史的全过程。这些文学社团，为巩固新文学阵地，扩大新文学成果，推动新文学发展，努力奋斗，创造出光辉的中国现代文学。

茅盾曾经这样评价早期新文学社团的功绩：

> 这几年的杂乱而且也好象有点浪费的团体活动和小型刊物的出版，就好比是尼罗河的大泛滥，跟着来的是大群的有希望的青年作家，他们在那狂猛的文学大活动的洪水中已经练得一副好身手，他们的出现使得新文学史上第一个“十年”的后半期顿然有声有色！

这段话用来评述整个现代文学史上的新文学社团，也是很恰当的。

文学研究会，是中国现代文学史上第一个专门的新文学团体。在它之前，《新青年》社、《新潮》社等都为文学革命运动做出过重要贡献，但它们都不是全力从事文学活动的，说它们是新思想团体，更符合实际。

文学研究会由周作人、朱希祖、耿济之、郑振铎、瞿世英、王统照、沈雁冰、蒋百里、叶绍钧、郭绍虞、孙伏园、许地山等十二人发起，一九二一年一月四日在北京中央公园（现中山公园）来今雨轩正式成立。

文学研究会是会员最多、阵容最强大的新文学社团。成立之初有二十余人，到一九二八年最后一个正式登记的会员已经是第一七二号了。除北京、上海外，广州等地还成立了分会。

文学研究会之所以能够形成如此宏大的规模，有周作人等威望甚高的发起人①、有《小说月报》这样第一流的大型刊物作阵地，固然是很重要的因素，但更重要的原因在于，它的出现适应了新文学发展的需要，适应了广大作家和文学青年的要求。文学研究会几乎囊括了那一时期所有的新文学作家，后来成为新月派主将的徐志摩、象征派的两位代表诗人李金发与戴望舒，以及语丝派的不少骨干，都是文学研究会正式会员。后来成为共产党人的瞿秋白、张闻天、陈毅（曲秋）、文艺理论家冯雪峰等也都是文学研究会的会员。

鲁迅没有加入文学研究会。因为他当时任北洋政府教育部佥事，按照北洋政府所谓“文官法”的规定，禁止各部官员参加社会上的各种社团。但是，鲁迅与文学研究会的关系十分密切。鲁迅“为人生”的文学主张跟文学研究会一致；《文学研究会宣言》发表之前曾征求过鲁迅的意见；鲁迅是《小说月报》审稿人之一②；鲁迅是文学研究会刊物的主要撰稿人之一，他的小说《端午节》、《社戏》、《在酒楼上》及许多翻译作品都发表在《小说月报》上面；鲁迅对文学研究会的活动始终给予大力支持，多次在书信中与沈雁冰等人讨论会内的工作。可见，鲁迅是文学研究会的热情支持者，我们可以称他是文学研究会编外的“骨干成员”。

---

① 周作人在文学研究会成立以后并未起什么作用，发表在《小说月报》等会内刊物上的作品也很少，实际上他很快就脱离了文学研究会的活动。

② 参见沈雁冰：《讨论创作致郑振铎先生信中的一段》，《小说月报》第12卷第2号。

郭沫若也不是文学研究会会员。但并非一开始郭沫若就不赞成文学研究会，据他在《创造十年》里说，郑振铎曾写信邀请他和田汉同作文学研究会的发起人，由于田汉没及时把信转给他，也就无从考虑是否加入了。当然，郭沫若未入文学研究会也不是什么值得遗憾的事，事实上，半年以后郭沫若与成仿吾、郁达夫等人组成了第二个新文学团体创造社，做出了独特的贡献，又未尝不是现代文学的幸事。

文学研究会不是一个严密的组织，成立之初制订的“简章”所规定的“每月开常会一次”、每年选举干部等等，实际并没有执行。它的活动主要是通过刊物、丛书的编辑出版来开展的。因此，以至造成了文学研究会这样一个大社团，有成立之日却无准确的解散之期这样的难题。由于革新后的《小说月报》（从第十二卷第一号起）是文学研究会最重要的刊物（常被人们称为“机关刊”或“代机关刊”），发行时间最长、影响最大，人们一般便把《小说月报》第二十三卷第一号毁于上海“一·二八”战火的一九三二年一月，确定为文学研究会的终止时间。虽然后来商务印书馆还陆续出过多种“文学研究会丛书”，但都是作家们（有些并非文学研究会成员）以前作品的结集或再版重印，只能看作文学研究活动的余绪罢了。文学研究会整整活动了十一个年头，是现代文学史上寿命最长的社团。

文学研究会所办刊物，除革新后的《小说月报》外，还有《文学周报》、《诗》月刊等，还编辑出版了《文学研究会丛书》、《文学周报社丛书》、《文学研究会世界文学名著丛书》、《小说月报丛书》、《文学研究会通俗戏剧丛书》等共二百余种①。通过这些刊物和丛书，文学研究会团结、联络了广大会内外作家，发表、出版了大量的翻译、理论作品，特别是创作，其中有不少成为文学史上的名篇。

---

① 参见《文学研究会资料》，贾植芳等编。河南人民出版社 1985 年 10 月版。

茅盾、巴金、老舍[①]、丁玲等著名作家的处女作，都首先刊登在《小说月报》上面。文学研究会提供了新文学园地，扶植了文学新人的成长。

文学研究会取得了巨大的、多方面的成就。理论、翻译、小说、新诗、散文、戏剧等各个领域，都有文学研究会成员辛勤耕耘，并获得丰硕成果，其中不少人在新中国成立以后继续活跃在文坛上，有的作家至今仍然笔耕不辍。

文学研究会对中国现代文学的发展做出了重大贡献。

## 二

文学研究会是中国现代文学史上第一个现实主义流派。

丹麦文学史家勃兰兑斯在论述到法国浪漫派文学的诞生时，这样写道：

> 既然反动的压迫产生了政治上的自由主义，那么最美好社会的文化教养就给非政治性的文学在感情领域和思想领域两方面开辟了自由驰骋的用武之地，别的什么也不要求，只要求形式的精美和完善。于是，文学就处在极其有利的地位，使一次新的文化创作运动摆脱束缚，起程飞跃了[②]。

中国现代文学的背景，与法国浪漫派有许多相似之处，但却走了另一条道路。

中国的现代作家，虽然因为受到腐朽反动的军阀的统治，从而强烈地要求政治上的民主，而且“五四”前后西方资产阶级民主主义思想和文艺理论的介绍与传播，也为文艺的自由发展准备了条

---

① 老舍是文学研究会会员，他初期创作以长篇小说为主，他的优秀短篇小说都写在1932年以后，本书未收入。

② 《十九世纪文学主流》第五分册《法国的浪漫派》。

件；但是，这些作家都是社会变革的拥护者和参与者，不少人的从事文学也跟当年的鲁迅持同一态度——目的是以文学“改良这人生”；因此，要他们象法国资产阶级浪漫主义作家那样，在自己的作品中回避现实，去歌颂历史英雄人物、描写异国情调、吟咏自然风光，即使也具有反抗社会的意义，他们也是做不到的。中国新文学面对的是腐朽的军阀专制、“瞒和骗”的封建旧文学和商品化庸俗化的鸳鸯蝴蝶派小说，这就决定了它不妥协地反对一切旧道德、旧文化，建设崭新的时代文学的充满战斗精神和创造精神的特点；而以文学服务于社会改造的鲜明目的性，又决定了它绝对不可能是“超功利”、“非政治”的“纯艺术”或“为艺术而艺术”的文学。经过一场“五四”风暴，人们好象在酣梦中被唤醒了，睁开眼看看人世间，发现那么多的缺陷、那么多的不平、那么多的黑暗，觉悟到过去“全是发昏”。对现实的极端不满，改造社会的强烈要求，成为一个巨大的深入人心的社会思潮，反映在文学上，就是“为人生”文学思潮广泛而深刻的影响①。要求文学反映社会现实，进而改造社会现实，对文学持崇高严肃的态度，是新文学者一致的出发点。

创造社虽然注重主观抒情，以浪漫主义创作方法为其特色，还非常强调文学的“自由”，甚至提出“除去一切功利打算，专求文学的‘全’与‘美’”、“艺术本身无所谓目的”，以至有人因此而把创造社称为“为艺术的艺术派”；但是，创造社作家深受“为人生”思潮的影响，也是非常明显的。他们认识到文学负有“对于时代的

① 文学要反映现实、表现人生，是新文学运动的指导思想。鲁迅早在《摩罗诗力说》便强调这一点，而且始终坚持之。胡适在《文学改良刍议》中主张“实写今日社会之情状”；陈独秀《文学革命论》提倡“国民文学”、“写实文学”、“社会文学”；周作人在《人的文学》、《平民文学》中，傅斯年在《白话文学与心理的改革》中，提出“人的文学”、“人生的艺术派”、“为人生的文学”等概念。于是“为人生”成为这一思潮的公认的称号。“为人生”既是对旧文学的否定，也是跟“为艺术而艺术”的文学主张相对立的观点。

使命”，主张“反抗资本主义的毒龙”、“反抗藩篱人生的一切不合理的畛域”①，他们的诗歌、小说、新编历史剧等等，也都蕴含着生动的人生内容。所以，可以把创造社看作“为人生”文学的一个重要分支。尽管在文艺思想方面、特别是创作方法方面存在着明显的分歧，文学研究会和创造社——新文学运动的这两大方面军，在反对封建旧文学的斗争中是相互支援、相互配合的，它们跟后来出现的众多新文学团体、流派一起，创造出了绚丽辉煌的新文学。文学艺术本来应当是丰富多彩的，如果一个国家的文学艺术，在一个时期里，只有一种颜色、一个调子，那就是贫乏、枯燥、毫无生气，就是文学艺术的不幸。

文学研究会一成立，就在“宣言”中郑重申明自己的态度：“将文艺当作高兴时的游戏或失意时的消遣的时候，现在已经过去了。我们相信文学是一种于人生很切要的工作”。文学研究会作家主张，文学的目的是“表现人生”②，文学应该“担当唤醒民众而给他们力量的重大责任”③，而处在“到处是榛棘，是悲惨，是枪声炮声”的中国，最迫切需要的乃是“血的文学”、“泪的文学”④。

文学研究会作家在强调文学的社会功能的同时，又十分重视文学自身的价值。会内的主要理论家沈雁冰指出，文学只有以“艺术的手段”表现出人物的思想、情感，才算是表现了人生，才可称得是“人的文学——真的文学”，要做到这一点，就必须进行“独立创造”，如果一味模仿，势必使文学作品表现得不充分，缺少“活气和个性”⑤。郑振铎在反对“娱乐派文学观”的同时，也反对“教

---

① 见成仿吾：《新文学之使命》；郭沫若：《我们的文学新运动》与《文艺之社会使命》。见《创造社资料》。

②⑤ 沈雁冰：《文学和人的关系及中国历来对于文学者身分的误认》。

③ 沈雁冰：《“大转变时期”何时来呢？》。

④ 郑振铎：《血和泪的文学》。

训派文学观”,因为前者“使文学堕落,使文学失其天真,使文学陷溺于金钱之阱”,固然是文学之大害;后者则会“使文学之树干枯失泽,使文学陷于教训的桎梏中,使文学之树不能长成”,同样不能容忍。因而他把“真挚的情绪”视为创作的根本,说有了它,作品既能给人以愉悦、给人以美感,又能使读者“自然的会受他的同化,受他的感动”①。叶圣陶同样看重作者“浓厚的感情”、“真诚的态度”、“创作的冲动”,说这些是文艺的特质、灵魂、生命,缺少了它们,“表现人生”的目的就无从谈起了②。冰心也持相似的见解,她说,“能表现自己的文学,是‘真’的文学”,主张创作必须“发挥个性,表现自己”③。……这些作家要求的是,文学的社会功能与真实的感情、真实的生活的统一。他们不仅彻底否定“载道”、“消闲”的陈腐观念,也扬弃了晚清梁启超等人将文学(小说)作为政治宣传和思想启蒙工具的急功近利的实用观点,完成了从“文学革命”开始的新文学观念的建设。

文学研究会作家对创作方法曾经进行过一番认真的理论探讨。沈雁冰认为,西方文学史上的古典主义——浪漫主义——写实主义(现实主义)——新浪漫主义(现代主义)等几个文学思潮的更迭嬗变,“每进一步,便把文学的定义修改了一下,便把文学和人生的关系束紧了一些”,因此他说,“新浪漫主义在理论上或许是现在最圆满的”。可以看出,这个论断带有明显的机械进化论色彩。但沈雁冰并没有停留在这个理论分析上面,他又进一步从实际出发,指出由于中国文学未曾经过浪漫主义和写实主义两个阶段,因而现在倡导新浪漫主义的条件尚不具备,又因为“我们的时代已经充满了科学的精神……对于纯任情感的旧浪漫主义,终觉不能满意”,所以,只有自然主义才是救治中国现代小说“游

---

① 《新文学观的建设》。

② 《文艺谈》(一至四)。

③ 《新文学研究者的责任与努力》。

戏消闲的观念和不忠实的描写”这两大致命缺点的“对症药”①，于是他大力提倡自然主义——现实主义。

文学思潮，是一定历史条件下的产物，但由于“五四”前后文化思想的开放，古典主义、浪漫主义、现实主义、唯美主义以及形形色色的现代主义等等西方文学思潮的代表作家作品和理论主张，几乎同时被介绍进来，这时候它们对于中国新文学界，主要是具有创作方法上的意义，而失去了作为文学思潮的历史性的价值。

沈雁冰就是把自然主义作为创作方法来看待、来提倡的。他对西方的自然主义作了深刻的分析，认为我们主要是吸取自然主义“客观描写”和“实地观察”这些“技术上的长处”②、“科学的描写法”③；而“自然主义专一揭破丑相而不开个希望之门给青年”这一点则不足取④，因此他多次指出，对于自然主义不应该处处摹仿。由此可以看出，沈雁冰虽然有时把自然主义与写实主义（现实主义）混为一谈⑤，但他真正赞赏的是写实主义而非自然主义。对人生、对文学持严肃的态度，进行真实的客观的描写，不受宗教、伦理、哲学上任何教条的束缚；作品内容充实，能反映出民族的特色、社会环境和时代精神；不单纯追求丑恶现象的描写；要有“激动人心的积极性”⑥——这就是沈雁冰现实主义文学观的主要内容。他的现实主义主张代表了文学研究会的主要倾向，成为文学研究会作为一个文学流派的重要标志。

文学研究会的现实主义倾向，在翻译方面也表现得很充分。这些作家对于翻译极为重视，其范围之广，涉及外国文学史、文艺思潮、文学流派、文学理论、作家评介、代表作品、文坛消息等等。

---

①②④ 《自然主义与中国现代小说》。

③ 《“曹拉主义”的危险性》。

⑤ 沈雁冰曾在《答吕芾南》中说：“文学上的自然主义与写实主义实为一物”（《小说月报》第13卷第6号）。

⑥ 参见《“写实主义小说之流弊”?》、《新文学者的责任与努力》、《文学与人生》。

成就之大、影响之深广，无其它社团可与之相比。他们的翻译是有计划、有选择的，一方面对于西方各文学思潮、流派进行系统的介绍，一方面对于东北欧、特别是俄国的现实主义作品格外重视；《小说月报》所出《被损害民族的文学号》特辑、《俄国文学研究》号外等，也都是以现实主义为主要内容的。大量优秀的现实主义作家作品的翻译介绍，给中国现代作家提供了学习借鉴的榜样，对于中国现实主义文学的迅速成长，产生了积极的影响。

作品，无论是对于一个作家，还是一个社团，以至一个文学运动，都是最重要、最具实质性意义的。文学研究会作家在小说、散文、新诗、戏剧等各个领域的巨大创作成就，最充分地体现了他们共同的现实主义倾向。

作家们杰出的现实主义创作（其中小说创作，又尤以短篇小说创作，是文学研究会成就最突出的部门。）以及在理论、翻译等多方面的成就，使文学研究会成为中国现代文学史上最早的、影响最大的现实主义流派。人们常习惯地称之为“为人生的艺术派”或“人生派”。

## 三

文学作为一种社会现象，是现实生活的反映，是时代的镜子。这是毫无疑义的。同时，文学作品又是作家精神劳动的再创造的产品，是作家思想的结晶。因此，只有那些具备了本时代先进世界观的作家，才能够深刻地认识社会，进而在自己的作品里比较真实地反映出现实生活的面貌和本质来。

五四运动最伟大的功劳，莫过于把资产阶级民主主义思想，乃至社会主义思想传播给中国人民，从而把他们的思想水平提升到了现代的高度。文学研究会的小说作者，或者是“五四”以前便已开始写作的“老”作家，或者是在“五四”启迪下觉醒了的文学青年，他们年轻（几乎全是二十几岁的青年俊才），他们向往光明，都是新思想的热诚的信仰者和鼓吹者。先进的思想武装使他们看到整个世界的进步潮流，同时也清醒地认识到中国的落后状态。把自己的国家跟时代的潮流相比较，使他们痛苦，使他们愤怒。文学研究会作家是站在新的时代高度，通过自己的作品对现实社会进行忠实地描写、勇敢地揭露、尖锐地批判的。

文学研究会作家的短篇小说，如果仅就各个单篇而论，也许是细小的、微末的，无法与优秀的宏篇巨制相比拟。但是，恰如鲁迅所言，它们各自描写的乃是中国社会这个“大伽蓝”之“一雕阑一画础”，小虽小，细细看来，“所得却更为分明，再以此推及全体，感受遂愈加切实”，它们是各从某一侧面、某一部分来反映整个社会的①。当我们把文学研究会作家的数百篇作品作为一个整体来考察的时候，就会为其丰富、生动、深刻的现实内容而赞叹不已了。它们是时代新人的强烈、真切的生活感受的写照，是新思想集团对于中国社会的严肃观察和深刻思考，是新文学家族对现实的多角度、多层次的艺术概括。这些作品构成了一轴现代生活多姿多彩的现实主义画卷，具有不可磨灭的艺术审美价值和历史认识价值。

文学研究会作家把被侮辱与被损害的下层人民作为自己作品的主人公。

现实主义思潮在西方文学史上出现，其最重要的特点，是对资本主义社会的揭露与批判，它的历史功绩也主要在于此。当文学研究会作家以现实主义方法来反映中国现代生活的时候，他们的思想水平已经远远超过西方十九世纪现实主义大师们了，而描写的对象（中国社会）却比当年西方作家笔下的社会更黑暗、更落后。文学研究会作家是站在现代民主主义思想的高度来认识半封

---

① 《〈近代世界短篇小说集〉小引》。

建半殖民地的中国现实的，因而他们是勇敢无畏的批判者；他们又多出身于跟下层人民非常接近的小资产阶级，有些还是从农村或小城镇出来的，比较了解农民及其他劳动群众的苦难，因而他们能够从底层来揭露社会的罪恶，成为忠实的描写者。于是，在他们笔下，出现了众多的下层人物形象。

叶圣陶在《苦菜》里面写了一个叫福堂的农民。作品中对福堂的耕作有这样一段描写：

> ……他不用尺量，只将耙轻轻地爬剔，自然成了极正确的长方形的畦；而且各个畦的面积都相等呢。他又提起石潭槌来，在畦上打成一个一个的潭，距离也无不相等，每畦恰是一百个。……

读着这些文字，我们也会跟作者一样，对福堂油然生出钦羡的情绪，从他的劳动获得美的享受，禁不住喊出“劳工神圣”的话来。然而福堂却对自己的劳动创造缺乏热情，他总是“懒懒地”，总带着忧郁的神情，还说“我夜夜做梦，梦我不种田了。真有这一天，我才乐呢。”劳动，本是人类生活的第一需要，可是福堂辛勤、出色的劳动却无法维持他最起码的生活，连亲生的孩子都养不起，送人的送人夭折的夭折，六个孩子失去了五个。于是，劳动对于他，便成为可厌的“被迫的强制劳动”、“异化的、外在的劳动”了[①]。福堂怎能不时刻向往着逃避它、摆脱它呢？

在作者笔下，农民福堂有智慧、有技术，有丰富的内心世界，他是应当享受人的权利、得到人的待遇的人；在现实里，他却是一个受苦受难，过着非人生活的人！

庐隐的《一封信》里面，那个十二岁就随母亲离家出来帮佣，十五岁被债主抢去做妾，受尽折磨而死的聪明伶俐的农家女儿梅

① 马克思：《1844年经济学—哲学手稿》。

生；王思玷的《偏枯》中，身体瘫痪，眼睁睁看着大儿去当和尚、小儿被人抱走、妻子给人家做女仆，而痛不欲生的农民刘四；许杰的《改嫁》里的那个丈夫新死，婆母逼迫改嫁（实际是卖她还债）的启清嫂；徐玉诺《一只破鞋》里死于战乱的善良无辜的农民海叔叔；以及冰心的《超人》、庐隐的《海滨故人》、王以仁的《流浪》等小说里面那些苦闷、彷徨、穷困的知识青年……他们都是跟福堂一样处于社会底层的人。

作家们是怀着人道主义精神，怀着博爱精神，来写自己的主人公的。为他们的悲惨遭遇而哀伤，而愤慨，为他们的人的尊严、人的权利而向社会抗争。作品里的这些卑微的"小人物"，再也不是古典小说、戏曲中被嘲弄的丑角或作为陪衬的道具式的角色了。他们是真正的"人"，是中国小说史上出现的"新人"。恩格斯把现实主义的基本含义解释为"除细节的真实外，还要真实地再现典型环境中的典型人物"。现代民主主义思想的核心，就是解放广大人民群众，换句话说，人民群众已经成为民主主义革命时代这一环境中的主要角色。文学研究会小说中这些新的典型人物的出现，正是中国历史的巨大变革在文学上的反映，因而也是中国文学真正进入**现代**的重要标志之一。

题材并不能决定作品的主题思想，但是从一个作家所选择的题材，往往可以看出他对于社会、对于人生的态度；而一个文学流派在选择题材方面所表现出来的某些共同点，也能在一定程度上反映出它思想与艺术的倾向来。文学研究会作家主张"客观"、"真实"地表现人生。而在半封建半殖民地的旧中国，广大群众受剥削、受压迫、过着非人的生活，他们的苦难是普遍的社会现象，是最真实最本质的"人生"。文学研究会作家能发现这"人生"，并且去表现它描写它，就是他们进步的思想倾向和艺术倾向的体现，作家塑造出下层人民的生动形象，也就是写出了中国社会的最真实的面貌。

民主主义思想乃至社会主义思想与忠实于社会生活的文学主张，使文学研究会作家自觉不自觉地把严峻的贫富差别、阶级对立现象作了生动的描写。叶圣陶的《夜》还从一个侧面揭露了蒋介石反动派屠杀革命者的暴行；彭家煌的《今昔》更以轻峭幽默的笔调写出大革命时期广大农村的巨大变化；徐雉的《嫌疑》在揭露国民党右派背叛革命实行白色恐怖的同时，还把共产党领袖人物毛泽东写进了小说。社会的、时代的本质在他们作品中得到比较深刻的反映。

文学研究会作家为中国现代短篇小说的成熟和发展，作出了可贵的贡献。

试将文学研究会作家的作品与中国古典短篇小说作一比较。

第一，文学研究会作家的小说，是现实生活的形象表现，与带有浓重“教化”色彩的古典作品有根本区别。旧中国古典短篇小说的教化色彩是由“文以载道”观念所决定的，它们或从一个道德的、伦理的诫条出发，敷演出一个故事，或通过一个故事去阐释某一个诫条。惩恶扬善，因果报应，是中国古典短篇小说普遍的主题。冯梦龙不是将自己纂辑的三个短篇小说集分别命名为《喻世明言》、《警世通言》、《醒世恒言》吗？文学研究会作家虽然重视文学的社会功能，主张文学为人生，但他们对文学怀着虔诚的态度，把文学当作文学，反对浅薄直露的“教训派文学观”，重视作品的真实和自然，甚至提出“无所为”的主张——创作的思想倾向不应直接表露①，因而他们的小说能够忠于生活，在对现实的客观描写中，达到较深层次的人生真实。

第二，文学研究会的短篇小说，有强烈的直接现实感。中国古典短篇小说，大都采取迂回曲折地反映现实的方法，有的托鬼神以

① 见叶圣陶：《文艺谈（六）》；郑振铎：《新文学观的建设》。

喻人间,有的借前朝以讽当世,《聊斋志异》属前类,《儒林外史》可作后一种的代表。旧中国古典短篇小说这个特点,与中国叙述文学“史”、“传”的传统有密切联系,也与封建统治者残酷的“文字狱”迫害有关。文学研究会小说作者与前人不同,他们不仅对现实有清醒的认识,而且有直接反映现实的勇气,他们的作品描写的是活着的人、正在发生着的事,是现世的中国社会,因而更具真实性。在客观上,由于“五四”时期新思想的广泛传播,造成了一种比较自由活跃的空气,反动军阀政权还不敢公然撕下自己脸上“民主共和”的面具,来对文学进行横暴的干涉与严密的管制;另一方面,经济、政治、军事上的内外交困,也使当权者无暇顾及文学艺术界,于是在一段时间里,文学获得较大程度的自由,这为现实主义小说的创作提供了有利的环境。

第三,文学研究会作家的短篇小说,表现力强。他们的作品是开放型的结构,所描写的虽然只是生活的一个部分,一个角落,一个横断面,但作者重视小说所描写的内容跟社会生活整体的联系,因而能使读者由作品联想到社会现实生活,获得具体、深刻的印象。而中国古典短篇小说则相反,结构是封闭式的,一篇作品便是一个完整的世界:矛盾的发生、发展、解决,人物的祸福遭遇,都被紧紧局限在狭小的时空框架之内,人物传记式、故事完整性与“大团圆”结局,是最普遍的结构方式。力求“完整”的作品,所表现的不过是一个小小的范围,而认真描写现实生活一角的作品,却能够取得“借一斑略知全豹,以一目尽传精神”的效果。现代小说的容量大大胜过了中国古典短篇小说。

第四,文学研究会小说具有巨大的感染力。中国古典短篇小说深受话本文学的影响,大都用“说话人”的语气来叙述,作者是“讲”故事给人听的旁观者,读者也是“听”别人讲故事的旁观者,加上故事内容与时代的间隔、人与鬼神的间隔,读者能对作品发生感慨,却很少能受到感动。文学研究会小说则不然,由于作者怀有真挚的感情,他们博大的爱——人道主义精神与民主主义思想结合在一起的对被侮辱与被损害的下层人民的爱,对强暴者、为富不仁者的憎恶,通过对生活的描写流露出鲜明的倾向性,不但作者和作品融为一体,而且也把读者吸引到作品里面(他们即生活在作品所描写的现实之中),受到感染,引起共鸣。

第五,文学研究会作家与中国古典短篇小说的作者不同,他们不去追求离奇曲折的情节,而是把人物形象的塑造作为作品的中心,环境描写、情节安排(大多数作品的情节都很简单)、细节描写、特别是心理描写,都为形象的塑造服务。如果说,中国古典短篇小说是以情节引人入胜,那么现代新小说则是以丰满的艺术形象来感动人了。

此外,文学研究会短篇小说格式的新颖多样、篇幅的扩大、题材的广泛等等,也都是中国古典短篇作品不能相比的。

文学研究会短篇小说,既以其强烈的时代感、迫切的现实性、进步的艺术方法,与中国古典作品相区别;又以其鲜明的民族性(民族生活、民族心理),与外国作品相迥异。在鲁迅开拓的道路上,文学研究会作家和其他作家一起,使中国现代短篇小说这个艺术形式逐渐成熟,达到了世界现代文学的高度。

## 四

文学研究会的现实主义小说,经过了一个成长发展的过程。

初期文学研究会的短篇小说,主要有以下几个特点:

一、作品涉及的社会生活面广阔。举凡恋爱、婚姻、家庭、战乱、学生运动,工人、农民、知识分子、妇女、儿童,等等,都有所反映。

二、作品具有鲜明的思想倾向性,对社会问题进行勇敢的揭露、批判,富于战斗精神。

三、作品表现出对于时代、社会、人生种种问题的探索精神和要求社会变革的急切愿望。冰心、庐隐、叶圣陶、许地山、王统照等人,都试图通过自己的作品,对“人生究竟是什么?”这个困扰着一代青年的问题作出回答。

四、作品普遍带有浓厚的抒情色彩,常常是抒情、说理重于情节的叙述,揭示问题重于形象塑造。作品主要以情感人,至于人物形象则多显得概念化。

五、多用第一人称,不少作品采用书信、日记的体式。

人们常把这些小说与“五四”前后几年间的一些作品统称为“问题小说”。指出它们揭露社会弊端的共同特点,这是很有道理的。但如果进一步分析,两者间的差异也不难发现。首先,初期文学研究会小说不同于“五四”问题小说过于直露的表现形式,注意在生活现象的叙述中提出“问题”,不少作品能比较具体地描写下层人民生活的不幸和精神上的痛苦。其次,这些小说不仅提出“问题”,而且还作出回答,“五四”问题小说一般是不回答的。文学研究会作家们的答案尽管形形色色,而且在今天看来也都显得幼稚,但同情受凌辱者,严肃地谴责富贵者和当权者,揭露旧礼教的罪恶,要求社会改造,则是一致的,令人感动和敬佩。第三,文学研究会作家开始注意情节的完整、人物描写的生动,有的还重视心理描写了。这些差异,即使在同一作家身上,也可以看得很清楚。把叶圣陶的《苦菜》(一九二一、二)与《“这也是一个人?”》(一九一九、二)相比较①,冰心的《超人》(一九二一、四)与《斯人独憔悴》(一九一九、十)相比较,王统照的《湖畔儿语》(一九二二、八)与《雪后》(一九二〇、十②)相比较,都可证实前面所论。

如果说,“五四”问题小说是从启蒙主义思想出发的战斗的

---

① 《“这也是一个人?”》一九二二年收入小说集《隔膜》时改为《一生》。这题名由疑问句式改为陈述句式,也反映了作者思想与艺术见解的变化。

② 一九二一年二月发表,作于一九二〇年十一月。

"呐喊",那么,初期文学研究会的问题小说便是从民主主义精神出发的对现实的"揭露"了。这种变化,显示了现代小说的发展和进步,也反映了现代作家思想认识和艺术水平的飞快提高。当然,此时文学研究会作家对于现实主义创作方法的运用,还很不熟练,尚属尝试阶段。

茅盾一九三五年三月在《中国新文学大系·小说一集·导言》里关于叶圣陶的小说,写了这样一段话:

> 他的初期的作品(小说集《隔膜》)大都有点"问题小说"的倾向……可是当他的技巧更加圆熟了时,他那客观的写实的色彩更加浓厚。短篇集《线下》和《城中》(一九二三到二六年二年半的作品)是这一方面的代表。

在这里,茅盾把作品中"客观的写实的色彩更加浓厚"看作跨越了"问题小说"的重要标志。

文学研究会的许多小说作者差不多跟叶圣陶同时,也走完了"问题小说"阶段的路程。经过"五四"过后一段时间的思考、探索,特别是经过现实的沉重压迫和社会斗争的教育,作家们深沉多了,成熟多了。当他们面对广阔的社会生活进行深入挖掘的时候,"问题小说"的表现形式便显得幼稚、肤浅,无法适应了,以客观、写实为主要特征的现实主义方法就为作家们广泛采用。大体上从一九二三年前后开始,王统照、潘漠华、徐玉诺、许杰、王鲁彦、罗黑芷、蹇先艾、彭家煌、李劼人等,都陆续发表了比较成熟的现实主义小说。

当作家从现代社会生活中选择创作题材的时候,许多人不约而同地把目光转向了农村。本来,他们是为了逃避农村(或小城镇)的令人窒息的闭塞落后的生活才跑到大城市去追求新思想、寻求理想世界的,在大城市里,他们确实得到新鲜进步的文化思想的营养，但同时也经历了幻灭的苦痛。这时候，在他们眼中，原来心向往之的都市在反动残暴势力的统治下变成了毫无生气的“沙漠”，令人憎恶；而对于故乡农村，却觉得格外亲切，难以排遣的“怀乡”情绪充溢在心头。于是，一大批农村题材的小说被创作出来。这些作品散发着泥土的气息，令人耳目一新，给文坛带来一股勃勃生气。人们热情欢迎它们，并称之为“乡土文学”。

“乡土文学”最主要的特点，是浓厚的地方色彩。无休止的战乱给河南人民造成的深重灾难（徐玉诺：《一只破鞋》、《走向何处去》），浙东农村血淋淋的大规模械斗（许杰：《惨雾》），贵州地方把小偷捆上石头沉入河底的残忍情景（蹇先艾：《水葬》），宁波孩子被拐卖为奴的骇人故事（王鲁彦：《小小的心》）……各具特色的风习民俗的生动描写，多角度、多色调地反映出现代中国凋零破败、落后闭塞、野蛮愚昧、多灾多难的农村社会。有些作品描述的故事，令人毛骨悚然，简直不敢相信，但又确是实有的事，让人不得不相信。作者们并无猎奇之意，他们在思念故土的时候，又为它的种种缺陷而怅惘，而愤怒，他们正是要通过在农村经常发生的、沿袭已久的，有些是骇人听闻的事情的描写，对历史和社会进行批判。

乡土小说重视人物形象的塑造。潘漠华《人间》里的火吒司，徐玉诺《祖父的故事》中老祖父和老祖母，许杰《赌徒吉顺》里的吉顺，彭家煌《怂恿》中那对在仇家争斗中受尽愚弄的蠢夫妇……这些形象个性鲜明，能给人留下不灭的印象，都是成功的艺术典型。这些典型是真实的，它们不但反映着各自的生活境遇、地方的风土人情，而且反映出中国农村的现实和传统的文化心理。因为它们真实，才具有艺术的美的力量，能够打动人的心灵，有强大的感染力量，使读者难以忘怀。我们今天读这些作品，欣赏着半个多世纪之前作家们笔下创造出来的这些闪耀着光辉的艺术典型的时候，不能不为中国现代文学而感到骄傲。

文学研究会作家在创作乡土小说的时候，不再象写问题小说那样喜欢使用主观抒情的表现方法了。之所以如此，除作家们艺术见解的提高外，乡土题材本身也是一个重要的因素——冷酷、黑暗的现实要求着写实的方法，只要客观地表现了它，也就有了艺术力量了。《惨雾》（许杰）对环溪村和玉湖村之间规模宏大的械斗场面的客观描写；《今昔》（彭家煌）对前后两次“委员下乡”的情景的不动声色的记叙；《守夜人》（燕志俊）里所写青年农民王立芳对自己初恋的甜蜜的回忆，与被剥夺了爱的权利的苦涩凄然的诉说；《黄金》（王鲁彦）中的史伯伯的梦；《改嫁》（许杰）末尾启清嫂那一声“死鬼启清吓！你害了我！——涎人笑！”的绝望呼喊……作者们并没有直接表露自己的思想倾向，但作品所表现的生活的真实、人物形象的真实，却具有巨大的感染力量，因而也具有巨大的批判力量。真实就是力量。文学研究会作家创造出了成熟的现实主义小说。

中国是一个农业国家，可是最大多数人口所生活其间的广大农村，长期以来却被文学“遗忘”了。虽然也有些诗词小说把农村生活“挂带”几笔，那也不过是充当文人骚客及失意者隐居之乐的陪衬或者“太平盛世”的点缀而已，因而都是美化了的、歪曲了的；如唐代诗人李绅写的《悯农诗》、白居易写的《卖炭翁》《观刈麦》等，能看到农民的辛勤、贫苦，已属难能可贵了。农村生活的真相和农民的内心世界，是鲜为人注意的。到“乡土文学”出现，才第一次把现代中国农村的现实生活深刻地反映在文学作品中。有着丰厚的现实内容和强烈的时代气息的乡土文学，对于中国文学的发展，是一个开创性的贡献。

“乡土文学”是在时代的要求之下，在鲁迅《风波》、《故乡》等作品的影响之下兴盛起来的。除文学研究会作家外，许钦文、台静农、黎锦明等人也写出不少这类作品。废名及稍晚的沈从文的小说，也有比较浓重的乡土气息，只是时代色彩不够鲜明。

有些研究者把“乡土文学”看作一个文学流派，足见其重视的程度。把这些同类题材的作品当作一种类型，来研究某一特定时期的创作倾向和文学成绩，是很有意义的。鲁迅、茅盾等都是这样做的。但是，把“乡土文学”视为一个流派，却未必恰当。如同未曾有过“城市文学”流派、“妇女文学”流派、“儿童文学”流派等等的称谓一样，也不必单从作品的题材出发，命名一个“乡土文学流派”。文学流派，毕竟是指在一定时期内，在思想见解、艺术趣味、创作方法、作品风格等方面具有较为一致倾向的作家群而言的。更何况，这些“乡土文学”的作者，没有一位是专写农村题材的，他们都还创作了大量其它内容的小说、散文等作品呢？

从一九二三年前后开始，文学研究会作家的小说创作进入繁荣期。新人新作不断涌现，除农村题材外，其它题材的作品也获得卓越成就。

叶圣陶的《潘先生在难中》塑造了一个卑怯自私、毫无正义感的可鄙、可笑复可怜的知识分子形象；王统照的《生与死的一行列》通过老魏的葬礼反映出几个贫苦市民的生活和心理；许杰在《醉人的湖风》中描写了知识青年失学失业，穷困潦倒的凄苦；彭家煌在《贼》里揭露出一个市侩龌龊丑恶的灵魂；郑振铎的《书之幸运》细腻地写出一位嗜书如命的知识分子生活之一角（很有点作者“夫子自道”的味道）；李劼人的《编辑室的风波》、《请愿》则把四川地方军阀飞扬跋扈、作威作福的形态活灵灵地展示在读者面前……

这些作品跟“乡土文学”一样，都是在社会的和历史的背景下展开情节，描写形象的。真实的故事、生动的典型、丰富的生活内容，表现出深刻的主题，广阔地描绘出现代中国的社会现实。诚然，文学研究会作家们没有直接去表现激烈的阶级斗争，但他们通过对生活的艺术概括，有力地向人们揭示了这样一个重大的时代主题：中国的黑暗现状必须改变。

今天的读者，特别是青年读者，对于文学研究会短篇小说会有一个突出的感觉：它们的调子大都很低沉，缺乏一种昂扬奋发的精神。这里面可能有三个原因。首先，这个低沉的调子是由客观现实决定的，作家们追求的艺术标准是客观、真实，而在那个时代，写得越是真实客观，就越是无光明可言。其次，作家们的悲剧观也起着很大作用。沈雁冰就反对"强要以掩丑而夸善"的虚假艺术，主张大胆地去写社会的丑恶现象。他认为这对于人们并不全是消极的，因为"人看过丑恶而不失望而不颓废的方是大勇者，方是能战斗的人"①；庐隐也主张写悲剧，她说，"悲剧的描写……至易感人，而能引起人们的反省"，"引起其自觉心，努力奋斗从黑暗中得到光明——增加生趣"②。可见他们写悲剧的目的在于激发读者的奋斗精神。第三，作家们主观思想的局限，他们中大多数人对于中国现代的社会斗争、革命运动，还缺少了解，缺少认识，因而对于前途感到茫然。

文学的社会功能是多方面的。宣传理想，为人们指出前进的道路，鼓舞人们去勇敢战斗的作品，固然是可称颂的；描写社会的罪恶，暴露现实的黑暗，从而造成对于现存制度的怀疑，也未尝不是对反动势力的攻击，未尝不是对社会革命的切实有力的配合和支援。

文学研究会小说，还有一个比较明显的弱点：当他们表现知识分子、青年学生的思想心理时，能够细致入微、惟妙惟肖；当他们描写劳动群众的时候，就常常显得粗糙、模糊，让人们看不真切，似乎隔着一层什么东西。这是因为作家们虽然对下层人民的深重苦难怀着真挚的同情，要尽力去描写他们、表现他们，却对他们的生活，特别是他们的心理，缺乏具体深刻了解的缘故。这是作家的局限，

---

① 《自然主义的论战》。

② 《创作的我见》。

也是历史的局限。从文学史上看,这个问题也是一个有待解决的新任务。后来,在三十年代有过关于“大众化”的热烈讨论,而直到四十年代的解放区文学,这个问题才得到较好的解决。

语丝社、莽原社、奔流社等文学社团,与文学研究会的主张相近,它们的一些作家写出不少优秀的现实主义小说。

## 五

文学研究会的小说作者,既有共同的倾向,又有多样的创作风格。作家们在“为人生”的主张和现实主义方法方面是比较一致的,而由于思想观点、艺术修养、生活经历、审美趣味、运用语言文字习惯、选材角度等等的差异,又形成各自独特的风格。

叶圣陶最突出的特点是:冷隽、严谨、简洁。当他走完了“问题小说”的一段路程之后,早年那种追求“美”与“爱”的热烈而又伤感的情调,便转为客观、写实了。他写妇女、青年、儿童,写母亲,写老人,写学校与家庭,——写“灰色的卑琐的人生”①,其中以对知识分子的描写最为成功。叶圣陶写知识分子的不幸,也对他们的弱点进行解剖。由于他熟悉笔下的人物,往往用很经济的文字便把人物复杂的性格、心理凸现出来了。因为作品把人物写得太逼真,常常产生讽刺甚至嘲弄的效果,但作者其实是十分严肃、宽厚,毫无谐谑之意的。从《校长》、《潘先生在难中》、《一包东西》等篇什里,我们可以领略作者冷峻的笔调;而《夜》又透露出作者火一样的热情与正义感。

冰心把正直诗人的敏锐、大家闺秀的典雅风度,和“爱”的哲学融合在一起。她对社会的黑暗怀着厌恶和憎恨,但从不在作品里面描写丑恶,仿佛生怕那些污秽的东西亵渎了文学的圣洁似的。

---

① 茅盾:《中国新文学大系·小说一集·导言》。

只有早年那篇《最后的安息》算是没有完全回避童养媳翠儿被婆婆虐待致死的惨状，却又没有忘记在翠儿的遗容上面洒下朝阳的光辉、添上“微笑”。冰心惯于通过人物（以儿童和妇女为最多）的心理描写来含蓄地、曲折地表现人生、批判社会。她以“母爱”、“童心”视作联系人们心灵的纽带，常以神秘的近乎宗教式的幻觉求得不幸的人们精神的平衡。在冰心的小说世界里，人生是不圆满的，总被一种浓浓的哀伤的氛围所笼罩着。在那里，我们听不见高昂的战斗的呼喊，但能够感受到对社会的庄严的抗议，对时代的殷切的期待。冰心的小说创作，在二十年代中期中断了几年之后，当《分》发表出来的时候，人们发现作品的格调明快多了、扎实多了。后来的《冬儿姑娘》更把这种进步发扬了，充分显示出现实主义的色彩。

庐隐，茅盾称之为“‘五四’的产儿”，说她是“被‘五四’的怒潮从封建的氛围中掀起来的，觉醒了的一个女性”①。庐隐的早期作品如《一个著作家》、《一封信》、《两个小学生》、《灵魂可以卖吗》等等所描述的是社会问题，所显示的是战斗的激情。而从《或人的悲哀》以后的作品，则主要是表现“五四”过后那一代知识青年（以女青年为主）思想中无法解脱的矛盾：苦闷、彷徨，追求“生活的究竟”，却找不到答案，想献身于社会运动又缺乏牺牲个人的勇气，有随波逐流的欲望但又不甘堕落。庐隐最突出的特点是率真。她不隐讳自己思想里的阴暗，不掩饰内心的冲突，毫无矫揉造作之态；甚至连作品的语言也不进行细致琢磨，因而显得粗糙；小说结构同样缺乏精心设计而常常流于繁冗以至枝蔓不整；她也不注意表现手法的变化——总习惯于书信和日记体的随意性的直露的形式，故而给人以单调之感。庐隐作品是以其热烈而伤感的情绪，打动青年读者的心的。茅盾在《庐隐论》里还说过，她最晚的作品与十年前的《或人的

① 《庐隐论》。

悲哀》、《海滨故人》相比，并无多大差别，读她的全部作品，就好象在呼吸着"五四"时期的空气。这些话说得很符合实际情况。一个作家在十几年间，始终执着地表现一个主题，描写一个类型的人物（在很大程度是作者自己），这是庐隐的贡献，也是庐隐的悲剧。停滞，岂不就是作家的艺术生命的终止吗？

文学作品，尤其是叙事性作品，其认识价值、审美价值，归根结底在于典型形象的塑造。人们对作品的要求是丰富、多样、变化、新鲜，"千部一腔，千人一面"历来为人所诟病。如果一个作家在其众多的作品里，总是描写同样的人物（非发展的"成长型"，而是同一高度的"静止型"），甚至表现手法也一成不变，那么人们在读过他的几篇作品之后，就会觉得越来越无味，连最初获得的良好印象也会被破坏。而那些注重自我表现的作家，恰恰常在自己的小说里反复地让同一个形象（大都是作者本人）来活动，因而这类作家的小说创作很难有大的成就。庐隐是如此，郁达夫、王以仁又何尝不是如此？

王统照的创作风格，前后有明显变化。早年，他也是"美"与"爱"的追求者。他常把那些理想的"美"的事物与丑恶的行为、丑恶的现实，对比强烈地写在同一篇作品里面。在《雪后》中，天真可爱的孩子们用晶莹洁白的雪筑成心爱的"房子"，却被演习的军阀部队的士兵的皮靴踏成了一摊摊污黑的泥水；《一栏之隔》写春天里美艳芬芳的花木下面，有一群囚犯在皮鞭下做着苦工……后来，作家的思想渐渐深沉了。他写普通人的痛苦遭遇，深入挖掘社会的底蕴，作品显得悲凉、深刻。《生与死的一行列》和《沉船》可称是他短篇小说的代表作。晚些时候的长篇小说《山雨》及短篇集《银龙集》则是作者现实主义成就的高峰。

许地山的早期作品，以其独特的异域情调、宗教色彩与现实内容相融合，而独树一帜。纯洁的爱情遇到旧礼教的巨大障碍（《命命鸟》）、妇女生活的种种不幸（《商人妇》、《缀网劳蛛》）等带有时代特点的社会问题是作品的主要内容，但是佛家的“出世”、基督徒的“容忍”、老庄的“无为”等等消极思想，又把作品与现实之间拉开不小的距离。到了《在费总理的客厅里》等一些小说里面，那种驳杂的宗教气息已经荡然无存，作者完全站在了坚实的土地上。再晚些时候的《春桃》，特别是抗战期间的《铁鱼底鳃》等更具现实主义的光彩。

王以仁，或许是文学研究会小说家中最为特殊的一人了。以至在编选《中国新文学大系》时，茅盾竟没把他的作品收入文学研究会作家专集“小说一集”，而郑伯奇所编的专收创造社作品的“小说三集”却选录了他的《流浪》。王以仁的小说，几乎全是以书信的体式，抒写个人失学失业、穷苦无告、流浪漂泊的凄苦之情的自传体作品。郑伯奇说，王以仁的思想、作风“颇和创造社同人相近”①。一些人更直率指出：王以仁受了郁达夫的影响。王以仁对此并不讳言，他在一封信中写道：“你说我的小说很受达夫的影响；这不但是你这般说，我的一切朋友都这般说，就是我自己也觉得带有达夫的色彩的”②。我们不能否认王以仁与郁达夫作品的共同点，也应当看到两个作家的区别。郁达夫作品所抒写的是当时青年的“时代病”——苦闷、彷徨，“弱国子民”的屈辱与愤懑，浓重的怀乡情绪，近乎颓废的变态性心理等等精神上的苦楚；而王以仁小说里表现的凄惨之情，则主要是由经济的、物质的穷困所造成的冻馁之苦和对贫富悬殊、世态炎凉的愤慨甚至绝望之情。相比之下，王以仁作品跟社会的联系更具体、更直接、更带物质性，因此写实成分占有较大的比重，仍可称为现实主义作品。同时，我们又可以发现，王以仁的作品远不如郁达夫作品的思想丰富、深刻，而显得狭窄些，粗浅些。

---

① 《中国新文学大系·小说三集·导言》。

② 《我的供状——致不识面的友人的一封信》。

茅盾在一九二七年大革命失败后开始小说的创作。茅盾小说的内容与社会生活几乎是同步的,这些作品不仅对于现实的反映是切近和及时的,而且洋溢着批判的激情。茅盾小说的成就,主要在中、长篇作品方面,但他的短篇小说也显示出思想敏锐深刻,擅长心理描写和心理分析的特点。在茅盾的文学活动中,理论批评占有重要地位,这对他的小说创作有多方面的影响:主题尖锐,重视结构,讲究技巧;但也不免带着概念化的瑕疵,在早期短篇作品,尤其是《豹子头林冲》、《大泽乡》等历史小说中更明显些。

徐玉诺、许杰、王鲁彦、蹇先艾、罗黑芷、彭家煌、李健吾、李劼人等的创作,也都有自己的风格特点。

一些文学研究会作家,由于题材不同,他们的作品还显示出不同的风格。例如,反映下层普通劳动群众不幸遭遇的作品(包括"乡土文学"),客观写实的倾向十分明显;而当表现知识青年生活的时候,作品就带着较浓重的感伤情调和抒情色彩了。究其原因,除作家多方面的艺术趣味和艺术才能外,更主要的是当时青年一代普遍的精神状态为作家提供了生活的原型,只要想真实地反映他们的生活,就不能不带着这种"时代病"的色彩,更何况作家本人与青年们的心是相通的,描写他们也便是作家不同程度的自我表现呢?

创作风格的形成,是作家成熟的标志。文学研究会作家的短篇小说,由"问题小说"过渡到比较成熟的现实主义作品①,并且在比较一致的总倾向下,具有多彩多姿的风格,反映出文学研究会成为一个成熟的文学流派,也生动地体现了现实主义的博大和丰富。

文学研究会的短篇小说,是半封建半殖民地中国社会的产物,是以"五四"为开端的中国新民主主义革命时代的产物。文学研

① 这个过渡期,各作家不尽一致,例如许地山就慢些,而庐隐则终其一生也未完成。

究会的现实主义小说的影响是巨大的,对于中国现代小说的发展繁荣,对于中国新文学的现实主义传统的形成,做出了杰出的贡献。在三十年代、四十年代,现实主义文学得到发扬光大。现实主义文学在中国现代文学发展史上,始终居于主流地位。

## 六

关于本书的编选,作如下说明。

一、本书主要选收文学研究会会员的短篇作品。少数会外作家的作品适当选入,但须具备以下条件:(一)创作倾向与文学研究会相一致,(二)其作品主要在文学研究会的刊物上发表,(三)非其它社团的主要成员,(四)作品较多的。潘漠华、王思玷、李渺世三人即属此类。

二、入选作品须是在文学研究会活动期间(1921.1—1932.1)发表的。但为反映作家的创作发展道路,个别在文学研究会成立前的作品亦有收入,共两篇:《"这也是一个人?"》、《斯人独憔悴》。

三、入选作品采用最初发表时版本,个别无法查到的,采用最早的作品集的版本。

四、入选作品除明显错讹之处参照其它版本做了校正外,一律保持原貌。

本书在编选过程中,得到文学研究所几位同志和人民文学出版社现代文学编辑室同志的热情帮助。在此深表谢忱。

一九八六年五月完稿

一九八七年六月修改

# 叶 圣 陶

## “这也是一个人?”[①]

她生在农家,没有享“呼婢唤女”“傅粉施朱”的福气,也没有受“三从四德”“自由平等”的教训,简直是很简单的一个动物。她自出母胎,生长到会说话会行动的时候,就帮着她父母拾些稻稿,挑些野菜。到了十五岁,她父母便把她嫁了。因为她早晚总是别人家的人,多留一年,便多破费一年的衣食零用。倒不如早早把她嫁了,免得白掷了心思财力,替人家长财产。她夫家呢,本来田务忙碌,要雇人帮助。如今把她娶了,即不能省一个帮佣,也得少养半条牛!她嫁了不上一年,就生了个孩子。她也莫明其妙,只觉得自己困在母亲怀抱里,还是昨天的事,如今自己是抱孩儿的人了。她的孩子,没有摇篮困,没有柔软的衣服穿,没有清气阳光充足的地方登;连困在她怀里,也只有晚上睡觉时候方才得享受,白天只困在黑魆魆的屋角里。不到半岁,就死了。她哭得不可开交,只觉以前从没这样伤心过。她婆婆说她不会领小孩,好好一个孙儿,被她糟蹋死,实在可恨!她公公说她命硬,招不牢子息,怎不绝了我一门的嗣!她丈夫却没话说,但说要是在赌场里百战百胜,便死十个儿子,也是值得!她听了也不去想这些话是什么意思,只是朝晚的哭!

有一天,她发见了新奇的事了。开开板箱,那嫁时的几件青布

① 本文收入小说集《隔膜》(商务印书馆一九二二年版)时,题目改为《一生》。

大袄，不知那里去了！后来她丈夫喝醉了，自己说是他当掉的。冬天来得很快，几阵西风，吹得人彻骨的冷！她大着胆求丈夫把青布袄赎回来，却吃了两个巴掌。原来她吃丈夫的巴掌，早经习以为常。惟一的了局，便是“哭”！这一天，她又哭了。她婆婆喊道：“再哭？一家人家，被你哭完了！”她听了仍不住的哭。婆婆就动了怒，拉起捣衣的杵，在她背上抽了几下。她丈夫还加上两个巴掌！

这一番她吃得苦太重了。想到明天，后天，……将来，不由的害怕起来。明天朝晨，天还没亮透，她轻轻的走了出来，私幸她丈夫还没醒！西风像刀，吹到脸上很痛。但是她觉得比吃丈夫的巴掌，痛得轻些，就也满足极了。一口气跑了十几里路，到了一条河边，方才立定脚跟。这条河里，是有航船经过的。

等了好久，航船过来，她就上了船。那些乘客，好似个个会催眠术的，一见了她便知道是在家受了气，私自逃走的。他们一齐对她说道：“你总是自己没长进，才令家里人和你生气。即使他们委屈了你，你是年幼小娘。总应该忍耐一二。这等使性子，碰不得，苦还有得吃！况且如今逃了出去。靠傍谁呢？不如趁原船归去罢。”她听了也不答应。只低着头不响。众客便有些不耐烦。一个道：“不知她想的什么心思，论不定还约下了汉子同走！”众人便哗笑起来。她也不去管他。

她进了城，寻着一个荐头。荐头把她荐到一家人家做佣妇。她从此得了新生活了。虽也是一天到晚的操作，却没下田那样费力。又没人说她骂她打她。她便觉得眼前的境地舒服，永远不愿更换了。她惟一的不快，就是半夜梦醒时，思念她已死的孩子。

一天，她到市上买东西，碰见个人，心里就老大不自在。这个人是村里的邻居。不到三天，就发生影响了。她公公已寻了来。开口便嚷道：“你会逃！如今寻到了，可再能逃？你若是乖觉的，快跟我回去。”她听了不敢开口，奔到里面，伏在主母的背后，只是发呆。主母便唤她公公进来。对他说,“你媳妇为我家帮佣,此刻约期还没满,怎能去?”她公公无可辩论,只得狠狠的叮嘱她道:“期限满了,赶紧归家。倘若再逃,我家也不要你了。你逃到那里,就在那里卖掉你!或是打折你的腿!”

她觉得这舒服的境地,转眼就成镜花水月,非常舍不得。想想将来……,更害怕起来。这几天里,眼睛就肿了,饭就吃不下了,事也就做不动了。主人知道她的情况,心想如今法律,请求离婚,并不烦难。便问她道,“可情愿和夫家断绝关系?”她答道:“求之不得,那有不愿!”主人便替她草了个呈子,把种种事实,和如今心愿,都叙个明白;预备呈请县长替她作主。主妇却说道:“你替她请求离婚,但她不定永久做我家帮佣的。一旦她离开了我家,又没别人家雇她,那时她便怎样?论情呢,母家原该收留她,但是她的母家,可能办到?”主人听了主妇的话,把一腔侠情冷了下来,只说一声“无可奈何!”

隔几天,她父亲来了,是她公公叫他来的。主妇问他,“可有救你女儿的法儿?”他答道:“做了人家媳妇,要打要骂,概由人家,我怎能作得主!如今单是传她公公的话,叫她回去罢了。”但是她仗着主母的回护,没有跟她父亲同走。

后来她家公婆托着邻居进城的,带个口信,说她丈夫害病,叫她回去服侍。她心里只是怕回去,主母就替她回绝了。

过了四天,她父亲又来了。对她说,“你的丈夫害病死了。再不回去,我可担当不起。你须得跟我走!”主母也说,“这一番你只得回去了。否则恐怕你家的人,要打到这里来!”她见眼前的人,没一个不叫她回去,心想这番必定应该回去了。但总是害怕!总是不愿意!

她到了家里,见丈夫直僵僵的困在床上,心里很有些儿悲伤。但也想,他是骂我打我的!她公婆也不叫她哭,也不叫她服孝,却领她到一家人家,受了二十千钱,把她卖了!她的父亲,公公,婆婆，……都以为这个办法是应当的。他们想得个成例：不种了田，便卖耕牛。她是一条牛，——没有自己的主见。如今用不着了，便该卖掉她，把她的身价充她丈夫的殓费，便是她最后的义务！

一九一九，二，一四

（原载《新潮》第一卷第三号，一九一九年三月）

# 苦　菜

我家屋后有一亩多空地，泥土里时常翻出屋脊的碎屑墙砖的小块来，表明那里从前也建造过房屋的；短而肥的菊科的野草，是独蒙天择适存在那里的，托根在瓦砾砖块之间，居然将铅色的地铺得碧绿。许多顽皮的小孩子常齐在那里踢铁球，——因为那里僻静，可以避他们父母和先生的眼，——将父母给他们买点心的钱做输赢。他们玩得高兴时，便将手里的铁球或拾起小砖投那后屋的檐头和屋面的小雀，练眼功。檐头和小雀都没中，却碎了后窗的玻璃。这也不止一次了。

我想空地废弃，未免可惜；顽皮孩子虽不觉得可恶，究没什么可爱，何必预备着游戏场供他们玩耍？便唤个竹匠编成竹篱将那片空地围了起来，觉得比以前安静严密了好些。我更向熟识的农人说起，“我要雇一个人在那里种菜，兼做些杂事，看有相当的人可以荐他来试试。”

我待雇到了人，让他做主任，我自己做他的副手。劳动是人生的真义，从此可得精神的真实的愉快；那片空地便是我新生活的泉源了。我只是热烈而深切地期望。

农人福堂因此被荐到我家来了。他的紫赤的皮肤，直视而不灵动的眼睛，粗糙而有坚皮的手，茸茸的发，口四围短而黄的未剃的胡子，都和别的农人没甚分别；但是他还有一种幽郁的神情，将农人固有的特征，浑朴无虑的态度，笼罩住。

“你种什么东西都会？”我问他。

“我从小就种田，米麦菜豆都种过，都会。”他的语音含有诚恳的意思，兼欲将他自己的经历称述得详细而动听，但是他仅能说这一句。

“那很好，我屋后那片空地将由你去种。”

他去察看了他新的工作地，回我道，“那里可以划做二十畦。赶紧下秧，二十天之后，每畦可出一担菜，今年天气暖，还来得及种第二批哩。”他说时面作笑容，似乎表示这个于主人有莫大的利益。我也想，“地真足赞颂呀，生生不息，取之无尽！于此使我更信 Pantheism 了。”

我们最先的工作是剔去瓦砾砖块。福堂带来一柄四齿耙，五斤多重，他举起来高出头顶一尺光景，用力往下垦，四齿齐没入泥里。他那执柄端的左手向上一提，再举起耙来，泥土便松了一方，砖瓦的小块一一显露。力是何等地可贵，他潜藏着时什么都不与相关，但是他发散开来可以使什么都变更！他工作了两点多钟，空地的六分之一翻松了，坐在阶上吸着黄烟休息。

我的希望艳羡的心情在他下第一耙的时候已欲迸溢而出，人生真实的愉快的滋味，这回我可要尝一尝了！他一停手，我急急地执着耙的柄，学着他那姿势和动作工作起来。但是那柄耙似乎不服从我的样子：我举他起来时，他在空中只是前后左右地摇曳；着地时他的四齿入土仅一寸光景：我再用力将他举起，平而结实的泥土上只有四个掘松的痕迹。我绝不灰心，这样总比以前松了些，我更下第二耙，第三耙，……。奇怪！那柄耙的重量何以一回一回地加增！不到二十耙，我再也不能举起了。一缕焦烘烘的热从背脊散向全身，似乎每一个细胞都在燃烧着。呼吸是急促了，外面的空气钻入似地进我鼻官，几乎容受不得。两手失了正确的知觉，还像执着那柄耙——虽然已放在地上——所以握不紧来。

福堂将烟管在石阶上敲击，去里面的烟灰，说道，“这个不是先生做得来的，你还是拣去砖瓦罢。去了砖瓦，待我先耙成几畦，你就可以下菜秧了。”

我既自认是他的副手，我应当服从他的指挥，况且拣去砖瓦一样是一种劳动。那句“就可以下菜秧”又何等地可喜，何等地足以勖勉我！我就佝偻着身子，两手不停地拾起砖瓦，投在粗竹丝的大畚箕里。他继续他先前的工作，手里那柄耙一上一下，着地的声音沉重而调匀，竟像一架机器。

我踏在已拣去砖瓦的松软的泥土上，鞋面没了一半，似乎踏着鹅绒的毯子。泥土的气息一阵一阵透入鼻官，引起一种新鲜而快适的感觉。蚯蚓很安适地蛰伏着，这回经了翻动，他们只向泥土深处乱钻；但是到后半段身体还赤露着的时候，他们就不再钻了。菊科的野草连根带叶地杂在泥里，正好用作绿肥；他们现在是遭逢了“人为淘汰”了。

我不觉得时间在那里移换，我没有一切思虑和情绪。我化了！力就是我，我就是力。力的——我的——发展就是“真时”，就是思虑和情绪，更何用觉知辨认呢？这等心境，只容体会，不可言说。

“先生，你可以歇歇了！”福堂停着工作在那里唤我，我才回复了平时的心境。腰部酸痛了，两腿战战的不能再立了，脑际也昏晕而作响。我便退到阶前，背靠着门坐下，闭着眼睛养神。这时我才感觉那从未感受的健康的疲倦。

两天之后，二十个畦都已下了菜秧。我看福堂造畦，心里很佩服他。他不用尺量，只将耙轻轻地爬剔，自然成了极正确的长方形的畦；而且各个畦的面积都相等呢。他又提起石潭槌来，在畦上打成一个一个的潭，距离也无不相等，每畦恰是一百个。至于下秧是我的工作了：将菜秧放入潭里，拨些松泥掩没了根部，就完事了；但在我却不能算是轻易的事。插满了一畦，我又提一桶水来灌溉，那些菜秧自离母土，至少已经一天，应是饥渴了。

我站在畦间的沟里四望，嫩绿的叶一顺地偃在畦上，好似一幅图案画，心中起一种不可名言的快感。我以前几曾真将劳力成就过一件事物？现在那些菜，却领受了我劳力的滋养了。据福堂说，隔上两三天，他们吸足了水，就能复原竖起来。此后加上粪肥，便轰轰地生长，每天要换一个样子呢。

菜园里更没有繁重的工作了。每天晨晚由福堂浇一回水，有时他蹲在畦间捉食叶的小虫。我家事务简单，他往往大半天空闲着，于是只是坐在廊下吸黄烟，一管完了又一管，他那副幽郁的神情和烟管里嘴里缭绕的烟气，总将他密密地笼罩住。

我天天去看手种的菜，距下秧的时候已是十五六天了，叶柄还是细细的，叶瓣也没有长大许多，更有呈露淡黄色的，这个很引起我的疑惑。福堂懒懒地向我说，“这个大约因为这里是生地的缘故。但二十天之后，三棵一斤总有的。”他这句话，超过预料的成熟期至半个月，成色又打了三折，不由我不摇动对于他的坚信。这里是生地，他来时不是不晓得。他从小就种田，根据着他的经验推测种植的成绩，也不至相差到三分之二。他究竟为了什么呢？

我细看叶瓣，几乎瓣瓣有小孔，前几天固也有发见，但如今更是普遍而稠密了；有些瓣子上多孔通连，成为曲线描绘的大窟窿。我满腔的惋惜，不禁责福堂道，“你捕虫太不留心了，菜竟被吃到这般地步！”

“这个不容易呀！”他勉强笑着，翻转一瓣叶子，就见一条黑色的幼虫坠下，他检寻了一会，“在这里了，”从泥上拾起那条虫，掷在脚下踏烂了。“有时一坠下去就寻不见，只得舍了他，一会儿又在那里大吃了！”

我想他时间尽多，慢慢地细细地捉虫，一定不至于此；又不是十亩八亩一个人照顾不周。以我主观的意见替他想，他过的是最有意思最有趣味的生活，就应当勤于他的职务，视为唯一的嗜好。

何以他喜欢吸黄烟胜于农作？何以他绝不负职务上的责任，对于菜的不发育和被侵害又全无同情心呢？

我再四推想，断定他是怠业了。他于种植的技术，一定有许多未精明之处；于他现在的职务，又一定没有做得周到完密；否则成绩何至这么坏？但是为了什么呢？

福堂依他的老例坐在廊下吸烟，我乘着没事，问他家里的状况。他就告我以下的话：

“我家里有四亩田，是爷传下来的。我种这四亩田，到今二十多年了，我十八岁上爷就死了。我听先生说，种田最有滋味，这话不大对。……滋味呢，固然有的，但是苦，苦到说不出！我夜夜做梦，梦我不种田了。真有这一天，我才乐呢。

“我终年种田，只有一个念头刻刻迫着我，就是还租！租固是应当还的，但我要吃，我要穿，我也想乐乐，一还租，那些就不够了，没有了。只有四亩田，那里能料理这许多呢！

“我二十岁上生了个女儿，这是天帮助我的，我妻就去当人家的乳母。伊一个人倒可抵六七亩田呢。伊到今共生了六胎，二三四五全是女，都送给人家养去，第六胎是个男。伊生了这个男孩，照例出去当乳母，由大女儿看守着他，时时调些米浆给他吃。

“不满四个月，他身上有些发热，不住地啼哭。我不懂为什么，教大女儿好好抱着他，多给他吃些米浆。但是他的啼哭总不肯停，夜里也没一刻安静，声音慢慢地变得低而毛了。这么过了三天，他就死了！……待我入城喊他母亲，伊到家时，他的小眼睛已闭得贴紧了！”……

福堂不会将更哀伤的话讲述他的不幸了。但是足够了！这等没有修词功夫的话，——时时可以从不幸的人们口里听见的——里面深深地含着普遍而摧心的悲哀，使我只是瞪视着庭中的落叶，一缕奇异而深刻的悲绪，徬徨，怅惘，无有着处。

福堂再装上一管烟，却不燃着吸，继续说：

“伊从此变了模样了！伊不常归家，到了家只是哭，和我吵闹。这也不能怪伊，伊和我一样地舍不得这个儿子。但是我向谁去哭，和谁去吵闹？

“今春将大女儿嫁了，——实在算不得嫁，给夫家领了去就是了。但我的肩上总算轻了些。

“家里只我一个人！

“先生，你若是不嫌我，我愿意长在这里，四亩种不得的田，我将转给他人去承种了。”

我才明白，他厌恶种田，我却仍使他种田，便是他不期然而然，怠业的缘故。

我所知于人生的，究竟简单而浅薄，于此更加自信。我和福堂做同一的事务，感受的滋味却绝对相反，我真高出于他么？不！倘若我和他易地以处，还没他这般忍耐，耐了二十年才决然舍去呢！偶然当一柄耙，种几棵菜，就自以为得到了真实的愉快，认识了生命的真际，还不是些虚浮的幻想么？

从“种田的厌恶种田便致怠业”，推衍出“作工或教书的厌恶作工或教书便致怠业”，更可归纳为一个公式：“凡从事X的厌恶X，便致怠业。”人们在无穷尽的路中，频频被不期然而然的怠业羁绊住两条腿，不能迈步前进，是何等地不幸和可耻！

X决无可以厌恶的地方，可厌恶的乃是纠缠着X的附生物。去这附生物，才是治病除根的法子。

艺术的生活……

那些窎远而僭越的忧虑，一霎间在我心里风轮似的环转。我就觉这个所谓“现在的我”是个悲哀，怅惘，虚幻，惭愧，……的集合体！

又隔了二十多天,园里的菜离了土了,叶瓣是薄薄的,一手可以将叶柄部捏拢;平均四棵重一斤。煮熟了尝新,味道是苦的。

以后我吃到味道不好的菜蔬和果子,或是遇见粗制的器具,就联想到自己园里的苦菜,同时那些穹远而僭越的忧虑便在我心里风轮似的环转。

一九二一,二,六

(原载《小说月报》第十二卷第四号,一九二一年四月)

# 饭

“现在是上课的时候了！你们的先生呢？”

两间屋子，已经上了年纪向前倾斜，如人伛偻的样子。门前是通到田岸和村集的泥路。这时候正是中秋的天气。淡蓝的天空浮着麟纹的白云。朝阳射在几棵柳树上，叶色转成嫩绿，像是春光里所见的。平远的田亩里，稻穗和稻叶一样地轻，微风过时顺风偃倒，遂成波纹。更远的村树像一个大环，静穆且秀美。微微听得犬吠，这真是诗人的节令和境地呵！

可惜住在这里的都不是诗人，屋子里六七个孩子正抱着不可推想的恐怖呢。入秋水涨，他们的田里盛着过量的水，和河水并了家，露出水面的稻只有三四寸长。他们的父母整天愁叹；或者说，“饿死的日子就在眼前了！”

孩子们很以为奇，有的说，“我们种田的，怎会饿死？”父母说，“你不见稻全浸在水里，一粒谷都没有结实么？”有的说，“去年很多的谷若不粜去，今年就好了。”父母说，“谁欢喜粜去？你懂得什么！”更有的说，“我们不要到学校，大家拚命踏水车，把水车了出去就得了。”父母说，“车到那里去呢？河面同田水一样平了！”

于是孩子们相信自己的见识不及父母，饿死就在眼前是千真万确的了。他们想：“死像睡眠一样，模糊且黑暗。被它蒙住的时候，饭是吃不成了，玩也玩不成了。并且不能动一动，大概被什么东西缚着，不知几时才得解开？”

他们想得异常害怕，因为饿死究竟是什么滋味实在不能料定，然而它一定要来了！他们不自觉地改掉平常的态度：似乎互相追赶并没有什么意思，提高喉咙大喊也觉得不大高兴，反而静默地坐在室内低低讲捉蟋蟀的经历，声音里含着惊恐且烦闷的气息。

靠左一间屋里架着一个床铺。赤裸的一张桌子靠着床头。墙角堆着锅灶瓶罐薪柴等东西。一切埋藏在阴暗里，不能见清楚的面目。只从不到尺方的壁洞里射进斜方柱体的阳光，照在地上显出高低不平的泥土。一道板壁把两间屋子分开。右面一间却光亮得多，两面都有板窗，现在正开着。板壁上一块小黑板歪斜地挂着。十几副桌椅，一张破旧的长方桌外，屋内更没有别的东西，也摆得不十分整齐。

六七个孩子就坐在那些椅子上。他们都歪着身子，面对着面，讲那捉蟋蟀的事情。起先声息很低，讲了一会，他们觉得世界上只有蟋蟀了，便起劲起来。一个孩子拍着桌高声说，“好一头大蟋蟀！它在玉蜀黍的根的近旁，这么一把就被我按住了。以前的三头都被它咬得要死。它……。”

这个当儿，从黑板旁边的门走进一个人。孩子们瞥见，齐对他看，高声讲蟋蟀的也就自然地停了声音。他们对于这个人有点儿知道，但是不大清楚。他们的父母这样说，“这位先生很有点力道，他在衙门里出进，时常同县官讲话。”又说，“他是管先生的先生，先生还怕他。”他们所知于他的，只有这少许了。可是他们并不觉得他可怕，他一身耀眼的衣服倒是很好玩的。

这个人走进室内，随意看了一看，忽然眉头一皱，目光四注，似是侦察而带忿怒的样子。随着发出鄙夷的声气问学生们，就是篇首的两句话。

吴先生一手提着方的竹丝篮，篮里盛着雪里红，豆腐，油瓶等东西，一手提着一条长不到八寸的腌鱼，从烂湿的田岸匆匆走来。他瘦削的面孔红到颈际，失神的目光时时瞪视他的前路，呼吸异常急促，竟成喘息。

原来他已得到了消息。一个妇人告诉他,“你须快一点走,管你的那位先生来了。我刚才看他向学堂走去,他的船就停在东栅外。”这是何等可怕的消息,使他周身起一种拘挛的感觉,脑际全没有意念。他两足急急的搬动,眼睛的频频前望,似乎并不出于他的主宰。

吴先生能得在两间屋子里当教师,很不是容易的事。他由一位绅士恳切地介绍,才得在学务委员处记个名。一线的希望就在他脑子里发起芽来,专等后继的好消息来到。他本来处一个乡村的馆地,一节有五千钱光景的进款。家计的担子压在他肩上,使他觉悟决计支持不下,非得换一条路走不可。新的路已在前面了,他怎不希望着呢?

这么希望了一年,梦里也不曾想到,学务委员竟写了一封信来。里面的话是叫他到他家里去,有事面谈。这分明是绅士的恳切的介绍发生影响了。他把这封信搁了又看好几回,自信料想不错,就得赶紧去才是,但不免怀着一腔的馁怯。

他第三回去的时候,那位学务委员居然在家了。于是他坐在客厅下首的一把椅子上,只点着了一边,上身前俯,保持全体的稳定。他的眼睛本是迷矇的,现在又只顾下注,或者他所处的客厅和对话的那人都没有看得清楚。那位学务委员穿着汗衫,斜躺在藤椅子上,右手枕着头,眼睛斜睨着他。鄙夷的思想,忽然来袭学务委员的心,不知为什么,总觉吴先生不适于自己的眼光。他不情愿的样子说道,“教小孩子不是容易的事呢。”

吴先生汗珠被面,全身感觉不安,心想这确是不容易的事呵,便发很轻的颤音答道:“是。”

“乡立第二国民学校缺一个教员,我想叫你去,——但是你没有进过师范学校吧?”

“没有,”吴先生异常懊悔,但问句逼迫着,不由得不回答。

“那就为难了!该校学生都是乡村人家的孩子,教员不懂得教授法，简直不会有效果。”

室中静默了一会。吴先生却听得自己的脉搏尽管响了。他好容易鼓着一口气，努力地说，“讲教授法总该有书籍，我可以买一本看看。还愿意得先生的指教。”

“再说吧，”学务委员的话就此止了。

吴先生退出来的时候觉得希望的芽遭损伤了，失意引他回到昏暗的路去。他恐怖非常，惟有再去请托那位绅士。绅士替他写了一封信。由这封信的引导，他又坐在学务委员的客厅里。

“我本想请一个师范毕业生，”学务委员严重的样子说，“现在既有这封介绍信，我就任用了你。”

“没有错，听得很清楚，他答应了，”吴先生这么想。他心里只觉浮荡，回答不出什么。他的头颅却自然地向前俯得更低了。

“我们办学的规矩，非师范毕业生月薪六元。后天你就可以到校开学去。”

吴先生答应了几个“是，”便退出来，他的新生活从此开始了。一月以后，他遇见一桩不可解的事故：他到学务委员家里领薪，拿到了三块多，还有三块须待十天以后；可是学务委员叫他写了一张十元的收据。“何以数目不符呢？”他这样想。自馁和满足的心使他不敢开口便问。“我不是师范生呵！外边师范生多着呢。六块钱比较以前处馆地优裕得多了。”他就把疑念埋藏在脑子里，带着三块钱回去。

小孩们听了学务委员的问话，三四个发嘈杂的语音回答道，“他买东西去，买豆腐，买葱。”有几个在那里匿笑。

“不成个样子，这时候还不回来。”学务委员喃喃地自语。停了一会，他又问道，“他天天这样的么？”

“天天是这样，他要吃饭呢。”一个拖着大辫子的孩子说。

又有一个孩子说，“我的妈妈有时同他带买点东西。”

“不要信他，不过……”

一个耳戴银圈意气很粗的孩子还没有说完，吴先生已赶了进来，两手空着，他的东西大概已在锅灶旁边了。他看见学务委员含怒的样子立在黑板之侧，简直不明白自己应当怎样才是，身体向左右摇了几摇，拱手俯首地招呼。

学务委员点了一点头，冷冷地说：“上课的时间早到了，你此刻才来！”

吴先生颇欲想出几句适宜的话回答，可是那里想得出，他的踟蹰不宁的态度引得孩子们吱吱地笑。遮饰是无望了，只得颤抖而含糊地说老实话：“我去买东西，不料回来迟了。”

“买东西！”学务委员的语音很高，“时刻到了，学生都坐在那里了，却等你买东西！”

“以后不买就是了，”吴先生不自主地这么说。孩子们忽然大笑起来，指点着他互相低语道，“先生不吃东西了，先生不吃东西了。”

学务委员觉得吴先生真是个坏教员，越看越不配自己的眼光，因为他不热心于教育，对职务没有尽忠的观念。但是他想到了重要的事情，为此而来的，也就耐着。他站得累了，想得歇一歇，先在一把空椅子面上吹了几口气，又郑重地揽起长褂的后幅，恐怕脏了皱了，然后慢慢地坐下来。他右手支着头，眉头微微皱着，却装做没事的样子说：“你这里太不成个样子，只有这几个学生！日内省视学快来视察，他见学生这样少，就可以断定这是个不良的学校。为你的面子计，你得去借十几个孩子来才行，——不论那一家的孩子都好，只须教他们坐着不要动。这本不关我的事，和你关切，所以提起了一声。”他说完了，左手抚摩上唇，像老人捋须的样子，目光注视着吴先生。

吴先生一身无形的绳索差不多全解除了，觉得宽松了好多，温热的铭感的心换去了恐惧，兴奋到不可说的程度，他虽然不明白怎样去借孩子,但也想不到问了。他只拱手过胸喃喃地说,“承先生指教!承先生指教!”

他忽又想起:“这不是个很好的机会么?去了两回没有遇见,现在他走上门来了。”一种冲动使他随口就说:“上月的……”他才觉得不好意思,便缩住了。

“什么?”学务委员以劲捷的语音这么问。

“上月的……”吴先生无可奈何,目光不敢正对学务委员,依旧没有勇气说下去。

“你尽管说就是了。”

吴先生知不说也是个不了,只得硬着头皮说,“请把上月未发的半份薪金见惠。”他再也不能多说一字了。

“你有什么用处呢?”

“吃用都等着这一笔钱呢。”

“你刚才不是买了吃的东西回来么?怎么还等着呢?”

“家里的人——家里还有三口,我怎能只顾自己,他们等着呢。”

“吃”字的声浪传到孩子们的耳官格外地清楚,他们看先生和客人谈话,本已忘了一切,现在却被唤醒了。拖大辫子的孩子牵着前坐的孩子的衣,低语道:“听见么?先生家里等着这个人给东西吃,不然,快要饿死了。”

戴银圈子的孩子不赞成这个推测,斥他道,“先生比我们发财得多,我们的骨头烂了,他肚子还饱涨呢。你偏要乱说!”

“我们一定要饿死烂骨头么?”一个很小的孩子接着问,他有惊怖的眼光。

“你今天回去就没有饭吃,明天饿死,后天烂骨头,烂得像烂泥一样。”戴银圈的孩子非常得意的样子这么说。

很小的孩子不再问了,他已沉入了神秘恐悸的幻想。

吴先生难过极了,他希望孩子们坐着不要动,他们却非但要动，还旁若无人地乱说；对他们看了几眼，全然没有效果。孩子们真顽钝，他们竟不能感应吴先生的心暂耐这一刻，吴先生只得把手一挥，含怒呵斥道："静！"

孩子们絮絮的语声像秋雨初收的样子，零零碎碎地停了。大家看了吴先生一眼，略微坐正身躯，椅子不耐震摇，作咕咕格格的呼声。

学务委员放下右手，挺直上体，上眼皮抬了一抬，表示庄严的样子，说，"教员不尽职，照例有相当的惩罚，你今天应当罚俸三分之一！"他在衣袋中摸出一块钱，随手向桌上一掷，清亮的声音引得孩子们同时射出异样的眼光来。他说，"这是你应得的，拿了去吧。"

吴先生那里料得到有这么一回事！欲待申辩，不但话语说不出，连思路也没有。桌子上雪白光亮的究竟是一块大洋呢。他不期然而然地取在手里，手心起冷和硬的感觉。

一九二一，九，二四

（原载《火灾》，商务印书馆一九二三年十一月版）

# 潘先生在难中

## 一

车站里挤满了人,各有各的心事,都现出异样的神色。脚夫的两手插在号衣的袋里,睡着一般地站着;他们知道可以得到特别收入的时间离得还远,也犯不着老早放出精神来。空气沉闷得很,人们略微感到呼吸的受压迫,大概快要下雨了。电灯亮了一歇了,仿佛比平时昏黄一点,望去好像一切的人物都在雾里梦里。

揭示处的黑漆版上标明西来的快车须迟到四点钟。这个报告在几点钟以前早就教人家看熟了,现在便同风化了的戏单一样,没有一个人再望它一眼。像这种报告,在这一个礼拜里,几乎每天每趟的行车都有:所以本来是难得的事情,大家也习以为当然了。

不知几多人心系着的来车居然到了,闷闷的一个车站就一变而为扰扰的境界。来客的安心,候客者的快意,以及脚夫的小小发财,我们且都不提。单讲一位从让里来的潘先生。他当火车没有驶进站场之先,早已调排得十分周妥:他领头,右手提着个黑漆皮包,左手牵着个七岁的孩子;七岁的孩子牵着他的哥哥(今年九岁);哥哥又牵着他的母亲,潘师母。潘先生说人多照顾不齐,这么牵着,首尾一气,犹如一条蛇,什么地方都好钻了。他又屡次叮嘱,教大家握得紧紧,切勿放手;尚恐大家万一忘了,又屡次摇荡他的左手,意思是教把这警告打电报一般一站站递过去。

首尾一气诚然不错,可是也不能全乎没有弊端。火车将停时,所有的客人和东西都要涌向车门,潘先生一家的一条蛇是有点尾大不掉了。他用黑漆皮包做前锋,胸腹部用力向前抵,居然进展到距车门只两个窗洞的地位。但是他的七岁的孩子还在距车门四个窗洞的地方,被挤在好些客人和坐椅的中间,一动不能动;两臂一前一后,伸得很长,前后的牵引力都很大,似乎快要把臂膊拉了去的样子。他急得直喊,“阿!我的臂膊!我的臂膊!”

一些客人听见了带哭的喊声,方才知道腰下挤着个孩子;留心一看,见他们四个人一串,手联手牵着。一个客人呵斥道,“赶快放手;要不然,把孩子拉做两半了!”

“怎么弄的,孩子不抱在手里!”又一个客人鄙夷的声气自语,他一方面仍注意在攫得向前进行的机会。

“不,”潘先生心想他们的话不对的,牵着自有牵着的妙用;再转一念,妙用岂是人人能够了解的,向他们辩白,也不过徒劳唇舌,不如省些精神罢:就把以下的话咽了下去。而七岁的孩子还是“臂膊!臂膊!”喊着,潘先生前进后退都没有希望,只得自己失约先放了手。随即惊惶地发命令道,“你们看着我!你们看着我!”

车轮一顿,在轨道上立定了;车门里弹出去似地跳下许多的人。潘先生觉得前头松动了些;但是后面的力量突然增加,他的脚作不得一点主,只得向前推移;要回转头来招呼自己的队伍,也不得自由,于是对着前头的人的后脑叫喊,“你们跟着我!你们跟着我!”

他居然从车门里被弹出来了。旋转身子看,后面没有他的儿子同夫人。心知他们还挤在车中,守住车门老等总是稳当的办法。又下来了百多人,方才看见脚踏上人丛中现出七岁的孩子的上半身,承着电灯光,面目作哭泣的形相。他走前去,几次被跳下来的客人冲回,才用左臂把孩子抱了下来。再等了一歇,潘师母同九岁的孩子也下来了;她吁吁地呼着气,连喊“阿唷,阿唷,”凄然的眼光相着潘先生的脸,似乎乞求抚慰的孩子。

潘先生到底镇定,看见自己的队伍全下来了,重又发命令道,

“我们仍旧同刚才这样联起来。你们看月台上的人这么多,收票处又挤得厉害,不是联着,就要走散了!”

七岁的孩子觉得害怕,拦住他的膝头说,“爸爸,抱。”

“没用的东西!”潘先生颇有点愤怒,但随即耐住,蹲下身子把孩子抱了起来。同时关照大的孩子拉着他的长衫的后幅,一手要紧紧牵着母亲,因为他自己一只手也没得空了。

潘师母向来不曾受过这样的困累,好容易下了车,却还有可怕的拥挤在前头,不禁发怨道,“早知道这样子,宁可死在家里,再也不要逃难的了!”

“悔什么!”潘先生一半发气,一半又觉得怜惜。“到了这里,懊悔也是没用。并且,性命到底安全了。走罢,当心脚下。”于是四个一串向人丛中蹒跚地移过去。

一阵的拥挤,潘先生如在梦里似的,出了收票处的隘口。他仿佛急流里的一滴水滴,没有回旋侧向的余地,只有顺着大众的势,脚不点地地走。一会儿,已经出了车站的铁栅栏,跨过了电车轨道,来到水门汀的旁路上。慌忙地回转身来,只见数不清的给电灯光耀得发白的面孔以及数不清的提箱与包裹,一齐向自己这边涌来。忽然觉得长衫后幅上的小手没有了,不知什么时候放了的;心头怅惘到不可说,只无意识地把身子乱转。转了几回,一丝影踪也没有。家破人亡之感立时袭进他的心门,禁不住渗出两滴眼泪来,望出去电灯人形都有点模糊了。

幸而抱着的孩子眼光敏锐,他瞥见母亲的疏疏的额发,便认识了,举起手来指点道,“妈妈,那边。”

潘先生一喜;但是还有点不大相信,眼睛凑近孩子的衣衫擦了擦,然后望去。搜寻了一歇,果然看见他的夫人呆鼠一般在人丛中瞎撞,前面护着那大的孩子:他们还没有跨过电车轨道呢。他便向前迎上去,连喊着“阿大,”把他们引到刚才站定的旁路上。于是放下手中的孩子,舒畅地吐一口气,一手抹着脸上的汗说,“现在好了！”的确好了，只要跨出那一道铁栅栏，就有人保着险，什么兵火焚掠都遭逢不到；而已经散失的一妻一子，又幸福得很，一寻即着：岂不是四条性命，一个皮包，都从毁灭和危难的当中捡了回来么？岂不是“现在好了？”

“黄包车！”潘先生很入调地喊着。

车夫们听见了，一齐拉着车围拢来，问他到什么地方。

他昂起一点头，似乎增加好几分威严，伸出两个指头扬着说，“只消两辆！两辆！”他想了一想，续说，“十个铜子，四马路，去的就去！”这分明表示他是个“老上海”。

辩论了好一会，终于讲定十二个铜子一辆。潘师母带着大的孩子坐一辆，潘先生带着小的孩子同黑漆皮包坐一辆。

车夫刚欲拔脚前奔，一个背枪的印度巡捕一臂在前面一横，只得缩住了。小的孩子看这个人的形相可怕，不由得回过脸来，贴着父亲的胸际。

潘先生领悟了，连忙解释道，“不要害怕，那就是印度巡捕，你看他的红包头。我们因为本地没有他，所以要逃到这里来；他背着枪保护我们。他的胡子很好玩的，你可以看一看，同罗汉的胡子一个样子。”

孩子总觉得怕，便是同罗汉一样的胡子也不想看。直到听见哨哨的声音，才从侧边斜睨过去，只见很亮很亮的一个房间一闪就过去了；那边一家家都是花花灿灿的，都点得亮亮：他于是不再贴着父亲的胸际。

到了四马路，一连问了八九家旅馆，都大大的写着客满的牌子；而且一望而知情商也没有用，因为客堂里都搭起床铺，可知确实是住满了。最后到一家也标着客满，但是一个伙计懒懒地开口道，“找房间么？”

“是找房间，这里还有么？”一缕安慰的心直透潘先生的周身，仿佛到了家的样子。

"有是有一间,客人刚刚搬走,他自己租了房子了。你先生若是迟来一刻,说不定就没有了。"

"那一间就是我们住好了。"他放了小的孩子,回身去扶下夫人同大的孩子来,说,"我们总算运气好,居然有房间住了!"随即付车钱,慷慨地照原议价加上一个铜子;他相信运气好的时候多给人一些好处,以后好的运气会续续而来的。但是车夫偏不知足,说跟着他们回来回去走了这多时,非加上五个铜子不可。结果旅馆里的伙计出来调停,潘先生又多破费了四个铜子。

这房间就在楼下,有一个床,一盏电灯,一桌,两椅,此外就只有烟雾一般的一间的空气了。潘先生一家跟着茶房走进去时,立刻闻到刺鼻的油腥味,中间又混着阵阵的尿臭。潘先生不快地自语道,"讨厌的气味!"随听见隔壁有食料投下油锅的声音,才知道原是一间厨房。再一思想气味虽讨厌,究比吃枪子睡露天好多了;也就觉得没有什么,舒舒泰泰在一张椅子上坐下。

"用晚饭吧?"茶房摆下皮包回头问。

"我要吃火腿汤淘饭,"小的孩子咬着指头说。

潘师母马上对他看个白眼,凛然说,"火腿汤淘饭!是逃难呢,有得吃就好了,还要这样那样点戏!"

大的孩子也不懂看看风色,央着潘先生说,"今天到上海了,你可给我吃大菜。"

潘师母竟然发怒了,她回头呵斥道,"你们都是没有心肝的,只配什么也没得吃,活活地饿……"

潘先生有点儿窘,却作没事的样子说,"小孩子懂得什么。"便分付茶房道,"我们在路上吃了东西了,现在只消来两客蛋炒饭。"

茶房似答非答地一点头就走,刚出房门,潘先生又把他喊回来道,"带一斤绍兴,一毛钱熏鱼来。"

茶房的脚声听不见了,潘先生舒快地对着潘师母道,"这一刻该得乐一乐,喝一杯了。你想,从兵祸凶险的地方,来到这绝无其事的境界,第一件可乐。刚才你们忽然离开了我,找了半天找不见,真把我急得要死了;倒是阿二乖觉,(他说着,把阿二拖在身边,一手轻轻地拍着,)他一眼便看见了你,于是我迎上来:这是第二件可乐。乐哉乐哉,陶陶酌一杯。”他作举杯就口的样子,迷迷地笑着。

潘师母不响,她正想着家里呢。细软的虽然已经带在皮包里以及寄到教堂里去了,但是留下的东西究竟还不少。不知王妈到底可靠不可靠;又不知隔壁那家穷人家曾不曾知晓他们一家统出来了,只剩个王妈在家里看守;又不知王妈睡觉时,要不要忘记关上一扇门或是一扇窗。她又想起院子里的三只母鸡,没有做完的阿二的裤子,厨房里的一碗白爊鸭……真同通了电一般,一刻之间,种种的事情都涌上心头,觉得异样地不舒服;便叹口气道,“不知弄到怎样呢!”

两个孩子都怀着失望的心情,茫昧地觉得这样的上海没有平时父母嘴里的上海来得好玩而有味。

疏疏的雨点从窗外洒进来,潘先生站起来说,“果真下雨了,幸亏在这一刻下,”就把窗关上。突然看见本来给窗子掩没的《旅客须知单》,他便想起一件顶紧要的事情,一眼不眨地直注着那单子看。

“不折不扣,两块!”他惊讶地喊。回转头时,眼珠瞪视着潘师母,一段舌头从嘴里伸了出来。

## 二

明天早上,走廊中茶房们正蜷在几条长凳上熟睡,狭得止有一条的天井上面很少有晨光透下来,几许房间里的电灯还是昏黄地亮着。但是潘先生夫妇两个已经在那里谈话了;两个孩子希望今天的上海或许比昨晚的好一点,也醒了一歇了,只因父母教他们再睡一会,所以还躺在床上,彼此呵痒为戏。

“我说你一定不要回去,”潘师母焦心地说。“这报纸上的话知道它靠得住靠不住的。既然千难万难地逃了出来,那有立刻又回去的道理!”

“料是我早先也料到的。顾局长的脾气就是一点不肯马虎。地方上又没有战事,学自然照常要开的。(这句话确然是他的声口。)这个通信员我也认识,就是教育局里的职员,又那里会靠不住?回去是一定要回去的。”

“你要晓得,回去危险呢!”潘师母凄然地说。“说不定三天两天他们就会打到我们那地方去,你就回去开学,有什么学生来念书?就是不打到我们那地方,将来教育局长怪你为什么不开学时,你也有话回答。你只要问他,到底性命要紧还是学堂要紧?他也是一条性命,想来决不会对你过不去。”

“你懂得什么!”潘先生颇怀着鄙薄的意思。“这种话只配躲在家里,伏在床角里,由你这种女人去说:你道我们也说得出口的么!你切不要拦阻我,(这时候他已转为抚慰的声调,)回去是一定要回去的;但是决没有一点危险,我自有保全自己的法子。而且,(他自喜心思的灵捷,微微笑着,)你不是很不放心家里的东西么?我回去了,就可以自己照看,你也得定心定意住在这里了。等到时局平定了,我马上来接你们回去。”

潘师母知道丈夫的回去是万无挽回的了。回去能得照看东西固然很好;但是风声这样地紧,一去之后,犹如珠子抛在海里,谁保得定必能捞回来呢!生离死别的哀感涌上她的心头,再不敢正眼看她的丈夫,眼泪早在眼角边偷偷地想跑出来了。她又立刻想起这不大吉利,现在并没有什么不好的事情,怎能凄惨地流起泪来。于是勉强忍住,聊作自慰的请求道,“那么你去看看情形,假使教育局长并没有照常开学这句话,如还来得及,你就趁了今天下午的车来,不然,趁了明天的早车来。你要知道,(她到底忍不住,一滴眼泪落在手背,立刻在衫子上擦去了,)我不放心呢!”

潘先生心里也着实有点烦乱。局长的意思照常开学,自己万无主张暂缓开学之理,回去当然是天经地义。但是又怎么放得下这里!看他夫人这样的依依之情,决计一走,未免太没有恩义。又况一个女人两个孩子都是很懦弱的,一无依傍,寄住在外边,怎能断言决没有意外?他这样想时,不禁深深地发恨:恨这人那人调兵遣将,预备作战,恨教育局长主张照常开课,又恨自己没有个已经成年,可以帮助一臂的儿子。

但是他究竟不比女人,他更从利害远近种种方面着想,觉得回去终于是天经地义。便把恼恨搁在一旁,脸上也不露一毫形色,顺着夫人的口气点头道,“假若打听明白局长并没有这意思,依你的话,就趁了下午的车来。”

两个孩子约略听得回去和再来的话,小的就伏在床沿作娇道,“我也要回去。”

“我同爸爸妈妈回去,剩下你独个住在这里。”大的孩子扮着鬼脸说。

小的听着,便迫紧喉咙喊作啼哭的腔调,小手擦着眉眼的部分,但眼睛里实在没有眼泪。

“你们都跟着妈妈留在这里。”潘先生提高了声音说。“再不许胡闹了,好好儿起来待吃早饭罢。”说罢,又嘱咐了潘师母几句,径出雇车,赶往车站。

模糊地听得行人在那里说铁路已断火车不开的话,潘先生想,“火车如果不开,倒死了我的心,就是立刻免职也只得由他了。”同时又觉得这消息很使他失望;因想他若是运气好,未必会逢到这等失望的事,那么行人的话也未必可靠。欲决此疑,只希望车夫三步并作一步跑。

他的运气诚然不坏,赶到车站一看,并没有火车不开的通告;揭示处只标明夜车要迟四点钟才到,这一刻还没有到呢。买票处绝不拥挤，时时有一两个人前去买票。聚在站中的人却不少，一半是候客的，一半是为看看来的，也有带着照相器具的，专等夜车到时摄取车站拥挤的情形，好作将来《风云变幻史》的一页。行李房满满地堆着箱子铺盖，各色各样，几乎碰到铅皮的屋面。

他心中似乎很安慰，又似乎有点儿怅惘，顿了一顿，终于前去买了张三等票，就走入车厢里坐着。晴明的阳光照得一车通亮，温温地不嫌燠热；坐位很宽舒，就是勉强要躺躺也可以。他想，“这是难得逢到的。倘若心里没有事，真是趟愉快的旅行呢。”

这趟车一路耽搁，听候军人的命令，等待兵车的通过，直到抵达让里，已是下午三点过了。潘先生下了车，急忙赶到家，看见大门紧紧关着，心便一定，原来昨天再四叮嘱王妈的就是这一件。

扣了十几下，王妈方才把门开了。一见潘先生，出惊地说，“怎么，先生回来了！不用逃难了么？”

潘先生含糊回答了她，奔进里面四周一看，便开了房门的锁，闯进去上下左右打量着。没有变更，一点没有变更，什么都同昨天一样。于是他吊起的一半心放下来了。还有一半心没放下，便又锁上房门，回身出门；吩咐王妈道，“你照旧好好把门关上吧。”

王妈摸不清头绪，关了门进去只是思索。她想主人们一定就住在本地，恐怕她也要跟了去，所以骗她说逃到上海去。“不然，怎么先生又回来了？奶奶同两个孩子不一同来，又躲在什么地方呢？但是，他们为什么不让我跟了去？这自然嫌得人多了不好。——他们一定就住在那洋人的红房子里，那些兵都讲通的，打起仗来不打那红房子。——其实就是老实告诉我，要我跟了去，我也不高兴呢。我在这里一点也不怕；如果打仗打到这里来，横竖我的老衣早做好了。”她随即想起甥女儿送她的一双绣花鞋真好看，穿了这鞋子上西方，阎王一定另眼相看；于是她感到一种微妙的舒快，不复想那主人究竟在那里的问题。

潘先生出门，就去访那当通信员的教员局职员，问他局长究竟有没有照常开学的意思。那人回答道,“怎么没有?他还说有一些教员只顾逃难,不顾职务,这就是表示教育的事业不配他们干的;乘此淘汰一下也是好处。”潘先生听了,仿佛觉得一凛;但又赞赏自己的有主意,决定回来到底是不错的。一口气奔到自己的学校里,提起笔来就草送给学生家属的通告。意思是说兵乱虽然可虑,子弟的教育犹如布帛菽粟,是一天一刻不可废离的,现在暑假期满,我校照常开学。从前欧洲大战的时候,他们天空里布着御防炸弹的网,下面学校里却依然在那里上课。这种非常的精神,我们应当不让他们专美于前。希望家长们能够体谅这一层意思,如无其事地依旧把子弟送来。这不但是家庭和学校的益处,实也是地方和国家的荣誉。

他起完这草,往复看了三遍,觉得再没有可以增损,局长看见了,至少也得说一声“先得我心。”便得意地誊上蜡纸,又自己动手印刷了百多张,命校役向一个个学生家里送去。公事算是完毕了,开始想到私事:既要开学,上海是去不成了,他们母子三个住在旅馆里怎么弄得下去!但也没有办法,惟有教他们一切留意,安心住着。于是蘸着刚才的残墨写寄与夫人的信。

明天,他从茶馆里得到确实的信息,铁路真个不通了!他心头突然一沉,似乎觉得最亲热的一妻两儿忽地乘风飘去,飘得很远,几至于渺茫。没精没采地踱到学校里,校役回报昨天的使命道,“昨天出去派通告,有二十多家是关上大门的,打也打不开,只好从门缝里插了进去。有三十多家只有用人在家里,主人逃到上海去了,孩子当然跟着去,不一定几时才能回来念书。其余的都说知道了;有的又说性命还保不定安全,读书的事情再说罢。”

“哦,知道了。”潘先生并不留心在这些上边,更深的忧虑正萦绕于心曲。抽完了一支香烟以后,应走的路途决定了,便赶到红十字会分会的办事处。

他缴纳会费愿做会员;又宣言自己的学校房屋还宽阔,也愿意作为妇女收容所，到万一的时候收容妇女。这是慈善的举措，当然受热诚的欢迎，更兼潘先生本来是体面的大家知道的人物。办事处就给他红十字的旗子，好在学校门前张起来；又给他红十字的徽章，标明这是红十字会的一员。

潘先生接旗子和徽章在手，如捧着救命的神符，心头起一种神秘的快慰。"现在什么都安全了！但是……"想到这里，便笑向办事处的职员道，"多给我一面旗，几个徽章罢？"他的理由是学校还有个侧门，也得张一面旗，而徽章这东西不很大，恐怕偶尔遗失了，不如多拿几个备在那里。

办事员同他说笑话，这些东西又不好吃的，拿着玩也没什么意思，多拿几份仍旧只作一个会员，不如不要多拿罢。但是终于依他的话给了他。

两面红十字旗立刻在新秋的轻风中招展着；可是学校的侧门上并没有，原来移到潘先生家的大门上去了。一枚红十字徽章早已跳上潘先生的衣襟，闪耀着慈善庄严的光，给与潘先生一种新的勇气。其余几枚呢，潘先生重重包裹着，藏在贴身小衫的一个口袋里。他想，"一个是她的，一个是阿大的，一个是阿二的。"虽然他们离处在那渺茫难接的上海，但是仿佛给他们加保了一重稳当可靠的险，他们也就各各增加一种新的勇气。

## 三

碧庄地方两军开火了！

让里的人家很少有开门的，店铺自然更不用说。路上时时有兵士经过。他们快要开拔到前方去，觉得最高的权威附灵在自己的身上，什么东西都不在眼里，只要高兴提起脚来踏，总可踏做泥团踏做粉。这就是了拉夫的事情：恐怕被拉的人乘隙脱逃，便用长绳一个联一个缚着臂膊，几个弟兄在前，几个弟兄在后，一串一串牵着走。因此，大家对于出门这事都觉得危惧，万不得已时，也只从小巷僻路走，甚至佩有红十字徽章如潘先生之辈，也不免怀着戒心，不敢大模大样地踱来踱去。于是让里的街道见得清静且宽阔起来了。

上海的报纸好几天没有来。本地的军事机关却常常有前方的战报公布出来，无非是些“敌军大败，我军进攻若干里”的话。街头巷口贴出一张新鲜的来时，慢慢聚集，也有好些人注目看着。但大家看罢以后依然不能定心，好似这布告的背后还伏着许多的话，于是怅怅地各自散了，眉头照旧皱着。

这几天潘先生无聊极了。最难堪的，自然是妻儿的远离，而且不通消息，而且似乎有永远难通的朕兆。次之便是自身的问题，“碧庄冲过来只一百多里路，这徽章虽说有用处，可是没有人写过笔据，万一没有用，又向谁去说话？——枪子炮弹劫掠放火都是真家伙，不是耍的，到底要多打听多走门路才行。”他于是这里那里探听前方的消息，只要这消息与外间传说的不同，便觉得真实的分数越多，即根据着盘算对于自身的利害。街上如其有一个人神色仓皇急忙行走时，他便突地一惊，以为这个人一定探得确实而又可怕的消息了；只因与他不相识，“什么！”就在喉际咽住了。

红十字会派人在前方办理救护的事情，常有人附着兵车回来，要打听消息自然最可靠了。潘先生虽然是个会员，却不常到办事处去探听，以为这样就对公众表示胆怯，很不好意思。然而红十字会究竟是可以得到真消息的机关，舍此他求未免有点傻，于是每天傍晚，到姓吴的办事员家里打听去。姓吴的告诉他没有什么，或者说前方抵住在那里，他才透了口气回家。

这一天傍晚，潘先生又到姓吴的家里；等了好久，姓吴的才从外面走进来。

“没有什么罢？”潘先生急切地问。“照布告上说，昨天正向对方总攻击呢。”

“不行，”姓吴的忧愁地说；但随即咽住了，捻着唇边仅有的几根二三分长的胡须。

“什么！”潘先生心头突地跳起来，周身有种拘牵不自由的感觉。

姓吴的悄悄地回答，似乎防着人家偷听了去的样子，“确实的消息，正安（距碧庄八里的一个镇）今天早上失守了！”

“啊！”潘先生发狂似地喊出来。顿了一顿，回身就走，一壁说道，“我回去了！”

路上的电灯似乎特别昏暗，背后又仿佛有人追赶着的样子，惴惴地，歪斜的急步赶到了家，叮嘱王妈道，“你关着门就可安睡，我今夜有事，不回来住了。”他看见衣橱里有件绉纱的旧棉袍，当时没有收拾在寄出去的箱子里，丢了也可惜；又有孩子的几件布夹衫，仔细看实在还可以穿穿；又有潘师母的一条旧绸裙，她不一定舍得便不要它：便胡乱包在一起，提着出门。

“车！车！福星街红房子，一毛钱。”

“那里有一毛钱的？”车夫懒懒地说。“你看这几天路上有几辆车？不是拚死寻饭吃的，早就躲起来了。随你要不要，三毛钱。”

“就是三毛钱，”潘先生迎上去，跨上脚踏坐稳了，“你也得依着我，跑得快一点！”

“潘先生，你到那里去？”一个姓黄的同业在途中瞥见了他，立定了问。

“哦，先生，到那边……”潘先生失措地回答，也不辨这是谁的声音；忽然想起回答他实是多事，——车轮滚得绝快，那个人决不至于赶上来再问，——便缩住了。

红房子里早已住满了人，大部是十天以前就搬来的，儿啼人语，灯火这边那边亮着，颇有点热闹的气象。主人翁相见之后，说“这里实在没有余屋了。但是先生的东西都寄在这里，却也不好拒绝。刚才有几位匆忙地赶来，也因不好拒绝，权且把一间做饭吃的厢房给他们安顿。现在去同他们商量，总可以多插你先生一个。”

“商量商量总可以，”潘先生到了家一般地安慰。“况且在这么的时候。我也不预备睡觉，随便坐坐就得了。”

他提着包裹跨进厢房的当儿，疑惑自己受惊太厉害了，眼睛生了翳，因而引起错觉。但是闭了一闭再张开来时，所见依然如前，这靠窗坐着，在那里同对面的人谈话，上唇翘起两笔浓须的，不就是教育局长么？

他顿时踌躇起来，已跨进去的一只脚想要缩出来，又似乎不大好。那局长也望见了他，尴尬的脸上故作笑容说，“潘先生，你来了，进来坐坐。”主人翁听了，知道他们是相识的，转身自去。

“局长先在这里了。还方便罢，再容一个人？”

“我们只三个人，当然还可以容你。我们带着席子；好在天气不很凉，可以轮流躺着歇歇。”

潘先生觉得今晚的局长特别可亲，全不同平日那副庄严的神态，便忘形地直跨进去说，“那么不客气，就要陪三位先生过一夜了。”

这厢房不很宽阔。地上铺着一张席，一个戴眼镜的中年人坐在上面，略微有疲倦的神色，但绝无欲睡的意思。锅灶等东西贴着一壁。靠窗一排摆着三只凳子，局长坐一只，头发梳得很光的二十多岁的人，局长的表弟，坐一只，一只空着。那边的墙角有一只柳条箱，三个衣包，大概就是三位先生带来的。仅仅这些，房里已没有空地了。电灯的光本来很弱，又蒙上了一层灰尘，照得房里的人物都昏黯模糊。

潘先生也把衣包摆在那边的墙角，与三位的东西合伙。回过来谦逊地坐上那只空凳子。局长给他介绍了自己的同伴，随说，“你也听到了正安的消息么？”

“是呀，正安，正安失守，碧庄未必靠得住呢。”

“大概这方面对于南路很疏忽，正安失守，便是明证。那方面从正安袭取碧庄是最便当的，说不定此刻已被他们得手了。要是这样，不堪设想！”

“要是这样，这里非糜烂不可！”

“但是，这方面的杜统帅不是庸碌无能的人，他是著名善于用兵的，大约见得到这一层，总有方法抵当得住，也许就此反守为攻，势如破竹，直捣那方面的巢穴呢。”

“但得这样，战事便收场了，那就好了！——我们办学的就可以开起学来，照常进行。”

局长一听到办学，立刻感得自己的尊严，捻着浓须叹道，“别的不要讲，这一场战争，大大小小的学生吃亏不小呢！”他把坐在这间小厢房里的偪促不舒的感觉遗忘了，仿佛堂皇地坐在教育局的办公室里。

坐在席上的中年人仰起头来含恨似地说，“那方面的朱统帅实在可恶！这方面打过去，他抵抗些什么，——他没有不终于吃败仗的。他若肯漂亮点儿让了，战事早就没有了。”

“他是傻子，”局长的表弟顺着说，“不到尽头不肯死心的。只是连累了我们，这当儿坐在这又暗又窄的房间里。”他带着玩笑的神气。

潘先生却想念起远在上海的妻儿来了。他不知他们可安好，不知他们出了什么乱子没有，不知他们此刻已经睡了不曾，抓既抓不到，想像也极模糊；因想自己的被累要算最深重了，凄然望着窗外的小院子默不作声。

“不知到底怎样呢！”他又转想到那个可怕的消息以及意料所及的危险，不自主地吐露了这一句。

“难说，”局长表示富有经验的样子说。“用兵全在趁一个机，机是刻刻变化的，也许竟不被我们所料，此刻已……所以我们……”他对着中年人一笑。

中年人，局长的表弟同潘先生三个已经领会这一笑的意味；大家想坐在这地方总不至于有什么，也各安慰地一笑。

小院子里长满了草，是蚊虫同各种小虫的安适的国土。厢房里灯光亮着，它们齐向那里飞去。四位怀着惊恐的先生就够受用了；扑头扑面的全是那些小东西，蚊虫突然一针，痛得直跳起来，又时时停语侧耳，惶惶地听外边有没有枪声或人众的喧哗。睡眠当然是无望了，只实做了局长所说的轮流躺着歇歇。

明天清晨，潘先生的眼球上添了几缕红丝；风吹过来，觉得身上很冷。他急欲知道外面的情形，独个闪出红房子的大门。路上同平时的早晨一样，街犬竖起了尾巴高兴地这头那头望，偶尔走过一两个睡眼惺忪的人。他走过去，转入又一条街，也不听见什么特别的风声。回想昨夜的匆忙情形，不禁心里好笑。但是再转一念，又觉得实在并无可笑，小心一点总比冒险好。

二十余天之后，战事停止了。大众点头自慰道，“这就好了！只要不打仗，什么都平安了！”但是潘先生还不大满意，铁路还没有通，不能就把避居上海的妻儿接回来。信是来过两封了，但简略得很，比较不看更教他想念。他又恨自己到底没有先见之明；不然，这一笔冤枉的逃难费可以省下，又免得几十天的孤单。

他知道教育局里一定要提到开学的事情了，便前去打听，跨进招待室，看见局里的几个职员在那里裁纸磨墨，像是办喜事的样子。

一个职员喊出来道，“巧得很，潘先生来了！你写得一手好颜字，这个差就请你当了罢。”

“这么大的字，非得潘先生写不可，”其余几个人附和着。

“写什么东西？我完全茫然。”

“我们这里正筹备欢迎杜统帅凯旋的事务。车站的两头要搭起对对的四个彩牌坊，让统帅的花车在中间通过。现在要写的就是牌坊上的几个字。”

“我那里配写这上边的字。”

“当仁不让，”“一致推举，”几个人一哄地说；笔杆便送到潘先生的手里。

潘先生觉得这当儿很有点滋味，接了笔便在墨盆里蘸墨汁，凝想一下，提起笔来在蜡笺上一并排写“功高岳牧”四个大字。第二张写的是“威镇东南”。又写第三张，是“德隆恩溥”。——他写到“溥”字，仿佛觉得许多的影片，拉夫，开炮，烧房屋，淫妇人，菜色的男女，腐烂的死尸，在眼前一闪。

旁边看写字的一个人赞叹说，“这一句更见恳切。字也越来越好了。”

“看他对上一句什么，”又一个说。

一九二四，一一，二七

（原载《小说月报》第十六卷第一号，一九二五年一月）

# 夜

一条不很整洁的里弄，一幢一楼一底的屋内，桌上的煤油灯放着黄晕的光，照得所有的器物模糊，惨淡，像反而增了些阴黯。桌旁坐着个老妇人，手里抱一个大约不过两周岁的孩子。那老妇人是普通的型式，额上虽然已画着好几条皱纹，还不见得怎样衰老。只是她的眼睛有点儿怪，深陷的眼眶里，红筋牵牵的，发亮；放大的瞳子注视孩子的脸，定定的，凄然失神。她看孩子因为受着突然的打击，红润的颜色已转得苍白，肌肉也宽松不少了。

近来，那孩子特别地会哭，犹如半年前刚断奶的时候。仿佛给谁骤然打了一下似的，不知怎么一来就拉开了喉咙直叫，叫开了头便难得停，好比大暑天的蝉儿。老妇人于是百般地抚慰，把自己年轻时抚慰孩子的语句一一背诵了出来。可是不大见效，似乎孩子嫌那些太古旧又太拙劣了。直到他自己没了力，一壁呜咽，一壁让眼皮一会开一会闭而终于阖拢，才算收场。

今晚那老妇人却似感得特别安慰；到这时候了，孩子的哭还不见开场，假若就这样倦下来睡着，岂不是难得的安静的一晚。然而在另一方面，她又感得特别不安；不晓得就将回来的阿弟怎么说法，不晓得几天来醒里梦里系念着的可怜的宝贝到底有没有着落。

晚上，在她，这几天真不好过。除了孩子的啼哭，黄晕的灯光里，她仿佛看见隐隐闪闪的好些形象。有时又仿佛看见鲜红的一滩，在这里或是那里，——这是血！里外，汽车奔驰而过，笨重的运货车有韵律地响着铁轮，她就仿佛看见一辆汽车载着被捆缚的两个，他们的手足上是累赘而击触有声的镣铐。门首时时有轻重徐疾的脚步声经过，她总觉得害怕，以为或者就是找她同孩子来的。邻家的门环儿一声响，那更使她心头突地一跳。本来已届少眠年龄的她这样提心吊胆地尝味恐怖的味道，就一刻也不得入梦。睡时，灯是不敢点的，她怕楼上的灯光招惹另外的是非。也希冀眼前能得干净，完全一片黑。然而没有用，隐隐闪闪的那些形像还是显现，鲜红的一摊还是落山的太阳般似乎尽在那里扩大开来。于是，只得紧紧地抱住梦里时而呜咽的孩子……

这时候，她注视着孩子，在她衰弱而创伤的脑里涌现着雾海般迷茫的未来。往那方走才是道路呢？她一毫也不能辨认。怕有些猛兽或者陷阱隐在这雾海里边罢，她想十分九会的。而伴同前去冒险的，只这才能学话的孩子；简直等于孤零的一个。她不敢再想，无聊地问孩子，"大男乖的，你姓甚？"

"张。"大男随口回答。孩子于尚未解悟姓的意义的时候，自己的姓往往被教练成口头的熟语，同叫爹爹妈妈一样地惯习。

"不！不！"老妇人轻轻呵斥。她想他的新功课还没弄得熟，有点发愁，只得重行矫正他说，"不要瞎说，那个姓张！我教你，大男姓孙。记着，孙，孙……"

"孙。"大男并不坚持，仰起脸来看老妇人的脸，就这样学着说，发音带十二分的稚气。

老妇人的眼睛重重地闭了两闭；她的泪泉差不多枯竭了，眼睛闭两闭就表示心头一阵酸，周身经验到哭泣时的一切感觉。"不错，姓孙，孙。再来问你，大男姓甚？"

"孙。"大男顽皮地学舌，同时伸手想去取老妇人头上那翡翠簪儿。

"乖的，大男乖的。"老妇人把大男紧紧抱住，脸孔依贴着他的花洋布衫。"随便那个问你，你说姓孙，你说姓孙……"声音渐渐凄咽了。

大男的手臂给老妇人抱住，不能取那翡翠簪儿，哇～～～突然哭起来了。小身躯死命地挣扎，泪水淌得满脸。

老妇人知道每晚的常课又得开头，安然而过已成梦想，便故作柔和的声音来呜他："大男乖的……不要哭呀……花团团来看大男了……坐着红轿子来了……坐着花马车来了……"

大男照例地不理睬，喉咙却张得更大了，"哇～～妈妈呀～～妈妈呀～～"

这样的哭最使老妇人伤心又害怕。伤心的是一声就如一针，针针刺着自己的心。害怕的是屋墙很单薄，左右邻舍留心一听就会起疑念。然而给他医治却不容易；一句明知无效的"妈妈就会来的"战兢兢地说了再说，只使大男哭得更响一点，而且张大了水汪汪的眼睛四望，看妈妈从那里来。

老妇人于是站起来走，把大男横在自己的臂弯里；从她那动作的滞钝以及步履的沉重，又见她确实有点衰老了。她来回地走着，背诵那些又古旧又拙劣的抚慰孩子的语句。屋内的器物仿佛跟着哭声的震荡而晃动起来，灯焰似在化得大，化得大，——啊，一摊血！她闭了疲劳的眼，不敢再看。耳际虽有孩子撕裂似的哭声，却同在神怪的空山里一样，幽寂得教血都变冷。

搭，搭，外面有叩门声，同时，躺在跨街楼底下的那条癞黄狗汪汪地叫起来。她吓得一跳。但随即省悟这声音极熟，一定是阿弟回来了，便匆遽地走去开门。

门才开一道缝，外面的人便闪了进来；连忙，轻轻地，回身把门关上，好像提防别的什么东西也乘势掩了进来。

"怎样？"老妇人悄然而焦急地问。她恨不得阿弟挖一颗心给她看，让她一下子知道他所知道的一切。

阿弟走进屋内，向四下看一周，便一屁股坐下来，张开了口腔喘气。是四十左右商人模样的人，眼的四围刻着纤细的皱纹形成永久的笑意，眼睛颇细，鼻子也不大，额上渍着汗水发亮，但是他正感着一阵阵寒冷呢。他见大男啼哭，想起袋子里的几个荸荠，便摸了出来授给他，“你吃荸荠，不要哭罢。”

大男原也倦了，几个荸荠又多少有点引诱力，便伸出两只小手接受了，一壁抽咽一壁咬着荸荠。这才让老妇人仍得坐在桌旁。

“唉！总算看见了。”阿弟摸着额角，颓然，像完全消失了气力。

“看见了？”老妇人的眼睛张得可怕地大，心头是一种悲痛而超乎悲痛的麻麻辣辣的况味。

“才看见了来。”

老妇人几乎欲拉了阿弟便引她跑出去看，但恐怖心告诉她不应该这样卤莽，只得怅然地“喔！”

“阿姊，你说世界上没有一个好人，是不是？其实也不一定，像今天遇见的那个弟兄，他就是一个好人。”他感服地竖着右手的大拇指。

“就是你去找他的那一个不是？”

“是呀。我找着了他，在一家小茶馆里。我好言好语同他说，有这样这样两个人，想来该有数。现在，人是完了，求他的恩典，大慈大悲，指点我去认一认他们的棺木。”他眉头一皱，原有眼睛四围的皱纹见得更为显著，同时搔头咂嘴，表示进行并不顺利。“他却不大理睬，说别麻烦罢，完了的人也多得很，男的，女的，长衫的，短褂的，谁记得清这样两个，那样两个；况且棺木是不让去认的。我既然找到了他，那里肯放手。我又同他说了，告诉他这两个人怎样地可怜，是夫妻两个，女的有年老的娘，他们的孩子天天在外婆手里啼哭，叫着妈妈，妈妈，……请他看老的小的面上发点慈悲心……唉！不用说罢，总之什么都说了，只少跪下来对他叩头。”

老妇人听着，凄然垂下眼光看手中的孩子；孩子矇眬欲睡了，几个荸荠已落在她的袖弯里。

“这一番话却动了他的心。”阿弟带着矜夸的声调接续说；永久作笑意的脸上浮现真实的笑，但立刻就收敛了。“这叫人情人情，只要是人，同他讲情，没有讲不通的。他不像起先这样讲官话了，想了想叹口气说，‘人是有这样两个的。谁不是爷娘的心肝骨肉！听你讲得伤心，就给你指点了罢。不过好好儿夫妻两个，为什么不安分过日子，倒去干那一些勾当！’我说这可不大明白，我们生意人不懂他们念书人的心思，大概是～～”

“嘘～～”老妇人舒口气，她感觉心胸被压抑得太紧结了。她同她的阿弟一样不懂女儿女婿的心思，但她清楚地知道他们同脸生横肉、声带杀气的那些囚徒决不是一类人。不是一类人为什么得到同样的结果？这是她近来时刻想起致非常苦闷的问题。可是没有人给她解答。

“他约我六点钟在某路转角等他。我自然千恩万谢，那里敢怠慢，提早就到那里去等着。六点过一歇，他果真来了，换了平常人的衣服。他引着我向野里走，一路同我谈。啊——”

他停住了。他不敢回想；然而那些见闻偏同无赖汉一般撩拨着他，使他不得不回想。他想如果照样说出来，太伤阿姊的心了，说不定她会昏厥不省人事。——两个人向野里走。没有路灯。天上也没有星月，是闷郁得像要压到头顶上来的黑暗。远处树同建筑物的黑影动也不动，像怪物摆着阵势。偶或有两三点萤火飘起又落下，这不是鬼在跳舞，快活得眨眼么。狗吠声同汽车的呜呜声远得几乎渺茫，似在天末的那边。却有微细的嘶嘶声在空中流荡，那是些才得到生命的小虫子。早上还下雨，湿泥地不容易走，又看不见，好几回险些儿跌倒。那弟兄嘴唇粘着支纸烟，一壁吸烟一壁幽幽地说，“他们两个都不行，没有一点气概，带出来就索索地抖，像两只鸡。面色灰了，你看我，我看你，眼泪水直淌，想说话又说不上。你知道，这样的家伙我们就怕。我们不怕打仗，抬起枪来一阵地扳机关，我想你也该会，就只怕抬不动枪。敌人在前面呀，开中的，开不中的，你都不知道他们面长面短。若说人是捆好在前面，一根头发一根眉毛都看得清楚，要动手，那就怕。没有别的，到底明明白白是一个人呀。更其是那些没有一点气概的,眼泪水溅到你手上,抖得你牙齿发软,那简直干不了。那一天,我们那个弟兄,上头的命令呀,缩了好几回,才皱着眉头,砰地一响开出去。那晓这就差了准儿,中在男的臂膀上。他痛得一阵挣扎。女的呼娘呼儿直叫起来,像个发了狂。老实说,我心里难受了,回转头,不想再看。又是三响,才算结果了,两个染了满身红。"那弟兄这样叙述,听他的似乎气都透不来了;两腿僵僵的提起了不敢放下,仿佛放下就会踏着个骷髅。然而总得要走,只好紧紧跟随那弟兄的步子,前胸差不多贴着他的背心。

老妇人见阿弟瞪着细眼凝想,同时又搔头皮,知道有下文,愕然问,"他谈些什么?他看见他们那个的么?"

他们怎样"那个"的,这问题,她也想了好几天好几夜了,但终于苦闷。枪,看见过的,兵,警察背在背上,是乌亮亮的一根管子。难道结果女儿女婿的就是这东西么?她不信。女儿女婿的形像,真个画都画得出。那一处地方该吃枪的呢?她不能想像。血,怎样从他们身体里流出来?气,怎样消散消散而终于断绝?这些都模糊之极,像个矇胧的梦。因此,她有时感觉女儿女婿实在并没有"那个",会有一天,搭,搭,搭,叩门声是他们特别的调子,开进来,是肩并肩活活的可爱的两个。但只是这么感觉而已,而且也有点模糊,像个矇胧的梦。

"他没有看见。"阿弟连忙闪避。"他说那男的很慷慨,几件衣服都送了人,他得一条外国裤子,身上穿的就是。"

"那是淡灰色的,去年八月里做。"老妇人眯着眼凝视着灯火说。

"这没看清,因为天黑,野里没有灯。湿泥地真难走,好几回险些儿滑跌;幸亏是皮底鞋,不然一定湿透。走到一处,他说到了。我仔细地看,十来棵大黑树立在那边,树下一条一条死白的东西就是棺木。"他低下头来了,微秃的额顶在灯光里发亮。受了那弟兄

“十七号，十八号，你去认一认罢”的指示而向那些棺木走去时的心情，他不敢说也不能说。种种可怕的尸体，皱着眉咬着牙的，裂了肩、洞了胸的，鼻子开花的，腿膀成段的，仿佛即将踢开棺木板一齐撞到他身上来。心情是超过了恐惧而几乎麻木了。还是那弟兄划着几根火柴提醒他“这就是，你看，十七，十八，”他才迷惘地向小火光所指的白板面看。初起似乎是蠕蠕而动的蛇样的东西，定睛再看，这才不动，是墨笔写的十七，这一边，十八，两个外国号码。“甥女儿，我看你来了，”他默默祝祷，望她不要跟了来，连忙逃回小路。——这些不说罢，他想定了，接续说，“他说棺木都写着号码，他记得清楚，十七十八两号是他们俩。我们逐一认去，认到了，一横一竖放着，上面外国号码十七十八我识得。”

“十七，十八！”老妇人忘其所以地喊出来，脸色凄惨，眼眶里明莹着仅有的泪。她重行经验那天晚上那个人幽幽悄悄来通报恶消息时的况味；惊吓，悲伤，晕眩，寒冷，种种搅和一起，使她感觉心头异样空虚，身体也似飘飘浮浮的，不倚着一点什么。她知道搭，搭，搭，叩门声是他们特别的调子，开进来，是肩并肩活活的可爱的两个，这种事情绝不会有的了。已被收起，号码十七，十八，这是铁一样的真凭实据！一阵忿恨的烈焰在她空虚的心里直冒起来，泪膜底下的眼珠闪着猛兽似的光芒，“那辈该死的东西！”

阿弟看阿姊这样，没精没采回转头，叹着说，“我看棺木还好的，板不算薄。”——分明是句善意的谎话。不知怎么，同时忽然起了不可遏的疑念，那弟兄不要记错了号码罢。再想总不至于，但这疑念仍毒蛇般钻他的心。

“我告诉你，”老妇人咬着牙说，身体索索地震动。睡着的孩子手臂张动，似乎要醒来，结果翻了个身。老妇人一壁理平孩子的花洋布衫，继续说，“我不想什么了，明天死好，立刻死也好。这样的年纪，这样的命！”以下转为郁抑的低诉。“你姊夫去世那年，你甥女儿还只五岁。把她养大来，像像样样成个人，在孤苦的我，不是容易的事啊。她嫁了,女婿是个清秀的人,我欢喜。她生儿子了,是个聪明活泼的孩子(她右手下意识地抚摩孩子的头顶),我欢喜。他们俩高高兴兴当教员,和和爱爱互相对待,我更欢喜,因为这样像人样儿。唉!像人样儿却成十七,十八!真是突地天坍下来,骇得我魂都散了。为了什么呢?是我的女儿,我的女婿呀,总得让我知道。却说不必问了。就是你也说不必问,问没有好处。——怕什么呢!我是姓张的丈母,映川的娘,我要到街上去喊,看有谁把我怎样!”忿恨的火差不多燃烧着她全体,语声毫无顾忌地哀厉而响亮。她拍着孩子的背又说,“说什么姓孙,我们大男姓张,姓张!啊!我只恨没有本领处置那辈该死的东西,给年青的女儿女婿报仇!”

阿弟听呆了,怀着莫可名的恐惧,侧耳听了听外面有无声息,勉勉强强地说,“这何必,就说姓孙又有什么要紧。——喔,我想着了,”他伸手掏衣袋。他记起刚才在黑暗的途中,那弟兄给他一团折皱的硬纸,说是那男的托他想法送与亲人的,忘了,一直留在外国裤子袋里。他的手软软的不敢便接,如遇怪秘的魔物;又不好不接,便用手心承受了,松松地捏着,偷窃似的赶忙往衣袋里一塞。于是,本来惴惴的心又加增老大的不自在。

“他们留着字条呢!”他说着,衣袋里有铜元触击的声音。

“啊!字条!”老妇人身体一挺,周身的神经都拉得十分紧张。一种热望。(切念的人在叩门,急忙迎出去时怀着的那种热望)一忽儿完全占领了她。女儿女婿的声音笑貌,虽只十天还不到,似已隔绝了不知几多年。现在这字条,将诉说他们的一切,解答她的种种疑问,使她与他们心心相通,那自然成了她目前整个的世界。

字条拿出来了,是撕破了的一个联珠牌卷烟匣子,印有好几个指印,又有一处焦痕,反面写着八分潦草的一行铅笔字:

阿弟凝着细眼凑近煤油灯念这字条。“‘儿等今死,无所恨,请勿念。’嗤!这个话才叫怪。没了性命,倒说没有什么恨。‘恳求善视大男，大男即儿等也。'他们的意思，没有别的，求你好好看养着大男；说大男就是他们，大男好，就如他们没有死。只这'无所恨'真是怪，真是怪！"他想起那弟兄告诉他的话，同时想起传闻的"再二十年又是一条好汉"那种英雄气概。既无所恨，为什么要索索地抖，泪水直淌呢？若不是他的甥女甥婿，简直要看不起了。

"拿来我看，"老妇人伸手攫取那字条，定睛直望，像嗜书者想把书尽吞下去那样地专凝。但她并不识字。

室内十分静寂；小孩的鼾声微细到几乎无闻。

虽然不识字，她看明白这字条了。岂但看明白，并且参透了里边的意义，懂得了向来不懂的女儿女婿的心思。就仿佛有一股新的生活力周布全身，心中也觉充实了好些。睁眼四看，熟习的一些器物同平时一样，静处在灯光里。侧耳听外面，没有别的，有远处送来的唱戏声，和着圆熟的胡琴。

"大男，我的心肝，楼上去睡罢。"她立起来走向楼梯，嘴唇贴着孩子的头顶，字条按在孩子的胸口，憔悴的眼睛放着母性的热光，脚步比先前轻快。她已决定勇敢地再担负一回母亲的责任了。

"哇~~~"孩子给颠醒了，并不张眼，皱着小眉心直叫，"妈妈呀~~~"

（原载《小说月报》第十八卷第十号，一九二七年十月）

# 冰 心

## 斯人独憔悴

一个黄昏，一片极目无际绒绒的青草，映着半天的晚霞，恰如一幅图画。忽然一缕黑烟，津浦路的晚车，从地平线边蜿蜒而来。

头等车上，凭窗立着一个少年。年纪约有十七八岁。学生打扮，眉目很英秀，只是神色非常的沉寂，似乎有重大的忧虑，压在眉端。他注目望着这一片平原，却不像是看玩景色，一会儿微微的叹口气，猛然将手中拿着的一张印刷品，撕得粉碎，扬在窗外，口中微吟道："安邦治国平天下，自有周公孔圣人。"

站在背后的刘贵，轻轻的说道："二少爷，窗口风大，不要尽着站在那里！"他回头看一看，便坐了下去，脸上仍显着极其无聊。刘贵递过一张报纸来，他摇一摇头，却仍旧站起来，凭在窗口。

天色渐渐的暗了下来，火车渐渐的走近天津，这二少爷的颜色，也渐渐的沉寂。车到了站，刘贵跟着下了车，走出站外，便有一辆汽车，等着他们。呜呜的响声，又送他们到家了。

家门口停着四五辆汽车，门楣上的电灯，照耀得明如白昼。两个兵丁，倚着枪站在灯下，看见二少爷来了，赶紧立正，他略一点头，一直走了进去。

客厅里边有打牌说笑的声音，五六个仆役，出来进去的伺候着。二少爷从门外经过的时候，他们都笑着请了安，他却皱着眉，摇一摇头，不叫他们声响，悄悄的走进里院去。

他姊姊颖贞，正在自己屋里灯下看书。东厢房里，也有妇女们打牌喧笑的声音。

他走进颖贞屋里,颖贞听见帘子响。回过头来,一看,连忙站起来,说,“颖石,你回来了,颖铭呢?”颖石说,“铭哥被我们学校的干事部留下了,因为他是个重要的人物。”颖贞皱眉道,“你见过父亲没有?”颖石道,“没有,父亲打着牌,我没敢惊动。”颖贞似乎要说什么,看着她弟弟的脸,却又咽住。

这时化卿先生从外面进来,叫道,“颖贞,他们回来了么?”颖贞连忙应道,“石弟回来了,在屋里呢。”一面把颖石推出去。颖石慌忙走出廊外,迎着父亲,请了一个木强不灵的安。化卿看了颖石一眼,问,“你哥哥呢?”颖石吞吞吐吐的答应道,“铭哥病了,不能回来,在医院里住着呢。”化卿咄的一声道,“胡说!你们在南京做了什么代表了,难道我不晓得!”颖石也不敢做声,跟着父亲进来。化卿一面坐下,一面从怀里掏出一封信来,掷给颖石道,“你自己看罢!”颖石两手颤动着,拿起信来,原来是他们校长给他父亲的信,说他们两个都在学生会里,做什么代表和干事,恐怕他们是年幼无知,受人胁诱。请他父亲叫他们回来,免得将来惩戒的时候,玉石俱焚,有碍情面,等等的话。颖石看完了,低着头也不言语。化卿冷笑说:“还有什么可辩的么?”颖石道:“这是校长他自己误会,其实没有什么大不了的事情。就是因为近来青岛的问题,很是紧急,国民却仍然沉睡不醒。我们很觉得悲痛,便出去给他们演讲,并劝人购买国货,盼望他们一齐醒悟过来,鼓起民气,可以做政府的后援。这并不是作奸犯科……”化卿道,“你瞒得过我,却瞒不过校长,他同我是老朋友,并且你们去的时候,我还托他照应,他自然得告诉我的。我只恨你们不学好,离了我的眼,便将我所嘱咐的话,忘在九霄云外,和那些血气之徒,连在一起,便想犯上作乱,我真不愿意有这样伟人英雄的儿子!”颖石听着,急得脸都红了,眼泪在眼圈里乱转,过一会子说,“父亲不要误会!我们的同学,也不是血气之徒,不过国家危险的时候,我们都是国民一分子,自然都有一分的热肠。并且这爱国运动,绝对没有一点暴乱的行为,极其光明正大;中外人士,都很赞美的。至于说我们要做英雄伟人,这也不是一件容易的事!现在学生们,在外面运动的多着呢,他们的才干,胜过我们百倍,就是有伟人英雄的头衔,也轮不到……”这时颖石脸上火热,眼泪也干了,目光奕奕的一直说下去。颖贞看见她兄弟热血喷薄,改了常度,话语渐渐的激烈起来,恐怕要惹父亲的盛怒,十分的担心着急,便对他使个眼色……

忽然一声桌子响,茶杯花瓶都摔在地下,跌得粉碎。化卿先生脸都气黄了,站了起来,喝道,“好!好!率性和我辩驳起来了!这样小小的年纪,便眼里没有父亲了,这还了得!”颖贞惊呆了。颖石退到屋角,手足都吓得冰冷。厢房里的姨娘们,听见化卿声色俱厉,都搁下牌,站在廊外,悄悄的听着。

化卿道:“你们是国民一分子,难道政府里面,都是外国人?若没有学生出来爱国,恐怕中国早就灭亡了!照此说来,亏得我有你们两个爱国的儿子,否则我竟是民国的罪人了!”颖贞看父亲气到这个地步,慢慢的走过来,想解劝一两句。化卿又说道,“要论到青岛的事情,日本从德国手里夺过的时候,我们中国还是中立国的地位,论理应该归与他们。况且他们还说和我们共同管理,总算是仁至义尽的了!现在我们政府里一切的用款,那一项不是和他们借来的?像这样缓急相通的朋友,难道便可以随随便便的得罪了?眼看着这交情便要被你们闹糟了,日本兵来的时候,横竖你们也只是退后,仍是政府去承当。你这会儿也不言语了,你自己想一想,你们做的事合理不合理?是不是以怨报德?是不是不顾大局?”颖石低着头,眼泪又滚了下来。

化卿便一连叠声叫刘贵,刘贵慌忙答应着,垂着手站在帘外。化卿骂道:“无用的东西!我叫你去接他们,为何只接回一个来?难道他的话可听,我的话不可听么?”刘贵也不敢答应。化卿又说,“明天早车你再走一遭,你告诉大少爷说要是再不回来,就永远不必回家了。”刘贵应了几声“是，”慢慢的退了出去。

四姨娘走了进来，笑着说：“二少爷年纪小，老爷也不必和他生气了，外头还有客坐着呢。”一面又问颖石说，“少爷穿得这样单薄，不觉得冷么？”化卿便上下打量了颖石一番，冷笑说，“率性连白鞋白帽，都穿戴起来，这便是‘无父无君’的证据了！”

一个仆人进来说，“王老爷要回去了。”化卿方站起走出，姨娘们也慢慢的自去打牌，屋里又只剩姊弟二人。

颖贞叹了一口气，叫，“张妈，将地下打扫了，再吩咐厨房开一桌饭来，二少爷还没有吃饭呢。”张妈在外面答应着。颖石摇手说，“不用了。”一面说，“哥哥真个在医院里，这一两天恐怕还不能回来。”颖贞道，“你刚才不是说被干事部留下么？”颖石说，“这不过是一半的缘由，上礼拜六他们那一队出去演讲，被军队围住，一定不叫开讲。哥哥上去和他们讲理，说得慷慨激昂。听的人愈聚愈多，都大呼拍手。那排长恼羞成怒，举着枪头的刺刀，向哥哥的手臂上扎了一下，当下……哥哥……便昏倒了。那时……”颖石说到这里，已经哭得哽咽难言。颖贞也哭了，便说：“唉，是真……”颖石哭着应道，“可不是真的么？”

明天一清早，刘贵就到里院问道，“张姐，你问问大小姐有什么话吩咐没有。我要走了。”张妈进去回了，颖贞隔着玻璃窗说，“你告诉大少爷，千万快快的回来，也千万不要穿白帆布鞋子，省得老爷又要动气。”

两天以后，颖铭也回来了，穿着白官纱衫，青纱马褂，脚底下是白袜子，青缎鞋，戴着一顶小帽，更显得面色惨白。进院的时候，姊姊和弟弟，都坐在廊子上，逗小狗儿玩。颖石看见哥哥这样打扮着回来，不禁好笑，又觉得十分伤心，含着眼泪，站起来点一点头。颖铭反微微的惨笑。姐姐也没说什么，只往东厢房努一努嘴。颖铭会意，便伸了一伸舌头，笑了一笑，恭恭敬敬的进去。

化卿正卧在床上吞云吐雾，四姨娘坐在一旁，陪着说话。颖铭进去了,化卿连正眼也不看,仍旧不住的抽烟。颖铭不敢言语,只垂手站在一旁,等到化卿慢慢的坐起来,方才过去请了安。化卿道:“你也肯回来了么?我以为你是‘国尔忘家’的了!”颖铭红了脸道,“孩儿实在是病着,不然……”化卿冷笑了几声,方要说话。四姨娘正在那里烧烟,看见化卿颜色又变了,便连忙坐起来,说,“得了!前两天就为着什么‘青岛’‘白岛’的事,和二少爷生气,把小姐屋里的东西都摔了,自己还气得头痛两天,今天才好了,又来找事,他两个都已经回来了,就算了,何必又生这多余的气?”一面又回头对颖铭说:“大少爷,你先出去歇歇罢,我已经吩咐厨房里,替你预备下饭了。”化卿听了四姨娘一篇的话,便也不再说什么,就从四姨娘手里,接过烟枪来,一面卧下。颖铭看见他父亲的怒气,已经被四姨娘压了下去,便悄悄的退了出来,径到颖贞屋里。

颖贞问道:“铭弟,你的伤好了么?”颖铭望了一望窗外,便卷起袖子来,臂上的绷带裹得很厚,也隐隐的现出血迹。颖贞满心的不忍,便道,“快放下来罢!省得招了风要肿起来。”颖石问:“哥哥,现在还痛不痛?”颖铭一面放下袖子,一面笑道,“我要是怕痛,当初也不肯出去了!”颖贞问道:“现在你们干事部里的情形怎么样?你的缺有人替了么?”颖铭道:“刘贵来了,告诉我父亲和石弟生气的光景,以及父亲和你吩咐我的话,我那里还敢逗留,赶紧收拾了回来。他们原是再三的不肯,我只得将家里的情形告诉了,他们也只得放我走。至于他们进行的手续,也都和别的学校大同小异的。”颖石道:“你还算侥幸,只可怜我当了先锋,冒冒失失的正碰在气头上。那天晚上的光景,真是……从我有生以来,也没有挨过这样的骂!唉,处在这样黑暗的家庭,还有什么可说的,中国空生了我这个人了。”说着便滴下泪来。颖贞道,“都是你们校长给送了信,否则也不至于被父亲知道。其实我在学校里,也办了不少的事。不过在父亲面前,总是附和他的意见,父亲便拿我当做好人,因此也不拦阻我去上学。”说到此处,颖铭不禁好笑。

颖铭的行李到了，化卿便亲自出来逐样的翻检，看见书籍堆里有好几束的印刷物，并各种的杂志；化卿略一过目，便都撕了，登时满院里纸花乱飞。颖铭颖石在窗内看见，也不敢出来，只急得悄悄的跺脚，低声对颖贞说，“姊姊你出去救一救罢！”颖贞便出来，对化卿陪笑说，“不用父亲费力了，等我来检看罢，天都黑了，你老人家眼花，回头把讲义也撕了，岂不可惜。”一面便弯腰去检点，化卿才慢慢的走开。

他们弟兄二人，仍旧住在当初的小院里，度那百无聊赖的光阴。书房里虽然也磊着满满的书，却都是制艺、策论，和古文、唐诗等等。所看的报纸，也只有“公言报”一种，连消遣的材料都没有了。至于学校里朋友的交际和通信，是一律在禁止之列。颖石生性本来是活泼的，加以这些日子，在学校内很是自由，忽然关在家内，便觉得非常的不惯，背地里嗐声叹气。闷来便拿起笔乱写些白话文章，写完又不敢留着，便又自己撕了，撕了又写，天天这样。颖铭是一个沉默的人，也不显出失意的样子，每天临几张字帖，读几遍唐诗，自己在小院子里，浇花种竹，率性连外面的事情，不闻不问起来。有时他们也和几个姨娘一处打牌，但是他们所最以为快乐的事情，便是和姊姊颖贞，三人在一块儿，谈话解闷。

化卿的气，也渐渐的平了，看见他们三人这些日子，倒是很循规蹈矩的，心中便也喜欢；无形中便把限制的条件，松了一点。

有一天，颖铭替父亲去应酬一个饭局，回来便悄悄的对颖贞说，“姊姊，今天我在道上，遇见我们学校干事部里的几个同学，都骑着自行车，带着几卷的印刷物，在街上走。我奇怪他们为何都来到天津，想是请愿团中也有他们，当下也不及打个招呼，汽车便走过去了。”颖石听了便说：“他们为什么不来这里，告诉我们一点学校里的消息？想是以为我们现在不热心了，便不理我们了，唉，真是委屈！”说着觉得十分激切。颖贞微笑道：“这事我却不赞成。”颖石便问道：“为什么不赞成？”颖贞道：“外交内政的问题，先不必说。看他们请愿的条件，那一条是办得到的？就是都办得到，政府也决然不肯应许，恐怕启学生干政之渐。这样日久天长的做下去，不过多住几回警察厅，并且两方面都用柔软的办法，回数多了，也都觉得无意思，不但没有结束，也不能下台。我劝你们秋季上学以后，还是做一点切实的事情，颖铭，你看怎样？”颖铭点一点头，也不说什么。颖石本来没有成见，便也赞成兄姊的意思。

一个礼拜以后，南京学堂来了一封公函，报告开学的日期。弟兄二人，都喜欢得吃不下饭去，都催着颖贞去和父亲要了学费，便好动身。颖贞去说时，化卿却道，“不必去了，现在这风潮还没有平息，将来还要捣乱，我已经把他两个人都补了办事员，先做几年事，定一定性子。求学一节，日后再议罢！”颖贞呆了一呆，便说，“他们的学问和阅历，都还不够办事的资格，倘若……”化卿摇头道，“不要紧的，那里便用得着他们去办事？就是办事上有一差二错，有我在还怕甚么！”颖贞知道难以进言，坐了一会，便出来了。

走到院子里，心中很是游移不决，恐怕他们听见了，一定要难受。正要转身进来，只见刘贵在院门口，探了一探头，便走近前说，“大少爷说，叫我看小姐出来了，便请过那院去。”颖贞只得过来。颖石迎着姊姊，伸手道，“钞票呢？”颖贞微微的笑了一笑，一面走进屋里坐下，慢慢的一五一十都告诉了。兄弟二人听完了，都半天说不出话来。过了一会，颖石忍不住哭倒在床上道，“难道我们连求学的希望都绝了么？”颖铭眼圈也红了，便站起来，在屋里走了几转，仍旧坐下。颖贞也想不出甚么安慰的话来，坐了半天，便默默的出来，心中非常的难过，只得自己在屋里弹琴散闷。等到黄昏，还不见他们出来，便悄悄的走到他们院里，从窗外往里看时：颖石蒙着头，在床上躺着，想是睡着了。颖铭斜倚在一张藤椅上，手里拿着一本唐诗，心不在焉的只管往下吟哦。到了“出门搔白首，若负平生志，冠盖满京华，斯人独憔悴……”似乎有了感触，便来回的念了几遍。颖贞便不进去，自己又悄悄的回来，走到小院的门口，还听见颖铭低徊欲绝的吟道：“……满京华，斯人独憔悴！”

（原载《冰心小说集》，上海北新书局一九三三年版）

# 超　　人

何彬是一个冷心肠的青年。从来没有人看见他和人有什么来往。他住的那一座大楼上，同居的人很多，他却都不理人家，也不和人家在一间食堂里吃饭，偶然出入遇见了，轻易也不招呼。邮差来的时候，许多青年欢喜跳跃着去接他们的信；何彬却永远得不着一封信，但也从来没有人看见他发过一封信。他除了每天上局里办事，和同事们说几句公事上的话；以及房东程姥姥替他端饭的时候，也说几句照例的应酬话，此外就不开口了。

他不但是和人没有交际，凡带一点生气的东西，他都不受；屋里连一朵花，一根草，都没有，冷阴阴的如同山洞一般。书架上却堆满了书，他从局里低头独步的回来，关上门，摘下帽子，便坐在书桌旁边，随手拿起一本书来，无意识的看着。偶然觉得疲倦了，也站起来在屋里走了几转；或是拉开帘幕望了一望，但不多一会儿，便又闭上了。

程姥姥总算是他另眼看待的一个人；她端进饭去，有时便站在一边，絮絮叨叨的和他说话，也问他为何这样孤另。她问上几十句，何彬偶然答应几句说："世界是虚空的，人生是无意识的；人和人，和宇宙，和万物的聚合，都不过如同演剧一般，上了台是父子母女，亲密的了不得；下了台，摘了假面具，便各自散了；哭一场也是这么一回事，笑一场也是这么一回事。与其互相牵连，不如互相遗弃；而且尼采说得好，爱和怜悯都是恶……"程姥姥听着虽然不很明白，却也懂得一半，便笑道："要这样，活在世上有什么意思。死了，灭了，岂不更好，何必穿衣吃饭？"他微笑道："这样，岂不又太把自己和世界都看重了。不如行云流水似的，随他去就完了。"程姥姥还要往下说话，看见何彬面色冷然，低着头只管吃饭，也便不敢言语。

这一夜他忽然醒了。听得对面楼下凄惨的呻吟着，这痛苦的声音断断续续的在这沉寂的黑夜里只管颤动。他虽然毫不动心，却也搅得他一夜睡不着。月光如水，从窗纱外泻将进来。他想起了许多幼年的事情。——慈爱的母亲，天上的繁星，院子里的花……他的脑子累极了，竭力的想摈绝这些思想，无奈这些事只管奔凑了来，直到天明，才微微的合一合眼。

他听了三夜的呻吟，看了三夜的月，想了三夜的往事。——

眠食都失了次序，眼圈儿也黑了，脸色也惨白了。偶然照了照镜子，自己也微微的吃了一惊。他每天还是机械似的做他的事——然而在他空洞洞的脑子里，凭空添了一个深夜的病人。

第七天早起，他忽然问程姥姥对面楼下的病人是谁？程姥姥一面惊讶着，一面说："那是厨房里跑街的孩子禄儿；那天上街去了，不知道为什么把腿摔坏了。自己买块膏药贴上了，还是不好，每夜呻吟的就是他。这孩子真可怜，今年才十二岁呢，素日家勤勤恳恳极疼人的……"何彬自己只管穿衣戴帽，好像没有听见似的，自己走到门边，程姥姥也住了口，端起碗来，刚要出门。何彬慢慢的从袋里拿出一张钞票来，递给程姥姥说"给那禄儿罢，叫他请大夫治一治。"说完了，头也不回，径自走了，——程姥姥一看那巨大的数目，不禁愕然，何先生也会动起慈悲念头来，这是破天荒的事情呵！她端着碗，站在门口，只管出神。

呻吟的声音，渐渐的轻了，月儿也渐渐的缺了。何彬还是朦朦胧胧的——慈爱的母亲，天上的繁星，院子里的花……他的脑子累极了，竭力的想摈绝这些思想，无奈这些事只管奔凑了来。

过了几天，呻吟的声音住了，夜色依旧沉寂着，何彬依旧"至人无梦"的睡着。前几夜的思想，不过如同晓月的微光，照在冰山的峰尖上，一会儿就过去了。

程姥姥带着禄儿几次来叩他的门，要跟他道谢；他好像忘记了似的，冷冷的抬起头来看了一看，又摇了摇头，仍去看他的书。禄儿仰着黑胖的脸，在门外张着，几次要哭了出来。

这一天晚饭的时候，何彬告诉程姥姥说他要调到别的局里去了，后天早晨便要起身，请她将房租饭钱，都清算一下。程姥姥觉得很失意，这样清静的住客，是少有的，然而究竟留他不得，便连忙和他道喜。他略略的点一点头，便回身去收拾他的书箱。

他觉得很疲倦，一会儿便睡下了。——忽然听得自己的门钮动了几下，接着又听见似乎有人用手推的样子。他不言不动，只静静的卧着。一会儿也便渺无声息。

第二天他自己又关着门忙了一天，程姥姥要帮助他，他也不肯，只说有事的时候再烦你。程姥姥下楼之后，他忽然想起一件事来，绳子忘了买了。慢慢的开了门。只见人影儿一闪，再看时，禄儿在对面门后藏着呢。他踌躇着四围看了一看，一个仆人都没有。便唤道："禄儿你替我买几根绳子来，"禄儿趦趄的走过来，欢天喜地的接了钱，如飞走下楼去。

不一会儿，禄儿跑的通红的脸，喘息着走上来，一只手拿着绳子，一只手背在身后，微微的露着一两点金黄色的星儿。他递过了绳子，仰着头似乎要说话，那只手也渐渐的回过来。何彬却不理会，拿着绳子，自己便进去了。

他忙着都收拾好了，握着手周围看了看，屋子空洞洞的——睡下的时候，他觉得热极了，便又起来，将窗户和门，都开了一缝，凉风来回的吹着。

"依旧热得很。脑筋似乎很杂乱，屋子似乎太空沉。——累了两天了，起居上自然有些反常。但是为何又想起深夜的病人？——慈爱的……不想了，烦闷的很！"

微微的风，吹扬着他额前的短发，吹干了他头上的汗珠，也渐渐的将他煽进梦里去。

四面的白壁，一天的微光，屋角几堆的黑影，时间一分一分的过去了。

慈爱的母亲，满天的繁星，院子里的花。——不想了，烦闷……闷……

黑影漫上屋顶去什么都看不见了，时间一分一分的过去了。

风大了，那壁厢放起光明。繁星历乱的飞舞进来，星光中间缓缓地走进一个白衣的妇人，右手撩着裙子，左手按着额前。走近了，清香随将过来。渐渐的俯下身来看着，静穆不动的看着，——目光里充满了爱。

神经一时都麻木了，起来罢，不能，这是摇篮里，呀！母亲，——慈爱的母亲。

母亲呵！我要起来坐在你的怀里，你抱我起来坐在你的怀里。

母亲呵！我们只是互相牵连，永远不互相遗弃。

渐渐的向后退了，目光仍旧充满了爱。模糊了。星落如雨，横飞着都聚到屋角的黑影上。——

"母亲呵，别走，别走！……"

十几年来隐藏起来的爱的神情，又呈露在何彬的脸上十几年来不见点滴的泪儿，也珍珠般散落了下来。

清香还在，白衣的人儿还在。微微的睁开眼，四面的白壁，一天的微光，屋角的几堆黑影上，送过清香来。——刚动了一动，忽然觉得有一个小人儿，蹑手蹑脚的走了出去，临到门口，还回过小脸儿来，望了一望。他是深夜的病人——是禄儿。

何彬竭力的坐起来，那边捆好了的书箱上面，放着一篮金黄色的花儿，他穿着单衣走了过去，花篮底下还压着一张纸，上面大字纵横，借着微光看时，上面是：

“我也不知道怎样可以报先生的恩德。我在先生门口看了几次,桌子上都没有摆着花儿。——这里有的是卖花的,不知道先生看见过没有?——这篮子里的花,我也不知道是什么名字,是我自己种的,倒是香得很,我最爱他。我想先生也必是爱他。我早就要送给先生了,但是总没有机会。昨天听说先生要走了,所以赶紧送来。

我想先生一定是不要的。然而我有一个母亲,她因为爱我的缘故,也很感激先生。先生有母亲么?她也一定是爱先生的。这样,我的母亲和先生的母亲是好朋友了。所以先生必要收母亲的朋友的儿子的东西。

禄儿叩上”

何彬看完了,捧着花儿,回到床前,什么定力都尽了,不禁呜呜咽咽的痛哭起来。

清香还在,母亲走了!——窗内窗外,互相辉映的,只有月光,星光,泪光。

早晨程姥姥进来的时候,只见何彬都穿着好了,帽儿戴得很低,背着脸站在窗前。程姥姥陪笑着问他用不用点心,他摇了摇头。——车也来了,箱子也都搬下去了。何彬泪痕满面,静默无声的谢了谢程姥姥,提着一篮的花儿,遂从此上车走了。

禄儿站在程姥姥的旁边,两个人的脸上,都堆着惊讶的颜色。看着车尘远了。程姥姥才回头对禄儿说:“你去把那间空屋子收拾收拾,再锁上门罢,钥匙在门上呢。”

屋里空洞洞的,床上却放着一张纸,写着:

“小朋友禄儿:

我先要深深的向你谢罪,我的恩德,就是我的罪恶。你说你要报答我,我还不知道我应当怎样的报答你呢!

你深夜的呻吟，使我想起了许多的往事。头一件就是我的母亲，她的爱可以使我止水似的感情，重要荡漾起来。我这十几年来，错认了世界是虚空的，人生是无意识的。爱和怜悯都是恶德。我给你那送药费，里面不含着丝毫的爱和怜悯，不过是拒绝你的呻吟，拒绝我的母亲，拒绝了宇宙和人生，拒绝了爱和怜悯。上帝呵！这是什么念头呵！

我再深深的感谢你从天真里指示我的那几句话。小朋友呵！不错的，世界上的母亲和母亲都是好朋友，世界上的儿子和儿子也都是好朋友，都是互相牵连，不是互相遗弃的。

你送给我那一篮花之先，我母亲已经先来了。她带了你的爱来感动我。我必不忘记你的花和你的爱！也请你不要忘了，你的花和你的爱，是借着你朋友的母亲带了来的！

我是冒罪丛过的，我是空无所有的，更没有东西配送给你。——然而这时伴着我的，却有悔罪的泪光，半弦的月光，灿烂的星光。宇宙间只有他们是纯洁无疵的。我要用一缕柔丝，将泪珠儿穿起，系在弦月的两端，摘下满天的星儿来，或在弦月的圆凹里，不也是一篮金黄色的花儿么？他的香气，就是悔罪的人呼吁的言词。请你收了罢。只有这一篮花配送给你！

天已明了，我要走了。没有别的话说了，我只感谢你，小朋友！再见，再见。世界上的儿子和儿子都是好朋友，我们永远是牵连着呵！

何彬草

我写了这一大篇，你未必都认得都懂得；然而你也用不着都懂得，因为你懂得的，比我多得多了！又及”

“他送给我的那一篮花儿呢？”禄儿仰着黑胖的脸儿，呆呆的望着天上。

（原载《小说月报》第十二卷第四号，一九二一年四月）

# 六一姊

这两天来，不知为什么常常想起六一姊。

她是我童年游伴之一，虽然在一块儿的日子不多，我却着实的喜欢她，她也尽心的爱护了我。

她的母亲是菩提的乳母——菩提是父亲朋友的儿子，和我的大弟弟同年生的，他们和我们是紧邻——菩提出世后的第三天，她的母亲便带了六一来。又过两天，我偶然走过菩提家的厨房，看见一个八九岁的姑娘，坐在门槛上。脸儿不很白，而双颊自然红润，双眼皮，大眼睛，看见人总是笑。人家说这是六一的姊姊，都叫她六一姊。那时她还是天足，穿一套压着花边的蓝布衣裳，很粗的辫子，垂在后面。我手里正拿着两串糖葫芦，不由的便递给她一串。她笑着接了，她母亲叫她道谢，她只看着我笑，我也笑了，彼此都觉得很腼腆。等我吃完了糖果，要将那竹签儿扔去的时候，她拦住我。一面将自己竹签的一头拗弯了，如同钩儿的样子，自己含在口里，叫我也这样做。一面笑说，“这是我们的旱烟袋。”

我用奇异的眼光看着她——当然我也随从了，自那时起我很爱她。

她三天两天的便来看她母亲，我们见面的时候很多。她只比我大三岁，我觉得她是我第一个好朋友，我们常常有事没事的坐在台阶上谈话。——我知道六一是她爷爷六十一岁那年生的，所以叫做六一，但六一未生之前，她姊姊总该另有名字的。我屡屡问她，她总含笑不说。以后我仿佛听得她母亲叫她铃儿，有一天冷不防我从她背后也叫了一声，她连忙答应。回头看见我笑了，她便低头去弄辫子,似乎十分羞涩。我至今还不解是什么缘故,当时只知道她怕听“铃儿”两字,便时常叫着玩,但她并不恼我。

水天相连的海隅,可玩的材料很少,然而我们每次总有些新玩艺儿来消遣日子。有时拾些卵石放在小铜锣里,当鸡蛋煮着。有时在沙上掘一个大坑,将我们的脚埋在里面。玩完了,我站起来很坦然的,她却很小心的在岩石上蹴踏了会子,又前后左右的看她自己的鞋,她说“我的鞋若是弄脏了,我妈要说我的。”

还有一次,我听人家说煤是树木积压变成的,偶然和六一姊谈起,她笑着要做一点煤冬天烧。我们寻得了一把生锈的切菜刀,在山下砍了些荆棘,埋在海边沙土里。天天去掘开看变成了煤没有,五六天过去了,依旧是荆棘。以后再有人说煤是树木积压成的,我总不信。

下雨的时候,我们便在廊下“跳远”玩,有时跳得多了,晚上睡时觉得脚后跟痛,但我们仍旧喜欢跳。有一次我的乳娘看见了,隔窗叫进我去,说,“她是什么人?你是什么人?天天只管同乡下孩子玩!姑娘家跳跳钻钻的,也不怕人笑话!”我乍一听说,也便不敢出去,次数多了,我也有些气忿,便道“她是什么人?乡下孩子也是人呀!我跳我的,我母亲都不说我,要你来管做什么?”一面便挣脱出去。乳娘笑着拧我的脸,说“你真个学坏了!”

以后六一姊长大了些,来的时候也少了。她十一岁那年来的时候,她的脚已经裹尖了,穿着一双青布扎红花的尖头高底鞋。女仆们都夸赞她,说,“看她妈不在家,她自己把脚裹的多小呀!这样的姑娘,真不让人费心。”我愕然,背后问她说,“亏你怎么下手,你不怕痛么?”她摇头笑说,“不,”随后又说,“痛也没有法子,不裹叫人家笑话。”

从此她来的时候,也不能常和我玩了。只挪过一张矮凳子,坐在下房里,替六一浆洗小衣服,有时自己扎花鞋。我在门外沙上玩,她只扶着门槛站着看。我叫她出来,她说,“我跑不动。”——

那时我已起首学做句子，读整本的书了，对于事物的兴味，渐渐的和她两样。在书房窗内看见她来了，又走进下房里，我也只淡淡的，并不像从前那种着急恨不得一时出去见她的样子。

菩提断了乳，六一姊的母亲便带了六一走了。从那时起，自然六一姊也不再来。——直到我十一岁那年，到金钩寨看社戏去，才又见她一面。

我看社戏，几乎是年例，每次都是坐在正对着戏台的席棚底下看的。这座棚是曲家搭的，他家出了一个副榜，村里要算他们最有声望了。从我们楼上可以望见曲家门口和祠堂前两对很高的旗杆，和海岸上的魁星阁。这都是曲副榜中了副榜以后，才建立起来的。金钩寨得了这些点缀，观瞻顿然壮了许多。

金钩寨是离我们营垒最近的村落，四时节庆，不免有馈赠往来。我曾在父亲桌上，看见曲副榜寄父亲的一封信，是五色信纸写的，大概是说沿海不靖，要请几名兵士保护乡村的话。内中有"谚云'……'足下乃今日之大树将军也，小草依依，尚其庇之。……""谚云"底下是什么，我至终想不起来，只记得纸上龙蛇飞舞，笔势很好看的。

社戏演唱的时候，父亲常在被请参观之列，我便也跟了去，坐在父亲身旁看。我矮，看不见，曲家的长孙还因此出去踢开了棚前土阶上列坐的乡人。

实话说，对于社戏，我完全不感兴味。往往看不到半点钟，便缠着要走，父亲也借此起身告辞。——而和六一姊会面的那一次，不是在棚里看，工夫却长了些。

那天早起，在书房里，已隐隐听见山下锣鼓喧天。下午放学出来，要回到西院去，刚走到花墙边，看见余妈抱着膝坐在楼下台阶上打盹。看见我便一把拉住笑说，"不必过去了，母亲睡觉呢。我在这里等着领你听社戏去，省得你一个人在楼上看海怪闷的。"我知道是她自己要看，却拿我作盾牌，但我在书房坐了一天，也正懒懒的，便任她携了我的手，出了后门，夕阳中穿过麦垄，斜坡上走下去，已望见戏台前黑压压的人山人海。卖杂糖杂饼的担子前，都有百十个村童围着，乱哄哄的笑闹。墙边一排一排的板凳上，坐着粉白黛绿，花枝招展的妇女们，笑语盈盈的不休。

我觉得瑟缩，又不愿挤过人丛，拉着余妈的手要回去。余妈俯下来指着对面叫我看，说，“已经走到这里了——你看六一姊在那边呢，过去找她说话去。”我抬头一看，棚外左侧的墙边，穿着新蓝布衫子，大红裤子，盘腿坐在长板条的一端，正回头和许多别的女孩子说话的，果然是六一姊。

余妈半推半挽的把我撮上棚边去，六一姊忽然看见了，顿时满脸含笑的站起来，让“余大妈这边坐，”一面紧紧的握我的手，对我笑，不说什么话。

一别三年，六一姊的面庞稍稍改了，似乎脸儿长圆了些，也白了些。样子更温柔好看了。我一时也没有说什么，只看着她微笑。她拉我在她身旁半倚的坐下，附耳含笑说，“你也高了好些——今天怎么又高兴出来走走？”

当我们招呼之顷，和她联坐的女孩子们都注意我——这时我愿带叙一个人儿，我脑中常有她的影子，后来看书一看到苎萝村和西施字样，我立刻就联忆到她，也不知是什么缘故。她是那天和六一姊同坐的女伴中之一，只有十四五岁光景，身上穿着浅月白竹布衫儿，襟角上绣着卍字，绿色的裤子，下面是扎腿，桃红扎青花的小脚鞋。头发不很青，却是很厚。水汪汪的一双俊眼，又红又小的嘴唇，净白的脸上，薄薄的搽上一层胭脂。她顾盼撩人，一颦一笑，都能得众女伴的附和。那种娟媚入骨的丰度，的确是我过城市生活以前所见的第一美人儿。

到此我自己惊笑，只是那天那时的一瞥，前后都杳无消息。童稚烂漫流动的心，在无数的过眼云烟之中，不知怎的就捉得这一个影子，自然不忘的到了现在。——生命中原有许多“不可解”

的事!

她们窃窃的议论我的天足,又问六一姊我为何不换衣裳出来听戏。众口纷纭,我低头听得真切。心中只怨余妈为何就这样的拉我出来,我身上穿的只是家常很素静的衣服,在红绿丛中,更显得非常的黯淡。

百般局促之中,只听得六一姊从容的微笑说:"值得换衣服么!她不到棚里去,今天又没有什么大戏。"一面用围揽着我的手,抚我的肩儿,似乎教我抬起头来的样子。

我觉得脸上红潮立时退去,心中十分感激六一姊轻轻的便为我解了围。我知道这句话的分量,一切的不宁都恢复了。我暗地惊叹三年之别,六一姊居然是大姑娘了,她练达人情的话,居然能庇覆我!

恋恋的挨着她坐着,无聊的注目台上,看见两个婢女站在两旁,一个皇后似的,站在当中,摇头掩袖,咿咿的唱。她们三个珠翠满头,粉黛俨然,衣服也极其闪烁华丽,但裙下却都露着一双又大又破烂的男人单脸鞋。

金色的斜阳,已落下西山去,暮色逼人,余妈还舍不得走,我说,"从书房出来,简直就没到西院去,母亲要问,我可不管!"她知道我万不愿再留滞了,只得站起来谢了六一姊,又和四围的村妇纷纷道别。上坡来时,她还只管回头望着台上,我却望着六一姊,她也望着我,我忽然后悔为何忘记吩咐她来找我玩,转过麦垄,便彼此看不见了。——到此我热烈的希望那不是最末次的相见!

回家来已是上灯时候,母亲并不曾以不换衣裳去听社戏为意,只问我今天的功课。我却告诉母亲我今天看见了六一姊,还有一个美姑娘。美姑娘不能打动母亲的心,母亲只殷勤的说,"真的,六一姊也有好几年没来了!"

十年来四围寻不到和她相似的人,在异国更没有起联忆的机会，但这两天来，不知为何，只常常想起六一姊。

她这时一定嫁了，嫁在金钩寨，或是嫁到山右的邻村去，我相信她永远是一个勤俭温柔的媳妇。

山坳海隅的春阴景物，也许和今日的青山一般的凄黯销沉。我似乎能听到那呜呜的海风，和那暗灰色浩荡摇撼的波涛。我似乎能看到那阴郁压人的西南山影，和那山半一层层枯黄不断的麦地。乍暖还寒时候，常使幼稚无知的我，起无名的怅惘的环境，六一姊也许还在此中。她或在推磨，或在拉鞋底，工作之余，她偶然抬头自篱隙外望海山，或不起什么感触。她决不能想起我，即或能想起我，也决不能知道这时的我，正在海外的海，山外的山的一角小楼之中，凝阴的廊上，低头疾书，追写十年前的她的嘉言懿行……

我一路拉杂写来，写到此泪已盈睫——总之，提起六一姊，我童年的许多往事，已真切灵现的浮到眼前来了！

三，二十六，黄昏，一九二四。青山沙穰。

（原载《小说月报》第十五卷第六号，一九二四年六月）

# 分

一个巨灵之掌,将我从郁闷痛楚的密网中打破了出来,我呱的哭出了第一声悲哀的哭。

睁开眼,我的一只腿仍在那巨灵的掌中倒提着,我看见自己的红到玲珑的两只小手,在我头上的空中摇舞着。

另一个巨灵之掌轻轻的托住我的腰,他笑着回头向一个仰卧在白色车床上的一个女人说:“大喜呵,好一个胖小子,”一面轻轻的放下我在一个铺着白布的小筐里。

我挣扎着向外看:看见许多白衣白帽的看护乱哄哄的,无声的围住那个女人,她苍白着脸,脸上满了汗。她微呻着,仿佛刚从恶梦中醒来,眼皮红肿着,眼睛失神的半开着。她听见了医生的话,眼珠一转,眼泪涌了出来,放下一百个心似的,疲乏的微笑的闭上眼睛,嘴里说:“真辛苦了你们了!”

我便大哭起来:“母亲呀,辛苦的是我们呀,我们刚才都从死中挣扎出来的呀!”

白衣的看护们乱哄哄的,无声的将母亲的床车推了出去,我又被举了起来,出到门外,医生一招手,甬道的那端,走过一个男人来,他也是刚从恶梦中醒来的脸色与欢欣,两只手要抱又不敢抱似的,用着怜惜惊奇的眼光,向我注视。医生笑了,“这孩子好罢?”他不好意思似的,嗫嚅着:“这孩子脑袋真长。”这时我猛然觉得我的头痛极了,我又哭起来了,“父亲呀,您不知道呀,我的脑壳挤得真痛呀。”

医生笑了,“可了不得,这么大的声音!”一个看护站在旁边,微笑的将我接了过去。

进到一间充满了阳光的大屋子里,四周壁下,挨排的放着许多的小白筐床,里面卧着许多小朋友,有的两手举到头边,安稳的睡着,有的哭着说,“我渴了呀!”“我饿了呀!”“我太热呀!”“我湿了呀!”抱着我的看护,仿佛都不曾听见似的,只飘速的,安详的,从他们床边走过,进到里间浴室去,将我头朝着水管,平放在水盆边的石桌上。

莲蓬管头里的温水,喷淋在我的头上,粘粘的血液全冲了下去,我打了一个寒噤,神志立刻清爽了。眼睛向上一看,隔着水盆,对面的那张石桌上,也躺着一个小朋友,另一个看护,也在替他洗着。他圆圆的头,大大的眼睛,黑黑的皮肤,结实的挺起的胸膛。他也在醒着,一声不响的望着窗外的天空。这时我已被举起,看护轻轻的托着我的肩背,替我穿起白白长长的衣裳。小朋友也穿着好了,我们欠着身隔着水盆相对着。洗我的看护笑着对他的同伴说,“你的那个孩子真壮真大呵,可不如我的这个白净秀气!”这时小朋友抬起头来注视着我,似轻似怜的微笑着。

我羞怯的轻轻的说:“好呀,小朋友,”他也谦和的说:“小朋友好呀,”这时我们已被放在相挨的两个小筐床里,看护们都走了。

我说:“我的周身好疼呀,最后四个钟头的挣扎,真不容易,你呢?”

他笑了,握着小拳,“我不,我只闷了半个钟头呢,我没有受苦,我母亲也没有受苦。”

我默然,无聊的叹一口气,四下里望着。他安慰我说,“你乏了,睡罢,我也要养一会儿神呢。”

我从浓睡中被抱了起来,直抱到大玻璃门边,门外甬道里站着好几个少年男女,鼻尖和两手都抵住门上玻璃,用着欢爱惊奇的眼光看着我,如同一群孩子,站在陈列圣诞节礼物的窗外,那种贪馋羡慕的样子。他们喜笑的互相指点谈论,说我的眉毛像姑姑,眼睛像舅舅，鼻子像叔叔，嘴像姨，仿佛要将我零碎吞并了去似的。

我闭上眼，使劲的想摇头，却发觉了脖子还痛着，我大哭了，说，“我只是我自己呀，我谁都不像呀，快让我休息去呀！”

看护笑了，抱着我转身回来，我还望见他们三步两回头的彼此笑着推着出去。

小朋友也醒了，对我招呼说“你起来了，谁来看你？”我一面被放下，一面说“不知道，也许是姑姑舅舅们，好些个年轻人他们，——似乎都很爱我。”

小朋友不言语，又微笑了，“你好福气，我们到此已是第二天了，连我的父亲我还没有看见呢。”

我竟不知道昏昏沉沉之中，我已睡了这许久，这时觉得浑身痛得好些，底下却又湿了，我也学着断断续续的哭着说“我湿了呀！我湿了呀！”果然不久有个看护过来，抱起我，我十分欢喜，不想她却先给我水喝。

大约是黄昏时候，乱哄哄的三四个看护进来，硬白的衣裙哗哗的响着，他们将我们纷纷抱起，一一的换过尿布。小朋友很欢喜，说“我们都要看见我们的母亲了，再见呀。”

小朋友是和大家在一起，在大床车上推出去的，我是被抱起出去的。过了玻璃门，便走入甬道右边的第一个屋子。母亲正在很高的白床上躺着，用着渴望惊喜的眼光来迎接我。看护放我在她的臂上，她很羞缩的解开怀，她年纪仿佛很轻，很黑的秀发向后拢着，眉毛弯弯的淡淡的像新月，没有血色的淡白的脸，衬着很大很黑的眼珠，在床侧暗淡的一圈灯影下，如同一个石像！

我开口吮咂着奶，母亲用面颊偎着我的头发，又摩弄我的指头，仔细的端相我，似乎有无限的快慰与惊奇。——

二十分钟过去了，我还没有吃到什么，我又饿，舌尖又痛，就张开嘴让奶头脱落出来，烦恼的哭着。母亲很恐惶的，不住的摇拍我，说：“小宝贝别哭，别哭！”一面又赶紧按了铃，一个看护走了进来，母亲笑说，“没有别的事，我没有奶，小孩子直哭，怎么办？”看护也笑着，说“不要紧的，早晚会有，孩子还小，他还不在乎呢。”一面便来抱我，母亲恋恋的放了手。

我回到我的床上时，小朋友已先在他的床上了。他睡的很香，梦中时时微笑，似乎很满足，很快乐。我四下里望着，许多小朋友都快乐的睡着了，有几个在半醒着，哼着玩似的，哭了几声。我饿极了，想到母亲的奶不知何时才来，我是很在乎的，但是没有人知道，看着大家都饱足的睡着，觉得又嫉妒，又羞愧，就大声的哭起来，希望引起人们的注意。我哭了有半点多钟，才有个看护过来，娇痴的撅着嘴，抚拍着我，说“真的！你妈妈不给你饱吃呵，喝点水罢！”她将水瓶的奶头塞在我嘴里，我哼哼的呜咽的含着，一面慢慢的也睡着了。

第二天洗澡的时候，小朋友和我又躺在水盆的两边谈话。他精神很饱满，在被按洗之下，他摇着头，半闭着眼，笑着说，“我昨天吃了一顿饱奶！我母亲黑黑圆圆的脸，很好看。我是她的第五个孩子呢，她和看护说她是第一次进医院生孩子，是慈幼会介绍来的，我父亲很穷，是个屠户，宰猪的。”——这时一滴硼酸水忽然洒上他的眼睛，他厌烦的喊了几声，挣扎着又睁开眼，说“宰猪的！多痛快，白刀子进去，红刀子出来！我大了，也学我父亲，宰猪，——不但宰猪，也宰那些猪一般的尽吃不做的人！”

我静静的听着，到了这里赶紧闭上眼，不言语。

小朋友问说，“你呢？吃饱了罢？你母亲怎样？”

我也兴奋了，“我没有吃到什么，母亲的奶没有下来呢，看护说一两天就会有的。我母亲真好，她会看书，床边桌上堆着许多书，屋里四周也摆满了花。”

“你父亲呢？”

“父亲没有来，屋里只她一个人，她也没有和人谈话，我不知道关于父亲的事。”

“那是头等室，”小朋友肯定的说，“一个人一间屋子吗。我母亲那里却热闹，放着十几张床呢，许多小朋友的母亲都在那里，小朋友们也都吃得饱。”

明天过来，看见父亲了，在我吃奶的时候，他侧着身，倚在母亲的枕旁，他们的脸紧挨着注视着我。父亲很清癯的脸，皮色淡黄，很长的睫毛，眼神极好，仿佛常爱思索似的，额上常有微微的皱纹。

父亲说，“这回看的细，这孩子美的很呢，像你！”

母亲微笑着，轻轻的摩我的脸，“也像你呢，这么大的眼睛。”

父亲立起来，坐到床边的椅上，牵着母亲的手，轻轻的拍着，“这下子，我们可不寂寞了，我下课回来，就帮助你照顾他，同他玩，放假的时候，就带他游山玩水去。——这孩子一定要注意身体，不要像我，我虽不病，却不是强壮……”

母亲点头说“是的——他也要早早的学音乐，绘画，我自己不会这些，总觉得生活不圆满呢！还有……”

父亲笑了“你将来要他成个什么‘家’？文学家？音乐家？”

母亲说“随便什么都好——他是个男孩子呢，中国需要科学，恐怕科学家最好。”

这时我正咂不出奶来，心里烦燥得想哭，可是听他们谈的那么津津有味，我也就不言语。

父亲说，“我们应当替他储蓄教育费了，这笔款越早预备越好。”

母亲说“忘了告诉你，弟弟昨天说，等孩子到了六岁，他送孩子一辆小自行车呢！”

父亲笑说“这孩子算是什么都有了，他的摇篮，不是妹妹送的么？”

母亲紧紧的搂着我，亲我的头发，说“小宝贝呵，你多好，这么些个人疼你！你大了，要做个好孩子……”

挟带着满怀的喜气我回到床上，也顾不得饥饿了，抬头看小朋友，他却又在深思呢。

我笑着招呼说“小朋友，我看见我的父亲了，他也极好，他是个教员，他和母亲正在商量我将来教育的事，父亲说凡他所能做到的，对于我有益的事，他都努力。母亲说我没有奶吃不要紧，回家去就吃奶粉，以后还吃橘子汁，还吃……”我一口气说了下去。

小朋友微笑了，似怜悯又似鄙夷，“你好幸福呵，我是回家以后，就没有奶吃了，今天我父亲来了，对母亲说有人找她当奶妈去，一两天内我们就得走了！我回去跟着六十多岁的祖母，我吃米汤，糕干……但是我不在乎！”

我默然，满心的高兴都消失了，我觉得惭愧。

小朋友的眼里，放出了骄傲勇敢的光，“你将永远是花房里的一盆小花，风雨不侵的在划一的温度之下，娇嫩的开放着。我呢，是道旁的小草，人们的践踏和狂风暴雨，我都须忍受。你从玻璃窗里，遥遥的外望，也许会可怜我。然而在我的头上，有无限阔大的天空，在我的四围，有呼吸不尽的空气，有自由的蝴蝶和蟋蟀在我的旁边歌唱飞翔，我的勇敢的卑微的同伴，是烧不尽割不完的，在人们脚下，青青的点缀遍了全世界！”

我窘得要哭“我自己也不愿意这样的娇嫩呀！……”我说。

小朋友惊醒了似的，缓和了下来，温慰我说，“是呀，我们谁也不愿意和谁不一样，可是一切种种把我们分开了，——看后来罢！”

窗外的雪不住的在下，扯棉搓絮一般，绿瓦上匀整的堆砌上几道雪沟。母亲和我是要回家过年的，小朋友因为他母亲要去上工，也要年前回去,我们只有半天的聚首了,茫茫的人海,我们从此要分头消失在一片纷乱的城市叫嚣之中,何时再能在同一的屋瓦之下,抵足而眠?

我们恋恋的互视着,暮色昏黄里,小朋友的脸,在我微晕的眼光中渐渐的放大了,紧闭的嘴唇,紧锁的眉峰,远望的眼神,微微突出的下颏,处处显出刚决和勇毅。“他宰猪——宰人?”我想着,小手在衾底伸缩着,感出自己的渺小!

从母亲那里回来,互相报告的消息,是我们都改成明天——一月一日——回去了:我的父亲怕除夕事情太多,母亲回去不得休息。小朋友的父亲却因为除夕自己出去躲债,怕他母亲回去被债主包围,也不叫他离院,我们平空又多出一天来!

自夜半起便听见爆竹,远远近近的连续不断,绵绵的雪中,几声寒犬,似乎告诉我们说人生的一段恩仇,至此又告一小小结束,在明天重戴起谦虚欢乐的假面具之先,这一夜,要尽量的吞噬,怨詈,哭泣;万千的爆竹声里,阴沉沉的大街小巷之中,不知隐伏着几千百种可怖的情感的激荡……

我慄然,回顾小朋友,他咬住下唇,一声儿不言语。——这一夜,缓流的水一般,细细的流将过去,将到天明,朦胧里我听见小朋友在他的床上叹息。

天色大明了,两个看护脸上堆着新年的笑,走了进来,替我们洗了澡。一个看护打开了我的小提箱,替我穿上小白绒紧子,套上白绒布长背心和睡衣,外面又穿戴上一色的豆青绒线褂子,帽子,和袜子,穿着完了,他抱起我,笑说“你多美呵,看你妈妈多会打扮你!”我觉得很软适,却又很热,我暴燥得想哭。

小朋友也被举了起来,我愕然,我几乎不认识他了!他外面穿着大厚蓝布棉袄,袖子很大很长,上面还有拆改补缀的线迹;底下也是洗得褪色的蓝布的围裙。他两臂直伸着,头面埋在青棉的大风帽之内，臃肿得像一只风筝！我低头看着地上堆着的从我们身上脱下的两套同样的白衣，我忽然打了一个寒噤，我们从此分开了，我们精神上，物质上的一切都永远分开了！

小朋友也看见我了，似骄似惭的笑了一笑，说“你真美呀，这身美丽温软的衣服！我的身上，是我的铠甲，我要到社会的战场上同人家争饭吃呀！”

看护们匆匆的捡起地上的白衣，扔入筐内，又匆匆的抱我们出去。走到玻璃门边，我不禁大哭起来，小朋友忍不住哭了，我们乱招着手说“小朋友呀！再见呀！再见呀！”一路走着，我们的哭声，不久便在甬道的两端消失了。

母亲已经打扮好了，站在屋门口，父亲提着小箱子，站在她旁边；看见我来，母亲连忙伸手接过我，仔细看我的脸，拭去我的眼泪，偎着我，说“小宝贝，别哭！我们回家去了，一个快乐的家，妈妈也爱你，爸爸也爱你！”

一个轮车推了过来，母亲替我围上小豆青绒毯，抱我坐上去，父亲跟在后面，和相送的医生看护们道过谢，说过再见，便一齐从电梯下去。

从两扇半截的玻璃门里，看见一辆汽车停在门口，父亲上前开了门，吹进一阵雪花，母亲赶紧遮上我的脸，似乎我们又从轮车中下来，出了门，上了汽车，车门砰的一声关上了。母亲掀起我脸上的毯子，我看见满车的花朵，我自己在母亲怀里，父亲和母亲的脸夹偎着我。

这时车已徐徐的转出大门，门外许多洋车拥挤着，在他们纷纷让路的当儿，猛抬头我看见我的十日来朝夕相亲的小朋友！他在他父亲的臂里。他母亲提着青布的包袱，两人一同侧身站在门口，背向着我们，他父亲头上是一顶宽檐的青毡帽，身上是一件大青布棉袍，就在这宽大的帽檐下，小朋友伏在他的肩上，面向着我，雪花落在他的眉间，落在他的颊上，他紧闭着眼，脸上是凄傲的笑容——他已开始享乐他的奋斗……

车开出门外，便一直的飞驰，路上雪花飘舞着，我们隐隐的听得见新年的锣鼓，母亲在我耳旁，紧偎着，说“宝贝呀，看这一个平坦洁白的世界呀！”

我哭了。

八，五，一九三一。海淀，北平。

（原载《新月》第三卷第十一期，一九三一年十一月）

# 许 地 山

## 商 人 妇

“先生，请用早茶。”这是二等舱底侍者催我起床底声音。我因为昨天上船底时候太过忙碌，身体和精神都十分疲倦，从九点一睡直到早晨七点还没有起床。我一听侍者底招呼，就立刻起来；把早晨应办底事情弄清楚，然后到餐厅去。

那时节餐厅里满坐了旅客。个个在那里喝茶，说闲话：有些预言欧战谁胜谁负底，有些议论袁世凯该不该做皇帝底，有些猜度新加坡印度兵变乱是不是受了印度革命党运动底，那种唧唧咕咕的声音，弄得一个餐厅几乎变成菜市。我不惯听这个，一喝完茶就回到自己底舱里，拿了一本《西青散记》跑到右舷找一个地方坐下，预备和书里底双卿谈心。

我把书打开，正要看时，一位印度妇人携着一个七八岁的孩子来到跟前和我面对面地坐下。这妇人，我前天在极乐寺放生池旁曾见过一次；我也瞧着她上船；在船上也是常常遇见她在左右舷乘凉。我一瞧见她，就动了我底好奇心；因为她底装束虽是印度的，然而行动却不像印度妇人。

我把书搁下，偷眼瞧她等她回眼过来瞧我底时候，我又装做念书。我好几次是这样办，恐怕她疑我有别的意思，此后就低着头，再也不敢把眼光射在她身上。她在那里信口唱些印度歌给小孩听，那孩子也指东指西问她说话。我听她底回答，无意中又把眼睛射在她脸上。她见我抬起头来，就顾不得和孩子周旋，急急地用闽南土话问我说："这位老叔，你也是要到星加坡去么？"她底口腔很像海澄底乡人；所问底也带着乡人底口气。在说话之间，一字一字慢慢地拼出来好像初学说话底一样。我被她这一问，心里底疑团结得更大，就回答说："我要回厦门去。你曾到过我们那里么，为什么能说我们底话？""呀！我想你瞧我底装束像印度妇女，所以思疑我不是唐山（华侨叫祖国做唐山）人。我实在告诉你，我家就在鸿渐。"

那孩子瞧见我们用土话对谈，心里奇怪得很，他摇着妇人底膝头，用印度话问道："妈妈，你说底是什么话？他是谁？"也许那孩子从来不曾听过她说这样的话，所以觉得希奇。我巴不得快点知道她底底蕴，就接着问她："这孩子是你养底么？"她先回答了孩子，然后向我叹一口气说："为什么不是呢？这是我在麻德拉斯养底。"

我们越谈越熟，就把从前的畏缩都除掉，自从她知道我底里居、职业以后，她再也不称我做"老叔"，便转口称我做"先生"。她又把麻德拉斯大概的情形说给我听。我因为她底境遇很希奇，就请她详详细细地告诉我。她谈得高兴，也就应许了。那时，我才把书收入口袋里，注神听她诉说自己底历史。

我十六岁就嫁给青礁林荫乔为妻。我底丈夫在角尾开糖铺。他回家底时候虽然少，但我们底感情决不因为这样就生疏。我和他过了三四年的日子，从不曾拌过嘴，或闹过什么意见。有一天，他从角尾回来，脸上现出忧闷的容貌。一进门就握着我底手说："惜官，（闽俗长辈称下辈或同辈的男女彼此相称常加'官'字在名字之后）我底生意已经倒闭，以后我就不到角尾去啦。"我听了这话，不由得问他："为什么呢？是买卖不好吗？"他说："不是，不是，是我自己弄坏底。这几天那里赌局，有些朋友招我同玩，我起先赢了许多，但是后来都输得精光，甚至连店里底生财家伙，也输给人了。……我实在后悔，实在对你不住。”我怔了一会，也想不出什么合式的话来安慰他；更不能想出什么话来责备他。

他见我底泪流下来，忙替我擦掉，接着说：“哎！你从来不曾在我面前哭过；现在你向我掉泪，简直像镕融的铁珠一滴一滴地滴在我心坎儿上一样。我底难受，实在比你更大。你且不必担忧，我找些资本再做生意就是了。”

当下我们二人面面相觑，在那里静静地坐着。我心里虽有些规劝底话要对他说，但我每将眼光射在他脸上底时候，就觉得他有一种妖魔的能力，不容我说，早就理会我底意思。我只说：“以后可不要再耍钱，要知道赚钱。……”

他在家里闲着，差不多有三个月。我所积底钱财倒还够用，所以家计用不着他十分挂虑。他镇日出外借钱做资本，可惜没有人信得过他，以致一文也借不到。他急得无可奈何，就动了过番（闽人说到南洋为过番）底念头。

他要到新加坡去底时候，我为他摒挡一切应用的东西，又拿了一对玉手镯教他到厦门兑来做盘费。他要趁早潮出厦门，所以我们别离底前一夕足足说了一夜的话。第二天早晨，我送他上小船，独自一人走回来，心里非常烦闷，就伏在案上，想着到南洋去底男子多半不想家，不知道他会这样不会。正这样想，蓦然一片急步声达到门前，我认得是他，忙起身开了门；问：“是漏了什么东西忘记带去么？”他说：“不是。我有一句话忘记告诉你：我到那边底时候，无论做什么事，总得给你来信。若是五六年后我不能回来，你就到那边找我去。”我说：“好吧。这也值得你回来叮咛，到时候我必知道应当怎样办底。天不早了，你快上船去罢。”他紧握着我底手，长叹了一声，翻身就出去了。我注目直送去到榕荫尽处，瞧他下了长堤，才把小门关上。

我与林荫乔别离那一年，正是二十岁。自他离家以后，只来了两封信：一封说他在新加坡丹让巴葛开杂货店，生意很好。一封说他底事情忙，不能回来。我连年望他回来完聚，只是一年一年的盼望都成虚空了。

邻舍底妇人常劝我到南洋找他去。我一想我们夫妇离别已经十年，过番找他虽是不便，却强过独自一人在家里挨苦。我把所积底钱财检妥，把房子交给乡里底荣家长管理，就到厦门搭船。

我第一次出洋，自然受不惯风浪底颠簸，好容易就到新加坡。那时节，我心里底喜欢，简直在这辈子里头不曾再遇见。我请人带我到丹让巴葛义和诚去。那时我心里底喜欢更不能用言语来形容。我瞧店里底买卖很热闹，我丈夫这十年间底发达，不用我估量，也就罗列在眼前了。

但是店里底伙计都不认识我，故得对他们说明我是谁，和来意。有一位年轻的伙计对我说："头家（闽人称店主为头家）今天没有出来，我领你到住家去罢。"我才知道我丈夫不在店里住；同时我又猜他一定是再娶了；不然，断没有所谓住家底。我在路上就向伙计打听一下，果然不出所料！

人力车转了几个弯，到一所半唐半洋的楼房停住。伙计说："我先进去通知一声。"他撇我在外头，许久才出来对我说："头家早晨出去，到现在还没有回来哪。头家娘请你进去里头等他一会儿，也许他快要回来。"他把我两个包袱——那就是我底行李——拿在手里，我随着他进去。

我瞧见屋里底陈设十分华丽。那所谓头家娘底，是一个马来妇人，她出来，只向我略略点了一个头。她底模样，据我看来很不恭敬，但是南洋底规矩我不懂得，只得陪她一礼。她头上戴底金刚钻和珠子，身上缀底宝石，金，银，衬着那副黑脸孔，越显出丑陋不堪。

她对我说了几句套话，又叫人递一杯咖啡给我，自己在一边吸烟，嚼槟榔，不大和我攀谈。我想是初会生疏底原故，所以也不敢多问她底话。不一会，得得的马蹄声从大门直到廊前，我早猜着是我丈夫回来了。我瞧他比十年前胖了许多,肚子也大起来了。他口里含着一枝雪茄,手里扶着一根象牙杖,下了车,踏进门来,把帽子挂在架上。见我坐在一边,正要发问,那马来妇人上前向他唧唧咕咕地说了几句。她底话我虽不懂得,但瞧她底神气像有点不对。

我丈夫回头问我说:"惜官,你要来底时候,为什么不预先通知一声?是谁叫你来底?"我以为他见我以后必定要对我说些温存的话,那里想到反把我诘问起来!当时我把不平的情绪压下,陪笑回答他,说:"唉,荫哥,你岂不知道我不会写字么?咱们乡下那位写信底旺师常常给人家写别字,甚至把意思弄错了;因为这样,所以不敢央求他替我写。我又是决意要来找你底,不论迟早,总得动身,又何必多费这番工夫呢?你不曾说过五六年后若不回去,我就可以来吗?"我丈夫说:"嚇!你自己倒会出主意。"他说完,就横横地走进屋里。

我听他所说底话,简直和十年前是两个人。我也不明白其中底缘故:是嫌我年长色衰呢,我觉得比那马来妇人还俊得多;是嫌我德行不好呢,我嫁他那么多年,事事承顺他,从不曾做过越出范围底事。荫哥给我这个闷葫芦,到现在我还猜不透。

他把我安顿在楼下,七八天的工夫不到我屋里,也不和我说话。那马来妇人倒是很殷勤,走来对我说:"荫哥这几天因为你底事情很不喜欢。你且宽怀,过几天他就不生气了。晚上有人请咱们去赴席,你且把衣服穿好,我和你一块儿去。"

她这种甘美的语言,叫我把从前猜疑她底心思完全打销。我穿底是湖色布衣,和一条大红绉裙;她一见了,不由得笑起来。我觉得自己满身村气,心里也有一点惭愧。她说:"不要紧。请咱们底不是唐山人,定然不注意你穿底是不是时新的样式。咱们就出门罢。"

马车走了许久,穿过一丛椰林,才到那主人底门口。进门是一个很大的花园,我一面张望,一面随着她到客厅去。那里果然有很奇怪的筵席摆设着。一班女客都是马来人和印度人。她们在那里叽哩咕噜地说说笑笑,我丈夫底马来妇人也撇下我去和她们谈话。不一会,她和一位妇人出去,我以为她们逛花园去了,所以不大理会。但过了许久的工夫,她们只是不回来,我心急起来就向在座底女人说:"和我来那位妇人往那里去?"她们虽能会意,然而所回答底话,我一句也懂不得。

我坐在一个软垫上,心头跳动得很利害。一个仆人拿了一壶水来,向我指着上面的筵席作势。我瞧见别人洗手,知道这是食前底规矩,也就把手洗了。她们让我入席,我也不知道那里是我应当坐底地方,就顺着她们指定给我底位坐下。她们祷告以后,才用手向盘里取自己所要底食品。我头一次掬东西吃,一定是很不自然,她们又教我用指头底方法。我在那时,很怀疑我丈夫底马来妇人不在座,所以无心在筵席上张罗。

筵席撤掉以后,一班客人都笑着向我亲了一下吻就散了。当时我也要跟她们出门,但那主妇叫我等一等。我和那主妇在屋里指手画脚做哑谈,正笑得不可开交,一位五十来岁的印度男子从外头进来。那主妇忙起身向他说了几句话,就和他一同坐下。我在一个生地方遇见生面的男子,自然是羞缩到了不得。那男子走到我跟前说:"喂,你已是我底人啦。我用钱买你。你住这里好。"他说底虽是唐话,但语格和腔调全是不对的。我听他说把我买过来,不由得恸哭起来。那主妇倒是在身边殷勤地安慰我。那时已是入亥时分,他们教我进里边睡,我只是和衣在厅边坐了一宿,那里肯依他们底命令!

先生,你听到这里必定要疑我为什么不死。唉!我当时也有这样的思想,但是他们守着我好像囚犯一样,无论什么时候都有人在我身旁。久而久之,我底激烈的情绪过了,不但不愿死,而且要留着这条命往前瞧瞧我底命运到底是怎样的。

买我底人是印度麻德拉斯底回教徒阿户耶。他是一个氆氇商。因为在新加坡发了财，要多娶一个姬妾回乡享福。偏是我底命运不好，趁着这机会就变成他底外国骨董。我在新加坡住不上一个月，他就把我带到麻德拉斯去。

阿户耶给我起名叫利亚。他叫我把脚放了，又在我鼻上穿了一个窟窿，带上一只钻石鼻环。他说照他们底风俗，凡是已嫁的女子都得带鼻环，因为那是妇人底记号。他又给很好的“克尔塔”（回妇上衣），“马拉姆”（胸衣），和“埃撒”（裤）教我穿上。从此以后，我就变成一个回回婆子了。

阿户耶有五个妻子，连我就是六个。那五人之中，我和第三妻底感情最好。其余的我很憎恶她们，因为她们欺负我不会说话；又常常戏弄我。我底小脚在她们当中自然是希罕的；她们虽是不歇地摩挲，我也不怪。最可恨的是她们在阿户耶面前播弄是非，教我受委曲。

阿噶利马是阿户耶第三妻底名字，就是我被卖时张罗筵席底主妇。她很爱我，常劝我用“撒马”来涂眼眶，用指甲花来涂指甲和手心。回教的妇人每日用这两种东西和我们唐人用脂粉一样。她又教我念孟加里文和亚剌伯文。我想起自己因为不能写信底缘故，致使荫哥有所藉口，现在才到这样的地步；所以愿意在这举目无亲底时候用功学习些少文字。她虽然没有什么学问，但当我底教师是绰绰有余底。

我从阿噶利马念了一年，居然会写字了！她告诉我他们教里有一本天书，本不轻易给女人看底，但她以后必要拿那本书来教我。她常对我说：“你底命运会那么蹇涩，都是阿拉给你注定底。你不必想家太甚，日后或者有大快乐临到你身上，叫你享受不尽。”这种定命底安慰，在那时节很可以教我底精神活泼一点。

我和阿户耶虽无夫妻底情，却免不了有夫妻底事。哎！我这孩子（她说时把手抚着那孩子底顶上）就是到麻德拉斯底第二年养底。我活了三十多岁才怀孕，那种痛苦为我一生所未经过。幸亏阿噶利马能够体贴我，她常用话安慰我，教我把目前的苦痛忘掉。有一次她瞧我过于难受，就对我说："呀！利亚，你且忍耐着罢。咱们没有无花果树底福分，(《可兰经》载阿丹浩提被天魔阿扎贼来引诱，吃了阿拉所禁底果子，当时他们二人底天衣都化没了。他们觉得赤身底羞耻，就向乐园里底树借叶子围身。各种树木因他们犯了阿拉底戒命，都不敢借，唯有无花果树瞧他们二人怪可怜的，就慷慨借些叶子给他们。阿拉嘉许无花果树底行为，就赐他不必经过开花和受蜂蝶搅扰的苦而能结果)所以不能免掉怀孕底苦。你若是感得痛苦底时候，可以默默向阿拉求恩，他可怜你，就赐给你平安。"我在临产底前后期，得着她许多的帮助，到现在还是忘不了她底情意。

自我产后，不上四个月，就有一件失意的事教我心里不舒服；那就是和我底好朋友离别。她虽不是死掉，然而她所去底地方，我至终不能知道。阿噶利马为什么离开我呢？说来话长，多半是我害她底。

我们隔壁有一位十八岁的小寡妇名叫哈那，她四岁就守寡了。她母亲苦待她倒罢了，还要说她前生的罪业深重，非得叫她辛苦，来生就不能超脱。她所吃所穿底都跟不上别人，常常在后园里偷哭。她家底园子和我们底园子只隔一度竹篱，我一听见她哭，或是瞧见她在那里，就上前和她谈话。有时安慰她，有时给东西她吃；有时送她些少金钱。

阿噶利马起先瞧见我周济那寡妇，很不以为然。我屡次对她说明在唐山不论什么人都可以受人家底周济，从不分什么教门。她受我底感动，后来对于那寡妇也就发出哀怜的同情。

有一天阿噶利马拿些银子正从篱间递给哈那，可巧被阿户耶瞥见。他不声不张，蹑步到阿噶利马后头，给她一掌，顺口骂说："小母畜，贱生的母猪，你在这里干什么？"他回到屋里，气得满身抖擞，指着阿噶利马说："谁教你把钱给那婆罗门妇人？岂不把你自己玷污了吗？你不但玷污了自己，更是玷污我和清真圣典。‘马赛拉！’（是‘阿拉’禁止底意思）快把你底‘布卡’（面幕）放下来罢。”

我在里头听得清楚，以为骂过就没事。谁知不一会的工夫，阿噶利马珠泪承睫地走进来，对我说：“利亚，我们要分离了！”我听这话吓了一跳，忙问道：“你说底是什么意思，我听不明白？”她说：“你不听见他叫我把布卡放下来罢？那就是休我底意思。此刻我就要回娘家去。你不必悲哀，过两天他气平了，总得叫我回来。”那时我一阵心酸，不晓得要用什么话来安慰她，我们抱头哭了一场就分散了。唉，“杀人放火金腰带；修桥整路长大癞。”这两句话实在是人间生活底常例呀！

自从阿噶利马去后，我底凄凉的历书又从“贺春王正月”翻起。那四个女人是与我素无交情底。阿户耶呢，他那副黝黑的脸，猬毛似的胡子，我一见了就憎厌，巴不得他快离开我。我每天的生活就是乳育孩子，此外没有别的事情。我因为阿噶利马底事，吓得连花园也不敢去逛。

过几个月，我底苦生涯快挨尽了！因为阿户耶藉着病回他底乐园去了。我从前听见阿噶利马说过：妇人于丈夫死后一百三十日后就得自由，可以随便改嫁。我本欲等到那规定的日子才出去，无奈她们四个人因为我有孩子，在财产上恐怕给我占便宜，所以多方窘迫我。她们底手段，我也不忍说了。

哈那劝我先逃到她姊姊那里。她教我送一点钱财给她姊夫，就可以得他们底容留。她姊姊我曾见过，性情也很不错。我一想，逃走也是好的，她们四个人底心肠鬼蜮到极，若是中了她们底暗算，可就不好。哈那底姊夫在亚可特住。我和她约定了，教她找机会通知我。

一星期后，哈那对我说她底母亲到别处去，要夜深才可以回来，教我由篱笆逾越过去。这事本不容易，因事后须得使哈那不致于吃亏。而且篱上界着一行鑯线，实在教我难办。我抬头瞧见篱下那棵波罗蜜树有一桠横过她那边，那树又是斜着长上去底。我就告诉她，叫她等待人静底时候在树下接应。

原来我底住房有一个小门通到园里。那一晚上，天际只有一点星光，我把自己细软的东西藏在一个口袋里，又多穿了两件衣裳，正要出门，瞧见我底孩子睡在那里。我本不愿意带他同行，只怕他醒时瞧不见我要哭起来，所以暂住一下，把他抱在怀里，让他吸乳。他吸底时节，才实在感得我是他底母亲，他父亲虽与我没有精神上的关系，他却是我养底。况且我去后，他不免要受别人底折磨。我想到这里，不由得双泪直流。因为多带一个孩子，会教我底事情越发难办。我想来想去，还是把他驮起来，低声对他说"你是好孩子，就不要哭，还得乖乖地睡。"幸亏他那时好像理会我底意思，不大作声。我留一封信在床上，说明愿意抛弃我应得的产业和逃走底理由，然后从小门出去。

我一手往后托住孩子，一手拿着口袋，蹑步到波罗蜜树下。我用一条绳子拴住口袋，慢慢地爬上树，到分桠底地方少停一会。那时孩子哼了一两声，我用手轻轻地拍着，又摇他几下，再把口袋撩上来，抛过去给哈那接住。我再爬过去，摸着哈那为我预备底绳子，我就紧握着，让身体慢慢坠下来。我底手耐不得摩擦，早已被绳子剉伤了。

我下来之后，谢过哈那，忙忙出门。离哈那底门口不远就是爱德耶河，哈那和我出去雇船，她把话交代清楚就回去了。那舵工是一个老头子，也许听不明白哈那所说底话。他划到塞德必特车站，又替我去买票。我初次搭车，所以不大明白行车底规矩；他叫我上车，我就上去。车开以后，查票人看我底票才知道我搭错了。

车到一个小站，我赶紧下来，意思是要等别辆车搭回去。那时已经夜半，站里底人说上麻德拉斯底车要到早晨才开。不得已就在候车处坐下。我把"马支拉"（回妇外衣）披好，用手支住袋假寐，约有三四点底工夫。偶一抬头，瞧见很远一点灯光由栅栏之间射来。我赶快到月台去，指着那灯问站里底人。他们当中有一个人笑说：“这妇人连方向也分不清楚了。她认启明星做车头底探灯哪。”我瞧真了，也不觉得笑起来，说：“可不是！我底眼真是花了。”

我对着启明星，又想起阿噶利马底话。她曾告诉我那星是一个擅于迷惑男子底女人变底。我因此想起荫哥和我底感情本来很好，若不是受了番婆底迷惑，决不忍把他最爱的结发妻卖掉。我又想着自己被卖底不是不能全然归在荫哥身上。若是我情愿在唐山过苦日子，无心到新加坡去依赖他，也不会发生这事。我想来想去，反笑自己逃得太过唐突。我自问既然逃得出来，又何必去依赖哈那底姊姊呢？想到这里，仍把孩子抱回候车处，定神解决这问题。我带出来底东西和现银共值三千多卢比，若是在村庄里住，很可以够一辈子底开消；所以我就把独立生活底主意拿定了。

天上底星星陆续收了他们底光，惟有启明仍在东方闪烁着。当我瞧着她底时候，好像有一种声音从他底光传出来，说：“惜官，此后你别再以我为迷惑男子底女人。要知道凡光明的事物都不能迷惑人。在诸星之中，我最先出来，告诉你们黑暗快到了；我最后回去，为底是领你们紧接受着太阳底光亮；我是夜界最光明的星。你可以当我做你心里底殷勤的警醒者。”我朝着他，心花怒开，也形容不出我心里底感谢。此后我一见着他，就有一番特别的感触。

我向人打听客栈所在底地方，都说要到贞葛布德才有。于是我又搭车到那城去。我在客栈住不多的日子就搬到自己底房子住去。

那房子是我把钻石鼻环兑出去所得底金钱买来底。地方不大，只有二间房和一个小园，四面种些露兜树当做围墙。印度式的房子虽然不好，但我爱他靠近村庄，也就顾不得他底外观和内容了。我雇了一个老婆子帮助料理家务，除养育孩子以外，还可以念些印度书籍。我在寂寞中和这孩子玩弄，才觉得孩子底可爱，比一切的更甚。

每到晚间，就有一种很庄重的歌声送到我耳里。我到园里一望，原来是从对门一个小家庭发出来。起先我也不知道他们唱来干什么，后来我才晓得他们是基督徒。那女主人以利沙伯不久也和我认识，我也常去赴他们底晚祷会。我在贞葛布德最先认识底朋友就算他们那一家。

以利沙伯是一个很可亲的女人，她劝我入学校念书，且应许给我照顾孩子。我想偷闲度日也是没有什么出色，所以在第二年她就介绍我到麻德拉斯一个妇女学校念书。每月回家一次瞧瞧我底孩子，她为我照顾得很好，不必我担忧。

我在校里没有分心底事，所以成绩甚佳。这六七年的工夫，不但是学问长进，连从前所有的见地都改变了。我毕业后直到于今就在贞葛布德附近一个村里当教习。这就是我一生经历底大概，若要详细说来，虽用一年底工夫也说不尽。

现在我要到新加坡找我丈夫去。因为我要知道卖我底到底是谁。我很相信荫哥必不忍做这事；纵然是他出底主意，终有一天会悔悟过来。

惜官和我谈了足有两点多钟，她说得很慢，加之孩子时时搅扰她，所以没有把她在学校底生活对我详细地说。我因为她说得工夫太长，恐怕精神过于受累，也就不往下再问。我只对她说："你在那漂流底时节，能够自己找出这条活路，实在可敬。明天到新加坡底时候，若是要我帮助你去找荫哥，我很乐意为你去干。"她说："我那里有什么聪明，这条路不过是冥冥中的指导者替我开底。我在学校里所念底书，最感动我底是《天路历程》和《鲁宾孙漂流记》这两部书给我许多安慰和模范。我现时简直是一个女鲁宾孙哪。你要帮我去找荫哥，我实在感激。因为新加坡我不大熟悉，明天总得求你和我……"说到这里，那孩子催着她进去舱里拿玩具给他。她就起来,一面续下去说:"明天总得求你帮忙。"我起立对她行了一个敬礼,就坐下把方才的会话录在怀中日记里头。

过了二十四点钟,东南方微微露出几个山峰。满船底人都十分忙碌,惜官也顾着检点她底东西,没有出来。船入港底时候,她才携着孩子出来与我坐在一条长凳上头。她对我说:"先生:想不到我会再和这个地方相见。岸上底椰树还是舞着他们底叶子;海面底白鸥还是飞来飞去向客人表示欢迎;我底愉快也和九年前初会他们那时一样。如箭的时光,转眼就过了那么多年,但我至终瞧不出从前所见底和现在所见底当中有什么分别。……呀!'光阴如箭'底话,不是指着箭飞得快说,乃是指着箭底本体说。光阴无论飞得多么快,在里头底事物还是没有什么改变;好像附在箭上底东西,箭虽是飞行着,他们却是一点不更改。……我今天所见底和从前所见底虽是一样,但愿荫哥底心肠不要像自然界底现象变更得那么慢;但愿他回心转意地接纳我。"我说:"我和你表同情。听说这船要泊在丹让巴葛底码头,我想到时,你先在船上候着,我上去打听一下再回来和你同去。这办法好不好呢。"她说:"那么,就教你多多受累了。"

我上岸问了好几家都说不认得林荫乔这个人,那义和诚底招牌更是找不着。我非常着急,走了大半天觉得有一点累,就上一家广东茶居歇足,可巧在那里给我查出一点端倪。我问那茶居底掌柜,据他说:林荫乔因为把妻子卖给一个印度人,惹起本埠多数唐人底反对。那时有人说是他出主意卖底,有人说是番婆卖底,究竟不知道是谁做底事。但他底生意因此受莫大的影响,他瞧着在新加坡站不住,就把店门关起来,全家搬到别处去了。

我回来将所查出底情形告诉惜官,且劝她回唐山去。她说:"我是永远不能去底。因为我带着这个棕色孩子,一到家,人必要耻笑我,况且我对于唐文一点也不会,回去岂不要饿死吗?我想在新加坡住几天,细细地访查他底下落。若是访不着时,仍旧回印度去。……唉，现在我已成为印度人了！”

我瞧她底情形，实在想不出什么话可以劝她回乡。只叹一声说：“呀！你底命运实在苦！”她听了反笑着对我说：“先生啊，人间一切的事情本来没有什么苦乐底分别：你造作时是苦，希望时是乐；临事时是苦，回想时是乐。我换一句话说：眼前所遇底都是困苦；过去，未来底回想和希望都是快乐。昨天我对你诉说自己境遇底时候，你听了觉得很苦，因为我把从前的情形陈说出来，罗列在你眼前，教你感得那是现在的事；若是我自己想起来，久别，被卖，逃亡，等等事情都有快乐在内。所以你不必为我叹息，要把眼前的事看开才好。……我只求你一样，你到唐山时，若是有便，就请到我村里通知我母亲一声。我母亲算来已有七十多岁，她住在鸿渐，我底唐山亲人只剩着她咧。她底门外有一棵很高的橄榄树，你打听良姆，人家就会告诉你。”

船离码头底时候，她还站在岸上挥着手巾送我。那种诚挚的表情，教我永远不能忘掉。我到家不上一月就上鸿渐去。那橄榄树下底破屋满被古藤封住，从门缝儿一望，隐约瞧见几座朽腐的木主搁在桌上，那里还有一位良姆！

（原载《小说月报》第十二卷第四号，一九二一年四月）

# 缀网劳蛛

"我像蜘蛛，
　命运就是我的网。"
我把网结好，
　还住在中央。

呀，我的网甚时节受了损伤！
　这一坏教我怎地生长？
生的巨灵说："补缀补缀罢，
　世间没有一个不破的网。"

我再结网时，
　要结在玳瑁梁栋，
　　　珠玑帘栊；
或结在断井颓垣，
　　荒烟蔓草中呢？
生的巨灵按手在我头上说：
"自己选择去罢，
　你所在的地方无不兴隆，亨通。"

虽然，我再结的网还是像从前那么脆弱，
　敌不过外力冲撞；
我网的形式还要像从前那么整齐——

平行的丝连成八角，十二角的形状吗？
他把"生的万花筒"交给我，说，
"望里看罢，
你爱怎样，就结成怎样。"

呀，万花筒里等等的形状和颜色
仍与从前没有什么差别！
求你再把第二个给我，
我好谨慎地选择。

"咄咄！贪得而无智的小虫！
自而今回溯到濛鸿，
从没有人说过里面有个形式与前相同。
去罢，生的结构都由这几十颗'彩琉璃屑'幻成种种，
不必再看第二个生的万花筒。"

那晚上底月色格外明朗，只是不时来些微风把满园的花影移动得不歇地作响。素光从椰叶下来，正射在尚洁和她的客人史夫人身上。她们二人的容貌，在这时候，自然不能认得十分清楚；但是二人对谈的声音却像幽谷的回响，没有一点模糊。

周围的东西都沉默着，像要让她们密谈一般：树上的鸟儿把喙插在翅膀底下；草里的虫儿也不敢做声；就是尚洁身边那只玉狸，也当主人所发的声音为催眠歌，只管鼾鼾地沉睡着。她用纤手抚着玉狸，目光注在她的客人身上，懒懒地说，"夺魁嫂子，外间的闲话是听不得的。这事我全不计较——我虽不信定命的说法，然而事情怎样来，我就怎样对付，毋庸在事前预先谋定什么方法。"

她的客人听了这场冷静的话，心里很是着急，说，"你对于自己的前程太不注意了！若是一个人没有长久的顾虑，就免不了遇着危险。外人的话虽不足信，可是你得把你的态度显示得明了一

点，教人不疑惑你才是。”

尚洁索性把玉狸抱在怀里，低着头，只管摩弄。一会儿，她才冷笑了一声，说，“吓吓，夺魁嫂子，你的话差了！危险不是顾虑所能闪避的。后一小时的事情，我们也不敢说准知道，那里能顾到三四个月，三两年那么长久呢？你能保我待一会不遇着危险；能保我今夜里睡得平安么？纵使我准知道今晚上会遇着危险，现在的谋虑也未必来得及。我们都在云雾里走，离身二三尺以外，谁还能知道前途的光景呢？《经》里说：‘不要为明日自夸，因为一日要生何事，你尚且不能知道。’这句话，你忘了么？……唉，我们都是从渺茫中来在渺茫中住，望渺茫中去。若是怕在这条云封雾锁的生命路程里走动，莫如止住你的脚步；若是你有漫游的兴趣，纵然前途和四围的光景暧昧，不能使你赏心快意，你也是要走的。横竖是往前走，顾虑什么？

“我们从前的事，也许你和一般侨寓此地的人都不十分知道。我不愿意破坏自己的名誉，也不忍教他出丑。你既是要我把态度显示出来，我就得略把前事说一点给你听，可是要求你暂时守这个秘密。

“论理，我也不是他的……”

史夫人没等她说完，早把身子挺起来，作很惊讶的样子，回头用焦急的声音说，“什么，这又奇怪了！”

“这倒不是怪事，且听我说下去；你听这一点，就知道我的全意思了。我本是人家的童养媳，一向就不曾和人行过婚礼，——那就是说，夫妇的名分，在我身上用不着。当时，我并不是爱他，不过要仗着他的帮助，救我脱出残暴的婆家。走到这个地方，依着时势境遇，使我不能不认他为夫。……”

“原来你们的家有这样特别的历史。……那么，你对于长孙先生可以说没有精神的关系，不过是不自然的结合罢了。”

尚洁庄重地回答说：“你的意思是说我们没有爱情么？诚然

我从不曾在别人身上用过一点男女的爱情;别人给我的,我也不曾辨别过那是真的,这是假的。夫妇,不过是名义上的事:爱与不爱,只能稍微影响一点精神的生活,和家庭的组织是毫无关系的。

"他怎样想法子要奉承我,凡认识我的人都觉得出来。然而我却没有领他的情,因为他从没有把自己的行为检点一下。他的嗜好多,脾气坏,是你所知道的。我一到会堂去,每听到人家说我是长孙可望的妻子,就非常地惭愧。我常想着从不自爱的人所给底爱情都是假的。

"我虽然不爱他,然而家里的事,我认为应当替他做的,我也乐意去做。因为家庭是公的,爱情是私的。我们两人的关系,实在就是这样。外人说我和谭先生的事,全是不对的。我的家庭已经成为这样,我又怎能把他破坏呢?"

史夫人说:"我现在才看出你们的真相,我也回去告诉史先生,教他不要多信闲话。我知道你是好人,是一个纯良的女子,神必保佑你。"说着,用手轻轻地拍一拍尚洁底肩膀,就站立起来告辞。

尚洁陪她在花阴底下走着,一面说,"我很愿意你把这事的原委单说给史先生知道。至于外间传说我和谭先生有秘密的关系,说我是淫妇,我都不介意,连他也好几天不回来啦。我估量他是为这事生气,可是我并不辩白。世上没有一个人能够把真心拿出来给人家看;纵然能够拿出来,人家也看不明白;那么,我又何必多费唇舌呢?人对于一件事情一有了成见,就不容易把真相观察出来。凡是人都有成见,同一件事,必会生出歧异的评判,这也是难怪的。我不管人家怎样批评我,也不管他怎样疑惑我,我只求自己无愧,对得住天上底星辰和地下底蝼蚁便了。你放心罢,等到事情临到我身上,我自有方法对付。我的意思就是这样,若是有工夫,改天再谈罢。"

她送客人出门,就把玉狸抱到自己房里。那时已经不早,月光从窗户进来,歇在椅桌,枕席之上,把房里的东西染得和铅制的一般。她伸手向床边按一按铃子,须臾,女佣妥娘就上来。她问:“佩荷姑娘睡了么?”妥娘在门边回答说,“早就睡了。消夜已预备好了,端上来不?”她说着,顺手把电灯拧着,一时满屋里都着上颜色了。

在灯光之下,才看见尚洁斜倚在床上。流动的眼睛,软润的颔颊,玉葱似的鼻,柳叶似的眉,桃绽似的唇,衬着蓬乱的头发,……凡形体上各样的美都凑合在她头上。她的身体,修短也很合度。从她口里发出来的声音,都合音节,就是不懂音乐的人,一听了她的话语,也能得着许多默感。她见妥娘把灯拧亮了,就说,“把他拧灭了罢。光太强了,更不舒服。方才我也忘了留史夫人在这里消夜,我不觉得十分饥饿,不必端上来,你们可以自己方便去。把东西收拾清楚,随着给我点一支洋烛上来。”

妥娘遵从她的命令,立刻把灯灭了,接着说,“相公今晚上也许又不回来,可以把大门扣上吗?”

“是,我想他永远不回来了。你们吃完,就把门关好,各自歇息去罢,夜很深了。”

尚洁独坐在那间充满月亮的房里,桌上一枝洋烛已燃过三分之二,轻风频拂火焰,眼看那枝发光底小东西要泪尽了。她于是起来,把烛火移到屋角一个窗户前头的小几上。那里有一个软垫,几上搁几本经典和祈祷文。她每夜睡前的功课就是跪在那垫上默记三两节《经》句,或是诵几句祷词。别的事情,也许她会忘记,惟独这圣事是她所不敢忽略的。她跪在那里冥想了许久,睁眼一看,火光已不知道在什么时候从烛台上逃走了。

她立起来,把卧具整理妥当,就躺下睡觉。可是她怎能睡着呢?呀,月亮也循着宾客的礼,不敢相扰,慢慢地辞了她,走到园里和他的花草朋友,木石知交周旋去了!

月亮虽然辞去,她还不转眼地望着窗外的天空,像要诉她心中的秘密一般。她正在床上展来转去,忽听园里“曜啅”一声,响得很利害。她起来,走到窗边,往外一望,但见一重一重的树影和夜雾把园里盖得非常严密,教她看不见什么。于是她躡步下楼,唤醒妥娘,命她到园里去察看那怪声的出处。妥娘自己一个人,那里敢出去;她走到门房把团哥叫醒,央他一同到围墙边察一察。团哥也就起来了。

妥娘去不多会,便进来回话。她笑着说:“你猜是什么呢?原来是一个蹇运的窃贼摔倒在我们底墙根。他底腿已摔坏了,脑袋也撞伤了,流得满地都是血,动也动不得了。团哥拿着一枝荆条正在抽他哪。”

尚洁听了,一霎时前所有的恐怖情绪一时尽变为慈祥的心意。她等不得回答妥娘,便跑到墙根。团哥还在那里,“你这该死的东西。……不知利害底坏种。……”一句、一鞭,打骂得很高兴。尚洁一到,就止住他,还命他和妥娘把受伤的贼扛到屋里来。她吩咐让他躺在贵妃床上,仆人们都显出不愿意的样子;因为他们想着一个贼人不应该受这么好的待遇。

尚洁看出他们的意思,便说,“一个人走到做贼的地步是最可怜悯的,若是你们不得着好机会,也许……。”她说到这里,觉得有点失言,教她的佣人听了不舒服,就改过一句话说,“若是你们明白他的境遇,也许会体贴他。我见了一个受伤的人,无论如何,总得救护的。你们常常听见‘救苦救难’的话,遇着忧患的时候,有时也会脱口地说出来;为何不从‘他是苦难人’那方面体贴他呢?你们不要怕他的血沾脏了那垫子,尽管扶他躺下罢。”团哥只得扶他躺下,口里沉吟地说,“我们还得为他请医生去吗?”

“且慢。你把灯移近一点,待我来看一看。救伤的事,我还在行。妥娘,你上楼去把我们那个‘常备药箱’捧下来。”又对团哥说,“你去倒一盆清水来罢。”

仆人都遵命各自干事去了。那贼虽闭着眼,方才尚洁所说的话,却能听得分明。他心里的感激,可使他自忘是个罪人,反觉他是世界里一个最能得人爱惜的青年。这样的待遇,也许就是他生平第一次得着的。他呻吟了一下,用低沉的声音说,“慈悲的太太,菩萨保佑慈悲的太太!”

那人的太阳边受了一伤很重,腿部倒不十分利害。她用药棉蘸水轻轻地把伤处周围的血迹涤净,再用绷带裹好。等到事情做得清楚,天早已亮了。

她正转身要上楼去换衣,蓦听外面敲门的声很急,就止步问说:“谁这么早就来敲门呢?”

“是警察罢。”

妥娘提起这四个字,教她很着急。她说:“谁去告诉警察呢?”那贼躺在贵妃床上,一听见警察要来,恨不能立刻起来跪在地上求恩。但这样的行动已从他那双劳倦的眼睛表白出来了。尚洁跑到他跟前,安慰他说,“我没有叫人去报警察,……”正说到这里,那从门外来底脚步已经踏进来。

来底并不是警察,却是这家底主人长孙可望。他见尚洁穿着一件睡衣站在那里和一个躺着的男子说话,心里底无明业火已从身上八万四千个毛孔里发射出来。他第一句就问,“那人是谁?”

这个问实在教尚洁不容易回答,因为她从不曾问过那受伤者底名字;也不便说他是贼。

“他……他是受伤的人。……”

可望不等说完,便拉住她的手,说,“你办的事,我早已知道。我这几天不回来,正要侦察你的动静,今天可给我撞见了。我何尝辜负你呢?……一同上去罢,我们可以慢慢地谈。”不由分说,拉着她就望上跑。

妥娘在旁边,看得情急,就大声嚷着:“他是贼!”

“我是贼,我是贼。”那可怜的人也嚷了两声。可望只对着他冷笑,说“我明知道你是贼。不必报名,你且歇一歇罢。”

一到卧房里，可望就说，“我且问你，我有什么对你不起的地方？你要入学堂，我便立刻送你去；要到礼拜堂听道，我便特地为你预备车马。现在你有学问了，也入教了，我且问你，学堂教你这样做，教堂教你这样做么？”

他的话意是要诘问她为什么变心，因为他许久就听见人说尚洁嫌他鄙陋不文，要离弃他去嫁给一个姓谭的。夜间的事，他一概不知。他进门一看尚洁底神色，老以为她所做的是一段爱情把戏。在尚洁方面，以为他是不喜欢她这样待遇窃贼。她的慈悲性情是上天所赋的。她也觉得这样办，于自己的信仰和所受的教育没有冲突，就回答说，“是的，学堂教我这样做，教会也教我这样做。你敢是……”

“是吗？”可望喝了一声，猛将怀中小刀取出来向尚洁的肩脖上一击。这不幸的妇人，立时倒在地上；那玉白的面庞已像渍在胭脂膏里一样。

她不说什么，但用一种沉静的和无抵抗的态度，就足以感动那愚顽的凶手。可望当此情景，心中恐怖的情绪已把凶猛的怒气克服了。他不再有什么动作，只站在一边出神。他看尚洁动也不动一下，估量她是死了；那时，他觉得自己底罪恶压住他，不许再逗留在那里，便溜烟似地望外跑。

妥娘见他跑了，知道楼上必有事故，就赶紧上来。她看尚洁那样子，不由得“啊，天公！”喊了一声，一面上去，要把她搀扶起来。尚洁这时，眼睛略略睁开，像要对她说什么，只是说不出。她指着肩脖示意，妥娘才看见一把小刀插在她肩上。妥娘底手便即酥软，周身发抖，待要扶她，也没有气力了。她含泪对着主妇说，“容我去请医生罢。”

“史……史……”妥娘知道她是要请史夫人来，便回答说，“好，我也去请史夫人来。”她教团哥看门，自己雇一辆车找救星去了。

医生来，把尚洁扶到床上，慢慢施行手术；赶到史夫人来时，所有的事情都弄清楚啦。医生对史夫人说："长孙夫人的伤不甚要紧，保养一两个星期便可复元。幸而那刀从肩胛骨外面脱出来，没有伤到肺叶，——那两个创口是不要紧的。"

医生辞去以后，史夫人便坐在床沿用法子安慰她。这时，尚洁的精神稍微恢复，就对她的知交说，"我不能多说话，只求你把底下那个受伤的人先送到公医院去；其余的，我好了再给你说。……唉，我的嫂子，我现在不能离开你，你这几天得和我同在一块儿住。"

史夫人一进门就不明白底下为什么躺着一个受伤的男子。妥娘去时，也没有对她详细地说。她看见尚洁这个样子，又不便往下问。但尚洁的颖悟性从不会被刀所伤，她早明白史夫人猜不透这个闷葫芦，就说，"我现在没有气力给你细说，你可以向妥娘打听去。要就速速去办，若是他回来，便要害了他的性命。"

史夫人照她所吩咐的去做，回来，就陪着她在房里，没有回家。那四岁的女孩佩荷更不知道这是怎么一回事，还是啼啼，笑笑，过她的平安日子。

一个星期，两个星期，在她病中嘿嘿地过去。她也渐次复元了。她想许久没有到园里去，就央求史夫人扶着她慢慢走出来。她们穿过那晚上谈话的椰阴，来到园边一个小亭下，就歇在那里。她们坐的地方满开了玫瑰，那清静温香的景色委实可以消灭一切忧闷和病害。

"我已忘了我们这里有这么些好花，待一会，可以折几枝带回屋里。"

"你且歇歇，我为你选择几枝罢。"史夫人说时，便起来折花。尚洁见她脚下有一朵很大的花，就指着说，"你看，你脚下有一朵很大，很好看的，为什么不把他摘下？"

史夫人低头一看，用手把花提起来，便叹了一口气。

“怎么啦？”

史夫人说：“这花不好。”因为那花只剩地上那一半，还有一边是被虫伤了。她怕说出伤字，要伤尚洁底心，所以这样回答。但尚洁看底，明明是一朵好花，直教递过来给她看。

“夺魁嫂，你说他不好么？我在此中找出道理咧！这花虽然被虫伤了一半，还开得这么好看，可见人的命运也是如此——若不把他的生命完全夺去，虽然不完全，也可以得着生活上一部分的美满。你以为如何呢？”

史夫人知道她连想到自己的事情上头，只回答说，“那是当然的。命运的偃蹇和亨通，于我们的生活没有多大关系。”

谈话之间，妥娘领着史夺魁先生进来。他向尚洁和他的妻子问过好，便坐在她们对面一张凳上。史夫人不管她丈夫要说什么，头一句就问，“事情怎样解决呢？”

史先生说，“我正是为这事情来给长孙夫人一个信。明天在会堂里有一个很激烈的纷争，因为有些人说可望底举动是长孙夫人迫他做成的，应当剥夺她赴圣筵的权利。我和我奉真牧师在席间极力申辩，终归无效。”他望着尚洁说，“圣筵赴与不赴也不要紧。因为我们的信仰决不能为仪式所束缚；我们的行为，只求对得起良心就算了。”

“因为我没有把那可怜的人交给警察，便责罚我么？”

史先生摇头说：“不，不。现在的问题不在那事上头。前天可望寄一封长信到会里，说到你怎样对他不住，怎样想弃绝他去嫁给别人。他对于你和某人，某人往来的地点，时间，都说出来。且说，他不愿意再见你的面，若不与你离婚，他永不回家。信他所说的人很多，我们怎样申辩也挽不过来。我们虽然知道事实不是如此，可是不能找出什么凭据来证明。我现在正要告诉你，若是要到法庭去的话，我可以帮你的忙。这里不像我们祖国，公庭上没有女人说话的地位。况且他的买卖起先都是你拿资本出来，要离异时，照法律，最少总得把财产分一半给你。……像这样的男子，不要他也罢了。”

尚洁说：“那事实现在不必分辩，我早已对嫂子说明了。会里因为信条的缘故，说我的行为不合道理，便禁止我赴圣筵——这是他们所信的，我有什可说的呢！”她说到末一句，声音便低下了。她的颜色很像为同会的人误解她，和误解道理惋惜。

“唉，同一样道理，为何信仰的人会不一样？”

她听了史先生这话，便兴奋起来，说，“这何必问？你不常听见人说，‘水是一样，牛喝了便成乳汁，蛇喝了便成毒液’吗？我管保我所得能化为乳汁，那能干涉人家所得的变成毒液呢？若是到法庭去的话，倒也不必。我本没有正式和他行过婚礼，自毋须乎在法庭上公布离婚。若说他不愿意再见我的面，我尽可以搬出去。财产是生活的赘瘤，不要也罢，和他争什么？……他赐给我底恩惠已是不少，留着给他……”

“可是你一把财产全部让给他，你立刻就不能生活。还有佩荷呢？”

尚洁沉吟半晌便说，“不妨，我私下也曾积聚些少，只不能支持到一年罢了。但不论如何，我总得自己挣扎。至于佩荷……”她又沉思了一会，才续下去说，“好罢，看他的意思怎样，若是他愿意把那孩子留住，我也不和他争。我自己一个人离开这里就是。”

他们夫妇二人深知道尚洁的性情，知道她很有主意，用不着别人指导。并且他在无论什么事情上头都用一种宗教的精神去安排。她的态度常显出十分冷静和沉毅；做出来的事，有时超乎常人意料之外。

史先生深信她能够解决自己将来的生活，一听了她的话，便不再说什么，只略略把眉头皱了一下而已。史夫人在这两三个星期间，也很为她费了些筹画。他们有一所别业在土华地方，早就想教尚洁到那里去养病，到现在她才开口说，“尚洁妹子，我知道你一定有更好的主意，不过你的身体还不甚复原，不能立刻出去做什么事情，何不到我们的别庄里静养一下，过几个月再行打算？”史先生接着对他妻子说，“这也好，只怕路途远一点，由海船去，最快也得两天才可以到。但我们都是惯于出门的人，海涛的颠播当然不能制服我。若是要去的话，你可以陪着去，省得寂寞了长孙夫人。”

尚洁也想找一个静养的地方，不意他们夫妇那么仗义，所以不待踌躇便应许了。她不愿意为自己的缘故教别人麻烦，因此不让史夫人跟着前去。她说：“寂寞的生活是我尝惯的。史嫂子在家里也有许多当办的事情，那里能够和我同行？还是我自己去好一点。我很感谢你们二位的高谊，要怎样表示我的谢忱，我却不懂得；就是懂，也不能表示得万分之一。我只说一声‘感激莫名’便了。史先生烦你再去问他要怎样处置佩荷，等这事弄清楚，我便要动身。”她说着，就从方才摘下的玫瑰中间选出一朵好看的递给史先生，教他插在胸前底钮门上。不久，史先生也就起立告辞，替她办交涉去。

土华在马来半岛底西岸，地方虽然不大，风景倒还幽致。那海里出的珠宝不少，所以住在那里的多半是搜宝之客。尚洁住的地方就在海边一丛棕林里。在她的门外，不时看见采珠的船往来于金的塔尖和银的浪头之间。这采珠的工夫赐给她许多教训。因为她这几个月来常想着人生就同入海采珠一样：整天冒险入海里去，要得着多少，得着什么，采珠者一点把握也没有。但是这个感想决不会妨害她的生命。她见那些人每天迷矇矇地搜求，不久就理会她在世间的历程也和采珠的工作一样。要得着多少，得着什么，虽然不在她的权能之下，可是她每天总得入海一遭，因为她的本分就是如此。

她对于前途不但没有一点灰心，且要更加奋勉。可望虽是剥夺她们母女的关系，不许佩荷跟着她，然而她仍不忍弃掉她底责任，每月要托人暗地里把吃的用的送到故家去给她女儿。

她现在已变主妇的地位为一个珠商底记室了。住在那里的人都说她是人家的弃妇就看轻她，所以她所交游的都是珠船里的工人。那班没有思想的男子在休息的时候，便因着她的姿色争来找她开心。但她的威仪常是调伏这班人的邪念，教他们转过心来承认她是他们的师保。

她一连三年，除干她的正事以外，就是教她那班朋友说几句英吉利语，念些少经文，知道些少常识。在她的团体里，使令，供养，无不如意。若说过快活日子，能像她这样，也就不劣了。

虽然如此，她还是有缺陷的。社会地位，没有她的分；家庭生活，也没有她的分；我们想想，她心里到底有什么感觉？前一项，于她是不甚重要的；后一项，可就缭乱她的衷肠了！史夫人虽常寄信给她，然而她不见信则已，一见了信，那种说不出来的伤感就加增千百倍。

她一想起她的家庭，每要在树林里徘徊，树上的蛁蟧常要幻成她女儿底声音对她说，“母思儿耶？母思儿耶？”这本不是奇迹，因为发声者无情，听音者有意，她不但对于那些小虫的声音是这样，即如一切的声音和颜色，偶一触着她的感官，便幻成她的家庭了。

她坐在林下，遥望着无埃的波浪，一度一度地掀到岸边，常觉得她的女儿踏着浪花踊跃而来，这也不止一次了。那天，她又坐在那里，手拿着一张佩荷的小照，那是史夫人最近给她寄来的。她翻来翻去地看，看得眼昏了。她猛一抬头，又得着常时所现的异象。她看见一个人携着她的女儿从海边上来，穿过林樾，一直走到跟前。那人说：“长孙夫人，许久不见，贵体康健啊！我领你的女儿来找你哪。”

尚洁此时，眲一眲眼睛，才理会果然是史先生携着佩荷找她来。她不等回答史先生的话，便上前用力搂住佩荷；她的哭声从她爱心的深密处殷雷似地震发出来。佩荷因为不认得她，害怕起来，也放声哭了一场。史先生不知道感触了什么，也在旁边只尽管擦眼泪。

这三种不同情绪的哭泣止了以后，尚洁就呜咽地问史先生说，"我实在喜欢。想不到你会来探望我，更想不到佩荷也能来！……"她要问的话很多，一时摸不着头绪，只搂定佩荷，眼看着史先生出神。

史先生很庄重地说："夫人，我给你报好消息来了。"

"好消息！"

"你且镇定一下，等我细细地告诉你。我们一得着这消息，我的妻子就教我和佩荷一同来找你。这奇事，我们以前都不知道，到前十几天才听见我奉真牧师说的。我牧师自那年为你底事卸职后，他的生活，你已经知道了。"

"是。我知道。他不是白天做裁缝匠，晚间还做制饼师吗？我信得过，神必要帮助他，因为神的儿子说：'为义受逼迫的人是有福的。'他的事业还顺利吗？"

"倒没有什么过不去的地方。他不但日夜劳动，在合宜的时候，还到处去传福音哪。他现在不用这样地吃苦，因为他底老教会看他的行为，请他回国仍旧当牧师去，在前一个星期已经动身了。"

"是吗！谢谢神！他必不能长久地受苦。"

"就是因为我牧师回国的事，我才能到这里来。你知道长孙先生也受了他的感化么！这事详细地说起来，倒是一种神迹。我现在来，也是为告诉你这件事。

"前几天长孙先生忽然到我家里找我。他一向就和我们很生疏，好几年也不过访一次，所以这次的来，教我们很诧异。他第一句就问你的近况如何，且诉说他的懊悔。他说这反悔是忽然的，是我牧师警醒他的。现在我就将他的话，照样地说一遍给你听：——

"'在这两三年间，我牧师常来找我谈话，有时也请我到他的面包房里去听他讲道。我和他来往那么些次，就觉得他是我的好师傅。我每有难决的事情或疑虑的问题，都去请教他。我自前年生事，二人分离以后，每疑惑尚洁官的操守，又常听见家里佣人思念她的话，心里就十分懊悔。但我总想着，男人说话将军箭，事已做出，那里还有脸皮收回来？本是打算给他一个错到底的。然而日子越久，我就越觉得不对。到我牧师要走，最末次命我去领教训的时候，讲了一章经，教我很受感动。散会后，他对我说他盼望我做的是请尚洁官回来。他又念《马可福音》十章给我听，我自得着那教训以后，越觉得我很卑鄙，凶残，淫秽，很对不住她。现在要求你先把佩荷带去见她，盼望她为女儿的缘故赦免我。你们可以先走，我随后也要亲自前往。'

"他说懊悔底话很多，我也不能细说了。等他来时，容他自己对你细说罢。我很奇怪我牧师对于这事，以前一点也没有对我说过，到要走时，才略提一提；反教他来到我那里去，这不是神迹吗！"

尚洁听了这一席话，却没有显出特别愉悦的神色，只说，"我的行为本不求人知道，也不是为要得人家的怜恤和赞美；人家怎样待我，我就怎样受，从来是不计较的。别人伤害我，我还饶恕，何况是他呢？他知道自己的卤莽，是一件极可喜的事。——你愿意到我屋里去看一看吗？我们一同走走罢。"

他们一面走，一面谈。史先生问起她在这里的事业如何，她不愿意把所历等等的苦处尽说出来，只说，"我来这里，几年的工夫也不算浪费，因为我已找着了许多失掉底珠子了！那些灵性的珠子，自然不如入海去探求那么容易，然而我竟能得着二三十颗！此外，没有什么可以告诉你。"

尚洁把她的事情结束停当，等可望不来，打算要和史先生一同回去。正要到珠船里和她的朋友们告辞，在路上就遇见可望跟着一个本地人从对面来。她认得是可望，就堆着笑容，抢前几步去迎他，说，"可望舍，平安哪！"可望一见她，也就深深地行了一个敬礼，说，"可敬的妇人，我所做一切的事都是伤害我的身体，和你我二人的感情，此后我再不敢了。我知道我多多地得罪你，实在不配再见你的面；盼望你不要把我的过失记在心中。今天来到这里，为的是要表明我悔改的行为；还要请你回去管理一切所有的。你现在要到那里去呢？我想你可以和史先生先行动身，我随后回来。"

尚洁见他那番诚恳的态度比起从前，简直是两个人，心里自然满了愉快，且暗自谢她的神在他身上所显底奇迹。她说："呀，往事如梦中之烟，早已在虚幻里消散了，何必重行提起呢？凡人都不可积聚日间的怨恨，怒气，和一切伤心的事到夜里，何况是隔了好几年的事？请你把那些事情搁在脑后罢。我本想到船里去，向我那班同工的人辞行。你怎样不和我们一起回去，还有别的事情要办么？史先生现时在他的别业——就是我住的地方——我们一同到那里去罢，待一会，再出来辞行。"

"不必，不必。你可以去你的，我自己去找他就可以。因为我还有些正当的事情要办，恐怕不能和你们一同回去；什么事，以后我才教你知道。"

"那么，你教这土人领你去罢，从这里走不远就是。我先到船里，回头再和你细谈。再见哪！"

她从土华回来，先住在史先生家里，意思是要等可望来到，一同搬回她的旧房子去。谁知等了好几天，也不见他的影。她才知道可望在土华时，所说的话意有所含蓄。可是他到那里去呢？去干什么呢？她正想着，史先生拿了一封信进来，对她说，"夫人，你不必等可望了，明后天就搬回去罢。他给我来这一封信说，他有许多对不起你的地方，都是出于激烈的爱情所致，因他爱你的缘故，所以伤了你。现在他要把从前邪恶的行为和暴燥的脾气改过来，且要偿还你这几年来所受的苦楚,故不得不暂时离开你。他已经到槟榔屿了。他不直接写信给你的缘故,是怕你伤心,故此写给我,教我好安慰你。他还说从前一切的产业都是你的,他不应独自霸占了许久,要求你尽量地享用,直等到他回来。

“这样看来,不如你先搬回去,我这里派人去找他回来如何?唉,想不到他一会儿就能悔改到这步田地!”

她遇事本来很沉静,史先生说时,她的颜色从不曾显出什么变态,只说,“为爱情么?为爱而离开我么?这是当然的。爱情本如极利的斧子,用来剥削命运常比用来整理命运的时候多一些。他既然规定他自己的行程,又何必费工夫去寻找他呢?我是没有成见的,事情怎样来,我怎样对付就是。”

尚洁搬回来那天,可巧下了一点雨;好像上天使园里的花木特地沐浴得很妍净来迎接他们的旧主人一样。她进门时,妥娘正在整理厅堂,一见她来,便嚷着,“奶奶,你回来了!我们很想念你哪!你的房间乱得很,等我把各样东西安排好再上去。先到花园去看看罢,你手植各样的花木都长大了。后面那棵释迦头长得像罗伞一样,结果也不少,去看看吧。史夫人早和佩荷姑娘来了,她们现时也在园里。”

她和妥娘说了几句话,便到园里。一拐弯,就看见史夫人和佩荷坐在树荫底下一张凳上,——那就是几年前,她要被刺那夜,和史夫人坐着谈话的地方。她走来,又和史夫人并肩坐在那里。史夫人说来说去,无非是安慰她的话。她像不信自己这样的命运不甚好,也不信史夫人用定命论的解释来安慰她,就可以使她满足。然而她一时不能说出合宜的话,教史夫人明白她心中毫无忧郁在内。她无意中一抬头,看见佩荷拿着树枝把结在玫瑰花上一个蜘蛛网撩破了一大部分。她注神许久,就想出一个意思来。

她说:“呀,我给这个比喻,你就明白我的意思。”

“我像蜘蛛,命运就是我的网。蜘蛛把一切有毒无毒的昆虫吃入肚里，回头把网组织起来。他第一次放出来的游丝，不晓得要被风吹到多么远；可是等到粘着别的东西的时候，他的网便成了。

“他不晓得那网什么时候会破，和怎样破法。一旦破了，他还暂时安安然然地藏起来；等有机会再结一个好的。

“他的破网留在树梢上，还不失为一个网。太阳从上头照下来，把各条细丝映成七色；有时黏上些少水珠，更显得灿烂可爱。

“人和他的命运，又何尝不是这样？所有的网都是自己组织得来，或完或缺，只能听其自然罢了。”

史夫人还要说时，妥娘来说屋子已收拾好了，请她们进去看看。于是，她们一面谈，一面离开那里。

园里没人，寂静了许久。方才那只蜘蛛悄悄地从叶底出来，向着网的破裂处，一步一步，慢慢补缀。他补这个干什么？因为他是蜘蛛，不得不如此！

（原载《小说月报》第十三卷第二号，一九二二年二月）

# 在费总理的客厅里

费总理的会客厅里面底陈设都能表示他是一个办慈善事业具有热心和经验底人。梁上悬着两块“急公好义”和“善与人同”底匾额，自然是第一和第二任大总统颁赐底，我们看当中盖着一方“荣典之玺”底印文便可以知道。在两块匾当中悬着一块“敦诗说体之堂”底题额，听说是花了几百元底润笔费请求康老先生写底。因为总理要康老先生多写几个字，所以他底堂名会那么长。四围墙上底装饰品无非是褒奖状，格言联对，天官赐福图，大镜之类。厅里底镜框很多，最大的是对着当街底窗户那面西洋大镜。厅里底家私都是用上等楠木制成。几桌之上杂陈些新旧真假的古董和东西洋大小自鸣钟。厅角底书架上除了几本《孝经》，《治家格言注》，《理学大全》和些日报以外，其余的都是募捐册和几册名人底介绍字迹。

当差底引了一位穿洋服留小胡底客人进来，说，“请坐一会儿，总理就出来。”客人坐下了。当差底进里面去，好像对着一个丫头说，“去请大爷，外头有一位黄先生要见他。”里面隐约听见一个女人底声音说，“翠花，爷在五太房间哪。”我们从这句话可以断定费总理底家庭是公鸡式的，他最少有五位太太，丫头还不算在内。其实这也算不了怎么一回事，在这个礼教之邦，又值一般大人物及当代政府提倡“旧道德”底时候，多纳几位“小星”，既足以增门第底光荣，又可以为敦伦之一助，有些少身家底人不娶姨太都要被人笑话，何况时时垫款出来办慈善事业底费总理呢？

已经过一刻钟了，客人正在左观右望底时候，主人费总理一面整理他底长褂，一面踏进客厅，连连作揖，说，“失迎了，对不住，对不住！”黄先生自然要赶快答礼说，“岂敢，岂敢。”宾主叙过寒暄，客人便言归正传，向总理说，“鄙人在本乡也办了一个妇女慈善工厂，每听见人家称赞您老先生所办底民生妇女慈善习工厂成绩很好，所以今早特意来到，请老先生给介绍到贵工厂参观参观，其中一定有许多可以为敝厂模范底地方。”

总理底身材长短正合乎“读书人”底度数，体质底柔弱也很相称。他那副玄黄相杂底牙齿，很能表显他是个阔人。若不是一天抽了不少的鸦片，决不能使他底牙齿染出天地底正色来！他现出很谦虚的态度，对客人详述他创办民生女工厂底宗旨和最近发展底情形。从他底话里我们知道工厂底经费是向各地捐来底。女工们尽是乡间妇女。她们学底手艺都很平常，多半是织袜，花边，裁缝，那等轻可的工艺。工厂底出品虽然很多，销路也很好，依理说应当赚钱，可是从总理底叙述上，他每年总要赔垫一万几千块钱！

总理命人打电话到工厂去通知说黄先生要去参观，又亲自写了几个字在他自己底名片上作为介绍他底证据。黄先生现出感谢底神气，站起来向主人鞠躬告辞，主人约他晚间回来吃便饭。

主人送客出门时，顺手把电扇底制钮转了，微细的风还可以使书架上那几本《孝经》之类一页一页地被吹起来，还落下去。主人大概又回到第几姨太房里抽鸦片去。客厅里顿然寂静了。不过上房里好像有女人哭骂底声音，隐约听见“我是有夫之妇，……你有钱也不成……”其余的就听不清了。午饭刚完，当差底又引导了一位客人进来，递过茶，又到上房去回报说，“二爷来了。”

二爷是与费总理交换兰谱底兄弟。实际上，他比总理大三四岁，可是他自己一定要说少三两岁，情愿列在老弟底地位。这也许是因为他本来排行第二底原故。他底脸上现出很焦急的样子，恨不能立时就见着总理。

这次总理却不教客人等那么久。他也没穿长褂，手捧着水烟筒，一面吹着纸捻，进到客厅里来。他说，“二弟吃过饭没有？怎么这样着急？”

“大哥，咱们底工厂这一次恐怕免不了又有麻烦。不晓得谁到南方去报告说咱们都是土豪劣绅，听说他们来到就要查办咧。我早晨为这事奔走了大半天，到现在还没吃中饭哪。假使他们发见了咱们用民生工厂底捐款去办兴华公司，大哥，你有什么方法对付？若是教他们查出来，咱们不挨枪毙也得担个无期徒刑！”

总理像很有把握的神气，从容地说，“二弟，别着急，先叫人开饭给你吃，咱们再商量。”他按电铃，叫人预备饭菜，接着对二爷说，“你到底是胆量不大，些小事情还值得这么惊惶！‘土豪劣绅’底名辞难道还会加在慈善家底头上不成？假使人来查办，一领他们到这敦诗说礼之堂来看看，捐册，账本，褒奖状，件件都是来路分明，去路清楚，他们还能指摘什么？咱们当然不要承认兴华公司底资本就是民生工厂底捐款。世间没有不许办慈善事业底人兼办公司底道理，法律上也没有讲不过去底地方。”

“怕底是人家一查，查出咱们底款项来路分明，去路不清。我跟着大哥你办慈善事业，倒办出一身罪过来了，怎办怎办！”二爷说得非常焦急。

“你别慌张，我对于这事早已有了对付底方法。咱们并没有直接地提民生工厂底款项到兴华公司去用。民生底款项本来是慈善性质，消耗了是当然的事体，只要咱们多画几笔账便可以敷衍过去。其实捐钱底人，谁来考查咱们底账目？捐一千几百块底，本来就冲着咱们底面子，不好意思不捐，实在他们也不是为要办慈善事业而捐钱，他们底钱一拿出来，早就存着输了几台麻雀底心思，捐出去就算了。只要他们来到厂里看见他们底名牌高高地悬挂在会堂上头，他们就心满意足了。至于那班捐一块几毛钱底，他们要查账，咱们也得问问他们配不配。”

“然则工厂基金捐款底问题呢？”二爷又问。

"工厂底基金捐款也可以归在去年证券交易失败底账里。若是查到那一笔,至多是派咱们付托失当,经营不善这几个字,也担不上什么处分,更挂不上何等罪名。再进一步说,咱们底兴华公司,表面上岂不能说是为工厂销货和其他利益而设底?又公司底股东,自来就没有咱姓费底名字,也没你二爷底名字,咱底姨太开公司难道是犯罪行为?总而言之,咱们是名正言顺,请你不要慌张害怕。"他一面说,一面把水烟筒吸得哔啰哔啰地响。

二爷听他所说,也连连点头说,"有理有理!工厂底事,咱们可以说对得起人家,就是查办,也管教他查出功劳来。……然而,大哥,咱们还有一桩案未了。你记得去年学生们到咱们公司去检货,被咱们底伙计打死了他们两个人,这桩案件,他们来到,一定要办底。昨天我就听见人家说学生会已宣布了你我底罪状,又要把什么'标语','口号',贴在街上。不但如此,他们又要把咱们伙计冒充旧籍底事实揭露出来。我想这事比工厂底问题还要重大。这真是要咱们底身家,性命道德,名誉咧。"

总理虽然心里不安,但仍镇静地说,"那件事情,我已经拜托国仁向那边接洽去了,结果如何,虽不敢说定,但据我看来,也不致于有什么危险。国仁在南方很有点势力,只要他向那边底当局为咱们说一两句好话,咱们再用些钱,那就没有事了。"

"这一次恐怕钱有点使不上罢。他们以廉洁相号召,难道还能受贿赂?"

"咳!二弟你真是个老实人!世间事都说底容易做底难。何况他们只是提倡廉洁政府,并没明说廉洁个人。政府当然是不会受贿赂底,历来的政府那一个受过贿呢?反正都是和咱们一类的人,谁不爱钱?只要咱们送得有名目,人家就可以要。你如心里不安,就可以立刻到国仁那里去打听一下,看看事情进行到什么程度。"

"那么,我就去罢。我想这一次用钱有点靠不住。"

总理自然愿意他立刻到国仁那里去打听。他不但可以省一顿客饭,并且可以得着那桩案件底最近消息。他说,“要去还得快些去,饭后他是常出门底。你就在外头随便吃些东西罢,可恶的厨子,教他做一顿饭,做到大半天还没做出来。”他故意叫人来骂了几句,又吩咐给二爷雇车。不一会,车雇得了,二爷站起来顺便问总理说,“芙蓉底事情和谐罢?恭喜你又添了一位小星。”总理听见他这话,脸上便现出不安的状态。他回答说,“现在没有工夫和你细谈那事,回头再给你说罢。”他又对二爷说,“你快去快回来,今晚上在我这里吃晚饭罢。我请了一位黄先生,正要你来陪。国仁有工夫,也请他来。”

二爷坐上车,匆匆地到国仁那里去了。总理没有送客出门,自己吸着水烟,回到上房。当差底进客厅里来,把桌上茶杯里底剩茶倒了,然后把它们搁在架上。客厅里现在又寂静了。我们只能从壁上底镜子里看见街上行人底反影;其中看见时髦的女人开着汽车从窗外经过,车上只坐着她底爱犬。很可怪的就是坐在汽车上那只畜生不时伸出头来向路人狂吠,表示它是阔人底狗!它底吠声在费总理底客厅里也可以听见。

时辰钟刚敲过三下,客厅里又热闹起来了。民生工厂底庶务长魏先生领着一对乡下夫妇进来,指示他们总理客厅里底陈设。乡下人看见当中三块匾就连想到他们底大宗祠里也悬着像旁边两块一样底东西,听说是皇帝赐给他们第几代底祖先底。总理客厅里底大小自鸣钟,新旧古董,和一切的陈设,教他们心里想着就是皇帝底金銮殿也不过是这般布置而已。

他们都坐下,老婆子不歇地摩挲放在她身边底东西,心里有底是赞羡。

魏先生对他们说,“我对你们说,你们不信,现在理会了。我们底总理是个有身家有名誉底财主,他看中了芙蓉,就算你们两人底造化。她若嫁给总理做姨太,你们不但不愁没得吃底,穿底,住底，就是将来你们那个小狗儿要做一任县知事也不难。”

老头子说，“好倒很好，不过芙蓉是从小养来给小狗儿做媳妇底，若是把她嫁了，我们不免要和她外家吃官司。”

老婆子说，“我们送她到工厂去也是为要使她学些手艺，好教我们多收些钱财，现在既然是总理财主要她，我们只得怨小狗儿没福气。总理财主如能吃得起官司，又保得我们底小狗儿做个营长，旅长，那我们就可以要一点财礼为他另娶一个回来。我说，魏老爷呀，营长是不是管得着县知事？您方才说总理财主可以给小狗儿一个县知事做！我想还不如做个营长，旅长更好。现在做县知事底都要受气，听说营长还可以升到督办哪。”

魏先生说，“只要你们答应，天大的官司，咱们总理都吃得起。你看咱们总理几位姨太底亲戚没有一个不是当阔差事底。小狗儿如肯把芙蓉让给总理，那愁他不得着好差事，不说是营长旅长，他要什么就得什么。”

老头子是个明理知礼底人，他虽然不大愿意，却也不敢违忤魏先生底意思。他说，“无论如何，咱们两个老伙计是不能完全做主底，这个还得问问芙蓉看她自己愿意不愿意。”

魏先生立时回答他说，“芙蓉一定愿意，只要你们两个人答应，一切的都好办了。她昨晚已在这里上房住一宿，若不愿意，她肯么？”

老头子听见芙蓉在上房住一宿就很不高兴。魏先生知道他底神气不对，赶快对他说明工厂里底习惯，女工可以被雇到厂外做活去。总理也有权柄调女工到家里当差，譬如翠花菱花们，都是常川在家里做工底。昨晚上刚巧总理太太有点活要芙蓉来做，所以住了一宿，并没有别底缘故。

芙蓉底公姑请求叫她出来把事由说个明白，问她到底愿意不愿意。不一会，翠花领着芙蓉进到客厅里。她一见着两位老人家便长跪在地上哭个不休。她嚷着说，“我底爹妈，快带我回家去罢，我不能在这里受人家欺侮。……我是有夫之妇。我决不能依从他。他有钱也不能买我底志向。……”

她底声音可以从窗户传达到街上，所以魏先生一直劝她不要放声哭，有话好好地说。老婆子把她扶起来。她咒骂了一场，气泄过了，声音也渐渐低下去。

老婆子到底是个贪求富贵底人，她把芙蓉拉到身边，细声对她劝说，说她若是嫁给总理财主，家里就有这样好处，那样好处。但她至终抱定不肯改嫁，更不肯嫁给人做姨太底主意。她宁愿回家跟着小狗儿过日子。

魏先生虽然把她劝不过来，心里却很佩服她。老少喧嚷过一会，芙蓉便随着她底公姑回到乡间去。魏先生把总理请出来，对他说那孩子很刁，不要也罢，反正厂里短不了比她好看底女人。总理也骂她是个不识抬举底贱人，说她昨夜和早晨怎样在上房吵闹。早晨他送完客，回到上房底时候，从她面前经过，又被她侮辱了一顿。若不是他一意要她做姨太，早就把她一脚踢死。他教魏先生回到工厂去，把芙蓉底名字开除，还教他从工厂底临时费支出几十块钱送给她家人，教他们不要播扬这事。

五点钟过了。几个警察来到费总理家底门房。费家底人个个都捏着一把汗，心里以为是芙蓉同着她底公姑到警察厅去上诉，现在来传人了。警察们倒不像来传人底样子。他们只报告说，“上头有话，明天欢迎总司令，总指挥，各家各户都得挂旗。”费家底大小这才放了心。

当差底说，“前几天欢送大帅，你们要人挂旗，明天欢迎总司令，又要挂旗，整天挂旗，有什么意思?”

“这是上头底命令，我们只得照传。不过明天千万别挂五色国旗，现在改用海军旗做国旗。”

“那里找海军旗去？这都是你们警厅底主意，一会要人挂这样的旗，一会又要人挂那样的旗。”

“我们也管不了。上头说挂龙旗我们便教挂龙旗;上头说挂红旗,我们也得照传,教挂红旗。”

警察叮咛了一会,又往别家通告去了。客厅底大镜里已经映着街上一家新开张底男女理发所门口挂着两面二丈四长,垂到地上底党国大旗。那旗比新华门平时所用底还要大,从远地看来,几乎令人以为是一所很重要的行政机关。

掌灯底时候到了。费总理底客厅里安排着一席酒,是为日间参观工厂底黄先生预备底。还是庶务长魏先生先到。他把方才总理吩咐他去办底事情都办妥了。他又对总理说他已买了两面新的国旗。总理说他不该买新的,费那么些钱,他说他应当到估衣铺去搜罗。原来总理以为新的国旗可以到估衣铺去买!

二爷也到了。从他眉目的舒展可以知道他所得底消息是不坏的。他从袖里掏出几本书来,对费总理说,“国仁今晚要搭专车到保定去接司令不能来了。他教我把这几本书带来给你看。他说此后要在社会上做事,非能背诵这里头底字句不成。这是新颁的《圣经》,一点一画也不许人改易底。”

他虽然说得如此郑重,总理却慢慢地取过来翻了几遍。他在无意中翻出“民生主义”几个字,不觉狂喜起来,对二爷说,“咱们底民生工厂不就是民生主义么?”

“有理有理。咱们底见解原先就和中山先生一致呵!”二爷又对总理说国仁已把事情办妥,前途大概没有什么危险。

总理把那几本书也放在《孝经》,《治家格言》等书上头,也许客厅底那一个犄角就是他底图书馆!他没有别的地方藏书。

黄先生也到了,他对于总理所办底工厂十分赞羡,总理也谦让了几句,还对他说他底工厂与民生主义底关系。黄先生越发佩服他是个当代的社会改良家兼大慈善家,更是总理底同志。他想他能与总理同席是一桩非常荣幸可以记在参观日记上头,将来出版公布底事体。他自然也很羡慕总理底阔绰,心里想着,若不是财主，也做不了像他那样底慈善家。他心中最后的结论以为若不是财主，就没有做慈善家底资格。可不是！

宾主入席，畅快地吃喝了一顿，到十点左右，各自散去。客厅里现在只剩下几个当差底在那里收拾杯盘。器具摩荡底声音与从窗外送来那家新开张底男女理发所底留声机片混在一起。

（原载《小说月报》第十九卷第十一号，一九二八年十一月）

# 王统照

## 雪　后

北京附近有个村庄,却离铁道不远。在十二月某日下了一天的雪到下午才止住了。所以第二天天色虽还没明,而全镇的房舍,树木,在白色的积雪中映着,于破晓的寒夜里,却格外清楚。

晨鸡喔喔的啼了几声,接连着引起了镇中的犬吠声,正在这时,村庄的前面,忽然起了一个沉重而响亮的声响,接着就是枪声,马蹄践在雪上的声,呼喊的声,还夹杂着一些细小的声浪。这等声响约停了二十分钟,又复大作起来。这时却惊起了村中最东侧一家人家的一个小孩子在破絮被里颤栗的感觉。

破茅屋中,被雪光映着,靠北墙一张床上,卧着了一个三十多岁的妇人,身旁却有个五六岁的男孩子。他们盖着薄薄的絮被,冷的风从沉黑的窗中穿进,使他们几乎不敢露出头来。

重大可惊的声响,从冷厉的空气里,传到他们耳膜来。那个妇人,也早已醒了,然而她的心正悬在辽远的地方,和不可思议的事上去,却没说话。小孩子正在盼着天明,好继续他的游戏。他也不怕冷,时时的爬起来,瞧瞧窗户,只见很白亮的,却也不知是天明没有。看看他母亲,正睡的熟,不过看她的头发,时时有些松动,又听着从她喉里,发出一种轻微而痛哭的微声来,就和平日她抱着他,在她膝上,看一封信时发出来的声息是一样。他是个聪明不胆小的孩子,在这深夜将晓时,他这种感想,在他幼稚的心中,宛同电光闪动的一般快,即时他又起来看看窗的白色。他思想里,忽有不敢确定的思想，想这白色的雪吗？雪是白色，怎么又化成污泥在河沟里流着？他这种推理，是片段的，然而在他幼稚聪明的心中，有这一念，却陡然觉得皮肤上有些冷意。这时村前的响声，便砰砰拍拍大作起来，他不知怎的一回事，但是觉得耳朵里几乎装不了了！他虽没听过这种声响；他又不知什么是重大的声响，因为他自下生以后，所听见的鸡鸣声，簸谷声，春鸟的歌声，田圃里的桔槔放水声，他母亲拍着他睡，唱儿歌的声，这些声都是他很注意的，再大一点而可怕的声响，就是村中的群狗互相打架的声了。至于这雪后的早上，忽然有这种狂轰的大声响，他是没曾听过。——因为他小的时候，村中也有这种声响，不过他不记得。——他小而冻破的手，也有些颤动，似乎觉得窗隔一动一动的也将倒下来了，他于是带着被子，滚到他母亲怀里道：

"什么？……什么？我的耳朵！……"

他母亲用枯瘦的手腕，将他搂住道："不要，……这是军队打野操的声响。……"

"什么军队？……"他很疑惑的这样问。

"军队是肩着枪刀打仗的。……"

"就和李文子拿的那个用纸糊的枪一样吗？……他说是他父亲给他买的。……"

她却没即时回答他，这时窗外的炮声又作，她便含糊着道：

"不！……不！……"

他便不再问了，害怕的心也减去了一些，但是在他母亲怀里很注意的听那忽轻忽骤断续的声响。她一手搂着这个可怜的孩子，一手将披了下来的乱发，慢慢拢上额角，像想什么似的。室中已甚明亮，然而却觉得越发沉静，风声吹着落在地上的雪花，沙沙的打在纸窗上响。半晌那孩子又忽然问道：

"母亲，……我父亲，……你说也有枪，他现在那里？也在黑夜里作这种事吗？……"

她听他这句幼小而痴想的话，却没的什么说，只是从眼角里流下了一颗泪珠来，滴在孩子的短发上！

天明了，村前的声响，也停止了，冬晨的空气非常清冷，似乎也从长眠中，醒悟过来一般。而村中的人，都拿这早上的事作谈料。

村前雪后的一片田野里，白茫茫的雪光，却有许多凌乱杂沓泥土交融的痕迹。田野旁一条小河，也全被冰结住。惨淡的日光映在冰上，却也不见得有些融化。奇冷的北风，吹着树枝上的雪堕落在河冰上，发出轻清的声响。天气很冷，一望无际的雪，地上不见有一个行人。

独有在被中惊怕的孩子，这时他却不怕冷，远远的领了四五个男女的小伴侣，冒着咽人的寒风，从镇中跑出。他比较在这四五个同伴里，是较小一点，然而还有比他小的个女孩子，带着一顶绿绒花结帽，也在后边跟着他跑。

他如同作了首领似的，要表示他的功绩似的，脸上虽是冻得发了紫色，他却是一边跑着，一边鼓起勇气，和他那些小同伴断断续续的道："宝云……和妞姐儿，……你们看看我昨天用雪筑成的小楼啊！……我和吴妹妹筑的！……就是在河边上，……就是在河边上，管许你们一瞧就乐了！……走！走！……看雪的小楼去。……"他不等说完，就跑到河边，那些小孩子也咭咭呱呱的随在他身后乱说。

河边的岸，是很平正的。昨夜的风虽冷冽，却也不大。他与他的吴妹妹，费了一下晚工夫，筑成的一所小楼，两边用雪块堆好，明明的在河岸上。他们因那游戏的工作，连小手都冻破了！他自昨晚回家，同他母亲说了半天，恨不能即刻天亮，好去领他那些小伴侣，去夸示他们特殊的能力和技巧。所以早上在他母亲怀中，虽经过听了奇怪的声响，和看见母亲的泪痕，但他不知是什么事，也早忘了！这回只是心急急的去找到他那在雪后的小建筑物。

可是河水仍然全冻着；树枝的堕雪，仍然时时的落在冰上，一望无际的田野里，仍然是白光幻耀，但他沿着河岸，跑来跑去，就是没有了他与他的吴妹妹昨晚很辛苦用雪堆成的小楼。而河岸上只有纵横的马蹄，和无数皮靴的痕迹，就是昨天晚上很平的雪地上，也忽的扫去一道，堆起一片，完全不是昨天那个样子！

他急的乱说，也说不清楚，别的孩子，也看得呆了！那个带绿绒花结帽的小姑娘，却眼包着幼稚而可怜的泪痕道："瞧咧！……没有了！谁给我们毁坏了！……你们瞧我的手咧！……"她伸出小手来给这些孩子看，她白而嫩的皮肤上，已经红了几块，且肿得裂破了！

他这次失败，便给他娇嫩的童心里，添了层重大的打击！仿佛比着成年的人失恋还利害。他说不出的难过！别的孩子虽然也不说什么，只是愣愣的好几只小的眼睛，向他看，他也觉得他们眼光中所含的意思，是疑他诳骗他们了！也不禁呼道："变了……变了！……什么都变了！地也高了！……低了！……这是些什么怪物的脚迹，却将白净的雪沾了！……变了！……我那用雪盖成的小楼，也被怪物吃去了！……"如是就有个很瘦弱的男孩子道："变，……变，你们没听见今儿早上那些声响吗？……我吓死了！……怪物的声，……就是将你的东西吃去了！你看这雪地上不是变了吗？"这个孩子，仿佛自己所见高出于他们以上，然而说到这里也有些气促色变。他和他来的小伴侣，都从他们的神色中，带出了很害怕的样子！便看看河冰，地上的痕迹，都不说一句话，静悄悄的从雪道上，入村子里去。而那位小姑娘，一会看看自己的小手，口里还咕哝着道："我的呢！……谁毁坏了？……"她跟在一群小孩子后面，却时时回头从含着泪痕的眼光中，望着河岸的残雪，而她头上的花结，也被风吹着飘飘的微动。

九，十一月。

（原载《曙光》第二卷第二号，一九二一年二月）

# 湖畔儿语

因为我家城里那所向来很著名的湖上，满生了芦苇，和满浮了无数的大船，分外显得逼仄，湫隘，喧嚷，所以我也不很高兴去游逛。有时几个友人强约着去荡桨湖中，每每到了晚上，便各种复乱的声音，一齐并作。锣鼓声，尖利的胡琴声，不很好听的唱声，粉面光头的妓女的调笑声，更夹杂上小舟卖物的喊声，便几乎把静静的湖水，全起了大波。因此我有时即不得已在湖中的时候，只有收视反听地去寻思我自己的事。不过也有时在夕阳明灭，反映着湖水的时候，我却常常一个人，跑到湖边的僻静处去乘凉。而且一边散步，一边听着青蛙儿在草中奏的雨后之歌，看看小鸟啁啾的争向柳枝上飞奔。自然还有些兴致。而每在此时，一方引动我对于自然中的景物的鉴赏；一方却同时激发我无限的悠渺之思。

一抹绀色，兼以青紫色的霞光，返映着湖堤上的雨后的碧柳。某某祠庙的东边，有个小小的荷荡。这处的荷叶最大不过，高得几乎比人还高。叶下的白洁如玉雕成的荷花，到过午之后，又是将花萼闭起。偶然一两只蜜蜂飞来飞去，还似留恋着花香的气味，不肯即行归去。红霞照在湛绿的水上，散为金光，而红霞中的欲下沉的日光，也幻成异样的色彩。一层层的光与色，相荡相薄，闪闪烁烁的都映现在我眼底。这时我因昨天一连落了有六七个小时的急雨，今日天还晴朗些，便独自顺步走到湖的西岸来，看一看雨后的湖边景色。斜铺的石道上，满生了莓苔，我穿的皮鞋印在上面，显出分明的印痕来。

这时湖中正人声乱嚷着，且是争吵的利害。我便慢慢地踱着向石道的那边走去。疏疏的柳枝,与颤颤的芦苇旁的初开的蓼花,随着微吹的西风,在水滨摇舞。这里可谓全湖上最冷静而幽僻的地方了。除了偶而遇到一二个行人之外,只有噪晚的小鸟,在树上鸣着。而乱草中时有阁阁的蛙声,与他们作伴。

我在这片时之中,觉得心上比较平时静恬了一些。但对于这转眼即去的光景,却也不觉得有甚么深重的留恋。因为一时的清幽光景的感受,而又时时记起“夕阳黄昏”的话,也不禁凄凄地生出心底的叹息来。所以对于留恋的思想,也有点怕去思索了。

低头凝思着,很疲重的脚步,也懒得时时举起。天上绀色,与青紫色的霞光,也越散越淡了。而太阳的光,也随了片散的霞光,沉落在返映的水里。我虽知时候渐渐晚了,却又不愿即行回家。遂即拣了一块湖边的白石,坐在上面,听着新秋犹噪晚的残蝉,便觉得在黄昏迷濛的湖上,渐有秋意了。我一个人坐在几株柳树之下,看见渐远渐淡的黄昏之光,从远处返映过来的微茫的灯火。天气并不十分烦热,而且到了晚上,微觉得有些嫩凉的感触。同时也似乎因此凉意,给予我一些苍苍茫茫的寥廓;而不知着落的兴感。

我正自无意的感思着,忽然听得柳树的后面,有擦擦的声音。在静默中,我听了仿佛有点疑惧!过了一会,又听得有个轻动的脚步声,在后面的苇塘里乱走。于是使得我要搜寻的思想,不能再按捺得住。便跳了起来,绕过柳树,到后面的苇塘边下。那时模模糊糊地已不能看得清楚。但在短的苇芽旁边的泥堆上,却有个小小的人影,我便喊了一声道:“你是谁?”

不料那个黑影却不答我。

本来这个地方,是很僻静的,每当晚上,更是没人在这里停留。况且黑暗的空间,只有皎明的星光,在天上照着。而柳叶与苇叶,还时摇擦着作出微响来。于是我陡然觉得有点恐怖了!便接着又将“你是谁?”三个字,喊了一遍。正在我还没有回过身来的时候,泥堆上的小小的黑影,却用细咽而无力的声音,给我一个答语是:

“我是小顺,……在这里钓……鱼。”

他后一个字,已经咽了下去,且是有点颤抖。我听这个声音,便断定是个十一二岁的男孩子的声音,但我分外疑惑了!便问他道:“天已经黑了下来,水里的鱼还能在这时钓吗?还能看得见吗?”那小小的黑影,又不答我。

“你在甚么地方住呵?”

“在顺门街马头巷里。……”由他这一句话,使我听到这个弱小的口音,仿佛在那里听过的。便赶近一步道:“你从前就在马头巷住吗?”

“不。”那个小男孩子迅速的答:“我以前住在晏平街的。……”

我于是突然将陈事记忆起来道:“哦!你不是陈家的小孩子,……你爸爸不是铁匠陈举吗?”

小孩子这时已将竹竿由水中拖起,赤了脚,跑下泥堆来道:“是。……爸爸是做铁匠的,你是谁?”

我靠近看那个小孩子的面貌,尚可约略分清。那里是像五六岁时候的可爱的小顺呀。满脸上乌黑,不知是泥,还是煤烟。穿了一件蓝布小衫,下边露了多半部的腿。而且身上时时发出一阵泥土与汗湿的味来。连小孩子竟会有这样快而且大的变化吗?他见我叫出他的名,便呆呆地看着我。他的确不知道我是谁;的确他是不能记得了。我在这片刻中,回想到小顺在四五岁的时候。那时我还非常的好戏弄小孩子;每从他家门首走过,看见他同他母亲坐在那棵古干浓荫的大槐树的底下,他每每在母亲的怀中唱出小公鸡的小儿歌来与我听。现在已经相隔有六年多了,我也时常是不在家中,但是后来听见家中人说,前街上的小顺家迁居走了。这也不过是听自传说,实在也不知道是迁到甚么地方住去。但是我每经过前街的时候,看看小顺的门首,另换了人名的贴纸。我便觉得怅然!仿佛失掉了一件常作我的伴侣的东西一般。在这日的黄昏的冷清清地湖畔,忽然遇到他,那能不使我惊疑!而尤其使人奇诧的,怎么先时那个红颊白手的小顺,如今竟然同街头的小叫化子差不多了。他父亲是个安分的铁匠,也还可以照顾得起小孩子。哦!如今竟至于这样,使我蓦然地在心头上满布了疑云?

我即刻将他领到我坐的白石上面,与他作详细的问答。

我就先告诉他,他几岁时我怎样常常见他;并且常引逗他喊笑。但他却懵然了。过后我便同他一问一答的作这个初秋之夜的谈话。

"你的爸爸现在在那里?"

"在家里,……"小顺迟疑的答我。而且在暗中,我从他呆呆的目光中,还见出他对于我这个老朋友有点奇怪。

"你爸爸还给人家作活吗?"

"甚么?……他每天只是不在家,却也没有一次,……带回钱来,……作活,……吗?……不知道。"

"你妈呢?"

"死了!"小顺简单而急迅地说。

我骤然为之一惊!然而这也是必然的,因为小顺的母亲,是个瘦弱矮小的妇人,而且据以前我曾听见人家说过,她嫁了十三年,生过七个小孩子,到末后只剩了小顺一个。然想不到时间送人却这样的快呵!

"现在呢,家中还有谁?"

"还有妈,后来的。……"

"哦!你家现在比从前穷了吗?看你的……"

小顺果然是个自小时即很聪明的孩子,他见我不客气地问起他家"穷"的这个字,便呆呆地看着远处在迷漫中的烟水。一回儿低下头去,半晌才低声说道:

"常是没有饭吃呢!我爸爸也常常不在家里。……"

"他到那里去?……"

"我不知道,……可是每天到早饭以后,才来家一次。……听说在烟馆中给人家伺候,……不知道在那里?"

说这几句简单的话时,他低声而迟缓地对我说,我便对于他家现在的情形,异常的明了了。我一时的好奇心,便逼迫我更进一步的向他继续问道:

"你……现在的妈,多少年纪?还好呵?"

"听人家说,我妈不满三十呢。她娘家是东门里的牛家……"他说到这里,在面上仿佛有点疑惑,与不安的神气。我又问道:

"你妈还打你吗?"

"她吗,没有工夫。……"他决绝的答。

我以为如他家现在的状况,一个年轻的妇女,来支持他们的全家的生计,自然没得有好多的工夫。所以我又说:

"那末,她作甚么活计呢?……"

"活计?……没有的,不过每天下午便忙了起来。所以也不准我在家里。……每天在晚上,这个苇塘边,我只是在这里;……在这里……"

"甚么?……"

小顺也会模仿成人的态度,由他小小的鼻孔中,哼了一声道:"我家里常常是有客人去的!有时每晚上总有两三个人;有时冷清清地一个也不来上门。……"

我听了这个话;便有点惊颤了!……他却不断地向我道:

"因此,我妈还可以有几个钱做饭吃。……但他们来的时候,妈便把我喊出来,不到半夜,是不叫我回去的。我爸爸他是知道的;而且他夜里是再不回来的。……"

哦!我听到这里,居然已经明白了小顺现在是在一个甚么环境里了。仿佛有一篇小说中的事实告诉我:一个黄而瘦弱,目眶下陷,蓬着头发的小孩子,每天他只是赤着脚,在苇塘边游逛。忍着饥饿,去听鸟朋友与水边的蛙朋友的言语。时而去听出苇中的风声，所响出的自然的音乐。但是父亲是个伺候偷吸鸦片的小伙役。母亲呢，且是后母；是为了生活，去作最苦不过的卖出肉体的事。待到夜静人稀的时候，惟有星光送他回到家中去。明日呵，又是同样的一天。这仿佛是由小说中告诉我的一般。但我真不相信，我幼时常常见面的玉雪可爱的小顺，竟会到这般田地！末后，我就又问他一句是："天天晚上，在他家出入的是些甚么样的人？"

小顺道："我也不能常看见他们，然而有时也可以看得见。他们有的是穿了灰色短衣服，歪带了军帽的；有些身上尽是些煤油气，每人身上都带有粗的银的链子的；还有几个是穿长衫的呢。每天晚上常有三个和四个，……可是有的时候一个也不上门来。"

"那为甚么呢？"我觉得这种逼迫的问法，太对不起这个小孩子了。但我的心思为新奇的悲怜所充满，又不能不问他。

小顺笑着向我道："你怎么不知道呢？在马头巷那几条街道上，每家人家；每天晚上都有人去的！……"他接着又笑了！仿佛笑我一个读书的人，却这样的少见少闻一般。

我觉得没有甚么再问他了；而且也不忍再教这个天真烂漫的孩子，告诉我这种命运的悲惨的历史。他这时也如同正在那里寻思甚么一般，望着在黄昏淡雾下的星光出神。我真实感到人间的万有不齐，与变化无端的生活的运命，是极难抗违的。本来果使小顺的亲妈在日，恐怕还不至如此，然而以一个妇女遇这样的生活，他的现在的妈，自然也是天天在地狱中度生活的！

家庭呵！家庭的组织与所遇到的运命。堕落呀！社会的生计的压迫。我本来在这个雨后的湖畔，为消闲来的，如今许多的烦扰而复杂的问题，又在我胸中打起圈子来。

你们试想一个忍着饥苦的小孩子，在黄昏以后，独自跑到苇塘边来，消磨一个半夜。又试想到他的母亲，在家中因为支持全家的生活，而受的最大且长久的侮辱，是个非人的生活。现代社会组织下的贫民的无可如何的死路，到底是怎样呵！我想到这里，一重重的疑闷与烦激，起于心中，而方才湖上的晚景，所给予我的鲜明而且清幽的印象，早随同了黑暗，沉落在湖水的深处了。

我知道小顺不敢在这个时候回到家去；但我又不忍遗弃这个孤无伴侣的小孩子，在夜中的湖岸上独看星光。因此使我既感觉到悲哀；更加上踌躇了！我只索同他坐在柳树下面。待要再问他，实在觉得有点不忍了。同时我静静地想到一个环境中造就的儿童，不由得使我对于眼前的小顺以及其他在小顺的地位上的儿童，全为之颤栗了！

正在这个无可如何的时候，突有一个尖呼而急遽的声音，由对面传过来。原来是，喊的“小顺……在这……里呵？”的几个字，即时将沉静的空中冲破。我不觉得愕然的立了起来！小顺也吓得将手中所没有放下的竹竿，投在水里。由一边的小径上，跑了过去。我在迷惘中不晓得怎么的事，突然发生。这时对面由丛树下飞跑过来的一个中年人的黑影，拉了小顺就走。一边走着；一边说道：“你爸爸今天晚上在烟馆子，被……巡警抓了，……进去，你家里，……伍大爷正在那里，谁敢去得？……小孩子！……西邻家李伯伯，……叫我把你喊……去，……”

他们的黑影，随了夜中的雾雾，渐走渐远。而那位中年男子说话的声音，也听不分明了。

我也就一步一步的踱回家来。在浓密的夜雾中，行人也少了，我只觉得胸头沉沉地，仿佛这天晚上的气压度数，分外低了好多！而一路上导引我的星光，也模糊黯淡看不明亮！

十一、八月。

（原载《东方杂志》第十九卷第十八号，一九二二年九月）

# 生与死的一行列

“老魏作了一辈子的好人,却偏偏不拣好日子死,……像这样如落棉花瓤子的雪,这样如刀尖似的风,我们却替他出殡。老魏还有这口气,少不得又点头砸舌说‘劳不起驾！哦！劳不起驾’了！”

这句话是四十多岁鹰钩鼻子的刚二说的。他是老魏的近邻,专门为人杠棺材的行家。他自十六七岁起首同了他的父亲作这等代传的事,已经将二十余年的筋力,肩肉全消耗在死尸的身上。往常老魏总笑他是没出息的,是专与活人作对的,——因为刚二听见那里有了死人,他便向烟酒店中先赊两个铜子的干酒喝。他在这天的雪花飞舞中,他却没曾先向常去的烟酒店中喝这一杯酒。他同了同伴们由棺材铺中杠了一具薄薄的杨木棺踏着街上的雪泥走的时候,并没有说话,只觉得老魏的厚而成为紫黑色的下唇,藏在蓬蓬的短髯中间在巷后的茅檐下喝玉米粥,——他那失去了乌色的凝住的眼光不大敢向着阳光启视,在朔风逼冷的十二月的清晨,他低头喝着卖零食的玉米粥仿佛尽自向地上的薄薄霜痕上注射。——一群乞丐似的杠夫,束了草绳,带了穿洞的毡帽;上面的红缨毛摇飐着,正从他的身旁经过,大家预备着去到北长街为一个医生抬棺材去。他居然喊着我们喝一碗粥再去,记得还向他说了一句“咦！魏老头儿！回头我要替你剪剪下胡子了,”他哈哈地笑了。

这都是刚二同了三个同伴由棺材店中出来时,走在道中的回忆与感想。天气冷得利害,街上坐着明亮炫耀的包车的贵妇人的颈部全包在皮大氅的白狐毛的领子里,汽车的轮迹在皑皑的雪上也少了好些。虽然听到午炮放过，然而日影却没曾由灰色布满的天空中露出一点来。

当着快走近了老魏的门首，刚二沉默了一路，却忍不住说出这几句话来，他那三个同伴，正如自用力往前走去，仿佛以先没有听明他的话一般。又走了几步，在前头的小孩子阿毛道："刚二叔，你不知道魏老爷子不会拣好日子死的；设若他会拣好日子死，他早会拣好日子活着了！他活的日子，全是极坏，依我看来，——不，我妈也是这样说呢。他老人家到死也没个老伴，一个养儿子，又病又跛了一条腿，连博利工厂也进不去了，还得他老人家弄饭来给他吃，——好日子，是呵，可不是他的！……"这几句话似乎使刚二听了有些动心，便用破洞的袖口装了口，咳嗽了几声，并没有答话。

他们一同将棺材放在老魏的三间破屋前头，各人脸上不但没有一滴汗珠，反而都冻红了。几个替老魏办丧事的老人，妇女，便喊着小孩子们在墙角上烧了一瓦罐煤渣，让他们围着取暖。

自然是异常省事的，死尸装进了棺材，大家都觉得宽慰了好多。拉车的李顺暂时充当了木匠，将棺材的盖板钉好，……丁，丁……丁，一阵的斧子声中，与土炕上踡伏着跛足的老魏的养子蒙儿的哀声，与邻人们的嗟叹声，同时并作。

棺殓已毕，一位年老的妈妈便首先提议应该乘着人多手众，赶快送到城外五里墩的义地里去埋葬去。七十八岁的李顺的祖父，便同大家讨论，五六个办丧的人都不约而同的说："应该赶快入土，"独有刚二在煤渣的火边，摸着腮儿没有答应一句。那位好絮叨的妈妈拄着拐杖，一手拭着鼻涕颤声向刚二道：

"你刚二叔今天想酒喝可不成，……哼哼！老魏待你也不错，没有良心的小子！"

"我么？……"刚二夷然的苦笑说，却没有续说下去，接着得了残疾的蒙儿又呜呜地哭出声来。

当着棺材还没有又抬出门首的时候，大家各人回去午餐之后，重复聚议如何处置蒙儿的问题。因为照例蒙儿应该送他的义父到城外的义地中去，不过他的左足自去年有病，又被汽车轧了一次，万不能有这样的力量走七八里的路程。若是仍教他在土炕上呜呜的哭泣，不但他自己不肯，而李顺的祖父首先不答应，理由是正当而明了的。他在众人的面前，一手捋着全白的胡子，一手用他的铜旱烟管扣着白色的棺木道："蒙儿的事……你们也有几个晓得的，他是一个疯妇的弃儿，十年以前的事你们年轻的人算算他那时才几岁？"他说至几岁二字，便少停了一会，眼望着围绕他的一群人。

于是五岁，八岁的猜不定的说法一齐嚷了起来，李顺的祖父又将硕大的烟斗向棺木上扣了一下，似乎也要教死尸听得见的说："我记得那时他正正是七岁呢。"正在这时，在坑上的蒙儿从哽咽的声中应了一声，别人更没有说话的了，李顺的祖父便如背历史似地重复说下去。

"不知那里来的疯妇，赤着上身，从城外跑来，在大街上被警察赶跑，来到我们这个贫民窟里，他们便不来干涉了。可怜的蒙儿还一前一后的随着他妈转着，走着，小孩子身上那里是有一丝线，亏得那时还是七月的热天气。那时有些人以为这个疯妇太难看了，也想合伙将她同蒙儿逐出，……却终究被我同死的老魏阻止住了。不过三四天疯妇死去，独余下这个可怜的孩子，……以后的事，也不用再说了。我活了这大岁数，还是头一次看见这个命运劣败的蒙儿。就他现在说是这样，将来的事谁还能想得定？……可是论理他对于老魏的死去，无论如何，焉能不去送到义地看着安葬。……"本来大家的心思，也是如此，更加上蒙儿在炕上直声嚷着就算跪着走去，也是不在屋子里的。于是又经过一番乱呶的纷谈之后，遂决定由李顺搀扶着他走，而李顺的祖父，因为同老魏有几十年的老交情，也要穿了破黑羊皮袄随着棺材前去。他是幼年当过镳师的，虽有这等年纪，筋力却还强壮；他的性情又极坚定，所以众人都不敢去阻止他。

正是极平常的事:五六个人扛了一具白木棺材用打结的麻绳捆缚住,前面有几个穷窘的状况如同棺材的表示一样的贫民先迤逦的走着。大家在沉默中,一步一步的足印踏在雪后的灰泥大街上,还不如汽车轮子的斜方纹印的深些;还不如载重的马蹄踏得重些;更不如警察们的铁钉的皮靴走在街上有些声响。这穷苦的生与死的一行列,在许多人看来,还不如一辆人力车上的个妓女所带的花绫结更光耀些,自然的他们都是每天每夜被罩在灰色的暗幕之下,即使死后仍然是用白色而不光华的粗木匣装起,或者用粗绳打成的苇席;不但这样,他们的肚腹,只是用坚硬粗糙的食物渣滓磨成的墙壁;他们的皮肤,只是用冻僵的血与冷透的汗编织成的;至于他们的思想是空幻的,只有从黎明时看得见苍白的朝光,到黄昏时走过的暗雾围的网,他们那里有花绫结的色彩;姿态;与沾染上的肉的香味,与女性之发的奇臭。他们在街上穿行着,在他们没有统系的思想中,自然也会有深深的感触,他们也以为是人类共同有的命运的感触,但他们愚蠢,简单,却没曾知道已被命运逐出于宇宙之外了。

虽是冷的冬天,一到雪停风止的时候,看热闹的人也有了,茶馆里的顾客又重复来临。他们这一行列,一般人看惯了自然再不会有考问的心思。死者是谁?跛足的小孩子是棺材中的死尸的甚么人?好好的人为甚么死的?这些问题早逐出于消闲的人们的目光与思域之外。他们——消闲的人们,每天在街口上看见开膛的猪,厚而尖锋的刀从茸茸的毛项下插入,血花四射的从后腿间拔出;他们在市口看穿灰衣无领的犯人蒙了白布被流星似的枪弹由十余步外打到脑壳上,滚在地下还微微舞动;他们见小孩子们强力相搏头破血出哭号,这都是消闲的一种方法,也由此可以得到些许的奇异与快乐的愉慰。比较起来,一具白棺材,几个贫民在雪街上走更何足一顾!不过这样冷的天气,一条大街,一个市场玩腻了,更没有甚么,所以站在巷口的人,坐在茶肆的人,带了皮帽,穿了花缎的外衣叉手在朱门前的妇人们，也有些将无所定着的眼光向这一行列的生和死者看去。

这一群的行列，死者固然是深深地密密地将他终生的耻辱伏在木匣子内去了，而扛棺的人，刚二，李顺，以及老祖父，也似是生活着被装在匣子以内，他们虽没有不敢的思想，却也以为这是不必要的，无需的，——抬起头来似乎也不能更向着暗笑的苍穹将生的耻辱涤尽，所以他们并不顾及还有些看热闹与消闲的人，以他们这一行列为有趣味可供玩赏的；实在他们也理解不到。他们如同被命运支配着往前走；他们走着，并不像那些争命运的人要计算时间，与目的地的。

然而正当他们走过长街待要转向西去出城门的时候，一家门口站住了几个男子，与两三个华服的妇女，还领着一个七八岁的小姑娘，而汽车的轮机，正将停未停的从覆盖的狼皮褥下发出涩粗的鸣声。忽地那位也穿了皮服的小姑娘横搂着一位中年妇人的腿部说："娘，娘，害怕！……"那位妇人向汽车看了一眼便抚着小姑娘的额发道："多大了，又不是没见过汽车，这点点响声有甚么可怕？"

"不。不是，娘，那街上的棺材，走着的棺材！……"

"乖乖！傻孩子！……"妇人便不在意的笑了。

但是在相离不到七八尺远的街心，这几句话偏在无意中被提了铜杆烟管的老祖父听见了，他也不扬头看去，只是自己咕哝着道："害怕！……傻孩子！……"说着便追上他那些少年同伴们出城去了。

出城后并不能即刻便到墓田，但冷冽的空气，一望无际的旷野中，他们似乎是从死人的穴中觉醒过来，他们便自然地，不约而同地扬起头来望望天空。三五槎枒的枯树立在土堤上，噪晚的昏鸦群集在枝上喳喳的啼着。有一群羊儿从他们身边一起一伏的走过，后面跟了个执着皮鞭的长发童子，他看见从城中出来这一行列，却不禁愕然地立住了，而且质朴的问道：

"那儿去？是不是在五里墩的义地？"

"小哥儿，是的，你要进城，……这样天气一天的活计很苦！"老祖父代表这一群人郑重的对答。

牧羊的长发童子有点疑惑的神气道："现在天可不早了，你们还是赶紧走吧，到了晚上城外的路不大方便。……"他说到这里，又精细地四下里看了看道："灰色衣的人……要不得呢！"

老祖父独自落在后边，听童子说完，不禁从有皱纹的眼角上露出一丝笑容来说："小哥儿，真是傻孩子，像我们还怕呢！"

童子自己也知道说的不很恰当，便笑了一笑，又转过身去望了望前边送棺材的一群，就吹着口琴往对方而去。

老祖父的脚力，实使这一群人吃惊！他也不用拄杖，走了几步，便追上了棺材，而且他开始同他们谈话。蒙儿黄皮裹了颧骨的面上，已现出红晕的颜色，他的两只犹噙有眼泪的眼，确已表现出疲乏来；就连在一旁用右手扶住他的李顺似乎也很吃累，不过不敢说出来。独有刚二既不害冷，也不见得烦累，只是很自然地交换着肩头在前面横了棺材走路。

老祖父这时从裤袋中装了一烟斗的碎烟，一手笼住破袄的袖口上的败絮，吸着烟气说：

"这便是老魏的福气了，待要安葬的时候，雪也止了，冷点，还怕甚么。只要我们不死的，不装在匣子中的先给他收拾好了，我们算是尽过心，对得起人！……"

久不做事的刚二也大声道："是呵！我早上还说老魏叔死的日子没拣过好的，现在想想这也难得！他老人家开了一辈子的笑口。死后安葬时没雪没风，也可算得称心了！……我今天累死，甚至三年没有酒喝，也要表表心儿，替死人出点力！可是人生能有几次这样？……"他说时平生第一次的泪痕在眼眶内慢慢地滚动，又慢慢地收回去。

老祖父接着叹口气道："人，早晚还不是这样结果，像我们更不知是在那一天？老魏我与他自从二十余岁给邻居，他三十多年的光阴，作过挑夫，茶役，卖面条，清道夫，烈日的熏蒸，冷风的逼迫，他那有一天停住手脚！……有几个钱就同大家喝一壶白烧，几片烧肉。他是这样过活，不但没有家室，就连冬夏的衣服，也没曾穿过一件整齐的。现在很安稳的死去，他一生没有累事倒也没了，不过就是有这个无依靠的蒙儿，……咳！咳！我眼见过多少人的死，殡葬，却再也没有他这么平安而又无累无罣地走了。我们还觉得大不了，其实他在暗中还许笑着我们替他忙呢！……"

坚定沉着的刚二急急地说："我看得棺材里装着死人，一具一具的抬入，一具一具的抬出，总算不了一回事，就是我们吃这碗饭也看惯了，如同泥瓦匠的天天搬运砖料一样；孝子们在白布打成的罩篷下；像回事的低头走着，点了胭脂却穿着白衣如同去赛会的女子们坐在送葬的马车里东望西望，在我们看来，太不足奇！不过……老魏这等不声不响的死，我反而觉得了，自从昨夜晚上心里似乎有点事了！老爹，你说不有点奇怪！……"

老祖父从涩哑的喉咙中哼了一声，没说出话来。

冬日的旷野中的黄昏。沉静而带有死气，城外的雪一些也没有融化过，白皜皜地罣遍了寒林，土山，微露麦芽的田地。天空中若有灰翅的云影来回移动，除此外更没有些生动的景象了，他们在一角的陂陀下面的乱坟丛中，各人尽力的用带来的铁锹掘开冰冻的土壤。老祖父蹲在一座小坟头的上面吸着旱烟作监工人，而蒙儿斜靠在已停放下的白木棺材上无聊的用指画木上的细纹。

简单的葬仪就这样完结，在朦胧的黄昏中白木棺材去了麻绳埋入土坑里面，他们一面时时用热气呵着手，一面不倦的工作，直至将棺材用坚硬的土块盖得很严密的时候，便不约而同的嘘了一口气。蒙儿只有呆呆地立着，被冷气的包围直使他不住的抖颤。眼泪早已在眶里冻干了，老祖父还是不住的用大烟斗轻轻地扣打着棺材上面的新土仿佛在那里想甚么心事。刚二却忙的很,他方作完这个工作,便从腰里掏出一卷粗装的烧纸,借了老祖父烟斗的余火燃着起来力微的火光,不多时便也熄了,而左近的树木上的干枝又被晚风吹动,飒飒刷刷如同呻吟着低语。

他们回路的时候轻松得多了,然而脚步却越发迟缓起来,大家总觉得回时的一行列,不是来时的一行列了!心中都有点茫然,一路上没有一个人能说甚么话。但在雪地上的暗影中,他们离此无边的旷野愈远,忽地催晴的北风吹得更利害了,干枯的碎叶,吹散的雪花,都追迹向他们逐去,仿佛来伴这回路的一行列的沉寂。

十三,一,十日。北京。

(原载《小说月报》第十五卷一号,一九二四年一月)

# 沉　船

“再走半天，我们便见那一望无边的大海了。——海是怎样的好看！刘阿哥见过来，是不是？那些同生了翅子般的小舢板荡来荡去；——在那上面如果拉着胡琴唱《二进宫》，那才好听哪！在水上面心地也清爽，嗓音也高亮。……”人都叫他为高个顾宝的壮年车夫，正在独轮车的后面推着车把与在前面推车的刘二曾说话。

刘二曾是个将近四十岁的农夫，在农闲时便给人家剃头，但近几年来也改称理发匠了。他们推的车子上，一个四十多岁穿深蓝土布褂子的妇人，两个六七岁三四岁的孩子。这是刘二曾的妻子。

“那自然！你忘了几年前咱一同来贩鱼的事，还过海去玩过德国大马路？我真不晕船，有些人就不敢。”刘二曾推车子过了几个钟头，有些支持不住，说话便喘着气儿，没有他那伙伴的自然。

“咦！你怎么啦！别的能坐船不能推车子，你看还隔有十里路才打午尖，你就把不住车把！——我说：你在家里做轻快生活惯了，手里的劲就一天比一天少，你还要到关东去‘闯①！’那边才更得吃苦呢！我不是去过一趟？就那个冷劲，咱这边人去便受不了。你，虽然有亲戚在那里，却不能白吃；挣钱是容易，可是下力也真受罪！……”

刘二曾一边喘着气，一边往前看着那匹瘦体的驴子道：“不吃苦还能行！然……‘皇天不负苦心人！’谁叫咱那里不能住来！好

---

① “闯”为土音，系往远地谋生活的意思。

好的年头，谁愿意舍家离业的跑？幸而我还会这点手艺，到那边去也许容易抓弄。——总之，一个人好说，还有孩子，老婆，真累人，谁能喝风！”

他的妻在车子上，抱着的三岁小孩正在睡觉，听丈夫这样说便道：“你别埋怨这个那个！谁拖累谁？我原说将孩子寄养在人家，我一个出来找‘投向’①，吃的也好，穿的也好，还可以见见世面！不是你不？大的，小的，老远地出来受苦！”他的妻是个能干而言语锋利的妇人，几句话便说得她丈夫不再言语。

丈夫只在气喘中向道旁的石堆上吐了一口唾沫。

顾宝很聪明，这时向前行拉着套绳的驴子，“喝喝”的喊了一声曼长的音调，驴子便行得慢了。他于是用披的白布将额上的汗珠擦着，便笑着道：“算了，我说你们两口儿好吵嘴，一路上总是你抱怨我，我抱怨你。‘单木不成林，’‘单丝不成线，’困苦的日子在后头哩！隔着沙河子还有多远！你们到了现在谁也不要说谁，横竖拆不开来，还要好好的做人家。——了不得！我也饿了，这车子分外沉，二曾，到酒店好好打一壶来咱喝行不行？”

“那有不行！”她在车子上笑了，“找你来帮一路上的忙，耽误了工夫，他难道连一壶酒还舍不得！我说：——过个十年，八年，我们过好了，我打发阿籽到家乡来搬你顾叔叔去住些日子哩！”

“一定！顾叔叔，我来搬你，咱一同坐小舢板。……”在右侧斜卧的理发匠的大儿子，——一个八岁的小孩很伶俐地回答。

于是他们暂且住了谈话，车子也慢慢地走上一个山坡上面去。

午刻的晴光罩着一簇簇的柞树林子，大而圆的叶子被初秋的温风翻动，山上山下便有如轻涛相击的声音。这些林子在春日原是养山蚕的地方，到夏末秋初的时候尤为茂盛。这便是沿南海一带人民的富源。但是近几年来，山蚕却已减了许多，虽有不少的柞

① “投向”是妇女出为人家佣工的特别名词。

树，当春日来后却没有多少人到山上放蚕。自然是匪患与人民流离出外谋生的缘故了。沿山的小径，全是荦确的碎石与丛生的青莎。有许多灰色黑点的蚱蜢跳来跳去，因为天旱的关系，所以这些小生物们便日加繁殖。

两个推车子的人脸上满流着很大的汗珠，背膊上酱色的皮肤在炎灼的日光下显出辛苦劳动的表色。他们沉默地在乱石道上走着；为道路难走的关系，他们言语的精力都藏到穿草履的赤足里面与沙石作竞争去。

约摸有半点钟的工夫，他们在一所不等方的石头建筑的屋子之前停住了。驴子半闭了眼睛，似乎在寻思它那辛劳无终的命运与盲目的前途。两个小孩子却已跳跃着捉蚱蜢去了。刘二曾坐在石屋前的粗木凳子上，扇着破了边的大草帽，不住用手巾擦着汗。他的伙伴，那好说笑的顾宝，却在草棚下面箕踞坐着吸那"大富国"的纸烟。

这个酒店的地方名叫独石，是往红石崖海码头的必经之路。这一带山陵的地层，都从石根土脉中隐映着浅浅的红色，似是表现这个地方的荒凉与辛苦。围绕着三五人家的小村落，全是些大叶子的柞树与短短的白杨。道旁这三间乱石堆成的屋子是一所多年的野店。本来是大块白石砌成的墙壁，都被木柴火烟熏得黯黑了。石屋前的荆棘编成的栅门上斜悬着一个青竹布的招帘，正在一棵古槐树下横出的老枝上飞舞着。这已经包含了无限古诗的意味。每每有过往的行路者，在几里路前看见这个招帘，便不禁兴起一种茫昧渺远的感想；也禁不住有村醪的浓烈的味道流到干苦的口吻边。

野店的主人，见来的这一伙客人，照例的招呼了，于是到石屋中预备大饼及蔬菜的肴品去。缺角的小木桌放在茅棚下面，荆棘编成的栅门以内。一沙壶的山村白烧，一大包花生，两个粗磁酒杯安放了。理发匠同他的妻与他的伙伴坐着在饮着苦酒，恢复他们半日的疲劳。

“这地方真好！刘二哥，我多早再娶房家小一定搬到这里来住。人家少，树木多，先不愁没得烧；又有山，有海，再过二十里地便是大海。春天吃鱼虾多末贱！你说，……你还不如不要老远的到沙河子，就在这里混混还不一样？”顾宝一连喝了三四杯酒，精神爽健地在说。

“顾叔叔，你又会说这现成话了。你没有女人，又没孩子，那里也可以。我们那能够在这里住，吃山喝海水，倒可以？……”理发匠的妻即时给他一个反驳。

那瘦黑的理发匠呷下一口酒，北望故乡，都隐藏在远天的云树下面了；一段数说不出的乡愁，在他呆笨的中心起了微微的动荡。所以他更无意去答覆他的伙伴的话了。他想到那故乡中的茅屋，送与邻人家的三只母鸡，那种了菘菜的小院子，两个读书的侄子，（每天当他挑了理发担子到街市上去的时候，一定碰到两个小人儿背着破书包到国民学校中去，）更有将行时伯兄的告诫话，是劝他先在家中住过一年再去。这些情形与言语的回忆，当他休憩在这野店前面看着新秋的荒山景物，便从他的疲劳中唤回来了。他到了这里也有些迟疑了。然而看看他那言语锋利而富有坚定性质的妻，便更不说甚么。及至他回过头去看在草地上嚼着干馒头的两个孩子的时候，两滴清泪已经从他那有灰汗的颊上流下。

店主人衔了二尺多长的黄竹烟筒，穿着短衣，草鞋，从石屋的烟气中踱了出来。因为与顾宝有几回的认识，便立在支茅棚的弯木柱下同他谈着。

主人有六十岁了。虽是没有辫子还留有三四寸长的花白短发。干枯的脸上横叠着不少的皱纹。他那双终天抖颤的手指几乎把不住那根烟筒。

“那里去？你送的客人到关东去吗？”

“正是呢，近来走的人家一定不少？”顾宝这样回问。

“哎！一年不是一年！今年由南道去的人更多。由春天起，没有住闲，老是衔着尾巴——在大道上走的车辆。多末苦啊！听说有的简直将地契交了官家，动身去，——这样年头！”他说着，频频的叹息。

“说不的了！像他们这一家还过得去，不过吃饭也不像前几年的容易了。好在他们有亲戚在那边叫他们去，还好哩。——你这里生意该好，……茂盛吧？……”

“甚么！你看甚么都比从前贵了又贵，我家里满是吃饭的人口。现在乡间倒不禁止私塾，可是也没学生，谁还顾得上学！我这把年纪，还幸亏改了行，不去做‘先生’呢。不然，……”

“你说！我忘了！记得前十年你还在北村里教馆，……你真是老夫子！就算做买卖也比别人在行。”顾宝天生一副善于言语的口才便会乘机说话。

店主人被他的话激醒了，骤然记起几十年前那种背考篮做小抄的生活，到现在居然“鸡声茅店”里与这些“东西南北人”在打交涉。一段怅惘依恋的悲感横上心头，便深深地叹口气道：

“年轻的人，你们经过多少世道！真是混得没有趣味！眼看着‘翻天覆地’的世道！像我也是在‘无道邦’中的‘独善其身’呢！”

顾宝不大懂得这斯文的老主人末后的两句话，只好敷衍着说：“可不是！人不为身子的饥和寒，谁肯出来受磨难呢！”

老主人敲着黄竹烟筒苦笑着走了。

这时树林中的雄鸡长啼了几声，报告这是正午的辰光。顾宝吃饱了大饼，便躺在茅棚下的木板上呼呼地睡了。理发匠与他的妻对坐着并不言语。他望着从来的道上，那细而蜿蜒的长道像一条无穷的线，引导着他迷惘中的命运。他对此茫然，似乎在想甚么。

两个孩子不倦地在捉蚱蜢。而驴子的尾巴有时微微的扬起去拂打它身上的青蝇。

他们于日落时到了红石崖的安泰栈内，便匆忙地收拾那些破旧的家具行李，预备明天的早船好载渡他们到T岛去再往大连，实行他们往关东的计划。栈房中满住了像他们，或者还不如他们的些难民，一群群的淌鼻涕穿着破了袖子的衣衫的男女孩子们在栈门口的前面哭闹。几匹瘦弱的牲口，满路上都丢下些粪便。海边的风涛喧豗中仿佛正奏着送别的晚乐。理发匠将家口安顿在一间大的没有床帐的屋子中一大群乡间的妇女孩子们的集合里，嘱咐他们看守着衣物，便同顾宝出来探问明天出航的船只。

栈房的账房中堆满了短衣，束腰，穿笨鞋子的乡汉，正在与账房里的先生们问说船价的事。

“明天十点的小火轮，坐不坐？那是日本船，又快，又稳。价钱比舢板贵不多。你们谁愿意谁来。恐怕风大，明天的舢板不定甚么时候开。”一位富有拉拢乡民经验的账房先生用右手夹弄着一支毛笔向大众引动地说。

理发匠贪图船行的快，又稳便，便按着定值付了两元多钱的小火轮票价。他欣然交付了，便又到大屋子里向妻说了。妻也赞同，因为听说小火轮比帆船使人晕船差些。

他那个大孩子听说坐小火轮从大海里走，便惊奇得张着口问那船在那里，船上也有蚱蜢没有这些事。

顾宝等吃了晚饭以后，他说趁太阳还没落要同理发匠先去看看明天拔锚的小火轮，因为他是坐过的，理发匠还是头一次见，他情愿当指导人。理发匠的大孩子也要去。

于是他们匆匆地吃过栈房中的粗米饭便一同走出。

栈房离海不过百多步远，只是还有一段木桥通到海里，预备上船与卸货物的人来回走的。这红石崖，一个小的地方，然而到处都是货仓，是靠近各县里由船舶上输运货物的重要码头。花生，豆油，皮张，都几十间屋子分盛着，等待装运。一些青衣大草帽的水手们三三五五的在街上的小酒馆中兴奋地在猜拳，喝酒。烟霭的黄昏里他们走在街心，听着那些喊卖白薯与枣糕的小贩呼声，各种不同口音的杂谈，已经觉得身在异乡了。理发匠因为要使异乡的人比较瞧得起，便将他在故乡中到主顾家去做活计时才穿的夹大衫穿在身上。那是一件深灰色而洗得几乎成了月白色的市布大衫，已脱落了两个钮子。晚风从海面扑来，扫在他那剃发不久的光头上，颇有点微冷的感觉。顾宝还是短衣，草鞋，不改他那劳动者的本色，只是不住地吸着“大富国”的烟卷在前面引路。

这里没有整齐洁净的码头，因为来回航行的多半是些帆船，除掉一二只外国来作生意的小火轮以外，所以沙土铺成的海岸上面全是煤渣与草屑满布着。一阵阵秋风挟着鱼腥的特别气味从斜面吹来。岸上还有一些渔户搭盖的草棚，在朦胧的烟水旁边，可以看得见一簇簇的炊火。全是污秽，零乱，纷杂的现象，足以代表出东方的古旧海岸的气息。理发匠尽跟着他的伙伴往码头的前面走，他隐约中看见白浪滚腾的海面。那苍茫间，无穷尽的大水使他起一种惊奇而又惶怖的心理。他对于泛海赴关东的希望在家乡中是空浮着无量的欢欣与勇敢，及至昨天在野店的门前已经使他感到意兴的萧索了；而当他来到这现实的海滨，听着澎湃怒号的风涛，看着一望无边的水色，他惘然了。“为甚么冒行这样险远的路程？但怎么样呢？”黄光而暗弱的电灯柱下，他立定了。

“来来！咱先到这船上溜达一下。”顾宝说时已经随着几个工人打扮的从跳板上走到一个黑色怪物的腹面上去。

那钩索的扑落声，烟囱内的发汽声，一只载不过四百吨的小火轮正在海边等待着明天启行。

顾宝像要对理发匠炫奇似的自己在船面上走来走去，像表示大胆，又像告诉他有航海的智识。望望海里的船只灯火，便不在意地将一支剩余的香烟尾抛到海心去。“咦！你不上来看看，先见识见识,来来!”

但理发匠倚着电灯柱子摇摇头,他对着当前的光景尽在不了解,疑闷,与忧愁。

一群一群的衣裳褴褛的乡人们走来,着实不少,都是为看船来的。一样的凄风把他们从长守着的故乡中,从兵火,盗贼,重量的赋税,与天灾中带了出来,到这陌生的海边。同着他们的儿,女,兄弟,伙伴们,还要乘着命运的船在黑暗中更到远远的陌生的去处。

夜的威严罩住了一切,只是沙石边的海沫呻吟着无力的呼声。在荒凉的道路上,顾宝终于不高兴地同他的朋友回到那嚣杂的栈房里去。

这一间四方形,宽大如货仓的屋子中满了疲劳者的齁声。一盏大煤油灯高悬在空中,无着落地在摇摆出淡弱的光亮。因为空间过于阔大了,黯淡的灯光只能照得出地上一些乱叠横堆的人们。一天的行程现在把他们送到暂时的梦境中去了。破旧的箱笼,粗布的衣被,一堆一堆地也分不清楚。理发匠怅怅地从外面走来,在大屋子的一隅上看他那个八岁的大孩子,不脱衣服睡在薄的棉褥上面,有灰腻的口角边满浮着童年的微笑。这的确是个健壮而可爱的孩子,也是理发匠最关心的一个世界上可怜的生物。他的妻正膝上抱着小孩子在打盹。理发匠坐下来,觉得从墙边上透过一阵阵的冷风,原来那屋角的上面有几片瓦已经破碎了透出薄明的微光来。

“甚么时候?明天早上上船吗?”他的妻发出疲困的问语。

“听栈房里人说得十点。”理发匠懒懒地答覆。

“你一点没有高兴。只要渡过海,再渡过海,就快到了我哥哥那里了。你终是一点精神也没得,还舍不了甚么!”

“……”

“我说不用愁。你记得黄村的吴家?人家上关东去不到十来年，回来又有房子又有地，吃的，穿的，谁也称赞。他们有福气。怎么咱就种田地一辈子么？时运要人去找，它不能找人！……”他的妻每每有这样坚强的男性的鼓励话。

“呜！——呜！”她一面拍着孩子，一面在昏暗中做她那未来的快乐之梦。

“你看！”她又说了：“人家的家口比你大，穿戴的比我们好，一样也是跑出去‘闯’！刚才我同一位沂水的女人说起：她还是大家人家的姑娘，现在也‘逃荒’。因为她那里来回打了十几次的仗，房子都在炮火里毁了，所剩的田地一点也没的耕种，一样还是要粮要钱！——这比我们还苦。她有个十七八的女孩，就是被打仗惊死的。想来咱还算有福。”

理发匠躺在草褥上淡然道：“一个样！”

她便不再言语了。过了一会，在屋的这边那边不调匀的鼻息声中，她又记起心事来，向她丈夫质问：“你这一次带的钱还有多少？”

“有多少！田地退了租，两个猪卖了，不是向你说过么！自己的一亩作与大哥那房里，得了三百吊钱。猪，二百五十吊。八吊钱的洋元，一共换了五十元钱，还有五十吊的铜子。到现在已经用去二十多吊了。你想，一吊钱的一斤饼，吃哩！还有很远的路程，家里甚么也没有了！”理发匠在悲恨的声中报告与他的妻听。

“船价呢？”

“一元五毛，因为有两个小孩子还便宜呢。”

于是他与她的谈话便止住了。各人想着不同的心事。而她那高亢坚强的性格往往蔑视她丈夫的怯懦与畏葸。这一次出来，还是她的主张有力些。他呢，忧郁的已往，冥茫的未来，全个儿纵横交织在他的心网中。在这如猪圈的大屋子里他那能安睡。

他侧卧着看他那大孩子梦里的微笑，看他妻给风尘皱老了的面貌，以及满屋子沉沉的睡声与黯淡的灯光，这仿佛在做着不可知的迷梦。

独石的店主人每天拿着黄竹烟筒在荆条编成的门前等待来客。他那大儿媳妇带了他的两个孙子终天在石屋中作饮食的预备。虽是生意比往年好,然而他知道这一行一队的送到他这野店中来的都是从血汗中挣得来的路费,因此这久经世变的老人时时感到不安,与对于那些关东去者的深厚的同情。也因此,他这店里的饮食比起别处分外便宜,还分外洁净,他想这是他心理上少一分自咎的义务办法了。

这一天,距离理发匠的家口从这里过去的三四天后的一个清晨,老主人早起到林子中拾了一回落叶,命他那小孙子用柳条筐背了回来预备烧火。他喝些米粥之后,便在茅棚底下坐着吃那一袋一袋的旱烟。这两天来回的旅客少些了,尤其奇怪的并没有从海码头回路的人,然而他并不因此觉得忧虑,只是感到稀奇罢了。

老主人的记忆力是很好的,也是少年时曾经过强力的练习的。因为他家在富裕的时代,他正在邻村的学塾中读书,又曾住过城中的书院。所以他不但能背诵得出《四书》的本文,"朱注",更能将全部"诗韵"不差一字的说出。在当时他曾经许多老师与同考的先生们推崇过。虽然一个"秀才"也弄不到,这究竟是读书人可自傲的一件事。到了他充当野店主人这样奇怪不同的时代之中,他有时还向过客中的斯文人们叙说他从前自负的异能。不过近几年以来更没有近处的"文人""绅士"们往海边游览的了。在年年的烽火中,只是不断的有那些劳苦的农人,小手艺的工人们,从这条苦疲的路上过海码头向外谋生。这真使他添上无限的枨触与慨叹了。他爱那些真挚和善的人们,但是他们不能懂"朱注"与"诗韵"是甚么事,只可同他们说些旱,潦,兵灾的话。他常想这古旧可爱的有趣的风雅的日子过去了,也像他的年纪一样飞向已往,不能再回的了。现在无论谁,只有直接的苦恼,更没有慰藉苦恼的古趣味的东西了。

所以他每当无人的时候往往独对远远的青峰发出无端的凄叹。

这日是个沉冥的秋日。天上的灰云飞来飞去不住的流动着,日光隐在山峰的上面露不出他那薄弱的光线来。四围的树木初迎着飘萧的凉风,都在同他们将摇落的叶儿私语。从远远的地平线下,有层层的薄雾向旷野中散漫着卷来,令人看着容易起无尽的秋思。野店的老主人,坐在茅棚下已经半披着青布的长袄,捻着稀疏的花白胡子,又不知在做甚么回想的工作。他望着往海码头去的小道,枯黄的草叶上浮动着雰雾的密点,就像张下一个雾网似的。他似是记起了"停车坐爱枫林晚,霜叶红于二月花"的句子,而怀古的绘画般的幽情就在他那龙种的心头动荡了。忽然一个朦胧的人影从下道上穿过雾网向自己的野店行来。他在冥想的沉迷中没有留心,很迅速的,影儿已经呈露在他面前了。老主人抬头看了一眼并没立起来,"好早,好早！你送邻里家回来了吗？——怎么也没带点海货来?"

"啊！……啊！没法提了！真倒运！再说再说！没天明就起身走,这样大雾的天！有酒先打上两壶！……"那来的人背着一件长衣,空着双手,脸色很仓皇地在说。

"屋里快烧两壶酒来！顾二哥又回来了,等着用,……快!"老主人颤巍巍地立起来。

他猜不出好说笑的顾宝是为了甚么急事这样匆忙。他每年从海码头上来挑着鱼担,或是给人推车子,总是唱着山歌,或是吸着极贱的卷烟。但这大清早却变成一个突兀奇异的来客了。

在酒味与烟气的薰蒸中,老主人问了:"你去了这几天是过海送他们去吧？——你甚么事这么忙？……"

"不！……不是送他们过海,时运不好,送葬呢！甚么事都有！——你没听见说?"顾宝连连的倒着方开的白烧。

“怎么？——给谁送葬？甚么事？……”老主人惊奇地追问。

“甚么……丸出了事啊！”

“落了难吗！没，——没听见说！那不是小火轮吗？还能失事？奇怪！淹死了多少人？多早晚的事？——这两天没人来走回路，简直一些消息也不得听见。”老主人似乎罣念着一点心事。

“完了！你看见那……那可怜的理发匠与他的妻子，全完了！”顾宝带着愤愤的口气接连着喝了几口白酒。

“怎么！……也在遭水难的一起！”老主人早明白其中的情形。

“事也凑巧！偏偏他们那天到的，第二天坐的这只混账的外国船！好！出了码头还不到两个钟头，只剩下那船的烟囱在海水上面漂动！……”

“可怜，可怜！他们哩！——遇救了不？……”老主人几乎是口吃般地急问了。

“遇救！也有！他那个八岁的孩子，幸亏一只那国的潜水艇放下去的早，——听说上头人载得多了，理发匠上不去，便把擎在手里的孩子丢上去！——这是那未死的他那同船的人说。也许鬼神有点好报应！可是他的尸首并没处找了！他的老婆还死抱着小的孩子，在T岛小港上陈列着。——因为她在舱里出不来呢！”

“那末你也去过吗？”

“我因为在红石崖想买点货物带回家去，耽搁了一天，甚么事都知道。我在第二天的清早又坐了舢板到T岛去看那只沉船与男女的尸首，并且为了邻里和朋友的关系去探问一番。”

“那，……他的活着的孩子？……”老主人被骤然的惊吓与悲悯的感情所打击，便不自知地将黄竹烟筒从右手里落在地上。

“就是为他，说不了现在成了理发匠的孤子了！我去看过他娘的尸体之后，才打听明白这孩子已被救济会收养去了。——我幸亏地方熟，便找到了他。在几个命大的苦孩子中间，似乎变成痴子了！他不知道他爹沉没在波浪里，也不知道他娘在海岸上抱了他那死弟弟正同秋日的蝇子作伴。他说话也不明白，肚里也不知饥饱，这一定是脑子里受了重伤，看来虽是活着，还不晓得能治好不能！……”他说着两壶白烧已经吃了一多半了。

“他呢？——现在在那里？”

“救济会里！因为我一个生人，不让带回，并且说还有甚么抚恤洋须得他伯伯来领，连钱领着。这么，我昨天晚上又下船，预备明天到家，向理发匠的哥哥报告，教他去领孩子。”

暂时的沉默，在这尖风吹动旷野的茅棚下，两个人都感到无限的凄惶。流云在空中似乎时时来窥探人间的不幸。顾宝一面大口嚼着粗面饼，一面仰头看着皱纹重叠的老主人的脸。“运气！然而那只外国船真看得中国人比狗还贱！那么小，那么小的船只载上四五百名的搭客，自然就会往下沉，况且还有风浪！……我向理发匠何尝不告诉这一点，他又不舍得船票钱，……咳！老店东！你待怎么说！不过横竖一样，不冻死，饿死，烧死，究竟还得淹死！这真是他的命该如此！——然而那外国船上的人员偏偏一个没死！他们格外会泅水吗？真有点奇怪！……”

老主人这时却将思想推远了，他断定这是“用夷变夏”的小结果。若是红石崖没有可恶的小火轮来，也许舢板不会沉在海里；就使沉落也不能淹得这么凶。因为要得到他心中断论的确据，他便更进一步问了。

“到底淹死多少人？”

“听说是快四百口！男的，女的，都有。还有找不到尸首的，我来时还在有人打捞。——但这全是由沂属来的难民。也有在家里很富裕的，只是‘难民’罢了。从多少地方来，奇怪！就会注在一本生死簿上！”

老主人弯腰拾起烟筒没答话，然而他心中又作断论了：“末世的劫数了！”他不禁摸摸自己的花白胡子，这是联想到他也是一生的末世了。一阵酸楚的意念从鼻腔酸到眼角，模糊的老眼中浮动着失望与龙钟的悲哀的两滴清泪。

当顾宝匆匆地用过早餐要起身赶路的时候，老主人却忽然记起一件重要的事，便郑重地道："你嘱咐他，——死者的哥哥领那个孩子回家的时候从我这里走。这可以吧？并不背路。"

"可以一定。还从你这里走。"顾宝将长衫重行背在肩头，"怎么你老人还忘不了那个好捉蚱蜢的苦孩子？"

"因为，……是的，他不是正同我那个二孙儿一样大！……"他话没说完，顾宝的后影已经掩映在几棵槭槭作声的大柞树前面了。

十六，十，二二。

（原载《小说月报》第十八卷第十一号，一九二七年十一月）

## 庐隐

# 一封信

冬天的日子实在太短,现在太阳只露着些微弱的残照,射在玻璃公司的黑烟筒上,一闪一闪的放光;屋子里也渐渐黑上来,但那火炉里熊熊的火光,却照耀着地毡现出一片红润;我坐在炉边一张卧椅上,四面沉寂的空气围绕着我,差不多要睡着了。

铛锒锒一阵电话铃响,我就赶忙走过去接了,原来是我的朋友王彝西的电话,约我到她家里参观她们的家庭康乐会的成立会,我很高兴的答应了,披上围巾,戴上手套,叫了一辆车子,约有一刻钟就到了。许多来宾已经都坐在礼堂里,我进去也照样的坐下,恰好才开会,她的兄弟克逊报告了开会的宗旨——建设新家庭为改造社会的基础——跟着就是她小弟弟仕予,年纪只有七岁,也有一篇很明了恳切的演说,满屋子鼓掌的声音,劈拍劈拍响个不休;后来她们姊妹三人又有一个很美丽的跳舞,约有一点钟这会开完了。来宾出了礼堂,散在各屋子,三五成群的谈笑,我就和彝西还有几个同学围着炉子成一个半圆圈坐着,大家说故事猜谜;热闹极了;在这个个人快愉充满心田的景象中,忽然我心里起了一个念头,因问彝西道:"清漪有信来吗?"彝西听了这话并不答言,凝神从她衣袋里拿出一封信来,我心里很急,等不到她递给我,早就夺过来了。文宣她们也急着要看,因而我就把这封信高声念了出来,下面的话,正是清漪说的:

"我亲爱的老友彝西:我们又有两个礼拜没通信了——因为

没甚么可告诉你的话，所以也就不写，昨天我忽得到一件很可怜的消息——这个你应该也是这样想；前几个月，你到我家里来，梅生不仍旧是一个很活泼天真的小女孩子吗？我想你总能记得她今年只有十五岁；但是她是一个很微弱可怜的小羊，她的母亲没有能力保护她，因为没有饭和衣服，使她很活泼的生长，所以当她十二岁的时候，就常到我家里帮她母亲作活，——她母亲在我家佣工差不多够八年了——那时候我就很爱她，每逢我有空的时候，常常教她认字；她很聪明，一双漆黑明亮的眼珠，你不是也称赞过她吗？我很佩服你的眼光，她实在是一个天才！

"我曾记得有一次，从学堂里回来，抄了一个很好听的唱歌，我就和着钢琴唱了两遍，她在旁边凝神听着，等我唱完了，她笑嘻嘻和我说她也愿意唱这个歌，要我教她，我想她通共只认了不到二百个字，怎能唱这歌呢？我就告诉她说：'你没有这个能力，等过些日子再教你；'她听了这话很不高兴，后来她再三说她要试试看，我没法子，就教了她一遍，老友！你猜怎么样？她竟唱出来了！如此的才质我真没有多见呢！

"我自从知道了梅生的天才，我格外的喜爱她，这时候我家里曾请一个先生教我弟妹，因也叫梅生和他们一齐念书；她的精神益发畅快活泼，一直这样过了两年，她已经是十四岁了。她的母亲因为要到乡下看她外祖母去，也要把她带回去，过了一年萧妈仍旧到我家来，但是梅生竟没同来，我心里很奇怪就问她，萧妈还未答言，已经先哭了！

"呀！老友！可怜的历史，就从此开始了！

"萧妈哭了半天，才断断续续的说道：'小姐！梅生……死……死了！……哝！'

"我听了这一句话，心里不知是苦是愁！呀！老友！一个人若是忽然听见她夙昔所爱的人好好的便死了；这不是一件很伤心的事情吗？……

“但是梅生到底为甚么死的呢？我不能不追问；后来听萧妈说，才知道梅生因为她外祖母病了，没钱买药，和他们庄子上陈大郎借了二十块钱，陈大郎本是一个‘为富不仁’的恶棍，他看见梅生就起了不良的心，所以才把钱借给她！

“老友！你想乡下人知道甚么？何曾知道因这有限的二十块钱，便把个可爱的孩子——或者将来的天才——送掉了！

“有一天晚上，濛濛的细雨。把个村庄浇得非常湿润，在村子东头有一间小茅屋，外面的篱笆墙已经倒了一半，茅屋的土墙也破了一个洞，从这洞里，露出一线黯淡的灯光，射在那棵小枣树的树枝上，树枝被风吹得上下飘宕，隐隐约约好像是一个美人在那惨绿灯光下跳舞似的。这时候屋子里发出一阵呻吟的声音，一个七十多岁的老媪，睡到木板床上，这上头除了一捆稻草和一床又薄又破的被窝以外，没有别的。一个中年妇人，坐在这老媪的床沿，‘愁眉不展’脸上露出无限愁苦憔悴的形状，不住用手替睡在床上的老媪，在胸口上不住的摩挲，屋角有一个三脚破炉，上头斜放着一个沙吊子，那炉子里有几块烧残的煤球，还有些许火气，旁边站着一个满身褴褛的女孩子，面上黑灰涂满了，但是她那明亮的眼珠，和雪白的牙齿，红润的嘴唇，苦闷，肮脏，却掩不住她的秀媚聪明！

“这时候忽听中年妇人轻轻的说道：

“‘梅生呀！这屋子露风，……外婆怕吹，你想个法子把他补上罢！’

“老友！你看到这里，应该很明白这屋里的老媪。就是萧妈的妈；中年妇人就是萧妈了，至于那个可爱的女孩子，除了梅生还有谁呢？呀！可怜呵！老友！梅生的外婆年纪很大，况且又没钱调养，所以不到十几天，这个‘睡病呻吟’的老媪，便两眼一闭，七十五年的岁月，就此结束了！

“梅生外婆死的时候，身上只有一件很薄的棉袄，和一条破旧的棉裤，此外除了一张破桌子，和一个三脚火炉沙吊子，更没有甚么。现在人虽死了，药钱可以不必再费，但是埋葬的一笔款怎么样呢？先借陈大郎的十块钱，早就用得精光，萧妈左思右想，也想不出一个好法子来，末后还是托人向陈大郎又借了十块钱，买了一口薄棺材，把老媪装起来，葬在义冢上，萧妈的心事才算完了。但是借陈大郎的钱又怎么还呢？

“老友呀！我知道你必定也要发这个疑问。

“梅生这天一早起来，一轮红日正射在这茅屋上，屋子里立刻明亮了；梅生帮着她妈收拾床上的稻草，和扫净地上的灰尘；萧妈坐在床上包他们几件已经破了的衣裳；预备第二天早上回北京。这时候忽听见篱笆旁的一个老黑狗汪汪叫个不住，梅生掀开那破穴上补的纸向外看望，只见一个年约三十八九岁的男人正向里走……一直走到屋里。

“‘阿唷陈老爷你来啦？……怎么好？钱！’

“‘钱啊？日子真好快，眼看又到了秋天收获的时候了。佣人割粮食，正等着用钱呢！’

“老友呀！你想萧妈她一年到头的辛苦，只有三十多块钱的进项，她吃饭穿衣那一样少得了钱？一时那有二十块钱拿出来还人家呢？我听萧妈说到这里，很替她为难！你觉得怎么样？

“过了两天庄上的刘二——陈大郎的管家——又来了，立逼着萧妈还钱，并且不只二十块，连本带利二十五块呢！她有甚么法子还？只好再三再四的恳求陈大郎暂宽些时；但是陈大郎本居此为奇货，又怎能放松她们呢？后来陈大郎竟越发狠起来，他说若是不还钱，就要到县里去打官司。可怜萧妈吓得只是发抖。

“老友你应当知道，法庭待乡下人是甚么样？那一群如狼似虎的衙役，和可怕森严的公堂；什么人见了都要胆寒。

“萧妈她自然不敢去了！但是陈大郎的目的达到了！……

“老友，穷人真是可怜呢！……甚么是世界，简直是一座惨愁怨苦的地狱！

“在一天下午，庄南那所高大青砖瓦房，东边上屋里，一个年纪三十多岁的妇人，脸上的脂粉涂得极厚，把本来青黄色的皮肤，都遮过了；但那干枯细长的皱纹，反被粉衬得格外显明；一双狠毒而嫉妒的眼珠，露着逼人的凶光；穿着一身花缎的衣裤，盘脚坐在床上，床中间放着一份抽大烟的器具；烟杆上还留着抽余的烟灰；这时候门外走进一个三十左右的男人，头上戴着瓜皮小帽，身上穿着一件蓝布大衫，像是听差模样，向这妇人道：‘太太那件事情已经打听着了，大约老爷的意思太太总是知道的，小人不敢胡说。’

“这妇人很愤恨的大声说道：‘死不长进的老货！……她现在到底在那里？赶快把她带进来！’

“仆人应了一声‘是’退出去，没有五分钟的工夫带进一个人来，眼中充满了泪水，映着太阳亮晶晶发出愁苦惧怕的光来；两条腿索索地抖个不住！低着头跟这仆人向里走，才一进门，这妇人睁大了她那赛铜铃的眼珠，把这个微弱失去保护的小羔羊，上下打量个不住！末后忽听她从鼻子里‘哼’了一声道：‘模样倒还妖精似的，怪不得惹得他——那个恶鬼——千方百计弄了来！好呀！我可叫你们安生呢！’

“末后这妇人自言自语的说了半天，她的气越说越旺，竟厉声向梅生道：‘你既到了我这里第一要知道规矩，早上天没亮就得起来，扫院子，烧火，预备开水；晚上伺候着我们都睡了才许你睡，没得我的话，不准和别的人说一句话，或出这屋子一步，晚上就拿张板凳在门后头搭铺睡觉……这些话，都听见了没有？’梅生吓怔了，不知要说甚么？这妇人看她不应，走过去，伸出手来，狠命在她左右颊上打个不休；牙血，和鼻血染了她的大襟和脸上，斑斑点点好像开残的桃花落片，但这妇人怒气还没消，听梅生痛哭，益发火上加油，从床底下拿一块棉花塞住她的嘴，从墙上摘下一根藤鞭，用力毒打！

“老友呵！可怜她细嫩的皮肉上，怎经得起这无情的‘夏楚’

呢？我写到这里，我的眼泪已经不能安份在泪胞里存着，竟'夺眶而出'了，你也有同情吗？"

我把这封信念到这里，我的心跳起来；我的眼泪充满了眼眶，遮住了瞳人，我竟不能再往下念了，彝西和文宣她们，也低下头不说甚么，这时候屋子里十分沉静，只听见风吹树枝，刷拉刷拉的响，和远远狗叫的声音罢了！停了好久，我又续着念下去：

"梅生遭了这顿毒打，竟痛得昏沉过去，第二天满身都露着青紫的伤痕，和浮肿；活泼的眼睛也失了清莹皎洁的光；眼皮肿了起来，像两个核桃似的。

"萧妈听了这个消息，赶紧跑到那里，但陈家的仆人不许她进去，她没能力反抗，站在门口痛哭了一阵，自己回去了！

"过了几天，陈家后院厕所旁边，有一间矮小的破屋子，窗格子已经被风打得斜在一边，从这窗户看进去，很模糊，看不见甚么，因为太阳已经下山了，但那细弱的呻吟声，和惨凄的哭声，却顺着风吹过来，末后在这呻吟声中更夹一种哀厉的呼声'妈呀！……痛……天啊！'喊了许久，但是没有一个人应她，或安慰她！若有，只是那冥冥中的上帝罢了！

"哀号的声音，渐渐微弱，还余着些许断续的呻吟声，如此支持了一夜，直到第二天的阳光重照到这个破屋子来的时候，那微弱的小羔羊面上露着笑容，因为她已经离开这污浊世界，人间地狱，到极乐园去了！

"老友！梅生的结果就是如此了！我所要告诉你的，也就由此告一段落，但是老友！你对于这段悲剧觉得很平常吗？……我心里不知为什么，好像有一种东西填住了我的气管似的，我实在觉得不平！……这或许是我没有多经验，你以为怎样呢？……可是你再来我家的时候，永不能见那个聪敏可爱的小孩子了！只有她的影子，和她的命运，或者要永久存在你脑子里，因为这是很深的印象！再谈！"

我把这封信念完了。大家仍旧沉默，回想前一点钟彝西姊妹兄弟开会的乐趣，大家不能再愉快，因为愁苦的同情充满了大家的心田！

铛，铛，铛，壁上的钟一连响了十下，这才觉得时候已经不早，遂都分途回去；我也坐了车子，趁着昏沉的夜色，映着几点的疏星，冒着寒风晚雾回来，到了家里，这个很深的印象，仍不住在我脑子里回旋，直到现在！……

（原载《小说月报》第十二卷第六号，一九二一年六月）

# 两个小学生

国枢今天早晨绝早就起来了。月儿的倩影还隐约云端，偷窥世人未醒的酣梦呢！他急急穿好衣服，也顾不得吃点心，背上他的小书包——里面装着昨夜他亲爱的母亲替他预备的饼，和鲜黄色甜美可口的鸡蛋糕；还有红如胭脂的苹果——他含着微微的笑容；轻轻走出街门，向东约走一里多路，他便站在一家红漆大门前面；用小手轻轻拍了两下：呀的一声门开了；一个年纪和他相仿佛的孩子，也含着微微的笑容，愉快的眼光，走上前来，拉着国枢的手，两人并肩走到靠西边的一间书房里去。国枢带着喜悦和惶恐疑惧的余情，轻轻问他的小伴侣道："坚生——你母亲没有拦阻你吗？"

"可不是吗！我几乎急得要哭了，后来还是我姊姊说也去，母亲才答应了！你呢？……"

国枢听坚生问他，含着笑道："我也是和你一样；母亲起先一定不许我去，她说：'这么点小孩子，也学管那些事；请甚么愿？倘若闯出祸来，岂不是白吃亏吗？没的吓得爹妈的心都碎了！'我没有话说，但是我就急得哭起来了！我爹爹想了半天才说：'他们学生去请愿，按理说只有有效没效罢了。断不至有甚么意外的祸事，他既是一定要去，也就让他去，小孩子们也应该使他们锻炼锻炼。'我母亲这才没说甚么，末了又嘱咐我早点回去，……我还怕她今天早起又许翻悔，不叫我去，所以我一早就出来了，也没告诉她呢。"

坚生道："我们今天去了，不知总统答应我们的要求不答应呢？……现在快七点了，我们快去吧！你看这天上的雨还没止住，母亲要是知道一定不叫我们去呢!”

“对啦！我们赶紧走吧!”

说着他们俩手牵着手走出大门,天上布满着阴云,雨点如联珠般淅淅沥沥落个不止;他们两个并无些许畏怯的样子,活泼泼地支着一把雨伞往前走去:脚底下沾满了滑泥,几次要滑倒,但是他们互相牵扯着,才没有摔下去。

几个他们的同伴,从远远走过来了,彼此含笑取下帽子行了早晨见面的礼:络续着走向白色粉墙那边一个黑油漆大门里去,大门的两旁还挂着两块五尺长的木板,写着北京公立第二高等小学校字样,他们进去了。但见满院里站满了他们的同学,正在乱糟糟搬运白纸小旗,见他们俩进来了,很欢迎地叫道:“呀！你们来了,好呵!”说着递过两面旗子来,他们接了旗子,见大家都按着秩序,排起队伍来,也就赶紧插进队中,一个稍大的学生——他们的代表,站在高台阶大声的说道:“今天我们大家为了教育的前途,都抱着绝大牺牲去和政府请愿,但愿诸位亲爱的同学,还要有坚持到底的精神,人人不要露出畏怯的气象,并且在街上走的时候,大家更要保持好秩序,现出我们学生无上的尊严。”

他的话说完,仍回到队中,这时候大家脸上都露出勇敢庄严的样子来,在他们队伍的前面,那一个年纪最小的汴忱,披着满肩的黄黑色的头发,挺直胸膛,含着微微的笑容,头也不回地跟着大队前面两个拿旗子的学生向前去。现在走到转弯的地方了,国枢一眼正看见他那小同学尊严的样子,立刻受了暗示,更直起他们的身体,放齐他们的脚步。

不久他们的目的地到了,那金字辉煌的高等师范学校的匾额已在面前,他们益发振起精神,用整齐和谐的脚步向操场里面去,忽听见耳旁刷刺,刷刺的声音,好似风吹落叶那般清脆,眼前一片白旗,上下飞舞,有如穿花蝴蝶活泼而踊跃,这就是所有的学生,欢迎他们的小朋友的诚意;他们脸上都含着笑容,但是无论他们怎样的伪饰，那一种深藏灵府的惨愁悲愤的情绪，仍旧不时的流露出来；看着他们纯洁无瑕的小朋友，满身淋着无情的愁雨，沾着泞腻的污泥，衬着他们时时振作活泼的精神，益发使他们灵魂上感受一种委屈难伸的苦痛，大家不约而同的寂静了，只听见微微地叹息声，在空中回旋萦绕，含着无限悲哀恻怨的味道。

哨子响了，大家都预备着进发，于是踏踏地脚步声充塞在空气里头，大队直向西长街公府门口走去，街上过路的人，看了这个大队——冒雨前进的大队，不禁受了一种暗示，竟停止他们的脚步，忘了他们所急要作的事，只是怔怔地站在那里——无限怀疑的表示，有的和他的同伴说："这不知又为了甚么事呢？这些个学生们究竟也想不开，放着优游行乐的地方，不去开心，却来这大雨底下淋着，莫非说他们这么作，就能感动那衣冠禽兽的什么……这些孩子们更是无辜受罪了！"国枢听了那人的话，不觉抬头对他望望，只见那人眼圈红着，眉峰皱着，似乎要哭的样子，自己也不知道为甚么，就觉得鼻子一酸，落下泪来。坚生一回头，正好看见，不知甚么缘故，因轻轻地扯他的手道："是不是冷了，肚子痛吧！"国枢喉咙里哽咽得不能回答，只是摇摇头，坚生正要再往下推究的时候，不提防花拉一声，两人都吓怔了。

公府面前那两扇大铁门，现在闭得紧紧的——适才惊人的声响，就是这个拒绝公道的铁门作他胜利的快鸣呢！——一队队的黄衣卫兵，和警察，层层叠叠地站满了公府的门前，凶狠狠地对着这些手无寸铁的学生，就好似身临十万雄兵大敌似的，——他们聚精会神的各处调派救兵，后盾埋伏，煞费苦心呵！但是学生们为了公理而来，公理就是他们唯一的兵器，对着这些——兵士和武器，他们并不畏怯，停止在公府的门口，冀得公理战胜最后的胜利。

他们现在不前进了，虽是助威的淫雨，冷峻的气焰时时刺激他们的皮肤，僵冷他们的热血，他们绝不退后一步，就是那小小的国枢，和坚生也只紧紧互握住他们的手，抵抗天公的恶作剧。两只黑漆似的眼睛,不住望着他们自己所委任的代表,表示一种坚决诚挚的样子,希望他们能得到圆满的结果,但是铁门紧紧闭住,没有一点同情的卫兵,安能了解他们这些孩子们赤心热肠呢？他们只明白他们每月是有八块钱的薪水,这是他们的主人——唯一的主人的恩典赏给他们的,他们才能不委身沟壑,并且还能作威作福欺压他们的同类,他们得到这许多利益,怎能不格外感激他们的主人呢？至于这些学生们,究竟算得了甚么呵！他们这么想着,益发觉得他们的恩人的可感,这些学生可恶了！所以他们的面容,越变越凶,国枢和坚生的手也越握越紧,他们不能更矜持了。恐怖的神已经打破他们紧闭的心门,闯入占住了,他们嫩弱的心灵几乎碎了！他们的面色渐渐失掉红润,转入苍白而黯淡了！

“他们不开门,怎么办呢?”国枢低声和坚生说;坚生摇摇头不回答甚么,只是踮起脚来,看着那许多欲入不得站在门口焦愁满面的代表,叹了一声,紧紧握住国枢的手道:“咦！怎么好?”国枢禁不住打了一个寒战;彼此对看着发闷,如是的过了两点多钟,一些办法也想不出来了！

远远地一队人也向这边来了,手里也拿着白色旗子,但是国枢和坚生望过去,这些来人,没有和他们一般大的同伴,只是有胡须和他们父亲和叔叔相仿佛的人们,他们不明白到底是谁。“呀！那不是我们的吴老师吗?”坚生一壁嚷着,一壁禁不住手舞足蹈起来了。适才的满面愁容,顷刻都洗刷干净。又见自己队里的同伴,各个人都举起旗子,正如早晨欢迎他们的一样。这时候人声嘈杂,国枢和坚生也不觉跟着“哈拉,哈拉”的乱叫;这队人渐渐走近总统府那座铁门前面了,但这两扇门仍旧关得一条缝都没有,只听见一声“往前进呵!”果见人头攒动,一齐向前蜂涌而进,国枢和坚生和他们的小朋友也一齐向前拥进;但是还没走上两步,只听见哝呀哭叫的声音,把这愁闷的空气,更一变而为惨凄悲痛的空气了。

国枢和坚生正在往前走,前面的人忽一齐向后退,后边的人不提防被这一挤，更加着满地的滑泥，都滑倒地上，这两个可怜的孩子也不能幸免了！国枢摔在路旁，头部碰伤，鲜血被面，一时支持不住昏晕过去，及至清醒过来，抬头向前一看，但见适才那些如虎狼的卫兵，举着枪杆刀靶，不分头面，对着他们的教师，和同学，正在乱砍哪！刹时间哭声震天，鲜血湿透了他们的衣服，更流到地上和泥水渗和得暗红刺目，国枢正看到心碎魂越的时候；忽听见一声凄苦的惨叫："国枢！好痛呵！"国枢一吓回头一看，隔他约有十步光景，他亲爱的小朋友坚生，满面鲜红的血倒在那一堆的泥水里，愁苦的形状，把国枢的心刺碎了，一声哀叫又昏过去，任他的朋友怎样呼救，他也不曾知道呵！

行路的人，看了这两个小学生——可怜的孩子，万分的凄惨，都赶紧回过头去，偷拭他们同情的辛酸泪，不忍再看那两个孩子了。

这时候的雨，仍是沛然未息，新华门一带已变作血肉横飞的战场，什么人民代表的总统府的尊严，早已烟消云灭，不知去向了！便是那不懂人事的苍天，也把那助威的淫雨，化作悲惨哀悯的痛泪，滴在那些被黑暗压制，有怀莫伸的学生们身上，作深情的慰藉和洗刷了。

这绝大的惨剧——摧人肝胆的惨剧，和那两个小学生的哀呼，便是"不仁"的天地，也不忍目睹了！现在已是背过他光明的脸，露出那黑暗沉沉的背影来，惟有那三层楼上一间小屋子里，露出些微黯淡的灯光；夹着两个孩子呼痛和呻吟的悲声，从那窗隙里送了出来。

"唳！这些孩子们，永远不肯听话！他们的任性，只是苦了无数作母亲的心！"

"谁说不是呢？我早就说，不用去，去了也没有用处！他们这些大人那有工夫来理你们这些无力无财的秀才，他偏不听，还有他爹纵着他，说甚么请愿是法律应许的行为，不能干涉啦，我也不知道这些，自然让他去了……现在果然闯出这么个大祸来，还说甚么法律呢？……这孩子真不叫人省心！养活了这么大，也不是容易！……倘若有个好歹……嗳！那便怎么……”

她伤心泪哽住喉咙不能再往下说了！那一个母亲也禁不住伤心，她们的话头断了，只是呜咽的哭声破了夜的沉寂。

微弱的呻吟声，打断她们的哭声，一个小孩子巍颤颤的声音叫道：“娘呵！……那边的兵又拿着刀，砍破坚生的头了，嗳呀！……怕呵！”说着不住用手摸着他头上包的那块白布，脸上露出极可怜恐惧的颜色——灰白而惨淡！

他母亲带着哭声安慰他道：“国枢呵！你醒醒吧，不用怕。娘在这里看着你呢！坚生也在这里，没有人来打他，你放心呵！”

国枢果睁大了眼睛，对着他慈爱的母亲的脸上望着道：“娘呵！你为甚么哭？他们的心比石头还硬呢！哭是没用的，那两扇门是永远不开的呵！……”

坚生这时清醒了，听见国枢的话，一阵心急，竟哭道：“呵！那门永远不开吗？……娘呵！怎么办？”说着握着他母亲的手不住的流泪，两个母亲看见两个孩子可怜的样子，忍不住把住他们的头，悲悲切切地哭作一团。

惨凄的哭声，刺碎了全医院的病人的心，无数同情的叹声，和那母子的血泪，衬出无限夜的苍凉，和世界的黑暗来！

（原载《小说月报》第十二卷第八号，一九二一年八月）

# 或人的悲哀

亲爱的朋友 KY：

我的病大约是没有希望治好了！前天你走后，我独自坐在窗前玫瑰花丛前面，那时太阳才下山，余辉还灿烂地射着我的眼睛，我心脏的跳跃很利害，我不敢多想甚么，只是注意那玫瑰花，娇艳的色彩，和清润的香气，这时风渐渐大了，于我的病体不能适宜，媛姊在门口招呼我进去呢。

我到了屋里，仍旧坐在我天天坐着的那张软布椅上，壁上的相片，一张张在我心幕上跳跃着，过去的一件一件事情，也涌到我洁白的心幕上来，唳！KY，已经过去的，是事情的形式，那深刻的，使人酸楚的味道，仍旧深深地印在我的脑海中，渗在我的血液里，回忆着便不免要饮泣！

第一次，使我忏悔的事情，就是我们在紫藤花架下，那几张石头椅子上坐着，你和心印谈人生究竟的问题，你那时很郑重的说："人生那里有究竟！一切的事情，都不过像演戏一般，谁不是涂着粉墨；戴着假面具上场呢？……"后来你又说："梅生和昭仁他们一场定婚；又一场离婚的事情，简直更是告诉我们说：人事是作戏，就是神圣的爱情，也是靠不住的，起初大家十分爱恋的定婚，后来大家又十分憎恶的离起婚来。一切的事情，都是靠不住的，"心印听了你的话，她便决绝的说："我们游戏人间吧！"我当时虽然没有开口，给你们一种明白的表示，但是我心里更决绝的，和心印一样，要从此游戏人间了！

从那天以后，我便完全改了我的态度；把从前冷静考虑的心思，都收起来，只一味的放荡着，——好像没有目的地的船，在海洋中飘泊，无论遇到怎么大的难事；我总是任我那时情感的自然，喜怒笑骂都无忌惮了！

有一天晚上，我独自坐在冷清清的书房里，忽然张升送进一封信来，是叔和来的。他说：他现在很闷，要到我这里谈谈，问我有工夫没有？我那时毫不用考虑，就回了他一封说：“我正冷清得苦；你来很好！”不久叔和真来了，我们随意的谈话，竟销磨了四点多钟的光阴；后来他走了，我心里忽然一动，我想今天晚上的事情，恐怕有些太欠考虑吧？……但是已经过去了！况且我是游戏人间呢！我转念到这里，也就安贴了。

谁知自从这一天以后，叔和便天天写信给我，起初不过谈些学术上的问题，我也不以为奇，有来必回，最后他忽然来了一封信说：“我对于你实在是十三分的爱慕；现在我和吟雪的婚事，已经取消了，希望你不要使我失望！”

KY！别人不知道我的为人，你总该知道呵！我生平最恨见异思迁的人，况且吟雪和我也有一面之缘；总算是朋友，谁能作此种不可思议的事呢？当时我就写了一封信，痛痛地拒绝他了。但是他仍然纠缠不清，常常以自杀来威胁我，使我脆弱的心灵，受了非常的打激！每天里，寸肠九回，既恨人生多罪恶！又悔自家太孟浪！唳！KY！我失眠的病，就因此而起了！现在更蔓延到心脏了！昨天医生用听筒听了听他说很要小心，节虑少思，或者可以望好，唳！KY！这种种色色的事情，怎能使我不思呢？

明天我打算搬到妇婴医院去，以后来信，就寄到那边第二层楼十五号房间；写得乏了！再谈吧！

你的朋友亚侠　六月十日

亲爱的KY：

我报告你一件很好的消息，我的心脏病，已渐渐好了！失眠也比从前减轻，从前每一天夜里，至多只睡到三四个钟头；就不能再睡了。现在居然能睡到六个钟头，我自己真觉得欢喜，想你也一定要为我额手称贺！是不是？

我还告诉你一件事；这医院里；有一个看护妇刘女士，是一个最笃信宗教的人，她每天从下午两点钟以后，便来看护我，她为人十分和蔼，她常常劝我信教；我起初很不以为然，我想宗教的信仰，可以遮蔽真理的发现；不过现在我却有些相信了！因为我似乎知道真理是寻不到，不如暂且将此心寄托于宗教，或者在生的岁月里，不至于过分的苦痛！

昨天夜里，月色十分清明，我把屋里的电灯拧灭了；看那皎洁的月光，慢慢透进我屋里来；刘女士穿了一身白衣服，跪在床前低声的祷祝，一种恳切的声音，直透过我的耳膜，深深地侵进我的心田里，我此时忽感一种不可思议的刺激，我觉得月光带进神秘的色彩来，罩住了世界上的一切，我这时虽不敢确定宇宙间有神，然而我却相信，在眼睛能看见的世界以外，一定还有一个看不见的世界了。

我这一夜，几乎没闭眼，怔怔想了一夜，第二天我的病症又添了！不过我这时徬徨的心神好像有了归着，下午睡了一觉，现在已经觉得十分痊愈了！马大夫也很奇怪我好得这么快，他说：若以此种比例推下去，——没有变动；再有三四天，便可出院了。

今天心印来看我一次，她近来颜色很不好！不知道有甚么病，你有工夫可以去看看她，大约她现在徬徨歧路；必定很苦！

你昨天叫人送来的一束兰花；今天还很有生气，这时他正映着含笑的朝阳，更显得精神百倍，我希望你前途的幸福也和这花一样灿烂！再谈，祝你康健！

亚侠　七月六日

KY 吾友：

我现在真要预备到日本去找我的哥哥，因为我自从病后便不耐幽居，听说蓬莱的风景佳绝，我去散散心，大约病更可以除根了。

我希望你明天能来，因为我打算后天早车到天津乘长沙丸东渡，在这里的朋友，除了你，和心印以外，还有文生，明天我们四个人，在我家里畅叙一下罢！我这一走，大约总要半年才能回来呢！

你明天来的时候，请你把昨天我叫人送给你看的那封心印的信带了来，她那边有一个问题，——“名利的代价是什么？”我当时心里很烦，没有详细的回答她，打算明天见面时，我们四个人讨论一个结果出来，不过这个问题，又是和“人生究竟的问题”差不多，恐怕结果，又是悲的多，乐的少，唳！何苦呵！我们这些人，总是不能安于现在，求究竟，——这于人类的思想，固然有进步，但是精神消磨得未免太多了！……但望明天的讨论可以得到意外的完满就好了！

我现在屋子里乱得不成样子，箱子里的东西乱七八糟堆了一床，我理得实在心烦，所以跑到外书房里来，给你们写信，使我的眼睛不看见，心就不烦了！说到这里，我又想起一件事了。

KY！你记得前些日子；我们看见一个盲诗人的作品，他说：“中午的太阳，把世界和世界的一切惊异，指示给人们，但是夜，却把宇宙无数的星，无际限的空间，——全生活，广大和惊异指示给人们。白昼指示给人们的，不过是人的世界，黑暗和污秽。夜却能把无限的宇宙指示给人们，那里有美丽的女神，唱着甜美的歌，温美的云，织成洁白的地毡，星儿和月儿，围随着低低地唱，轻轻地舞。”这些美丽的东西，岂是我们眼睛所能领略得到的呢？KY我宁愿作一个瞎子呢！倘若我真是个瞎子，那些可厌的杂乱的东西，再不会到我心幕上来了。但是不幸！我实在不是个瞎子，我免不了要看世界上种种的罪恶的痕迹了！

任笔写来，不知说些什么，好了！别的话留着明天面谈吧！

亚侠　九月二日

KY呵!

丝丝的细雨敲着窗子,密密的黑云罩着天空,澎湃的波涛震动着船身;海天辽阔,四顾苍茫,我已经在海里过了一夜,这时正是开船的第二天早晨。

前夜,那所灰色墙的精致小房子里的四个人,握着手谈着天何等的快乐?现在我是离你们,一秒比一秒远了!唳!为什么别离竟这样苦呵!

我记得:分别的那一天晚上,心印指着那迢迢的碧水说:"人生和水一样的流动,岁月和水一样的飞逝;水流过去了,不能再回来!岁月跑过去了,也不能再回来!希望亚侠不要和碧水时光一样。早去早回呵。"KY这话真使我感动,我禁不住哭了!

你们送我上船,听见汽笛呜咽悲鸣着,你们便不忍再看我,忍着泪,急急转过头走去了!我呢?怔立在甲板上;不住的对你们望,你们以为我看不见你们了,用手帕拭泪;偷眼往我这边看,咳!KY这不过是小别,便这样难堪!以后的事情,可以设想吗?

"名利的代价是什么?"心印的答案:是"愁苦劳碌"。你却说:"是人生生命的波动;若果没有这个波动,世界将呈一种不可思议的枯寂!"你们的话在我心里;起伏不定的浪头,在我眼底;我是浮沉在这波动之上,我一生所得的代价,只是愁苦劳碌。唳!KY!我心徬徨得很呵!往那条路上去呢?……我还是游戏人间吧!

今天没有什么风浪,船很平稳,下午雨渐渐住了,露出流丹般的采霞,罩着炊烟般的软雾;前面孤岛隐约,仿佛一只水鸦伏在那里。海水是深碧的;浪花涌起,好像田田荷丛中窥人的睡莲。我坐在甲板上一张旧了的藤椅里,看海潮浩浩荡荡,翻腾奔掀,心里充满了惊惧的茫然无主的情绪,人生的真象,大约就是如此了。

再有三天,就可到神户;一星期后可到东京,到东京住什么地方,现在还没有定,不过你们的信,可寄到早稻田大学,我哥哥那里好了。

我的失眠症，和心脏病，昨天夜里又有些发作，大约是因为劳碌太过的缘故，今夜风平浪静，当得一好睡！

现在已经黄昏了。海上的黄昏又是一番景象，海水被红日映成紫色，波浪被余辉射成银花，光华灿烂，你若是到了这里大约又要喜欢得手舞足蹈了！晚饭的铃响了，我吃饭去。再谈！

亚侠　九月五日

KY 吾友：——

我到东京；不觉已经五天了。此地的人情风俗和祖国相差太远了！他们的饮食，多喜生冷；他们起居，都在席子上，和我们祖国从前席地而坐的习惯一样，这是进化呢？还是退化？最可厌的是无论到什么地方，都要脱了鞋子走路；这样赤足的生活，真是不惯！满街都是吱吱咖咖木屐的声音，震得我头疼，我现在厌烦东京的纷纷搅搅，和北京一样！浮光底下，所盖的形形色色，也和北京一样！莫非凡是都会的地方都是罪恶荟萃之所吗？真是烦煞人！

昨天下午我到东洋妇女和平会去，——正是他们开常会的时候，我因一个朋友的介绍，得与此会；我未到会以前，我理想中的会员们，精神的结晶，是纯洁的，是热诚的。及至到会以后，所看见的妇女，是满面脂粉气，贵族氏的夫人小姐；她们所说的和平是片面的，就和那冒牌的共产主义者，只许我共他人之产，不许人共我的产。KY！这大约是：人世间必不可免的现象吧？

昨天回来以后，总念念不忘日间赴会的事，夜里不得睡，失眠的病又引起了！今天心脏，觉得又在急速的跳，不过我所带来的药，还有许多，吃了一些，或者不至于再患。

今午吃完饭后，我跟着我哥哥，去见一位社会主义者，他住的地方，离东京很远，要走一点半钟。我们一点钟，从东京出发，两点半到那里；那地方很幽静，四围种着碧绿的树木和菜蔬，他的屋子就在这万绿丛中。我们刚到了他那门口，从他房子对面，那个小小草棚底下，走出两个警察来，盘问我们住址，籍贯，姓名，与这个社会主义者的关系。我当时见了这种情形，心里实感一种非常的苦痛，我想这些，巩固各人阶级和权利的自私之虫，不知他们造了多少罪孽呢？KY呵！那时我的心血沸腾了！若果有手枪在手，我一定要把那几个借强权干涉我神圣自由的恶贼的胸口，打穿了呢！

麻烦了半天，我们才得进去，见着那位社会主义者；他的面貌很和善，但是眼神却十分沉着。我见了他，我的心仿佛热起来了！从前对于世界所抱的悲观，而酿成的消极，不觉得变了！这时的亚侠，只想用弹药炸死那些妨碍人们到光明路上去的障碍物，KY！这种的狂热，回来后想想，不觉失笑！

今天我们谈的话很多，不过却不能算是畅快；因为我们坐的那间屋子的窗下，有两个警察在那里监察着；直到我们要走的时候，那位社会主义者才说了一句比较畅快的话，他说："为主义牺牲生命，是最乐的事，与其被人的索子缠死，不如用自己的枪，对准喉咙打死！"KY！这话的味道，何其隽永呵！

晚上我哥哥的朋友孙成来谈，这个人很有趣，客中得有几个解闷的，很不错！

写得不少了，再说罢！

亚侠　九月二十日

KY呵！

我现在不幸又病了！仍旧失眠，心脏跳动，和在京时候的程度差不多。前三天搬进松井医院，作客的人病了，除了哥哥的慰问外，还有谁来看视呢！况且我的病又是失眠，夜里睡不着，两只眼看见的，是桌子上的许多药瓶，药末的纸包，和那似睡非睡的电灯，灯上罩着深绿的罩子，——医生恐光线太强，于病体不适的缘故。——四围的空气，十分消沉，暗淡。耳朵所听见的，是那些病人无力的呻吟；凄切的呼唤，有时还夹着隐隐地哭声！

KY！我仿佛已经明白死是什么了！我回想在北京妇婴医院的时候看护妇刘女士告诉我的话了；她说："生的时候，作了好事，死后便可以到上帝的面前，那里是永久的乐园，没有一个人脸上有愁容，也没有一个人掉眼泪！"KY！我并不是信宗教的人，但是我在精神徬徨无着处的时候，我不能不寻出信仰的对象来；所以我健全的时候，我只在人间寻道路，我病痛的时候便要在人间之外的世界，寻新境界了。

这几天，我一闭眼，便有一个美丽的花园，——意象所造成的花园，立在我面前，比较人间无论那一处都美满得多；我现在只求死，好像死比生要乐得多呢！

人间实在是虚伪得可怕！孙成和继梓——也是在东京认识的，我哥哥的同学；他们两个为了我这个不相干的人，互相猜忌，互相倾轧。有一次，恰巧他们两人，不约而同都到医院来看我，两个人见面之后，那种嫉妒仇视的样子，竟使我失惊！KY！我这时才恍然明白了！人类的利己心，是非常可怕的！并且他们要是欢喜什么东西，便要据那件东西为己有！

嗐！我和他们两个，只有浅薄的友谊，那里想到他们的贪心，如此利害！竟要作成套子，把我束住呢？KY！我的志向你是知道的，我的人生观你是明白的，我对于我的生，是非常厌恶的！我对于世界，也是非常轻视的，不过我既生了，就不能不设法不虚此生！我对于人类，抽象的概念，是觉得可爱的，但对于每一个人，我终觉得是可厌的！他们天天送鲜花来，送糖果来，我因为人与人必有交际，对于他们的友谊，我不能不感谢他们！但是照现在看起来，他们对于我，不能说不是另有作用呵！

KY！你记得，前年夏天，我们在万牲园的那个池子旁边钓鱼，买了一块肉，那时你曾对我说："亚侠！作人也和作鱼一样，人对付人，也和对付鱼一样！我们要钓鱼，拿他甘心，我们不能不先用肉去引诱他，他要想吃肉，就不免要为我们所甘心了！"这话我现在想起来，实在佩服你的见识，我现在是被钓的鱼，他们是要抢着钓我的渔夫，KY！人与人的交际不过如此呵！

心印昨天有信来，说她现在十分苦闷，知与情常常起剧烈的战争！知战胜了，便要沉于不得究竟的苦海，永劫难回！情战胜了，便要沉沦于情的苦海，也是永劫不回！她现在大有自杀的倾向，她这封信，使我感触很深！KY！我们四个人，除了文生尚有些勇气奋斗外，心印你我三个人，困顿得真苦呵！

我病中的思想分外多，我想了便要写出来，给你看，好像二十年来，茹苦含辛的生活，都可以在我给你的信里寻出来。

KY！奇怪得很！我自从六月间病后，我便觉得我这病是不能好的，所以我有一次和你说，希望你，把我从病时，给你的信，要特别留意保存起来。……但是死不死，现在我自己还不知道，随意说说，你不要因此悲伤吧！有工夫多来信，再谈。祝你快乐！

亚侠　十一月三日

KY：

读你昨天的来信，实在叫我不忍！你为了我前些日子的那封信，竟悲伤了几天！KY！我实在感激你！但是你也太想不开了！这世界不过是个寄旅，不只我要回去，便是你，心印，文生，——无论谁？迟早都是要回去的呵！我现在若果死了，不过太早一点。所以你对于我的话，十分痛心！那你何妨，想我现在是已经百岁的人，我便是死了，也是不可逃数的，那也就没什么可伤心了！

这地方，实在不能久住了！这里的人，和我的隔膜更深，他们站在桥那边；我站在桥这边；要想握手是很难的，我现在决定回国了！

昨天医生来说：我的病很危险！若果不能摒除思虑，恐怕没有好的希望！我自己也这样想，所以我不能不即作归计了！我的姑妈，在杭州住，我打算到她家去，或者能借天然的美景，疗治我的沉疴，我们见面，大约又要迟些日子了。

昨夜我因不能睡，医生不许我看书，我更加思前想后的睡不着，后来我把我的日记本，拿来偷读，当时我的感触，和回忆的热度，都非常利害，我顾不得我的病了！我起来把笔作书，但是写来写去，都写不上三四个字，便写不下去了，因又放下笔，把日记本打开细读，读到三月十日，我给心印的信上面，有几首诗说：——

“我在世界上，
不过是浮在太空的行云！
一阵风便把我吹散了，
还用得着思前想后吗？”

“假若智慧之神不光顾我，
苦闷的眼泪
永远不会从我心里流出来呵！”

这一首诗可以为我矛盾的心理写照；我一方说不想什么，一方却不能不想什么，我的眼泪便从此流不尽了！这种矛盾的心理，最近更利害，一方面我希望病快好，一方面我又希望死，有时觉得死比什么都甜美！病得利害的时候，我又惧怕死神，果真来临！KY呵！死活的谜，我始终猜不透！只有凭造物主的支配罢了！

我的行期，大约是三天以内，我在路上，或者还有信给你。

现在天气渐渐冷了。长途跋涉，诚知不宜，我哥哥也曾阻止我，留我到了春天再走，但是KY！我心里的秘密，谁能知道呢？我当初到日本去，是要想寻光明的花园，结果只多看了些人类褊狭心理的怪现状！他们每逢谈到东亚和平的话，他们便要眉飞色舞的说：这是他们唯一的责任，也是他们唯一的权利！欧美人民是不容染指的。他们不用镜子，照他们魑魅的怪状，但我不幸都看在眼里，印在心头，我怎能不思虑？我的病如何不添重？我不立刻走，怎么过呢?

况且我的病,能好不能好,我自己毫无把握!我固然是厌恶人间,但是我活了二十余年,我究竟是个人,不能没有人类的感情,我还有母亲,我还有兄嫂,他们和我相处很久;我要走了,也应该和他们辞别,我所以等不到春天,就要赶回来了!

我到杭州住一个礼拜,就到上海去,若果那时病好了,当到北京和你们一会。

我从五点钟,给你写信,现在天已大亮了!医生要来我怕他责备我,就此搁笔吧!

亚侠　十二月五日

亲爱的KY:

我离东京的时候,接到你的一封信,当时忙于整理行装,没有覆你,现在我到杭州了。我姑妈的屋子,正在湖边,是一所很精致的小楼;推开楼窗,全湖的景色,都收入脑海,我疲病之身,受此自然的美丽的沐浴,觉得振刷不少!

湖上天气的变幻,非常奇异,我昨天到这里,安顿好行李,我便在这窗前的藤椅上坐下,我看见湖上的雾,很快——大约五分钟的工夫,便密密幂起,四围的山,都慢慢地模糊了。跟着淅淅沥沥的。雨点往下洒,游湖的小船,被雨打得船身左右震荡,但是不到半点钟,雨住云散,天空飞翔着鲜红的彩霞,青山也都露出格外翠碧的色彩来。山涧里的白云,随风袅娜,真是如画境般的湖山,我好像作了画中的无愁童子,我的病似乎好了许多。

我姑妈家里的表兄,名叫剑楚的,我们本是幼年的伴侣;但是隔了五六年不见,大家都觉得生疏了!这时他已经有一个小孩子,他的神气,自然不像从前那样活泼,不过我苦闷的时候,还是和他谈谈说说觉得好些!(十二月二十日写到此)

KY!我写这封信的一半,我的病又变了!所以直迟了五天,才能继续着写下去，唉！KY！你知道恶消息又传来了！

我给你写信的那天晚上，——我才写了上半段，剑楚来找我，他说："唯逸已于昨晚死了！"唉！KY！这是什么消息？你回想一年前，我和你说唯逸的事情，你能不惛然吗？唯逸他是极有志气的青年，他热心研究社会主义，他曾决心要为主义牺牲，但是他因为失了感情的慰藉，他竟抑抑病了，昨晚竟至于死了。

他有一封信给我，写得十分凄楚，里头有一段说："亚侠！自从前年夏天起，我便种了病的因，只因为认识了你！……但是我的环境，是不容我起奢望的，这是知识告诉我，不可自困！然而我的精神，从此失了根据，我觉得人生真太干枯！我本身失去生活的趣味，我何心去助增别人的生活趣味？为主义牺牲的心，抵不过我厌生的心，……但是我也不愿意作非常的事，为了感情，牺牲我前途的一切！且知你素来洁身自好，我也决不忍因爱你故，而害你，但是我终放不下你！亚侠！现在病已深入了！我深藏心头的秘密，才敢贡诸你的面前！你若能为你忠心的仆人，叫一声可怜！我在九泉之灵也就荣幸不少了！……"唉！KY！游戏人间的结果，只是如此呵！

我失眠两天了！昨天还吐了几口血，现在疲乏得很！不知道还能给你几封信呵！

亚侠伏枕书　十二月二十五日

KY 亲爱的朋友：

在这一个星期里，我接到你两封信，心印和文生各一封信，但是我病了，不能回你们！

唉！KY！我想不到，我已经不能回上海了！也不能到北京了！昨天我姑妈打电报；给我的家里，今天我母亲嫂嫂已经来了！她们见了我，只是掉眼泪，我的心也未尝不酸！但是奇怪得很！我的泪泉，不知在什么时候已经干枯了？

自从上礼拜起，我就知道我的病，是不能好了！我便把我一生的事情，从头回想一遍，拉杂写了下来！现在我已经四肢无力，头脑作痛，眼光四散，我不能写了！唳！

“我一生的事情，平常得很！没什么可记，但是我精神上起的变化，却十分剧烈；我幼年的时候，天真烂漫，不知痛苦。到了十六岁以后，我的智情都十分发达起来。我中学卒业以后，我要到西洋去留学，因为种种的关系，作不到，我要投身作革命党，也被家庭阻止，这时我深尝苦痛的滋味！

但是这些磨折，尚不足以苦我！最不幸的，是接二连三，把我陷入感情的漩涡，使我欲拔不能！这时一方，又被知识苦缠着，要探求人生的究竟，化费了不知多少心血，也求不到答案！这时的心，彷徨到极点了！不免想到世界既是找不出究竟来，人间又有什么生的价值呢？努力奋斗，又有什么结果呢？并且人生除了死，没有更比较大的事情，我既不怕死，还有什么事不可作呢？……唉！这时的我，几乎深陷堕落之海了！……幸一方面好强的心，很占势力，当我要想放纵性欲的时候；他在我头上，打了一棒，我不觉又惊醒了！不敢往这里走，但是究竟往什么地方去呢？我每天夜里，睡在床上，殚精竭虑的苦事搜求，然而没有结果！

我在极苦痛的时候，我便想自杀，然而我究竟没有勇气！我否认世界的一切；于是我便实行我游戏人间的主义，第一次就失败了！接二连三的，失败了五六次！唯逸因我而死！叔和因我而病！我何尝游戏人间？只被人间游戏了我！……自身的究竟，既不可得，茫茫前途，如何不生悲凄之感！

唉！天乎！不可治的失眠病，从此发生！心脏病，从此种根！颠顿了将及一年，现在将要收束了！

今夜他们都睡了。更深人静，万感丛集！——虽没死的勇气，然而心头如火煎逼！头脑如刀劈，剑裂！我纵不欲死，病魔亦将缠我至于死呵！死神还不降临我？实在等不得了！这时我努力爬下床来，抖战的两腿，使我自己惊异！这时窗子外面，射进一缕寒光来，湖面上银花闪烁，我晓得那湖底下朱红色的珊瑚床，已为我预备好了！云母石的枕头；碧绿青苔泥的被褥，件件都整理了！……我回去吧！唉！亲爱的母亲！嫂嫂！KY……再见吧！”

我表姊，昨夜不知什么时候，跳在湖心死了！她所写的信，和她自己的最后的一页日记，都放在枕边。唉！湖水森寒，从此人天路隔！KY！姊呵！我表姊临命时候，瘦弱的可怜的影子，永远深深刻在我脑幕上，今天晚上，我走到她住的屋子里去，但见雪白的被单上，溅着几滴鲜红的血迹，那有我表姊的影子呢？我禁不住坐在她往日常坐的那张椅子上，痛哭了！

她的尸首，始终没有捞到，大约是沉在湖底，或者已随流流到海里去了。

她所有的东西，都收拾好，交给我舅母带回去，有一本小书，——《生之谜》，上面写着留给你作纪念品的，我现在邮寄给你，望你好好保存了吧！

亚侠的表妹附书。一月九日

（原载《小说月报》第十三卷第十二号，一九二二年十二月）

# 潘漠华

## 乡　心

阿贵今天忽然来看我们,这是出于意外的事。

他是一个青年木匠,住在离我乡五里路的溪口。他的父亲,也是木工。我十二岁的时候,在外祖父家里过年。元旦闲着无事,外祖父坐着给我讲些故事。夕阳快要落山了,他用手指指那摆在厅堂中央的四方桌说,"这是森友做的,做来已经十几年了,到现在还没有退缝呢。"森友就是他的父亲。过了几年,我父要造座排五的房子,就去请了他父子来。他还有一个弟弟,年纪大约相差二三岁。那时我还和四五个弟妹在老屋楼上读书。夜里也要读三股香的时间才去睡。他时常趁着楼上有灯光,来到楼上吵闹。他那时是戴着黄卵金镶边的毡帽;狡狯的面孔,做出泡骨头的怪样子;时常嚷些不中听的鲁莽的粗糙的话。后来惹起弟妹底讨厌来,就央求祥兄把他赶下去。并禁止他不准再到这里来;甚至于踏上楼梯一步,我们都要不肯干休。他临走时,满面绯红,还假装作安常的神态,徐徐走下楼梯。走到梯末底几级,我们听得接连响着的他底沉重的脚步声,知道他是不好意思了。我十七岁时,在上陶小学校里教书,听说他是在悟正寺修理大殿;并听说他时常和别人打架。悟正寺离学校不到三里路,我时时散步到那寺里;但每回东西走了一转,木匠是有七八个在那里,他却一次也不曾遇到。不久我离开上陶,到杭州来,关于他的消息,就一些不知道了。

我到杭州月余的一天午后,我正用了午饭,自己洗了碗,想走过轩间来。正走过那篱笆的尽头处，却听得有个杭州人的口气，喊着我在家乡通常称呼的乳名。我当时很觉得惊异，回头一看，如梦境里似的，认得是他了。他来杭州，我是没有知道的。他那天穿了一件旧蓝布的夹袄，腰里围了一条边缘破了的布裙；手里拿了一把作刀，在那儿修理那篱笆。我当时很高兴，就快快地走近他那儿去，问他几时来杭州的，现时住在那里。他似乎一时说不出，凝着眼微笑地看住我。我们在那篱边，差不多谈了半个钟头。我才晓得他来杭州已经半年多了。他和他的老婆同来的。现在是住在跟近西桥边的木店里；他就替那木店里做个伙计。但他来杭州的原因，老婆又是同来的，这因为不便详细问他，就没有晓得底细了。这还是前年秋天的事。后来过冬边，我到梅花碑去有事，在西街上逢着他，他是提着�篮买菜。他问我几时回乡去，说有信托我带给他父亲。我当时告诉他我归家的行期，请他送信到我寓所里来。我们这样说就分别了。我要动身回家去的前几天，果然收到他奉他父亲的信。因为那天他送信来时，我正出外有事去，他就留下信去了。他这信是不封口的，我随手抽出信来看看，信上面是这样写着："父亲大人膝下：男到杭州快一年。身体安好，勿要挂念。你不要时常写信来，后来我会归来。男阿贵敬禀。十二月二十二日。"这信后来是祥兄带去的。我因为临走时病了，就便留在杭州过年。

去年一年，我只逢着阿贵三回。第一回，是在正月里，我特为走到西桥边的木店里，去回话他托我带信的事体。我那时病已好了多日，就坐在那脚下堆满了木花的短凳上，看他一面工作，一面和我谈说些故乡的事情。他几次想放去墨斗，专来和我谈话，几次都被我阻止了。他说在杭州，是做不得有好吃。杭州房租又贵，这样大的一间屋，一月要一块钱的房租。他说时用曲尺在地上画了一个四方桌样大的圈子。我因为怕妨碍了他的工夫，坐不到一刻就走了。第二回，是在路上逢着，他问我讨几张旧报纸。没有说什么话。第三回，就是我送些旧报纸去，正值他立在门外，口里衔着纸烟。他接了旧报纸去，我就回来了，也没有说什么话。我此后也时常想起他，但也轻烟似的想起，轻烟似的放去，没有底细去推想他是怎样。

今年春天，品南也来杭州，和我合住在一块。他是和阿贵同地方，两家隔了一条溪住着。他到杭州后几天，一切都安定了，我凑空就向他说起阿贵的事情。他忽然忆起他离家时阿贵的父亲向他说的话，就说，"他现在是住在那儿呢？他父亲叫他归家去哩。"我现在才晓得事情是这样的：阿贵父子三个，手艺虽然高妙，但家里人口多，年成又不好，做做总是不够吃用，每年要借贷些凑凑。到了前年春天欠账就欠到满项颈了。他想尽管这样混下去，是不会有宽泰的日子过的。他于是就请了几位亲房来，给阿贵兄弟分家；将债账每人担负一半。阿贵本是个强项的后生，心想这样做去，将要终年劳苦，赚几个钱来充充利息，都不够了。于是他就打定主意，在一天的早晨，骗说到姑公家中去一去，就带同老婆一溜烟跑来杭州了。品南又说，"他离家后，半年没有消息，父母都急煞，到处央人访问。直到下半年九月间，才知道他是在杭州。他父亲时常写信来叫他回去，但他总没有回信。后来过年边，才收到你祥兄带来的那封信。他的老婆，从小是他母亲养大的，他的母亲很疼爱她；现在他们还愁她被他卖掉呢。我来时，他父亲来和我说，叫我去劝劝他，喊他回去。账呢，一概都由他自己负担。说只要他回去就好了。"我们于是定后天去访他。

我自去年七八月会着他一次，后来就再没会面过。几次走过那西桥边的木店前，也看不见有他在那儿工作。我们现在去访他，只有仍旧到那木店去探问。

我们走到那木店门口时，那小伙计就招呼了。因为我去过多次，他有点认识我。"你又来看你那位同乡么？他久已不在这里了。他现在是在这里走过去，过了官桥，隆兴当店间壁的一爿木店里。那儿是一间屋的门面，上手就是一爿新开的茶店。你们走去就可以晓得的。”当他这样殷勤地指导着的时候，旁边坐着一位老妈妈，似乎有些厌恶，几次口唇颤动，想来插嘴的样子；那小伙计却一面和我们说着，一面使眼色，止住她。

我们向那小伙计道谢后就出来，依他的话走去。走到了，我反向下面去寻，品南却早早看见了。我们踏进门内，走近他的身边时，他向后一看，才知道是我们来了。他慌慌放去墨斗，解开作裙，随意丢在作篮的背上；用手掸去黏在身上的木屑，口里连说，“坐坐罢！坐坐罢！”他走到外面，回来手里拿着三支纸烟叫我们吸，我们因为从来没有抽过烟，只得回了他。他又跑进内房去，拿出一盒火柴，自己点了一支，放在嘴里。我们问他几时换到这里来的，现在住在那里。他也问品南几时来的，乡里的情形怎样等等话。他说，“那边，我已同他们闹过架儿。去年九月初到这里来做的。开始离了那木店，是搬住在骆驼桥边。才前几天，又搬到大东门直街去了。”

“你这里每天多少工钱呢？”品南这样问。

“工钱是比我们乡里多些，吃他的饭每天三角五。但做做也只靠一天供给一天。这里米一斤要一角二分大洋，柴要两个铜子一斤。去年我们运气不好，时常害病，一年虽然做得九十多块钱，弄得现在还欠了八九块的账。”

我们这样谈着，他那支纸烟也快要吸完了，他顺手把他丢到街心去。我当时凑空就说道，“品南离家的时候，你的父亲和他说，叫你归家去做。他老人家很挂心你；现在账已都给你还掉。还乡也可找着生意做，他叫你不要远离开家乡。你心中以为怎样？”品南也接着说，“你的老婆，你母亲是很疼爱的，你自己也知道的。她现在日夜挂念着，总想她回去看看她。你父亲对我说，你如再不回去，他要自己到杭州来寻你。我想你省得他老人家想念，还是回去的好！”他听我们谈到这个问题，就低下头去，半晌不说话，两手只徐徐揩着那放在凳上的粗糙的木板。两次抬起头来,想说话,眼眶满含了眼泪;但都苦笑了一笑,又垂下去。后来气急的说,“前年初来的时候,东西寻不着生意做,却也想到还是不出来好。现在人地熟识了,也勉强可以支糊得过去。回去一次,路费要十几块,现在那里有余钱呢?父亲叫他不要白费了钱,叫他不要来;后来我自然可以归去。你们以后逢着他们,尽可这样对他们说:‘他在杭州很好,叫你们不要挂心;后来他自己会归来的。’你们只要这样对他们说就好了。”我们再想说几句,他就拦住道:“我们到外面去耍子去,去耍子去。”我晓得他是不愿意谈着归家的事情了。谈到这些事情,可以使他心痛。他现在面上已经火红,手指有些颤动,说话也有些不自然了。我们也就转了话柄说,“不要去耍子罢。我们今夜没有事,还是到你家里去坐坐;晚饭后,你回家时来叫我们,我们在那里等你。”

“我屋里有什么好坐呢?像猪栏鸡笼一样的哩。待我来叫你们好了,你们一定要去。”我们走出门外来十多步,回头看看,他正在那里提转小襟,拭着眼泪呢。

那天晚饭后,我们就谈论着他的事情,等他来。品南说,“他口里这样说,心肠不知怎样的回绕了!他在家时,时常和父亲阿弟赌气的;现在这里住了两年,觉得比较舒服些。他又是一个带有好汉气的后生,总想后来有钱再回去,也可以面上稍为过得去。现在这样叫他回去,他死也做不到的。”可是夜一刻一刻的过去了,他终于没有来。

阿贵那夜没有来,第二天,我们还谈起他好几回。第三四天,我们还时常想起;后来日子长久了,我们也漠漠然似乎忘记了。他今天突然来寻我们,这是我们想不到的事。他今天是穿了一件丝罗缎的旧夹袄,下身穿了一条深蓝的粗布的裤子,裤脚缠了一双玄色的扎带。鞋面是有点破了,但已补上一块小青布,不仔细看,也认不出破痕来。他坐在靠放窗前的椅子上,品南斟了一杯茶放他面前时，他半身立起，说句客气话。品南问他“今天不做生意么？”他说有好几天没有做了。因为牙爿根痛的旧病，近来又发了。有时痛到很利害时，连说话行走都不能，只好安睡在床里。他说昨天觉得清爽些，所以今天来叫我们到他家里去。但他那天为什么说了来又不来的缘故，却没有说起。

我们才出门外几十步路，他就向着一家络丝的人家走去。当时我心想他就是住在这里的么？他走到那门前，却立着向里面一个正在络丝的女人说，“他们要到我们家里去呢。”我立刻就想起，那女人必定是他的老婆了。品南是认识的，我看他时，他向我点点头。那女人年纪约二十三四岁，披发弯弯的覆在额上，看去似乎和善，但又觉得有几分粗笨。她当时在衣袋里拿出一串锁匙来，交给阿贵，阿贵向后招呼了我们一声，再向东平巷走去。我在路上问她络丝的事情。他说，“她来到这里络丝，才三四天。每天早晨天一亮，就要吃了早餐到这里来，夜深了才回去。她现在每天也可得一角五分钱的工资，听说后来可络得四五角钱一天。但我不愿她多辛苦，她身体也很软弱的，三日两头有病。”

我们转了几个弯，走入一条小巷里，他在一个小门前停住了，回首向我们说，“就是这里。”我们随了他进去，经过狭隘的一条弄堂，向左手转弯去，他已在那里开门了。这里面住着不止一家，蓬头乱发的妇人和污手垢面的小孩，时常看见在那厢门口出入。天井是狭长的一条。这边没有垃圾和石砾堆着；那边便满是破饭甑碎碗片和一堆堆的断砖残瓦。那朝东的檐下街沿上，却放着一个人样高的破凳，上面放着栽在破竹篮里的几篮菊花，现在还正在抽芽，细小的嫩绿的叶片，可使人发出惊异的赞美。

他把门推开，我们就走进门内。里面是很狭仄的。靠墙壁沿，放着一个新做的桌。桌上放着酒壶，饭碗和筷子一类的东西。那桌角放着一个发刷；刨花也浸在一碗浅水里，放在旁边。桌下放着一个长凳。再那边就是风生炉，泥灶，铁箝，一类烹饪用的杂具。

靠墙边那屋柱上，挂着一把铜丝锯。这些东西，表面看去似乎零乱；但却也都很清洁，放置着有一定疏散的秩序。我们进去时，他用手指着间壁说，“那边也是这样大的一间房子，就是我们的卧房。出乡来，也总如此住住，究竟有什么好呢？”

“我想你还是回去好！”品南趁机又这样说。

他面上就立刻微红起来，头转向外面看住天井，低声颤抖的说，“我现在是不能回去。等我运气稍为好些，等我积蓄几个钱起来，再回去看看他们也不迟。但我在家时，父母也太看不起我了！现在他们挂念我，也难怪他们的！我到这里来已过了两个年了！”他用手轻轻抹去眼泪。各人的心头，都深沉的怆凉的缠绵着乡愁。

那天别了他归来，已是上灯火的时候，晚饭都预备好放在桌上。可是我底肚里，总觉得非常的饱闷，不想再吃什么东西，戴着黄卵金丝镶边的毡帽的几年前的阿贵，在故乡流着泪的我亲爱的母亲，荒凉草满的死父的墓地，低头缝衣的阿姊，隐约模糊的故乡的影子，尽活泼地明鲜地涌上我的回忆里。品南呢，他早已伏在床上哭泣了！

一九二二年，三月，二十五日。

（原载《小说月报》第十三卷第七号，一九二二年七月）

# 冷泉岩

到了M县后，我由该县同伴的介绍，冒了病者的资格，住到这冷泉岩来。冷泉岩是在离M县县城五十里的土地峡中，两边都是高拔峻峭的山壁；登上岩后的峰尖，可以鸟瞰整个M县县境。凸出的岩头下筑了岩主的神座，座前建了三间平屋的岩主庙。民间见了精神虚弱的病，或病态是反复无常的，雅人说是“虚病”，粗人便说是“犯妖病”，认定鬼怪是这病的原因。住到神庙里去，在神的护翼下，鬼怪不能再来作祟了，这是民间多种治这种病的方法之一。我现在利用这“虚病者”，“犯妖病者”的身分，住在冷泉岩已月余了。

无病装有病；初时真不习惯。到庙第一日，便备了香纸，向岩主行了跪拜；以后，饭不敢多吃，路不可跑快，有时还要假学着有气没力。到此一月之间，十有八夜失眠；于是失眠便说成是我的唯一的病象，吃阿特灵便说是吃对症的药丸了。

庙内共住了两对夫妻。庙祝是一个哑巴，年在四十上下，极端的懦弱而受压迫。妻是一座尖刻的女性的典型。把丈夫当作“农奴”，日出就逼着上山野，夜黑始准他归家；归家以后，还要磨出当作明日一家三人的食粮的玉蜀黍粉。常常全庙都睡静了，他推磨的吱响吱响的响声还绕转在夜静中未停止；磨后，始无声无息地爬上脚梯，他的妻女所睡着的房间的顶上去睡觉。有一天午饭后，天气是异样的阴寒。哑巴吃了淡玉蜀黍糊后，坐在庑下想穿草鞋，瞥见凳脚后一个火笼，他俯下身去提起来烘手；但抬起头时，便碰见妻的严厉的白眼，他驯服地放下火笼。穿上草鞋，低着头出门去砍柴了,晚上便见他挑了一担近二百斤的柴回来。哑巴大都是很蛮横的,他却出奇的驯服,可以使我们动气的驯服。九岁的女孩,玲珑活泼,显然非是哑巴的血统了。

别的那对夫妻,夫本住在峡中最深处一个茅舍里的。壮年是住在那里垦山种玉蜀黍,姘了现在的妻,始移住庙中来,拐了手后,为人解谶书,写田契度日了。就在岩下庙堂上用竹帘隔了一角,放了他们的炉灶,搭了床铺。

M县山多田少,垦山种玉蜀黍,成为被社会挤扎出来的人的企业。"到内山种玉蜀黍去!"壮年的农夫,生活不过时,或犯了社会所不许的事,便这样喊。于是筹备了二三十元钱,到内山去,将不见人踪的山上的森林焚烧了,筑了茅舍;明年便在这满是焦土的山上撒下了玉蜀黍种子。中国的内地,大部分还在农业经济时代,故这般种玉蜀黍的企业家也居然有发了财的。但拐手却失败了,移居庙中,不能不改了行业。到这里十天后,他曾领我去看那旧居。在峡的深处,一座高耸平头的大岩石下,立着一间二丈见方的茅舍。屋顶已颓塌一半了,西南面的墙角也已倒败,但门还是锁着。这残缺的遗留着的茅舍,是一幅农业经济时代失败的企业的写真。由茅舍左右望,便是被企业者所焚烧,所翻掘,直至地力尽了的四处疏疏落落露出岩砾的山土。

现在这已改了行业的企业者说,"我这屋方向错了,应背了岩石向南的;现在向东,顺手方面出水,建屋是大忌的。"对着这茅舍,动了旧情地说。

茅舍右面,涧水果然在潺潺流着。那天晚上,我们闲谈时,我朦胧地解说了许多农业经济时代的话。

这两对夫妻,对了生活诅咒,反抗,在四人间造成了一种交错的爱憎。拐手的妻,被拐手说着时,便常倚了哑巴的妻为护符,虽然哑巴的妻常是不理他的。"梅英!话不是这样说的吧?"她常常酸声地用了这句话向哑巴的妻说。有时哑巴的妻为了奚落拐手起见，回答了“拐手有拐道理呀”！拐手，不能不说是一个精明的人；住在这里，正像一只困在牛角中回旋的鼠。住了十几天后，他有一次问我：

“你恐怕没有病吧？”

“是的，我近日病好多了！”我认真地回答。

梅英，年约三十五六岁。她有一个可动荡男性心魄的肉体；现在较萎落的身架上，还可使人想到她过去青春时期的那种荣华丰采。她的父亲，一生受尽了没有土地的痛苦，听说哑巴的父亲为哑巴找个童养媳一时尚未得人的时候，为了庙里是有二三亩祀田的，便自动地将梅英送了来。梅英的美丽，与年龄成正比例地成长了。婚礼以后，常一人回到娘家去，但又不许久住娘家，结果便形成了她多夫的事实，这深山冷坞的生活造成她尖刻的性格。日前她娘家的乡中做冬戏，她扮得十分时髦地将去看戏了，她的女儿却嚷着要同去。她眉头一皱，便将女儿狠心地打骂起来。是用竹枝扎着打的。挥着成把的竹枝，乖声地骂着，“打死你这东西！打死你这东西！”社会给与她的冤气，她都在这打骂中，这女儿身上发泄出来。无论如何，她的女儿还是执着要去；她说了“那去吧！”以后，便替女儿也打扮起来，一道去了。走出门时，女儿要搀她的手时，她还是不理女儿的。三天后回来，谈着冬戏场中的种种热闹情形，和颜悦气地过了几天。

关于梅英在社会上的地位，也可在一位猎人的眼中映出。

一天我正在房中想着 D 县的事。那只黄犬在庙外狂吠起来，起身向门外一看，原来从后山有一位猎人来了。穿着短棉袄，背了鸟枪，猎网里是兜了棉袍和几把米粉干条，还有一袋不知什么也兜在那里。

走进庙里，把鸟枪放下倚在柱脚，猎囊挂在柱上后，向梅英说，“我想在这里打几天松鼠，有棉被借条困困，没有棉被便稻秆借几把盖盖。”说时，一面拿着尺许长的旱烟管在装烟，并不抬头向梅英看，是一种自言自语的模样。

他是一位瘦长的年约三十七八岁的男子。因为他的职业的缘故吧，一只眼睛瞎了。那只仅有的眼睛，也常不正睁着望人。说话常低着头，说后始抬起那只唯一的眼睛向人一瞟。瘦削的面上，那种散落的表情，可以使谁都想到，他有一种无可无不可，带着油滑的成分的人生态度。

——松鼠不必寻找呢，你就是松鼠呢！谁看见他都要这样想吧？

“尽管在这里好了。”梅英只是这样说。

猎人走进厨房，向灶口吸着了烟，倚饭桌边坐下来。梅英在那里抹着灶头。

“松鼠我们这里是很多的。我们在前面晒黄豆，晒桐子时，一时没有小孩顾住，松鼠便出来了。不过刁滑得很，不好打呢。三日两头有猎人来，都打不到一个。大家都说这地方土地菩萨太小气，山门太紧呢。”梅英一面抹着灶头一面说。

“不要紧，逢着我便没有法了。”猎人似乎有把握地说。

“哈哈！恐怕说大话吧？”

“说大话？谁说大话？我今天起码要打他两只。”说得近于虚伪的确定了。

“呵呵！我看你只有一只眼睛，恐怕毛也拔不到一根呵！”

“是，是，是只有一只眼睛。但你不知道‘独眼龙’的利害么？”读者大概理会得“独眼龙”的意义的。说后，他抬起头来，那只瞎的眼睛也都似乎在斜视着梅英了。

梅英面色立刻沉下来，不回答他。

默着一回后，梅英说，“还不去打么？坐在家中，松鼠是不会来的呵！”

“我已在山顶上，茅舍边的岩石上，撒了些玉蜀黍粉了，待它吃个饱意再说。"

抽了两口烟,烟圈在他面前升散上去,他接着说:

"梅英是嫂子的名字吧?"

坐在桌边的拐手的妻,这时忽然笑着说,"名字他怎么都晓得呀?"

"昨天她不是到上溪去过么?我正在上溪前山上候松鼠,麦田里那酒店的长工在这样喊她,她回答也不回答。"

"这班人口嘴都要烂完,人家过路在喊什么呢?"梅英的态度更严厉起来。

"呵!你不要这样不高兴!说说笑笑有什么要紧呢?"

他站起来了,到庙前拿了猎枪。

我因为装病,到此一日,还未上山顶去过。现在,想借观猎为名,同他一道儿去一去。

将这话提出后,梅英说,"你不要去啊!你们是读书人,爬山是很吃力的。你又不是说夜里睡不去么?"

"慢慢走,不要紧的。"我们向后山去了。

将近拐手以前住的那草舍时,猎人的脚步便放轻了,蹑手蹑脚,一步一步徐徐地逼近草舍旁的岩石边。靠那岩石站定后,他用一种似乎已有许多松鼠在那里骚动地攒食着的神情,抬头向岩石上一望,松鼠却一只也不见,玉蜀黍粉依然在岩上四处满撒着。

他有点失望。跳上岩石后,仔细窥察着撒在那里的玉蜀黍粉。忽然高兴地说:

"来过了,你看,这里不是松鼠吃过了么?"

我是丝毫也看不出来。

"我们下去候,我们下去候,"我们就又跳下岩石来。他蹲在岩边,我蹲在他的背后。我们静悄下来,满耳是谷风掠过草梢,夹着草舍旁那涧水叮叮咚咚的综错的声音。

默守了一回,我觉得无聊,站起来了;他也随即站起来。

"松鼠叫是有得听见,但为什么不出来呢?"他自言自语地说。

"我们到山顶去吧!山顶一定有的,山顶一定有的。"他炫耀似地向我说。

我们向山顶攀登了。路是有的,但狭仄而滑足。路两旁的茅蕨和野竹,正高过我们的头;路边便是涧水流着,每一步路都潮湿得似乎踏不定脚。初时他说,"今天非打到二只松鼠不可。我带来有米粉干条,用松鼠来炒米粉干条,滋味是最合口的。"后来他走得快,我走得慢;我只看见他在山腰中一隐一现,终于望不见他的后影了。

路一转弯,眼界便更扩大一圈,我登到最高处了。M县,M县以外的境地,直至渺茫模糊的地方,都在我足下浮着。这大地是沉默到死了的载着人类,阶级分化了,阶级对峙了,阶级争斗了,被压迫的一面胜利了;这般几度的更迭,直到阶级对峙的最后的一个阶段的现代。在我面前,这浮着的大地,是旋动着,旋动着,……

由山顶西去,到了西向的山坡,看见猎人坐在那松林下。他向我挥挥手,叫我轻声地走。

和他一同坐下时,他就回头来向我说:

"刚才有两个出现了,但一跳便都找不到。"

我们坐着,注意地听。听着有索索的响声,他便转眼去看。

索索……果然有只松鼠出现了,是在面前八丈许远的大松树上。回头用那灵活的眼睛向我们一瞬,便飞快地向树枝间消失了。他举起枪来,碰的一发,没有打中。

他快步地跃近那树下,用手掩住阳光尽力向树上搜索。被搜索到了,是在一枝碗粗的树柯上伏着,尾巴露出少许;不久的时间,它便俯下头来向我们窥视一回。

"碰!"候它俯下头来,他发第二枪了。那松鼠却不独没有落下,反向别枝飞跃去了:从这枝跃向别枝,从别枝又跃向别一枝;跃过三四枝后,便不知跃到那里去了。

他俯仰寻找，在那松林里团团地绕转，都再不见这松鼠的影迹。

“我们打斑鸠去吧！斑鸠的肉炒米粉干条，比松鼠的肉炒，更有滋味的。”离开那松林时，他向我这样说，但显然有些颓丧了。

在山岗跑了许久，再回到原路来。是斑鸠的影子始终没有碰见。

重回到山顶时，我指着离山脚约四五里，一片瓦屋像鱼鳞似地摊着的村庄问：

“那是什么地方呢？”

“那是下村头，由M县到A州去，小路经过那里。”

跨进庙门来，拐手的妻一看见便嚷道，“松鼠呢？”

猎人举起空囊，勉强地笑着说，“多着呢！”

“我知道你是毛也拔不着一根的！”梅英说着仍是前时漠然的神气。

“真是毛也拔不着一根，我也猜着的。”拐手的妻学着嘴。

拐手的妻，中凹的面部，永远是一个哭丧脸。大概肺病已到第三期了，这深山冷庙的寂寞的夜上，哑巴的吱响吱响的磨声后，接着便是她的艰难的咳嗽声。

她和拐手，是姘合的夫妻，我是约略知道的。每夜她的咳嗽声中，常伴着起来的，是她夫妻二人的吵嘴。

“生活的困难，恋爱破裂了吧？”我想，“他们在生活中挣扎着恋爱呢！”

“你总不依我呢！好，随便你吧！”吵嘴的末尾，常以拐手的这几句话收场。

阴寒了多天，阳光终于复出了，这是我住在冷泉岩的第四十五天，猎人已去了十六七天了。那天上午，我正独坐在庙前石坛上，对着前面阳光映照下十分清新的峰色在出神，卧在我身边的黄狗忽然耸身狂吠起来,知道又有生人来了。

向来路探视,来者是一位背了雨伞,穿着蓝布短袄,腰上缚了作裙,由服装上便可断定是个手工业者的年轻的人。由石阶走上来时,便向倚着扫帚立在门口的梅英问:

“B县有一位妇人是住在这里的吧?”

“是,什么事?”梅英似乎有预感地问。

“她丈夫过世了,我来叫她去。”

“炳宜死了?”

走进庙内,向拐手的妻说了时,她急着:

“这怎么好?这怎么好?”

面上顿时便滚下两行泪珠来。

“是一时起的病。我们是在学村替陈姓造祠堂,一伙有二十四五人。前天下午,炳宜说肚痛,师父叫他去歇歇,不料夜里便过世了。因他是没有一个亲人的,故师父叫我赶到这里来。昨日我走了九十里,到上溪宿;今日问了许多路,才寻到这里。”他这样报告了后,接着便赞美这岩洞起来:“这岩洞真生得好,B县的八仙洞也不及这里呀!”

“不要尽管哭呀!紧事慢办,客人来,且泡碗茶给客人吃。——前天的米粉干条还有吧?”拐手说。

她于是一面擦着泪,一面烹上茶。又放下锅,问梅英借点猪油,煮了一碗米饭干条,给客人吃。端来的时候,因为手颤抖着,汤撒满了一地。

横在他们面前的,是怎样去奔丧的问题了。商量的结果,决定拐手去山脚下借钱,她则到离此十五里路的齐村去叫她的儿子回来;请来人等在这里,下午决定同去。她跑到门外,又跑回来,向拐手说,“你山脚下回来的时候,磨点玉蜀黍粉吧,一路可当干粮。”她然后再踉踉跄跄去了。

下午两点钟左右,她同了她的儿子回来了。儿子年约十四五岁，带着毡帽，不知失父之痛似地沉默着。回到庙后，便张罗着起身。用块旧包袱裹了几件衣服，自己背在肩头，玉蜀黍粉是用筲子盛了，命她的儿子提着走。临走时她又捡了一根硬柴，给她自己作长途的行杖。三点钟左右，一行三人，奔丧去了。

“急也无用，路上慢走，”拐手送至门口。

“我知道，回去吧！唉！”她回答。拐手久久立在那里。

黄昏下来了，庙，冷泉岩，整个山谷，都被广漠的夜色葬殓了。向空中望去，只是模糊的一片。前峰的轮廓已辨不出来，庙上凸出的岩壁，显得更其黑暗，冷酷，而可憎厌。我坐在庙前的黑暗中，只见面前一无限大的黑寂的一团在猛烈地动荡。拐手一声不响地坐在我旁边。厨下昏黄的灯圈内，梅英在结束晚餐。女儿将头倚在凳上，呆呆地看住她母亲。哑巴的吱响吱响的磨声在起来了。

“到我的房中去坐坐吧。”我向拐手说。

和平日一样，我团坐在被窝内，拐手便坐在我的床沿。我们对着摇曳的烛光在熬着沉默时，听梅英母女在检桐壳了。

“哑巴是一天到晚在劳作的，”听着哑巴的磨声，我觉得沉闷得可怕，想破散这沉闷。

“哑巴么？只是不会讲罢了。三百六十日，有三百五十九日如此的。梅英是当他畜生使，这个女子还说得过去么？”

“也不能专怪梅英，这种有钱人的世界，她同样是一只落劫了的凤凰呢！”

拐手望住我，似乎不懂我的话。

“他们今天到那里宿夜呢？”我提起他的妻来。

“大概总里下居宿吧？”他的话里显然带了感伤的成分。

“你们的事，我不十分明白，可否说说看？夜长得很，睡不去也闷得很！”

“这个女人，我为她吃尽苦头了，讲起来话长。”他开始说了，用了固执的有力的眼光噙住我，这是他平日所没有的。

“她是B县N乡人，听她那一口B县的土话便可知道。她家中现有叔父，祖父也前年才过世。父母是从少便不在的。她十六岁，嫁给一个泥水匠，便是现在死掉的这个人。他是一个完全无用的男子汉；从小便帮人家做泥水，做到现在，已做了近三十年了，还仍是一个伙计，工钱仍赚七八分一日，他自己也糊口不过去。她嫁给他后不久，不知怎样，便和与她丈夫同伙的一个伙计姘搭上了。五六年后，生了一个小儿，便是今天同她一道去奔丧的那个孩子。生了小孩不到十月，她便抱了孩子，与那个伙计姘逃到这方面来。那是民国二三年时的事。

“他们到了这方面后，听说种玉蜀黍可发财，到这里山上来种玉蜀黍。一时不能造好草舍，暂时借住庙内。女人的命运真恶劣，一到这里，磨难又起来。到这里的第一夜，不料那个伙计便与梅英落了相好。真的，是第一夜便落了相好。梅英这家伙，你也可以看得出来，现在静些了，五年以前，在娘家做婊子做得一塌糊涂。她是极端懦弱的，跟了那个伙计错认歹人作了好人，自以为这一生世有靠山了。那个伙计，极端的油滑，与梅英却正好配对；梅英那时正行时，年纪既轻，品貌也端整，人又游冶：两人胡里夹糟，不久便把这种关系公然在她面前扮演着。她当时当然很气，一天吵闹；吵闹久了，梅英教唆着，那个伙计便开始打骂。这时我住在后面草舍里，生意做得不错。因为初种，山土正有力；我又年轻，一年做上头也不见得吃力。现在不然，手既拐了，精力也衰败，到上溪去一回也觉得烦难。那时每天洗了脚，吃了夜饭，因为没有地方去，便常到这里来闲坐，一坐总要坐到半夜才回去。看见他们两夫妻吵闹，心中过意不去，竭力前去劝解劝解。

“这时候，他们在那里吵闹，梅英文文地自作自的事，一些也不管的。

“有一次，打得狠了，我一个人劝止不住，看梅英还在慢慢地洗碗，我有些生气了，叫道：‘梅英，来帮一下，打出人命来，你也有

担的！’

“你知道她怎样回答？‘他打他自己的老婆，关我鸟事？’洗好碗，竟自己去睡了，这个恶心肠的婆娘！

“女人大半都是无法的，被打后，只知道坐着哭。回到前夫那里去么？那她曾说，‘打死我，也情愿在这里的。’

“闹得多次后，女人性也钝了。自是以后，那个伙计，便做了梅英的丈夫。她呢？却一天一天和我接近起来了。

“便这样过去，过了二三年。

“那个伙计，本是个赌棍。和她姘逃出来的时候，正是他赌上赚了钱的时候。来此二三年中，也仍三日两头到上溪去赌。总算运气还好，可鬼混得过日脚。至于种玉蜀黍一节，与梅英姘搭了后，早放到脑后去了。到民国六年的冬间，倒运的时候来了，赌输了，输到三百多元。因债主的逼迫，他只有改行，动手做贼。这庙是多冷静，他便借这里做贼窝。梅英的头上，渐渐儿金扁簪都出现了。若要人不知，除非己莫为；俗语说，‘卵壳中做事有人知，’他终于被人家捉起来。

“被人家打了后，双手向后绑，吊在树上，那时她跑去看，比今天还着急。

“他不能再住在这里了。四围的村庄的住户，逼他离开这里。回到庙中吃了一餐晚饭，无论她怎样央求他仍要带她同走，他也不顾，关于后事也一句话不吩咐，他便趁黑夜走了。自此以后，便再没有听到他的消息。

“他走后第二日，我和她商量后，便搬到庙中来住。以后我的生意照常地过得去，每年可收成到五六十元。她的儿子，这时已八九岁，我把他差去做泥工，过年过节，回到这里来住：我们三人，便平安地过了几年。

“民国十年以后，我们的情形渐渐异样了。山土因为已种了十几年，力量渐渐薄下去；我又一无积蓄，没有本钱下肥料。山主看见我近年情形还好,一面加重山租,一面想出种种方法,想不给我种。我们两人,初时同住固相安无事;日子住长久了,总有些事情上两人脾气不相合。我常常到上溪去买些肉回来吃,她便说我浪费。冬收之后,坐在这深山冷坞里无事可做,也和人家小输赢赌赌,她就和我闹。

"'不能长久的,好合不如好散吧!'我渐渐这样感到了。但我有时这样说了,她听了只是哭。

"她有些事,当然我也看不过去。梅英是怎样的人,她却总是和她搭伙。露水夫妻,合则合,不合便散,有些事我也管不了,我那时便这样打定主意。

"我们的吵闹,跟着我们的贫穷,一天一天迫人起来。我曾正式提出散伙,她无论如何不依。有一次,我说:

"'你回到前夫那里去吧?'

"'死也做不到!待他死时,我再去看他一次便算了。'她这样回答。今天是真应了这句话。

"她和那个伙计逃出以后二月,她的母家便知道他们的行踪。那年冬天,她的叔父特地到这里来看望他们一次。表面上看她和那个伙计平安地住在这里,也便放心地,宿了一夜回去了。至于那个泥水匠,听说虽是被人家逼着,'你的老婆说是在M县呢,你还不去捉回来么?'他也仍是不声不响的。待到被别人调笑得甚了,逼他回话时,他也只说,'逃便逃去好了。'是这般一个没用的家伙。这些话,便是她和我同住后,她的叔父第二次来的时候,当我们面前说的。她的叔父又说,'女人既然愿意跟你,便带带她过一生世吧!'

"但情形却怎样也住不下去了。十二年春,散是散了一下,却更大的事情发生了。我打定'好合不如好散'的主意后,便留心为她寻个好人家。那年春天,听说上溪陈家要娶后妻,托我的一位熟友寻人的消息了。陈家是邻近五十里内的第一财主,我便将这事向她提出来。她初仍是不依,我仔细地将我为她打算的话说出;我说,‘这样住下去,是没有好结果的!’她然后勉强地答应了。

“我将这事和那熟友提出,那熟友说,‘三天后回报你。’三天后,他回报说,富翁同意了。送来三十二元聘金,我们两人商量好,我分八元,当是供给她这许多年的伙食钱;她自己存八元,当是自己的养老金:其余十六元,送给前夫那泥水匠去。在神庙中是不好接人的,她在婚礼前便移居到陈某的一个亲戚家里去。我是打定了主意,还没有什么;她却是大哭大嚷着始离开这里。

“她到富翁的亲戚家去后,我五日没有出门。五日以内,闷在庙中,东想西想,想住回那草舍去,又想舍弃这里,帮别人去做长工了,一点也想不定。

“第六天朝上,已是她婚礼后第三天了,我正想到上溪去走走。我脚尚未跨出庙门,她却先闯进庙中来了。披头散发的,上气接不着下气,一闯进庙门,便扯着我大哭大嚷。我一时真摸不着头脑,不知是怎么一回事。一望来路,她背后是追着五六个人。

“‘究竟什么事呀?’我慌乱地迎着来人问。

“来人忙着喘息,来不及回答。

“我接他们进庙来,一面送茶送烟,请他们坐下。听了他们的报告,才知道她到那亲戚家中去的前两天,不声不响,平平地过去了;第三天便不然,吵着要回来。勉强接过门后,一刻也不停地哭嚷;今天乘人不备,便望这里的路逃出。追的人无论如何地拖拉,总也拖拉不回去,结果是把头发拖散了。他们用说笑似的态度将这种种情形告诉我后,我心里很乱,说不出一句话来。

“我们在乱着的时候,她本在神堂前哭嚷着的,乘我们不顾,忽的开了后门,望山上跑了。

“我第一个慌急地追出去。她飞快地跑,初还看见她衣影在密林中乱窜,忽地便不见了。我同了来人,由这山坡跑到那山坡,由这山岗跑到那山岗,一直寻到下午,总寻不见她的影子。我虽怀着‘恐怕有意外吧’的恐怕,也只有且回来了。

“‘她会归来的。她一归来,我便劝她回到府上。’我这样说着,把来人送走了。

“日头渐渐落山去,她总是不见回来。我饭也不吃,坐也不是,立也不是。天色将暗下来了,我又上山去寻;将日间未跑过的地方,我都再去跑过:但都是徒然,仍寻不着她。我放大喉咙叫着,但总没有人回答一声。我心头火烧着似的了。

“回来后,我无法地躺在床上,床前点了蜡烛。后门也不上闩,无限的焦急地在期待着。我眼睛朦胧一下,她的尸身也在面前浮出来了。

“烛渐渐短去,夜渐渐深了。忽听到后门响地一响,有脚步走向我来;我慌忙地下床,不及着好鞋抬起头时,她已鬼魂似地站在我面前。也不说话,也不哭泣,她只安详地用眼睛看住我。

“我那时心中的一种激动呀!

“‘呵!你到那里去呀!’

“‘不到那里去!’她镇定地坐下床沿。‘我只要跟住你!’

“两人都默然,那夜便又同睡了。

“上溪由这里去只五里路。她已回来的信息,第二天上午便传到那边了。我正徬徨着,这事不知怎样办的时候,她已在那里为我洗衣服,上溪的陈某带了一队人来了。声势汹汹的,说人已归来,便应送回去,不应再留这里过夜。

“我这时才想到昨夜她留在这里是错了。

“不管三七二十一,陈某便向我一个手掌劈来;我举手一抵抗,接着我便被多人摔倒在地上。其中的一位狠心地一棍,正中我的手上,手便断了。”

他举起那只已拐的手来。

“这里断了!”他用右手指着说。

“他们打个饱意后,交代我说,‘限你三天,将聘金送回,限你

五天，你要将这女人送回前夫，我们这里是不许有你们这种狗男女的姘合的！’

“事情弄到这地步，我是十分恨我的女人。我是被亲族欺凌，才到这里来垦山种玉蜀黍；在此地是外乡人，又是显然要被他们压迫的：事情弄到这么了，手也被别人打断，但我却仍是无处可去求援助。她呢？只急着我的已断的手，忙着为我敷药。

“聘金是第二天送回去的。上溪的地保，第三天来通知我，说假使不将女人送回去，他们便要绑了我们去游街。

“女人也真不懂事，到那时她还腻着要留这里，说我的手打断了不能动弹，她情愿留在这里游街。这真是蠢话！地保第二次来，声色比前时更严厉了，于是决定再隔五天，准定送她回到B县去。

“她回到B县住了两月。十二年四月末，她又由叔父再送到这里来了。说她一心想回这里来，并带来将她由前夫典给我的文契。

“自此，她又住在这里。上溪方面，没有再来麻烦。我手已被打断了，陈家还再要我什么呢？事后打听，才知这事的原因，还是八年以前，为山租的事冲犯了他。我以为他有钱有势，和他作什么对呢？让他占了便宜，那事便放过了。不知他到八年后，还借此来报仇。”他沉默着了，垂着头凝视住地。

他最后说，“我看陈家发财发到几时呢！”

“生病的人早点睡呵！”梅英桐壳已检完，立在窗外说。

拐手站起来，含着弱者的忿怒，捧着那被断的手去了。

我在冷泉岩的生活，此后不久便结束。

一九二九年一月作，上海。

（原载《小说月报》第二十卷第六号，一九二九年六月）

## 王思玷

# 偏枯

刘四;……唉,这个苦人儿!他得了半身不遂的病了。……他没日没夜的,躺在他的屋子里;失却了一切举动的自由,与生活的快乐。

他的屋子,是靠着佛寺的院墙盖的,大殿的高大的红山墙,和殿前顶着朵朵如花的嫩芽的大白果树,作了他的背景,屋子里的右边,土炕上,躺着刘四,二子睡在他的脚下,左边一口小锅,一个鏊子,墙上贴着灶神码子,还有乱杂的一些破盆,破罐子,破锄头,破镰刀,新陈几年的斗笠,蓑衣;愈多愈显着不值钱。

屋外是用秫秸夹的篱笆院落,右边支一盘小磨,看样是用人推的,檐下,——无霝的窗洞前,——支一个石台,台下砌就一个鸡窠,台上一个半截罐子,满盛着黄土,像以前曾栽过草花,现在又破下一块来,一任那雨水冲激着黄土,从石台上流到石台下了。

院的左边,有棵小槐树,树底下,近门的一边,铺一片破席,阿大哄着他小兄弟三儿,在那里玩耍,他们的母亲,靠门搭个架子,在那里打麦草苫子,手头极不熟习,脸上含着一种说不出来的悲哀。

"我若不趁早给你打个苫子,以后还有谁给你打?"她喃喃的说着。

"不是!"他说:"我是觉着你不会。这虽是个不出奇的手艺,搁在不会的人身上,就是个难为。"

忽然一个燕子飞过了,吱吱啁啁的叫着,把阿大惊觉极了。他一边仰着脸看着，一边喊："妈……妈……燕子来了！……财主们又好盖屋了！……该锄地了！……收麦的时候也快了！……"

他母亲不但不看那个燕子，更极可怜的说："傻孩子，不要再提那些了！你父亲睡在那里，有谁再去锄地；再去作泥瓦匠给人家盖屋；唉，麦与我们也断缘了！"

"不！"他在屋里说："我不时就要好了。我长长梦着在屋上工作，或在地里割麦呢！唉，我的那张锄，卖得可惜！要光独我自己吃，饿死我也是不卖那张锄的。以后有钱也不易再买那样的锄了！唉，这都是因为我的病呀！这是个什么病呵！什么是半身不遂；也就算是周身全死定了。"

这时三儿把阿大的耳朵扯住了。用两只小手，狠命的撕着，鼓起小腮，咯咯的笑起来了。阿大疼了，急速的避开。三儿失却了他的玩具，就又哭起来了。

刘四在屋里说："别教他哭啦！……给他一口吃罢！……"

她还只顾打她的苫子。说："别哭啦！玩吧！"那个孩子，果然不哭了。又抓住一缕麦秸，再玩起来。

一个催命的判官又来了！她的小二子起来了。他呆着小脸定省一会，一边用手揉着眼，慢慢的走到他母亲的身边。他母亲又犯了愁了，好歹的哄着睡了的，怎么又起来？又要闹吃了。那种干煎饼，他一定还是不愿意吃。好的，又那里有？她不由的就恳求似的说："你那边给你兄弟玩去吧！一会我烧煎饼汤给你喝，搁上油盐；打上咱卖了的白母鸡下的蛋；好孩子，去吧！"

小孩子刚起来，是不想着吃的。她却糊涂了，反把一套话提醒了他。他承认了鸡蛋是怎样的好吃了。但是他也不说吃，只哼哼的嗌着，使出要哭的样子来。她没法只得把那个蛋拿给他，他才好了。偏偏三儿又看见了，一定也要玩那个蛋。但是他家再没有第二个蛋了。以前下的，刚下了就卖了。终于把那可怜的白母鸡也卖了。这白母鸡也可怜她，临卖的那天，又给她下了这个可怜的蛋。如今更闹得可怜了。她无奈把三儿抱起来,给他一口奶吃,才各自安生玩去。她重新再打她的苫子。

一时,一个小院落都寂静了。她又自己念着:“怎么和尚也不来呢?”

阿大急促的说:“母亲,快别提他了!那人老大的不好。我昨天见他把他徒弟,按在凳子上,使板子把臀打得通红。就要露出血来了!我怪害怕的。”

于是她的头垂下去了!忧愁,恐惧,而且悲伤;又极力的隐藏着,不愿教小孩子看见,只说:“不好吗?……那人不好吗?……不好?……”

她的眼珠,一时全被泪痕包起。她极力自持,想把他收回去;但是她的鼻涕,又出来了。她无聊的瞅着她打的苫子,苫子老大的又不成样子了。一头愈打愈宽,绳口也没结紧密,略一活动,麦秸便纷纷乱坠。她悲忿得变转了声音,喊叫出来:“一个苫子都不能打,只好死去了!”她的眼泪,终于止不住泉一般的奔出来。

“不要打啦!”刘四在屋里说:“离用苫子的时候早呵!那时我也许好啦。我从来没做过坏事,老天爷一定不能教我终于这样的。”

“三儿的父亲!”她说:“这我是气忿我自己。唉!多无用呵!这不是你的病累赘你,是我累赘你了!上年生三儿那个时候,我足足病倒了三个月。你竟然什么也没教他却乏。借债,人都争着借给你。因为你是个有用的人呵!这临到我身上,竟然就不行了。天老爷呀!还是教我睡着吧!”

“不要悲伤了!”他说:“你不是个女人吗?”

“三儿的父亲!”她说:“我上了女人的当了!女人为什么不能割麦锄地?……为什么只好造饭缝衣?……

“唉,三儿的父亲!你这病要发生在没有孩子的时候;我给人家制鞋底,缝衣服,也可以供给咱两个的穿衣吃饭。设使再过几年;再生下两个孩子;那可就更不得了了!”

“唉,这也是命定下的。等我好了,也就好了。”他可可怜怜的安慰她。她把手扶在苫子架子上,不再去打了。泪包着的眼睛,看着微黄略带黑色,显着稚气,不大圆满的两个小面庞;和一个腻嫩的小白脊梁,上接着很短的一个小脖儿,胖出一道沟来。啊!这是多么美呀!爱呀!眼前看看要分离了!这些天真烂熳的小孩子那里知道呢?

阿大说:“你不好生给咱兄弟玩;明儿父亲再胜了钱来,买了东西,不给你吃。”

二子急促的说:“哥哥,哥哥!……早晚才有卖梨子的?……啊!母亲,母亲,张奶奶来了!”

她转过脸去,擦擦眼,果然张奶奶来了。刘四也戚惨的抬起他病黄了的脸,但是他的身子,却不服他的使命,不能起来致敬来宾。他无奈何的喊着:“张婶子!张婶子!”他的两个嘴角,就酸下去了。再不能说了。他的妻子,只怔着眼看定张奶奶的脸儿,包藏着无限的恐惧,无限的忧思;好像有许多的吉凶参半的问题,急待张奶奶判断出来;但是她不敢先问她。

张奶奶看着她的仿佛大的三个小孩,坐在一块,像一窠小燕一样。开口就吁出一口气来。“唉!两口儿都不大的年纪,头高头低的三个小子孩子,谁不说你们好命!……唉!……

“我适才又遇见和尚来。他也说:‘怪可怜的。无论怎着,我没有不应承的。’论起来,也不错,不过是他的规矩大点。唉……

“那两条路,我也都给你串通好了,须得你们自己拿主意。你要想做粗针线呢?就上李太太那里去。带着三儿也行。钱也不少,每月四百大钱。——可是不能带吃饭的孩子!你若愿意作奶妈?钱可更多啦!每月三吊大钱!我是和孙老爷说的。孙太太还应承我教你带着二子。他那样人家,每天吃他两顿饭,是不要紧的。这样可倒怪好。阿大,二子,都有了吃饭的地方了。你的工钱，也满可以养活病人——只有一件；这个吃奶的小孩子，是必须离……”

“我的小孩吗？”

张奶奶开始说的时候，她的一双眼睛，就盯在她的脸上；以后渐渐有了泪了；以后竟哭起来了。

“不要顾惜我了！你们生法活命去吧！张婶子！我忘不了你的好处！”刘四哀惨的在屋里说。

“你们不要急躁！咱慢慢的商议。”张奶奶说。

“不用商议了，张奶奶！”她决断的说：“一定是得走这条路的！大的一定得去当和尚的！只有这小……”

阿大猛然哭起来了！一手扶着小槐树跳，口里不住的喊：“母亲……母亲……俺不愿意当和尚呀……俺怕呀……母亲……”

刘四在屋里也哭了。说：“天爷呀！你让我死了吧！……唉！这是个什么病呀！……”

三儿看着他哥哥哭，也无意识的哭了。只有小二子怔着小眼儿看看这个的脸，看看那个的脸，他仿佛还不大明白似的。

张奶奶说：“阿大别哭了！你母亲是说不教你做和尚了！教你和你弟弟，都跟你母亲上李太太家吃馒头去！等你父亲好了再回来。我看四哥的脸上，好了老多了，也像快要好了。”

刘四说：“婶子说的不错。我从来没做过坏事，难道教我就这样子了吗？”

张奶奶好歹把阿大哄得半信半疑的不哭了。他的母亲，只顾站在那里，一个连一个的坠她的眼泪。张奶奶再把三儿抱起来。看着他的小面庞说：“嫂子！你把这个小可爱的，赏给我吧！——可怜我这没儿没女的老虫！”那无知觉的小爬虫，竟挺起身来，伸开一只小拳头，拥着张奶奶的老嘴吧，吱吱咯咯的，笑起来了。饱满的小腮上，笑出两个深窝。无儿女的老妈妈，何曾尝过这样的甜蜜；不知不觉的也落下两点泪来。

这时的太阳,将要沉下去了。大白果树上,满含着迷漫的春烟。金日脚从大殿的红山墙上映到小院子里,像一片血雾。人们的愁惨的面庞,都像浴在血里。这时外面忽然又有一套脚步声,想是和尚来了。

（原载《小说月报》第十三卷第十一号,一九二二年十一月）

# 几封用 S. 署名的信

CT 先生：

幸未以“不舞之鹤，为杨公羞；”我竟以书记生转升排长了。我惟恐辜负先生嘉许的心，到这时才稍微的放下一点来。实在由军佐升军政，是一件很希奇的事，我虽未敢自傲，同人们却都诧异极了。

这也不是我一时侥幸，碰上了长官的错爱；委实有可以转升的道理。自放一句说，就是我似乎有可用的才能。我虽没有做过谗说面谀，和无品格的小殷勤的行为，但分外的心血，的确费尽了不少。凡我的团长没想到的，或者是忘下了的，和他应该知道而不知道的一切事情，我都用闲话透示给他，教他办好了事情还不用感谢我的情分。这便是他最得意我的一点。又每逢他作一件事情的时候，我便要沉下心去，替他前后的思虑。总要把这事的步骤，给他思虑个透澈：以待他做得有不顺手的时候，我便忠实的告诉他：这事，这样做去才好。那样做就不大甚……有时他也许信我的话把事情做好；有时他也许不信我把事情做坏；在这上头，他也有点佩服我处。更加上我那书记长，是个浑人，常于办公的时候，不能适合团长的意思。团长有难以说出口来在公事上必须要办到的事，他也不会去揣想。因他是上官荐来的人，又不能辞掉他，每每惹得我的团长难说难道的只是拍袖子。那时，我便指示给他，这公事应当怎么个办法；他却也就明白了，团长也便满意的笑了！这也是我得力的一件事。计算起来，我在书记处是四个年头了。这四年间，团长的事，和书记长的事，——简直就是一团的事，都是思虑在我心里的。今天我得到这个成绩，我实在是受之不愧——也可以想知我得来的不易了!

先生!……我今天承认人生是要奋斗的了!如果不去种植,向何处去得到收获呢?你看大江的水,是何等的腾涌呵!如果止步于点滴的泉源,怎能得见海洋的浩大呢?

先生!……我今年是二十六岁了!但不得谓非少年!我不敢自弃。这区区的小军官,也不过是一个奋斗的途径;我,也不敢自满。我很害怕我们的村庄,终于没人知道它的名字。我更害怕我的团长,因我而失了知人之名!

先生!……我目下忙得很。不能向你多叙了。一切亲友们,我也是不得逐人函告的,望你转达我的消息吧!

祝你的健康!

S. 上

CT 先生:

前信谅已收到。现在我军要实行战地开去了。因为前线上有失败的消息,并风传敌人已经闯过峡来。现在满城中都起了异常的恐慌。大约明日,便是我军开拔赴援的日期了。再三五天,便是我们冲锋血战的时候了。这是我脱颖的第一个机会。我要如何慎重呵!

但是一个现象,使我绝不满意。就是一切兵士们,都极其颓丧。官长们,也缺乏勇敢。他们在说话举动之间,都表现着这战事与他们一无关系,总是有不如无的,失望的样子。难道这些兵士们投军的目的,只为的六元大洋吗?据说这些官长们,都是久经战斗的人物。看现在的样子,我简直不信。更有一个最可恶的。他竟然于今天一同吃饭的时候,说:"这一顿,是发昏饭!下一顿,便是倒头饭了!"我听了,几乎要骂出来——如果他不是我的连长,我一定骂出来了!

亲爱的先生,再谈吧!

S.

CT 先生：

我直到我写信给你的第三天，才落船上驶，因为一些官长们，都忙着往家里，或者往别处，送老小和小老婆，竟耽误了两天的路程；我觉得十分讨厌。这或者许是因为我没有家，也没有小老婆的缘故，——如果有时，或者比他们还要讨厌，也未可知！

我们船行了四天，便登岸了，这已是离战场不远的地方，已有一排一排的败兵跑回来，我这才知道他们失败的原因，是某一营因闹饷而纷乱，被敌人袭击了，敌人乘胜进攻，其他的也就退下来了。

据士卒们说："我们挺着饿肚皮，去碰敌人的热钢子，替你争功劳，加头衔；你倒陪着小老婆，花天酒地的，闹闲情，开玩笑；真个把我们看得太傻了！"

他的营长就说："我千难万苦的熬得个营长，是易的吗？……当营长要仍和当兵一样，谁还去当营长呢？……可是你们为什么不当营长？……"

唉！这两个说法，那一个是是的呢？……那一个人的眼光，不是只看着自己？……他们全不想一想自己是干的什么？像这样的军队，那有不败的道理！

我今天登岸，摊住在一个近江的村庄上。看来是一个丰富热闹的村庄；人却一个不见了。它温润的气候，和江边的风景，是很宜人的。我于人静之后，还亲切的听见江水泻流，和森林秘吟的声音。熟识的星与月，又不辞辽远的，追随在我的顶上，如同异乡的故人，引起我一段无名的情感，教我不得不再给你写信。先生！如果你愿回我的信时；不妨尽量的写，按我信封上的地址寄来。我的长官，是声明不扣留人们家乡的来信的。

近安

S.

CT先生：

S又来和你说话了！我知道这几天，你一定怀念着我。你一定以为S现在怎么样了呢？……这人现在是还有没有呢？……谢谢！先生！S是有的！已经经过了一场血战，并且升作连长了！我知道你听了一定是很喜欢的，一定以为我也是很喜欢的，——其实不然了！先生！不然了！

这个升迁，是使我很惭愧，很不安的。我作排长的资本，完全丧尽了！三十七人，只生还了我们五个！就是我那不说好话的连长，也很可怜的坐在我的背上。他的话，是为他自己写兆；我很后悔，我不应该极端的厌恶他，并且要实行的骂他。唉，先生！你或许以为如果不是他死了，我向何处得到这个头衔吧？……你也要知道，或者还许有好些人，正希望着我再死了，他们再来顶我的头衔呀！我以为军官的头衔，如同回教寺里的丧舆，虽然外观好看，它却会一个一个的把人们送到坟墓里去。

我们这次战争，虽然得着了完全的胜利，但伤亡的人数，不少于敌军。就是庄农人，也死得不少。许多房屋，都被炮弹炸去了屋顶。许多树木，都被炮弹炸去了梢头。那时我清醒的头脑，被上帝取了去，直到现在才还给我。我很希望把战地景况，写来给你看。可惜我没有那样的笔墨。且是战地的情况，也只有亲临其境的才可领会。断非笔墨所能形容。你试想一想，我乡收麦的时候，田野的麦捆子如何的多呀？这次死亡的人，也就是如何的多了！无论是我军的人，是敌军的人，或是庄农人，都一样的在脸上留着一个不可言喻的惨痛，如同用一个惨痛的干片，逐人拍照在他们的脸上。其中最可怕的景象，就是尸丛中，偶然有一个未死定的，忽而举起他死人样的头来。或者是在一个已不转动的尸身里，发出沉重的哼声。当我的连长，中弹临危的时候，他只是急促的说："兄弟！……快脱我的皮袄！兄弟！快脱我的皮袄！"（俗传死人不穿皮袄，穿了，非数清毛数不得转生。）及至我蹲下，把皮袄给他脱下来时,鲜红的血,已点点滴滴的,自卷曲的羊毛上,不住的滚下。如同一张新剥的羊皮!接着他就伏在我身上,两手抓住我的肩章,已经不能说话了!意思是教我背了他走。我背起他,潜伏着身子,走了不几步的工夫,就听得我军一阵喊声。接着就是敌军,嘟嘟!嘟嘟!响在听惯了的枪声夹缝里的一阵紧急的机关枪声。我的首先闯上壕沟去的三十六人,便有三十二个倒卧在壕沟的彼岸了。同时我的连长,也在我的背上滚下来,我的帽子也坠落了。唉,原来他也死了!他的两手,紧紧的握住他抓掉了的我的两个肩章。绝命的牙齿,狠狠的咬住了我的帽子的后缘。这三十二人的合照,竟把我的头脑当做它独有的装框。连长临命的哀鸣,竟把我的耳鼓当做它独有的留声机。更有两个村妇人,也是使我没生难忘的。一个死在地下,孩子仍然伏在她的身上,吸食她死去的乳头。一个把冰冷的孩子抱在怀里,全不知道他是已死的。先生!你是慈善人,如果亲眼看见这些景况,一定要晕倒在地下吧?

但是我很不明白,我这三十二人,是为着什么死的?——是不是只为我争这连长的头衔死的?……若说他们是为国吧?这不是为国家扩张势力。为民吧?那两个妇人和一切死的村男女们,是不承认的。为实行自己的主意吧?他们临阵时,又各具有悲哀的神色。不愿战的话,都说出口来,不过只是迫于命令的威严。只有说是为我争这头衔死的,我是绝无话说。实在是因为我善于逼迫着他们到死地上去,才得到这个头衔的。如果他们预算着机关枪会把他们的大半击死,不闯过壕沟去,我军如何能全数过去,把敌人赶走;我又何从能得到这例外应升迁的骁勇之名呢?固然,士卒殒命,将校升迁,已成通常之习惯;但是我的心,是始终不安的,始终怀抱着惭愧,如同我亲手把他们杀死的一样。又如同他们的灵魂,已从死后觉悟了,这其中的秘密,永远的向我跟随着,诅咒着,就是我写这封信的时候,他们三十二人的惨照,仍是挂在我的面前。连长仍是在我的背上,并且伏在我的耳上说:"兄弟!……快脱我的皮袄！兄弟！快脱我的皮袄！”

S.

CT 先生：

我军这次伤亡的缺额又补上新人了。据司令的意思：是想着把退却的败兵补进来，免得把他们遣散了，流为盗贼。我的团长说：“那些人绝对是不能用了。不如再添招新人。既不知道闹饷，又不会挑剔官长的小钱。只要给他们穿件鲜明的军服，给他们说几句热情的话，他们便会去给我们效死。”唉！团长的话是不错的。这些新人，果然都有那样的情形。但是我是不是也是在团长眼中和他们一样的一个新人呢？当团长亲自拿出钱来给我买一套连长的制服，亲手把指挥刀递在我手里的时候，我也是十分感激的呢！

更有一个问题，是我百思不得其解的。团长竟把一个强壮的俘虏留下——也不枪毙他，也不打他的地界，——给我当了护兵。更可异的，是他们俩的谈话。团长说：“我看你这个人，倒是个有能干的人，我很可惜你。你能在我军中给我报效不能呢？”那人竟很感激的显出他粗鲁的本色来说：“只要团长恩典，有什么不能呢。那里是四两二，这里是六块大洋，那里干不是干。还分什么彼此吗？”唉，先生！这人的话是个什么意思呢？……是普通的军人，都是这样的理想呢——可是他是一个特别例外的呢？……他说的是拍心的真话呢——可是一个有心谋报复的间谍呢？……在团长的意思，是想在他身上探知敌情；可是他说呢，——是不说呢？……如果他的话是真话，普通军人的理想，都是这样，那么，他们的捐躯殒命，只是为的四两二钱银子，或者六块大洋了！先生！……我不愿多说了，请安吧！

再：我近日听那个人说，我的表兄，现在敌军充当督连长。（即营副）并且他——我的表兄——早已知道我在他的敌军，还知道我是排长。我问那人：“他对于我是个什么态度呢？”他说：“他常说‘你的年纪还小，一定可以得点好事的。’当他开始知道你升排长的时候，他是很喜欢的。”这又是个什么道理呢？从军对敌，也和商贾营业一样吗？——只要有个地方可以得利，是不存界限，不分派别的？……那么，他是想着把他的头送给我，教我去升官请赏呢？还是想着他得到我的头，他去升官请赏呢？唉！唉！

又及

亲爱的先生：

江水仍然是摇摇摆摆的，无所可否的，自敌人的区域里，转入我军的区域里，太阳照旧的自我军的区域里转入敌人的区域里，不分彼此，也不变颜色。太阳与江水呀！它们对于我们的战争，怀着什么意义呢？啊！没有吧！不独它们对于它没有意义，就是我们自己也是思索不出意义的。如果一定要我说出意义。我只得说：“官们希望用士卒的头颅，把自己的地位填高些。士卒们也希望在把自己的头颅去填高长官的地位的时候，也就填高了自己的地位”了。那么，我与我的表兄，相处在敌人的地位，也不是希奇的事，也不必忧伤了。因为我们俩，同是做的买卖。不过他卖的是皮袄，我卖的是扇子。如果夏天战胜了，便赚了我的扇子，赔了他的皮袄。如果冬天战胜了，便赚了他的皮袄，赔了我的扇子。我们俩，总有一门赢。倒比两人同做一桩买卖，不巧就会赔得净光，强得多呢！那么，我还有什么不满意呢？但是我的心，全不承认这个理解。

我们已经又开过一仗了。我这次临阵，始终忘不掉我的表兄。每看见兵士举枪的时候，我便以为这一枪，一定要中在我的表兄身上。每逢一个子弹，自敌军飞来，我便以为这是我的表兄射击我的。终于我被他射中了，但是我并不怨恨他。也不怨恨一切的敌人。这实在不过是我的时运不正，折伤了一点本钱；与别的获利的商人，有什么关系呢？先生！你还记得我新补的护兵——那个俘虏——吗？我始终是怀疑他的。不过因为团长要从他身上得到敌人的消息，我不得不用金钱的假意，去转移他的欢心。不料他竟能于我中弹，众兵士护我逃走的时候，独自用一支自来得枪，堵住了敌人的追击，代替了我的生命。先生！你以为我要怎样的惋惜他呵！但是我这回不了！因为他已得到了他的目的物——四两二钱银子，或是六元大洋！

呵！先生！你不得为我的负伤担心吧？用不着的。只是一点皮伤，如今连疮疤都没有了。

亲爱的先生：

我与我的表兄相见了——我已经把他打死了！这或者不是我打死的；但是我的心，以为的确是我打死的！

他似非骤然死去的。他的四周，现出无数的足蹬和指抓的痕迹。他的前半身，都涂满了有血渍的泥。帽子和手枪，都扔在一边，我又在血泥中拾得他的名誉奖章。

我拣起那支枪和帽子以后，我才认识出是他。我便把手枪递给一个赶到的排长，把奖章和帽子给他佩戴上，我的兵士便很喜悦的把他抬起来了。后到的人们，只好一半羡慕，一半嫉妒的说着新连长好运，各自去检查敌人的尸身上有没有余剩的洋钱，和没打净的子弹，及丢掉的枪支。

他们抬起他来的时候，他未僵的头软软的向背后垂下去。他的嫩黄而带着红血的脸，正对着在后边跟着他看着他的我的脸，好像要对我有一番陈诉。同时他的帽子坠在地下。我给拾起帽子，就便摸一摸他的头，并未冰冷。如果我再早到几分钟，一定还可以活着相见的。唉，我很想不出那时我们要说些什么！

我把他安放在一个僻静地方，用棺材装好了，预备着教他去亲一亲故乡的土壤，和盼望他衣锦荣归的儿女和妻子，我便去见我的官长去了。

团长和我的营长，以及一些小军官们，都正站在营门前，各个人的脸上，都带着一种严肃，——尤其是我的营长，脸涨得像一只靴底，——一只红皮的靴底！我上去行过礼，团长便不假辞色的问："你获得敌军的营副吗？"我回答："是的，""有刀没有呢？""没有刀。只有一支自来得手枪，我付给一个排长了。""一个三营的排长吧？"我的营长，用怒目瞅着我，用鼻音接过去这样说。实在，这事冤我了。当时我并没有看一看是那个排长，我便递给他了。团长接着又问："你得着敌军的官长，为什么不缴我验看呢？"那时神助着我！我直捷的说："因为他是我的表兄，并且他是已死的了，我因而就把他掩埋了，"团长登时放下脸来——仿佛早已为我预备下的一样——说："好吧！国家一年耗费一大些银子，专养你掩埋敌人的吗？你这个人，太不知自爱了！"团长说完，便转身进去了。我的营长，也跟他进去了。临走的时候，又回头看了我一眼，一声也没哼。当时便有许多人埋怨我。有的说："等团长验看完了再去殓葬就好了。"有的说："趁团长验看的时候，陈明情由，请赐殓葬就好了。"我没好气，便向他们说："他是我们一样的军人！他也没在我们面前坏过名誉；也没偷过我们的东西！谁忍得把已死的人再卖了呢？"于是人们有的冷笑一笑，有的不则一声，各自散去了。到底三营的营长还不错，他从他那个排长那里把那支枪要回来，再付给我的一个排长，教他用我的名字同我连里这次所得的枪子，一发缴上去。其实，这个于我又何足轻重呢？

呵！先生；军营里是不适于我的生存的了！我现在看着那一些农人，牧竖，小商店的苦老板，——极而言之，就是苦于生活忙的穷人们，都以为是极有生趣，极幸福的。——因为他们都是向生路上求生活的。我不久也将要把战场上的凶气，带到你静室里来了——如果我能办到！先生……你怎么老是不回我信呢？

S.

我的先生：

真可笑极了！我又预备着升官了。（也许是督连长。）团长仍承认我手格一个敌军的营副，去给我请功。并且又安慰了我好些动情的话，劝我勉力做一个铁血的英雄，不要因小不忍败了大谋。同时报纸上也登出来了，说："我与敌军的一个极凶猛的连长，——团长正要升他营长的，抵面搏战。彼此弹尽，短兵相接。终于把敌军的连长，立毙腕下。"更有那些新进的小军官们，仿佛和我特别有亲似的，来劝我不要辜负了团长的爱惜，并说团长是很知人的。我很想对他们说："团长的爱惜，好像村人爱惜他们的猪。是希望它们肥大了，好卖给屠户。他的知，也正同他知道那金色鲤鱼的身上有胭脂色的嫩肉，可以放在他的大件里一样。"

呵，先生！我并不是绝对反对战争的人。我也不是不赞成牺牲的人。但是要分清死在民众祈祷之下的，才是牺牲。战死在肉商的货店里的不是牺牲。战争是加入战争的人们各为他们自己争人格，争主意的。这买卖式的，雇工式的，也算得战争吗？我以为我们的战争，除了多给人民造出些极端的痛苦，俾他们从麻木中早日觉悟过来，是再没有别的效果可言了。——假使如此，我愿剖出我的热血，为人民作清醒剂！

呵，先生！我如今明白你没有回信的情由了。你的信，我当然是得不到的。不独这个，我听说各关卡要塞上，还都有拘留逃兵的机关呢。如果我寄给你的信的封皮上，都写上某人自某某军营发的，你也许一封收不到吧？唉，先生！我不希望你的回信了！这也就是我最后的一封信了！因为我们又预备作战了，这一次……这一次……啊！是万不能再倖免的了！我已经倖免过了三次，我的同伴，死在我目前的，是何等的多呀！但是我已睹见一线的曙光了，我并不完全失望，我军中有知识的老人们，已经明白敌人也会和我们一样，尽可添招新人，去填平他们的缺额，所以是万难杀尽的，而可以盼望着和平了。众人的志愿，便是事实的根源。我相信在不远的日子里,便要有和平的发现。我更相信和平发现的日子,已是我身死肉腐的日子了！亲爱的先生！告别吧！珍重吧！这便是最后的珍重了!

最后的 S.

(原载《小说月报》十五卷八号,一九二四年八月)

# 孙俍工

## 家　风

### 一

谨报

贵府老太夫人萧氏节孝可风由同乡京官联名呈请褒扬奉

内务部总长汇入四年第二届呈蒙

大总统题给节励冰霜匾额悬挂并黄绶银质褒章佩带及证书收执

仍准自行建坊

内务部警卫传达所

这是一张用黄绫裱好的报单,挂在中堂底右壁。正中悬着红地金字的长方匾额一方,“节励冰霜”四个大字嵌在上面,已经成了暗淡色,匾额下面挂着一幅三茅祖师法印印成的福字。下面香桌上供着一尊古白磁的观音大士坐像。

这正是春天的一个早晨,太阳的光辉很和暖地从高墙上射过来掠过院子里一棵常青树的顶上;几只晨雀在树枝中间穿来穿去啁哳地叫着。这时就有一缕清越的檀香的香气从中堂里飘溢出来,渐渐地浸遍了,天井中蓬勃着的花草,堂内的小磬声也咚咚地响了三下,接连着就是一片宣诵的声音。——

“……南无大慈大悲。救苦救难。广大灵感观世音菩萨。

“南无佛。南无法。南无僧。怛只哆。唵。伽啰伐哆。伽啰伐哆。伽诃伐哆。啰伽伐哆。啰伽伐哆。沙诃。　天罗神。地罗神。人离难。难离身。一切灾殃化为尘。……”

发出这种宣诵的声音的是一位快要满七十岁的老太太。伊的体格很是高大,好像有一种勇健的如男子一般的气魄存在伊的少年的时期里,而且曾经用了这个气魄去抵抗了一个不可抗的势力一般;虽然伊现在门牙也脱尽了,耳朵有些重听,眼睛也有些儿短视。

伊是一个节妇。伊的一生过的是一种孤寂的悲哀的生活。伊过着这种生活。是从十九岁的时候开始的。伊的丈夫死时,伊的生父母看见伊这样年青,都想把伊领回家去再嫁;只是伊的婆家原是独生子,自然承宗接嗣的观念是决不肯放弃的,所以就苦苦地把伊留住。于是伊的孤寂的悲哀的生活遂开始了。

起初,伊的婆家留住伊。原打算抚养别房的孩子拿来继祧嗣续。上帝的旨意,和伊的不可挽救的命运,叫伊生了一个遗腹男,这在伊婆家当然是天幸。所以当时伊的公公时常很诚恳地带了眼泪对伊说:“我的最有孝道的儿媳呀,你的苦心,为了我的薄命的儿子,为了我的弱小的孙子,为了这个没有福气的我,——你是为了我的一家,你虽然是吃着人家所未曾吃过的苦,你的心却是可以不朽的!……在我这副老骨头未落土以前,我总要尽我的力为你建立一个石牌坊,才算是对得住你,并且我的地下未曾瞑目的薄命的儿子……”一个石牌坊,伊的命运从此就永远陷在这个无底的悲哀的深坑里了。

伊诵观音咒是从四十八岁伊的遗腹的独生子夫妇双双死去的那一年起首的。伊的儿子和儿媳因了一种奇症死去以后,遗下两个孙子和一个孙女,于是伊又揩干眼泪重新负着母亲的责任。在那个时期伊可算是伊丈夫死后一个最不幸而又最悲哀的时期;所以从那时起立意修行向善,以图解脱人世苦恼,便于每日早起宣诵观音咒七遍,并从那时起不茹荤酒,不杀害生命,这样的生活,伊差不多过了二十年了。

伊宣诵的时候，总是很诚谨地闭目关心地长跪在蒲凳上。宣诵的声音甚低细，有时且至于听不出字音来，但一发声，便是一种尖锐而迅速到几乎不可追及的音调。每宣诵一遍，便要伏在蒲凳上深深地默祷片刻。伊默默地祷告道：

"……孽女子，未知前世造下何种冤孽，苦难在身，此生未得解脱；今发大愿，哀恳大士慈悲，……超度孽女子生生世世不入轮回。……"

伊默祷时，伊的眼泪总是往心里如潮水一般地倒流着。虽然是在那默祷的一刹那，伊也能够把一生最苦最悲的痕影一一回忆起来很清白地印在伊的脑子里，——涌现在伊的心坎里。在这一刹那，苦痛与悲哀透过了伊的躯体，浸遍了伊的生命，渗入了伊的灵魂，直到伊默祷完毕重复宣诵着"南无大慈大悲救苦救难……"的时候，那苦痛与悲哀的痕影才渐渐地从心坎里消失去；伊微微启着眼帘一幌那暗淡的金字，更加得到意外的慰安；一想到现在正在筹画兴工建筑的石牌坊，伊的前途更加地光明，又几乎要把伊一生所受的苦痛与悲哀的事迹忘记净尽。

十分钟以后，伊宣诵完毕了。

伊宣诵完毕深深地在蒲凳上拜了三拜，立起来，又走到大门口默祝了一会儿，然后慢慢踱到客堂里来。这间客堂，名目上虽是会客用的，但实际上不如说是老太太读经休息的处所和食堂还来得切实。房中陈设很简单，只旧式方桌两张，玻璃橱一个。玻璃橱摆在窗户的对面，两张方桌，一张朱红色的摆在中央，只是吃饭时用得着；另一张摆在靠近由中堂进去这门的窗子下面。这桌上很杂乱地堆着几本破旧的《太上感应篇》，《金刚经》，佛说《阿弥陀经》，《般若波罗蜜多心经》，和用粉连纸眷抄的《往生净土神咒》，《大悲咒》，《观音大士咒》，《准提咒》，以及《观音菩萨十二月修行歌》，《十叹无常》，《百岁修行》，《古佛劝世良言》等木板刊印的小册子。这时老太太坐在这桌子旁边一张蒙着西狗皮的睡椅上面，很安静地休息着。

常青树上的晨雀已渐渐飞去，天井里花草中的香气也飘散了。

## 二

"你看的是那一个写给你的信？——不是你弟弟写回来的那封么？"老太太对着一个很年青的女子问道。

这位很年青的女子，就是老太太的孙女，志清。

我们在前说过。在老太太的遗腹子死去以后，遗下两个孙子和一个孙女。两个孙子一个名叫学仁是法政专门的毕业生，一个名叫学智是工业专门学校的学生，志清是最近从女子专科师范毕业回来的，伊是一个极时派的女子，伊的祖母极不喜欢伊的言语和举动，早已把伊许配了人家；但是伊很不高兴，已另外同一个大学的学生发生了恋爱。伊现在坐在桌子旁边拿着一封信在那里细细地阅看，这封信就是伊的爱人寄来的。但伊怕老太太看见，随即把那信折好收在怀中了。

"不是，不是，是一个同学写给我的。"志清回答伊的祖母说，急忙地摇头。

"你哥哥前回在家时，接到你弟弟一封信，很气忿忿地看了，不知那信内写了些什么！我问他，他又不肯念给我听。……你可以念给我听吗？他们的信，写的字总是那么小的，又是草字，……老来的眼，到底看不清，而且也看不懂他们说的是怎么一回事！我找出来，你念给我听听罢！……"

老太太一面说，一面站起来，走到玻璃橱前面，从那里取出一大包的信来递给志清，又补足伊的语气说：

"不过我忘记是那一封了。你在这中间找找看，我记得是一个黄色而且很厚的信封，你细心地看，总可以找着的，如果不是你哥哥带到北京去了!”

“让我找找看,好,看是怎么一回事!怎么会忿忿地!我找出来念给奶奶听罢!”志清把信接在手里说。

“好,还是我的志清好!学仁,你哥哥,凭我怎样说好话,怎样央求,他总是不肯……而且叫我不要给你仲爽叔。”

这时老太太一面看着志清把那一大包的信一封一封地打开来细细地看下去,一面自己尽管在那里想着伊的堂侄仲爽为伊正在筹划进行的伟大而光荣的事业,就是伊的节孝牌坊。

伊的节孝牌坊,说起来也就有点麻烦了。

本来这样一桩伟大而光荣的事业,应该早有成就的,断不至到了现在还是在那里筹划进行。不过这位老太太的命运实在艰蹇得很!不但是伊的自身,就是这个牌坊的厄运也很够受的了。第一在伊的公公去世的时候,第二在伊的遗腹子夫妇双双死去的时候,第三是民国四年的那一年,伊的堂侄仲爽把伊数十年辛苦积下来的二千元预备来做牌坊建筑费的,挪去去买了一个知事缺的时候,这次的筹备,要算是第四次了。这次的筹备,也不能算作乐观;虽然仲爽和伊的大孙子学仁两个很高兴,然而学智和志清可以说是完全立于反对地位的,而且就是学仁也未必有多大的诚心,难保不为仲爽第二,再把那笔建筑费拿了去运动差缺呢!总之,牌坊每经一次厄运,这位老太太的痛苦与悲哀也就增加一层;牌坊底建筑能成功与否,还在不可知的境地,然而老太太底痛苦与悲哀已然一层一层地高起来,堆在伊的生命的路途上,无论怎样,也不能大踏步地跨过去的了!

当这位老太太正在想着伊的前途,节孝牌坊的前途的时候,志清早已把这样一封信看完。——

我亲爱的哥哥:

我看了你的信,知道祖母的节孝牌坊,你和仲爽真地要筹备建筑起来了。你们这种举动,异常地使我失望,使我悲哀,使我恐惧,使我猛烈地感到你们的不可医救的懒怠,堕落,腐败的性根底存在,终竟成了人类前进的路途上一个极危险的暗礁。何等地可怕呵!

你们的根据,是“不建坊不足以尊崇国家的教令,发扬祖母的光荣。”但是我要问你们,国家是什么?国家的教令,有尊崇的价值吗?非人道的节孝也有发扬的必要吗?我真实地告诉你们罢!国家这两个字,原只是少数资本家和官僚的保险公司的名称,彼的基础是建立在大多数人们的血肉上面的,已根本不能得到现代的我们的承认了;何况彼所发出来的欺人的教令?原只是为保存彼的尊严而发的;原只是愚蔽人们的工具;原只是斲丧人们天性的利斧;原只是束缚人们自由的铁链:你们何以竟迷信到这地步!……至于非人道的节孝。彼在历史上所遗留的只有罪孽,只有被光荣蒙盖着的血与泪!我看着我家中所悬挂的“节励冰霜”四字,已经够痛心的了!你们却还要把人家的血和泪去取媚官僚!哥呀,仲爽的知事已做过了,现在你又要来走他的现成的路,……你们这种举动,何等地可怕!

总之,仲爽的顽固,腐败,原是意中事,不足为怪!可怪的只是你,一个刚到三十岁的人,你的脑筋怎么就会这样腐败得快!所以我现在对于你,而且对于家庭,都失望到了极顶!你们再也不要望我来附和你们,为你们撑持门面!我要准备我的热力,扩张我的理想,同不人道的你们宣战!一九二三,一,四,你的弟学智。

志清看完,觉得这样一封信,虽然在道理上没有什么说不去,但是万不能把彼念给这样年老的祖母听的,便急忙地把彼折好插在信封里去;现在又抽出第二封信来看了。

哥哥：

你答覆我的信接到了。

你对于我前回那一封信很不满意，我早已料到了；并不必待你的回信我才得知道。

你说我近来满口谈的是脱离家庭，反抗国家，这是不错的！因为似现在这样的家庭，这样的国家，无法使我不能不谈到脱离，谈到反抗。你又说我的话太理想，而且脱离反抗的思想是悖谬，这也是真实的情事！因为你们现在方且以那逞着猛兽本能的掠夺阶级为正义；方且以那侮蔑人道奴隶人们的强权阶级为公理；方且崇拜那假借道义以取得个人荣誉的圣人贤人；方且钦扬那凭藉礼法以鱼肉平民的官僚领袖：——这样实在也无法使我不能不悖谬了。

…………

哥哥呀，我要对你说了！我要老实地对你说，你的顽固而腐败的思想，实在已经侵占了一个很长的时期，我觉得你的消灭的时期应该到了。"人到三十岁，便如死了一般，没有丝毫希望了；"这话对于你们看来已经成了定理。你今年已是二十九岁，转眼三十便到。这是你底可怕的时期。我以为你到了这个时期，你自己尽可以宣布你是一个可怜的人，是一个仅有肉体而没有灵魂的人；你到了这个时期，你尽可以不要再来占据我的空间，不要管理我的世界，不要梦想着享受支配我的权利！

哥哥呀，你已经是个法政毕业生，你已经有了一门高尚的职务，你的地位已经安全极了！你对于社会上一切畸形的制度风俗一点也没有感觉到不平和不安，你已经同那老不死的仲爽同化了，你那能不说我的话是太理想的呢！哥哥呀，现在社会上也有因为他们自己惰性太深的缘故，而说世界上本来没有甚理想的；也有因为他们要发展自己的惰性而妨害别人的理想的；什么太理想！妒嫉罢了！堕落罢了！……

志清刚看到这里，老太太忍耐不住了。

“你找着了那信吗？是一个黄色洋纸的，……呃，怕就是你手中拿的那一封罢！”老太太说着指着志清手中的所持着的信封。

志清这时心里急了。不等看完那信，就把来折好插在信封里，一面回答伊的祖母，用了别的言词遮盖着。

“不是，不是，奶奶！……这封信，来的很早呢！这几封信内，都没有什么使我哥哥发脾气的语句，大概那一封信，惹起他发脾气的，想已被他随带到北京去，或者是撕毁了？”

“这也许是的。你的弟弟学智，是一个坏脾气，我从小把他养大，我还不知道吗？想必是有什么不好的话把你哥哥冲闯了。”

老太太说完，并不追究那些少年人的琐事，便忽然想到《古劝世良言》里有两句话道：“世人好似一孤舟，撑来撑去几时休。”什么坏脾气好脾气，斤斤计较，实在是多事。于是随手把《观音菩萨十二月修行歌》拿到手里，坐在那原来的椅上一字一字慢慢地用了很尖细的音调读下去了。

## 三

时间过去了。夜色已经笼罩住了世界上的一切。

这时在老太太的会客室里便有一个三十七八岁已来的人，同伊大声谈论着。这个人名字叫做德全，原是老太太底内侄孙。他满面长着麻斑，右颊还有一块灰黑色的疤子，是从胎里带来的。人家都说他前生是富贵人家的骄儿，是在幼儿期内夭殇的；前生的父母，舍不得他死，故意把他面上涂了一个记号。以便来生去认识。所以在他小时，他的父母时常把他密藏起来，不是至亲好友，不让见他，恐怕他的前生父母看见了，会养不大的。说虽奇怪，但他们也有他们所持的理由，不过我们没有那多的闲暇的工夫去领悟就是了。他的声音极粗大，虽是稍微有点重听的人，也不见有什么困难，所以老太太很乐意同他谈话。

“……真好！乐家新雕的一座送子观音。”德全坐在老太太的桌子对面，很正经地说，一面抽着旱烟。

“罗家的送子观音是飞来的，不知从什么地方！那时候正是咸丰年间，长发坐南京的时候。”老太太满面堆着笑容。

“不是罗家，是乐家，花牌楼乐五老爷家里……”

“啊，花牌楼乐家！我听错了。我怕是鼓楼罗家。……真真，老来昏聩了！罗家的送子观音飞来的时候，我还小得很呢！真灵验，真显圣！在罗家！”

“显圣，真灵验！乐五老爷到了五十岁没有生过少爷，从前年二月十九日起发心吃观音斋，……前年二月十九，去年二月十九，今年二月十九，不到三个足年头，他的三姨奶奶竟于前个月生一位又肥又胖的……”他一面说着，口中的烟雾不断地吐出来在空中弥漫着。

“真灵验！”老太太发出很简的赞语，心中安慰到十二分。

德全接着说：“真是一个活观音送来的，乐五老爷便又发心雕了一座送子观音像。今天行的安座礼！……善恶到头终有报！善是善，恶是恶，分毫不差！”他说到后面，声音更粗更大，几乎要把老太太这个小小的会客室震破。

“果然，分毫不差！”

“唔，灵……”他机械似地说着，早已把一部《太上感应篇图说》拿在手里。要做着他平日的功课，为姑老太太讲故事了。

“男不忠良，女不柔顺，……”他把《太上感应篇》翻开。

老太太好似没有听他的话，却把手中一本半新的小书递了过去。

“这是一本《何仙姑宝卷》，吕祖师度何仙姑因果卷，人家今天送来的。这书我原有一本的，在多年以前，后来不知被谁借去没还。……也是一本很好的善书你看——”

“哦!”

他顺手接过来,先把卷首吕祖度何祖图像细心赏玩了一番。只见吕洞宾穿着八卦道衣,执着拂尘帚,腾身在云表,何仙姑很虔诚地长跪在元和堂药铺门首;他心想这真是一幅神灵感应的好图书,不由得发生了无限的敬仰。他随手翻到第六页上有几行用了朱笔连圈着的“……要前不思,后不想,无我相,无人相,无众生相,无寿者相,非有非无,一差无差,……”口里哼出一声“是!很好!”接连着就讲《太上感应篇》。

“男不忠良,女不柔顺;不和其室,不敬其夫……今晚讲到这一句。”

“不敬其夫”这时触动了这位老太太了。

我们知道伊的生活,除了伊在十八岁至十九岁的那一年中间曾经同着伊丈夫居住过以外,这五十年来,原只是过那孤独的生活。伊心想;夫是应该敬的,不错,那末似伊一样五十年来都是过的孤独的寂寞的生活,又将怎样说呢?

德全大声地把注解念道:

“夫者妇之天,终身所归依,安可不敬!……”

他念完原文,又参加以自己的意思来解释一番。接着又把下面的案语同样地高声读下去。他读一句,这位重听的老太太也应一声,虽然伊对于他所说的字句有些并没有听清楚。

现在他拖长粗大的嗓子念道:

“虔州周志大,为广南县尹。”

“县尹,比民国的知事要小。”老太太插了一句。同时伊的脑子里显出一个曾经挪了伊的修牌坊的二千元去买知事缺的仲爽的影象。

德全并没有理会伊的话,只继续读下去。

“有二女——长适……”

“功名富贵都是假，轮回受苦实难挨！”伊想到仲爽那样无聊的举动，不免有点恼怒起来了。但是德全仍旧没有理会伊，仍是正经往下念。

“长适同邑鹾贾之子赵郯侯，次字同官吴遵道之子庆郎。遵道没于任，妻亦继殂！……”

“一朝大限来到，万般事务一齐丢。”老太太又背了两句劝世文，并叹了一口气，补足一句。

“可怜，庆郎怎样了！”

“自然，是可怜！”他继续说。“庆郎贫苦无依，志大欲悔婚，屈于众议，不得已将庆郎入赘，相待甚薄。其次女复不贤，视郎如仆，……独侍女轻红识庆为非常人，早晚殷勤照管。……”

他读到这里，又把上面圈了密圈的似通非通的眉批，大声加劲念道。

“识为非常人，便晓得词华字学，将来为翰院中人了，便是夫人的眼力。”

“真是好人，轻红，这婢子不错！”老太太叹息道。

“好人真难得，世上好人少，坏人多！”德全这时大发议论了。“要真正的好人，才能到西天去，是不是呢？姑老太太，你说——”

“呃，真地！能够到西天去的人才是金钢不化的人。……我家的二伯母，你是知道的，不——你也该听见说过。”

“是，听见过的。”

这时德全已知道姑老太太，听书有点疲倦，已把《太上感应篇》丢置在一旁，重行抽着他的旱烟。同时他正在回忆一个在他小时他母亲时常说起的故事。

有一个女人，伊是孝子，又是烈妇，曾经两次把自己的肉割下来给人家当药吃。一次是为伊的丈夫在病危的时候，医生说，那病是不可医治的，除非得到一片人肉来做药引。那女人便祷告天地，鲜血淋淋地把自己手臂上的肉割下一大块，亲自煎了给伊丈夫吃下，病就好了。又有一次，就是伊母亲病得厉害的时候，医生说是须得人肝为引，那病方才有救。那女人竟也同样地祷告天地，血淋淋地把自己底肝脏剥出来割下一小块，煎给伊母亲吃下，病立刻就好了。伊后来足活到九十六岁，一点也没有病就死去了。死去的那一天，伊亲自沐浴好，穿上诰封的衣服，吩咐家人说伊要去了。那时人家还听见天上，吹打鼓乐的声音呢！这正是姑老太太所说的二伯母了。他回忆到这里，不觉得便叫了出来。

“那位孝妇，烈妇，真是活佛，真是天上的星宿下凡！死后，不是成仙去了，也该投胎在一个大富大贵的人家，一定是女转男身……”

“真地，善恶到头……”老太太说了半句便不作声了；默忆着自己的寂寞的艰蹇的一生，默想着自己的将来，自己的来世的福利，在微笑之后，又引长着声音叹息了一回。

德全很会意，接着把伊的话续下去道。

“呃——终有报，这是丝毫也不相差的。”

谈论的声音渐渐歇息了。沉寂忽然充满了这客堂里。惟有老太太时而发出一种短促的叹息，德全口中的烟气也仍旧不时地吐出来，在空中弥漫着。

第二天清早，在老太太诵完观音咒以后，伊的堂侄仲爽来了。他是一个五十来岁的绅士，前清的举人，曾在高邮做过六个月的知事。现在是从他的原籍南通来报告老太太筹备建筑牌坊的消息的。

老太太问：“筹备到怎样了？”

“照目下预定，只要时局安静，准清明节后，土石一齐兴工，……”仲爽把头点了几下，表示郑重到十二分。

“好，一齐兴工……但是——”老太太嗒然说。伊的态度好似有点兴奋，又好似极其冷淡的样子。

“大概不到一年工夫，总可成功，也应该成功了！也应该成功了！”仲爽重复地说。

“但是，仔细想来，我觉得世事很少意味，何必探求？何必斤斤两两地计较；……”老太太越发显出沉闷的样子。

仲爽没有明白老太太的意思，又反过他的语气说：“不过——如果不当着什么民国的时代，‘圣旨旌表’的节孝牌坊，早已成功了！怎奈一个非驴非马的民国，‘上无道揆，下无法守，’弄得礼义沦亡，廉耻道丧，……唉，说什么……‘礼义廉耻，国之四维；四维不张，国乃灭亡；……’”

仲爽说到这里脸庞上的青筋膨胀了，语气也越发急促。但是老太太没有十分睬他。因为一来伊的耳本来有点重听；二来，伊对于仲爽说的话，终竟有几分的意义不甚懂。

“不知学智又闹什么了！小孩子，脾气真坏！”伊插上了一句。伊立刻便想到世上很缺乏一种安命守己。同伊一样的人；似现在世间一切的人，都是怀着由斤斤两两计较得来的个人的福利而生活着的，对于世界有什么样一种用处呢？

“脾气真坏，有谁不这样！现在中国的一班青年，胡闹得太不成事体！什么脱离家庭，打破礼教，提倡男女自由，……均是亡国败家的朕兆！世道人心，何等地可忧！……”仲爽深深地叹息了一回。这时志清已从里面卧房走来，手中拿着几张法国裸体名画。

老太太注视着志清说：“男大须婚，女大须嫁，这是古来的常礼。……”

仲爽加紧跟上说一句道：“男子治外，女子治内，也是常例；只要不违背礼教，未尝不能自由，而且权也未尝不平！……”

“不错的！”老太太接连地点头。“这是很公平的！朱家的孩子，也是大学生，人品又好，并没有什么差错，——瞎眼或是跛足，有什么不如意呢？……志清，我的好孩子，你允许了我罢！你的岁数已经到了，你不要老是仗着你小时候那样脾气；你依从了我，择个吉日，把事情办完，免得我悬心吊胆地不安！你是读书的人，应该比一般的女子更明白些！男大须婚，女大须嫁，难道古来那么长久的年代，都把这句话错认了么？”

老太太慢慢地说着，泪珠已经装满了眼帘。

但是志清把头一扭，就回到内房里去了。

老太太无可奈何，只叹了一口长气。

“似这样——”仲爽延长着语调，显出怒不可遏的老态。“不闹到灭天理绝人伦的地步，不闹到人非人国非国的世界。不能够放手的。”

这时老太太哭了。

室中空气顿觉严肃起来，几乎同死一样地严肃！

最后只有老太太叫出一声“家风坏了！”

（原载《小说月报》第十四卷第九号，一九二三年九月）

# 徐玉诺

## 一只破鞋

学校里的司铃夫,已经摇过早餐的铃,又要摇上课的铃了;我们四个同学,(还有两个旁观者,)才把纸牌放下伸一伸懒腰揉了揉那些困苦而干涩的眼睛;这就是在这夜里除抹牌以外第一次的动作了。不用说,当赌气正盛的时候,除非一把刀穿入自己心里,立时死倒在桌子旁边,那工作总不肯休止一刻。

起初同学们也同我一样不肯停止,结果却将洋烛吹灭了。我们经过讲堂前面,来到寝室里。他们走着告我说:"你除交钱外还欠两千四百文,"——这时有些同学正在嚷着"非上课不可了!校长要悬牌罚钱呢!"又有些正在骂着厨司和夫役不快给他们送脸水和点心,所以我并没理会他们告诉我的。我觉得我的头疼腰酸,什么都不顾得,便躺到床上睡了。但是——实在我的脑袋太坏了——我的寝室门对着讲堂,那修身的先生如雷一般叫喊着,我那能睡得下。

我觉得在梦中,恍恍忽忽听见沉寂的足音,和不知什么人的声音:"家里来人了,徐先生!"我勉强一睁眼,就看见我的叔叔海,已经早坐在我的床边了。

那时他还是三十一二岁光景的农夫,赤着足,仅穿两只已破旧不堪而补着皮头的鞋子;他那和蔼而喜详的尖尖下颚的面孔上,还披散着不能辫住的黄色的乱发。他用挚热而不肯转动的眼睛凝定的看着我;说:"为什么这时还在睡着;——你有点不好吗?"

我是他的大侄儿,多日不见了,自是喜悦得很;说着便用手去拂摸我的头发,我的心慌张到极点了。我作出难受的样子,告他说我不知怎么不好,夜里只是不能睡觉。他又现出很爱惜的神气,说道:

"读一读,要休息休息;不要用心过度!"

他虽说是不识一个字的农夫,却知道读书是一件费心的事情;他续着说:"夜里更是不当用心;夜是给人睡觉的!……"

我的脸有点发热起来,头也疼起来,正在心跳;他又续着说:"我们虽说爱你读书;但是爱你更甚!……"

他沉默一会儿,大概他心中很安适。在我那微觉惭愧的心里缠绕着的:并不是想着家中的事情,他怎样来,或者吃饭了没有?……我只是想着夜里的事情;那纸牌一场一场的在我那麻木的脑袋中翻着,……有一场倘若我能够得到一张"八万",那会赢了四百钱的上下;……呵哟!那是多么解渴的事情!几乎忘了他在我身边坐着。

他忽然抬起头来;他想着见了一面就很好,似乎没有再在这里的必要了。立起去解那一大袋面;——我还没有看见那末一大袋东西早已放在那里,——取出两千多钱,放在桌子上;并且说:

"这是早预备赶麦会买东西用的钱,因为今年麦子苦坏了,也用不着什么东西,我想着你定是没钱化了,我就抽个空特意给你送来。你的父亲同母亲正忙着在田间收拾那毛羽似的麦草呢。"

因为我一见了钱便想着……好……火费不要紧……这可以还偿前日的赌账了。所以也没得领会他所说的意思。叔父已经站起来了;又挤挤眉头,说:"你们有事,我也忙,我就要回去了!……"

"你可到姑母家去吗?一件衣服,请她给我修理修理!"

我说着取衣给他,他接过便走出门去。这时忽然一人告我说:"匪将过河来了!"叔父十分惊慌的说:"不知怎的,我来时已见许多兵在城门前了!……"

我走到墓场的石碑前,我心里只顾想着赌账,全不理会这个永远作恶的消息;叔父走到远处,还说:

"你在那里吧!"

在叔父去后。大约一点钟光景,传说匪将已进到离城七里的地方了,全城都惊慌起来;乡里人都被恐怖压着,拥挤在城门外;我们的同学也于一点钟搬进城里去了。

起初有一营陆军,和一队民团跑出城来。想迎击上去;他们还没排好阵势,就有一队骑马的匪将冲锋过来,一阵枪声炒豆子一般的响起来了。陆军打着退着,勉强将城门闭上;——还有许多伤兵和跑得不快的人们都隔在门外;——那匪将几乎闯进城内。那时城里的人都以为是匪将进城了,大家乱踰墙奔避;那时我刚搬到一个公所地方,听到城破消息,一时无措,赤拳将玻璃窗子打破穿了过去;其实窗里窗外一样是危险的城中;两拳流着血,我紧紧地握着,使我心急到极点。当街上急惊的打着锣,叫着上城的时候,我心中稍安定;才知道匪将并没曾闯进城;我回复到室里。这时枪声响得更是厉害,不分个的小钢炮流水一般的响着,又点缀着大的开花炮洋抬枪;正同惊岁的大爆竹一样。我们怕枪子,都藏在室内不敢动。忽有一大弹从屋脊上穿过来,又穿过去,我们惊慌着跑到院里;料不到又有一弹从空中飞过,将一棵白杨树折断了,树枝砰的落在地上,吓得我们失魂;一个同学倒在地上,他的头部已受了重伤了。那时太阳已昏昏沉沉的从西方落下,天空中充满黑灰的烟云;因为城上不断的向下抬死人和血人,一时满城都是凄惨的哭声。不堪听闻。

当时鲁山的知事,是一个有血性的革命党人;对于战事别有兴趣。他带着卫兵遍家搜察,除下重伤的,无论那个男人,都得上城。女人小孩子不准哭泣。到夜二更时,城中果然寂静了;城上很镇定的守着,只听得沉沉寂寂的枪声和城外匪将们的叫骂。

守岁一般将一夜熬过去，我们又冷又饿，正要预备些热水喝；忽然县知事又来了，立迫着我们上城。并且焦急的说："无论什么人都应该上城；……现在真是危险了！……城上……"

我们感谢他热心，被他激动着，便都上城去了。同学有些拿着棍子，有些拿着假枪，独有我拿着体操时所用的指挥刀。

城上一堆一堆的死尸都不曾抬下去，他们互相枕藉着；真是想不起来，还有些受伤的在上边躺着呻吟。……

这时枪声格外稀少，仿佛那些匪将也闹得疲倦了。太阳刚从东方上来，向外看，天气尚明朗，野地并看不见一个人；可以说连一个小动物也没有。这个使我们胆大！——仿佛这同平时一样，在这天朗气清里，是不会有不好事情发生的。——我们直着身子向东走，想从北城沿到东城上去；临路伏在堞下的老人们，总是很惊急的阻止我们，教我们伏下。我正不以为然时，果然啦，啦，啦，啦，有一阵特别响亮的枪子从我们头上飞过去，那分明马利侠的钢子；我认得清楚他们都在城外住户的房顶上伏着的。

我们受了这次惊，便很留意的栖垛分伏在城上，一时那枪声又不分个的响起来了。

我觉得我所拿的兵器太不中用了，就近在死人堆里找出一枝六响铅枪；但是再也找不着子弹了。后我溜到一个伏的兵边，才从他手中得来十几粒子弹。这时我很兴奋，我的工作，我也端详着城外屋顶上的黑头；——露出来时我即开枪。——我料我一粒子弹要换他们一个命。那时同学中也有人已有一枝枪在手里，我们彼此望着，开了一枪，便要大笑一阵。我们也很想听得匪将的枪声；或者伤了我们，让我躺在地上。或者轻轻地从我们身边飞过。有时一只开花弹从城垛上拭着过，或者一个老人不听响的中了一弹，向后倒了下来；我便很失望的恶憎那子弹，他与我太不生关系了。

这样很顺利的将一天的光阴消灭下去，我们忘掉了一切。到晚上枪声又渐渐沉寂下去了，因为这战事到此时已有大的进步，一粒子弹总要换来一个人命才肯放下!

灯笼,火把已经全排在城上,在远处看着,这个方城一定像一轮白的花环,冠在一个大坟墓上。但我觉这灯还不如没的好,因为在三丈高空以外,更现得黑暗。

知事有段话传说过来:“大家父老兄弟,要竭全力守城!在今天夜里,贼必有一次强烈攻击;我城万幸能守至明晨,是庆再生也!……”一时全城大被激动,各人特别镇静的防守着。

一直到二更时分,全城都在机密的网里;匪将也不发一枪,我们也不发一枪,正像睡眠在平安的夜里一样。我正计算着他们要在这寂静的黑暗中爬上城来;忽然东门上枪炮声一齐发作,像有许多架开花炮对着城门,将城楼打得不止的战栗。这时我们所有的枪,也差不多全集在东城上。这样维持有一点钟时候,我们被一种大的恐怦击着,——这城楼要塌了!——这城楼真连一弹也不敢再受了。我们急用大土枪向下发,又有一点钟之久,我们觉得我们已得了救星,在火把闪灼之下,我们看见那大炮前后已不能存在一人;原有土墙,被我们的土枪冲倒了。

大约在四更时分,老天忽然行了一阵雷,接着下起大雨来。在雨声中,看见四外全发起黑红的火光,渺渺听得城外的哭号声;我们晓得他们正在焚杀,但是却相信他们要退去,我们自己是出险了。

在这黑暗沉沉,雨声淅沥,火烟缭绕的城上,一直天亮我们才晓得在这夜里有许多人还有两个学生都死在脚下;——好不令人胆惊呵!我右肩上有三个子弹穿过衣服;……我们都庆再生了。那时是旧历的端阳节(一九二二),我们想起了吃东西;其实我们整整三天三夜没吃一口水了。但是我们的厨司是头一天搬东西时死在城外的,没人给我们做饭;并也实在没有一点食料。我们后来从仓中取来些老陈谷放在水中煮,并用葫叶包成葫钟,各自痛快的吃个大饱;晚上又开始抹起纸牌来。我因为心中不宁(不知叔叔的下落),只是在一边看着。

第四天的傍晚,——却是傍晚,在涨浓涨浓的云雾和尘埃的黄昏中,太阳已晃晃的从西方落下了。——那时我正听着一张“五条”的“全贯”,有人进来,说:有一人在城外叫着我的名字,我即时找个代替者来到城上,在许多死尸和子弹壳堆着的处所,看见了我的父亲;他那纵横皱着的面孔,和苍白的眉毛和胡须上已罩了一层青灰色的尘埃,看着分外凄怆;几乎使我不能认识他。

“你的叔叔也在里边吧?”他说出这话时,声音很涩滞;并用硬迟的眼睛望着我,现出极急切的愿望。

我心中很惊慌的说:“没有呵!”

他沉思一时,长叹着说:“恐怕是没有你的叔叔了!……他为什么还没到家呢?……”

他苦苦的寻思着,便没精打采坐在从城上塌下的石块上;我无心的向下看着,我的心并不能全把持叔叔身上;那战事的高兴,和纸牌的沉醉,如梭一般绞绕我的思想里。

“他或者到枣园去了!”他忽很郑重的这样说,仿佛得什么新的东西似的。“你下来,我们一同去看看吧!”

我迟疑着找了一条绳,攀在城垛上顺着下来;但我并不是知道了我的父亲对于他的兄弟的悲哀是怎么一回事;没意思,只是习常的听从着父亲的命令罢了。

这已是黄昏时候,一切战后的产品都埋没在黑暗里;我们走着,不知有些什么东西软松松的在足下翻动,使我生出极逼迫的恐怖。但由此向北到枣园,只有五里地,是我们的熟路;所以静静地慢慢地尚可以摸索着走。

在远远的黑暗中,时时有火光萤萤的闪灼着,想着是有些房屋正在燃烧,不曾有人去救灭;……或者是半死不死的人们的身穿着的衣裳,又在被弹火燃着。……但是,忽然又看不见了,只是空空的黑暗，好像我的眼睛忽然被什么蒙蔽；又好像一块云雾在前面遮着似的。

时时有一阵热风吹过来，那捕捕的烧臭和腥气，使人的呼吸都要窒塞。

"……海……海……"父亲忽然很表情，——他的声音很奇怪，正像小孩子招人来的口吻；——很愿望的这样叫着，使我不禁心跳着向四方寻视：

四方只是重压着的黑暗。

"伯伯，你怎着的？"我问了好久他才回答：

"我当是正在场中打麦子呢！……"

乓啦啦，……很凶的声音从前面发出来，正像一只钢弹碰到岩石上；使我不自禁的颤抖起来，父亲也陪着了叹气，我们不期然紧靠着。

到我们觉得我们所走到的就是枣园时，那村中简直连一只狗也没有！我们很经心的听着，溜着；沉寂恐怖得连我们的呼吸都低微下去。

我们顺着一道烧焦的墙壁，摸索着进了姑母家的大门，父亲便凄凄怆怆地叫起我的疯子姑母的名字："小菊！……小菊！……；"但是空气仍然非分的沉默，没有一点声音。我们走进一个有树林的院子去，见有一个黑影从里边慢慢地移动过来；待我们很留心走近那影子时，才知是个女人，正在用水灌灭燃着的衣物。

父亲问："那谁在那里？"

她仿佛被神秘主宰着似的，突然的说："你来做什么，哥哥？"

"海来了没有？"父亲急促的问。

"他来了，又走了；"她回答"那时太阳快落了。"父亲不待她说完，便乌的一声哭起来了；……我只是发呆，……不知怎着！……

"走去找他去吧，傻子！一定是没有他了！……"父亲哭着说。姑母思思疑疑地去点着灯笼,并且说:“是呀,人家都不让他走,他一定要走!……大概他走也走不远。……”

我们三个人携着手,我在中间,父亲在右边提着一把铁铲,姑母在左边提灯笼;走出了村庄,踏过高低不平的田野。姑母不知道她想些什么,我被恐怖压着,只是发颤;父亲却不止的哭泣着。

我们盲走了好远,见死尸便要注意的看;但是男的,女的,老人和小孩子,一个一个都从我们眼前过去;海叔叔再也找不着。

后来我们走进了上村,一个老人正照着小灯走来;我们将所找的告了他,他说:“在村后躺着的一个人,今天早上他还没有死去呢。他叫着他和枣园是亲戚,那时我急着我的孩子的尸体,也没有给你们送信去。……”

这时正是中夜光景,大地被黑暗压迫着,微风摇动着,灯光四周止不住闪灼着,更显得阴森可怕。我们战抖着,心疼着,被引到海叔叔躺着的地方,这里却已有许多野狗正在跑着。……

父亲和姑母张惶着用小灯照了照,他们哭出来:“他,……他原来早已死去了!……”

他的面貌已不可认识;两颊的筋肉已被什么东西吃去了,两臂和两腿也有几处露着骨骼。……

但是赤条条在那里躺着的,那身躯,那架子,我还可以看出那是我的叔叔海……

父亲只是咽咽的屈坐在地上,用两手拂摸着叔叔的头发和骨骼;那老人又说:

“他大概也是初三日下午受伤的;那时我们的村上先着了火,所有的男女都向这里跑来,预备逃过山去;却都被匪将打死在这里;……有一百多人都同时死了!……”

“他是过了初四,到了初五,经过长长的下着大雨的黑夜,雨后他还在这里哭叫着。……”

他声音颤抖着,说到这里父亲和姑母都放声大哭起来。大概是他们想着他们的亲兄弟，受那么长时候的罪！……他多么盼望着再见他们一面！……却没有人来给他一口水喝！……

朋友们！我的故事并没有讲完；现在我的姑母和父亲都白发苍苍了，我一点也不能向下写，自此以后我也一点不能记忆了……

大概用铲在地掘个小坎，将叔叔埋在里边，……现在还有一只破旧的，补着皮头的鞋，在婶母那里保存着。

（原载《小说月报》第十四卷第六号，一九二三年六月）

# 祖父的故事

## ——在摇篮里之二

### 一

那时我也许还要小些；在夏天的夜间，我常常搬一块小木板，靠近父亲的床，在路边的树下睡觉。离这地不远就是我们的牛房；那屋的里间，仅有三块砖竖起的小窗孔透着外边的，便是我祖父的卧房。在冬天和秋后春前，父亲总放些干草进去；一则教祖父取暖，再则以备喂牛不时之用。现在什么也没有了，那里只留着潮湿和黑暗；我们要一猛的进去，那些朽木材，细菌及干草的泡酵气味，立时会窜进你的鼻孔来，窒住着你的呼吸。

祖父那时也不过六十五六的年纪；但他的眼窝塌下，有一只眼睛较小些还带着一只很大的蝇翼；他的腰肢向前屈着，显得他的两肩更低垂：因为他的两足曾搬运过很重的东西而受过六十多年劳苦的缘故，走起路来，看去很奇怪的滞重和困难：这在现在的共产党看起来，是应该入养老院，或者有吃饭资格的罢。

他的确是一个奇怪的人；不知为什么，他总不肯到外边露天睡觉；……也许是因为他常常腰疼罢，近几天来，他那卧房里更是镇天镇夜的冒着扑鼻的艾烟；我想着他是要赶那小到看不见而却有恶大的势力的蚊子罢？一直到这天的早晨，我的姑母要我去给祖父送茶，我才看见，他正用一端燃着的艾绳来烘他的脚；我奇怪的问："爷呀，你怎么烘蚊子呢？"那时他很自然的笑了笑，涎水几乎流出来，却"吸流"一声又收回口里；并且将艾火更煨近他的脚后跟。带着几分诙谑的说：

“傻孩子你知道什么；我的脚肿了啊！”

那时我不知肿了和艾火有什么关系，所以再也没有向下问什么；将茶碗放在祖父的脚边地上，便走出玩要去了。就在那天晚上，我的祖母来和他吵闹。

## 二

那年刚到六月便下起雨来，一直下到七月初间；眼看着时节已近收获，那豆子被极葱蓊密集的杂草积压着，还只是在弱茎的顶端扛着一个十字形的嫩叶。我们全乡的农人都是这样觉着：假若不赶紧将杂草除去，使那快去的秋阳晒一晒那豆子和土壤，今年会收不到一粒豆子！所以大家都是急急忙忙的去锄那杂草。

那季倒也奇怪，我的父亲在春天就得下了胃气疼，直到麦罢才好；他身体黄瘦，几乎起动不得。那时海叔叔还算不得能做活的大人呢。所以大家都看见，在我们村里的就数着我家田间的草深，而且数着我们不能做的。

在前一天晚上，我那好调着京腔说话的十五爷，那时大家都是在田间工作了一天，在街上休息并吃着晚饭；他将汤碗放在地上，又将吃烟管放近嘴边；才说“我跑在路上看着：哼……”将烟管放进嘴去，竭力的吸了一阵；又说：“芳呵，他今年的命运是看得见的！”

祖母因为这句话极为难受，伊一夜不曾睡着，伊只是胡乱的思想；一到了这天的五更，便叫起了全家的人；只留下我的姑母，在家做好饭，再带到田间去；我的母亲也将小弟弟抱在怀里。和海叔叔，和父亲，一同先到田间去锄草去了。

那杂草在我们田间的，也仿佛特别有势力；他们一根挨一根的，带着露水和他们所抱持住的水分，紧紧地和土壤联合在一块儿;使你没法下锄!就是竭力将锄头掘下去,他们大家密集起来,缠括着你的锄刃,使你推拔不动!

父亲和祖母,他们在热烈的阳光下挣扎着,满身是汗;他们喘吁着锄了很长时,看着用锄无效,便抛下锄头来,用手指一根一根的拔。

我的母亲和姑母都是被习惯支配着缠着脚的,她们跪着,爬着,喘汗着,一直挣扎到晚,看看太阳已经落下去,黑暗已经给四围笼了上来,他们的成功,也不过长长短短的一席地。

## 三

这天晚上,我的祖母生了满肚子气,从田间回来的路上,一脚高一脚低伊都不知道;伊急急的跑回来。一见我的祖父在路边的一块石头上坐着,伊便痴痴的坐在门前地上,对着吵起来。

“你好呀!——你看我的儿子,他,他害着病;我的闺女,我的抱着几个月大的小孩子的儿媳……都是爬的跪的到田间去锄草……”

祖父很惊奇的看着,祖母气愤愤的续着说;“你呢,你清凉避暑的在家里……坐在树凉荫里纳福啦……你说你的年纪大了,谁还比你少一岁!你看那……你没心肺的人……你……”

这时祖父慢慢低下头去,他那苦皱的面孔上现出极深奥的惭容;祖母续着半哭的说:“你没到田间去看看那杂草盖满了田地……你就是再活一天,你也要吃饭呢!……”

这时已有几个人来劝解;我的姑母端出两碗汤,另一碗给祖母喝;祖母直宁不喝,姑母将一碗放在地下,将另一碗给祖父送去,祖母忽然抢上去,将那碗从姑母手中打洒,口里吵着:“你不要顾这样的老子!他不能吃饭。他不能吃饭!……这都是我一滴血一滴汗换来的,他白吃不了!……”“好,我就不吃;我永远也不吃了!”

他说这话时，他的嘴唇颤抖着，他那残余的一个真实的男子的血轮忽然暴集在脸上，这时祖父真恼了。

我的姑母和母亲都很难受的摇了摇祖母的肩背低低的说："娘呀，娘呀！你们都老了……你们都做了一辈子……这是我们的错处……娘呀娘呀！你不要再吵罢！……"

这时大家都在一种困苦和悲哀的乱境里沉思着，大概全村的灵魂，都酣眠在疲困的身体里了，一时显得异常的静默，一会儿月明象清水一般从东南天角上照过来，在一团一团的黑影里将祖母的额上映出一道白光，看见清泪晶莹莹的从她眼中流出来。凉丝丝的秋风从林梢上带着几片落叶吹过来，吹得人心神颤栗，引起一种衰老与寂寞的感想和恐怖。

好久好久我的父亲才说："天无绝人之路，只要我们努力做去……"母亲和姑母都说天不早了，要祖母去睡觉，祖母也立了起来，就是要回去，祖父也立了起——仿佛他并不恼，祖母那样的气愤，他觉得也是有道理的——笑了笑说：

"现在我真老了：我看不见前面的路，我常常腰疼，——男怕穿靴——现在我的两只脚也肿着……"

"肿着！"祖母很沉浊的插嘴说："那可不能留给几个人服侍你！"祖父好像没听见似的，只是很兴奋的说："当我少年时候……"

"当你少年时候！……呵，我要哭了"伊说着用衣襟沾泪，继又呜呜的哭着说："当你少年时候，再不用提罢！再不用提罢……"伊哭着被姑母挽回家去，祖父怪伤心的也再没向下说一个字，他只是沉默的回忆着。

## 四

这实在是伊最伤心的事情；伊是清水营张六德的姐姐，伊从小就生在有钱的家;伊有三个妹子,也都嫁给有钱的;伊来我家时,却是一贫如洗。可是伊并不因此难受,伊是个有血性的女子,伊觉得白手起家更是有兴;伊从来到我家那天起,便立志要建起一分家业来;可惜伊挣扎到这样的年纪!……这真是最伤心的事呵!

但是我的祖父也并不是没有出过力!在徐营北地,兴国寺的西边,有一块四周被小河圈着的一百多亩的良田,名叫"大荒地"的;谁不知道呢?那是祖父亲手开辟的。现在,或者一直到永远,人们看见这块肥沃的土地,或是看见这茂茁的田苗。便要想起我的祖父来;因为关于这块地的故事,像刀子一般深深的刻入人们的心里,永远不会忘却。

这故事,我的姑母曾清清楚楚的告诉过我。有一回我随姑母到河上去洗衣裳;走过一家高大的瓦房,那墙又高又厚,墙的两面都是用大方砖砌着,伊指着告我说:"这家是大财主;是我们的仇人!"

"为什么呢?"我问着,用手划着那砖墙走;那时我并不恼怒仇人。

"我们永远不会忘了他,看着他享福!……"伊那时也不过二十岁左右,说着脸变苍白了;浑身战抖着:"北地有一块大荒地,你爷爷常在那里放牛,早就看中了;那地里所以有水,是因为四外没有河沟的原故;你爷爷想着在边上掘成小河。再筑起堤来,一定会成为好地的。所以他就买了两头大牡牛,预备开辟那块地。"

这事预备好了,大家都传说着"好是好,可是不大容易!"在一天晚上,大财主家忽然来人教我们,说:"你们怎敢不告我,说要开我的地!"

"你爷告他说:'那是你的吗?'他答说:'你没看四外都是我的地!''那末怎么传说,……就没听说是你的呢?……那末我就不开他。'爷爷说着就要回来,他拉着他说:'你要开也好,开后我让你耕种着!……比别的优待一点,你要六个,我分四个。……'"

“爷爷,因为没有地耕种,便决定就这样开辟了。”

伊说着,我们已经走到河边;伊将衣裳放下,并且指给我看:“那不是大荒地,现在是顶好的庄田!……那时你的爷爷天天赶着牛去犁地,要你奶奶给他送饭;在热天,又常在夜间住在地里犁。那两头牛瘦死了,又买两头牛;……整整开了四年。那一年全开好了,才种上高粱;这年因为雨水过多,高粱一半被水淹没,一半长得也不大好;就那边收了五车高粱穗。……不知为什么,那高粱都送在大财主家里去了;后来去打高粱米时,看见那原放的地方没有了;问他,他佯着没听见;拉着他,大声问他:‘高粱弄那里去了?’”

## 五

我不知道祖父来到我的床边说些什么,我醒时只模模糊糊的听得“……去!”的声音:我恍恍惚惚的似尚看见他,将两手攀在膝上,坐在我的床边;却不久我又沉沉入睡了。

“信儿,回去给我找些茶喝去!我口渴的不了。”第二次他慢慢的将我拍醒来的时候,他很和蔼的这样告诉我:我答应了一声,立起来:看见月亮在西方天上分外清明,我问‘爷呵!这有甚么时候;……你还不曾睡觉吗?’他答说:‘我已在屋里睡了一会儿,但是口渴得睡不着;——你快去罢,孩子!这时差不多过半夜了。’他说罢,连着叹了二口长气:但这并不是伤心的叹气,仿佛他心中很宽阔,很平安:别的再没有什么可说了的表示罢了。”

我赤着脚走过那黑暗的门洞,我闭着呼吸,很快的走到家里;在月光下,看见我的母亲倚门睡着:家里也和外边一样,一切都在静默着;只听见“吱!吱!”祖母在屋中,在恶梦中发出的咬牙声。

我并没叫醒他们,我自己在厨下摸着冷茶盆子,盛了一碗,就走出来了。我走到祖父坐着的地方,将茶送给他,我的呼吸非常的短促,他笑着说:“你怕吗?”我吞吞的答说:“我不怕:只是不敢看那黑暗的影子。”我说着已仰面躺在小板上。

祖父喝了茶，轻轻地咳嗽咳嗽；又立起来在小树荫下游走游走；然后仍旧坐在那地上。

这时却已到了子夜，夜是死寂死寂的：除了墙角下凄凄切切的蚯蚓和蟋蟀的低吟，掺点着父亲的疲倦的低弱的鼾声，以外连一点声音也没有：虽说冷丝丝的秋风吹着衰老的树叶，因为那变黄的树叶早被夜的湿露温润得柔软了，并不曾发起沙沙的响声来。浓白菲薄的云片，一片一片的慢慢浮过月去，照得树梢忽明忽暗；那奇异的布在地上的残叶的影子，也微微的随着秋风动着，看去又真挚又活泼。这时我静静的看着这些景致，我的酣睡也不知道丢掉在那里了。

“爷爷，你再给我讲一个故事罢！”我破空的问着，他那时仿佛也正醉心着这样残余的景致，他并不转向我，淡淡的说：“什么故事呢？”

“什么故事，都可以！”我很高兴的这样说罢，他便变做平常给我讲故事时的沉思状态。“但是你不要讲那些！”

祖父忽然插嘴说：“那些？”我续着说：“……一个举子上京赶选去了，在路上，下着雪，觅不着地方住：后来住在一个黑暗而荒凉的古庙里。谁也不知道那里边放着一口用白麻绳捆着的新棺材，……迟了一会儿就碰的响了一声，迟了一会儿又碰的响了一声，每一回响的时候，就发出一道闪光；在那闪光里，看见那棺材裂开了一道缝，从缝中伸出一只白手来……”“那真可怕！也不要讲那些……”“一个上山杀葛条的人，夜间住在一个石洞里，在半夜时，便听见呜！——呜！——来了一个大妖怪；碰的落在洞口，他看见那妖精长着长毛的手掌比畚箕还要大！……他是不能活了……幸喜那在石洞的里边，有一个小小的石人：那石人‘丂！丂！’轻轻的咳嗽了二声，那大妖怪呜呜——去了……那真危险！……一个青年农夫欠着人家钱，人家迫着他，他没法，自己吊死了……后来人家捕住他的吊死鬼,打着,他又给人家变成一个大绵羊……”“千万不要讲这样的,这样的真教人伤心!”

“那末讲什么呢?”祖父这样说罢,更沉静的思索起来;这时月亮已沉没到西方房脊上去,树下各处都积压着黑,只有那高的树梢上还荡漾着浅淡的月光。那时正有唧唧唧的九头鸟,从空中飞过去。我心中异常的恐怖;几乎不愿听这不可测的故事了。但是,就在这时,祖父很有兴转向我,他的膝头贴着我的小板,他说:

“好,就讲这一个罢!——这是我自己的。”他的头低垂着。

“在我年青时候,有一回我不知要到什么地方去,翻了几架山,渡了几道大河,没有见着一个村落,一个人;后来我跑过一个很大的竹林子,在那边忽然有二个青年女子在井边汲水;伊们正要抬起跑了,看见我,伊们才停下。我就恭恭敬敬的问:

“‘这是什么地方?’

“伊们很奇怪的看着我;并且微笑着说:‘过去就会知道的!’伊们的声音也清诡的奇怪。我很疑惑,想着莫不是我走错了路……?那时我也像今夜一样,渴得要命;我就恳求他们说:

“‘二位大姐!可以借给我一口水喝吗?’

“伊们彼此看了看,起初不让我饮,后来微笑着说:

“‘你喝罢!’我俯下就桶饮了三口,我觉那水分外的冷,冰得我心疼。……

“我心中充满着疑惑,我却又向前走了。不多一会儿,就看见一座高大的门楼,(上边还写的有字,可惜我不识字)那门楼正同先前大财主家的门楼一样。待我走过那门楼时,那里正走出一位五十多岁模样的,白头发的老婆婆;伊很奇怪的看着我,并且问:

“‘你是那里人怎到此地来?’那时我正腹疼得厉害,我望着伊流着眼泪,一句话也不能说;伊走近我,伊又说:‘我看你是喝水了罢?快些解开你的裤腰带!’我忙的解开时,就听见哨郎,哨郎,落到地上三条大钢锥,随时就又坠入地下去了。

“我怕得要死啊！我哭着跪在伊的面前，求伊救我；并问伊这是什么地方。伊说：‘这就是金鹰村，天天要剥吃人呢？你怎么走到这里来？——救你也不难；你起来跟我走罢！——这地方也不敢久留。……’伊说着，我就立起来跟伊走了。

“我随着伊走了几进院子，只看见几堆紫色的纸和一些钩上的鲜肉；并没有一个人。后来跑进一个小房子去，伊说：‘这就是我的地方；我是他们的女仆。’他又从窗孔中指给我看；我果然看见另一个院中，有个奇异小楼，楼的中间架上，立着一个很大的鹰；这鹰同捕鸡儿那鹰一样；不过有着奇异的金红的眼睛罢了。那鹰正在摆头寻视，……我心神战栗着，不敢再看；伊告我说，‘不要紧，这不是老金鹰；这是他的女儿，还没有出飞呢！——但是每天都要剥吃一个人……你过来时看见那紫色的：不是纸；那就是人皮啊！他将活活的一个剥死，肉和眼睛他吃了，血他喝了，皮他留着铺地……他还将鬼魂封在笔帽那么大的铁筒里……’真是怕得要死啊！我心跳着问：‘那鬼魂会变成绵羊那样大哩。怎么能封在一个小铁筒里？’伊答说：‘他有一架大机器，将灵魂积压到很小很小的时候，然后再封起，他永远不开那封！……’正在这时，我听呼——有声响，我惊慌着没处躲藏，那老婆婆猛的将我推倒在墙上，我的头一晕……”

祖父作奇异的手势说着。我一直也没有出来一口气，到此时我猛的问：

“后来呢？”

祖父心战抖着说：“后来我一点也不能知道了！”

这时月光早已沉没下去，全世界都在死寂的黑暗里。

祖母早已死去。祖父就在徐营寨破的那年，死在牛房的里间，那黑暗的草屋里；——他的灵魂也不知道到那里去了。

（原载《小说月报》第十四卷第十二号，一九二三年十二月）

# 朱自清

## 笑的历史

你问我现在为什么不爱笑了,我现在怎样笑得起来呢?

我幼小时候是很会笑的。娘说我很早就会笑了。她说不论有人引逗,无人引逗,我总常要笑的,她只有我一个女儿,很宠爱我,最欢喜看我笑。她说笑像一朵小白花,开在我的脸上;看了真是受用。她甚至只听了我的格格～～～的笑声,也就受用了。她生性怕雷电。但只要我笑了,她便不怕了。她有时受了爸爸的委屈,气得哭了。我笑了,她却就罢了。她在担心着缺柴缺米的日子,她真急得要寻死了。但她说看了我的笑,又怎样忍心死呢?那些时我每笑总必前仰后合的,好一会才得止住。娘说我是有福的孩子,便因为我笑得容易而且长久。但是,但是爸爸的意见如何呢?你该要问了。他自然不能和母亲一样。然而无论如何,也有些儿和她同好的。不然,她每回和他拌嘴以后,为甚么总叫我去和他说笑,使他消消气呢?还有,小五那日在厨房里花琅琅打碎两只红花碗的时候,他忙忙的叫郭妈妈带我到爸爸面前说笑。他说,"小姐在那里,我就可以不挨骂了。"这又为什么呢?那时我家好像严寒的冬天,我便像一个太阳。所以虽是十分艰窘,大家还能够快快活活的过日子。这样直到十三岁。那年上,娘可怜,死了!郭妈妈却来管家了!我常常想起娘在的时候,暗中难过;便不像往日起劲的笑了。又过了三四年,她们告诉我,姑娘人家要斯文些,笑是没规矩的。小户人家的女儿,才到处哈哈哈哈的笑呢!我晓得了这番道理，不由的又要小心，因此忍了许多笑。可是忍不住的时候，究竟有的；那时我便仍不免前仰后合的大笑一番。他们说这是改不掉的老毛病了！我初到你家，你们不也说我爱笑么？那正是“老毛病”了。

初到你家的时候，满眼都是生人！便是你，也是个生人！我孤鬼似的，只有陪房的小王，老王，是我的人。我时时觉得害怕，怕说错了话，行错了事。他们也再三教我留意。这颗心总是不安的，那里还会像在家时那样笑呢？便是有时和她们两个微笑着；听见人声，也就得马上放下面孔，做出庄重的样子。——因为这原是偷着笑的。那时真是气闷死了；我一个爱说爱笑的人，怎经得住这样拘束呢？更教我要命的，回门那一天，我原想家里去舒散舒散的；那知道他们都将我作客人看待，毫不和我顽笑。我自己到了家里，也觉得不好意思似的，没有从前那样自在！——这都因为你的缘故吧？我想你家里既都是些生人，我家里的，也都变了些生人，似乎再没有和我亲热的！——便更觉是孤鬼了！幸而七八天后，你家人渐渐有些熟了，不必仔细提防了——不然，直要闷死呢！在家天天要笑的，倒也不觉怎样快乐。可是这七八天里，不曾大笑一回，再想从前，便觉十分有滋味！这以后，我渐渐的忍不住了，我的老毛病发作了；你们便常常听见我的笑了。不上一个月，你家里，和孙家，张家，都知道我爱笑了；我竟在笑上出了名了。我自己是不觉得，我真比别人会笑些么？我的笑真和别人不同么？可是你家究竟不是我家，满了月之后，我的笑就有人很不高兴了。第一个便是你！那天大家偶然谈起筷子。你问，“在那里买？”我觉得奇怪，故意反问你：“你说在那里买？”你想了想，说，“在南货店里。”大家都笑了，我更大笑不止！你那时大概很难为情，只板着脸，咕都着嘴不响。好久，才冷冷的向我说，“笑完了罢？”等到了房里，你却又说，“真的，我劝你少笑些好不好？有什么叫你这样好笑呢？而且笑也何必这样惊天动地呢？”——这些话你总该还记得；我不冤枉你罢？——这是我第一回受人的言语；爸爸和娘一口大气也不曾呵过我的。那时我颇不舒服，但却不愿多说什么；只冷笑了一声，低低的说，“你管我呢？”说完，我就走出去了。那句话却不知你听见了没有？但我到底还是孩子气，过了一两日，又常常的笑了。有一回，却又恼了姨娘；也在大家谈话的时候。她大概疑惑我有心笑她，所以狠狠的瞪了我一眼。其实我的笑是随便不过的，那里会用心呢？我只顾笑得快活，那里知道别人的难为情呢？我在她瞪眼的时候，心里真是悔恨不迭；想起前回因笑恼了你，今天怎么又忍不住呢！我立时便收了笑容，痴痴的坐着。大家都诧异说，“怎么忽然不响了？”我低头微笑，答不出什么。过了一会，便讪讪的起来走了。走到房里，听见姨娘说，“少奶奶太爱笑，也不大好；教人家说太太没规矩似的！我们要劝劝她才好。”这自然是对婆婆说的！我听了，更觉不安了！第二天，婆婆到我房里闲谈，渐渐说起我的笑。她说，“也难怪你，你娘死得早，爸爸又不管事，便让你没规没矩的了。但出了门和在家做姑娘时不同，你得学做人，得懂得做人的道理，不能再小孩子似的。你在我家，我将你和自己女儿一般看待；我所以特地指点你。——以后要忍住些笑；就是笑，也要文气些，而且还要看人！你说我的话是么？”婆婆那时说得很和气，一点没有严厉的样子；比你那冷言冷语好多了。我自然是很感激的。我说，“婆婆说的都是好话。我也晓得的。只因为在家笑惯了，所以不容易改。以后自然要留意的。”那几日里，用人们也常在厨房里议论我的笑；这真教我难为情的！我想笑原来不是一件好东西！——不，不，小孩子的笑是好的，大人的笑是不好的。但你在客厅里和你那些朋友常常哈哈哈哈的笑，他们也不曾议论你！——晓得了！男人笑是不妨的，女人笑是没规矩的。我经过两回劝戒，不能不提防着了，我的笑便渐渐的少了；他们都说我才有些成人气了，但我心里老不明白，女人的笑为什么这样不行呢？

满月后二十天，那是阴历正月十二，你动身到北京上学去了。

我送你到门口，但并没有什么难过。你也很平常的，头也不回走了。那天我虽觉有些和往日不同，却也颇轻微的。第二天便照常的快活了。那时公公正在榷运局差事上，家里钱是不缺的；大家都欢欢喜喜的过着。婆婆们因为我是新娘，待我还算客气的。虽然也有时劝戒我，有时向我发怒，有时向我冷笑，但总不常有的。我呢，究竟还是孩子，也不长久记着这些事。所以虽没有在家里自在，我也算无忧无虑的过着了。这些日子，我还是常常要笑的，只不大像从前那样前仰后合，那样长久罢了。他们还是说我爱笑的。但婆婆劝过我两回，我到底不曾都改了；他们见惯不惊，也就只好由我了。所以我的笑说不自由，却也自由的。到暑假时，你回来了，住了五十天。你又走了，这一回的走可不同了。你还记得罢？——那夜里我哭了一点多钟。你后来也陪我哭。我们哭得眼睛都红了；你不是还怕他们笑么？走的时候，我不敢送你，并且也不敢看你；因为怕忍不住眼泪，更要让他们笑了！但是到底忍不住！你才走，我便溜到房里哭了。四弟，五妹都来偷看我，我也顾不得了。自从娘死后，我不曾哭过，因为我是爱笑不爱哭的。在你家里，这要算第一回了。从那日起，我常觉失掉一件什么东西似的，心里老是不安了。我这才尝着别离的滋味了！你们男人家在外面有三朋四友的说笑，又有许多游散的地方，想家的心自然渐渐的会淡下去。我们终日在家里闷着：碰来碰去，是这些人；转来转去，是这些地方！没得打岔儿的，教我怎不想呢？越想便越想了，真真有些痴了。这一来我的笑可不容易了。好笑的事情，都觉淡淡的味儿，仿佛酒里搀了水。——我的笑的兴致也是这样。况且做了一年的媳妇，规矩晓得的多了，渐渐的脱了孩子气了；我也自然的不像从前爱笑了。这些时候笑是很文气了。微笑多了。大笑少了。他们都说老毛病居然改掉了。

第二年冬天，公公从差事上交卸了，亏空好几百元——是五百元吧？凑巧祖婆婆又死了；真是祸不单行！公公教婆婆和姨娘将金银首饰都拿出来兑钱去。我看她们委委屈屈的将首饰盒交给公公,心里好凄惨的!首饰兑了回来,又当了一件狐皮袍,才凑足了亏空的数目,寄到省里去了。第二天婆婆便和公公大吵了一回。为何起因,我已忘记;——你记得么?——只知道实在是为首饰的缘故罢了。那一次吵得真是利害!我到你家还是第一次看见呢。我觉得害怕,并且觉得这是一个恶兆;因为家里的光景真是大不同了!那回丧事是借的钱办的。在丧事里,我只哭了两回;要真伤心,我才会哭,我不会像她们那样哼哼儿。我的伤心,一半因为祖婆婆待我好,一半也愁着以后家里怎样过日子!我晓得愁,也是从前没有的;年纪大了,到底不同了。丧事过后,家里日用,分文没有;便只得或当或借的支持着。这也像严寒的冬天了。而且你家的人还要怄气。只说婆婆那样嫌着公公,说他只一味浪用,不知攒几个钱儿!又和姨娘吵闹,说她只晓得巴结公公,讨他的好!这样情形,还能和和气气的过日子么?我也常给他们解劝,但毫没有用的。这样过了一年多。我眼看着这乱糟糟的家,一天天的衰败下去,不由得不时时担心。婆婆发脾气的时候,又喜欢东拉西扯的牵连着别人。我更加要留意。你又在北京连一个诉说的人也没有!我心里怎不郁郁的呢?我的心本来是最宽的;到你家后,便渐渐的窄了;仿佛有一块石头压着似的。你说北京有甜井,苦井;我从前的心是甜的,后来便是苦的。那些日子,真没有什么叫我笑了,我连微笑也少了。有一天我回到家里,爸爸和娘娘①他们说,"小招真可怜!从前那样爱笑的,现在脸上简直不大看见笑了!"那时我家里人待我的情形也渐渐不同了,这叫我最难过的!——谁想自家人也会势利呢?我起初还不觉得;等到他们很冷淡了,我才明白。——你看我这个人糊涂不糊涂?——娘娘她们不用说,便是郭妈妈和小五等人,也有些看不起我似的。只除了爸爸一个人!

---

① 娘娘,姑母之称。

他们都晓得我们家穷了,所以如此。其实我们穷我们的,与他们何干呢！本来家去和他们说说笑笑,还可以散散心的。这一来,我还家去做甚么呢？这样又过了半年。这一年半里,公公虽曾有过两回短差事,但剩不了钱,也是无用的。好差事又图谋不到！家里便一天亏似一天了！起初人家不知就里,还愿意借钱给我们。后来见公公长久无好差事,家里连利钱也不能按期付了,大家便都不肯借了;而且都来讨利钱,讨本钱了。他们来的时候,神气了不得！你得先听他的讨厌的话,再去用好话敷衍他。敷衍得好的,便怏怏的走了;不好的,便狠狠的发话一场。你那时不在家,我们就成天过这种日子！你想这是人过的日子么？你想我还有一毫快乐的心思么？你想我眼泪直向肚里滚,还有心肠笑么？好容易到了七月里,你毕业了,而且在上海有了事了。那时大家欢喜,我更不用说了——娘娘他们都说我从此可以出头了！我暗中着实快活了好几日,不由的笑了好几回——我本想忍住的,但是忍不住;又好让他们去说罢。这样的光景,谁知道后来的情形却全然相反呢？

自从公公那回交卸以后,家里各人的样子,便大不同了。——我刚才不是和你说过么？婆婆已经不像从前客气。她不知听了谁的话,总防着我爬到她头上去。所以常常和我讲究做媳妇的规矩,又一心一意的要向我摆出婆婆的架子。更加家境不好,她成天的没好心思,便要寻是生非的发脾气。碰着谁就是谁。我这下辈人,又是外姓人,自然更倒霉了！她那时常要挑剔我！她虽不明明的骂我,但摆着冷脸子给你看,冷言冷语的讥嘲你,又背地里和用人们议论你,就尽尽够你受了！姨娘呢,虽不曾和我怎样,但暗中挑拨着婆婆,也甚是利害！你想,我怎能不郁郁的！——只有公公还好,算不曾变了样子。我刚才不说过那时简直不大会笑么？你想,愁都愁不过来,又怎样会笑呢？况且到了后来,便是要笑,也不敢了。记得有一回,不知谁说了什么,引得我开口大笑。这其实是偶然又偶然的事。但婆婆却发话了。她说,“少奶奶真爱笑！家里到这地步,怎么一点不晓得愁呢！怎么还能这样嘻嘻哈哈的呢！”她的神气严厉极了,叫我害怕,更叫我难堪！——当着众人面前,受这样的责备,真是我生平第一回！我还有甚么脸面呢！我气得发抖,只有回房去暗哭！你想,从此以后,我还敢笑么？我还去自讨没趣么！况且家里又是这个样子！一直等到你在上海有事的时候,我才高兴起来,才又笑了几回。但是后来却更不敢笑了！为什么呢？你有了事以后,虽统共只拿了七十块钱一月,他们却指望你很大。他们恨不得你将这七十块钱全给家里！你自然不能够。你虽然曾寄给他们一半的钱,他们那里会满意！况你的寄钱,又没有定期;家里等着用,又是焦急！婆婆便只向我啰唆,说你怎样不懂事,怎样不顾家,怎样只管自己用。她又说,“‘养儿防老,积谷防饥。’他想不问吗,怎能够哩！”她说这些话,虽不曾怪我,但她既不高兴你,自然更不高兴我了！从前她对我虽然也存着心眼儿,但却不恨我。所以还容易相处。现在她似乎渐渐的有些恨我了！这全是因为你！她恨我,更要挑剔我了。我就更难了！家里是这样艰窘,你又终年在外面,婆婆又有心和我作对。这真真逼死我了！那知后来还要不行！前年暑假,你回来了,身边只剩两个角子。婆婆第一个不高兴。她不是尽着问你钱到那里去了么？你在家三天,她便唠叨了三天。你本来不响的,后来大约忍不住了。也说了几句。她却和你大吵！第二天,你赌气走了。——我何尝不劝你;但怎么劝得住呢？午饭的时候,他们才问起你。我只好直说。婆婆听了,立刻变脸大骂,又硬说是我挑唆你的！她饭不吃了,跳到厨房里向用人们数说。接着又和左右邻舍说了一回。晚上公公回来,她一五一十的告诉他。她说,“这总是少奶奶的鬼！我们家真晦气,媳妇也娶不到一个好的！自从她进门,你就不曾有过好差事,家境是一天坏似一天！现在又给大金出主意,想教他不寄钱回家;又挑唆他和我吵,使你们一家不和！真真八败命！”——她在对面房里,故意的高声说,教我听得清楚。——后来公公接着道,

“不寄钱？——哼！他敢！让我写信问他去。我不能给他白养活女人；孩子！——现在才晓得，少奶奶真不是东西！”……以后声音渐低，我也再不能听下去了！那天我不曾吃饭。我又是害怕，又是寒心！我和他们仿佛是敌国了，但是我只有一个人！知道他们怎样来呢？我在床上哭了半夜，只恨自己命苦！从第二天起，我处处提防着。果然第四天的下午，公公便指着一件不相干的事，向我大发脾气。他骂我：“不要发昏！”这是四年来不曾有过的！他的骂比婆婆那回更是凶恶。但是我，除了忍受，有什么法子？我那晚又哭到半夜。现在是哭比笑多了。世间婆婆骂媳妇是常事；公公骂，却是你家特别的！你看你家的媳妇可是人做的！从那回起，我竟变了罪人！婆婆的明讥暗讽，不用说了。姨娘看见公公不高兴我，本来只是暗中弄送我的，现在却明明的来挑拨我了！四弟，五妹也常说我的坏话了！婆婆和姨娘向我发话的时候，他们也要帮衬几句了！用人们也呼唤不灵了！总之，“墙倒众人推”了。那时候，他们的眼睛都看着我，他们的耳朵都听着我。谁都要在我身上找出些错处，嘲弄一番。你想我怎样当得住呢？我的脸色，话语，举动，几乎都不中他们的意，几乎都要受他们的挑剔。——真成了“眼中钉”了！我成日躲在房里，不敢出来。出来时也不敢多说，不敢多动，只如泥塑木雕的一般！这时那里还想到笑？笑早已到爪哇国里去了，连影子也不见了！本来到我家里住住，也可暂避一时。凑巧那年春天，爸爸过生日。郭妈妈要穿红裙，和他大闹。我帮着爸爸，骂了她一顿。她从此恨我切骨！本就不甚看得起我；这一来，索性不理睬我了！我因此也就不能常回去了！到这时候，更不愿回去仰面求她，给她耻笑了！我真是走投无路。要不是为了你和孩子，我早已死了。那时我差不多每夜要哭，仿佛从前天天要笑一样。思前想后，十分难过，觉得那样的活着，还是死了的好。等到后来你来信答应照常寄钱，这才稍微好些。但也只是“稍微”好些罢了，和从前总不相同了！直到现在，都是如此。

自从大前年生了狗儿，去年又生了玉儿。这两个孩子可也真累坏了我！你看，我初到你家时是怎样壮的，现在怎么样了？人也老了；身子瘦得像一只螳螂——尽是皮包着骨头！多劳碌了，就会头晕眼花；那里还像二十几岁的人？这一半也因为心境不好，一半也实在是给孩子们磨折的！我从前身体虽然不好，那里像现在呢？我自己很晓得，我是一日不如一日了，将来一定活不长的！——你不信么？以后总会看见的。说起来我的命只怕真不好！不然，公公在榷运局老不交卸，家里总可以雇两个奶娘。我又何致吃这样的辛苦呢？呀！领孩子的辛苦，真是你们想不到的！我又比别人格外辛苦，所以更是伤人！记得狗儿生的时候，我没有满月，就起来帮他们做事；一面还要领孩子。才生的孩子，最难照管。穿衣服怕折了胳膊，盖被又怕捂死了他。我是第一胎，更得提心吊胆的。那时日里夜里。总是悬悬不安！吃饭是匆匆的，睡觉也只管惊醒！婆婆们虽也欢喜狗儿，但却不大能领他。一天到晚，孩子总是在我手里的多！还得给家里做事，所以便很累了。那时我这个人六神无主，失张失智的。没有从前唧溜，也没有从前勤快了。婆婆常常向我唠叨，说我没规矩，一半也因为此。等到孩子大起来了，哭呀，吵呀，总是有的。你们却又讨厌了，说孩子不乖巧，又说我太宠他了！你还常要打他。我拦住了，你便向我生气。其实这一点大的孩子，晓得什么？怎忍心怪他，打他！但你在家的时候，既然常为了孩子和我啰唆；婆婆后来和我吵，也常常借了孩子起因。我真气极了，孩子不是我一个人私生的！怎么你也怪我，他也怪我呢？我真倒霉，一面要代你受气，一面又要代孩子受气！整整三个年头，我不曾吃过一餐好饭，睡过一夜好觉，到底为了什么呢？狗儿的罪，还没有受完，又来了玉儿！你又老是这个光景，不能带我们出去。我今生今世是莫想抬头的了！——唉，我这几年兴致真过完了！我也不爱干净了，我也不想穿戴了，我也不想出去逛了。终日在家里闷着；闷惯了，倒也罢了。我为了两个孩子，时时觉着有千斤的重担子在我身上。又加上你家里人,都将我看作仇人。我仿佛上了手铐脚镣,被囚在一间牢狱里!你想我还能高兴么?我这样冷冰冰的,真还要死哩!你在家时还好,你不在家时,我寂寞透了!只好逗着孩子们笑着顽儿,但心思总是不能舒舒贴贴的。我此刻哭是哭不出,笑可也不会笑了;你教我笑,也笑不来了。而且看见别人笑,听到别人笑,心中说不出的不愿意。便是有时敷衍人,勉强笑笑,也只觉得苦,觉得很费力!我真是有些反常哩!

好人,好人,几时让我再能像"娘在时"那样随随便便,痛痛快快的笑一回呢?

一九二三,四,二八,作完。

(原载《小说月报》第十四卷第六号,一九二三年六月)

# 李渺世

## 伤痕

心境变迁得这样快,实在连我自己也有些诧异了;只说三年前在学校时,若是半点钟没得人和我谈说,或是大可燃枝香烟在藤椅上躺躺的那一匆间,马上在屋子里来回乱旋,觉得屋中的一切都有些反常,非到外面去一走不可。其实呢,还不是在北河沿的柳堤上乱跑一遭,便是遇见几个朋友,也不过邀我到他公寓里枯坐一阵而已。这样的,自然没得什么兴趣,但每次还仍是在屋子里乱转,心受着“非出去一走不可”的鼓激,甚且还替自己排劝,什么“就是呼吸呼吸新鲜空气也是好的,”什么“活动活动腿胫也很卫身,”这一类的废话,非把我的脚送出了门是永不止息。现在呢,可不同了!除了机械地度过每天工作时间外,长时的坐着,却并不觉得从前那样的烦燥,而且仿佛还微微的有些幽逸的感觉呢。不过,一种如死的空虚是十分显著的。

一串串的鸟音飘散在原野的沉默里,一缕缕的烟痕升袅在远山的空濛中。我坐在窗口,龙瞳(狗名)舐着我的手,望着窗外碎片的夕照昏沉在原野的枯草上面,悠久悠久地,仿佛是不愿再动的样子,而终于是冥灭冥灭,直到不留一丝光痕为止,——有如一页经过彩光的染涤的雾幕,现今完全退了色的,——剩留了沉沉的灰暗和漫漫的阴霾混塞在我的窗口。迷惘里,拍拍龙瞳的脰,却拍在我自己的膝上,——它已到一张棕毯上睡着了。于自一种惯常的空虚又来游荡在我的心上。一次次的增重,一回回的繁密,使我像病夫似的,慢慢的躺倒在卧椅上。这样的,吸吸烟,吐吐烟圈,听听屋后枫林的密语,听听远处羊群的归声,直到眼睛迷失在浓厚的黑暗里,而后懒懒的起身叫开晚饭。每天这样的功课差不多没有变动;除非是二十师住在这里的那几天是个例外了。

一阵阵的军号不时地响起,英亮的回声也缭绕在山谷中;一座座黄色的营帐扎满了原野的各处;呼叫的喧嚷,笑谑的繁密,尤其晚上的灯光摇曳参动在荒原上,令人在这孤寂沉默的境地里,很快的感到一种繁市的况味。我的远近的邻居也都跑来看热闹。间或还有些小孩,用口当军号,兴奋地,一排排的来回开步走,向后转,并且居然还带笑带喊的,——极不自然地——操着口令。我看得十分有趣,但我的龙瞳却不很乐意,仿佛这与它不合胃口,间时跑出去狂吠一阵;虽然他们毫不介意,但有时被它闹烦了,也会拿石块赶它逃进院子。

第二天朝上,我正预备上工的时候,一个兵跑进我的院子来了,嘴里喊着:“有人么?”脚步却并未站定,直向我屋中走来。我回应说:“进来吧。”他进了屋子,用手把他的军帽往脑后一推,帽子便斜挂在头的后部,颇有些滑稽的样子。这位客人身材很高,眼光很和缓,并不像他适才在院子里那样喊问声音的粗暴,脸面极黑而且瘦削,不像是个十分康健的人,但他的语音却是很高的,他问我说:“您这儿有闲房么?给我们营长住三五天。”他说了便望着我,见我不即回答,仿佛使他记起了一桩事,随即很骤然的说:“我还没……,您贵姓?”“我姓谢。你就是二十师的弟兄么?”“是的,我是三营的卫兵,”他很快的回对我,脸上现出想不到我会问他这句话的神气,一面他又在提防着我的狗,——正在嗅他的风衣下面,打算找出些重新狂叫的理由来。我请他坐下,他便接着说:“你这儿有闲房没有?我们营长打算借住三五天。”“好的,这儿闲房可没有,除非隔壁一间书房,可以给你们营长暂住几天,不过,最好拿你们营长一张片子来，”我正式的回答他说。在一种动作的表示里，他立起来说：“好吧，一忽儿回您的话，”说着，便向外走去，还反身过来，拿军帽起一起，当他唯一的别礼。

这倒是想不到的无谓了！我初起以为多住几个人在这空寂的院子里，定然要有趣些，殊不知天天要操着官僚式的言语，官僚式的动作互相酬酢着！不过，那个卫兵的奇怪的态度和特异的神色，倒引起了我观察的趣味。——他整天的骂人，烦燥，粗暴，有时竟会使腿去踢马的脚，虽然手里握着马鞭子，嘴里骂着极可笑的诅语，“你妈的！你也犯劲儿！你亦不乐意！”他虽然这样暴燥，但又处处帮助人家。有时同伴的背上有灰土，他便会伸手替他拍去，虽然适才对他诅骂不久。我的狗时时对他表示不满，有时它跟着他狂叫，他却毫不注意的在它身旁走来走去，仿佛连听也没有听得，甚或很高兴地分半块饼干给它吃。有时它静静的睡在那里，他却去踢它一脚，或是骂一两声，匆匆的过去。有次我在路上看见他，拉着人家小孩的手，争问短长，满面欢喜的几乎有些忘形的神气，同时又怪他的同伴问得比他多；譬如说，他的同伴问一个小孩：“你几岁啦？”他马上便要说：“你这小子！你管得着这些么！”这一类的烦燥，差不多每天总要重复十几次。他虽然事事总有些凶暴和蛮横，但同伴们对他是很好的，这是我从许多事情上看出来的，例如有次开饭的时候，他不在旁边，同伴们都互相喊说：“留几个热馍给许大哥！回头别累他跳了！”

一天中午，东北的紧风把屋后的落叶，一阵阵的飘送过来；山中的岩石都呜呜地吼叫着；一层层浓厚的黄云在空中乱挤，有的很飘骠的在远山的峰顶上擦过，飞驶到天边去，补塞那块青绿的天空。山道上的驴骡也畏缩缩地走着，表示出将有大雪的暗示。

果然，不多一回，一阵阵的雪片翻翻荡荡的洒落下来，一回紧一回的，地上隐隐的积白了。那个许大哥似乎十分高兴，在院子里跑进跑出，我在窗口看着他，也觉得十分有趣。一回，他拿了三块冷饼，很匆忙的塞在口袋里，仿佛是偷盗似的身手，跑出门去。我久就疑心他有些神经病，这一回的发见似乎格外是一个证明了，但我的好奇心并未能遏止，随即也跑出屋子，走向院外去看个究竟。还未及走过半个院子，早见那许大哥蹲在门口，仿佛和谁在那里说话。等他回脰看见我，马上便站了起来，微微的行了个半军礼，表示他尊敬他们营长的朋友。我不过是偶然的问说："这两个小孩子干吗的？"他却很粗暴的喊骂起来了："这小子！你妈的！你瞎了眼！要饭要到营部里来了！滚！……亦不知那个混蛋还给他饼吃！"那两个嘴里还嚼着饼的孩子，猛然吃了一惊，抬起诧异的眼睛望着他，慢慢的走开了。而后，那许大哥才回答我说："这是两个要饭的。"我自然明白了他所以装腔的意思，心中深深的感想着，望着那两个蠕动在密雪里的孩子的背形，渐渐的觉得眼睛里有些空洞的酸楚，久久不能知道说了什么好。

晚餐后，雪越发大了。四野静静的，只有窗外廊台上守夜岗的兵士，来回的寂寞的脚音。我坐在炉边，虽然觉得今夜的灯光比较往时特别温柔和皎洁，但隔壁客人的房里，时时透出一阵阵的鸦片烟气和一股浊烈的，上等白丸的玫瑰香味，使人闻着难受，而仿佛像要呕吐似的，胸中十分郁塞，颇想开开窗户，放入些清冷的空气来。继念窗外正有岗丁站着，开开窗未免使他局促，而且雪下得那么大，于是打消了这个念头，重想出一种抵抗的方法：立即把门关上，抽开木盒点起一枝雪茄。动作上虽做得这样完备，心感上却仍是觉着不快，似乎连安坐都反了胃口似的，立身起来，低着头在屋中来回的盘旋。经过很久之后，渐渐地，烦乱的情绪才清稀些，窗外的岗班也已换了那许大哥了。

窗前桌上，我正定神的坐下，抽取一本罗蒂的《海浴》，预备翻读的时候，那许大哥的紧急的呛咳不住的在窗外冲发，又使我记起白天的那桩事情。而在一种怜恤的注意中，细听着他不断的呛咳，步声和自语，微微地激起一种奋感来："抽罢烟丸的营长，为什么定要冻一个人在风雪中，维持他梦中的安舒呢?”但大半的心意仍注意在窗外岗丁的身上，还很冲动的，心想着，打算叫他到屋里来暖暖。我悄悄的听着听着，听着他。因为怕咳嗽的太高惊扰了安眠的营长，躲到廊外的院角里去抑遏，了结，他的呛咳声，我听着他像梦呓似的在我窗前重复地自语着:“爸爸！……饼！……爸爸！……饼!”而且还学着女人的嗓音:“三斤谷子!”杂着一阵阵的呛咳猛力地繁频着。我凄然，恍然地觉悟他心灵里隐藏着的沉重的创痛了！明白他平日的粗暴，蛮横里所含的呻吟了！于是我再也忍不住，决然的立起，找得了几十粒止咳丸，走向廊上去！在他面前，我尽力遏制我的情感，淡淡地说:“给，这是止咳丸。”他听了木然的站着，脸上现出似苦笑而非苦笑的一种说不出的惊惶神色，眼睛怔怔的望着我，伸出战抖的手接过药丸，嘴里像未发出声音似的重复着。“您……好……惊扰了你……，”眼泪也跟着他破碎的嗓音，一阵阵的洒落，——他的伤痕迸裂了！

于峭山中——时三营东调后五日。

（原载《小说月报》第十五卷第五号，一九二四年五月）

# 买　死　的

十二月长夜的紧风，仿佛一群厉鬼跑出了深严的监狱，已经开始满山满谷的吼叫起来，在忧愁的心界上，越发感到无穷的恶意，而且天气冷得这样，还不飘一点白的雪花来调和调和冷寂与枯干的环境，常此常此……，不变的，灰暗的，叉纵怪兀的枯枝，重浊雾迷的沙土，弥满了冬夜的凄凉。这一起破旧得不像房子的房子，有如一只病驴驮着很重的煤筐，实在再经不起凶猛的鞭挞，——横蛮粗劲的北风，在它的眼睛里放出最可怜的光来，——昏红的灯色从破败的土檐底下，勉强爬出，挤在蛛丝蔓延的墙缝里，飘忽飘忽，似乎是临终的样子。再也说不大出这样阴惨腐烂的境地了！四处斜斜的道路上，再也没有一根可以燃着三秒钟的麦草，或是一棵枯了的野草。死寂，沉定，畏缩的地皮上，只有长吹直锐的寒风，只有冷涩骤突的旋风，把灰白的尘土在黑暗里扬起又落下，落下又扬起，而且一种恶浊的干粪气味，时时吹散到屋子里去。

在全贵家已是晚餐的时候；大妞和喜来坐在一张板凳上，（两堆土块，上面搁一方煤油箱板的凳上，）捧着个高粱粉的馒头，使劲啃嚼。他们虽知每人只有两个，很快的吃完了便没有得再吃，但是，他们怎能不很快的吃完呢。喜来整天的在外面拾草偷煤，天天在冷风里辗侧，以致脸部和手部都冻裂了，尤其是嘴唇上，几乎说话都不能十分随便；“这个馍老硬！妈！”他饿得发急，嘴唇又痛，不能紧张嚼吃，带着哭声，——仿佛求救似的——对他妈说。全贵的妻子虽然不憎厌她的儿子。到底在她“盼夫不归”的情绪上，她是十分烦躁的，简直要大家不说一句话，直等她丈夫回来了，她才觉得一切没有恶意，所以一听得她儿子的话，立刻便触动了她的烦躁，在她觉来，仿佛这句话竟是只顾自己，忘怀了在外的父亲似的，“爱吃不吃！鬼养的！”她便这样高声的回答了她的儿子，好像一个疯子似的。小喜来奔走伏行的干了一天，又惫乏，又饿又急，嚼不动馍的时候，他已禁不住要哭，再经他母亲这样的凶暴，马上觉得伤心万分，全眶的眼泪，便如荷叶上的雨水似地，很急促的泻下来，一粒半滴的落在黝绿的粉块上面。两条粗的泪痕汪在他风干燥裂的面颊上；由他裂了的心口里拼出来的热气，在鼻孔中来往的抽呼，虽是冷冰冰的夜气抱扼着他，但却是益发浓厚有力。大妞不敢说什么，也不敢安抚她弟弟，她只抬眼看着她母亲的脸，她看见母亲的眼睛里落下两滴眼泪，她也哭了！自然，喜来的母亲觉得她的话刺伤了儿子的心，自然，儿子的眼泪也刺伤了母亲的心呵！然而，她又不是院庭里的妇人，她会说什么曲折安慰的话呢？所以仍是粗暴的声音：“大妞，看去！有没有水？替这小鬼养的泡泡！”

喜来得着一个小小的安慰，便很满足的把那半硬不软的粉块，和着嘴唇上的血，吃完了。在他，觉得什么都很平和了，可是，母亲的心已在外乡的父亲的身上盘旋了；她想起前两月请人写给她丈夫的一封信；她想起十五岁的大妞被看棉花包的调戏，被他捺在棉花包堆里污辱，损伤；她想起自己身上大棉袄的棉花……她想……全贵快要回来，快要带些钱回来……她想，她哭，终于从半醒的梦中觉得眼泪流在颊上的温热！十二月长夜的紧风仍是满山满谷的呼啸着，含着无穷的恶意和残忍。……

由徐州西来的四等车，已在远处的黑暗里使劲的呼叫，接着一阵阵“烘烘”的声音，惫乏而沉闷，——极热烈的盼望它的休息，——渐次近来。站台上的人群，也由期待的静默中转变成嘈杂的喧哄；小栈房里接客的伙伴，争相索火点起他们栈房的招牌的纸灯笼来，预先把灯高高的擎起，虽是火车还未进站台，他们自然也是期望接几个客人——或是一个接不着——好回去睡觉，谁又禁得住夜深的冷风那样裂人肌肤的站着呢。一般小车夫,也急急忙忙的期望一日功课的完结,有的赶紧——从未有那样不仔细过的——把一筒还只半烬的烟丝吹去,有的赶紧把只吃了几口的面饼塞到怀里去,有的束束腿带,——一切的动作都在一样的圈里。

这里的四等车是没有车箱的,顶篷虽有,但落雨下雪,简直是等于没有,就是夏天的酷日,也遮蔽不着,好在四围还有几根粗铁条拦着,人多的时候,还不致挤落下去。

火车很奋勇的驶进了三股道,烟囱里的烟火,在远处的黑暗里看去是红红的,到了光亮的煤气灯光里是只见黑烟了。一车一车蜷坐在车板上的旅客,——有的立了起来,有的仍是坐着,——面目和蒙了长途的沙土的青布衣衫,也都显现在灯光底下。于是"泰昶栈""安福店"的呼喊,接连不断的呼响起来,仿佛争竞谁喊的多便是谁的胜利似的,以致车轮磨转在铁轨上的声响也被遮断。

车头既然脱了挂钩驶到前边叉道上去换轨,乘客也纷纷的下车。全贵经过整日的蜷缩,长时的挤轧,以及长途的冷风和沙灰,惫乏已经很沉重,又加打盹刚醒,越发觉得冷风的尖利,手足的僵硬,而且突由黑暗的,沉默的境地上,刹然进了电灯灿白的光下,人声鼎沸的站上,自然有些模糊惛冬,惶惶不知所措的神气,更加,在他迷迷糊糊,虚虚弱弱的神思中,久别的妻子儿女的安好,很容易在他"归心如箭"的心幕上隐现,因之微微地有些发怔,自己都忘记了在什么所在,什么都有些恍忽。

车头换罢了道,绝力的在四股道上飞驶进厂休息去;四等车呢,又停在三股道上,两旁都没有站台,自然是因为它是四等车呵!所以下车的乘客,必须在轨道上穿过,登到站台上去。

"喂!公司老总!压死人咧!"一个小车夫惊恐的喊叫。

那些岗警,只顾在人群里找觅一两个神色慌张的旅客,希期上去盘问盘问,搜得一点烟土来化钱,所以虽是听得,他们谁高兴去管压死人的——无趣的事呢。

乘客差不多散尽，站长才领着几个警察跑进四股道上的十几个人圈里去，接着车站上的一班职员也哄着跟去。

“咦！这是撞的，脰分做三片了！”

“那里！你不见两只断腿在那边！”

“哦！不差……这个东西！真笨猪！”一个警察扬着脸，很坦然的说，意在表示他当军人的英雄肝胆。

“那个包袱呢！解开看看，好交到上面去备存。”站长操着命令的口气而且微微的带着暗示的意味说。于是大家的眼光转视到一个撇在半边的青布包上去；很热心的神色，两个警察，即忙把插在风衣袋里的手抽出来，蹲下去散解捆裹的布带，那一个哈着腰和站长一样的，注视在将要展开的包袱上面。

“二十五块钱，”他微声的说着，仿佛替死者表示无穷的感意，又似乎不大愿意人众听见他的话似的声气，随后接着报说：“布扎头一个，柿霜片两包，女袄一件，信一封。”站长听罢了，毫不经意地，“好吧！收拾起来，信给我！”

四五个警察提备存的包裹，争先夺后的远去，“得哪！大哥！”隐约的还听见他们这样说着。几个职员，哄着向站长要信看，这一来，可不是正好么，站长随即将一封破烂的信付给他们，自己匆忙的走了，——大概是去赶做“备存包袱”的公文吧？

一般被好奇心鼓激着的职员，一哄聚到灯底下去，抽出一张粗劣的黄灰纸，带笑带念的看：

全贵夫君大鉴，在徐州安好？银元积了多少？几时回来？俺家景况益坏，天气又冷；来儿每天出去拾草拣炭，又尽是些哈哈炭，（新丰土语，未完全成煤渣的枯炭块，称做哈哈炭，大概言其不容易燃着，或是燃着，不久便熄，仿佛有打哈哈的意思）取不得暖倒别提了，常常连烤馍都不成！屋子的西墙也塌了好一块。来儿上月去拣煤，不知为何，被守煤的追着飞跑，自不小心，把左腿摔笨了，累我替他煮了好几回热水泡洗，现在总算好些;可是,经这一息,他就贪起懒来啦!说是不敢出去,怕人打他,再说起来,便是没有伴儿,真恼人呵!夫君,你几时回来?银元积了多少?妞儿棉花倒拣了不少,一家子的冬衣,都有了着落,然而说不了呵……!你在那里安好?银元攒了多少?家乡今年比往年冷的多!龙王风吹打到脸上,(新丰土语,称凛冷而不断的狂风为龙王风)实在受不住!我的耳朵也冻烂了,来儿的脸比我更甚;今年回来,买一个布扎头回来。我们的屋也坏很了,除非等你回来修理,妞儿她又够不着,我又不惯这个手活。曾家大嫂,他们在凸肚子上挖了个大土洞,(凸肚子系山腰外耸的部分)又没风,又没雨,又安静,又不会坏,统共化了十串钱,候你回来了,我们也打算打算吧?今年春上,来往的军队倒不少,我替他们做了不少活,攒了五串多钱,都化在来儿和妞儿的大袄布料上了;下半年军队也不少,可是我经那次一吓,不大敢去。你的一双破鞋,修补好了,本想卖几个钱,但我想候你回来了再卖。夫君,你积了多少银元?几时回来呵!

妻余氏拜启　菊月二十四日

笑一阵看一阵的他们,念到"拜启",越发大乐起来,仿佛他们读《笑林广记》的时候一样。继而随手把信一团,抛到站台底下去,接着的自然是余兴了:

"呕!老陈,你说他是干吗的?""许是做小买卖的罢?""何尝是!他是个买死的!化了票钱买死,不是么?"

大家都笑起来,仿佛这才是一个正确的批评。那位姓钱的,十分得意,摆一摆脑袋,"走吧!"很得劲的神气,迈开脚步,走向他要到的地方去,嘴里哼着《乌龙院》的流水板。

站台上已没有一个人,静得像梦一样,悬着的汽油灯仍是亮着,惨白的,绿绿的,好像死人室里的灯光一样;一行枯干的粗巨的树枝，像骷髅的手指般指着深黑无穷的天空；东北风猛烈的卷起来，一片两片的，疏疏的雪花，像受了伤似的直向淡白的灯光里跌落，渐渐的严密起来，好像要掩埋宇宙里的伤痕。

"被漠视的人类，当真谁都不肯给他一点点的，一点点的眼泪吗？我们亲爱的诗人！"

十二，十二，十五，于观音堂山中。

（原载《小说月报》第十五卷第六号，一九二四年六月）

## 赵 景 深

### 红 肿 的 手

朋友们呵！我要告诉你们一件故事，这是我到现在都不能忘记的。每逢月明如水，涎着脸儿从窗扉窥看，同时旧的思想和回忆来拜访我的时候，我便仿佛看见了我所不忍看的那可怜的红肿的手了。我愈是不想看，那双手便愈加显明的呈在我的眼前。他们很黝黑，好像是从炭堆里掘出来的。平常人的手都是很平坦的，但他们却浮肿得好似两座小坟墓。平常人的手都很丰满，但他们却是处处开裂，红色间着一条条的紫痕，血肉模糊，疮斑相间，几乎没有一块整皮肤。那样的可怖，使我不敢开眼！他们只是微弱无力的在我的眼前摇晃。我愈想愈可怜，急急的闭着两眼，不去看他们；伏在枕上，几乎要哭出声来。心里面非常非常的难过，有无数的怜悯的箭射中我的心坎，使我几致不能安眠。这双手的主人，我虽是心里沉痛，也不能不告诉诸君明白，便是我至亲至爱的小友，我家以前的小仆人，小全；而他的手所以冻裂，由于冬天的天气严寒，操劳过度；其实说来，我常常使起我当少爷的性子来，唤他出去买东西，我实在不能辞其咎呵！我真对不住他，我恨不能再见着他，戴金色辉煌的冠冕在他的头上，称他是我们的王！我又恨不得能够，倘上天见怜这个，见着他，和他很温和的握手，喊他一声小弟弟，庶几可以赎我的罪愆于万一呢！上天呵，茫茫天海，我从那里去找寻他去？我又怎能有这个幸福在他面前表示忏悔，使我的心平平安安的渡过生命之海，而不受惊扰呵？应该的，应该的，我不配再见他，我没有颜面再见他。红肿的手应该在我的眼前晃动，还应该晃动得更猛烈些，更凶些。可怖而可怜的现象呵！我可怜的小友小全的红肿的手呵！

我现在要竭力的抑止我的悲痛，叙述他的事，来纪念他，略为减少我一些痛苦！

这是七八年前的事了。他的母亲姓苗，在我家做佣工，我们都唤伊苗妈。伊是一个极和善的妇人，伊年纪有三十多岁，做事很勤敏，从没有发过怨言。伊出来做佣工，听说是和婆婆怄气出来的。伊因为放心不下伊的小孩，小全，所以把他带在身边，一同在我家做事。伊的工钱是八百文，后来添到一千文。可怜，这一点钱够什么用的？他呢，在我家吃饭，可以说是专替我做事，跑跑街，扫扫屋子，做些他所能够做的事。在他们看来，觉得我们真好，非常感激，为了肯让小全在我家住。小全是个很有忍耐性的少年，很沉着的，无论我怎样打他骂他，他都不说一句话。

起初小全还没有来的时候，苗妈便对我说："少爷，我家孩子小全，要在你家吃饭，你愿意么？"

我很急切地问："他多大？"

伊说："他今年十三岁，和你的年纪差不多。"

我微笑着，弄着手指说："比我小一岁，好极了。我现在正寂寞得很，我正没有做伴的呢？他认得字么？我教他读书好么？"那时我的脸上，现出很得意的有学问的样子，仿佛将要当老师了。

伊低声柔和的说："只要少爷肯耐心去教我那不成器的孩子，我真感激得了不得。"

小全来的时候，我果然和他很要好，常时要他陪着我玩，虽然他不敢和我玩。过年的时候，我要他帮着我扎彩灯，做万国旗，挂在房里。还用五彩纸包起落花生来，好似包香蕉糖一样，也分给他吃了一些。打锣鼓的时候，也让他算作一员，或是拿鼓，或是拿号。他不会玩，我便笑他，觉得他很有趣。他也欢欢喜喜的和我在一处，面上时常含着笑容，也许这就是他唯一的欢喜的时候了。

但是，后来，这后来呵，我仍是和他在一处玩，他玩得不好或是我不高兴的时候，便要打他骂他，甚至于踢他一脚，虽说我是小孩，不懂得什么，难道小孩就该饶恕么？

有一天我要小全做一种游戏，他不愿意做，我一定要他做。后来两边坚持不下。我便气狠狠的跑到他母亲面前去说，那时他母亲正在洗衣服，用力的将衣服在洗衣的板上擦洗：

“小全他不肯和我玩。”

“他不肯和你玩，你只管打他骂他。”伊一口气很促的将这句话说完，又喘了一口气，叹息一声，但又不得不装出快乐的样子来。我当时不觉得这句话含着什么重大的意义，现在想起来，伊说这句话真是不容易，那有自己亲生的儿子，愿意一个不相干的人打骂的？这也只是依在人家的篱下，不能不忍气吞声罢了。

我又恶意的紧逼一句说：“你真肯让我打他骂他么？”

“有什么不肯？少爷打他骂他是好意。我不但愿意少爷打他骂他，还愿意少爷多多的时常的管教管教他呢！”说时头儿垂下，两目只是转着晶莹的泪，皱着眉儿，几乎泪珠儿要冲出眼球，滴到照澈人间苦恼的洗衣水里。我任是怎样再要伊说，伊也不多说什么了。

我得了伊这句话，凯旋也似的回来。因为欢喜过度，忘了再和小全交涉，他总算是便宜了这一次。

又有一次，苗妈在厨房里切白菜。白菜一丝丝的切得很碎，放在案板上，伊总是很有规律有音韵的一刀一刀的嗒嗒的切。小全也在厨房里，坐在小板凳上，呆呆的看着火。那时快要用午饭了。他们都忙忙碌碌，辛辛苦苦的预备饭，好让我们吃个现成。我也在那里。我一定要嬲着小全放下柴火和我去玩。小全说：“我不能去，因为我现在有事。”

“你有什么事？”

“你看我现在不是在生火么?”

“不用生火了。你陪我去玩玩罢!”

“不能去玩,太太要说了。”

这时我捺不住性子,不觉的生了气。我便大声说:“一定要你陪我玩。”说时眼睛睁得很圆很大的望着他,两手将小袖子也捞了起来,似乎要动武了。

吓得小全变了色,但即时又还了原。他几乎要哭出来,但他却竭力的忍着,装作英雄的样子,发出他那有生以来第一次的抵抗的声音很沉着的说:“我不去玩。”

苗妈在旁边看着事情渐渐不对,伊便很挚爱而又含着无限的冤抑的样子向小全很惨的说:“全儿,少爷要你去玩,你就去罢!我替你生火。白菜我可以等一会切的。”

小全很简单而固执的答道:“不,我不。”

我又很凶恶的说:“不么?一定要你去玩。”说时走过来拉他的身子。他两只手只是抱着凳子不肯放,好似那荷兰的童子救堤一样,握得非常的紧,脸上又现出忍耐的神气,闷闷的只是一句话也不说,身子一动也不动。我又用力想使他的手离开凳子,刚扳上来一点点,他又趁着机会放下去,仍是紧紧的握着板凳。我和他这样相持了许久。终于因为我是一个少爷,他是一个仆人,我得了胜利,由他母亲竭力的劝解,他陪我玩,伊替他看着火。

又有一次,我教小全读初等国文,不知学到第几课,我记不清了。那一课一共有二十几个字,我教了他十几遍,他还不会念。于是我这小先生实在不耐烦了,又发起脾气来。我扮出先生的样子说:“你给我跪下。”说时声色俱厉,装模做样的,连我自己在怒气之下,都不禁要笑起来。但又苦了小全了!他不像他母亲那样要怎么就怎么,非常柔顺,听着我的意思,好像驯熟的绵羊一样;他终是一个有生之意志的青年,竭力要图存的,自然无论多少总有些反抗。所以他反抗了:“我不跪。”后来我捉住他的耳朵要他跪下。

他果然身子低了下来。我再一考查，他却是蹲着，并没有跪。忍心的我，这时又敲了他几下头。就连私塾的老师也不过我这样的严厉呢！

我这样蛮横我母亲都不知道，要知道了也是要打我的。但他们也不敢告诉，如果一告诉，他们便更要吃我的苦了。

我不敢隐瞒诸君，关于小全和我的事，像上面所说的，不知还有多少，不过我脑力薄弱，又兼事情已经相隔七八年，所以印象渐渐的模糊，所可记得的只是这一点，但现在这一点遗痕却是一天深似一天，使我心中非常难过。就是上面这一点，我竟能很残酷的很闲在的笔慢慢的写出来，真也太忍心了！但不写确乎又很难过，还是写了的好。最使我不能忘怀的便是大雪纷飞的天气我还要他上街买东西给我吃。我那时做少爷做惯了，那里知道他的手是红是肿？我知道的原因，也不能不告诉诸君，但我为了要说明这事，我窃听的罪又犯了。怕什么！为了人道，为了使人知道为奴的可怜，我的什么罪恶都可以表达出来的。

这事遇在一个冬天。我在房里看书。听见客厅里有两个佣妇谈话的声音，我的心便不能沉在书里，而字迹早已摇动起来，只于是一个一个的字迹，不能连成句子，心儿早在窃听伊们说话了。

这两个声音我都很熟。一个是邻居的佣妇，一个便是苗妈。从话里听来，似乎小全也在那里。邻居的佣妇带着尖锐而清亮的声音说："你的福气真好呀，有这样大的一个孩子。"

听熟了的柔和的苗妈的声音说："唉！像我们做佣工的人，说什么福气？只要不饿死就是好事。小全呢，可怜——"

"怎样？"一个急切的问发出。

"可怜他的红肿的手，你看，冬天裂得这样。……"

仿佛那时我看见了可怕的手。

我听到这里，大大的受了感动，实在不忍再听下去了。好似有一线的光明，照到我的心田，使我对他发生一种同情的哀怜。第二天将小全的手拿来细看，便证实了这件事。从这天以后，小全的红肿的手便时时不断的总在我眼前闪烁。

后来我待小全也好了许多，不像以前那样的苛刻蛮横。但他第二年春天就离开了我到一个酒店去做堂倌去了。

他去后，我很想念他。在一个礼拜日，我随着苗妈去望他去，并在他所住的饭馆吃饭。他只是不来见我，还是他母亲强拉了他来的。他也不喊我少爷了，对我漠漠然的说几句话就走了，本来我的权力也达不到他的身上了。应该的，他应该这样的待我。爱他的只有他的母亲。你看他见他母亲时把我撤在一边，两眼诚恳的望着伊的母亲，说了许多愉快的话，对他的母亲是怎样的亲爱呵！他以前怕我，只为了在我家吃饭；现在他凭什么还要怕我？凭什么还要喊我少爷？凭什么还要来见我？他现在好得多了，脸也比以前丰润些了，声带也清脆得多了！虽是脱离了一层压迫，又受一层压迫，但我想，总比我这野蛮的小孩无理的压迫要好得多呢！

现在那一双红肿的手又现在我的眼前了，似乎在戟指，颤威威的指着我的心之痛苦处。他们好似在那里说话，确实，红肿的手在那里说话："你这压迫人的人！我们为了你受了这样多的痛苦，肿得像坟墓，黑得像炭堆，红色间着紫痕，血肉模糊，疮斑相间。你真忍心呵！你真忍心呵！"

一九二三，四，二八。

（原载《小说月报》第十四卷第七号，一九二三年七月）

# 栀子花球

是寂静的夏午。窗幔低垂着，好像一个默祷的少女。盘香篆盒里透出催眠的香缕，袅袅地蠕动。床顶的一个用篾和铁丝穿成的栀子花球已经快要萎谢了！在这样的雰围气中，床上睡着一个久病的小母亲。她的面色枯黄，仿佛秋天的落叶；她呀，她是为了担负人类最大的使命而牺牲快乐的呀。

只听得婴儿的爸爸拿汤匙搅和着药的声音。

"我的易儿呢？"小母亲迷糊地谵语着。

他手里拿着汤匙和药杯，轻轻的脚步走向床边，微微的抚了抚她的身子说："安静地养养神罢，你的易儿也在他祖母的怀里睡熟了，我在替你调药呢。"

歇了一会，她勉强支着左肘，无力地从他拿着的药杯里啜了一口便即躺下，后来又照样的起来啜了一口。第三次支撑着起来时，抬起一双天真的、失神的眼，睁得很大很大，右手急急的拉着他的臂膊说：

"恐怕终是个为难罢？"

"且吃药，莫为别的烦恼，"他低着头，竭力掩饰他的悲苦。

"你叫我怎么吃得下呢！我的生命就是易儿，易儿有什么长短，我是不愿再活在这世上的。我们总得替易儿雇个乳娘才好。"她蹙着眉说。

"且吃药，乳娘我自有方法去雇，"他这样哄着她吃了药。

她靠在高高垫着被褥的枕上苦笑着说："说呀，你有什么法子？那里来的钱呢？"

“……”坐在床沿的他只是低着头。

“妈妈呢，年纪这样大了。养大了儿子，还要她抚养孙儿，真是罪过！我们做小辈的，心里不安得很呀！况且我们家里又不曾雇娘姨，妈妈又要领易儿，又要做粗事，那里忙得过来？我又偏偏产后得了重病，缠绵了两个多月，一直到如今不曾痊愈。奶呢，易儿吃了两天就干了；人呢，是爬不起来。不然，真要自己来领易儿，一切事都让妈妈做真是太不过意了呢。”

他想起他母亲的狼狈情形来。刚刚把锅放在洋风炉上，油放好了，鲫鱼也放下了，预备拿着铲子去炸的时候，忽然睡熟在床上的易儿醒了，哇哇的哭个不了，他为了要卖文为活不能放下笔来抱儿子，她又倒在床上爬不起来，这真可把做祖母的窘坏了；有时吹熄了火，有时只好听凭易儿去哭。她只有两只手，丢下这个也不行，放下那个也不行。

“是呀，他真狼狈极了，大约乳娘无论如何是不能不雇的了。”

“钱呢？那里来的钱呢？我听人家说，上海乳娘不容易雇，要先付三个月的工资。上工以后，还要做衣裳给她穿，好吃好用的。”她说。

他沉吟了一会。“那么雇个娘姨罢。易儿只好暂且仍由他的祖母看护，这样或者妈妈不至于过分忙碌了。”

“要雇自然是雇乳娘好。易儿成天的吃牛奶总不及人奶来得滋养。邻家的阿欢不是几个月就长得白白胖胖的么？只有我们的易儿是这样的瘦弱！唉！雇娘姨也好罢，总比现在的情形好一点。妈妈也够劳苦了，半夜里总是被易儿哭醒，睡眼朦胧的起来替易儿冲牛奶。可是，雇娘姨的钱你有么？”

“这倒还容易，好在试工三日以后，她才要钱。”

是黄昏的时候，被绿纱罩着的电灯发出幽寂的光。小母亲仍睡在床上，他坐在床沿看书，祖母抱着易儿坐在窗前，头儿一点一点的，嘴里虽仍模糊的哼着催眠歌，而被催眠的倒快要是她自己了。

一切都在梦幻的静境里。

突然轰的一声，冲破了静境，使得他抛开了书，瞪呆了眼，又听得窒塞着的、哭不出来的小儿啼声，吓得带病的她很快的爬起来抱紧了他的腰颤抖。原来疲倦了的祖母睡熟了，不自觉的易儿便从她的臂上滑到地板上去了。

她哭泣了；不是他阻止着她，她一定要下床来看看她唯一的生命易儿究竟是怎样了。

好心的邻人聚了拢来，挤满了一间本已堆满箱笼什物的小房间。

"啊呀，眼睛是闭着的呢。"一个惊诧的声音。

"让我去看看呀，不要拉牢我的臂膊，"那边床上的小母亲哭嚷着。

"啊呀，跌得这样重，他失去了知觉呢。"又一个冒失的声音。

"让我去看看呀，让我去看看呀！"小母亲越加哭泣了。

栀子花球摇摇欲坠的颤抖着。

易儿幸亏得没有什么意外。

"天可怜见着呢，"她说。

他不得不立刻到荐头店请娘姨了。但他的衣衫先就使娘姨看不起。娘姨穿得齐齐整整，一身灰色的纺绸衫裤。

"先说好了，饭我是不做的，"说时把嘴一撅，头儿一偏，"针线倒可以做。"

"好，好，饭就不要你煮罢，"急于用人的他只好答应，心想多少总可以替妈妈分一点劳。

于是娘姨随他到了家，立在房门口。

"饭不煮，小孩的尿布是要洗的。"她急急的说。

"尿布我可不洗，"娘姨连连的摇着手。脚还没有站得稳，看看这箱笼什物乱堆着的小房间，仿佛有什么豺狼追赶她似的，很快的、很快的一瞬间就跑了！

他和她默默相对无言，良久良久，彼此的眼睛模糊得看不见彼此。怕不是窗幔低垂着的缘故，遮蔽了光罢？怕不是香缕缭绕着的缘故，薰迷了眼罢？

栀子花球披上夜神的黑纱了！

（原载《小说月报》第十八卷第七号，一九二七年七月）

# 许 杰

## 醉人的湖风

当那清晨的钟声伴着晓雾在林表迷濛，初升的旭日映着朝霞在山巅踯躅时，我已破了向日晏起的惯例，穿上夏布大衫和紫色皮鞋，问同居的友人K君拿了五个铜元放在袋里，就匆匆的戴上草帽往城内代友人的功课去了。

我们同居的人，差不多都是囊空如洗。昨天的厨子，竟然不送饭来，使我们绝食，因为我们几次答应把钱给他，到了账期，又是不得已的失信。我是个寄食的人，觉得厨子讨账的急迫，也很难堪，虽然他们对于我都很客气而没有另外的闲言。我到杭州的时候，从四等车里钻出来以后，穿上一件用报纸包好的夏布大衫在身上外，腰包就只剩有六只角子了。徼幸得很，我就在K和H他们包好的两客饭当中，添吃起来；在他们虽然是一个不费之惠，但是我能够在意外的超出生活维持费的困难，却不能不感谢他们的厚惠了。

K很同情于我，他知道我今晨须得赶到八时的代课；而我们的住所和我代课的学校的距离，却远在十余里以外，要是步行而去，非足足的一点钟不可。但是，我又没有钱可以坐车，我只可起得早些，牺牲了早晨的稀饭不吃，到路上肚饥时，再买一点点心吃吃就算。我临走时在K君处拿来的铜板，就是预备着买早餐的。

自然，我这样的穿戴，在西湖的岳坟前面，是很容易引人注意的。划子，车夫，都辽远的走到我的前面，殷勤厚意的拦住我，问我要不要小船或是车子。实在,他们只能看见我外表的装束,那里晓得我精神上的穷极呀!又那里晓得我大衫里面的衬衣如何的破碎而陈旧呀!他们更不晓得我这一件徒有其表的夏布大衫,是典质了棉袍和夹袍的成绩品呢!

我一只手插在衣袋里,紧紧的握着五个铜板,而且挨步的数着。岳庙的粉白围墙底下,摆着一摊买炊饭的桶具;几个车夫,坐在车子的踏板上,两手捧着一块炊饭,正似一只猴子似的咀嚼。我计算着铜板,正要走过买些充饥时,却被那两个摊前的车夫殷勤的追了过来,把我截断了。我要回报他们不要坐车,却不得不斜睨着炊饭避走了过去。

经过凤林寺的门前,两旁夹植着的榛柏荫下,还没有漏下一线阳光,我倒很心愿脱下大衫,在那石凳上重新仰卧一下。我想到初到杭州的一夜,独自一人,系着短裤,穿着汗衫,慢步的走入林中,仰卧在那石凳上狂呼的时候,引得许多村犬的狂吠,和好事者的麇集,倒还觉得适意。不过他们送给我奇异的注视,我却只能当做树荫缝中的流萤,和沉默的湖面中的一二灯火,那么轻易的放过了。

我匆匆的走着,马路上尖铄的沙砾,一颗颗从穿破了的鞋底跑进;我不能不穿这双破了的紫色皮鞋,因为除了皮鞋以外,我只能穿一双杭人所谓凉鞋儿的蒲鞋了;而凉鞋儿当然配不上大衫和草帽的,(虽则草帽也说是草的)所以我终于穿上我漏底的紫色皮鞋;何况它的鞋帮还整全着没有破碎呢?可恶的沙砾,它一定要与我为难,戳穿我的漏洞;其实我也是莫可如何,不是不识穿上美好的皮鞋呀!

我很想把这许多在脚底打扰的石砾弄出,但又恐怕在人多的地方,脱出一双露了后踵的洋袜之难以为情,于是又忍痛的走着。

路途还是这么遥远,路上招呼我生意的车夫和划子,还是这么殷勤,我脚下的皮鞋,还是这么难走;我自然是很希望坐了车去,一面可以省了我步履的艰难,一面可以表明我代理教员的身价,而尤重要的，是可以免得另外的许多车夫们的拦路打搅。

我对于路上招呼我生意的车夫，已经渐渐发现了一个辞让的新法。以前，当他们匆匆把车子拖到我面前放下时，我就很起劲的不敢正视走上，他们反倒疑心我是老杭州；不要问车子的价钱的；及到我又匆匆的走过时，他们才从失望当中又长了一种怨恨。我想这是很不好的，我不如预先对他表明了我是没有钱坐车的，他们总不会由我的失望而怨恨。我变了一个新法，第二次在抱青别墅外面，对付那个起来招呼我的生意的车夫时，就大声叫着："腰包里没有铜板的！"同时就在身边拍了一拍。但是顽皮车夫，却误解了是我同他说笑，假张着笑脸向我说："没有铜板，角子也一样的，大洋也一样的，钞票，……"的一大篇，反是弄得我纠扰不清了。我经他这样一来，又只好抱着满怀的羞愧避开。以后，我才无意中发现了一个更妙的新法；当车夫们前来的时候，我就笑着同他们点头，说一声："谢谢你！"或者猛然间，和他鞠了一个深躬，他们就离开了。我不知有什么缘故存在，但我的试验，已经很有成绩的告诉我的成功。

对付车子的方法，虽然已经发明出来，但是陌生的路途，却也很容易堕入八阵图内。我所代理的学校，虽然有C君伴我去过，但我今天却不能绕道而走。我踯躅着在异地的冷巷中，人世的淡漠，漂泊的凄凉，已如强醉者闻酒味而即满腔酸辛了。眼见得人家家人的团聚，儿女的天真，恨不能我即时死去，若我这样被社会隔离了的畸人，毫无什么爱情、友谊的维系的流浪者，虽然猝然暴死在一条稠人广众的路上，也无一人能够为我悲哀而下泪的。我问了几次的路程，他们只能告诉几个向东向西；哟，在新客的异地，就是向东向西的方位也不容易辨认哟！

我不知是什么时候，我也不知所走的是什么地方；我心头的哀火，已青烟迷蒙的，热气蒸红了我的面颊；我已忘记了我是还没有吃过早餐。我的两腿，经我这样驰跑之后，正似拖了一块坏了的蹄铁勉强驰骋后的马蹄;哟！人生的道上,我总算挣扎到最后了,即是有什么天祸,要我中途夭亡,我也总算尽了我的心力了哟!

在我倦态惺忪中,墙角的旁边,又是兜出一部车子;我无意中问了一声S学校的价目。

“S学校,去罢,八个铜板。”车夫就把那车子放在我的面前。

“五个铜板。”我回头就走。

“七个,七个,……六个”车子还是跟来。

“不要!”我想到身边只有五个铜板,而这五个铜板,还是须待买早饭的。

“好,坐去罢!”车夫跑了上来,答应了我,仍旧把车子放在我面前。

这到可使我为难了;我踌躇了再四,脸上现出阴惨的颜色,终于坐上了。我不能听车子咒骂,我不应该在车夫面前失信。哟!我怎么刚才这样轻嘴呢？我走到现在,足足总有两点多钟,我竟然能够隐忍着这样辽远的步行,怎的不再勉强呢？啊！啊！错悔!错悔!

车子在一条短短的小巷走了出头,再是一个小小的曲折,我的位置还没有坐得定稳,已停下在S校门前了。我匆匆的走下车来,不敢向着车夫正看一眼,把五个铜板完全给他。我平时很晓得有新来都会的乡人,是如此这般的被车子做阿木林的,现在竟轮到我了。我的心中又是惭愧,又是难过;我简直不应该来的,我代什么教员呢？

S学校的门钟,刚走过的八点;我想就是迟了五分钟到校,总还可以说是守时的,而且我又是远道。我假装很高傲似的,走进他们的办事室;那边只有几个学生,我问他们有没有上课,他们都没正式的尊敬的回答。我摘下草帽,呆坐了片刻,额上的汗珠,渐渐高到蠢蠢的流动;我自己起来倒一杯冷茶,一口口的喝下。当我在喝茶的时候,房里的几个学生,忽然切切私语的笑了起来;这一阵带有轻屑的笑声,直使我神经衰弱者胆寒,我当他们是知道我刚才对车夫的傻事了,或是知道我是教不来书的了;虽然我不能猜想得的确,但是他们的轻笑的对我而发却是无疑的。

——我何必还要教书呢?教书的困难处,我不是完全感受过了吗?第一,我的样子,还不像一个教员,站在讲台上,只是这么矮小的。第二,说空天大话的手段又没有,一定不能够赚得学生的敬信。第三,我又没有什么学士博士的招牌。啊!我不应到杭州来,又出一次丑哟!

——我不是对朋友说过做教员是最最无聊赖的生活了吗?其间最无聊的生活,在举动上,要首推马路上巡捕的棍子,当车子在他面前的时候,毫无意思的掣了起来;在口头上的,要推提庄里店员的叫衣,明知道他自己的前面,没有一个人站着,他却尽命的若有其事的叫喊。至于教员呢,却兼而有之了。眼见得全堂的学生,走的走了,瞌睡的瞌睡,私语的私语,……没有一个人听他,他却一举一动,很有姿势,一唱一白,很有节奏的演他的独白剧。哟!这是什么意思呀!是多么无聊的事情?

一个学生走到我的身边,说茶壶里的茶,是多天了的;于是又笑了起来。这时我才明了他们笑的意思了。我问他们 Y 先生在不在?他们说出去了;到新校舍去了。

"新校舍离此地远不远?——在那里?"

"在东清巷。不远的。"

"那末,今天这边有没有上班呢?——Y 先生对你们说过放假吗?"

"下半天上的,早上请假。"

我心里想着东清巷,不知在什么地方;我应该去看 Y 君一遭。同学生们说话,是摸不着头脑的。后来有一个学生答应送我到那边的时候,我才懒懒的立了起来。另外的几个学生,也想去看一看新校舍,就相将的跟来。

这倒使我有一个大大的打击；我的肚内，这时才哑哑哀鸣起来；同时，胃壁只是发烧。C君托我代理的时候，曾经对我说过的。礼拜四那天有三小时，你可以在那边吃中饭。今天我当然是预备好到这边吃饭的了；我现在走了出去，恐怕又是危险呢？

“Y先生一定在东清巷罢！”我又不放心的问了一声。

“一定在那边的，他说明天要搬校具了，后天到那边上课；这边的校舍是S学校的，他们自己要招生了，我们暑期学校，也将休学了。”一个学生噜苏的答了许多。但是我内心的有机感觉，却仍旧逼迫我预想吃饭的计划；如果，Y君不遇时，应该到那里吃饭呢？

刚才拉我的车夫还是坐在门口，他没有起来招呼我的生意，好像他已经看穿我身边没有半个铜板了似的。我低头走过，觉得心内非常难堪；幸亏这几个做向导的学生们，没有看见我的失色。

学生们的道路是很熟识的。他们牵着手在前面走着，我反倒觉得骄傲；因为我推想在路上遇到的人，定然决定我是一个文雅而对学生和蔼的教员了。我有时恐怕路上的人们，偶然疏忽了认我是一个平常的闲人时，又故意地把学生叫住问了几句。同道学生们走路，是应该怎样的守身自重为学生们模范哟！

路旁的人家女子，都三五成群的在络丝；信口谈笑，心上现出十二分快乐的气概。我差不多为她们所牵引，驻足凝视了一回，转眼间，看到学生们已走得远远，不由得心神荒乱起来；遂自己骂道，“流浪的人哟！不应这样魂不附体！”

我快步赶上学生们时，已经走到一条小巷的转角；转过这条小巷，又是一条狭静的长衖。粉白的高墙，巍巍然夹峙着如一座宏伟的圣庙之使人发生严肃的敬意，我的野马般的放心，才勉强的被拘转来。我严肃的移动我的脚步，我的心情早已经把眼前的现象忘掉在无有中了。

我的眼角忽然在无意中招引我注意一块木牌，那是钉立横巷的屋角的路牌，上面写着姮珍巷三个白底黑字，我认真的看了一下，又把这姮珍巷三字轻轻的重了几遍；啊！姮珍巷，姮珍巷，我似乎很熟面的呢，究竟不知那一位朋友住着或是说起过的！……

瞥眼间，我的眼光从墙角移下巷口时，就瞧见了一群闲游的女子站在那边说笑。她们都很家常的打扮，不过比刚才看到的络丝女子们稍为漂亮一些罢了。女人自然是欢喜看的，尤其是在寂寞异地的新客，在家乡或是久居异地，我总觉得不能任我野马般的心性狂骋，好像在我四周，总有无数千万的眼睛，向我注视，无形中用道德的绳索把我缚得紧紧的不稍放松；所以我来杭州以后的动作，简直是饱和了色情狂的色彩的肉的追求者了；虽然忘记了我自身的丑陋和无钱，却也在士女如云的西子湖滨，钩心吊角了几次。只是现在同学生们走路，却不应该在学生的眼中表现出来我是一个怎样爱看女人的色情狂的青年罢了。

一阵凉风从巷口吹来，我周身如在热烈的蒸汽中，骤然感得一道快感；颗颗的汗珠，从空中消去，正如晨风掠拭了草际的露珠。我摘下顶上的草帽，表示是欢迎这可爱的和风，别无何等深意。

在那群女子中间翘立着的，是一位很熟面的女子；她大概是十分的认识我，远远的就在指着她的女伴对我谈笑了；她见我从顶上摘下草帽来时，就意度我是向她招呼，于是就对我遥遥的说话。她站在女伴中间，骄羞滴滴的，双手放一个较为矮小的女孩的肩上，摇摇摆摆的，又慢慢的抬起一只来招呼我。问我：

"到那里去？"

她的清脆的声音从笑声中颤抖出来，我十二分的惊异她的大胆，竟然能够在我当在学生面前时说出这种话来。我爱着她尖脆的清音的振动，一面又夹着道德监视的打击，我怔住了；我什么都不知觉，瞥眼间，引我到西湖浮浪生活的一幕回忆中了。

在一条荒草没趾的小道上，一边接着一座古桥，桥背石路崎岖，斜荫着一株伛偻老人似的老树；桥下是一湾流水，荡漾着八颗红菱；一边是座破庙，门前墙泥驳落，窗牖衰颓，荒草在墙上丛生，小虫唧唧的叫喊，满眼充满着泥湿的苔气，差不多使人想到中国小说中住有狐鬼的神庙。荷风轻轻的从曲院吹来，掠绉了澄清的湖面，轻逐了柳枝站着的蜻蜓，再从欣欣的小草的头踏过，才牵动我和她站着在蜜语时的衣角和裙裾。

我才从大路上尾她走到这处狭路，破庙和古桥把我们的前后隔住，我才上前牵住她的左手，右手搭在她的肩上。心头不住的撞跳；想到自己竟然是这样的一个堕落青年，在初次见面时的妙龄女子身上，就会干出这种肉麻的举动，心头更为跳的厉害。又想到这原是玩弄的把戏，又不是当正经事做那么认真，何况我这又是初次，就是详细的试验一下，能够了解这种生活的底细，也是好的；想到此处，好像有人在我的脑后大声告诉我说：

"距堕落的时间还远呀！正可大着胆子罢！"

同时，我自己的心神就好像清醒了许多，说不该在牵着一个正待你用情的女子面前怀疑自己，使她感着失望而轻屑你自己的不老于交际，于是我壮起我胆子说话了。啊！这正是我的堕落处呀！我大概就这样的实行事实上的"狄克旦"了。

我问她的年纪，问她的姓名；我又问她读不读过书，自己的名字会不会写？她告诉我，她没有读过书，若是有读过书，她是不骗我的；但是她却说会写自己的名字。我在身边摸出一支铅笔，和一本专门记着某日向某人借来几块钱的日记簿，要她把她自己的名字写给我看。末后，我要她写住址时，她却说不会写了；因为她的名字是勉强学会的。

我放开她的手，看她很凝滞的写她的名字时，轻风在草际掠来，荷香充满了鼻官，我发觉了自己作为的可笑。我戴上了友人的软边草帽，和罗克眼镜，在露腿的短裤外面，又加上夏布大衫；那顶草帽太大了，差不多要遮到我的眼眉；手表特别的系在手上，使她可以看见。呵！我的举动何等乖谬，我的思想何等堕落，为要博得一个女子的倾倒，就不惜这样张冠李戴起来。我真堕落得难以收拾了，我大概就是一个流氓了！

她写好她的名字递给我时，我端详的看了一下，依旧放入袋中。

“你的母亲呢？”

“死了。”

“父亲呢？”

“也死了。——父亲母亲都死了，只有我一个人了，我很自由的呢！……”

“那末你和我自由一下好罢？”

“我不好——呀！”

“咦！不要客气！——可惜我没有钱。”

“咦！你也不要客气。”

一个朋友匆匆的追来，他虽然对我发笑，但是我的心坎已经跳得厉害；我不能再说什么话，我只好由我青如土色的面脸来表示我的震恐。我一面勉强的笑向着我的朋友，一面无意的向她一指，要她向着桥的那边避去。

我回到自己的住处，追想刚才的情景，不由得心里发跳，额上的汗珠，一颗颗的滚下。呀！初见的女子，就有这样甜蜜而可回味的情话对我；这一定老于用情的了；我幸亏M君呀！不然，我将怎么落得手呢？

一面，我又错误了，我恨M君不应该匆促拉我回来，就是等我堕入壳中之后，你重新来拯救我出来，也不能算得你对于朋友的不尽责；何况我的身边又没有半个臭钱，就是被她牵引了，也没有多大的陷害；而且我本来的目的，也正是为着试探此中的底细和奥妙的；暂时一次的堕落，又有何妨呢？

“我想她所以做这种生活，何尝不是她的坏命运所养成呢？从这一点看，她已经有我同情于她的资格了。她的被命运的陷害，她的前途的危险，我何尝不可以设法使她自己觉悟，救济她脱离这种苦厄呢？呀！我不应该让她独自一人，踽踽的，失望的，踅过古桥而去呀！

“我简直应该追上了她。试问我这样飘浮着的几十年已过的生命，有那个女子能这样地和我牵着手亲密的谈话？我是在人海的浪游里，被爱情忘却了的畸人；我是天天在寻求爱人，狂呼着‘爱人呀！’‘爱人呀！’的爱的追求者色鬼；我正不应该失此机会，当可蜜甜时就甜蜜一下。呀！我错了，我不该叫她走开；她若是紧紧的接着，M君又有如之何呢？……”

M君看我想得出神，忽然哄地笑了起来。M走来把我的肩膀一拍，匆匆的拉我起身，说我若是追念着那个女子，现在还可以追去。他拉我靠着窗槛，啊！那在南高峰下的一片平畴中间走着的，不是她吗？我不敢说我敢于追去；我只能够凭着心醉的灵魂，看她一步一步的在绿波之中没了。啊！我应该向她忏悔。

从那天之后，我天天想在西子湖滨，骗着朋友们，重见一次；但是，只是枉然。现在，我的心中的醉晕，已经如那时看她渐渐陷入在绿波中的那么淡了淡了，淡到没有了时，却不料又在此地遇见；而且，又敢大胆的喊我，问我到那里去，啊！我的心神又堕入醉态了。

幸亏我的学生们监察我，我不敢和她去打一个招呼。我的耳朵里，好像她第二句对我说，要我到她家里去。我的心头发跳得很。同时，我自己的心中，也好像发出一个急速的命令，说快些离开此地；于是我的脚，就不由自主的跳得加紧了。

“喂！来！”她们真的从笑声中夹杂出这一种呼声了；但是，这时的呼声，却只能增加我快跑的速率。我的紫色的破皮鞋，声音壳壳然，发出急遽的不和的音节，很使学生们回头注视。他们不知他今天的代理先生是什么事了。当我的眼光与他们眼光在空中相遇时，我的脑门就喷了满头的血火。我只得尽力把头抬起注视到天外几片航空的白云身上去了。

——白云，飘浮的白云，我的生活真如白云一样飘浮呀！我如果真能像白云一样的安闲自在的飘浮，倒也罢了；只是我的飘浮呵，却是为着生活的奔波，为着经济的压迫，为着命运所支配而飘浮呵！

我想到我目前的生活和经济时，我不禁有些心酸了。就是最低限度的一餐早饭钱都没有呀，最低度的一餐午饭还不知到那里有得吃呀！啊！贱女人！我连吃都没有吃饱，还那里可以说到恋爱啊！

转过了一条人声扰攘、车马喧阗的大街，再走过一座板桥；东清巷就在桥下的河沿横卧着了。学校的新校舍，是在巷内的中处；我们依着号子寻到的时候，门是向外锁着的。从门缝中望进去，莓苔丛生，野草错杂，很不容易掩没了那荒凉失修的痕迹。学生们踌躇了再四，似乎不信Y君是不会不在此地似的。他们除了自己失望外，一面还在心里对我抱歉；不过，他们并不知我的急急于要找Y君，正是为着吃饭的。

他们要求我重新回到S学校，说Y先生一定在吃中饭的时候回来的，但是我却很不愿再到那边等待一点半钟，而会了这餐中饭；我心愿在不得已的时候，就是饿破了肚皮，也不要人家知道我是饿着。不过，无论如何，我应该对Y君面见一次，因为在C君托我的时候，说我去代理了他的功课，暑校结束时的车马费，就可以给我作另用了；所以现在我一定要见他一下，探听他的口气，使我有一点收入的预算。我吩咐他们，要他们回去时，对Y先生说述一下，说我须得在下午一句钟时，到S校来，和Y先生说话。他们答应了才走。

我立在那边呆想，偌大的杭州城内，竟然没有一个可容我吃一餐中饭的地方。身边没有半个铜板，我就是讨饭都没有地方可以讨呀！

我只有到湖滨去的一条路了；回转岳坟，下午一点又要到城内来，这那里能够来得及呢？而且，等我回到寓所时，他们一定是吃了饭了的；我只好到湖滨 C 君办事的地方去了。在那里，我还认识得一位看过一面的、C 君的同事 T 君；想来他总可以给我一餐饭吃，或者我早早的等在他的房里，与他先寒暄着别的事情，及到吃饭的时候，他总会请我去吃一餐饭的。

这时我才有个方向，就急急的动起脚步来。许多的车夫们，都在偷偷的看我；现在见我兴匆匆的拔脚要走，都兜上车子来。我反觉得周身格外兴奋，步行格外有力；而刚才腹内嗃着的饥饿，也好像饿得迟钝了似的，一些也不觉得难过。我撇过了许多车夫，沿着一枝枯涸了的小河，从依依的绿柳荫下，踏着疏疏的树影，走到西子湖畔。

小舟点点，张着蝴蝶一般的布篷，临风在湖面游行；正如在倦怠的下午的蜻蜓那么凝滞。无论在日落西山，彩霞掩映着整个的湖光山色时，轻风怎的招展士女的衣裙，醉迷恋人的心眼；或是星月辉煌，映着灯花灿烂，流光颤动得如万道金蛇，直和湖面的漫歌低步怎样相应和；我总觉得眼前的西湖，是一个愁闷的蒸锅，直欲把我堕入它的热闷中蒸死。

我在第一公园的草地坐了片时，身子只觉得热闷。我很想当即就走入 T 君的房中，先喝他几杯凉茶，倒也来得一个直截。只是我总有些怕惧；这样光是见过一面以后，就无端的前去刨饭，也未免难以为情。况且 T 君的性情，毕竟如何，我还没有知道；若是有一个不满的表示，我就该怎样走的出来。

我又记起一件事情来了；T 君那边，的确是不可去的。那是一个繁星满天的夏夜。我们戴着满天星斗，在西子湖中荡湖。我穿着双蒲鞋，系着露腿的短裤，坐在船后划船；眼看着沉静的湖面，嵌着大小的珠玑，被我的划子一构构打得摇荡时，几疑累累的金橘的下堕。我把两足伸入湖中，让小舟自己荡漾；我足的流浪的征尘，都一颗颗被洗涤入湖底了。我们对着电灯闪耀的旗下进发时，都感着微微的倦态。

小舟靠近岸旁，努力后的焦渴，都催逼着走向C君处喝茶。我颓然的觉得有些凉意，紧绞两手，彳亍亍的跟他们走了进去。C君们走得太快了，我却远远的留在后面；有人在电灯光笼罩着室内，看出过道上一个小贼似的我，就汹汹然追了出来。“那一个？看那一个？”的乱叫；我知道他是误会，是看错了我，我仍旧慢慢的往前踅着。一面答应他是看C先生的。他仔细的端详一下，似乎C君也不该有此等朋友，就回答我说C先生不在了。他的话，对于我眼前的情形，简直不生效力，因为C君刚才进来，是不会不在的，所以我仍旧踅上了。呵！其实像我这种装饰，这种神气，这种举动，安得他们不认作小偷儿呵！社会上是以衣服分人品的，他们只看到衣服，看到外表，又那里可以怪他呢？

不过，天呀！那位认我是小贼的先生，就是这位T先生哟！在那次他给我仔细端详以后，他已经很认得我了。所以以后，C君给我介绍时，他只看着一笑；这一笑当中，我自己的肺腑是和他一样清楚，只可惜我没有对C君述说这件事啊！现在，我那里可以去得呢。不该去！不该去！尽可挨饿罢！

湖滨的二埠头上，渐渐划近了一艘小艇；划子在近埠的湖心旋了方向以后，船内的少年男女，都兴匆匆立了起来；划子吩咐他们不要心慌，待他上岸后把船扳住再走，但是那位穿西装的少年，却勇敢的一跳，同时把那只没有泊好的划子推得远远了；引得船内的两位女士惊惶失色，责备他不应这样着急；那位西装少年却含羞带骄地说，“我的肚皮已经饿穿了。”划子又慢慢的把船泊住，那两位女士，和穿大衫戴眼镜的名士，都挨步上来。那位穿西装的少年要他们到西园去吃点心；两位女士还有些踌躇；一位穿熟绢大衫的青年，看一看手表，说你们到西园去，我要在十一时到法政学校去一趟，现在是十点四十分了，你们在西园等我，我当即就来。于是他们就分头走了。

我站在他们的旁边看着。我推想他们游早湖的清兴:轻轻的情话,伴着熹微的晨光,在身边荡漾;一叶轻盈的划子,简直是从天而降的仙槎。我只是忘形的欣羡。及到那西装少年说出他的肚皮已经饿穿时,我才想到自己的肚皮也是饿得要死的;我重新转眼看到船内的小台子上,那不是许多已经吃残的上等糕饼的纸包么?啊!他们的肚皮,那里会饿得穿呢?腰里又有钱,又有异性朋友;只有我哟,我是没有吃早饭才出来的,现在还不知到那里可以吃中饭,身边又没有半文钱,又是一个零落者;啊!只有我哟!才该肚皮饿穿呢?

——啊!什么都是穷人的我,简直应该求乞!爱情,我连求乞的施主都没有了,谁能施舍我以爱情呢?我只能眼看着,嫉妒厌恨着人家享受华丽而丰满的爱情了。名誉,啊!求乞名誉,我也适合的,我没有资格可以求乞名誉,我没有摇尾乞怜的本领可以向人家折腰。饿肚,啊!金钱。那倒可以求乞了,他们看我这样一个外貌求乞,就是看我的大衫和草帽的面上,也应该给我一餐饭吃。啊!我应该过去向他们讨一餐饭吃吃。

——啊!太太老爷,你们该施舍施舍罢!啊!……

我想到此地,忽然听那人说到法政学校去。呀!法政学校去,我也有我的同乡朋友,幼年时的同学在法政学校的,应该假装着去看他,一面就可安心的坐下等他的中饭吃了。唔!这是最妙的办法了,我应该速去呀!

我的两脚如受了符命似的,机械般的移动起来。我不知朝何方向进行,我只觉得应该穿过那些红男绿女们所傲游的热闹的街上,再走上冷僻的小巷,才可以到我讨饭吃的地方,我摩肩接踵的已经从人马丛丛中挤了过来,已经走入了冷僻的小巷;只是我所要到的地方,究竟是找他不到。我不知我所走的又在什么地方,我问路上的人法政学校在那里,他们都说得不明不白。转了一个小巷,又转过一条横街,我推想我从前走过的路程的方向,应该是在那方，我就是凭着直觉，锐意的向那方进行，我想也应该走到。这样大的杭州城里，难道也要来为难我？唔！中国第一大埠的上海，我也逍遥自在的闲游了，何况杭州呢？我应该向这方向走去，一定是不差的。

路上忽然矗立着一块某某医院的招牌；啊！我反而走得远了！我难道错了方向吗？……某某医院，我不是有一位同乡在里面学看护的吗？既然到此，我不妨顺便进去看看；一面还可以探听到法政学校的路径。

我在医院的门口观望了一回；不知找寻一位看护，要到那里问讯。许多病人都缠着白布，裹着棉花，面上现出十二分颓丧的颜色，手里拿着一枝挂号的竹签，坐在那边等医生的诊治。我观望了多时，我才瞥见立在那边窗下的那人，就是我的同乡；他现在的面色虽然胖了许多，但是还可以想像着从前的情形。我向他招呼了几下，他才认识得是我。他把我领到他的住室。第一句就问我有没有生病，怎的脸色是这样难看的？

我说他真是一位医生，一看就能看出我的病容；不错，我是发过五六次的疟疾，才在前天截断的。他这一问，又把我病时的悲哀，又唤起来了。啊！疟疾的发热，热到发昏，是多讨厌的事呀？何况我又在客中呢？冷来的时候，简直是把我的心用冰块来包围着，或者把我全个的人，投入北冰洋的冰山中；热来又是一座火山，胸口直要如火山的喷裂，喉头被火焰红舌所吞卷，也要如龟甲那么分拆。啊！这是多么讨厌的病呀！我今天差不多已经忘了前日的病情，以及病后的身体的虚弱。我现在被他一提，啊！我支持着病后的身躯，踅着这样难堪的道路，是多么疲倦呀！

他又问我疟疾用什么东西医好的。我说是金鸡纳霜。他问我吃了多少。我说只有吃了一角角子。我又告诉他怎么吃法，金鸡纳霜如何有效；但是他嘴上的笑意，却总不能挥散。后来他才说五粒金鸡纳霜是够的。

他又问我的行止，问我的生活，问我此刻从那里来……我第一就把我在杭州代理友人作教员炫耀了，第二也含糊的回答，都使他很满意；只有第三我说是从S学校走到此，他就被我愕住了。他说这样远的路，你都走来呀！啊！这一句惊诧的口气，是多么尖锐而刺人哟！我嗫嚅着，说是有一段路是坐车来的。他又问我坐到那里，我却只能含糊说那边是什么地方，我记不起地名了。我又问他到法政学校还有多少路，坐车子要多少车钱；他都一一回答我了。我不敢在他那边吃饭，因为距离吃饭的时间，大约还有一点钟。我想辞了出来。

临行的时候，他送我一盒金鸡纳霜丸；他吩咐我每日吃三颗，又叫我当即先吃一颗，以后饭后吃一颗；待这一盒吃完时，我的疟疾可永久不发了。我接在手内，自然是十分感激。我计算着盒内三四十颗的药丸，价值须在六七角钱以上；他若是送我六七角钱，我岂不是更二十四分的感激他了吗？

他送我到门外，不留情的车子，又来招呼我的生意；我刚才问他到法政学校去的车子价钱的面具，现在已被他拆穿得粉碎。我涨红了脸，轻轻在车子旁边走过，回头看着医院门口我的友人立着冷笑时，我的心就如受重刑了。我不应该骗他哟！啊！我的罪过。

我走到法政学校时，那边的门房，才告诉我G君是住在宿舍的。我找到G君的宿舍，差夫告诉我G君是在打牌；我前往看他时，他只坐着点一个头。搭讪着说：

"今天老夫有公事在身，不能奉陪；随便请坐！"

同时许多七七八八的观赌者，都转眼向我一钉。啊！这一种情形，若是我在平日，我早就回头走了；今天我却什么都不能硬强，只有低着头让他们尽量的讪笑一下我来骗饭了。我在赌桌的周围走了一圈，坐在G君左方的那人，也是我的幼时朋友，他现在却装作不认得了。我立在G君的背后看了一下，我的心内总是恐惧而发烧。G君顺手递上一把蕉扇，问我觉得热否？我也有意无意接了过来,摇了两摇,就觉全身软熟了。

一种锋砺的思想在我胸中蠢动,告诉我应该赶快离开。赌徒们是忘了晓天和黑夜的,他们正不知几时要饭吃呢?而且,我一句话都不说的等他的饭吃,也觉得自己讨厌,就是要对他们搭讪着交际几句,我的心中又没有这许多暇气。同乡会,赶快到同乡会。同乡会是随便可以吃饭的,只要我能够在吃饭的时候到那边。我刚才怎么就想不起来呢?

"G君,我走了!"

"你走了?再坐哟,看一看打牌。"

"我走了!"

"那末我不送了。"

我很骄傲的走了出来,我似乎料定他是不会招呼我吃饭似的。我错悔我自己不应该到他们的寓所来,受这一种官僚习气的冷淡。

从这里往同乡会的路道,我是很熟识的了。我此时走着,心中反没有丝毫牵念。□□同乡会的五个大字看到了,我的心中又起了一阵兴奋。我走入大门,再转过隐门,才看到大厅上的廊前,已有许多人在漱口洗牙,狼藉残羹的桌上,还有几个吃得慢的人在尽大口的肆嚼。我觉得又是一个晦气,全身几乎发抖。N君看见是我,就问我吃过饭了没有?我不知受了什么人的指使,好像无论如何要禁止我说没有吃饭似的,我就说吃过了。

"没有吃过罢?"他又问了一句,好像看透我的心肝似的。

"真是吃过了。"我发寒心勉强的答。

"那末请里面坐。"

我走了进去,心中非常的不安。我面上带着的面具,虽然可以把他们遮过我的贫乏,但是总补不了我心内的饥饿。

我觉得身体的倦怠和酸痛,颓然的倒在N君的床上。

N君送来一杯热茶,我尽量喝了下去,一道热气从喉头下去,经过了胸口直到下腹,在那里溶漾。肚内毫没有什么东西,此时已睡的饥饿，被这热汤灌醒，正如在睡梦中被人推醒的野狗一样，骨碌着两眼，到处的觅食。我尽力的想强睡一下，以避去这内心恶魔的缠绕，但是，无论如何，总是睡不着。我坐了起来，直接的就问N借钱。N被我这动情的语气压倒了，只是迟疑一下，问我要多少钱。

我拿了一块钱在手，勉强的再坐一会；就走了出来。

那时正是太阳正照下午一时的时候，我勇敢的走出了同乡会，心里计算着如何去吃饭的问题。我走过了几条小巷，却不见一间饭馆。我伸手插入袋内要探一探我的那块大洋有没有失去时，同时就打着在医院拿来的那盒药丸。吃饭之后，吃饭之前，唔！我应该吃一颗药丸。我拿出那只盒子，取出一颗放在嘴内；我又恐怕他吞不下去，用食指在口里一推。啊！终于被糖衣粘住在喉下了；这是喉头大渴的缘故哟！我一面用力的在口内搬运唾液，一面尽量的迈开快步，我能够找到一间饭馆时，我就可问他拿一口茶来灌送了。

走过一座小桥时，忽然肚内起了一个空肚的饱弹，空气如炸弹般的从腹内上冲，冲破了我喉下搁着的那颗丸药。同时，糖衣内面的细粉，就如炸裂后的飞散，粘住我喉头的四周。啊！这一种奇怪的苦味，我是一生也没有尝过的。在异地彳亍着的我，连一口茶都不能得着喝的地方，还有什么法子可以解救呢？呵！这是我苦痛的生活的表征罢！

对面有一部车子迎来，我只能在喉下说一声旗下两字，就坐上去了。我一手插袋内，紧握着那块圆圆的大洋；我计算这一块大洋的用法，和这一次没有问价的车钱。太阳正中的照在头上，使人热得发昏。我还没有把我的答案做出时，车子已在问我到旗下那里了。我指点他把我拖到一间兑换银洋的店前放下。店员把我的洋钱详细辨认，我心内十分惊慌；我打算向他说明一声，我这一块大洋还是从友人处借来的，可以将就一下，就请容纳下罢？但是，我还没有说出这请求时,他已把角子和铜板交在我手里了。我问车子要多少钱,他说要两角半,我给他两角了,他还咕噜着再要。我再胡乱的给他几个铜子,才匆匆的跑入一间饭馆。

“吃什么?——吃饭还是吃酒。”

“吃饭。”我的喉头还是苦涩而燥裂,轻微的声音在喉下震动时,就觉得异样的枯窘。

“请上楼上。”

同时楼上的堂倌也喝了一声重重的大喏。我就无意识的上楼了。

“先生吃酒么?”

“你先拿一壶茶来。”

我喝了几口茶之后,喉头才好过了许多。堂倌问我要不要喝酒,我想起有钱的时候稍乎喝一些,也没有什么;不过,不应该喝得太过,喝得泥昏烂醉的像一个糊涂的酒鬼就是了。我就叫他打半斤绍兴酒来。他又问我要什么小菜下饭,我开口说一碗盐菜肉丝汤,他把我惊愕住了,说是没有;我又说青菜汤,他又说没有。啊!我又临到绝地了!这堂倌的惊诧的眼光,直穿透了我的心胸,我实在害怕极了。他这几个回答没有时的睁眼;啊!我是在上海吃惯了这种贫民窟中高等饭菜的,我不意来到杭州的饭馆,就该受这样异视。啊!我这一块钱是借来的哟!我就不该吃饭,更不该到这里来吃饭的!……算了罢,有钱的时候,又要受辱,没钱的时候,又不能挣气,算什么呢?随便怎样的,尽了这一块钱再说罢!

“那么有什么汤?”

“榨菜肉丝汤,干贝,……”

“好!就是榨菜汤一碗罢!”

“还要炒一盘什么?——肉丝?”

“好,炒肉丝。”

酒来的时候,堂倌又问我要什么配酒?我不能再在他面前露丑,又承便叫又一盘虾仁。第一口热烫的绍酒滚下我的腹内,胃壁起了极大的蠕动;下腹呱呱然响了几下,又盘旋了几股腹气,往喉头冲来。我没有喝得几口,已经把半斤绍酒喝得精光;我想既然要吃一个尽意,也不妨再打酒来吃。

肉丝已经放在我的前面,我还想尽量的喝酒。脸部微微的发烧;心头微微有些醉意。啊！吃了一个尽醉罢！吃了一个尽醉罢！醉的时候,才是我们任性的世界呢!

我一连又喝了三斤绍酒,下饭的小菜已经吃完。待我再欲回头吃饭时,我差不多连拿一双筷子都拿不稳了。我勉强的吃了饭,醉态朦胧的喊了一声堂倌。他把我的账单拿来时,哟！九角八十不是去了一块大洋了吗？我已经没有一块大洋了哟!

我又骂自己,不该这样颓废,要吃这许多的绍酒;酒是当不得饭的哟！堕落堕落。我拿着账单一看,又把立在我旁边的堂倌一睁;他道我是说他开错了账,又伸过手来在纸上轻屑的指点我。万幸得很,我问他是大洋还是小洋时,他却说已经是折到小洋了的。

"哟！所以我想若是大洋,定不会有这许多的。"

"先生！我们店里不会糊乱的哟!"

"好,你拿去十角钱罢,余下的给你。"

"谢谢先生!"他又向楼下的收银柜喝了一声招呼,我就随他这声叫喝一同下楼了。

我伸手插入袋内,紧紧的探摸,又暗暗的放在袋内细数;啊!又只有六个铜子了。

我走到一间大旅馆的前面,仰头看那屋顶装着的大钟,已经指着三点二十分了。我酩酊的推想,我难道在饭馆的时间,已经两点多钟了吗？呵！S学校一句钟的约会,我不能去了。

我的两脚简直不由自主的,我又回到湖滨了。划子问我要不要船,哟！我若是不吃了一餐饭,我就可以有一日的荡船的享乐了。我现在仍旧不能坐船哟！请你不要招呼我罢!

——没有钱的人，简直是不该吃饭哟！没有钱的人，简直是不该走路哟！啊！没有钱的人，简直是不该做人，简直是不是人！

我倚在湖滨的石栏旁边，任强烈的太阳在我头上炙热，醉人的湖风在我周身薰陶，我已失去了我强烈的兴奋，和无聊的牢骚了。

（原载《小说月报》第十六卷第一号，一九二五年一月）

# 赌徒吉顺

## 上

吉顺和他的两个朋友匆匆的走上了三层楼，就在向东的窗口择了一个茶座。堂倌跟来，问他们要吃什么东西。吉顺吩咐他先泡两壶绿茶，再拿几碟瓜子和花生。

三层楼是我们县里新兴的第一间酒菜茶馆，建筑有些仿效上海，带着八分乡村化的洋气。它的地址极好，是全县商业最繁盛的中区，风景也不错：左边靠着五洞的西桥，与县城的西门相连，倒翠溪从东北掠来，迤逦成曲折的绿带，到西桥的下面，就折而向南，再转向东南流去，与赭溪汇合；右边是一望的平野，疏柳与芦苇，绵亘到赭溪涧边。若是在三层楼的屋顶上，往四周一望，全县的屋舍，就鳞接的毗连着，几树疏散的果树或桑叶，从人家的园中升起，稀朗的如寥落的汀洲水草。倒翠溪与赭水合流的渚口，流水洄成几个漩涡，淙淙然别有一番风韵，合着野鸭入水，落雁翻空的清音，时时在空气中徊翔。而楼下西桥上的市集，小贩的喧嚣，人声的扰攘，却又带着十二分的都会气味。

三层楼的顾主，都是防营里的士兵，衙门里的司法警察，和一些吃大烟的赌徒。凡是上那里的人物，都有其行中的衣钵，受过严重的戒律的；随便什么人，想不顾身手的在那里鲁莽，必有堕入他们的笼中之一日。吉顺能够这样轻易的踏上那里，自然也是他这两年来日夜在赌场中生活的成绩。

那时已是傍晚，落日的余晖，从三层楼的西窗射入，光线穿过室内的尘烟，结成几株方形的光柱，投在吉顺们坐着的桌上，和他的朋友金夫的脸上。吉顺指点着金夫换个位置时，堂倌就殷勤的送上两壶绿茶和三碟瓜子到他们的桌上。

他们开始喝起茶来，瓜子壳片片地飞扬；的的地嗑瓜子的声音和吉顺们谈笑无序的声音错杂着起来。

吉顺是一个二十八九的泥水匠，住在离这里三四里远的枫溪村。枫溪是赭溪的别名，因为这一枝溪流的涧底，都积垒着红色的卵石与大岩；流水在石上走过，涧底荡漾着的红色石砾，正似满天枫叶，在秋的晴空中颤动。枫溪的村名就是从这里来的。吉顺的父亲是一个木匠，在枫溪一带是以吝啬起家擅名的；后来抛弃了本业，就在枫溪村上开了一间小杂货店，人们号为"脚酸店"的，竟然积蓄了许多钱财，买了几亩田产。在吉顺六岁那年，他的父亲就死了。吉顺的老婆，是他父亲在时给他定下的；他的丈人是一个泥水匠。他母亲抚养到十一岁的那年，就留下他父亲的财产和田业，交卸了代管的责任，又自己寂然死去。他的丈人见他只有孤苦一人，就把他接了过去；住在他的家里，一面就跟他学业。他从小就伶俐，无论学什么工艺，一学便会；到十六岁那年，就是一个上好的禀有伶巧的匠心的泥水匠了。

但是吉顺既占有他父亲的遗产，又禀有他一身的好手艺，对于经济的收入，感得十分轻易而丰裕，所以对于金钱的重视，也没有他父亲那么见钱如命，那么郑重而宝贵。他在二十岁的那一年上，便由轻视金钱的心思，演成挥金如土的事实，与几个堕落的朋友，日夕堕入赌博场中徘徊。他觉得他的丈人屡次告诫他的讨厌，声言不要他的丈人再来多事，就把他的老婆与三岁的孩子带回枫溪居住。从前，他在一年当中，总还做半年的工作；近几年来，他简直以赌博为正业，以茶楼酒馆为家庭了。他除了偶一晚上回家以外，差不多整一个月都不回家。现在，他有四个儿子与一个女儿；而他父亲所遗下的田产，却早已售罄。他老婆在每况愈下，困苦艰难的家境中，虽然要挣扎着给人家服役，以自养活与支持家务，却为定期的每隔一年的生育儿女所困厄而不得超升。她每想劝诫她的丈夫，叫他不要这样长住在赌场与茶馆中，以赌博为正业，以至家庭的生计和财产破坏到这样空虚。但是他的性格，变得与从前大不相同，谈话的时候，都要轮拳反眼，凶狠暴戾的骂她多管闲事，骂她吃得太安稳了，要问他讨一顿恶打和谩骂。他告诫她，只要好好的住在家里，他自然会赚钱来养活她们。但是有钱的时候，他是没有闲暇的时间回到家里；若是在无钱坐不下赌桌时，回到家里，却又是多一番家庭间恶声的谩骂。几回她吩咐大儿子追到赌场，也挨得几个巴掌，哭丧着回家。从前在赌博赢了之后，也有几次买几斤猪肉回去，大家吃得一个写意；但是现在可没有了。

金夫是吉顺近几年来在赌场中时刻不离的好友。他是长方脸儿，高伟的身材，正方的下颌的四周，连到耳根，长着半脸的曹操胡子，阴森森的直立着如一个壮毛的刷子；目光棱棱的眼睛，尖角而矗立的眉毛；横广而多皱纹的高额，到处都显露出一种凶狠的气象。他曾在邻县的关局，当过一名护哨，因为同别人同时爱上一个山村妇女，以致用尖刀把那人杀死，才逃奔回家的。以后，他曾经开过一间小店，但是，不知怎的，没有几时，便把店门关了，尽日的沉湎在赌博场中。

平春，大家都叫他小平，是中等身段的中年后生；比较起来，只有头部特别的小；但是面部各部分的位置和大小，却是十分匀称；眼珠分外的伶活，与满脸带有发光的油脸相辉映；说话时，常常带着狞笑，笑得除眼角的皱纹如燕尾般的分成三叉外，两颊格外的丰润而油滑，显出一种奸滑的，时常弄小巧的小鬼神气。他不像他的兄弟们那么勤俭敦厚；他从小就要背着他父亲偷偷的逃去掷骰子和拔签，虽然他父亲严重的责骂他，他转眼间又如水注鸭背一样，毫没有影响的去了。他父亲刚死了一日，他还跑去赌博。他说："我父亲在日，这样打我骂我，我还要赌；现在可没有人打骂了，我不应该尽量的赌一个痛快吗？”

他们三人，现在是刚从忘忧轩赌场出来，因为在那里获了一次徼幸的胜利，所以应该到三层楼去享乐一下。

“今天的运道真不差啊！”吉顺说，“那一定是财神跟着了，这是什么‘手风’，一连会赢到十几盘，我们的心还是不狠；要不然，庄家早被我们敲倒了。”

小平笑欣欣的，好像在得意自己的成功说：“第三盘不是依了我的配法，不是把你配好的重新配过，那不是被庄家吃去了吗？我知道庄家的心苗，只有这么配的。”

金夫喝了一口茶，又把头部斜着转来，嗑着瓜子。他把一片瓜子壳吐了出来，低垂的眼光，跟着看到地下。他抬起头来，瓜子的白沫，结在他嘴角的黑胡子旁边，很明白的上下摇动着。他说：“我们吃什么点心呢？”

“随便什么。”

“喂！堂倌！来！”

金夫的声音有些惊人，他说话的时候，正与小平相反，常常是板着一副呆板的脸孔，眼睛圆睁着的。堂倌刚欲往楼梯走下，被他这么一叫，便缩住了脚，急匆匆的跑到他们桌边。

“吃什么？先生！”

“你店里什么东西有？”

堂倌念了一大顿的菜名，在每一个菜名下面，加上一个好吗的问句，叫他们细心的选择。他念菜名，比乡村私塾里的学生，背《百家姓》或《三字经》还要纯熟。他说了之后，顺便又用胸前夹着的抹布，反复的在桌上无意的揩抹。

吉顺和小平都说随便，金夫就随便点了几碗菜。堂倌殷勤的退去之后，在楼梯头就往下叫起菜名了。金夫又重重吩咐他一声“快些！”堂倌也如应声虫一般叫了一声，“嗄，快些！”

吉顺呆呆的注视着壁上的日影，又从这一枝辉耀的光线，逆溯到那向西的楼窗。他眼光在楼窗口徘徊了一回；窗外的曲折的枫溪，溪边的疏柳和芦苇，芦苇丛中的一声声的断雁，断雁声中的悲哀情调；它们都在枯黄的夕阳和将老的秋的景色中，引诱他追想到近年来家庭衰落的情景，和妻儿们在穷困的境遇中过活的情形。

吉顺的幻想的心，忽然长出双翅，伶巧得像鸿鹄一般的飞出窗外，丢开那些夕阳荒草，疏柳丛苇的景物在脑后而不一顾，翩然的在那株多叶的樟树边沿落下，走入那樟树荫下的小门。那正是他自己的家庭——近来已经一月没给钱养活她们，半月没有回去看她们了。他是在三年以前才搬入这间小屋里的，他从前住的他父亲遗下的老屋，已经押给房族的大伯，所以他只能住入这间小屋里过活。他从那扇小门走进，他的老婆背着两岁大小的幼儿，坐在靠墙的床前那条阔而矮的凳上打草鞋；她眼眶里饱含着奇异的绝望，与偷生的泪珠，不时的潸潸滴下。五岁的女儿与七岁的孩子，沉默的坐在灶下，从他们的呆视中间，便知道他们心中正埋着一种绝粒的悲哀，欲诉无门的苦痛。地上杂乱堆着的稻草，正如他们心中结着的复杂的悲哀。他走了进去，老婆开口就问他要钱，告诉他这几日来大家绝食的情形，和儿女们的哭泣。坐在灶下的两个儿女，听见他们的父亲回来了，就抢着跑到他面前，紧紧的牵住他的衣襟，非常亲昵地叫着爸爸。他胸中觉得有一支非常悲痛的箭，骤然从对面穿入，同情而自责的心思，与自己卑薄而翻悔的决心，就同时如蟒蛇一般的在他胸中乱滚。他许久说不出一句话来，只能沉默的抚摸着孩子们的可爱的头颅。他正欲把一切的欲念撇出，把孩子们的父亲的责任，与重整家业的欲念撇去，心愿过着眼前的独立生活，仍消磨自己的悲哀生活在赌博与酒烟的兴奋中，就弃了孩子们，回头往外走时，他的伶活的第二个儿子，又哭丧着走入屋中，悲哀的拖住他的父亲，说他并没有偷过那人的东西，那人偏偏要说他偷过，要抓住他打，求他的父亲搭救。他想，我的儿子，难道就做了贼吗？这不是我所造成的成绩吗？在三四个小孩的哭声中，他正埋葬着悲哀的沉默，忽然他的大儿子的那个主人，又牵着他的大儿进来，说要交还他，说他的大儿没有家教，几次教训他都不听，这种坏的脾气，是生成永久不能去除的了，现在就要交还他们。他一时不能决定，复杂的悲哀，自卑与自责的心思，又把他重新系住在可怜的妻儿们悲哭着的家庭中，他沉默着好久，看看乱发蓬松，面容憔悴的老婆，看看哭丧着脸，眼泪在枯黄的面孔当中奔流的儿女们，他们好像都在讨伐他，责问他，咒诅他；他们悲哭着的声音，他们带着泪痕，迟钝的闪着的目光，都如利箭一般的穿透他的心坎。悲哀在他心头旋绕，酸泪从他的心坎中涌了出来，扑簌的落在他前面牵着衣襟而悲哭的儿女们的头顶。忽然，一阵超逸的遐思，正如他屋外樟树梢头吹过的清风，在他脑际一闪，他想到忘忧轩赌场中赌友们哄笑欢呼的情形，三层楼上喝酒猜拳的乐趣，与她们终日哭丧着脸是大不相同，不免又生起退避的思想：我还是疗救自己罢，——至少自己是可以安适的，快乐的过去。

吉顺把停着在嘴边的那只手放下，那里还夹着一粒未嗑的瓜子，他不过在那里一停，一时间并没有想到嗑瓜子的事。现在他无意中放下那只手来，视线也无意间随着转移，注意从幻想中飘了回来，栖集在那粒未吃的瓜子上。他又在瓜子的四周再一飞翔巡视，他明了的知道自己正坐在三层楼上，金夫和小平们正坐在他面前吃茶。

那不过是一瞬间胸中的幻影，只在他们的一个默坐中生出来的心像。酒菜还没有送上来，堂倌正送来酒杯和竹筷。他们看着他一双双的放好，又看他走开。

小平拿起两根竹筷，如擂鼓一般的在桌沿上猛敲，带笑的两唇间，滑稽的咕噜着绍兴戏的开台锣鼓的曲调。

“晚上再把那人拖下来。”金夫棱着眼角说：“那我们可以‘出山’了！”他声色俱厉的又说，“不是我不客气，自己夸口，要是我的手一‘红’起来，我一定三五日可赢；今晚我一定把那人抖了‘钞’

再说。”

小平的头颈微微的一斜，油腻的笑晕又在嘴角边荡漾；他无意识的缓了绍兴戏锣鼓的敲打，翻动了轻薄的双唇。“那自然，运气来了不拿钱，还等几时？老顺！我们今晚的台价可以高他几倍，老顺！对吗？”

今日的主人是吉顺，而小平们不过是帮助他赢了那人的钱罢了。小平的嘴巴虽然在平时说得那么伶俐，但是他的家里毕竟还有长年的兄弟，不敢任意的自己做主，拿出钱来大赌；况且今天又是吉顺赢了，有了本钱；所以他在谈话中，口口声声要喊吉顺，得他的同意。金夫和小平的言外的意志，自然要讨吉顺的好，一面又表示自己各有高人头地的识见。可是他们谈话的时候，吉顺都没有听见。及到小平最后喊着他的名字时，他才含糊地问一声“什么？唔！”他似乎是进入昏迷状态，一时全失了意识。他追想着眼前幻觉时的心像，依违两可的心事，正如幻觉中所表演的一样。他想趁现在有钱的时候，先到家里去一趟，给他们几块今天赢来的钱，恐怕再同平时一样的，第二次就连本钱都送了，不能伸手，后悔无已；但是，他又恐怕；若是除了现在吃的菜钱，今夜大赌的本钱就不能再减了，本钱少了，那里还能赢得大注的洋钱呢？今夜赢来之后，自然可以多拿几块钱到家里去了。有钱的时候，家庭里父和夫的责任，自然是应当负的；没有的时候，是没有法子，他想自己决不是那些忘了来源去路，不顾良心不负责任的流氓。

小平见吉顺坐着有些呆气，料定他心中是在计划今夜大赌的妙计，自己也不便再问，又无意识地念起锣鼓的曲调。

在菜馆中的静默，若是被动的静默，那末心思的唯一的潜逃所，就是无意的唇齿的咀嚼，与津液的分泌。小平和金夫们，自然脱不了这种生理上与心理上的支配。小平伸手去拾那附在碟上的一粒无肉的瓜子，送到口里，好像是很有滋味。他又举起那双筷子，重重的在碟上打了几下，磁器的响声，丁丁然走入楼下；他讨厌似的说,——可是这时脸上好像没有油光了,——"菜还不来。"急躁的金夫,却被他引动了,觉得咙喉痒得很,好像什么梗住似的,就骤然如爆裂般的喝了出来,"喂!喂!好了没有?"

金夫的喊声,差不多就有骂的神气,引得楼下三两个堂倌齐声而同调的答应,"好了!来了!"

在这一阵混乱的声音中,楼梯上的的当当的脚步声响了上来;在他们期待而紧张的垂涎心情中,早就预料到堂倌送上热气蒸腾的好菜来了。

他们都回头注视着,注视那用木栅拦住的楼梯;从一柱柱的木栅的空隙中,他们先看到一顶时式而破旧的呢帽,然后,再看这呢帽一步步的高了上来,就是油腻发光的缎马褂,和积了许多油渍的灰布大衫;他只是空手,却没有什么好菜奉献;——但是他不是堂倌。

金夫正欲向那人发一顿脾气,眼睁睁的钉住那人的动静。好像在这一瞬间,骤然被他抢了许多宝贵的财物,比在赌场中人家把他的赌牌看了还要发火,非使他见个辣手不可。那人在楼梯的最上一级停了一停,立刻就很自然的翻过身,向着他们走来。

"老顺先,你真的在这里?我找你呢!"

他搭讪着走近他们的座旁。吉顺就拖了一条圆凳叫他坐下。他是个半文人。在村庄不紧要的讲事场中,是时常列席的;他的嘴巴很会说话,又会自己吹嘘。他时常夸口说,某一场人命案是全靠他收场,某人的讼事是全靠他获胜。他现在时常在某邑绅家中出入,和几家富室门前行走,随便的人,是不能获得叫一声"老某先"的。——老某先的先字,实在就是先生二字的缩音,是尊重非文人们的称呼。——吉顺现在被他叫了一声"老顺先",顿时觉得身上一热,眉宇间就现出一丝丝慌张的血纹。

吉顺把他重新看了一眼;心里想着:"他难道晓得我赢了钱,要我的生意吗?"他想问他一声,今天为什么要找他呢?他想叫他的名字，质彬，声音发到喉头的时候，又缩转来。他想："直接叫他质彬，似乎太唐突了，还是同大家一样的叫他别号罢！"

"文辅先生！你找我吗？"

"我找你呢，我到忘忧轩去过，知道你赢了钱。他们说你在三层楼，我就到这里来了。"

吉顺心里很害怕，料想他是在走衙门的，若是说出向我拿借几元，那时答应不得，不答应，又不得，我将怎么对付他呢？他只是沉默着。

小平的绍兴戏的锣鼓也无意的煞了中台；金夫紧张着凶狠的面孔呆着，一时举座默然。

文辅看他们的情形，好像在错悔来了的时机；当赌徒们有了钱的时候，是什么都不可以说话的。但是他又忍不住自己一向在讲事场中的习惯，便说了出来。

"老顺！我要同你说话呢……你赢了钱，你的运道真好哟，——福星降临在你的头上。……"

堂倌捧上了一中盆的虾仁，就打断了文辅说话的语意。吉顺吩咐堂倌再添一副杯筷；金夫已垂涎的拿起筷子，拣选几粒青豆，先去餍足他眼中的饥渴。

吉顺十二分的纳闷，不知文辅的找他，是祸是福。因此除了几声殷勤的叫"请哟！请哟！"以外，就偷偷的注视着这位意外相找的贵客。

一盆虾仁吃了，大家都放下筷子；只有小平是孩子般带着滑稽的笑脸，注视着盆上残余的几粒青豆，在一粒粒的把它送到口里。金夫的脸上已如火烧一般的通红了，——红到圆睁的眼白都满了火线般的丝络；虽然他是没有吃了多少的绍酒，但他那凶狠的面色，已够使人害怕了。第二盆的菜，堂倌还没有送来；文辅料想着还有余空的时间，可以供他们说话，便立了起来，轻轻的把吉顺的衣袖一曳，说：

“我要对你商量一件事情呢!”

他便走出那扇向东的小门,在天棚的一角立定了。吉顺跟着走来,也无意的站住。

“你的好运到了!”文辅说。“我是很知道你的,你近年来的家境,近年来的生活,子女是这么的繁庶,家室之累,是这么綦重:谁不想着向上飞升呢,谁不想享乐一下呢?但是,老顺,你听我的话!我现在将享乐送给你了,将幸福送给你了。而且,你的子女是这么缠绕。你的家室是这么累赘!你一定是很愿意听我劝告和办法的……。”

吉顺听他重复的讲到自己的子女,自己的家室,觉得就有一块郑重的石块打在他自己的心头;忽然间,那块石块又如一只疾飞的小鸟一样,闪过他的眼际,向他的家乡枫溪溜去,他的眼光就如闪电的跟了过去。立刻,他的眼前又幻觉着刚才的一副残败的惨象了。

“正是呢,我的家室,我的妻儿,我都完全负责的。”吉顺把刚才在胸中犹豫两可的心思决定了。“不过我应该弄一些钱归家呀!——现在正是我的时候了,我只有尽量的赌,尽量的用现在的赢本再去发一笔大财;我是没有别法,我只好走这一条捷径了。不错,我只有走这一条路;我不要等你的劝告,我已决心赢了钱,不再赌博。文辅先生,你是否劝告我这样,你的办法是否是如此?我很感谢你!”

文辅一面听着他的说话,一面看着夕阳疏柳的景象,鼻孔不住的嗤嗤作响。他想起赌徒们的一片赌话,不知相差到几许远近了。他呆了一回,又好像十分随便似的说。

“倘使家室和子女,有人代你负责呢,你不是轻爽得多了吗?而且——而且邑绅陈哲生先生还想津贴你的行用呢。——倘使你是,——愿意的话。——”

吉顺的心头忽然发跳,脸上的血潮立刻涌了上来。他明白了文辅所包含的一切的语意。他知道以前的疑心的错误，但现在却正是比以前料想着他的情形更难措施了。

在文辅的语意当中，明明是叫吉顺暂时把自己的老婆租与陈哲生。陈哲生是全县中的一个富绅，可惜没有半个儿子，他也曾经娶过二回的妾，但是只添增了几个女儿；近年以来，他又在各处张罗着“典子”了。——典子的意义，就是说在契约订定的时期以内，所产生的儿女，是被典主先期典去，属于他的。至于血统之纯杂与否，那是不成问题，总算有过那末一回事，他就可承认那是他的儿女了。

吉顺想到了一切，就觉得这是何等可耻而羞人的事！宁可让她们饿死罢，我不能蒙这层羞辱。

他回头走了进来，刚走到小门的旁边，便听见金夫的喊声了。文辅在后面跟来，又轻轻拖住他的衣角，问他“怎样呢？”他便很坚决的回答一声“我可不能。”

他们重新入了座。吉顺当举起筷子，插入盆子里面的时候，便在盆子当中看见他衣衫褴褛，抱着幼子，牵着儿女而哀哭的老婆。他看见她在对面指着他自己的鼻尖骂他，她骂他是一个流浪者，是一只畜牲……。

## 下

第二天的傍晚，夕阳已经收敛了余辉，黑暗如轻纱般的渐渐笼罩着大地的时候，吉顺从忘忧轩乘间逃了出来，走出西门，便沿着溪流走去，穿过那细沙铺成的锦地，走入将近残败的柳林当中。他的心神已如柳林中栖宿着的飞鸟一样，在一瞬间以前，被他惊逐得飞翔天外了；他现在的身躯，正如萧萧的残柳。他想起刚才赌场中的情形，他想昨日三层楼的快饮，他想起家中妻儿们的现状和未来的命运，他想起自己前途的绝壁和危崖，……他想到他一切为大力的巨神之手所拨弄，所支配的命运，他几乎向天哀哭了，他于是颓然的坐下。夕阳收尽了余辉，大地全给黑暗吞没；吉顺深深的葬在这浓厚的黑暗之中，除了围绕着他，而为他微微点头叹息几枝柳梢以外，便谁也不知道了。

吉顺与小平们昨天在三层楼畅饮了下来，便又走回忘忧轩中，预备第二回的大赌。他一直经过了漫漫的长夜，只是不曾有过一次稍可惬意的胜负，他的心里便异常的纳闷。酒力早已醒了，疲倦如偷入胸中潜伏着的心贼，频频向外攻袭。小平不知在什么时候睡在台旁的床上，呼呼酣睡的声音，时穿入赌徒们的耳孔。金夫便不由自主的骂人，上下的眼睫毛一连眏了几眏之后，便无神的钉住任何一处呆看，面色怪凶狠的。

正在这个人疲马乏，精神困倦的时候，吉顺的手气忽然“红”了起来，一连赢了两场。陡然间，金夫也振起了分外的精神，在吉顺的背后一掣，又轻轻的在他耳边一说，他俩便十二分的得意。

“虽然不能够大赢，但这次赢来之后，一定先为暂时结束，不让它再有脱网逃回之危。”

他俩心中都在这样计划着，便欣欣然喜现于色。

但是，事实却正是相反哟！吉顺的最后的重注，却出于意料之外，被敌家揽了过去。这是一个巨大的打击，加在他们的脑门上，他们已忘了一切智力的抉择的制止，热火就在裂开的脑门涌出，他们是狂迷了。金夫立在背后只是放声瞎骂，吉顺就无主的重新压了一个重注——这差不多是一个最后的孤注了；但是，又被揽去。他们是好像很相信盈亏消长的道理，盛极之后，必有一次衰歇；而敌家这一次衰歇的降临，又被他料定在这最近的时机中，无论如何，应该紧紧的追逐着这个时机，不可让它轻便的逃过。但是，一切的发生，好像都有大力那边在指使似的，吉顺们终于败到不能收拾残局而负了敌人几十元的赌债了。当时收束了赌具，吉顺的灰心与反悔，便如两枝钉枪，在他的眼前如蟒蛇般的乱滚。他无力的躺在小平的身旁。赌徒聚集在他的面前,问他清付赌债的日期。他又挣了起来,把他们抢白了一顿,“做得鬼成怕要没羹饭吃?”他说他是不会少了人家的债的,怕他的都是小胆鬼。他见那些赌徒,不敢有第二句的说话,便又躺了下去;翻了一个转身,就呼呼的睡熟了。

吉顺醒来的时候,小平已不在他的身边,他四面的看了一下,第二的赌场已经掌上了灯火,人们的精神,已全副注在桌上的赌牌上,没有半个人注意着他;赢了他的巨款的赌人,已一个都不在那里,大概同吉顺们昨天一样的跑到三层楼去吃凯旋酒去了。吉顺便在那个时候跑了出来,他觉得四周都没有他的路,许多难堪的思想又如逐臭的苍蝇一般麇集在他的胸次,挥去又立刻聚了转来;他忽然好像有人告诉他似的,便走到柳林深处坐下了。

秋风在疏柳梢头萧然的掠过,空间便轻轻的飞下几片落叶,秋晚的凄凉,唤醒了吉顺昏迷的睡梦。他十二分的错悔,错悔昨日不归家一趟,先抽下几元钱在家里零用;他十二分的怨恨,怨恨金夫们没有劝他不要下这样的重注;他又十二分的恐惧,恐惧着他们的索债之难以应付,致丢了他一向在人们面前的面子。

他顺手搔起一把轻松的细沙,就恨不得尽量的把自己堕落的身躯埋葬。柳林外涓涓的流水在响,柳梢头的碧天,已嵌上一颗颗闪烁的明星,四周觉得无限的扩大。忽然有一声惊人的哀鸿,顿然间感到万籁的阴森,周身不由的发了一个寒噤。孤鸿在他的头上飞过,羽声霍霍然,向着吉顺乡村飞去,这正似吉顺现在的处境的写照,又好像象征着他妻子未来的运命。他把手中握着的那把细沙散开,无意间又触着一片落叶。他从落叶推想到钞票,从钞票推想到洋钱,他又不由得在沙上乱爬;他希冀着,万一能够发现一些财宝。远处村狗的吠声,忽然随着柳梢的秋风送来,他爬着的手,便稍稍的停下;在他的心神当中,那只村狗是已经发觉着他在发掘,而且偷盗人家埋葬着的财宝了。

他立了起来,走出柳林,穿过芦苇丛,才踏上大路。他向着自己的邻村一步步走去。远处的树桩,好像许多蹲立着或是伛偻着的人影,对他指手划脚的乱骂。他在卑薄自己的堕落,对不住自己,对不住祖上。在他村庄的入口,有一株阴郁的老樟,秋夜的树叶是分外响得凄凉,他的一身不觉恐惧起来。他放快脚步,匆匆的走入街头,却又引起群犬追逐着的狂吠。村上的人们,有的已经熟睡,有的还有一丝丝的灯火从壁缝中透出,正如他们灯前的喁喁私语,从壁缝中透出,在黑夜征人的胸中荡漾着一样。他的两脚,如着了魔术不能自己制止似的,机械一般的移了过去,好像那些语声和灯影,一点也不能使他介怀。他走到自己家中的前门,(知道是早已照例关闭,)便又绕到后门。老樟蔽天的黑影,好像豢藏着许多可怕的猛兽,呼声簌簌然,将一只只向着他猛扑出来,林木为之震动,懔然使人毛骨耸峙。他不敢骤然打门,因为他已几日来没有归家了。他从门缝偷偷的窥视,门缝大可容指,令人于室内景物一目了然。室中一切的陈列,都显得没有变更。灯光如豆,几濒于灭,转成青绿色,看了使人疑心是一颗鬼火。光线所及,仅仅限在一个小小的圈内,稍乎远了,便看不清楚;这正如一粒微细的石砾,落在浩渺的潭水中,仅仅漾成一个小小的水晕。儿子们都已睡下,幼儿在他老婆怀中,时时放开乳头叫哭;她频频摇着自己的身体,又拍着他的背部,表示是十分亲昵而怜恤。她面容憔悴,乱发分散在脸上,映着惨淡的灯影,初见令人疑惧。油灯的光圈,仅仅笼罩到她的面部,另外都成黑暗,他目光稍稍的移了上去,不由得周身起了颤抖。他发现了她的周身,尽是狰狞可怕红毛绿发的鬼魅,他们正张牙舞爪,要收拾她的性命。他差不多就要叫喊出来,但是他又如梦魇一般,好像无论如何挣扎,喉咙里总透不出一丝的微声。他的耳朵里,微微的听到有人训斥他的声音,他眼前一闪,忽然就换过一层黑幕。

“你正是年壮力盛的时候,便这样的堕落,沉沦入无救的赌海中，不自振作，把自己正当的职业抛弃到九霄云外，甚至自己的妻儿也不能兼顾，将濒于饿死。我现在除开把她们的生命取回以外，特来警戒你堕落者，使你晓得人生的责任，是不是这样随便可以卸下的，你对社会有工作的责任，你对妻儿们有保护维持的责任哟！但是，你……”

他觉得空中有一只大手对了他的鼻尖指来，他几乎退避无地；他的头忽然无意间“碰”的打着了板门，室内的她就带着颤碎的凄惨的声音，问一声“谁呀？”他如着了魔似的，惊惶失措间，便放开大步跑了。

他想着刚才的情境，心中犹不住的颤跳。

“真的吗？我的老婆和儿女们将为了我的不尽责任，而饿死了吗？”他又推想到她们死后，他自己的孤独情形，和只身漂流的境况，“啊！那是怎样能忍受呢？我真能让她们饿死了吗？”他想到此处，忽然他的脑筋一闪，好像有人告诉他还有一线生望似的。他忆起昨日三层楼上的不速之客文辅的说话了。

他匆匆的往文辅的家跑去，好像心内毫无牵挂，什么都是有望的，都可以迎刃而解了。因为他昨日在三层楼上所持以排斥文辅的主体，金钱，现在已经尽数崩陷；而他心中倔强的羞耻心，又因金钱的大力，几至消灭无形了。他心中毫没有矛盾的现象，毫没有怀疑的心思，神色反而清醒得许多。

他于是便离开了枫溪，又回至城内；城内还是灯火辉煌，几间饱含着现代社会的象征的点心铺子，正是生意兴隆，坐着一些游闲的男女，任意的据着高座谈些社会上丑恶方面的逸事，望之大似巴黎社会的充满颓废者的咖啡店。吉顺从前也曾在这等地方出入，但是今夜却觉得那边之可以厌恶，不心愿进去。

他一直找到了文辅家里，就在门外叫喊。黄犬如同代他主人速客一般，发狂似的迎了出来。吠声惊动了它的女主人，才在睡梦中问是谁人。吉顺回答是来找文辅的，且有紧要急事。但是她说，他出去还没有回来。

“他要到几时回来呢?”

“那是说不定的,有的时候简直不回家。”

“我今夜有紧急的事情,要和他商议,那怎么好?”

“他或者在衙门前的茶馆里也说不定,请你到那边去罢?”

他们各人都提高了喉咙,隔着石墙,在一问一答;黄犬还不住的狂吠,早已引起邻犬的附和,他俩问答的声音几不可闻。他踌躇了一会,决定到县署前去走一趟。

衙门前茶馆的顾客,正同三层楼上的一样,而此地格外多的,是司法警察,衙门内的当差们。他们每日都在十二点钟左右起床,现在正是他们办事和享乐的时候;因此衙门前的茶馆,也是终宵不寐,以待嘉宾。

吉顺真的在那里找到文辅。文辅坐在东首的福字座下,左手靠在桌上,身体倚着糊满花纸的破壁,右手时常任意的伸出一个指头,对着他前面坐着的乡下财主,和两位便衣的司法警察指划。这一席的东道,大概就是那位乡人,所以他是十二分殷勤,看着文辅和便衣警察的眼色。吉顺走了进去,一直走到那位乡人的背后,文辅还装着没有看见似的,及到他喊了一声文辅先生,他才如大梦方觉似的,收回那搁在凳上的右脚,急的立了起来,殷勤的请他坐上喝茶。那位乡人见文辅这样诚恳的招待吉顺,也匆匆的立起,在中间周旋。吉顺还没有坐得安稳,便不安的说:

“现在,我找你呢! 文辅先生!”

“你找我吗?”

吉顺的身上如浇上了一桶冷水,满身打了一个寒噤;他发觉了昨天三层楼上的冷淡的报复,好像决定前途就无希望。他只得呆呆的坐着,文辅又对着他们讲起他从前收束的一桩最得意的风化案件了。吉顺无意地拿起一杯茶来,还没有送到唇边,却被文辅讲的最有声色的词句怔住,无神的举着停在口旁。他倒翻着眼睛,偷看着文辅的神色；后来，文辅说到得意的时候，起劲的在桌上一拍，同时吉顺手中的茶杯就受了一种意外的惊吓，杯中的茶，满溅在他自己的衣上。他们笑了一顿，文辅又向他说了一个对不住，吉顺就好像有许多话不能再说了，于是便乘机说自己要说的话。

“我找你商量一件事情呢！”

文辅还没有答应，那位乡人便先在他身上打量一番，愈觉得这位文人的能干，什么人都要请求到他，和他商量；一面就无形中，觉得他自己的身分也抬高了不少。

吉顺小心的把文辅拖出茶馆的门口，街上的店户，早已关了店门，黑暗如漆。他们走到一个黑暗的转角，骤然在灯光之下走出来的眼睛，就是对面站着的那人的面孔也辨不清楚。吉顺开始说起，声音十分破碎；至于他脸上的表情如何，恐怕只有他自己知道。

“你是很知道我的，你昨天的说话，我完全同意，——我知道你是很体谅我，很心愿帮助我的。”

“我怎么不体谅你呢？你只要看，我为什么要找你？就知道了！”

“正是呢！”

“我恐怕你还没有明白罢，我是劝你把你的老婆‘典’了，不是叫你‘卖’，卖是永久不是你的了，‘典子’却一面可以得钱，老婆还永久是你自己的呢。”

“我怎么不知道呢？不过名……”

“你真发昏！我说你有些呆了，现在的世界，还说到什么名誉；金钱要紧哟！若是说名誉，你自己赌博的名誉有什么好听？——有钱就有名誉。”

“那末，钱怎样呢？”

“那是很容易的，你可以不必说，我们为的什么呢？”

“不过……”

“咦！你还舍不得老婆吗？几年的期限满了，仍旧是你的老婆；就是平常他不来的时候，也还是你的，——他不过至多一月来一次两次罢？——总而言之，老婆还是你的，他不过要在这几年的期限以内，拿去你老婆生下的儿子罢了；——儿子你已有几个了，你再生下的儿子让他去养不好吗？还有什么呢？”

吉顺呆了多时，好像文辅的说话完全都是对的，再不能有句辨难疑心的话。

“那么就这样决定了罢？”文辅再靠实了一句。

“好！”吉顺决然的答，“但是，须要赶快，我等钱急用呢？”

“我就到哲生家里去罢。他大概还在乌烟榻上，没有睡觉呢？”

他们又走回茶座，乡人已经会了茶钞，呆坐着等文辅回去。文辅向他们告了一声别，又向那乡人道了一声谢，便与吉顺一同走了出来。

吉顺看着文辅往前走去，觉得自己又是非常虚空，并且这一个决定，根本上还有些疑惑。他现在将到那里暂时安顿呢？到那里再等文辅的回信呢？他想至此，便放声叫住文辅。呼声在深夜的穷巷中，正是和秋野的一声喇叭，同样惊人；他履声橐橐然的追过墙角，两面夹住的高墙的回音，格外朗然。他追了两个转弯，喊了几十声的文辅，才把他前面已去的文辅叫住。

“我到那里去等你的信呢？”

“老顺做事是这么急的，”文辅笑了起来，“你先回到家里，睡你自己的觉罢！明天我总一定回你的信。”

“明天？我想就是晚上呢。我到那里去等你？”

“你可以同我到哲生家里去。”

吉顺又似乎有些难以为情，含糊了一声；意思是不心愿到哲生家去露丑，好象他的良心教他，这种买卖，毕竟是堕落的勾当，无耻败类的行为，至少只能如作贼一般的，在窝家和朋类前面稍一张皇，除此便丝毫不可泄漏。文辅明了了他的意思，便决定要他到哲生家的门外等他。

文辅兴匆匆的走去，吉顺默然的在后面随着，正似一只被主人殴打了而又跟着他跑的低头垂尾的家狗。深巷中自己的足声，时常疑心有鬼魅追踵而至；他恐惧着，又想回头，又不敢回头。有时走过人家的乌黑的门口，他惊惶的眼，就告诉他，那里隐着一位捉他的武士。他正如作了贼似的，内心深自愧恨，惟恐人家看破了他的虚情，剖开他的胸板，取出他的黑心，向众显示。他们走到了哲生家的门口，文辅就往门上砰然打门。许久许久，门上还是寂然，文辅疑哲生已睡，决定暂时归去，明日一早再来。

"老顺！我们先回去罢！他家已睡静了。——只是奇怪的，平素躺在乌烟榻上非到一点钟不睡的烟鬼哲生，今夜也如何睡得这样早，这样寂然如死的呢？"

"你再打一下罢！或者哲生还没有睡呢？"

文辅再狠命的打了几下：哲生隔壁小屋中的居人，已经在床上转动，被他们叫醒了。最后，似闻里面有些声音，文辅再打一下，又报告出自己的名字，侧耳倾听，只见拖鞋的声音，搭搭的自远而近，文辅知道是哲生自己，便叫了一声"哲生先生。"以后便走近了。

"文辅吗？"哲生一面在开门，口里这样问。文辅说："是的。"

"夜这样深了，还来干什么，明天不可来的吗？"

"我真奇怪，我道连你也睡了，——我打了许久的门，你要是不再来答应一下，我真的决意明天来了。"

门砰然的开了，吉顺如有人指使一般的，当即随那从门中透出来的烛光避开，站入幽暗的墙阴。哲生立在门的中央，背后的墙角下，放着一枝洋烛，烛光随风摇摆，几沦入黑影中残灭；有时竟小成一颗豆形，被风吹得喘不过气来。哲生是穿着一身湖绉的短棉袄，在颓唐，委顿的神色中，还含有兴奋活泼的风采；——大概这正是他吃饱乌烟的表示。

"你一个人来吗？"哲生问。文辅含糊的答应了一下，便吩咐他关上大门。

吉顺在墙角的阴影中站着，明了的看着他们的酬酢。他心境十分模糊，好像不知在何处地方，正如梦中的境界那么隐约，辨不出情境和方位。及到哲生的大门又砰然的一阖的时候，吉顺才如在梦中受了一次意外的打击，灵魂就飘飘渺渺的，好像从悬崖跌下，在无限的空间，心弦十二分的紧张着，想在最短的无限的绵延的时间中，得到一个归宿；顿然间，他的脚底一重，火花就从踵跟往上涌起，他周身觉得火热，眼前星火乱迸，才觉得自己的存在，——正如任何人们从梦中惊醒后，觉得自己的存在一样。他好像眼前被什么神明指引了的，骤然明了自己的卑污，羞辱，无可忏悔的恶行……他确信：他们把这一双门关了之后，就是剥夺了他的名誉和生命，而又挤出他于幸福的范围之外，任他去流浪挨冻，挨饿受人们的唾骂，这是一个预兆。他想深深的跪下，向着头上几点星光闪耀着的上苍膜拜，祈求那伟大的天帝的大力，挽回那已经铸错了的命运。

"我将从什么地方忏悔起呢？——从晚上的决定，从昨晚的输钱罢？呵！还是从我沉沦入赌博的那年起罢！大概那年就是我堕落之年了：从那年之后，我简直无可救药，一往直下，啊！我一定要悔改了赌博的恶习，作我的正业了；啊！我一定要勤谨的做我分内的工作了！

"现在，是铸错了罢！'典子'，是多么难堪的惨剧，竟从我的手里编演出来；'典子'，是何等讨厌的名词，竟从我的堕落，而加到我纯洁的孩子们的母亲的头上，——虽然她的丈夫是卑污的。

"我将怎么对我明天的朋友们呢，我将怎样回到家里，见我那些纯洁的孩子们呢？我将怎样告诉她呢？啊！'典子！'那不是同'活离'一样的吗？我不是直截了当的把她如货品一般的卖了不好吗？啊！我应了我十几年前，从丈人家中把老婆负气带了出来，回到枫溪自立家门的时候，我丈人的恶毒的预言了。不错哟！他的女儿从我，一定要被我卖了而不得善终的；现在不是应验了吗？——我要用什么话去否认我丈人呢？啊！

"啊！最纯洁的还是孩子哪！但是，我现在也把他们弄污了，他们的额上，将永久刊着不可磨灭的烙印，他们是为了我而永久被社会所遗弃，所凌辱，永久是社会放逐的罪犯了啊！这种无上的罪恶，我恐怕只有砍了我的头，自己陈出颈血和心肝，或者还可以忏悔，不然，就是沉在大海里饱了鱼鳖们的饿肚，与跌在万丈的深渊里，永久做那不可超拔的倒死鬼，也不能洗去我的罪恶的万一罢。"

忽然一个伶巧的黑影，在他的眼前闪过；他就疑心是什么精灵感受了他忏悔的愚诚，前来超度他的灵魂，解脱他的罪孽。他睁开眼睛，迈步追了上去，却看见两只放光的眼球；啊！那不过是一只黑猫，那里有什么精灵呢？他又自己嘲笑自己起来，正如一个人在路上认错了朋友，大呼的赶了上去，却被那走路的生客白了一个眼似的，翻悔自己的鲁莽，嘲笑自己的发昏一样。他从嘲笑自己的思潮出发，于是就怀疑到刚才的忏悔；他从否定了刚才的忏悔出发，于是肯定了他已往的人生。

"对呀！人生行乐耳！有了钱就是幸福，有了钱就是名誉；物质的存在，是真实的存在，精神不过是变化无常，骗人愚人的幻影罢了！譬如，我现在为什么要站在黑暗的墙荫中呢，那无非为了几个臭钱，——为了我没钱，想人家的钱；人家有了钱，就可大吹大擂摆起许多臭架子了。什么忏悔，什么恶孽，那完全是鬼话！我刚才大概是着了迷的了。没钱的人，应该受辱，应该受苦，挨冻，挨饿，那是一条唯一的真理，千古不破的，虽上帝的权力也不能破灭的真理！真理是如此的；我没钱时的受辱，受苦，牺牲名誉，那不是十二分的应该吗？"

他想到此地，精神便如释了严重的枷锁，眼前的天地，真是空旷得很，何处不可任他自由飞翔，自由欢唱？他推想以后的命运，飞黄腾达的萌芽，便在今夜的墙荫小伫，埋下了种子；他决定未来有了钱时生活的美满，正如操着左券。

“我有了巨大的资本，还有什么不可为呢？赌博，经商，投资，企业，……何一非获利的机会？那个时候，怕什么人不如称现在的俊卿，哲生们一样的，称我做什么顺老爷了吗？

“呸！你们滚开，听你顺老爷的吩咐！什么？你不认得我是顺老爷吗？——啊！城东赵老爷喊我打麻雀。去，去！你说我顺老爷没有功夫，今天县知事还要我吃酒，请我陪他的夫人打牌呢？什么赵老爷，我认也不认得！你们现在可认得我了！……”

哲生家的大门开了，文辅点着头走了出来！洋烛的灯光，从门缝中射出，引回了吉顺的幻想。哲生把大门关上，一线的光明，仍旧被他收了回去，空间仍留着黑暗。文辅新从灯下出来，觉得外间格外黑暗，任何物件都不能看见，除了自己的身体存在以外，四周简直是一个无限大的空虚。

吉顺意气高傲的跑过来，问文辅接洽的情形，还带着五六分幻象中得意时的气概。

“很好，他是答应了。”文辅说。

“钱呢，拿来没有？”

“现在那里有钱呢，一定写了契约，签了花字，还要择个日子，请了媒人，才可以拿钱呢？天下事那里这样便利的，你又不是圣旨口的皇帝，一说出口就依你的话当即实行。”

吉顺的心坎中渐渐的又狭窄起来，他觉得文辅这几句似讽非讽，似骂非骂的说话，在他的胸中颤动，正如一个多刺的球。他幻想中得意时的风云叱咤，好像还在真实当中；而文辅的几句热嘲冷骂，却使他分外的难当。他几疑文辅不是一个人：怎么他近来已经阔到县知事都请他吃饭，赵老爷请他打牌，还不肯去的顺老爷，都不认得了？——都敢肆无忌惮的讽刺他！但是，他还是似醉非醉的，问道：

“多少钱呢？说好了没有？”

“多少钱？说好了。他说因为我去说，特别客气，八十；人家去说，恐怕还不到六十呢！”

“多少哟？”吉顺还恐怕自己的耳朵听错，重新吃紧的问了一遍。八十块钱，算什么钱呢？仅仅八十块钱，还能赌什么钱，经什么商，投什么资！……好了，八十块钱，简直是不算钱，没有钱。他不相信极了！他的空中楼阁，是任意的建筑在有钱之上，却不料他典了子之后的有钱，也不过是极小数的“有”罢了。他那里会相信只有八十呢，那一定说错了或者听错了，所以又重新问一遍。

“八十。”文辅很不耐烦的重述一句。

“只有八十吗？”

“八十。”文辅坚决的答，“你还不相信吗？那是我的面子，才多了二十块呢。”

文辅的形容，差不多就要决裂；吉顺才清楚的领会了这个数目。神奇的“八十”，把吉顺从幻想中拉了出来，又在他的头上，撒翻了一桶的水。他微微的有些觉悟过来，觉得文辅的嘲骂是应该的，他正有功于他，因他的面子而增加了二十块钱呢。他于是向文辅说了一个“对不起！”又说了一个“再会！”便各自走开。

他一路走出城门，走过三层楼下，深夜中倒翠溪与赭溪合流，铮铮然如音乐之悠扬。下弦月已经上山，东方笼罩一片灰白的浓云；月光从浓云中射出，四周的景物，已沉默的显示了些微的轮廓。忽然一阵西风，透骨的吹来，他打了一个寒噤。他两手交互的插入袖中，又紧紧的绞在胸前，头颈尽量的低垂，——低垂到贴伏在肩膀和胸际。他心中毫没有思想，也不废踌躇，就回到自己的村上。枫溪的人，自然比不上城内的带有都会气味，他们是早已酣游黑甜乡去了；——就是一只小狗都睡熟了。他在自己的门上打门，老婆当即醒了，问他是谁。他听着老婆在睡梦中颤震的声音，心里就好像射入一支火箭。

他含糊的答应了,老婆就走来开门。灯台中的灯油,已经点得干净得很;她只好擦着一根自来火,照他走进。他总觉得这种家里,不应是他住的地方。一种特别的气味,是儿童们的便溺,成人身上的汗酸,和各种辨不出滋味的腐物的混合体,格外使人难闻。

“怎么一点火油都没有了吗?”他明知家里是没有半个钱,但他却要说一句官话,好像非如此,便不足以雪仇似的。

“小儿要吃奶,我又没有奶,他只是哭;只好把灯点上陪他坐着。他才哭倦了睡下不多时候,我的眼帘刚朦胧的合下,你便来了。”

他觉得他老婆的说话是对的,行事也是对的,反是自己的行为,太辜负了她了。自来火熄灭了,他们都在黑暗中。他心中好像有一颗烧红的铁球塞住,痛澈心胸,似乎非吐出来不可。他的面上,忽而如走近火山喷口般的发烧,忽而如俯临寒冷的深潭般的颤震。他的心正如磔在十字架上受刑,血痕狼藉,一块块撕得粉碎的四裂。

他的老婆已经躺入床上的破被窝中,乳她身旁被她转动醒的幼儿。他只是呆呆的坐在床沿上,一声不响的,想起眼前的情境来。

“幻想恐怕终久是幻想罢,穷人们,——尤其是像我一样的赌鬼——想发财,恐怕比象鼻穿过针孔蜈蚣穿起皮鞋,还要难得多呢。

“呵!典什么子!我牺牲了名誉,牺牲了儿童们纯洁的名誉,而决心的实行‘典子’,心愿把自己的发妻——虽不能说是爱妻——割爱了,把儿童们的母亲廉价出售了,而所得的代价,却只是区区的八十块,拿钱的时间,又不能应我的急需。啊!发什么昏呢,‘典子!’

“妻儿们,可爱的妻儿们,毕竟是我的,是我永久的慰藉者;失意时的欢笑,倦怠受辱时的慰安,都是从她们自然的爱中,天真的笑中,永久取不尽的精品,无上而高贵的珍馐。呵!我宁可让我的生命为人家所有,我不心愿把我可爱的妻儿卖了,我不心愿她们前途的未来幸福,为了我的堕落,而亵渎了,而牺牲了。呵!我的罪恶!我的罪恶!我不应该向上帝忏悔,我至少总应该向她们赔不是,至少是我辜负了她们,对她们不起。”

他想到此处,便把自己的身体,渐渐的躺了下去,又渐渐的靠近他老婆身边,在她的面上,亲了一个从来没有这样亲爱的嘴。她是从开了他的门后,便一直没有睡着;看着他的情形;证以今晚几个人来找他时的高傲而带轻屑的脸色,便断定他这几日一连的不归家,又是在忘忧轩中赌了一个十二分的败仗回来了。照例,他若是赌输了回来之后,她便不应该去惹他让他自己坐着发泄。现在,她又看见他这样的向她亲昵了,她便告诉他今晚那两个人来找他的说话。

“今晚天刚黑时,有两个人来找你呢。我说你没有在家,他们还说我把你藏起来。说话凶纠纠的,说你在忘忧轩逃出来的,输了钱还想赖。我说真的没归家,他们才去了。但是过了没多时候,他们又来过一趟。”她停了好久,好像要等他的回答。他还是一句话也说不来,好像喉头有什么梗住。她又轻轻的接着说:“我恐怕又惹起你的怨恨,还不敢就对你说呢。”

“唔!”他只能在鼻孔中回答出一个字来,但是他的心已经难过极了“谁能在失意时,和她一样的,体贴我,安慰我呢?啊!我今晚如入了神似的,请文辅所接头的事,将怎么对她说起呢?啊!我简直是被什么恶鬼迷了!”他的心一酸,眼眶里的酸泪,就不由得滚了出来。他自己也奇怪:他平素昌言,他是永生没有眼泪的,如何今夜反有更多的眼泪呢。“泪泉复活了罢!泪泉复活了罢!”

他的热泪,滚滚的滴在她的面上。她的心弦,也分外的紧张起来。她知道他此时的心情是非常难堪的了,反悔自己说话的唐突。她不能用任何语言去安慰他,她只轻轻的叹了一声气,算对他表示同情。

他俩的心弦合奏了，他们的中间，虽然是隔着一条破棉被，但是他们觉得是胸贴着胸的，他们两颗颤跳的心房，相互的体贴着，简直比两颗红宝石，放在柔软的法兰绒上还要安适。他忘怀了一切的苦痛，一切的烦恼，一切的被人间所凌辱，讪笑，卑弃的愤恨；他陶醉在柔软的乡里，正如他的心安贴在她的心里，便矇下眼睛，蘧蘧然入睡了。她感着他的鼻息，知道他是瞌睡了，就伸出一只手来，紧紧的搂住他的项颈，叫他进入被窝里就睡。他从矇眬中醒来，伸了一个懒腰，复打了一个呵欠，觉得全体的筋肉都弛缓了，便胡乱的躺在她的外面。他的板床实在太狭，所以他都任意的挤着。当他的脚穿入被里的时候，却推醒了在脚下睡着的第二个儿子。他在睡态矇眬中，还不知他是否回家，却如呓语一般的叫了一声"爸爸！"他在这一声爸爸当中，又感得胸膈中的情调也是两样了。眼泪又不觉而然的走出眶来。

一九二五，八，二十二，上海

（原载《东方杂志》第二十二卷第二十三号，一九二五年十二月）

# 改　嫁

新死了丈夫的启清嫂，抱着她的惟一的女儿，坐在一间房里哺乳。那间房子很幽暗，在从前，她是觉得很紧凑，很热闹的，现在却觉得很空虚，很冷漠了。她本来是不大修饰的，便是从前她丈夫在世的时候，也是乱发蓬蓬，衣襟不整，托言有了孩子吃乳，便没有功夫装束的；何况现在又是新孀呢？

她把她膝上躺着的女儿掉了一个方向，要她吸尽了一只乳房的乳汁，再来吸着另一只的乳水。

她的女儿是瘦削得不像人样了。面色是金黄的，头上生着一头的癞疮；癞疮的脓浆结成的许多疮痂，点缀在她的毛毵毵的黄毛中间，正像荒草蒙茸中龙盘虎蹲的岩石。她的头部细小得竟像一个棠梨，但她的眼睛却伶活得如一只老鼠。她虽则刚满了周岁，但她却很聪明；所以她母亲很爱她。

启清嫂把辽旷的室内看了一眼，觉得有一个可怕的暗影永远在她的眼帘中摇晃。她虽然在人前不肯说起寂寞，说起孤凄，说起这可怕的暗影，但在独处的时候，心里总是惘然。她每在无可奈何的命运与悲哀之下，便只有想法请她自己的心肝女儿来慰藉她了。她把自己的乳头从她女儿的口中抽出，两手推动她的女儿，问："小！小奶(读若懦)！爸爸在那里呢？"她的乖觉的小宝贝，便骨碌着她伶活的老鼠眼睛，向她母亲的面上投射一些安慰的眼光。一手无意的向外一指，意思是说她的父亲是在天上。

"爸爸在天天上上吗？"

"上——上"她的女儿不成声的回答。

在从前，她父亲病着时候，她们问她“爸爸呢?”她总是用手平指的，于是她们便问她在“床床里吗?”她也是回答一声不成声的“床——床。”

“宝贝真聪明，爸爸在上上。”她把胸前的衣襟随便一理，便把女儿抱在怀里，自己立了起来。

她今年还只有十九岁，但已做了三年的人妻，与第二次的人母，而现在又是孤孀了。她是十六岁嫁给启清的，那时启清已有三十四岁了。启清的前妻是痨病死了的，身体虚弱而又时常出入床第的他，大概也有些传染吧！启清在日是时常呼腰酸，喊背痛的；但他还很殷勤的给她做事。在去年小奶生产的时候，他已经瘦削得很难看，脸孔也几乎黄得可以榨黄水了；但他还是为她跑进跑出，翻汤倒水，捧桶捧坛。她要他不要这样“乐力”，恐怕做生病了，将来又要倒床；但他却偏偏硬头颈说不要紧的。谁知他便在那时病了，一直晴晴雨雨，总没有复元的气象。便是在病得很利害的时候，他还是为她抱小奶。

她每想起她的丈夫来，便如自己的心肝被他人挖去；他虽则已留给她这一块心肝宝贝肉，但这一块太小的小宝贝，总不能填满这一个绝大的空虚。她虽然在人前，还是装强，说死了丈夫不要紧；但她总觉丈夫死了，实在是一个绝大的伤痕，便是她在十四岁那年，自己的兄弟死时，也没有如此创裂心痛。

在无论何时，她常感到一种有话无处说的苦痛。就是这一点，她便觉得非常难耐。她在平时，无论看到什么，或者是想起什么时，若是他当时没有在旁，她便无意中有一种心情，说要告他知道。大概这一种思想之途径已经走顺了的；在现在她明知他是死了，但总是时时想起他。这一种心情的倾向，便是她想硬强，也是压抑不住的。

家里的情形，在她的眼中看来，简直是讨厌。姑娘总是婆婆亲生的骨肉，她们总可以黏贴拢来；而她却是外人了。

在几日以前，婆婆曾对她商量过；——说是商量，实在就是暗示，或是“劝嫁”来得确切。婆婆问她怎样处置，说她年纪还是这么轻，又没有一男半子，现在怀中虽然有一个女儿，但女儿还是这么渺小，就是费尽心机把她养得大了，将来还不是张姓人物，还是嫁给别家的东西。她说她手中捧着的小东西若是个男孩子呢，那末张姓的香火，还可以不绝，便是做娘的，在年青时守了寡，把他养育成人，现在苦了几年之后，将来儿子大了，还可以过老，还可以享几年的儿孙福；——总算还有一点希望。只是现在——

“大嫂！你自己总很明白，你还年轻，——这是我短命的启清害了你的（她的干瘪的眼眶里竟然淌下泪来了！）我年纪这么老了，我能说什么话，——实在我也没有法子，你是个聪明人，你请自己想想看，——你以后享福的日子真长，我们再不能耽误你；——你想还是——你自己心里怎样？——”

那时她只含着眼泪，一句话也说不出来。她心里这样想着，“启清死了只有这么几日，她们就不认我是张姓人了吗？——论你们这种良心，我无论如何，也不给你守寡，你又没有几百万的家当，我难道在这里饿死吗？我当然是要走的。——只是死鬼启清啊！（她的心里也酸得利害，眼泪便如涌泉了。）我倒有些忘记不了你。”她平素总想装硬心肠，但终于流出眼泪来。

“本来，”婆婆又接下去说，“启清还是热烫烫的，他的口气还是刚才跌下去，我不能说这话：——可怜我这样老的年纪！我不知前世作下多少罪孽，要我这么老的人来送儿子的终，——现在还要看着全家分散；——大概我的日子也不长久了。”

“你要我送你的终吗？”她心里想，满面流着眼泪，只是说不出口。“这也不难；只是你还有你自己亲生的女儿，你恐怕不喜欢我吧？我再服侍你几年，等你归山后再嫁人也不算迟，只是我有些怕着姑娘呢！她现在是好福命，有丈夫，有儿女！”她的心肠毕竟还是软弱得很的。

"天地老爷，一定是弄错了的，把我掉了去，不是很好了吗?"婆婆含着眼泪说。说后是一声长叹:"唉!"

"我也这样想呢?"她想:"天地神明一定是无眼的。"于是她也用不同的情调，沉入长叹声中。"唉!"

她们沉默在眼泪与悲叹中很久很久之后，婆婆才立起来说:

"大嫂，你再仔细思量思量看，万事总得随大嫂的心愿。"

"婆婆说得好，我是小辈，总得由婆婆作主。"她也立了起来。

那天晚上，她又在空床上哭了一夜。她左思右想，除了一走，别无善策。她预先怨自己的命苦，以后又从自己怨到丈夫，怨到家里的父母。最后，又怨来怨去，终于怨到自己。她想起她认识的几个妇女的历史来:譬如荷花塘的王表姑到了头发梅花白了嫁人，还不得双双到老，崔家桥的小川乃娘，连嫁了五个丈夫，还是独守空房，自己挣钱养活。她觉得这许多人的恶命运，都汇集在她的身上。来日茫茫，不知将要如何结局，她愈想愈觉得前途的可怕。

她又想起婆婆对她的态度，似乎有点各异。而且她昨日对她的情形，又有些转变了从前的口气。从前，启清新死了的时候，她是说得何等的至诚，何等的诚恳！说从此以后，她俩将相依为命的了。但是现在又转了机，难道她真的怕耽误了她的青春罢！或者别有缘故呢?

第二天的下午，她果然在邻舍女人的口中，听到一些风声。在村上的空气，她似乎听到一些谣传。那是关于她的转嫁的事情的，这一种谣传，究竟是谁播造，她可不得而知，但对于昨天她婆婆对她说的一番说话，却不能说没有关系。那谣言的意思，似乎说她自己很不安稳，很想改嫁。最初她的婆婆还不肯放她走，以后经过她姑娘的劝告，才决定了。

谣言虽是如此，但据邻舍女人报告她的说话，说实在的主使，乃是她的姑娘。她姑娘说她从前待她不好，现在她的亲兄弟死了，她便不是她的嫂嫂，她便没有权力再主持她兄弟的家政，来骄傲她，说她现在便是外人。

她细细推寻，她与她姑娘实在无多少恶感。姑娘回家的时候，她还是对她客客气气的，只是当她是客。难道以客礼待她，便得罪了她吗？大概是为了婆婆藏着的一粒真珠罢！她想起来，这一粒真珠很大，非常之有宝光，有精彩，非常之可爱。姑娘是很瞰想这一粒真珠的；但她却在暗中教唆她的丈夫，教他叫母亲不要把这粒传家宝贝送给姊妹。大概她姑娘便为了这粒真珠恨她，所以现在便想报复她罢！

但她回来后，也不露声色。在家里，也是照常的操作。

她因为她的女儿发了一头的癞疮，似乎便没有空间的功夫可以腾出来料理家事。她女儿又不喜欢他人接手，在家庭的空气中，似乎时常充满了一种憎厌的，相排斥的情调。

她女儿头上的癞疮，许多人都说是"胎里毒"。她想起"胎里毒"的病原来，觉得实在也有些因果，心头便燃烧起羞惭与热忱之火。她现在是每每注视着她女儿的头上遐想。她觉得这满头黄脓，满头疮痂的女儿，在他人看来虽则十分讨厌，而在她自己看来，却似乎反刻着许多痕迹，让她深深的咀嚼着过去几段生活中之甜美滋味。

她那天在自己的房中给女儿吃了两只乳水以后，便想抱她出去到邻舍人家去闲谈一回，散散心闷。

当她走出她的房门时，她便瞧见了她婆婆和一个男人在轻轻的说话，情形似乎是在商酌着一件紧要而且秘密的事体。她这几日是有了戒心了的，便一大半确定了，不是媒人，定是"相亲"来的男子。她刚想避开时，心里又起了一个转念，"我且仔细的看一看那男子究竟是什么人罢！"她便偷偷的隐入门后。

"我和你一句话说完。"这是她婆婆的声音。"依命分，我的启清新死了，我那里要她就转嫁呢？只是我们家里又不是有钱人家，她迟早是要走的。不瞒你说，启清的医药和丧事的费用，亏空下来的，正索得很凶。我不是把她——”下面的声音转轻了，她立在门后听不清楚。

“话是不错的，我不晓得她自己心愿不心愿呢?”这是很熟的声音，但她并没有想到是她的父亲。

“所以我要请老亲家来商量呢？——便是她不愿，也只有请你劝劝她。”

“啊！婆婆把我的父亲也叫来了。”她隐在门后想：“且看他们怎样商量呢?”

“我想要她先回转到我家里住几日，我将吩咐她母亲细细的体贴她——她们母女，总能够说得来些！”

“我总要她自己心愿才好，——最好请亲家姆体贴体贴她看，要到乡下或是城里，要怎样的男子与人家才对？——”

“这些那里管得到呢？天下又不曾把城里城外要讨老婆的人都排在那边让我们去拣选的；——横直是她的命，是天数。”

“我现在已经四处托人出去物色了呢？——昨日有人来说，说东门外有个人，年纪也同我启清不相上下，家里只有一位老母，从没有娶过妻，人家倒是很好的，只是不能出钱，——”

她怀中的女儿，因为站在那边太久，便唔咳起来。她恐怕他们发觉她在门后偷听，故意放大了声音，郑重着脚步，说是刚从房里走出来的。

她走出门口，她父亲便看见她了。

她装出惊诧的情色，好像奇怪她父亲什么时候来的，怎么她都不知道。“啊！爸爸！”她又回头推动着她满头癞疮的女儿，“小奶！外公呢?”她把女儿向外抱着，向着她的父亲，好像教她的女儿这样问，“外公几时来的，外公?”

她父亲看见这满头癞疮的外甥女，心里似乎不能引起什么亲昵的快感。但她的如老鼠一般的眼睛，却水滑滑的钉住她外公手中的烟酒（干丝烟）盒。外公被她钉得奇怪起来了，便说“这小奶倒很伶俐,两只眼睛像老鼠精呢!"

"很聪明呢!"她想在她父亲面前显一显自己女儿的聪明,装做平常一样的问:"小奶,小宝贝! 爸爸呢?"

她女儿机械的没有动。

"爸爸呢! 爸爸在上上,告诉你外公哟!"她婆婆也注意到小孙女的身上来。

外公用自己手中的烟酒盒送到甥女的眼前摇晃,带着笑脸问她:"爸爸呢,你爸爸呢? 对外公说说看!"

她见这生人的面目有些可怕,而且声音一步一步的逼近来,于是把流动的眼光凝住,把两嘴角的筋肉扯下,——扯成一个半圆形,——连眼也扯得闭了,才"呱"的哭了起来。

"啊! 陌生,陌生! 外公陌生!"她把女儿抱在肩上,用手轻轻的在她背上拍着,身体在不住的摇摆。

"小宝贝,小心肝啊~~~嗄,乖乖不要哭啊~~~嗄,"慈母的心肠,便在慈母的声音中流露出来。

看看女儿的哭声渐渐低下去了。"爸爸几时来的?"她抽空问她的父亲。"母亲弟弟都健吗?"

"你母亲要你到家里去住几天呢!"

"是母亲喊我去的啊?"她开着口,好久没有闭下来,等她父亲的回答。

她父亲有些愣住了。"你母亲说恐怕你在这里心里难过,"她婆婆急急的给他解围。"要你连小奶带去,去玩几日,解解闷。"

"我不去,我在此心里并不难过。我有我的小奶伴我,他死了也没有什么。"她虽然勉强的做出硬心肠的女子的声口来,但一说到他,新死了的自己的丈夫,——往日的恩爱,卧床的惨状,死后的凄凉,便一概汇上心头,——心里总不免有些怅惘,从心底里涌起的一阵酸意,便在眼眶里钻动。但她还不肯露一丝软弱的声色在婆婆与父亲面前,因为现在的他们,对于她的中间也没有一种亲切的感情维系着。她觉得自己是太孤独了,甚至于自己的亲生的父亲,也是同她隔离着远远的;——她实在是太孤独,太寂寞难堪了!想到这里,她早在眼眶钻动的酸泪,便跳了出来。

她晓得自己的眼泪忍不住要跳出来了,便顺势的向她女儿一亲。"我有我的小宝贝呢。小宝贝!"

刚才收了泪痕的她的小女儿,还道她的母亲和她开玩笑,在她的胸头格支,她便"阿哈哈"的笑起来。

这真使她的心头觉得异样的难耐呢! 她勉强的说"啊! 笑了,笑了! 哈哈嗳!"在这一种笑声中,她尽力的把自己心头的哀火埋葬了。

"你把小奶给我,你去烧点心去。"婆婆对她说。"外公还没有吃过一杯茶呢!"

"小奶要娘娘(祖母)抱抱,妈去烧茶茶给外公吃。"她把女儿送到婆婆的身边。婆婆伸手去抱时,乖觉的女儿,又回头抓住她母亲的衣裳。

"没有人喜欢抱你呢,你这小癞头,还要作俏。"

小奶终于被她的祖母接去。她伏在祖母怀中,似乎想哭,但又没有哭出来。

她便匆匆的走入灶下去。

"倘使把这小东西也带走,人家会不喜欢的呢!"外公轻轻的说,仍旧继续谈论着她的改嫁的事情。"谁欢喜要这样累赘的东西呢,讨老婆的人。"

"只好贴几块钱,等她带大了几年领还;——现在又断不了乳。"

"随便的人,恐怕就不要了呢! ——许多人是不喜欢小孩儿的。"

"真的没有法子的时候,只有让我老苦,小奶留在家里给我。"

门外走入一位中年妇人,红光满面,含着不自然的惯于在人前献殷勤的欣笑，向他们点头。

她叫妙香姊，虽然她的儿子也很大了，但从没有人称她做“大姆”或“婶婶”的。她认识的人很多，真是路路通的，人家叫她叫“天下蟢网”。她的身边，时常有许多青年男女的“八字”；关于婚事上的事体，若是和她商量，没有不使人满意的。

她因为东门外那一家有一些不合启清乃娘的意，所以现在又来说起一家人家。

她们见她进来，笑着请她坐。她开口就说：

“你说那家不好，我现在又给你找得一家很好的人家呢！”她用一种很能够会意他人的意旨的眼光在他们的身上周转着，表明自己本领之高强。“南乡柳江岸，很有名的富户，——田有一百多亩，一只水牛，一个长年（雇工），无兄无弟，只有一个六十岁的老人，底下有两个儿子，三个女儿：——真是像一家人家。只是几个月以前把他的‘内当家’走了，家内无人经管，所以急急要找一个贤慧的人操家。他又是‘二婚郎’，又不要娶你钱，只要‘人’好。我想你的大嫂是最好也没有了！”

“数目说过没有呢？”婆婆只是注意到这一方面，无意的摇着身体，拍着怀中的孙女问。

“早啦！现在‘人’还没有看对，那里便可以说数目呢？不过一定会出大价的。——他说，只要‘人’好，钱多几个不要紧。”

“有五个小孩儿到讨厌呢！”她父亲想到这一层，便有些沉吟起来了。“要做五个孩子的后母，倒有些不容易的！”

“你说那个最大的女儿有几岁了？”婆婆问。

“十七岁，下半年就要做新妇呢！”

启清嫂捧着一个木盆，盆上放着两碗米面。他们见她走来，都把话头缩住。

妙香姊的职业，启清嫂是晓得的；她看见妙香姊坐在他们中间密谈，心里便吃一惊。虽然她早已明白他们是在议她的改嫁的事情的，但总觉得妙香姊的可怕，——好像她自己的命运，完全要被她所支配似的。

她盆里放着的两碗面，本来是预算着一碗给父亲，一碗给婆婆的。现在见妙香姊在座，便有些迟疑了。她婆婆看见如此态度，心里早明白了七八分。便说：

“妙香姊！请吃一点便点心。”她一面又用眼色暗示给她的媳妇，要她捧给妙香姊。

启清嫂把木盆放在桌上，原来两碗米面是不均齐的。她把满点的一碗捧给她父亲，那留下来的浅点的一碗，说是要给客人吃似乎便有些难为情。

“我不要吃，”妙香姊推辞着：“我刚吃了酒来呢！”她指着自己红晕而有醉意的脸，“看我的脸！——我是不要吃了。”她似乎有什么触动了她的心机，她的惯常的如藏在舌下的说话，便滔滔汩汩，牵藤带叶的来了。“吴家青萍兄真客气呢！今天在路上碰到他便叫我到家里去坐；他夫人也好，当即就泡一碗糖霜茶出来，青萍兄自己去拿酒，他说酒是自己做的，要我多吃些。我说，‘我不会吃酒的，’他笑着说，‘不会吃酒，不能做媒；——俗话说，“做媒不成，吃酒千瓶，”做媒便是贪口酒，别的还有什么呢？’他一定要我吃酒，——他真是好人。他说他要我给他的儿子留心着一个聪聪明明的媳妇——”

“你吃哟！不好点也吃一点哟！”婆婆催着她。

小奶本来在她祖母怀中，是觉得非常不舒服的；现在见到她的母亲来便倒挂过去，要她母亲抱。

妙香姊把一口面送到嘴边了，还讲着她的“媒经”。在她的语意以外，似乎是暗示她们待她欠客气欠优礼似的。

小奶见着他们吃东西，如老鼠一般的眼睛，便钉住不肯转睐。

“婆婆，你自己到灶下去拿罢！”她觉得婆婆没得吃是很难为情的。小奶看着他们吃面。她母亲从小奶的身上，想到妙香姊的可恶。她想,若是妙香姊不来,这一碗面是婆婆吃的;而婆婆呢,却能够一口一口的喂给小奶吃。

小奶看见人家没有给她吃,似乎便要哭出来。

妙香姊说:“满标致的女儿,为什么要生癞头疮呢?——这是‘胎里毒’吧?——将来不要弄癞头了,我给她找个好子丈(丈夫)来。——”

启清嫂听到“胎里毒”这一个名词,时常引起一种异样的心情。好像自己的秘密,被人家发觉了似的;是羞惭,是喜悦,是悲哀,于是造成一种不可言说的怅惘。

“你现在给她找一家人家来哪!我带她不大,我欲把她给人家带去做小媳妇。”

“你会舍得了,抛弃她?启清嫂!”

“我自己的镬灶也筑我的脚肚上的。我的命运还是半天里的断线纸鹞,不知倒东倒西呢!”她本来想向妙香姊说几句半讽半刺的说话,所以很引用了许多成语;却不料自己心中的渣滓太多了,感情那么脆薄,在不知不觉中带出许多悲哀的分子,使自己也觉得泫然!“真的,我们母女,终须要分散的,你把我好一点,只要能够爱小孩子的,能够当自己亲生一样的看待的找一家来,便好了。”

“你倘使说老实话,我自然给你留心。”她把一根米面盘在箸头上面,送到小奶的嘴边,“你的娘说要把你嫁人了呢!——吃这口面罢!”

启清嫂的父亲已经吃完了点心。他把嘴巴一摸,立了起来,抽出烟酒筒打开了烟酒盒,——在盒内撮出一球的烟丝,押在烟筒的铜盂上,便往灶下去点火。

“启清嫂!他们都没有在这里,我对你说。”妙香姊做出一种贴心的情形,轻轻的说:“你自己的大把要把定呢!——女儿不带,自己身轻些;带住,总觉得放心,眼看得自己的一块肉,让她狼戾,总不忍相。关于金钱衣物等重要东西,也该自己检点检点。”

启清嫂虽则到处装强,但是,若有人用柔和而切贴的言辞,去打动她心坎中蕴藏着的哀感,她立刻便会软化了的。

“我还有什么大把,‘死鬼’去了以后,我的魂,我的福,一半也被他带到阎罗王那边去了。”

往灶下点烟火的老人,已经口里喷着青烟,走了出来。看来,好像他在灶下有说了什么秘密话。虽然从他口中吐出来的乳白的烟,迷茫的把他的面色笼住,但总掩不了这种情色。

婆婆也在后面跟出来了,一声不响的看着她的亲家,向他递眼色,而他呢,也似乎在推让,要她先提议。

婆婆似乎想说了,看看她媳妇,又停了下去。启清嫂是会意了一大半了,她想,爽性装做不晓得一样,看他们怎样;便把头低下去。

“我有一句对你说呢! 大嫂!”婆婆终于开口了。“你的父亲,老亲家,也在这里;我想,在我家里总不能久长,想要妙香姊给你找一家相当的人家。前几日我已经对你说起过了。这是你终身大事,下半生世的幸福攸关,你应该自己出个主意。”

“你母亲也这样说,她说你的年纪又不老,不用若有钱人家的书务,说三年灵守满,或是终身守着,——你自己心意如何? ——”她父亲插说。

“你倘使有什么意见,可以对我们说。现在妙香姊也在此地。她说她能尽心的给你择一家好人家。我们横直瞒不了的,妙香姊! 刚才你说的南乡那家人家,重新说说看。——”

“我想有前头的儿女。是不大好的;虽然他家里有家私。”她父亲的说话。他的语意中,是含有从他老人的经历中所得来的教训,说做后母是很不容易的;所以劝她们不要看重他有钱,要他女儿去受罪。

“还有一层,我没有问你们,”妙香姊说:“小奶要不要给她娘带着走的? ——”

他们还没有回答，启清嫂便插着说："我不要带，她是姓张的人生的，交还张姓人。"实在，启清嫂是没有多大本领（智能）的，她的对话也不十分有来路，时常要跳去行港之外。她说这句话的意思，是不出于本心的；她因为他们要把她嫁了，所以发这一种议论。"不然就是娘也做新妇，女儿也做媳妇。"一种打趣的言辞，本来是想硬着心肠取乐，但总于禁不住觉到一种怅惘，觉得泫然。

她们见她这种情形，反是不敢多话。

她想想觉得自己格外悲哀起来，连知心都没有人了，相知的话也无从说；并且以后不知怎样结局，未来的新丈夫不知如何人；自己的不好的命运，——荷花塘的王表姑，崔家桥的小川乃娘的命运，又浮现上心头。她"哑"然的哭了出来："啊！～～～啊！～～～我不嫁，我死也要死在张家。啊～～～啊！小奶乃爸！～～～"

她怀中的女儿见母亲哭了，也呱地哭起来，好像恐怕她的母亲太孤单，太寂寞所以她来陪伴她似的。

她抱着女儿，走到她丈夫的灵座前面，双手抓住"木主"，砰砰的只是在台上猛敲。

"死鬼启清吓！你害了我！——涎人笑！"

（原载《小说月报》第十八卷第二号，一九二七年二月）

# 鲁 彦

## 菊英的出嫁

菊英离开她已有整整的十年了。这十年中她不知道滴了多少眼泪，瘦了多少肌肉了，为了菊英，为了她的心肝儿。

人家的女儿都在自己的娘身边长大，时时刻刻倚傍着自己的娘，“阿姆阿姆”的喊。只有她的菊英，她的心肝儿，不在她的身边长大，不在她的身边倚傍着喊“阿姆阿姆”。

人家的女儿离开娘的也有，例如出了嫁，她便不和娘住在一起。但做娘的仍可以看见她的女儿，她可以到女儿那边去，女儿可以到她这里来。即使女儿被丈夫带到远处去了，做娘的可以写信给女儿，女儿也可以写信给娘，娘不能见女儿的面，女儿可以寄一张相片给娘。现在只有她，菊英的娘，十年中不曾见过菊英，不曾收到菊英一封信，甚至一张明片。十年以前，她又不曾给菊英照过相。

她能知道她的菊英现在的情形吗？菊英的口角露着微笑？菊英的眼边留着泪痕？菊英的世界是一个光明的？是一个黑暗的？有神在保佑菊英？有恶鬼在捉弄菊英？菊英肥了？菊英瘦了？或者病了？——这种种，只有天知道！

但是菊英长得高了，发育成熟了，她相信是一定的。无论男子或女子，到了十七八岁的时候想要一个老婆或老公，她相信是必然的。她确信——这用不着问菊英——菊英现在非常的需要一个丈夫了。菊英现在一定感觉到非常的寂寞，非常的孤单。菊英所呼吸的空气一定是沉重的，闷人的。菊英一定非常的苦恼，非常的忧郁。菊英一定感觉到了活着没有趣味。或者——她想——菊英甚至于想自杀了。要把她的心肝儿菊英从悲观的，绝望的，危险的地方拖到乐观的，希望的，平安的地方，她知道不是威吓，不是理论，不是劝告，不是母爱，所能济事；唯一的方法是给菊英一个老公，一个年青的老公。自然，菊英绝不至于说自己的苦恼是因为没有老公；或者菊英竟当真的不晓得自己的苦恼是因何而起的也未可知。但是给菊英一个老公，必可除却菊英的寂寞，菊英的孤单。他会给菊英许多温和的安慰和许多的快乐。菊英的身体有了托付，灵魂有了依附，便会快活起来，不至于再陷入这样危险的地方去了。问一个十七八岁的女子要不要老公，这是不会得到"要"字的回答的。不论她平日如何注意男子，喜欢男子，想念男子，或甚至已爱上了一个男子，你都无须多礼。菊英的娘明白这个道理，所以也毅然的把女儿的责任照着向来的风俗放在自己的肩上了。她已经耗费了许多心血。五六年前，一听见媒人来说某人要给儿子讨一个老婆，她便要冒风冒雨，跋山涉水的去东西打听。于今，她心满意足了，她找到了一个非常好的女婿。虽然她现在看不见女婿，但是女婿在七八岁时照的一张相片，她看见过。他生的非常的秀丽，显见得是一个聪明的孩子。因了媒人的说合，她已和他的爹娘订了婚约。他的家里很有钱，聘金的多少是用不着开口的。四百元大洋已做一次送来。她现在正忙着办嫁妆，她的力量能好到什么地步，她便好到什么地步。这样，她才心安，才觉得对得住女儿。

菊英的爹是一个商人。虽然他并不懂得洋文，但是因为他老成忠厚，森森煤油公司的外国人遂把银根托付了他，请他做经理。他的薪水不多，每月只有三十元，但每年年底的花红往往超过他一年的薪水。他在森森公司五年，手头已有数千元的积储。菊英的娘对于穿吃，非常的俭省。虽然菊英的爹不时一百元二百元的从远处带来给她，但她总是不肯做一件好的衣服，买一点好的小菜。

她身体很不强健，屡因稍微过度的劳动或心中有点不乐，她的大腿腰背便会酸起来，太阳心口会痛起来，牙齿会浮肿起来，眼睛会模糊起来。但是她虽然这样的多病，她总是不肯雇一个女工，甚至一个工钱极便宜的小女孩。她往往带着病还要工作。腰和背尽管酸痛，她有衣服要洗时，还是不肯在家用水缸里的水洗——她说水缸里的水是备紧要时用的——定要跑到河边，走下那高高低低摇动而且狭窄的一级一级的埠头，跪倒在最末的一级，弯着酸痛的腰和背，用力的洗她的衣服。眼睛尽管起了红丝，模糊而且疼痛，有什么衣或鞋要做时，她还是要带上眼镜，勉强的做她的衣或鞋。她的几种病所以成为医不好的老病，而且一天比一天利害了下去，未始不是她过度的勉强支持所致。菊英的爹和邻居都屡次劝她雇一个女工，不要这样过度的操劳，但她总是不肯。她知道别人的劝告是对的。她知道自己的身体一天不如一天的缘故。但是她以为自己是不要紧的，不论多病或不寿。她以为要紧的是，赶快给女儿嫁一个老公，给儿子讨一个老婆，而且都要热热闹闹阔阔绰绰的举办。菊英的娘和爹，一个千辛万苦的在家工作，一个飘海过洋的在外面经商，一大半是为的儿女的大事。如果儿女的婚姻草草的了事，他们的心中便要生出非常的不安。因为他们觉得儿女的婚嫁，是做爹娘责任内应尽的事，做儿女的除了拜堂以外，可以袖手旁观。不能使喜事热闹阔绰，他们便觉得对不住儿女。人家女儿多的，也须东挪西扯的弄一点钱来尽力的把她们一个一个，热热闹闹阔阔绰绰的嫁出去，何况他们除了菊英没有第二个女儿，而且菊英又是娘所最爱的心肝儿。

尽她所有的力给菊英预备嫁妆，是她的责任，又是她十分的心愿。

哈，这样好的嫁妆，菊英还会不喜欢吗？人家还会不称赞吗？你看，那一种不完备？那一种不漂亮？那一种不值钱？

大略的说一说：金簪二枚，银簪珠簪各一枚。金银发钗各二枚。挖耳，金的二个，银的一个。金的，银的和钻石的耳环各两付。金戒指四枚，又钻石的二枚。手镯三对，金的倒有二对。自内至外，四季衣服粗穿的俱备三套四套，细穿的各二套。凡丝罗缎如纺绸等衣服皆在粗穿之列。棉被八条，湖绉的占了四条。毡子四条，外国绒的占了两条。十字布乌贼枕六对，两面都挑出山水人物。大床一张，衣橱二个，方桌及琴桌各一个。椅，凳，茶几及各种木器，都用花梨木和其他上等的硬木做成，或雕刻，或嵌镶，都非常细致，全件漆上淡黄，金黄和淡红等各种颜色。玻璃的橱头箱中的锡器光彩夺目。大小的蜡烛台六付，最大的每只重十二斤。其余日用的各种小件没有一件不精致，新奇，值钱。在种种不能详说（就是菊英的娘也不能一一记得清楚）的东西之外，还随去了良田十亩，每亩约计价一百二十元。

吉期近了，有许多嫁妆都须在前几天送到男家去，菊英的娘愈加一天比一天忙碌起来。一切的事情都要经过她的考虑，她的点督，或亲自动手。但是尽管日夜的忙碌，她总是不觉得容易疲倦，她的身体反而比平时强健了数倍。她心中非常的快活。人家都由“阿姆”而至“丈姆”，由“丈姆”而至“外婆”，她以前看着好不难过，现在她可也轮到了！邻居亲戚们知道罢，菊英的娘不是一个没有福气的人！

她进进出出总是看见菊英一脸的笑容。“是的呀，喜期近了呢，我的心肝儿！”她暗暗的对菊英说。菊英的两颊上突然飞出来两朵红云。“是一个好看的郎君，聪明的郎君哩！你到他的家里去，做‘他的人’去！让你日日夜夜跟着他，守着他，让他日日夜夜陪着你，抱着你！”菊英羞得抱住了头想逃走了。“好好的服侍他，”她又庄重的训导菊英说：“依从他，不要使他不高兴。欢欢喜喜的明年就给他生一个儿子！对于公婆要孝顺，要周到。对于其他的长者要恭敬，幼者要和蔼。不要被人家说半句坏话，给娘争气，给自己争气，牢牢的记着！……”

音乐热闹的奏着，渐渐由远而近了。住在街上的人家都晓得菊英的轿子出了门。菊英的出嫁比别人要热闹，要阔绰，他们都知道。他们都预先扶老携幼的在街上等候着观看。

最先走过的是两个送嫂①。她们的背上各斜披着一幅大红绫子，送嫂约过去有半里远近，队伍就到了。为首的是两盏红字的大灯笼。灯笼后八面旗子，八个吹手。随后便是一长排精制的，逼真的，各色纸童，纸婢，纸马，纸轿，纸桌，纸椅，纸箱，纸屋，以及许多纸做的器具。后面一顶鼓阁②两杠纸铺陈，两杠真铺陈。铺陈后一顶香亭，香亭后才是菊英的轿子。这轿子与平常花轿不同，不是红色，却是青色，四围结着彩。轿后十几个人抬着一口十分沉重的棺材，这就是菊英的灵柩。棺材在一套呆大的格子架中，架上盖着红色的绒毡，四面结着彩，后面跟送着两个坐轿的，和许多预备在中途折回的，步行的孩子。

看的人多说菊英的娘办得好，称赞她平日能吃苦耐劳。她们又谈到菊英的聪明和新郎生前的漂亮，都说配合得当。

这时，菊英的娘在家里哭得昏去了。娘的心中是这样的悲苦，娘从此连心肝儿的棺材也要永久看不见了。菊英幼时是何等的好看，何等的聪明，又是何等听娘的话！她才学会走路，尚不能说话的时候，一举一动已很可爱了。来了一位客，娘喊她去行个礼，她便过去弯了一弯腰。客给她糖或饼吃，她红了脸不肯去接，但看着娘，娘说“接了罢，谢谢！”她便用两手捧了，弯了一弯腰。她随后便走到娘的身边，放了一点在自己的口里，拿了一点给娘吃，娘说，“娘不要吃，”她便“恩”的响了一声，露出不高兴的样子，高高的举着手，硬要娘吃，娘接了放在口里，她便高兴得伏在娘的膝上嘻嘻

① 送嫂专于婚丧时服侍女客，及平日与妇人绞面毛，其丈夫多为吹手兼轿夫，或管庙祠。此处系用为至男家报喜及服侍新娘子之用。

② 鼓阁系一种轿子形式，内置乐器数种，以一人司之，与轿后数人之乐相和。

的笑了。那时她的爹不走运，跑到千里迢迢的云南去做生意，半年六个月没有家信，四年没有回家，也没有半边烂钱寄回来。娘和她的祖母千辛万苦的给人家做粗做细，赚来养她，她六岁时自己学磨纸①，七岁绣花，学做小脚娘子②的衣裤，八岁便能帮娘磨纸，挑花边了。她不同别的孩子去玩耍，也不嗓吃闲食，只是整天的坐在房子里做工。她离不开娘，娘也离不开她。她是娘的肉，她是娘的唯一的心肝儿！好几次，娘想到她的爹不走运，娘和祖母日日夜夜低着头的给人家做苦工，还不能多赚一点钱，做一件好看的新衣给她穿，买点好吃的糖果给她吃，反而要她日日夜夜的帮着娘做苦工，娘的心酸了起来，忽然抱着她哭了。她看见娘哭，也就放声大哭起来。娘没有告诉她，娘想些什么，但是娘的心酸苦了，她也酸苦了。夜间娘要她早一点睡，她总是说做完了这一点，做完了这一点。娘恐怕她疲倦，但是她反说娘一定疲倦了，她说娘的事情比她多。她好几次的对娘说，"阿姆，我再过几年，人高了，气力大了，我来代你煮饭。你太苦了，又要做这个，又要做那个。"娘笑了，娘抱着她说，"好的，我的肉！"这时，眼泪几乎从娘的眼中滚出来了。娘有时心中悲伤不过，脸上露着愁容，一言不发的独自坐着，她便走了过来，靠着娘站着说："阿姆，我猜阿爹明天要回来了。"她看见娘病了，躺在床上，她的脸上的笑容就没有了。她没有心思再做工，但她整天的坐在娘的床边，牵着娘的手，或给娘敲背，或给娘敲腿。八年来，娘没有打过她一下，骂过她半句，她实在也无须娘用指尖去轻轻的触一触！菩萨，娘是敬重的，娘没有做过一件秽渎菩萨的事情。但是，天呵！为什么不留心肝儿在娘的身边呢？那时虽是娘不小心，但也是为的她苦得太可怜了，所以娘才要她跟着祖母到表兄弟那里去吃喜酒，好趁此热闹热闹，开开心。谁能够晓得反而

---

① 磨纸，即磨锡箔。

② "小脚娘子"系女孩以各色布自做的女玩偶，以其小脚，故名。

害了她呢？早知这样，咳，何必要她去呢！她原是不肯去的："阿姆不去，我也不去。"她对娘这样说。但是又有吃，又好看，又好要，做娘的怎么不该劝她偶尔的去一次呢？"那末只有阿姆一个人在家了，"她固执不过娘，便答应了，但她又加上这一句。娘愿意离开她吗？娘能离开她吗？天呵，她去了八天，娘已经尽够苦恼了！她的爹在千里迢迢的地方，钱也没有，信也没有，人又不回来，娘日日夜夜在愁城中做苦工，还有什么生趣？娘的唯一的安慰只有这一个心肝儿，没有她，娘早就不想再活下去了。第九天，她跟着祖母回来了。娘是这样的喜欢：好像娘的灵魂失去了又回来一般！她一看见娘便喊着"阿姆"，跑到娘的身边来。娘把她抱了起来，她便用手臂挽住了娘的颈，将面颊贴到娘的脸上来。娘问她去了八天喜欢不喜欢，她说，"喜欢，只是阿姆不在那里没有十分趣味。"娘摸她的手，看她的脸，觉得反而比先瘦了。娘心中有点不乐。过了一会，她咳嗽了几声，娘没有留意。谁知过了一会，她又咳嗽了。娘连忙问她咳嗽了几天，她说两天。娘问她身体好过不好过，她说好过，只是咳了又咳，有点讨厌。娘听了有点懊悔，忙到街上去买了两个铜子的苏梗来泡茶给她吃。她把新娘子生得什么样子，穿什么好的衣服，闹房时怎样，以及种种事情讲给娘听，她的确很喜欢，她讲起来津津有味。第二天早晨，她的声音有点哑了，娘很担忧。但因为要预备早饭，娘没有仔细的问她，娘烧饭时，她还代娘扫了房中的地。吃饭时，娘见她吃不下去，两颊有点红色，忙去摸她的头，她的头发烧了。娘问她还有什么地方难过，她说喉咙有点痛。这一来，娘懊悔得不得了了，娘觉得以先不该要她去。祖母愈加懊悔，她说不知道那里疏忽了，竟使她受了寒，咳嗽而至于喉痛。娘放下饭碗，看她的喉咙，她的喉咙已如血一般的红了。收拾过饭碗，娘又喊她到屋外去，给她仔细的看。这时，娘看见她喉咙的右边起了一个小小的雪白的点子。娘不晓得这是什么病，娘只知道喉病是极危险的。娘的心跳了起来，祖母也非常的担忧。

娘又问她，那一天便觉得喉咙不好过了，这时她才告诉说，前天就觉得有点干燥了似的。娘连忙喊了一只划船，带她到四里远的一个喉科医生那里去。医生的话，骇死了娘，他说这是白喉，已起了两三天了。“白喉!”这是一个可怕的名字！娘听见许多人说，生这病的人都是一礼拜就死的！医生要把一根明晃晃的东西拿到她的喉咙里去搽药，她怕，她闭着嘴不肯。娘劝她说这不痛的，但是她依然不肯。最后，娘急得哭了：“为了阿姆呀，我的肉!”于是她也哭了，她依了娘的话，让医生搽了一次药。回来时，医生又给了一包吃的和漱的药。

第二天，她更加利害了：声音愈加哑，咳嗽愈加多，喉咙里面起了一层白的薄膜，白点愈加多，人愈发烧了。娘和祖母都非常的害怕。一个邻居的来说，昨天的医生不大好，他是中医，这种病应该早点请西医。西医最好的办法是打药水针，只要病人在二十四点钟内不至于窒息，药水针便可保好。娘虽然不大相信西医，但是眼见得中医医不好，也就不得不去试一试。首善医院是在万邱山那边，娘想顺路去求药，便带了香烛和香灰去①。她怕中医，一定更怕西医，娘只好不告诉她到医院里，只说到万邱山求药去。她相信了娘的话，和娘坐着船去了。但是到要上岸的时候，她明白了。因为她到过万邱山两次，医院的样子与万邱山一点也不像。她哭了，她无论如何不肯上岸去。娘劝她，两个划船的也劝她说，不医是不会好的，你不好，娘也不能活了，她总是不肯。划船的想把她抱上岸去，她用手足乱打乱挣，哑着声音号哭得更利害了，娘看着心中非常的不好过，又想到外国医生的利害，怕要开刀做什么，她既一定不肯去，不如依了她，因此只到万邱山去求了药回来了。第三天早晨，她的呼吸是这样的困难：喉咙中发出嘶嘶的声音，好像有什么塞住了喉咙一般，咳嗽愈利害，她的脸色非常的青白。她瘦了许

① 求药者将香灰供神前，求神于冥冥中赐药于香灰上，持回与病人吞服。

多，她有二天没有吃饭了。娘的心如烈火一般的烧着，只会抱着流泪。祖母也没有一点主意，也只会流眼泪了。许多人说可以拿荸荠汁，莱菔汁，给她吃，娘也一一的依着办来给她吃过。但是第四天早晨，她的喉咙中声音响得如猪的一般了。说话的声音已经听不清楚。嘴巴大大的开着，鼻子跟着呼吸很快的一开一闭。咳嗽得非常利害。脸色又是青又是白，两颊陷了进去。下颚变得又长又尖。两眼呆呆的圆睁着，凹了进去，眼白青白的失了光，眼珠暗淡的不活泼了——像山羊的面孔！死相！娘怕看了。娘看起来，心要碎了！但是娘肯甘心吗？娘肯看着她死吗？娘肯舍却心肝儿吗？不的！娘是无论如何也要想法子的！娘没有钱，娘去借了钱来请医生。内科医生请来了两个，都说是肺风，各人开了一个方子。娘又暗自的跪倒在灶前，眼泪如潮一般的流了出来，对灶君菩萨许了高王经三千，吃斋一年的愿，求灶君菩萨的保佑。娘又诚心的在房中暗祝说，如果有客①在房中请求饶恕了她。今晚瘥了，今晚就烧元宝五十锭，直到完全好了，摆一桌十六大碗的羹饭。上半天，那个要娘送她到医院去看的邻居又来了。他说今天再不去请医生来打药水针，一定不会好了。他说他亲眼看见过医好几个人，如果她在二十四点钟内不至于“走”②。打了这药水针一定保好。请医院的医生来，必须喊轿子给他，打针和药钱都贵，他说总须六元钱才能请来，他既然这样说，娘在走投无路的时候也必须试一试看。娘没有钱，也没有地方可以再借了，娘只有把自己的皮袄③托人拿去当了请医生。皮袄还有什么用处呢，她如果没有法子救了，娘还能活下去吗？吃中饭的时候，医生请来了。他说不应该这样迟才去请他，现在须看今夜的十二点钟了，过了这一关便可放心。

① “客”，对鬼尊称之词。

② “走”即死，避讳的说法。

③ 宁波人好体面，虽极穷也必尽力挪借购置美服，故菊英的娘尚有花缎皮缎及华丝葛（从音）裙子。

她听见，哭了，紧紧的挽住了娘的头颈。她心里非常的清白。她怕打针，几个人硬按住了她，医生便在她的屁股上打了一针，灌了一瓶药水进去。——但是，命运注定了，还有什么用处呢！咳，娘是该要这样可怜的！下半天，她的呼吸渐渐透不转来，就在夜间十一点钟……天呀！

（原载《柚子》北新书局，一九二六年十月初版）

# 黄　金

陈四桥虽然是一个偏僻冷静的乡村，四面围着山，不通轮船，不通火车，村里的人不大往城里去，城里的人也不大到村里来，但每一家人家却是设着无线电话的，关于村中和附近地方的消息，无论大小，他们立刻就会知道，而且，这样的详细，这样的清楚，仿佛是他们自己做的一般。例如，一天清晨，桂生婶提着一篮衣服到河边去洗涤，走到大门口，遇见如史伯伯由一家小店里出来，一眼瞥去，看见他手中拿着一个白色的信封，她就知道如史伯伯的儿子来了信了，眼光转到他的脸上去，看见如史伯伯低着头一声不响的走着，她就知道他的儿子在外面不很如意了，倘若她再叫一声说，"如史伯伯，近来萝菔很便宜，今天我和你去合买一担来好不好？"如史伯伯摇一摇头，微笑着说，"今天不买，我家里还有菜吃，"于是她就知道如史伯伯的儿子最近没有钱寄来，他家里的钱快要用完，快要……快要……了。

不到半天，这消息便会由他们自设的无线电话传遍陈四桥，由家家户户的门缝里窗隙里钻了进去，仿佛阳光似的，风似的。

的确，如史伯伯手里拿的是他儿子的信；一封不很如意的信，最近，信中说，不能寄钱来；的确，如史伯伯的钱快要用完了，快要……快要……

如史伯伯很忧郁，他一回到家里便倒在藤椅上，躺了许久，随后便在房子里踱来踱去，苦恼地默想着。

"悔不该把这些重担完全交给了伊明，把自己的职务辞去，现在……"他想，"现在不到二年便难以维持，便要摇动，便要撑持不来原先的门面了……悔不该——但这有什么法子想呢？我自己已是这样的老，这样的衰，讲了话马上就忘记，算算账常常算错，走路又踉踉跄跄，谁喜欢我去做账房，谁喜欢我去做跑街，谁喜欢我……谁喜欢我呢？”

如史伯伯想到这里，忧郁地举起两手往头上去抓，但一触着头发脱了顶的光滑的头皮，他立刻就缩回了手，叹了一口气。这显然是悲哀侵占了他的心，觉得自己老得不堪了。

“你总是这样的不快乐，”如史伯母忽然由厨房里走出来，说。她还没有像如史伯伯那么老，很有精神，一个肥胖的女人，但头发也有几茎白了。“你父母留给我们的只有一间破屋，一口破衣橱，一张旧床，几条板凳，没有田，没有多的屋，现在，我们已把家庭弄得安安稳稳，有了十几亩田，有了几间新屋，一切应用的东西都有，不必再向人家去借，只有人家向我们借，儿子读书知礼，又很勤苦——弄到这步田地，也够满意了，你还只是这样忧郁的做什么！”

“我没有什么不满意，”如史伯伯假装出笑容，说，“也没有什么不快乐。只是在外面做事惯了，有吃有笑有看，住在家里冷清清的，没有趣味，所以常常想，最好是再出去做几年事，而且，儿子书虽然读了多年，毕竟年纪还轻，我不妨再帮他几年。”

“你总是这样的想法，儿子够能干了，放心罢。——哦，我昨晚做了一个梦，忘记告诉你了：我看见伊明戴了一顶五光十色的帽子，摇摇摆摆的走进门来，后面七八个人抬着一口沉重的棺材，我吓了一跳，醒来了。但是醒后一想，这是一个好梦：伊明带着五光十色的帽子，显然是做了官了；沉重的棺材，明明就是做官得来的大财。这几天，伊明一定有银信寄到的了。”如史伯母说着，不知不觉地眉飞目舞的欢喜起来。

听了这个，如史伯伯的脸上也现出了一阵微笑，他相信这帽子确是官帽，棺材确是财。但忽然想到刚才接得的信，不由得又忧郁起来，脸上的笑容又飞散了。

“这几天一定有钱寄到的，这是一个好梦。”他又勉强装出笑容，说。

刚才接到了儿子一封信，他没有告诉她。

第二天午后，如史伯母坐在家里寂寞不过，便走到阿彩婶家里去。阿彩婶平日和她最谈得来，时常来往，她们两家在陈四桥都算是第二等的人家。但今天不知怎的，如史伯母一进门，便觉得有点异样：那时阿彩婶正侧面的立在衖子那一头，忽然转过身去，往里走了。

“阿彩婶，午饭吃过吗？”如史伯母叫着说。

阿彩婶很慢很慢的转过头来，说，“啊，原来是如史伯母，你坐一坐，我到里间去去就来。”说着就进去了。

如史伯母是一个聪明人，她立刻又感到了一种异样：阿彩婶平日看见她来了，总是搬凳拿茶，嘻嘻哈哈的说个不休，做衣的时候，放下针线，吃饭的时候，放下碗筷，今天只隔几步路侧着面立着，竟会不曾看见，喊她时，她只掉过头来，说你坐一坐就走了进去，这显然是对她冷淡了。

她闷闷地独自坐了约莫十五分钟，阿彩婶才从里面慢慢的走了出来。

“真该死！他平信也不来，银信也不来，家里的钱快要用完了也不管！”阿彩婶劈头就是这样说。“他们男子都是这样，一出门，便任你是父亲母亲，老婆子女，都丢开了！”

“不要着急，阿彩叔不是这样一个人。”如史伯母安慰着她说。但同时，她又觉得奇怪了：十天以前，阿彩婶曾亲自对她说过，她还有五百元钱存在裕生木行里，家里还有一百几十元，怎的今天忽然说快要用完了呢？……

过了一天，这消息又因无线电话传遍陈四桥了：如史伯伯接到儿子的信后，愁苦得不得了，要如史伯母跑到阿彩婶那里去借钱，但被阿彩婶拒绝了。

有一天是裕生木行老板陈云廷的第三个儿子结婚的日子，满屋都挂着灯结着彩，到的客非常之多。陈四桥的男男女女都穿得红红绿绿，不是绸的便是缎的。对着外来的客，他们常露着一种骄矜的神气，仿佛说：你看，裕生老板是四近首屈一指的富翁，而我们，就是他的同族！

如史伯伯也到了。他穿着一件灰色的湖绉棉袍，玄色大花的花缎马褂。他在陈四桥的名声本是很好，而且，年纪都比别人大，除了一个七十岁的阿瑚先生。因此，平日无论走到那里，都受族人的尊敬。但这一天不知怎的，他觉得别人对他冷淡了，尤其是当大家笑嘻嘻地议论他灰色湖绉棉袍的时候。

“阿，如史伯伯，你这件袍子变了色了，黄了！”一个三十来岁的人说。

“真是，这样旧的袍子还穿着，也太俭省了，如史伯伯！”绰号叫做小耳朵的珊贵说，接着便是一阵冷笑。

“年纪老了还要什么好看，随随便便算了，还做什么新的，知道我还能活……”如史伯伯想到今天是人家的喜期，说到“活”字便停了口。

“老年人都是这样想，但儿子总应该做几件新的给爹娘穿。”

“你听，这个人专门说些不懂世事的话，阿凌哥！”如史伯伯听见背后稍远一点的地方有人这样说。“现在的世界，只有老子养儿子，还有儿子养老子的吗？你去打听打听，他儿子出门了一年多，寄了几个钱给他了！年轻的人一有了钱，不是赌就是嫖，还管什么爹娘！”接着就是一阵冷笑。

如史伯伯非常苦恼，也非常生气，这是他第一次听见人家的奚落。的确，他想，儿子出门一年多，不曾寄了多少钱回家，但他是一个勤苦的孩子，没有一刻忘记过爹娘，谁说他是喜欢赌喜欢嫖的呢？

他生着气踱到别一间房子里去了。

喜酒开始，大家嚷着"坐，坐，"便都一一的坐在桌边，没有谁提到如史伯伯，待他走到，为老年人而设，地位最尊敬，也是他常坐的第一二桌已坐满了人，次一点的第三第五桌也已坐满，只有第四桌的下位还空着一位。

"我坐到这一桌来，"如史伯伯说着，没有往凳上坐。他想，坐在上位的品生看见他来了，一定会让给他的。但是品生看见他要坐到这桌来，便假装着不注意，和别个谈话了。

"我坐到这一桌来，"他重又说了一次，看有人让位子给他没有。

"我让给你，"坐在旁边，比上位卑一点地方的阿琴看见品生故意装做不注意，过意不去，站起来，坐到下位去，说。

如史伯伯只得坐下了。但这侮辱是这样的难以忍受，他几乎要举起拳头敲碗盏了。

"品生是什么东西！"他愤怒的想，"三十几岁的木匠！他应该叫我伯伯！平常对我那样的恭敬，而今天，竟敢坐在我的上位！狗！……"

他觉得隔座的人都诧异的望着他，便低下了头。

平常，大家总要谈到他，当面称赞他的儿子如何的能干，如何的孝顺，他的福气如何的好，名誉如何的好，又有田又有钱；但今天座上的人都仿佛没有看见他似的，只是讲些别的话。

没有终席，如史伯伯便推说已经吃饱，郁郁的起身回家。甚至没有走得几步，他还听见背后一阵冷笑，仿佛正是对他而发的。

"品生这狗！我有一天总得报复他！"回到家里，他气愤愤的对如史伯母说。

如史伯母听见他坐在品生的下面，几乎气得要哭了。

"他们明明是有意欺侮我们！"她嗄着声说，"咳，运气不好，儿子没有钱寄家，人家就看不起我们，欺侮我们了！你看，这班人多么会造谣言:不知那一天我到阿彩婶那里去了一次,竟说我是向她借钱去的,怪不得她许久不到我这里来了,见面时总是冷淡淡的。”

“伊明再不寄钱来,真是要倒霉了!你知道,家里只有十几元钱了,天天要买菜买东西,如何混得下去!”

如史伯伯说着,又忧郁起来,他知道这十几元钱用完时,是没有地方去借的,虽然陈四桥尽多有钱的人家,但他们都像虫一样的小气,你还没有开口,他们就先说他们怎样的穷了。

三天过去,第四天晚上,如史伯伯最爱的十五岁小女儿放学回来,把书包一丢,忍不住大哭了。如史伯伯和如史伯母好不伤心,看见最钟爱的女儿哭了起来,他们连忙抚慰着她,问她什么。过了许久,几乎如史伯母也要流泪了,她才停止啼哭,呜呜咽咽地说:

“在学校里,天天有人问我,我的哥哥写信来了没有,寄钱回来了没有。许多同学,原先都是和我很要好的,但自从听见哥哥没有寄钱来,都和我冷淡了,而且还不时的讥笑地对我说,你明年不能读书了,你们要倒霉了,你爹娘生了一个这样的儿子!……先生对我也不和气了,他总是天天骂我愚蠢……我没有做错的功课,他也说我做错……今天,他出了一个题目,叫做《冬天的乡野》,我做好交给他看,他起初称赞说,做得很好,但忽然发起气来,说我是抄的!我问他从什么地方抄来,有没有证据,他回答不出来,反而愈加气怒,不由分说,拖去打了二十下手心,还叫我面壁一点钟……”她说到这里又哭了,“他这样冤枉我……我不愿意再到那里读书去了!……”

如史伯伯气得呆了,如史伯母也只会跟着哭。他们都知道那位先生的脾气:对于有钱人家的孩子一向和气,对于没有钱人家的孩子只是骂打的,无论他错了没有。

“什么东西!一个连中学也没有进过的光蛋!”如史伯伯拍着桌子说,“只认得钱,不认得人,配做先生!”

“说来说去，又是自己穷了，儿子没有寄钱来！咳，咳！”如史伯母指着女儿的眼泪说，“明年让你到县里去读，但愿你哥哥在外面弄得好！”

一块极其沉重的石头压在如史伯伯夫妻的心上似的，他们都几乎透不过气来了。真的穷了吗？当然不穷，屋子比人家精致，田比人家多，器用什物比人家齐备，谁说穷了呢？但是，但是，这一切不能拿去当卖！四周的人都睁着眼睛看着你，如果你给他们知道，那么你真的穷了，比讨饭的还要穷了！讨饭的，人家是不敢欺侮的；但是你，一家中等人家，如果给了他们一点点，只要一点点，穷的预兆，那么什么人都要欺侮你了，比对于讨饭的，对于狗，还利害！……

过去了几天忧郁的时日，如史伯伯的不幸又来了。

他们夫妻两个只生了一个儿子，两个女儿：儿子出了门，大女儿出了嫁，现在住在家里的只有三个人。如果说此外还有，那便只有那匹年轻的黑狗了。来法，这是黑狗的名字。它生得这样的伶俐，这样的可爱；它日夜只是躺在门口，不常到外面去找情人，或去偷别人家的东西吃。遇见熟人或是面貌和善的生人，它仍躺着让他进来，但如果遇见一个坏人，无论他是生人或熟人，他远远的就嗥了起来，如果没有得到主人的许可，他就想进来，那么它就会跳过去咬那人的衣服或脚跟。的确奇怪，它不晓得是怎样辨别的，好人或坏人，而它的辨别，又竟和主人所知道的无异。夜里，如果有什么声音，它便站起来四处巡行，直至遇见了什么意外，它才嗥，否则是不做声的。如史伯伯一家人是这样的爱它，与爱一个二三岁的小孩一般。

一年以前，如史伯伯做六十岁生辰那一天，来了许多客。有一家人家差了一个曾经偷过东西的人来送礼，一到门边，来法就一声不响的跳过去，在他的脚骨上咬了一口。如史伯伯觉得它这一天太凶了，在它头上打了一下，用绳子套了它的头，把它牵到花园里拴着，一面又连忙向那个人赔罪，拿药给他敷。来法起初嗥着，挣扎着，但后来就躺下了。酒席散后，有的是残肉残鱼，伊云，如史伯伯的小女儿，拿去放在来法的面前喂它吃，它一点也不吃，只是躺着。伊云知道它生气了，连忙解了它的绳子。但它仍旧躺着，不想吃。拖它起来，推它出去，它也不出去。如史伯伯知道了，非常的感动，觉得这惩罚的确太重了，走过去抚摩着它，叫它出去吃一点东西，它这才摇着尾巴走了。

"它比人还可爱!"如史伯伯常常这样的说。

然而不知怎的，它这次遇了害了。

约莫在上午十点钟光景，有人来告诉如史伯伯，说是来法跑到屠坊去拾肉骨吃，肚子上被屠户阿灰砍了一刀，现在躺在大门口嗥着。如史伯伯和如史伯母听见都吓了一跳，急急忙忙跑出去看，果然它躺在那里嗥，浑身发着抖，流了一地的血。看见主人去了，它掉转头来望着如史伯伯的眼睛。它的目光是这样的凄惨动人，仿佛知道自己就将永久离开主人，再也看不见主人，眼泪要涌了出来似的。如史伯伯看着心酸，如史伯母流泪了。他们检查它的肚子，割破了一尺多长的地方，肠都拖出来了。

"你回去，来法，我马上给你医好，我去买药来。"如史伯伯推着它说，但来法只是望着嗥着，不能起来。

如史伯伯没法，急忙忙地跑到药店里，买了一点药回来，给它敷上，包上。隔了几分钟，他们夫妻俩出去看它一次，隔了几分钟又出去看它一次。吃中饭时，伊云从学校里回来了。她哭着抚摩着它很久很久，如同亲生的兄弟遇了害一般的伤心，看见的人也都心酸。看看它哼得好一些，她又去拿了肉和饭给它吃，但它不想吃，只是望着伊云。

下午二点钟，它哼着进来了，肚上还滴着血。如史伯母忙找了一点旧棉花旧布和草，给它做了一个柔软的躺的窝，推它去躺着，但它不肯躺。它一直踱进屋后，满房走了一遍，又出去了，怎样留它也留不住。如史伯母哭了。她说它明明是知道自己不能活了,舍不得主人和主人的家,所以又最后来走了一次,不愿意自己肮脏地死在主人的家里,又到大门口去躺着等死了,虽然已走不动。

果然,来法是这样的,第二天早晨,他们看见它吐着舌头死在大门口了,地上还流了一地的血。

“我必须为来法报仇!叫阿灰一样的死法!”伊云哭着,咒诅说。

“咳!不要做声,伊云,他是一个恶棍,没有办法的。受他欺侮的人何至数个!说来说去,又是我们穷了,不然他怎敢做这事情!……”说着,如史伯母也哭了起来。

听见“穷”字,如史伯伯脸色渐渐青白了,他的心撞得这样的利害:犹如雷雨狂至时,一个过路的客人用着全力急急地敲一家不相识者的门,恨不得立刻冲进门去的一般。

在他的账簿上,已只有十二元另几角存款。而三天后,是他们远祖的死忌,必须做两桌羹饭,供过后,给亲房的人吃,这里就须化六元钱。离开小年,十二月二十四,只有十几天,在这十几天内,店铺都要来收账,每一个收账的人都将说,“中秋没有付清,年底是必须完全付清的,现在……”现在,现在怎么办呢?伊明不是来信说,年底不限定能够张罗一点钱,在二十四以前寄到家吗?……他几乎也急得流泪了。

三天过去,便是做羹饭的日子。如史伯伯一清早便提着篮子到三里外的林家塘去买菜。簿子上写着,这一天羹饭的鱼,必须是支鱼。但寻遍鱼摊,如史伯伯看不见一条支鱼,不得已,他买了一条米鱼代替。米鱼的价钱比支鱼大,味道也比支鱼好,吃的人一定满意的,他想。

晚间,羹饭供在祖堂中的时候,亲房的人都来拜了。大房这一天没有人在家,他们知道二房轮着吃的是阿安,他的叔伯兄弟阿黑今年轮不到吃,便派阿黑来代大房。

阿黑是一个驼背的泥水匠,从前曾经有过不名誉的事,被人家在屋柱上绑了半天。他平常对如史伯伯是很恭敬的。这一天不知怎样,他有点异样:拜过后,他睁着眼睛,绕着桌子看了一遍,像在那里寻找什么似的。如史伯母很注意他。随后,他拖着阿安走到屋角里,低低的说了一些什么。

酒才一巡,阿黑便先动筷箝鱼吃。尝了一尝,便大声的说:

"这是什么鱼? 米鱼! 簿子上明明写的是支鱼! 做不起羹饭,不做还要好些! ……"

如史伯伯气得跳了起来,说:

"阿黑! 支鱼买不到,用米鱼代还不好吗? 那种贵? 那种便宜? 那种好吃? 那种不好吃?"

"支鱼贵! 支鱼好吃!"

"米鱼便宜! 米鱼不好吃!"阿安突然也站了起来说。

如史伯伯气得呆了。别的人都停了筷,愤怒地看着阿黑和阿安,显然觉得他们是无理的。但因为阿黑这个人不好惹,都只得不做声。

"人家儿子也有,却没有看见过连羹饭钱也不寄给爹娘的儿子! 米鱼代支鱼! 这样不好吃!"阿黑左手拍着桌子,右手却只是箝鱼吃。

"你说什么话! 畜生!"如史伯母从房里跳了出来,气得脸色青白了。"没有良心的东西! 你靠了谁,才有今天? 绑在屋柱上,是谁把你保释的? 你今天有没有资格说话? 今天轮得到你吃饭吗? ……"

"从前管从前,今天管今天! ……我是代表大房! ……明年轮到我当办,我用鲤鱼来代替! 鸭蛋代鸡蛋! 小碗代大碗……"阿黑似乎不曾生气,这话仿佛并不是由他口里出来,由另一个传声机里出来一般。他只是喝一口酒,箝一筷鱼,慢吞吞地吃着。如史伯母还在骂他,如史伯伯在和别人谈论他不是,他仿佛都不曾听见。

几天之后,陈四桥的人都知道如史伯伯的确穷了:别人家忙着买过年的东西,他没有买一点,而且,没有钱给收账的人,总是约他们二十三,而且,连做羹饭也没有钱,反而给阿黑骂了一顿,而且,有一天跑到裕生木行那里去借钱没有借到,而且,跑到女婿家里去借钱,没有借到,坐着船回来,船钱也不够,而且……而且……

的确,如史伯伯着急得没法,曾到他女婿家里去借过钱。女婿不在家里。和女儿说着说着,他哭了。女儿哭得更利害。伊光,他的大女儿,最懂得陈四桥人的性格:你有钱了,他们都来了,对神似的恭敬你;你穷了,他们转过背去,冷笑你,诽谤你,尽力的欺侮你没有一点人心。她小时,不晓得在陈四桥受了多少的气,看见了多少这一类的事情。现在,想不到竟转到老年的父母身上了。她越想越伤心起来。

"最好是不要住在那里,搬到别的地方去。"她哭着说,"那里的人比畜生还不如!……"

"别的地方就不是这样吗?咳!"老年的如史伯伯叹着气,说。他显然知道生在这世间的人都是一样的。

伊光答应由她具名打一个电报给弟弟,叫他赶快电汇一点钱来,同时她又叫丈夫设法。最后给了父亲三十元钱,安慰着,含着泪送她父亲到船边。

但这三十元钱有什么用呢?当天付了两家店铺就没有了。店账还欠着五十几元。过年不敬神是不行的,这里还需十几元。

在他的账簿上,只有三元另几个铜子的存款了!

收账的人天天来,他约他们二十三那一天一定付清。

十二月十六日,账簿上只有二元八角的存款……

"这样羞耻的发抖的日子,我还不曾遇到过……"如史伯伯颤动着语音,说。

如史伯母含着泪,低着头坐着,不时在沉寂中发出沉重的长声的叹息。

“啊啊,多福多寿,发财发财!”忽然有人在门外叫着说。

隔着玻璃窗一望,如史伯伯看见强讨饭的阿水来了。

他不由得颤动着站了起来。“这个人来,没有好结果,”他想着走了出去。

“啊,发财发财,恭喜恭喜!财神菩萨!多化一点!”

“好,好,你等一等,我去拿来。”如史伯伯又走了进来。

他知道阿水回来是要比别的讨饭的拿得多的,于是就满满的盛了一碗米出去。

“不行,不行,老板,这是今年最末的一次!”阿水远远的就叫了起来。

“那末你拿了,我再去盛一碗来。”如史伯伯知道,如果阿水说“不行”,是真的不行的。

“差得远,差得远!像你们这样的人家,米是不要的。”

“你要什么呢?”

“我吗?现洋!”阿水睁着两只凶恶的眼睛,说。

“不要说笑话,阿水,像我们这样的人家,那里……”

“哼!你们这样的人家!你们这样的人家!我不知道吗?到这几天,过年货也还不买,藏着钱做什么!施一点给讨饭的!”阿水带着冷笑,恶狠狠地说。

“今年实在……”如史伯伯忧郁地说,但阿水立刻把他的话打断了。

“不必多说,快去拿现洋来,不要耽搁我的工夫!”

如史伯伯没法,慢慢地进去了。从柜子里,他拿了四角钱。正要出去,如史伯母急得跳了起来,叫着说:

“你发疯了吗?一个讨饭的,给他这许多钱!”

“没有办法,没有办法!”如史伯伯低声的说着,又走了出去。

“四角吗?看也没有看见。我又不是小讨饭的,哼!”阿水忿然的说,偏着头,看着门外。"一千多亩田,二万元现金的人家,竟拿出这一点点来哄小孩子！谁要你的!"

"你去打听打听,阿水！我那里有这许多……"

"不要多说！快去拿来!"阿水不耐烦的说。

如史伯伯又进去了。他又拿了两角钱。

"六角总该够了罢,阿水？我的确没有……"

"不上一元,用不着拿出来！钱,我看得多了!"阿水仍偏着头说。

这显然是没有办法的。如史伯伯又进去了。

在柜子里只有两元另两角……

"把这角子统统给了他算了,罢,罢,罢!"如史伯伯叹着气说。

"天呀！你要我们的命吗？一个讨饭的要这许多钱!"如史伯母气得脸色青白,叫着跳了出去。

"哼！又是两角！又是两角!"阿水冷笑地说。

"好了,好了,阿水！明年多给你一点。儿子的钱的确还没有寄到,家里的钱已经用完了……"

"再要多,我同你到林家塘警察所去拚老命！看有没有这种规矩!"如史伯母暴躁的说。

"好好！去就去！哼！……"

"她是女人家,阿水,原谅她。我明年多给你一点就是了。"如史伯伯忍气吞声的说,在他的灵魂中,这是第一次充满了羞辱。

"既这样说,我就拿着走了,到底是男人家。哼！我是一个讨饭的,要知道,一个穷光蛋,什么事情都做得出来的！……"他拿了钱,喃喃的说着,走了。

走进房里,如史伯母哭了。如史伯伯也只会陪着眼泪。

"阿水这东西,就是这样的坏!"如史伯伯非常气忿的说。"真正有钱的人家,他是决不敢这样的,给他多少,他就拿多少。今天,他知道我们穷了,故意来敲诈。"

忽然,他想到柜子里只有两元,只有两元了……

他点了一炷香,跑到厨房里,对着灶神跪下了……不一会,如史伯母也跑进去在旁边跪下了……

……两个人口里喃喃的祷祝着,面上流着泪……

十二月二十二日的清晨,如史伯伯捧着账簿,失了魂似的呆呆地望着。簿子上很清楚的写着:尚存小洋八角。

"啊,这是一个好梦!"如史伯母由后房叫着说,走了出来。她的脸上露着希望的微笑。

"又讲梦话了! 日前不是做了不少的好梦吗? 但是钱呢?"如史伯伯皱着眉头说。

"自然会应验的。昨夜,"如史伯母坚决地相信着,开始叙述她的梦了,"不知在什么地方,我看见地上泼着一堆饭,'罪过,饭泼了一地,'我说着用手去拾,却不知怎的,到手就烂了,像浆糊似的,仔细一看,却是黄色的粪。'啊,这怎么办呢,满手都是粪了,'我说着,便用衣服去揩手,那知揩来揩去,只是揩不干净,反而愈揩愈多,满身都是粪了。'用水去洗罢,'我正想着要走的时候,忽然伊明和几个朋友进来了。'啊! 慢一点! 伊明,慢一点进来!'我慌慌张张叫着说,着急了,看着自己满身都是粪,满地都是粪。'不要紧的,妈妈,都是熟人,'他说着向我走来,我慌慌张张的往别处跑,跑着跑着,好像伊明和他的朋友追了来似的。'怎么办呢,怎么办呢,满身都是粪!'我叫着醒来了。你说,粪不就是黄金吗? 呵,这许多……"

"不见得应验,"如史伯伯说。但想到梦书上写着"梦粪染身,主得黄金,"确也有点相信了。

然而这不过是一阵清爽的微风,它过去后,苦恼重又充满了老年人的心。

来了几个收账的人,严重的声明,如果明天再不给他们的钱,他们只得对不住他,坐索了……

时日在如史伯伯夫妻是这样的艰苦，这样的沉重，他们俩都消瘦了，尤其是如史伯伯。他觉得自己仿佛是一匹拖重载的骡子，挨着饿，耐着苦，忍着叱咤的鞭子，颠蹶着在雨后泥途中行走。但前途又是这样的渺茫，没有一线光明，没有一点希望。时光留住着罢，不要走近年底！但它并不留住，它一天一天的向这个难关上走着。迅速地跨过这难关罢！但它却有意延宕，要走不走的徘徊着。咳，咳……

夜上来了。他们睡得很迟。他近来常常咳嗽，仿佛有什么梗在他的喉咙里一般。

时钟警告地敲了十二下。四周非常的沉寂。如史伯伯也已沉入在睡眠里。

钟敲二下，如史伯伯又醒了。他记得柜子里只有小洋八角，他预算二十四那一天就要用完了。伊明为什么这几天连信也没有呢？伊光打去的电报没有收到吗？来不及了，来不及了，现在已是二十三，最末的一天，一切店铺里的收账人都将来坐索了！这是一种什么样的耻辱！六十年来没有遇到过！不幸！不幸！……

忽然，他倾着耳朵细听了，仿佛有谁在房子里轻着脚步走动似的。

"谁呀？"

但没有谁回答，轻微的脚步出去了。

"啊！伊云的娘！伊云的娘！起来！起来！"他一面叫着，一面翻起身点灯。

如史伯母和伊云都吓了一惊，发着抖起来了。

衣橱门开着，柜子门也开着，地上放着两只箱子，外面还丢着几件衣服。

"有贼！有贼！"如史伯伯敲着板壁，叫着说。

住在隔壁的是南货店老板松生，他好像没有听见。

如史伯母抬起头来看，衣橱旁少了四只箱子，两只在地上，两只不见了。

“打！打！打贼！打贼！”如史伯伯大声的喊着，但他不敢出去。如史伯母和伊云都牵着他的衣服，发着抖。

约莫过去了十五分钟，听听没有动静，大家渐渐镇静了。如史伯伯拿着灯，四处的照，从卧房里照起，直照到厨房。他看见房门上烧了一个洞，厨房的砖墙挖了一个大洞。

如史伯母检查一遍，哭着说把她冬季的衣服都偷去了。此外还有许多衣服，她一时也记不清楚。

“如果，”她哭着说，“来法在这里，决不会让贼进来的。……仿佛他们把来法砍死了，就是为的这个……阿灰不是好人，你记得。我已经好几次听人家说他的手脚靠不住……明天，我们到林家塘警察所去报告，而且，叫他们注意阿灰。”

“没有钱，休提起警察！”如史伯伯狠狠的说，“而且，你知道，明天如果儿子没有钱寄来，不要对人家说我们来了贼，不然就会有更不好的名声加到我们的头上，一班人一定会说这是我们的计策，假装出来了贼，可以赖钱。你想，你想，……在这样的世界上，最好是不要活着！……”

如史伯伯叹了一口气，躺倒在藤椅上，昏过去了。

但过了一会，他的青白的脸色渐渐绯红起来，微笑显露在上面了。

他看见阳光已经上升，充满着希望和欢乐的景象。阿黑拿着一个极大的信封，驼背一耸一耸地颠了进来，满面露着笑容，嘴里哼着恭喜，恭喜。信封上印着红色的大字，什么司令部什么处缄。红字上盖着墨笔字，是清清楚楚的“陈伊明。”如史伯伯喜欢得跳了起来。拆开信，以下这些字眼就飞进他的眼里：

……儿已在……任秘书主任……兹先汇上大洋二千元，新正……再当亲解价值三十万元之黄金来家……

"呵！呵！……"如史伯伯喜欢得说不出话了。

门外走进来许多人，齐声大叫"老太爷！老太太！恭喜恭喜！"

阿黑，阿灰，阿水都跪在他们的前面，磕着头……

（原载《小说月报》第十八卷第七号，一九二七年七月）

# 小小的心

赖友人的帮助，我有了一间比较舒适而清洁的住室。淡薄的夕阳的光在屋顶上徘徊的时候，我和一个挑着沉重的行李的挑夫穿过了几条热闹的街道，到了一个清静的小巷。我数了几家门牌，不久便听见我的朋友的叫声。

“在这里！”他说，一手指着白色围墙中间的大门。

呈显在我眼前的是一座半旧的三层洋楼：映在夕阳中的枯黄的屋顶露着衰疲的神情；白的墙壁现在已变成了灰色，颇带几分忧郁；第三层的楼窗全关着，好几个百叶窗的格子斜支着；二层楼的走廊上晒晾着几件白色的衣服。

我带着几分莫名的怅惘，跟着我的朋友走进了大门。这里有很清鲜的空气，小小的院子中栽着几株花木。楼下的房子比较新了一点，似乎曾经加过粉饰的功夫。厅堂中满挂着字画，一个穿西装的中年男子在那里和我的朋友招呼。经过他身边，我们就走上了一条楼梯。楼上有几个妇人和孩子在楼梯口观望着我们。楼上的厅堂中供着神主牌位，正中的墙壁上挂着一幅面貌和善的老人的坐像，从香炉中盘绕出几缕残烟，带着沉幽的气息。供桌外面摆着两张方桌，最外面的一张桌上放着几双碗筷，预备晚餐了。我的新的住室就在厅堂东边的第一间。两个门一个通厅堂，一个朝南通走廊的是两扇玻璃门。从朝东的窗子望出去，可以看见邻家园子里的极大的榕树。床铺和桌椅已由我的朋友代我布置好，我打发挑夫走了。便开始整理我的行李。

妇人和孩子们走到我的房里来了，眼中露着好奇的光。

“请坐，请坐，”我招待她们说。

她们嘻嘻笑着，点了点头，似乎会了意。

“这是二房东孙先生的夫人，”我的朋友指着一位面色黝黑的三十余岁的妇人，对我介绍说。

“这位老太太是住在厅堂那边的李先生的母亲，”他又指着一个和善的白头发的老妇人，说。

“这两位女人是她们的亲戚……”

“啊，啊，请她们坐吧，”我说。

她们仍嘻嘻的笑着，好奇的眼光不息的在我的身上和我的行李上流动。

最后我的朋友操着流利的本地话和她们说了。显然的，他是在介绍我，说我姓王，在某一个学校当教员，现在放了假，到某一家报馆来做编辑了。

“上海郎？”①那位老太太这样的问。

“上海郎，”我的朋友回答说。

我不觉笑了。这样的话，我已经听见过不少的次数。只要是说着普通话，或者是说着类似的普通话的人，在这里是常被本地人看做上海人的。“上海”，这两个字在许多本地人的脑中好像是福建以外的一个版图很大的国名，它包含着：辽宁，吉林，黑龙江，河北，河南，山东，江苏，浙江，山西，陕西，甘肃，四川，湖北，湖南，江西……一句话，这就等于“中国”的别名了。我的朋友并非不知道我不是上海人，只因这地方的习惯，他就顺口的承认了。

“上海郎！红②阿！”忽然一个孩子在我身边低声的试叫起来。

黄昏已在房内撒下了朦胧的网，我不十分能够辨别出这孩子的相貌。他约莫有四五岁年纪，很觉瘦小，一身肮脏的灰色衣服，

---

① 厦门音，“人”读如“郎”。

② 厦门音，“王”读如“红”。

左眼角下有一个长的深的疤痕，好像被谁挖了一条沟。

“顽皮的孩子！”我想，心里颇有几分不高兴。虽然是孩子，但我懂得他第一次这样叫我是带着轻视的意味的。

“阿品！”果然那位老太太有点生气了，她很严厉的对这孩子说了一些本地话，“——红先生！”

“红先生……”孩子很小心的学着叫了一句，声音比前更低了。

“红先生！”另外在那里呆望着的三个小孩也跟着叫了起来。

我立刻走过去，牵住了他的小手，蹲在他的面前。我看见他的眼睛有点润湿了。我抚摩着他的脸，转过头来向着老太太说，“好孩子哪！”

“好孩寄？——Peh！”①她笑着说。

“里姓西米？”②我操着不纯粹的本地话问这孩子说。

“姓～～谭！”他沉着眼睛，好像想了一想，说：

“他姓陈，”我的朋友立刻插入说，“在这里，陈字是念做谭字的。”

我点了一点头。

“他是这位老太太的外孙——喔，时候不早了，我们出去吃饭吧！”我的朋友对我说。

我站起来，又望了一望孩子，跟着我的朋友走了。

阿品，这瘦小的孩子，他有一对使人感动的眼睛。他的微黄的眼珠，好像蒙着一层薄的雾，透过这薄雾，闪闪地发着光。两个圆的孔仿佛生得太大了，显得眼皮不易合拢的模样，不常看见它的眨动，它好像永久是睁开着的，眼珠往上泛着，下面露出了一大块鲜洁的眼白，像在沉思什么，像被什么所感动。在他的眼睛里，我看

---

① Peh＝坏。

② 厦门音，“你”读如“里”，“西米”即“什么”。

见了忧郁，悲哀。

“住在外婆家里，应该是极得老人家的抚爱的——他的父母可在这里？”在路上，我这样的问我朋友。

“没有。他的父亲是一个工程师，全家住在泉州。”

“那末，为什么愿意孩子离开他们呢？”我好像一个侦探似的，极想知道他的一切。“大概是因为外婆太寂寞了吧？”

“不，外婆这里有两个孙子，不会寂寞的。听说是因为那边孩子太多了，才把他送到这里来的哩。”

“喔——”

我沉默了。孩子的两个忧郁的眼睛，立刻又显露在我的眼前，像在沉思，像在凝视着我。在他的眼光里，我听见了微弱的忧郁的失了母爱的诉苦，看见了一颗小小的悲哀的心……

第二天早晨，阿品独自到了我的房里。“红先生！”他显出高兴的样子叫着，同时睁着他的沉思的眼睛凝望着我。我叫着他的名字，走过去牵住了他的小手。这房子，在他好像是一个神异的所在，他凝视着桌子，床铺，又抬起头来凝望着壁上的画片。他的眼光的流动是这样的迟缓，每见着一样东西，就好像触动了他的幻想，呆住了许久。

“红先生！”他忽然指着壁上的一张相片，笑着叫了起来。

我也笑了。他并不是叫那站在他身边的王先生，他是在和那站在亭子边，挟着一包东西的王先生招呼。我把这相片取下来，放在椅子上。他凝视了许久，随后伸出一只小指头，指着那一包东西，说了起来。我不懂得他说些什么，只猜想他是在问我，拿着什么东西。“几本书，”我说。他抬起头来望着我，口中咕噜着。“书！”我更简短的说，希望他能够听出来。但他依然凝视着我，显然他不懂得。我便从桌上拿起一本书，指着说，“这个，这个。”他明白了，指着那包东西，叫着“兹！兹！”“读兹？”我问他说。“读兹！里读兹！”他笑着回答。“这个叫西米？”我指着茶壶。“队阁。”“这叫西米?”我指着茶杯。“队杯。”“队阁,队杯?队阁。队杯!”我重复地念着,想立刻记住了本地音。“队阁,队杯!队阁,队杯!”他笑着,缓慢地张着小嘴,泛着沉思的眼睛,故意反学我了。薄的红嫩的两唇,配着黄黑的残缺的牙齿,张开来时很像一个破烂了的小石榴。

从这一天起,我有了一个最好的教师了。他不懂得我的话,我也不懂得他的话,但大家都叽里咕噜的说着,经过了一番推测,做姿势以后,我们都能够了解出几分。就在这种情形中,我从他那里学会了几句本地话。清晨,我还没有起床的时候,他已在轻轻地敲我的门。得到了我的允许,他进来了。爬上凳子,他常常抽开屉子找东西玩耍。一张纸,一支铅笔,在他都是好玩的东西。他乱涂了一番,把纸搓成团,随后又展开来又搓成了团。我曾经买了一些玩具给他,但他所最爱的却是晚上的蜡烛。一到我的房里点起蜡烛,他就跑进来凝视着蜡烛的溶化,随后挖着凝固在烛旁的余滴,用一只洋铁盒子装了起来。我把它在火上烧溶了,等到将要凝固时,取出来捻成了鱼或鸭。他喜欢这蜡做的东西,但过了几分钟,他便故意把它们打碎,要我重做。于是我把蜡烛捻成了麻雀,猴子,随后又把破烂的麻雀捻成了碗,猴子捻成了筷子和汤匙,最后这些东西又变成了人,兔子,牛,羊……他笑着叫着,外婆家里一个十二三岁的丫头几次叫他去吃晚饭,只是不理她。“吃了饭再来玩吧,”我推着他去,也不肯走。最后外婆亲自来了,她严厉地说了几句,好像在说:如果不回去,今晚就关上门,不准他回去睡觉,他才走了,走时还把蜡烛带了去。吃完饭,他又来继续玩耍,有几次疲倦了就躺在我身上,问他睡在这里吧,他并不固执的要回去,但随后外婆来时,也便去了。

阿品有一种很好的习惯,就是拿动了什么东西必定把它归还原处。有一天,他在我的抽屉里发现了一只空的美丽的信封盒子。他显然很喜欢这东西,从家里搬来了一些旧的玩具,装进在盒子里，摇着，反覆着，来回走了几次，到晚上又把玩具取出来搬回了家，把空的盒子放在我的抽屉里。盒子上面本来堆积着几本书，他照样地放好了。日子久了，我们愈加要好起来，像一家人一样，但他拿动了我房子里的东西，还是要把它放在原处。此外，他要进来时，必定先在门外敲门或喊我，进了门或出了门就竖着脚尖，握着门键的手把，把门关上。

阿品的舅舅是一个画家，他有许多很好看的画片，但阿品绝不去拿动他什么，也不跟他玩耍。他的舅舅是一个严肃寡言的人，不大理睬他，阿品也只远远地凝望着他。他有三个孩子，都穿得很漂亮，阿品也不常和他们在一起玩耍。他只跟着他的公正慈和的外婆。自从我搬到那里，他才有了一个老大的伴侣。虽然我们彼此的语言都听不懂，但我们总是叽哩咕噜的说着，也互相了解着，好像我完全懂得本地话，他也完全懂得普通话一样。有时，他高兴起来，也跟我学普通话，代替了游戏。

“茶壶！”我指着桌上的茶壶说。

“茶涡！”他学着说。

“茶杯！”

“茶杯！”

“茶瓶！”

“茶饼！”

“这个叫西米？”我指着茶壶，问他。

“茶饼！”他睁着眼睛，想了一会，说。

“不，茶壶！”

“茶涡！”

“这个？”我指着茶杯。

“茶杯！”

“这个？”我指着茶壶。

“茶涡！”他笑着回答。

待他完全学会了，我倒了两杯茶，说：“请，请！喝茶，喝茶！”

于是他大笑起来，学着说，“请，请，喝茶，喝茶！里夹，里夹①！”

“你喝，你喝！”我改正了他的话。

他立刻知道自己说错了，又哈哈大笑起来。随后却又故意说：“你喝，你喝！里夹，里夹！”

“夹里，夹里！”我紧紧地抱住了他，吻着他的面颊。是的，我的确愿意把他吃掉。

他把头贴着我的头，静默地睁着眼睛，像有所感动似的。我也静默了，一样地有所感动。他，这可爱的阿品，这样幼小的时候，就离开了他的父母，失掉了慈爱的亲热的抚慰，寂寞地伶仃地寄居在外婆家里，该是有着莫名的怅惘吧？外婆虽然是够慈和了，但她还有三个孙子，一个儿子，又没有媳妇，须独自管理家务，显然是没有多大的闲空，可以尽量的抚养外孙，把整个的心安摆在阿品身上的。阿品是不是懂得这个，有所感动呢？我不知道。但至少我是这样的感动了。一样的，我也离开了我的老年的父母，伶仃地寂寞地在这异乡。虽说是也有着不少的朋友，但世间有什么样的爱情能和生身的父母的爱相比呢？……他愿意占有我吗？是的，我愿意占有他，永不离开他；……让他做我的孩子，让我们永久在一起，让胶一般的把我们粘在一起……

“但是，你是谁的孩子呢？你姓什么呢？”我含着眼泪，这样的问他。

他用惊异的眼光望着我。

“里姓西米？”

“姓谭！”

“不，”我摇着头，“里姓王！”

① 你吃，你吃。

“里姓红，瓦姓谭！”

“我姓王，里也姓王！”

“瓦也姓红，里也姓红！”他笑了。在他，这是很有趣味的。

于是我再重复的问了他几句，他都答应姓王了。

外婆从外面走了进来，听见我们的问答，对他说：“姓谭！”但是他摇了一摇头，说：“红！”外婆笑着走了。外婆的这种态度，在他好像是一种准许，从此无论谁问他，他都说姓王了。有些人对他取笑说，你就叫王先生做爸爸吧，他就笑着叫我一声爸爸。

这原是徒然的事，不会使我们满足，不会把我们中间的缺陷消除，不会改变我们的命运，但阿品喜欢我，爱我，却是足够使我暂时自慰了。

一次，我们附近做起马戏来了。我们可以在楼上望见那搭在空地上的极大的帐棚，帐棚上满缀着红绿的电灯，晚上照耀得异常光明。军乐声日夜奏个不休。满街贴着极大的广告，列着一些惊人的节目：狮子，熊，西班牙女人，法国儿童，非洲男子……登场奏技。说是五国人合办的，叫做世界马戏团。承朋友相邀，我去看了一次。觉得儿童的走索，打秋千，女人的跳舞，矮子的翻跟斗，阿品一定喜欢看，特选了和这节目相同，而没有狮子，熊的奏技的一天，得到了他的外婆同意，带他到马戏场去。场内三等的座位已经满了，只有头二等票子。二等每人二元，儿童半价，我只带了两元钱。我要回家取钱，阿品却不肯，拉着我的手定要走进去，他听不懂我的话，以为我不看了，急得眼泪都快流出来。直至我在那里遇见了一位朋友，阿品才高兴地跳跃着跑了进去。

几分钟后，幕开了。一个美国人出来说了几句恭敬的英语，接着就是矮子的滑稽的跟斗。阿品很高兴地叫着，摇着手，像表示他也会翻跟斗似的。随后一个十二三岁的女孩出来了。她攀着一根索子一直猱到了帐棚顶下。在那里，她纵身一跳，攀住了一个秋千，即刻踏住木板，摇荡几下翻了几个转身，又突然一翻身，落下来，两脚钩住了木板。这个秋千架搭得非常高，底下又无遮拦，倘使技术不娴熟，落到地上，粉骨碎身是无疑的。在悠扬的军乐中，四面的观众都齐声拍起掌来，惊羡这小小的女孩的绝技。我转过脸去看阿品，他只是睁着眼睛，惊讶地望着，不做一声。他的额上流着许多汗。这时正是暑天的午后，阳光照在篷布上，场内坐满了人，外婆又给阿品罩上了一件干净的蓝衣，他一定太热了，我便给他脱了外面的罩衣，又给他抹去了头上的汗。但是他一手牵着我的手，一手指着地，站了起来。我不懂得他的意思，猜他想买东西吃，便从衣袋里摸出一包糖来，递给了他，扯他再坐下。他接了糖没有吃，望了一望秋千架上的女孩，重又站起来要走了。这样的扯住他几次，我看见他的眼中包满了眼泪。我想，他该是要小便了，所以这样的急，便领他出了马戏场。牵着他的手，我把他带到了一个僻静的角落里，但他只是东西张望，却不肯小便。我知道他平常是什么事情都不肯随便的，又把他带到一处更僻静，看不见一个人所在。他仍不肯小便。许是要大便了，我想，从袋里拿出一张纸来，扯扯他的裤子，叫他蹲下。他依然不肯。他只叽哩咕噜的说着，扯着我的手要走。难道是要吃什么吗？我想，带他在许多摊子旁走了过去，指着各种食品问他，但他摇着头，一样也不要，扯他再进马戏场又不肯。这样，他着急，我也着急了。十几分钟之后，我只好把他送回了家，我想，大概是什么地方不舒服吧，倒给他担起心来。一见着外婆，他就跑了过去，流着眼泪，指手划脚的说了许多话。

“有什么事吗？”我问他的舅舅说，“为什么就要离开马戏场呢？”

“真是蠢东西，说是翻秋千的女孩子这样高的地方掉下来了怎么办呢，所以不要看了哩！”他的舅舅埋怨着阿品，这样的告诉我。

咳，我才是蠢东西呢！我一点也没有想到这上面来，我完全忘记了阿品是一个孩子,是一个有着洁白的纸一样的心的孩子,是一个富于同情的孩子！我完全忘记了这个,我把他当做了大人,当做了一个有着蛮心的大人看待,当做了和我们一样残忍的人看待了……

从这一天起,我不敢再带阿品到外面去玩耍了。我只是很小心地和他在屋子里玩耍。没有必要的事,我便不大出门。附近有海,对面有岛,在沙滩上够我闲步散闷,但我宁愿守在房里等待着阿品,和阿品作伴。阿品也并不怎样的喜欢到外面去,他的兴趣完全和大人的不同。房内的日常的用具,如桌子,椅子,床铺,火柴,手巾,脸盆,报纸,书籍,甚至一粒沙,一根草,在他都可以发生兴味出来。

一天,他到地上拾东西,忽然发见了我的床铺底下放着一双已经破烂了的旧皮鞋。他爬进去拿了出来,不管它罩满了多少的灰尘,便两脚踏了进去。他的脚是这样的小,旧皮鞋好像成了一只大的船。他摇摆着,拐着,走了起来,发着铁妥铁妥的沉重的声音。走到桌边,把我的帽子放在头上,一直罩住了眼皮,向我走来,口里叫着:"红先生来了！红先生来了！"

"王先生！"我对他叫着说,"请坐,请坐！喝茶,喝茶！"

"喔,多谢,多谢！"他便大笑起来,倒在我的身边。

他喜欢音乐,我买了一支小小的口琴给他,时常来往吹着。他说他会跳舞,喊着一二三,突然坐倒地上,翻过身,打起滚来,又爬着,站起来,冲撞了几步——跳舞就完了。

两个月后,阿品的父亲带着全家的人来了。两个约莫八九岁的女孩,一个才会跑路的男孩,阿品母亲的肚子里还怀着一个六七个月的孩子。他的父亲是一个颇有才干的人,普通话说得很流利,善于应酬。阿品的母亲正和她的兄弟一样,有着一副严肃的面孔,不大露出笑容来,也不大和别人讲话。女孩的面貌像她们的父亲,有两颗大的眼睛;男孩像母亲,显得很沉默,日夜要一个丫头背着。

从外形看来，几乎使人家疑心到阿品和他的姊弟是异母生的，因为他们都比阿品长得丰满，穿得美丽。

“阿品现在姓王了，”我笑着对他的父亲说。

“你姓西米，阿品？”

“姓红！”阿品回答说。

他的父亲哈哈笑了，他说，就送给王先生吧。阿品的母亲不做声，只是低着头。

全家的人都来了，我倒很高兴，我想，阿品一定会快乐起来。但阿品却对他们很冷淡，尤其是对他的母亲，生疏得几乎和他的舅舅一样，他只比较的喜欢他的父亲，但暗中带着几分畏惧。阿品对我并不因他们的来到稍微冷淡，我仍是他的唯一的伴侣，他宁愿静坐在我的房里。这情形使我非常的苦恼，我愿意阿品至少有一个亲爱的父亲或母亲，我愿意因他们的来到，阿品对我比较的冷淡。为着什么，他的父母竟是这样的冷淡，这样的歧视阿品，而阿品为什么也是这样的疏远他们呢？呵，正需要阳光一般热烈的爱的小小的心……

从我的故乡，来了一位同学。他从小和我在一起，后来也时常和我一同在外面。为了生活的压迫，他现在也来厦门了。我很快乐，日夜和他用宁波话谈说着，关于故乡的情形。我对于故乡，历来有深的厌恶，但同时却也十分关心，详细地询问着一切。阿品露着很惊讶的眼光倾听着，他好像在竭力地想听出我们说的什么，总是呆睁着眼睛像沉思着什么似的。

但三四天后，他的眼睛忽然活泼了。他对于我们所说的宁波话，好像有所领会，眼珠不时转动着，不复像先前那般的呆着，凝视着，同时，他像在寻找着什么，要唤回他的某一种幻影。我们很觉奇怪，我们的宁波话会引起他特别的兴趣和注意。

“报纸阿旁滑姆末送来，”我的朋友要看报纸，我回答他说：报纸大约还没有送来，送报纸的人近来特别忙碌，因为政局有点变动，订阅报纸的人突然增加了许多……

阿品这时正在翻抽屉，他忽然转过头来望着我，嘴唇嗡动了几下，像要说话而一时说不出来的样子。随后他摇着头，用手指着楼板。我们不懂得他的意思，问他要什么，他又把嘴唇嗡动了几下，仍没有发出声音来。他呆了一会，不久就跑下楼去了。回来时他手中拿着一份报纸。

“好聪明的孩子，听了几天宁波话就懂得了吗？”我惊异地说。

“怕是无意的吧。”我的朋友这样说。

一样的，我也不相信，但好奇心驱使着我，我要试验阿品的听觉了。

“阿品，口琴起驼来取取好勿？”①

他呆住了，仿佛没有听懂。

“口琴起驼来！”

“口琴起驼来！”我的朋友也重复地说。

他先睁着沉思的眼睛，随后眼珠又活泼起来，嗡动了几下嘴唇，出去了。

拿进来的正是一个口琴！

“滑有一只 angwa！”我恐怕本地话的报纸，口琴和宁波话有点大同小异，特别想出了宁波小孩叫牛的别名。

但这一次，他的眼睛立刻发光了，他高兴得叫着：angwa！ angwa！立刻出去，把一匹泥涂的小牛拿来了。

我和我的朋友都呆住了。为着什么缘故，他懂得宁波话呢？怎样懂得的呢？难道他曾经跟着他的父亲，到过宁波吗？不然，怎能学得这样快？怎能领会出呢？决不是猜想出来，猜想是不可能的。他曾经懂得宁波话，是一定的。他的嘴唇的嗡动，要说而说不出来的表情，很可以证明他曾经知道说宁波话，现在是因为在别一

---

① 口琴去拿来吹吹好不？

个环境中,隔了若干时日,生疏了,忘却了。

充满着好奇的兴趣,我和我的朋友走到了阿品父亲那里。我们很想知道他们和宁波人有过什么样的关系。

“你先生,曾经到过宁波吗?”我很和气的问他,觉得我将得到一个与我故乡相熟的朋友了。

“莫!莫!我没有到过!”他很惊讶的望着我,用夹杂着本地话的普通话回答说。

“阿品不是懂得宁波话吗?”

他突然呆住了,惊愕地沉默了一会,便严重的否认说:“不,他不会懂得!”

我们便把刚才的事情告诉了他,并且说,我们确信他懂得宁波话。

“两位先生是宁波人吗?”他惊愕地问。

“是的,”我们点了点头。

“那末一定是两位先生误会了,他不会懂得,他是在厦门生长的!”他仍严重的说。

我们不能再固执的追问了。不知道其中还有什么关系,阿品的父亲颇像失了常态。

第二天早晨,我在房里等待着阿品,但八点九点过去了,没有来敲门,也听不见外面厅堂里有他的声音。

“跟他母亲到姨妈家里去了,”我四处寻找不着阿品,便去询问他的父亲,他就是这样的淡淡地回答了一句。

天渐渐昏暗了,阿品没有回来。一天没有看见他,我像失去了什么似的,只是不安的等待着。我真寂寞,我的朋友又离开厦门了。

长的日子!两天三天过去了,阿品依然没有回来!自然,和他母亲在一起,阿品是不会有什么意外的,但我却不自主的忧虑着:生病了吗?在路上跌伤了吗?……

在焦急和苦闷的包围中，我一连等待了一个星期。第八天下午，阿品终于回来了。他消瘦了许多，眼睛的周围起了青的色圈，好像哭过一般。

"阿品！"我叫着跑了过去。

他没有回答，畏缩地倒退了一步，呆睁着沉思的眼睛。我抱住他，吻着他的面颊，心里充满了喜悦。我所失去的现在又回来了。他很感动，眼睛里满是喜悦与悲伤的眼泪。但几分钟后，他若有所惊惧似的，突然溜出了我的手臂，跑到他母亲那里去了。

这一天下午，他只到过我房里一次。没有走近我，只远远的站着，睁着沉思的眼睛凝望着我，我走过去牵他时，他立刻走出去了。

几天不见，就忘记了吗？我苦恼起来。显然的，他对我生疏了，他像有意的在躲避我。我们中间有了什么隔膜吗？

但一两天后，阿品到我房子里的次数又渐渐加多了。虽然比不上从前那般的亲热，虽然他现在来了不久就去，可是我相信他对我的感情并未冷淡下来。他现在不很做声了，他只是凝望着我，或者默然靠在我的身边。

有一种原因，不久就被我看出了。每当阿品走进我的房里，我的门外就现出了一个人影。几分钟后，就有人来叫他出去。外婆，舅舅，父亲，母亲，两个丫头，一共六个人，好像在轮流的监视他，不许他和我接近。从前，阿品有点顽强，他常常不听他外婆和丫头的话，现在却不同了，无论那一个丫头只要一叫他的名字他就立刻走了。他现在已不复姓王，他坚决地说他姓谭。

为着什么，他一家人要把我们隔离，我猜想不出来。我曾经对他家里的人有过什么恶感吗？没有。曾经有什么事情有害于阿品吗？没有……这原因，只有阿品知道。但他的话，我不懂；即使懂得，阿品怕也不会说出来，他显然有所恐怖。

几天以后，人家对于阿品的监视愈严了。每当阿品踱到我的门前，就有人来把他扯去。他只哼着，不敢抵抗。但一遇到机会，他又来了，轻轻的竖着脚尖，一进门，就把门关上。一听见门外有人叫阿品，他就从另一个门走出去，做出并未到过我房里的模样。有一次，他竟这样的绕了三个圈子：丫头从朝南的门走进来时，他已从朝西的门走了出去；丫头从朝西的门出去时，他又从朝南的门走了进来。过了不久，我听见他在母亲房里号叫着，夹杂着好几种严厉的詈声，似有人在虐待他的皮肤。这对待显然是很可怕的，但阿品无论怎样还是要来。进了我的房子，他不敢和我接近，只是躲在角隅里，默然望着我，好像心里就满足，就安慰了。偶然和我说起话来，也只是低低的，不敢大声。

可怜的孩子，我不能够知道他的被压迫的心有着什么样的痛楚！两颗凝滞的眼珠，像在望着，像没有望着，该是他的忧郁，痛苦与悲哀的表示吧……

到底为着什么呢？我反复地问着自己。阿品爱我，我爱阿品，为什么做父母的不愿意，定要使我们离开呢？……

无意中，我忽然想到了一件这里最流行的事情：用一二百元钱，人家就可买到一个小女孩做丫头，或一个男孩做儿子……从小当奴隶使用着……或许阿品就是被骗子从宁波拐出来，卖给了这个工程师吧？不然，他为什么听见阿品懂得宁波话，就吃惊呢？又为什么第二天就把他带走，随后又不许他和我接近呢？……我这样的乱想着。

我不幸，阿品不幸！命运注定着，我必须立刻离开厦门，与阿品分别了。我们的报纸停了版，为着生活，我须往泉州的一家学校去教书。我不愿意阿品知道这消息。头一天下午，我紧紧地抱着他，流着眼泪，热烈地吻他的面颊，吻他的额角。他惊骇地凝视着我，也感动地眼眶里包满了眼泪。但他不知道我的痛苦的原因。随后我锁上了房门，不许任何人进来，开始收拾我的行李。第二天。东方微明，我就凄凉地离开了那所忧郁的屋子。

呵，枯黄的屋顶，灰色的墙壁……

我到了泉州。这里正是阿品的父亲先前工作的城市。从各方面打听出来的消息,我以前的猜想证明了。可怜的阿品!……他是在十个月以前被人家骗走的……

几个月后,直至我再回厦门,阿品已跟着他的父亲往南洋去。

我不能再见到阿品了……

一九三一年,三月,于泉州

(原载《小说月报》第二十二卷第四号,一九三一年四月)

# 王以仁

## 流　浪

径三：

再想不到我的运命竟会蹇滞到这步田地！我满心期望着我这回到杭州以后到你那边来寄住，至少我的生计问题你能够为我负了一部分的责任：那末我也可以不再和在上海时一样的接连着挨了两三天的饥饿了。啊！径三！那知道我这被运命铸定了一生要永远过着穷困生活的人，竟然会在我到杭州的前四天你已经离开了杭州！啊啊！我真不知前生和饥饿之神结了什么不解的缘分，竟然会一刻不肯和我相离；竟然成了我的妻室一样的永远追随着我！你只须看我这封信中的字迹是这般瘦削而潦草，便可以想到写信的人是变成如何模样的了！

不知我的人格和境况的人，老是说我爱拿纸笔来发些无谓的牢骚。其实这样随随便便的写了一封信和一篇文章，那里会说得尽我心头含蕴着无尽藏的悲苦呢！径三！我心中含蕴着的悲苦若让我尽量的发泄出来，恐怕整整的写了一个多月也还写不完全，而且我的笔力也有些描写不出。而且，而且我还有许多闲暇的工夫来舒泄这些无谓的牢骚吗？径三！我一生的精力完全用在谋衣谋食的生活问题上面；那里——啊！那里还想到什么牢骚不牢骚呢！

那天我从四等车的车室里面走出来时，车站里面的钟指示我已经有四点多钟了，验票的人像监狱中的牢头一样恶狠狠的监视着出去的人，我看见那副凶恶的情形，心内不期然而然起了一阵无名的跳荡,脸颊也觉得在微微的发烧。虽然我明知道我的车票是放在袋里不会丢落了的,可是我的心总不免要起了无形的慌张:右手不知不觉的插入袋中一摸,幸而事实不致像我以前预料着的那么危险,于是我才把悬挂着和吊桶一样的心儿放了下来。我左手提着一个仅有的布包,右手在袋中摸着那张剪了几个缺的车票,双目无神的注视着如潮的人海一个个向口外走去,自己懒得和那些怀抱无限勇气的人去争先,独自在站内徘徊了一回。站内的警察不知是看重了我斯文的模样还是看轻我褴褛的情形,我过敏的神经老是觉得他们在特别注意的监视着我。胆弱的心灵觉得和犯了重罪一样的在忐忑着,却又不能不故意装出严重自然的样子,使那些监视着我的警察深信我不是一个作坏事的歹人。差不多在站内逗留五六分的工夫,那些挑着行李的旅客才倾盆倒底似的走完了。漫无目的的在站内徘徊着的我,经了站警的提醒,才想到了现在我应该出去了。右手尽管在袋里玩弄着车票,两脚如受了别人的牵引一般的走到了站口,若不是那收票的人向我讨票时,差不多把袋中的车票一直带出来了。啊!我的脑筋不知受了什么东西的刺激,竟会沉迷到这般矇眬的地步!

走出了车站,第一样使我难以应付的事情便是迎面而来的车夫。他们全不想像我穿着这样褴褛的衣服的人,究竟有没有坐起车子的福分?啊!径三!像我这样的人最好是自己替别人去拉车,或者还有点相像!我那里有这许多余裕的钱,供给我的两脚享福呢!不知趣的车夫看见我那默不作声的情形,以为我是一个新出门的人,愈觉轻蔑的追随着我纠缠。素来不善说话而且又值落拓时候的我,真被他们闹得脑筋昏乱起来了。最后我用一副狰狞的脸孔拒绝了纠缠着我的车夫,也不去管他背后在喃喃的说些什么便茫然的走去寻你了。

一阵阵迎面而来的朔风把马路上的泥沙吹起,我缓缓的在路上走着和在黑雾中迷行着的一样。初冬的晚景在四点半钟的时候就有些黑暗的样子。在灰尘中进行着的阳光投射在路旁的墙上，使我想到了我灰色的命运，我心中觉着我虽在年青的时候已经领受到暮年垂死的悲哀，眼眶中不知不觉的有些润湿起来，便独自顾影自怜的叹了一口气。啊！径三！你知道我这霎时间心理的变化是如何的难受呀！我勉力想在脑里构造起许多空中的楼阁，来安慰我飘泊不宁的灵魂。可是我无论怎样的抑制，怎样的自譬自慰，我的计划总归失败。径三！空中楼阁一般的快乐，那里会敌得过实地所受着的切肤的痛苦呢！

茫然的在这样想着走着，沉默的心灵如入了睡眠的状态，四围一切的景物都没有一丝留在我的脑底。等到我走到一座桥畔时，当当的铃声和车夫的吆喝声才把我从沉醉般的迷恍中唤醒。我抬起头来一看，意识渐渐的明白转来。啊！我真不知那时受了什么恶魔的搬弄，我应该向西方去找寻你的住所的，竟然误走了北方。这种惝恍的举动连我自己也要痴痴的发笑。

天外飞来的奇祸真使我难堪极了；当我走到你的住所来访你的时候，那门者说你已经在四天前因为接到了家中的电报回到台州去了！啊！径三！我在一礼拜以前收到你叫我来杭的信我才决定到这边来的。你既然接到了家中的来电要回去，为什么不早几天写信来通知我，我也可以不至于这样骤然的到了杭州。我虽不能说你是在骗我，但是使我到现在还没有确定的栖止的地方，我又怎能不埋怨你那封信误了我呢！径三！我在火车中受了一天的劳顿，一天的饥饿，已经是非常的使我难堪了；满心期望着到你那边吃一顿饭来饱饱我这多时没有饱过了的肚皮，啊！那里知道我这最小限度的希望也会像胰子泡一般的破灭了呢！

飘然的从你的住所走了出来，独自一人走上了湖滨公园里的草地坐着。太阳血盆似的陷入了西南角的山凹上，湖水也放出垂死时候的回光一样的惨红的颜色。湖中的小艇受了水波的冲动发出沉吟的声音。树上的归鸦噪着好像是嘲笑我没有归宿的命运，又像是在哀吊我漂泊无依的苦楚。腹内像舞台上鼓声一般的喧闹起来,我的眼前只觉得一阵阵的发黑。我想到了吃饭的问题,又想到了住宿的问题,好像两条极粗的柴绳一样的绞住了我的脑筋。在杭州本来还有几个同乡和几个亲戚住在这边的;但是我还有一丝的勇气去找寻他们,向他们哀哀的乞求吗?虽然他们之中有几个是我在中学时候的同学,虽然那时候他们因有求于我曾和我称过知己的朋友,但是——啊!径三!现在他们是专门学校里面的学生了!现在他们是用金钱建筑起和我高低不同的地位了!他们的未来正似光芒万丈的朝阳,正似声势汹涌的狂涛,总而言之,他们都是担负着社会上的重责的未来伟人。我呢——啊!径三!我虽曾经作过几年的中学教员,虽在杂志里面发表过几篇不成材的文章,啊!现在却只落得东奔西走的在外面漂流着,我还有什么话可说呢?中学教员的头衔,能够像精美的华筵,华丽的衣服一样的可以供我吃著吗?不成材的文章能够像庄严的高楼广厦一样的供我住宿吗?而且我还在四等车里面经过了一天,我的脸色究竟污秽到什么地步还不知道;而且我身上穿着的一件灰色的单袍,已经整整的有一个多月没有洗过了;还有头上三个月来没有剪过的蓬松的乱发,衬托着我这副橙黄色的脸孔,直和舞台上的吊杀鬼一样的难看。啊!径三!像这样情形的我,那里还可以去见我那些同乡的未来伟人呢?用不着他们亲自来拒绝,就是为他们守门的狗看见了我这褴褛的人,也要像戒严时代的军署的门警一样严守着不许我进去了。

你既然已经回家,你的住所当然是不能允许我寄宿了;我那些同乡和亲戚又不敢去找寻他们;难道我就挨饿忍冻的在这草地上露宿吗?啊!径三!在上海的衖堂门口过夜的情形又重复侵入我的记忆中了。想起我那时被旅馆的主人驱逐了出来,独自跑到荒郊上去实行自杀又没有做成;抽紧肚皮没有饭吃不用说是当然的事情,我也不曾为这问题发虑过一次。但是一到了黑暗的夜幕紧紧的从人家的炊烟上罩了下来,我的忧虑也和路旁的电灯一样的在我的胸中燃烧起来了。在白昼的时候虽然没有一定的栖止,我还可以学那些风雅之士一般的到荒郊去徘徊,我也可以学那些无事的忙人一般的在马路上奔跑着。只是在悲风呜咽的黑夜,凄凉的荒郊不能再容我驻足,在马路上奔跑了几个整夜,我不是一个生铁铸成的人,当然也没有这般毅力。于是我只能在较为寂静的衖堂门口的地上,作为我最好的住所了。啊!径三!你可曾知道我在这样不堪的地方逗留着还要被守门的人和警察的驱逐吗?啊!径三!我至死也还忘记不了的就是在一个风雨连宵的晚上,我也同样的寄住在一个衖堂的门口。霏微的雨丝轻轻的洒在地上,路旁的电灯照着正如棺木旁边照着的油灯。我冷清清的靠在铁门的外面,心疑我自己已经被鬼魂钩捉到冥界中去了。尽力把身体缩成一团去抵御那不可抵抗的凉意。微雨随着斜风有时一丝丝的泼到了我的身上,我的心觉得非常寒冷似的战栗起来;我恨不能把坚固的铁门打破。啊!径三!可怜我那时就这样的度过了一夜!可怜我那时就这样穿着被微雨喷湿了的衣服在风雨之中度过了一夜!啊!那知道这样不堪的情形又要光降到我的头上来了!西子湖滨的露宿纵然比上海的衖堂门口好得多多;啊!径三!怎奈何阵阵的朔风尽管恶狠狠的向我而扑击呀!啊!怎奈何严冷的夜气刺刀也似的袭击着我的身体呀!啊啊!

不知是谁提醒了我,我想起我只得到旅馆中去暂住一夜了,我便慢腾腾从草地上走了起来,一面在计算着我身边所有的金钱,一面横过了马路走到旅馆中去。

大概是我的情形太来得奇怪了;当我走进环湖旅馆去问房间的时候,旅馆中的账房茶房和住客都很吃惊的注视着我,我不禁红起脸来。啊!像我这样落魄的情形原不该到这样大的旅馆中去讨个没趣。不过我既然走了进来,索性现出格外自然的样子免了他们无谓的疑心。一种勇敢的气概鼓励着我,也不去管茶房的惊奇不惊奇，当我洗过脸以后，我便叫茶房去喊来了一盆烧鱼和一盆牛肉，又要来了二斤绍酒去喝得一个痛快。我想若能因沉醉过度打破了电灯的玻璃；我便可以触电而死，倒也是一件大快人意的事情。

受了二斤绍酒的恩惠，我丢开了一切使我苦闷的情景，不知在什么时候我竟然沉沉的醉倒在床上了。等我从迷糊的睡乡中醒了回来，电灯的光线还没有熄灭。慢慢的坐起来伸了一个懒腰，呆看着白壁上挂着的日历出神。身上的衣服已经解开了纽扣却还没有卸下。无聊的感想慢慢的又引起了我的悲怀。从那日历上我想起了我从离家到今已足足的有三个多月了。在这三个月里面我遍尝了从来没有尝过的苦痛，在这三个月里面我真实的感受着人类互相凌侮的真相。啊！我又回想到没有尝酒以前，旅馆中叫我填写那张名单的拮据的情形了。我虽然在上面写上了一个假的姓名和籍贯，当他们要我在那张表上填写着我的职业和来杭的目的时，我真是目瞪口结的呆住了。径三！我想在职业的下面填上了失业，在来杭目的之下填上了刨饭两字，但是我的手无论如何也不肯写下去。经了茶房的再三催促，我终忍泪写上了流浪和游湖的名目；在名士的眼中看来，或者以为我的职业和目的都是含有丰富的诗趣的。在我呢，这几个简单的字的里面，包含着多少的感伤和悲苦的往事呀！

酒力还没有从我的脑里退尽，我从床上站起来时沉沉的脑壳依然还有一点发昏，来回的在房内走了一回，又呆呆的倚在桌前出神。无意中看到了壁上粘贴的一张旅客须知单，知道这一夜的旅馆费须付一元二角的大洋啊！径三！这真是出乎我的意料之外的了！我的袋里已经只剩得二元大洋和几十个铜板，那里能够付得清这巨款的房费和饭钱呢！啊！我为什么晚上要冲了恶神一样的走进这样大的旅馆中来呢！我为什么晚上要这样摆起架子来大饮大食呢！啊啊！我初到的时候不是连一角钱的车子都不肯坐的吗？我昨天不是为了半元多钱起见坐在猪圈一般的四等车内来的吗？啊啊！我身边的几元钱不是拿我的箱子和铺盖当来的吗？径三！我想不到竟为了一时的糊涂，遭逢着这般重大的打击。明天怎样的能够从这旅馆中走出去呢？这简单的问题竟在我的脑里缠绕着，使我眼睁睁的不能入睡。我想把我身边那唯一的布包里的衣服去当了；只是这些衣服都是些残碎不全的布衣，能够当得起多少钱呢？那双前穿后破的皮鞋，就是舍给了叫化子也要嫌它太破，难道也可以拿去当了的吗？到同乡的朋友或是亲戚那边去借撮；啊！我深怕他们见都不肯见我了，那里还好开口向他们借钱呢？旅馆的钱就是一个老住的房客，也是不能拖欠的；何况我是初到这里的人呢？如果因为没有钱可以付清房费，旅馆不许我出来，我就在里面再住了几天，那末我不是负了更大的债款吗？啊！旅馆的主人如果能够因我拒不付钱而把我送入警署，我倒也可以不愁没有寄宿的地方了。啊！径三！难道我当真要实行我最后的决定了吗？我还有什么方法可以设想呢？

事实竟然又出于我这层出不穷的理想之外，我当时拟好了的许多计策，竟一一的被自己驳破，就是最后的决定也没有实行。啊！径三！我回想当日脱险的情形，至死也要觉得这是我一生最大的污点！啊啊！任教地球有破裂的一日，我那奇异而不可磨灭的羞辱，至终还要保存着不容洗雪！就是今日我在这张信内向你忏悔，径三，我诚恐我忏悔不了我的罪恶呢！

次日起来以后，恐怖的霉菌布满了我的全体。层层迭起的思潮和昨夜一样的在脑里回旋。绞枯了我的脑髓也想不出一条完满的解决法。眼看着梳妆台上的镜子，瞧见了我眼眶的下面，微微的有些浮肿起来。口内像含着黄连似的觉得难过。当茶房送脸水进来时，过敏的神经觉得那茶房露出轻蔑的脸色，似乎他已经知道我心内在踌躇的事情。我一面在洗脸一面看他替我折被，我好像受了上帝的启示一样的已经想出了解决的方法了。啊！径三！一霎时救急的计划,便留下了我一生洗濯不了的败德!啊!径三!我到现在才相信金钱制度真是万恶的根源了!当那茶房走出去以后,我悄悄的掩上了房门,紧紧的把它拴好。啊!我开始作起犯罪的事了!我把布包里面的衣服,悉数的穿上了身上,再把放在床上的一对枕头包入了那方布内,依旧放在桌上当作我的布包。便开了门出去,又嘱咐茶房叫他好好的看管我那布包,显出我不是逃走而是要重来的样子。径三!我就这样蒙住了别人的眼目偷逃出来了!

我趁着骗了人家的得意对着湖山高笑了几声。我只抛弃了一个布包骗来一顿酒饭,骗来了一夜安稳的住宿,我的急智比别人高出了几倍,深深的自引以为幸。径三,我不知那时的廉耻已经跑到什么地方去了?难道我几年来所受的教育只造成了一个骗人的人格吗?自幸的思想渐渐被惭愧的思想遮盖住了。感情和理智到现在还为着那件事情在我的心中交战。自责的心还不及自己宽慰的心来得强盛。我想无论谁到了我这样穷困的境地总会做得出我这样合乎情理的事情。径三!若是我有好好的职业叫我去服务,我何至于这般无赖呢?

我从那天到今,深恐我的形迹被旅馆中的人看到,便销声匿迹的隐在西湖的山里不敢出去。在一天的清晨我无意中走到岳坟的前面看张贴着的报纸。啊!我那天所作的事竟然在报纸上面的新闻中用我的假名登出来了。那个专门寻人短处的记者还在小评里面说了几句教训式的讽刺话。他说我这种举动没有人格;他说我在职业项填上了流浪二字显然是一个流氓;他说我就是没有钱也应该好好的向旅馆主人去说明,不该这样骗神骗鬼;他又说像我这样扰乱社会秩序的人应该受警署的干涉。啊!径三:我想那记者若是他自己也没有钱的时候,断乎不肯说出这样轻如浮云的话的。径三!我想那记者如果留心社会的秩序,如果有诚意去研究社会问题,他也不会说出这样似通非通的话的。啊!失业的人虽不能得到一般人的怜悯和同情；但是负有指导社会的责任的新闻记者却也不应该这样轻嘴薄唇的指责别人的呀！

在上海若是烦闷起来的时候，老是说上海没有高山旷野供我去高歌长啸；不想现在在这样秀丽的西子湖头，也和在喧嚣的上海市中一样的令人感到不快。我每天在枯树下凭吊那纷飞的落叶，这些充满诗意的地方却一丝也减不了我满腔的悲怀，有时竟会引动了我使我凄然的堕泪。其实像我这样穷困的人，只有烦闷是我良伴，快乐不过是不可企及的幻想罢了。

西湖终究是和我理想中的西湖一样幻美。——也许你以为我的前后矛盾的说话是表示我的心理已经陷入了二重人格的状态，——露宿在西湖的山上终究比上海的衖堂门口是有两种不同的情形。若是说一个比喻，我以为西湖的露宿是和咀嚼着桂子一样的有一股清香的气味；而上海的衖堂门口却如咀嚼着腐烂了的柿子一样的惹人口臭。我在杭州除那夜住过旅馆以外，天天都是一样的在各处亭中寄宿着。那是三天前的事了。我在小馆子里面吃了一碗阳春面和几只包子出来，欲圆未圆的月亮寂沉沉的照在路上，几颗疏星像女子的黑眼睛一般的在青碧的天空中隐现着，我走过了岳坟一直跑到了葛岭的山脚，习习的西风从背后把我二寸多长的乱发吹得摇摇欲坠。道旁的树影凄清的在月下和电灯光下婆娑的舞着，使我在静夜中觉得有无限的阴森森的鬼气。口中在念着不入腔调的《长生殿》里面《补恨》的几节曲子，一面足不停留的向岭上走去，骤然的有一种幽咽的声音把我的灵魂捉去了。我疑心那种幽咽的声音是风扫败叶的声音，或是山中的女鬼在月下发出悲叹的嘘气。那声音的微妙直和在月下飘忽着的游丝一样的轻盈。径三，我当时和受了催眠一样的失去了一切的知觉。我忘却了我平日所尝过的痛苦，我忘却了我失业以后所感受着的饥饿的情形，我忘却了我的身体是这般污秽的身体，我忘却了那凄清的月色，那婆娑的树影。啊！径三！我那时觉得全宇宙都淼满那幽咽而微妙的声音了，我觉得那一丸生铁似的月亮在含笑着，金刚钻一般的疏星也跳舞起来了。

我追逐着那幽咽的声音向前寻去，声音愈听得清楚愈加沁入了我的心灵。若是我的知觉不是被它夺去，我那时定要大笑或是狂哭起来了。最后我在坟前寻到了一个头发和我一样蓬松，衣衫一样褴褛的男子坐在那边吹着洞箫。啊！径三！我不想在这种地方竟然寻到和我同调的人。当我走进了坟堂，呜咽的箫声划然停住了。那人睁圆着两眼钉视在我的身上，我真如催租客一般的败人诗兴了！他和我默然地相视了十几分钟，又抚弄了一回洞箫，然后和我交谈起来。他知道我是一个落魄的文人，知道我失了职业在外过着流浪的生活，便深深的为我叹了一口悲酸的苦气。后来他和我说话说得渐渐投机起来了，他便伴着我一同走上了初阳台去度夜。我告诉他我这几年漂泊的情形，他也把他半生的悲苦向我细说。啊！径三！那晚上可算我平生和不相识的人畅谈肺腑的第一次了。他的故乡离开了杭州有三千多里的路程，他家中只留着白发婆娑的祖母，他离开他的祖母的原因是受了乡间的父老的驱逐。他有一个年青的堂分的姑母，和他发生了不可分解的爱情：这种逆伦的举动震动了全村的社会，万口一声的把他骗逐了出来；他的姑母呢已被她自己的父母逼迫着自尽了。他在她的坟前哭晕了几次以后，便永远没有回到故乡去过一次。他这样含泪的向我述说他悲惨的往事，竟然使我忘却了自己不幸的境遇，为他这样不幸的往事流起泪来了。啊！人类真是命运的囚徒呀！

白昼在山间徘徊着，夜间在古亭中寄宿着，我这样的生活真简单极了。啊！径三！若说起我心内起伏不定的狂潮来，恐怕在这简单的生活之下，心理的变化比平时还要利害得几倍。大凡一个喜欢胡思乱想的人在没有事情可做的时候，他的思想的确是要格外紊乱，格外纷歧的，每当我捻草弄叶，对月长啸时，我总要顾影自怜起来。啊！径三！我不知像我这样的人没有职业可就，究竟还是社会的罪恶，还是我自己的学问不好而应得的结果？

我现在要怨恨我那懦弱无能的父母了。我的父亲自己已受了高等教育的恩赐弄到没有职业可就，更不该把他的儿子也同样的送进了断送前途的牢狱中去。啊！我那柔弱而受尽人间的侮辱的母亲，也不应该看见自己的儿子走上了绝路而不去指导！啊！径三！假使我在幼年的时候就被送进商店去做学徒，至少我的衣食我自己能够图谋得过了！我的一位比我年长一岁的堂兄，他在早六七年以前就在店中出了师①，现在已经自己在振家立业了。还有我幼年时代的同伴，他们在作工的作工，务农的务农，没有一个像我这样不三不四的在外面过着漂流的生活的。我又恨我自己幼年时候的智识竟然这般蒙昧，我在小学毕业时若能决意去改变了我的职业，溺爱我的父母未必定决然的拒绝了我的请求。啊！径三！身上穿着的一件长袍，真成了深锁着我的铁链了！我的没有职业可就，真是受了装满脑袋中的智识的害处呀！啊！现在的学校真是养成无业的游民的唯一地方了；除去剥夺我们作事的能力以外，再也没有别的用处了！径三！我深愿有人能够从我的脑里取去了不可穿不可食的智识，但是怎能办到呢？

一年来对于异性的要求已和止水一般的宁静了，今天忽然异想天开的又渴求着一个女子的爱情来调和我的生活；这大概是受了昨夜的梦儿的欺诳了。我昨夜睡在孤山上面的亭内，仿佛一个年青的女人走我的旁边经过，我轻轻把她的衣角一掣，她不仅不来骂我这种举动的无赖，而且盈盈的向我嫣然一笑：素来没有接近过女性的我，这嫣然的一笑真像钩取了我飘荡不定的灵魂。我便饿虎似的抱住了她在连连的接吻：啊！径三！虽然是梦中的幻影，至少也是我这永远享受不到女子的爱情的人一生最惬意的事呀！我今天在追想着昨夜的梦境，恨不能把我毕生的境遇都化得和昨夜

① 台俗，学徒在店，三年期满，谓之出师。

的梦中那样美满。只须有一个女人能够真心真意的怜惜我，就叫我即时死在她的面前我也甘心。可是，径三！世界上一切的爱和美都建筑在金钱的上面的，双眼专注视在钱孔里面的女人，那里会有人能破例的爱我呢！径三！托尔斯泰虽然脸孔生得比我漂亮不了多少，他家中却有无数的金钱供他使用，所以他能够找到了那个为他的《战争与和平》重抄七次都不厌烦的夫人。我呢，不用人家去估量我的家财，只是一看我身上穿着的这套衣服便要将我屏出爱神的门外了。我看见许多少女走过我的身边时，她们总要现出使我觉得自惭形秽的脸色。啊！径三！若是我是一个化学家，我定要发明一种药品，一蘸在妇人们的脸上美貌就变成和猢狲一样的丑陋。我又想今天我的身边若有一张五元钱的钞票，我定要赶到大世界中去享乐了一回：或者在里面我找到了一个把鸠形鹄面藏在红脂白粉中间的妓女，虽然谈不到什么爱情不爱情，肉体的快乐总尽够我享受的了；纵然遍体发生了梅毒，比现在这样追求不到的痛苦总好得多多的了。啊啊！我身上所有的是两张大便时利用的草纸，难道可以当钞票去嫖妓的吗？若把我身上的灰尘当作金沙，今夜也足够供我去享乐而有余了。

不知在什么地方看过的一篇小说，篇中主人的地位和我现在的情形有点相像。那人也和我一样的找求不到正常的职业，和我一样的寻不到一个女人的真实的爱情；他便觉得非常感伤的样子，每天的晚上必定到小馆子里面去喝一顿酒，酒醉了以后便到无人迹的地方去痛哭一次。后来因为向一个他见过几次面的女子前面求爱，不幸他竟受了她白眼的报酬；他又写了一封诚恳而悲切的信给她，又被她标题着无赖少年的来信在报纸上面发表了，于是他的行为便成了众矢之的，各报都不遗余力的攻击他。他受了各方的刺激竟成了疯狂的少年；终于投在峻削的悬崖之下死了。啊！径三！这种悲惨的事迹为什么是现代青年避免不了的呢？

萧萧的西风吹着庭前的枯木，树上的黄叶在微弱的阳光中吊下了几片惨淡的影子。太空几朵薄薄的浮云在漫无目的的飘流着。苍天的影子投映在微波荡漾的湖面露出匀称的皱纹。白公堤的上面有几乘来往的车子在那边走着,令人疑心这疏旷的野景是一幅淡墨的古画。若在万花锦簇一般的春季,我知道一定有许多的风流雅士和如花的女人在湖中观赏。那倒映着鳞纹一般的湖上也一定点缀着无数的小艇,绝不似现在这般和色衰了的妇人一样的被人蠲弃;就是我现在坐在这里写信的庭前,也一定有三三五五的游人在外面窥视着我。啊!若在那时我倒也可以饿狼一般的饱看了一回女子的肉体。径三,我这倒运的人竟无时无刻不遇着倒运的事体,现在竟然连饱一饱眼福的最小限度都会像海市蜃楼一般的可望而不可近。

光阴随着南去的太阳一天短似一天,侵人的寒意也随着漫漫的黑夜一天一天的增加起来。柔弱的身体在这样四面通风的古亭中寄宿着,怎样能够抵御得过不可抵御的寒气呢?细说起来我真要仰头痛哭了三年。啊!径三!我每夜在未入睡之前,先将我身上所穿着的几件衣服尽数卸了下来,赤条条的抱住了冰冷的石柱,啊!径三!当我这样抱住石柱时差不多把身体葬入了北冰洋的冰山之中一样,身上循环着的血液也差不多在血管中凝结起来,呼吸都已屏息得和死人一样的了!经过了这样的一回非人的工作之后,重复把衣服穿上,啊!这时的身体真如覆盖着两重棉被一般的温暖。啊!径三!这样非人的生活我已经过了五六天了!素来不盈握的手臂,现在已经只剩得一张纸般薄的皮肤包住几根竹丝般的瘦骨了!在抱朴庐中那大镜中窥见我自己的面孔,不信我的形状真变得和鬼一般难看了!径三!我现在才相信人到了最贫穷的时候求生的念头也愈切。啊啊!人生的真义难道当真如此的吗?啊啊!……

袋中的二元大洋,一元已经被每天的几碗阳春面消磨完了。我希望你收到我这封信以后你能够为我设一个救急的方法。啊!

径三！这样长篇累牍的信，若拿到邮局中去寄，至少要化了六分的邮票。啊！径三！我今天晚上的饭钱又要被这封可恶的长信夺去了！虽然我有钱时我是会瞎化的，但是这整整的十二个铜元，对于现在这样求乞无门而且不得不用最卑劣的手段去骗人的人，是具多大的神通和魔力的呀！……

十三，三，十二。作于杭州工专

（原载《孤雁》，商务印书馆一九二六年版）

# 还　　乡

径三：

虽说是和你别后不过只有半个多月，已经匆匆的换了一个年头；回想起去年在外面飘泊的情形和你到杭州后同住着的生活，真和旧小说中所说的再世为人一样。现在已是三更时分，母亲和弟妹睡着的鼾声，一轻一重的传入我的耳鼓。一生在幻想中过着生活的我，无论如何也不能入睡。我只得披着一件破旧不堪的棉袍，燃着了一盏和在田野间漫飞着的萤光一样的芯油灯，斜靠在书桌上给你写信。不过能够写得终篇与否，却非我此时的心理所计及的了！

去年到家的日子和除夕相去只有三日的工夫，我重新看见我故乡赤城山上的古塔是那天午后四点钟的样子，那里离开我的家中只有十多里路了。我的心好像驱向屠场的羔羊，无限的恐怖和羞愧使我的心头在颤颤的发抖。我怕见故旧的朋友和垂危的病人怕见阴司中的鬼卒一样，尤其使我恐怖的是我那些不可一世的宗族。像我这样的衣锦还乡，莫说是我自己没有昼行的勇气，我深恐别人拿我这副褴褛的情形去讥诮我的母亲，使我母亲也没面目去见许多亲戚和邻人。于是在白日没有消尽以前，我只在离城五六里地方的一个竹林之中徘徊。幸而那时的人类都埋头在叮当的钱声之中，没有闲暇的工夫走到这里来徘徊观赏。要是我这副褴褛的情形给我的亲戚或是朋友瞧见了，我一定要投身潺湲的碧流中去毁灭我的形迹！我那里能够容我这副丑态深映在他们的眼底，深印在他们的脑底，作为他们谈笑的资料呢！

残冬的急景分外的容易向晚,大概只有五点多钟的时候,灰色的夜幕像西洋妇女的面纱似的寂静的盖了下来。我独自一人坐在林中出神。严厉的西风全不顾贫士身上的寒冷,恶狠狠的从竹林的外面吹进来,我的身体只是在颤颤的战栗。我又不敢即时高视阔步的走回家中坐在灶下向火取暖。空虚的腹部更觉冻得难以忍耐。骤然的一阵昏迷,眼前好像已经换了一个异样的境地。仿佛我卧在床上,死了已经有十年光景的祖母坐在我的身边。我没看见祖母的脸色,只从壁上悬着的那面古镜中看见她似乎带着非常愁苦的形容。在她对我说话的声音中可以听出和她平时一样的慈祥而忧郁。她说我过着这样飘流难堪的生活是她当时没有决断力害了我的;她当时若能够果决一点攻破了包围着她的潜势力,我的家庭也不至于陷入破产的危险,她的儿子和孙儿也可以不用尝着飘泊的苦味,她的媳妇也不用这样在哭声泪影中过着艰苦的生活。她一面在说着一面在抚着我的身体。我仿佛在古镜中看见她的眼角包含着几颗欲滴未滴的泪珠,一丝丝的光芒流矢一般的刺入我的眼里。我睁开眼细细的向那面古镜中观察时,只见一颗颗的疏星嵌镶在青碧的天底,在微微的跳动着发出闪烁的光亮。啊!我那里敢怨我那双目难瞑的祖母呢!她一生的俭约,一生的劳苦,却因为后人不能争气,只有许多闲人的讥诮和辱骂当做报答她的恩典!她死后若能有些知觉,我知道在泉下也要流泪痛哭!

迟钝的脑力如受了催眠一样的呆木,差不多连所处的地方和回家的事情都已经忘记了似的。竹叶在风中打战着的声音如啾啾的鬼语。我慢慢的从竹林中走上了大道,苍茫的夜色中也辨不出远近的事物。只有几点明灭不定的灯火,在远处的疏林中出没着,好像从墓中燃着的几点鬼火;这大概是食不厌饱钱不厌多的两足走兽从乡下讨账回来的灯笼了。我的心中悬着一个吊桶似的走着,在昏黑中看见了一层高大的黑影阻住我的去路。啊!径三!这就是所谓我的家乡,就是我抱了绝大的悲痛去觐见的我家乡的城墙！在我的眼底这座城墙正如我将永远埋葬于其中的坟墓！那时我心中所感受着的刺激和悲痛，无论如何都写不出来。我只记得用袖口去拂拭眼中的飞沙时，我的袖口竟沾湿了大片的泪痕。我那时的心理，好像一个年青的妇人，初嫁的时候便和她的丈夫分离；等到他们重新见面的日子，她的丈夫已经是双目紧闭的躺在棺木中，一句话都不能向他细诉了！啊！径三！我宁愿把我的身体剁成肉酱，倒还比那时的心理好过。啊！我又有什么方法可以避免了无形的心刑呢？

我不敢向那灯光煊耀人声沸腾的街上走着；虽则是城边的道路，阴森森的令人发耸肌栗，但是我总可以免避了无数毒箭一般的目光。走过了学宫，走过了圣庙，虽然我的眼睛在黑暗中不能看得清楚，我的心中觉得是和旧日一样的伟大。走到了县署附近的地方，喧哗的声音从寂寞的夜气中传来觉得分外的清晰。淫乐的胡琴的声音和令人肉麻的曲调，夹在嘈杂的人声中传入我的耳鼓。这一定是那些剃头匠无事时在这样消遣着他们的余暇。假如我的父母能够懂事一点，在我幼少的时候把我送去学剃头，此时我大概也可以随在他们的后面，唱着一些不入腔调的曲子，在摇头摆尾的作乐了！可是我有什么呢？啊！我只是一个没有职业可就的我！只是在外面过着乞丐还不如的生活的我！啊！我只是在这千家享乐万家忙碌的时候，像偷儿一样的不敢见人一面，在黑暗的道上踯躅着，不欲还家而又不得不还家的浪子罢了！

我从一条狭隘的衖内，急匆匆的穿过了街心走入一条巷内。那时街中刚走过了一个手持木棍的警察，恶狠狠的向我钉视了一眼，目送着我向巷内黑暗的地方渐渐而没。我的心在隆隆的狂跳着，却不是为那警察的注视，因为我的家庭就住在这巷口的第一幢门内。此时的心绪真是和乱丝一样的纷繁。那双钉着洋铁的漆黑的大门，紧紧的阖着。我只是坐在门外的石块上痴痴的发呆。还是进去的好还是不进去的好呢？要是不进去，那末我将到什么地方去才好呢？朋友的家固然没有脸面去；亲戚的家中难道有脸面去吗？啊！我难道还要再和在上海、杭州时候一样的在外面露宿吗？要是进去，门这样紧紧的阖着，不敲几下当然是没有人来开的；但是开门的人一定不是我的母亲或是弟妹，因为我家中没有人在外面要他们候门的。假如开门的人正是平素看轻了我的那些族人，那末我这样褴褛的情形，终究脱不了他们的眼底。我的脑里正在盘桓着许多疑问，巷内隐约的泄出一盏灯光来。啊！假使这灯光从街上走进的，我还可以一直向巷内躲避。可恶的灯光偏是从巷内走出，叫我如何躲避得了呢！我无可奈何的把头埋在膝上去避免那提灯的人。啊！径三！真想不到人类的下贱竟会下贱到这步田地！我愈想避开了那人，那人偏提起灯来把我的身上照了一遍，又要问我是那一个，我轻轻的答应了一声是我，他才喃喃的走了，我仿佛听见他在说我穿着这样一身破褴而单薄的衣服，将近年关的夜晚，坐在别人的门口，一定是一个歹人。啊！歹人！歹人！多么一个难堪的名词呀！竟被一个不相识的人轻轻的加在我的头上！若在平时，我至少要使他饱受我的一顿老拳！可是，径三！经过了这般挫折的我，这一点不好听的名词，于我有什么可耻的地方呢！

中酒似的在门外痴坐了二十多分钟，又站起来靠着墙壁对那双漆黑的大门出神。几次举起手来想在门上敲了几下，可是我不曾有这番勇气；手举起来的时候，总要受了别人牵制住一般的不期然而然的放了下来。那双漆黑的大门好像禀着一副夷然不屑的神气对着我，虽然是在沉黑的夜中，我总能很清楚的看见四围的景物，都含一种轻侮的脸色在讥诮我。我的耳膜上仿佛听见一种声音在震动着。好像在说："你这轻离乡井的浪子哟！你这一无所能的浪子哟！你在外面飘流了这许多时候，现在也居然穿着这样一身破碎不堪的衣服回到我这里来了！你有什么面目朝着我在呆呆的出神，有什么面目来重见你的母亲和弟妹，更有什么面目去见你那些富贵震人的亲戚和族人呢！你这在外飘流了几年终于不得不回到家里来咀嚼祖宗的遗产的浪人哟！”我心中久已冷了的血液忽而腾沸起来，那时我手中若有一把利刃，我定要像疯狗一般的去杀死几个饱食暖衣的蠢蠢的两足走兽，然后再用这利刃觑准了我的腹部去向墙一挤，我就可以脱离了这不能容我立足的世界，向那飘渺的太空中长逝了！可是，径三哟！我的话就说得更加激烈一点，像我这样懦怯的人是不会决然去实行那难以实行的理想的！

巷内又闪出两盏灯光来，我在这一面看去，那巷端的墙壁照耀得非常清楚，一定是光芒四射的风雨灯。谈话的声音已经隐约的可以听见了。啊！径三！真是万分的不幸！那说话的声音我听出是我的一位阔绰的族人。我真到了前有深不见底的山溪阻住了我的去路，背后又来了一只张牙舞爪的猛虎在逼着我不得不跳入溪内。啊！我与其让那族人在黑夜瞧见了我和偷儿一样的情形，我还不如敲开了门进去倒也只有一时的耻辱！径三！若是那族人走过一点都不来睬我，或是看见我能够一声不响的仍旧走着他的道路，我倒也没有什么怕他。我只怕他在鄙夷的神气中露出怜悯的样子，温和而带讥诮的来安慰我，才叫我觉得真正的难受！

谢天谢地！当我被迫得不能不去敲门的时候，我用手先把它一推，那双虚掩着的大门竟然被我不用力的推进去了。我如同一个逃犯一样，当我进门以后，深怕我那族人追踪接踵的推进门来，我便用力把它重掩上去，又牢牢的把门栓拴好。得意的心思和恐怖的心思在我的心里混和着。深喜我这样褴褛的情形，既然逃出了我那族人的眼底，又没有被同居的人们瞧见。但是，径三，啊！我又要上断头台了！那微弱的灯光像病人的脸色一般的照在破碎的纸窗上，这不是我母亲的卧室吗？那温柔的语气在抚慰着一个孩子，啊！这不是我生平所唯一敬爱的我母亲的声音吗？我觉得我的身体如在沉迷的夜梦之中一样！那时的心境，我只有让跳荡不宁的心尖来诉说我的悲欢，只呆呆的立在窗外看那灯光跳动的窗影。

骤然的在黑夜中回来，母亲怔得像木鸡一般的呆住了。我的眼里断续的流出了几颗晶莹的泪珠，也不辨这几颗不值一钱的泪珠是为自己而流，还是看见了我的母亲那副憔悴的样子才流了下来。啊！径三！我虽没有像耶稣那么伟大而忍耐，但是我到处要受人家的白眼，要受强者的反对和侮辱，除了耶稣以外，再也没有第二人能够比得上我这般艰苦的境遇了！啊啊！我已自分此生永远没有和我母亲重新见面的日子，居然能够在距离除夕三天的工夫，出乎我的意料之外，重新见着我的圣母一般庄严的母亲的面相，我若还有一点年青的微火在胸中燃烧着的时候，我定要像乳下的儿童一样的投在她的怀中哭得一个痛快！怎奈何，啊！怎奈何纯洁的天性已经被社会挫折得没有一点余滓的我，虽然有庄严的圣母默默的启示着我，再也唤不回年青时代的灵魂，再也不能在母亲的前面号啕大哭了！啊啊！……

刚才吞咽着满腔的悲愁坐在我母亲的旁边，骤然从外面传进了雷鸣一般的敲门的声音，暂时宁静下来的惊魂，又被它鼓起了翻山倒海一般的巨浪。我犹如犯了杀人劫物的盗魁，被乡间的勇士追得没有去路可寻；偶然藏身在溪畔的芦苇丛中，又听见附近的沙滩上，有万千铁骑奔腾着在追寻着我的影踪。啊啊！径三！不幸我的私心妄自揣度，竟然会变成事实。窗外传进来一片嘈杂的声音，便是那万恶不赦的做强者的走狗的警察在喧嚷着。他对我同居的族人说：他曾看见一个褴褛的男子走入这条巷内：他听见那个以前曾经用灯照过我的那人告诉他，叫他注意蹲在自己的门口不敢进去的我；他隐隐的听见我推开大门的声音，他便追踪而来，却见我家的大门依旧好好的关着，也不见有什么人从里面出来；他问问和他对面走来的我那阔绰的族人，他们也说没有撞见什么褴褛的男子；于是他根据了这样种种牢不可拔的理由断定我已经藏在屋内，他才敲门对我的同居者说明这件事情，叫他们好好的注意。

啊！径三！那警察一句句斩金截铁的断言，像连珠的毒箭一般的射入我的胸膛。我想冲出房外去骂他一顿来出出我胸中半年来没有出过的恶气；但是看看自己的影子，看看自己的衣服，看看我沉痛而又悲哀的母亲，终于一句话也说不来，只是木偶一般的坐在床沿隐隐的流泪。

大家在喧嚷着捉贼的声音被我母亲一句话吹得云消雾散了。我一时徼幸逃过了同居者的尅毒而藐视的目光，到那时终究是逃避不了的！一般幸灾乐祸的族人听说褴褛的偷儿便是在外飘流而新回家的我，便接二连三的走进我的房内来看我的落拓的情形，一面表示他们的好意来访问我安慰我，一面又可以将我这不堪的情形作为他们谈笑的资料。我既然蒙这些族人那般殷勤的来看我，我又怎能避得了不出去和他们周旋呢？可怜我看见了他们，虽然勉强抑制住断续流出来的眼泪，眼眶依然像夕阳的光圈一般的鲜红；喉头正如塞住了一块热铁，一句回答的话也说不出来。啊！径三！我无意中看见了我那婶母的一副看不起我的神气，恨不得平地裂成了一道缝儿，把我深深的埋葬在底下！啊！我何时才能湔洗这不可磨灭的耻辱！

母亲知道我心中蕴藏无限的悲伤，不来斥责我也不来安慰我。她知道她要是斥责我徒然送了我的性命；安慰我也无非是揭开了心脏的疮痕。她只淡淡的说了一句既然在外面没有职业可就，为什么不早点回来？她接着就催我应早些入睡，稚弱的幼妹看见她哥哥这样悲伤而消瘦的脸色，也沉默着一句话都说不出来。弟弟也离开了书案在房内站着一声不响。

百折的回肠在心内反覆的转着，墙外沉沉的柝声打了三下，我还是辗转不能入寐。明明已经睡在自己家中的床上，我的心似乎有些不信这里就是我自己的家庭。我一瞌着眼睛的时候，眼前便有许多隔世似的往事电影一般的在开演着。脑里装满了无限悲愤的火药，只需一星星的微火来燃点起来，我的脑壳便会像活火山一样的即时喷发出来。啊啊！我怎能任情痛哭吁然长叹呢！我怎好使我满腔的郁闷让我母亲知道而为我终宵不眠呢！侧耳倾听着我母亲有无入睡；——天呀！她心中旋转着的愁思纠缠着她，使她和我一样的在这三更的时分还在床上转侧。偶然传出了一两声微吁的声音，使我两眼的泪泉继续的涌了出来；仿佛看见她也在不住的流着眼泪。啊！径三！想不到年龄已经这般大的我，徒然在学校中耗费了无限宝贵的光阴和祖宗留遗下来的金钱，到而今依旧要年老的母亲为我愁衣愁食！为我长吁短叹！自己拊着没有斲丧净尽的良心自问起来，真觉愤不欲生！但是我有什么话可说！什么话可说！

病态奄奄的太阳已高高悬在愁惨的碧空之中，久经世变的门窗的格子，已经一条条折断了和老人的齿牙一样的错杂不齐，七八年没有换过的旧纸已变成了灰尘的窟穴。径三，你只要想像着我家中的灰尘堆积起来的情形，便可以推出我家庭衰败的程度了！我在晨光熹微的侵晓醒来，直到杈枒不齐的窗格的影子映着我的被上，我还在床上没有起来。有人走到我的床前，我的两眼便沉沉的闭着，鼻孔也故意呼出均匀的鼾声，免得家中的人来扰着我；没有人在旁边时我便睁开眼静看着窗上的日影。眼看着一分分低下去的阳光，便使我的生命受了铁锉锉过了的一样一分分的缩短，我眼前的境遇也现出一分分格外的沉黑。口内觉得有无限的苦涩，心内的悲苦却比口内的苦涩觉得还要难忍。啊啊！凋零至此，亦复奚言！

过敏的神经觉得别人的一言一动，都是隐隐的借射着我。分明是隔壁的四伯母在呵斥她自己的儿子，我总觉得她的言语是在借她自己的儿子来骂我。她因为她的儿子拒绝了她吩咐他去买豆腐的命令，她便喃喃的在骂着她的儿子；她说她的儿子这样贪吃懒做，将来一定要沦为倚门求食的乞丐；她说她的儿子不知学了什么人的行为连家中的事一点不肯去做；她又说她的儿子若不改变了这种行为,将来讨饭也要被人家的恶狗咬死。她的儿子厉声说,即使他流为沿门托钵的乞丐,也不止他一个人来干这一种下流的行为!啊啊!言外的微旨,不是隐隐的在指斥着乞丐一般的我吗?啊!径三!我不该一时听了你的劝告,便毫不思索的飘回了牢狱一般的故乡!啊!我现在在这里受尽了人家的热嘲冷骂,都是你的计划害了我!

母亲见我睡到朝食以后还没有起来,已经走到我的床前探望过六七次。稚弱的幼妹和母亲同来要推醒我,母亲摇手止她,叫她不要做声防备惊醒了我不宁的灵魂。她看见我盖在被上的衣服差不多要溜到地上,便拾起来给我重新轻轻的盖上。她发出了一声微微的叹声,我知道她的声音是在哀怜我,不是含有斥责我的意思。她在房内对我的大妹和弟弟说我这样的消瘦,不知是因为路上受了风尘的缘故还是疾病缠身的缘故。她又在叹息着,念着在外飘流了好几个年头的我的父亲。她说像我这样年轻的人经过了几载的飘流,身体尚且消瘦得这般的难堪;中年的父亲现在不知已经变成了如何模样。虽然我的父亲时常有信寄到家中,——不像我这没有良心的浪子,在外面连一封的家信都不写。——说他的身体是如何的康健,说他的起居是如何的平安,但是日夕在怀念着她异乡作客的丈夫和儿子的我的母亲,怎么也放不下她悬悬的心思。啊!我的父亲虽说不是风烛残年,但是他在外飘零是被同族的叔伯逼迫着,不得不孤身只影的避到异乡去度吞声忍泪的生活,他境况的凄凉和难受,也就可想而知了!可怜我的母亲,一面要怀念着在异乡飘流的行人,一面要照顾家庭,要抚养弟妹;却还要不时受些不义的邻人含沙射影的毒骂!啊!径三!啊啊!我的母亲!我的圣母!

中饭的时候,我只勉勉强强的吃了一碗粥;吃过以后依旧钻入被内假寐。第二天就是阴历的除夕,大家正在忙得不得开交,母亲也没有工夫坐在床前和我细谈。稚弱的幼妹几次跑来看我,似乎有许多恐怖的黑幕横障在她稚弱的心头，她不敢走近了我的身旁，更不敢开口和我说话，啊啊！其实像我这种犯了十恶不赦的罪人，那里配和纯洁的幼女来说话呢！最后我叫住了她，她怯生生的走近了我的身旁，包含着无限的恐惧，怕我和怕一个吃人的魔王一样。我侧面看她嫩白而微红的脸孔，看看她流露着像河中活泼的流水一般明润的眼珠，看看她疏疏的像在微风中摇动着的苍松一般洁净的几丛头发，看看她似嗔非嗔似喜非喜，像在沉醉的春风中嫋娜着的柳叶一般娇嫩的两道眉峰，看看她苹果一般的两颊，看看她樱桃一般的红唇；我尽管在呆呆的注视着她，她也尽管在呆呆的注视着我，我想寻几句话来和她谈谈，或者可以放开了我许久未放的愁怀；但是我的口含着满口的黄连似的怎么也寻不出一句话来！还是聪明的她想出了许多话来启开了我的话匣。稚弱的妹妹毕竟是太觉稚弱。她说后天就是元旦，她像走上了一级石阶一样的已经增长了一岁，今年她是五岁，到了后天她便有六岁了。她又问我从外面回来，可能和暑假时回来一样的给她买来了几双新的花洋袜，让她后天穿起来过年。啊！径三哟！我才是十恶不赦的罪人！我才是不识情事的呆子！我真不该！我真不该不买几双洋袜给我的妹妹！即使买半打的洋袜也化不到半元钱，而我穷且益坚的精神，过上海时竟然独自喝酒化去了三元多钱！啊啊！我真是一个十恶不赦的罪犯！

回家时从你那边拿来了五元的川资，坐慢车到上海的时候已经是下午四点多钟了。我先走上了C君的寓所找到了C君，总算是我的老朋友还不嫌我身上的肮脏，便留住了我叫我在他的寓所和他同住。第二天一到打过了九点钟的时候，便急急的跳上了六路圆路的电车到C书局去找某杂志的一位编辑先生，因为我在杭州时曾经做过几篇不成材的东西寄到他那边，他有一封回信给我说有两篇可以选用；我跑去找他就是想向他先支了我的稿费。啊！径三！不料像我这样滥污的文章也居然能够卖来了一元钱一千字！那编辑先生居然应允了我即时给我七元多的大洋！径三！在他们虽然是不费之惠，在许久没有见过这许多大洋的我，是多么的高兴！多么的高兴呀！我便摆起著作家的态度，摇摇摆摆的从C书局走了出来。

七元的大洋，加上了你那边拿来用剩的三元，长久没有藏过大洋的我的衣袋，也居然藏着十元大洋了！我一面用右手放在袋里反覆的数着它们作响，有时又从袋中取出来看看洋面上印着的还是满面胡须的袁世凯，还是印着盘空而飞的苍鹰？我一块块的看过去，最后的答数是六个袁世凯和三只苍鹰，还有一元却印着一条张牙舞爪的银龙。一面想着这十元钱的去路究竟应该如何处置？我把日记簿中夹着的当票取出来一检，总数已经有十三元六角大洋；即使把袋中全数的钱拿去赎回也还不足三元多钱，而且又要加上每月二分五厘的利息；啊！我的钱那里够得上我去赎回那些当了的东西呢？而且，——而且我回到家中的川资也在这十元钱里面的，我那里可以把这十元钱化了而仍旧流滞在上海呢！我又想既然不去赎回当了的东西，我也应该去买一件半新不旧的棉袍，把身上这件破碎的衣服换了下来；我跑到石路的几爿店家去看时，都使我发生了不敢下手的念头。在那些衣襟上飘着的一张定价的布条，都是明晃晃的标着十几元一件；至少也需卖到六元八角大洋。偶然有几家挂着的衣襟上，没有随风招展的定价的布条，我悄悄的问他们这件那件的价目，回答出来的银数总是我所出不起的数目。我便又死心塌地的把这些无聊的念头自行取消；嘲笑自己的思想真是太觉无谓！

从石路转了一个方向走上了四马路，飘飘然的随着两脚的便当向西走了一程，又折转向南前进。无意中抬起头来看见在涂着白粉的玻璃上，写着倚虹楼三个珠红的大字；我忽然回想着去年在上海时也曾有人在这里请我吃过一回西菜。我想起去年在这里吃酒的人约莫有四五十人；想起了在这里同吃的也有几位不相识的女性;想起了一位姓什么已经忘记了的女士,我在无意中发见了她疏发覆着的颈部有无上的美。我又想起了我喝着的葡萄酒是非常的甜蜜而且香冽,口内不知不觉的流出了几点垂涎。我好像被什么东西吸引住了似的尽管在倚虹楼的外面徘徊。我想起我已经整整的有两个多月没有滴酒沾唇过了。而且这几元钱是我从心血中榨出来的酬金,我不应该不让我久被束缚的身体去享暂时忘形的快乐。我的身体若被无限的悲愁烧死,倒还不如被强烈的酒精醉死爽快,我也顾不得我的将来和明日的事情,我也顾不得我形迹的污秽要被菜馆的堂倌耻笑,更顾不得金钱来路的艰难,便故意把右手在袋里触着几元大洋作响,示意那些白衣的堂倌我虽然褴褛也不是没钱的人,这样的走进倚虹楼去了!

吃过了酒,付过了酒钱,啊!径三!我袋里的三只苍鹰已经飞到了菜馆的钱柜中去了!那条张牙舞爪的银龙,已经化成几条具体而微的小龙了!走到了悬在壁上的大镜的前面去瞧瞧自己的影子,觉得微酡的脸色已经回复了青春的火力。出来的时候已经是二点钟。随着两脚的便当把我搬到了公馆马路,一阵阵的鼓声从横街上传过来,我想起了这是星期日共舞台在那边开演日戏的鼓声。我也不想到究竟要不要进去看戏,漫无目的的向舞台的门口走去。对面走来了两个穿着绿色旗袍的女子,我的两眼只是跟着她的耳珥在空中摇摇的闪动。她们携着手走进了舞台,我也跟在她们的后面进去;舞台外面招客的人当我是一个歹人,想动手来阻住我,我把袋中的洋钱弄着作响,向他们斜睨了一眼,他们也不敢再和我作难了。我所坐的位置是在那两位女人的后面,我看昏了她们疏发覆着的颈部,连台上所演的究竟是那一出戏剧,也没有去看得清楚。卖票的人走来,我交给他一元大洋,究竟有几角小洋找还我,我也没有什么心思去数,更论不到小洋还是银铸成的还是铅铸成的了。

一阵雷动的掌声从四围逼紧进来,把我从白日的梦境中唤醒。

我的眼睛才离开了那两个女人的颈部去观察四周的狂人，又注目前面舞台上的剧境。那时刚在演着古装的《昭君出塞》；扮昭君的一个旦脚，说是共舞台中有名的女伶，所以在她初走出来的时候就有这般热烈的掌声去欢迎她；她也流露着似水的眼波向坐上的客人献媚。我看见她那种媚态横生的形容，好像把我的灵魂摄取去了的一样。我忘却了一切在座的人们，忘却了我前面那两个绿衣的女子，忘却了我自己所在的地方。我看到她后来和汉帝哭别的情形，我仿佛觉得她是在和我哭别。本来不懂戏曲的我，那时不知不觉的在喉头微讴着，好像在和着她宛转而呜咽的歌调。我看到她出塞的时候，不值一钱的眼泪竟然会断续的滴上了我的衣襟。我觉得四周的掌声是驱逐一个弱女远离故国的恶鬼的呼声。我又觉得他们在鼓掌驱着我不许我逗留在这里，泪眼盈盈的和我台上的昭君作别。我恨恨的走出了这恶魔包围着的混浊世界！

径三！你时常希望我做一个奋发有为的人，你始终引我当作你的好友，你曾对我说叫我要好好的自己努力，将来在著作界中或者可以找到一个小小立足的地位。径三！这是你没有完全知道我堕落的情形。若使你知道我堕落的情形，恐怕你不但不肯引我当作你的好友，你一定还要唾骂我，不把我当作一个人类看待。径三！若是我把我堕落的情形，详详细细的写出来告诉你，恐怕只能引起你无穷的失望。但是我又怎好把自己堕落的情形去瞒着我知己的朋友呢！径三！我那天从共舞台中走了出来，便走上了四马路的青莲阁上。我的酒力依然昏昏的盘据在我的脑里。我在外面买来了一大包的瓜子走到那边去喝茶。三三两两的鸠形鹄面的女人，脸上都擦着好几两的水粉；圆唇和两颊都涂着惹人厌恶的胭脂；刺目的花衣服只能引起了男子的肉感。一个个都露出藏着利刃的笑脸站在男子的旁边卖笑。可是我所坐的地方却永远没有人来和我招呼，有几个走我身旁经过的女人，却只轻轻的向我斜睨了一眼便走去了。我屡次想把我的瓜子送入她们的手内，可是我没有这么的一个机会。我也曾经掣过几个妓女的衣服,可是都当作不知不觉的走过去了。我后来终究挟住了一个妓女,让她坐在我的身旁伴着我。若论起她的年纪来,即使在她涂着厚粉的脸孔上减去了她十年的年纪,至少也有二十五六岁了,但是她清脆的口音,怎么也不能说她是一个三十几岁的妇人,我只能说她的口音比我还要年轻几岁。我和她说了许多不三不四的话我现在也记不起来。我只记起问她肯不肯嫁给我,她轻轻的在我的肩上敲了一下,说我一声小鬼。后来因为我故意用手蘸起茶去擦她额上的皱纹中堆积着的白粉,她便怒形于色的离开我了!啊!径三!像我这种堕落的情形,恐怕你做梦也没有想到的吧!啊啊!我有什么脸面去做你理想中的朋友!我有什么脸面去做我耿直的父母的儿子!我有什么脸面去做我纯洁无瑕的弟妹的哥哥!啊啊!我还不如死了倒还落得一个清净!——啊!我死了又有什么脸面去见我地下的祖母!

迅速的光阴,真像投在地上的鸟影;待你注目去找寻它的形迹时,它已展开了两翅向无穷的空间长逝了。我屈指计算着我到家的日期,整整的数完了左右两手的十个指头。在两眼开闭了几次的中间,除夕也匆匆的过了,元旦也匆匆的过了,今天已经到了古人所谓人日的时候了。这几日心中起落不定的心思,直和一绞永远理不清楚的乱丝一般的纠纷。自问这几天所作的事,也只和迅速的光阴一般无影无踪的向前飞逝。若说我长日把自己禁锢在家中倒也不是完全的事实。在元旦的早晨,曾经允许了我的弱妹牵她出去游过一回,我曾经破了脸牵她在仕女如云的城上兜了一个圈子;我曾经去访过几家至亲的亲戚;曾经去访过几个和我一样贫困的友人;我曾经赴过一个友人的招饮。那个招我去饮酒的友人,他的境遇倒也不见得比我的境遇优美,不过因为他能够勤谨任事,所以现在他的家庭的确美满得许多。他现在在一个初级小学里当教师,一面又做了一个县中有名律师的书记;他在这样一身兼任两种劳苦的职务之外,还分出许多心力去管家中田地的事务。他在三年前就结过了婚,眼前已经有一个牙牙学语的女孩时常坐在他的膝上。他的夫人也和他一样的能够耐劳受苦!径三!像我这样飘泊不定的生活,那里够得上他万分之一的幸福呢!那里够得上他万分之一的幸福呢!

我的那位朋友曾经对我说,有几个我小学时代的同学,仗着我做他们学问上的镳师的同学,现在已经袭了他们父兄的余威,做起县中负着鼎鼎盛名的绅士了!径三!学问究竟有什么用处?知识究竟有什么用处?装着学问和知识的脑袋,不过仅仅是一个臭皮囊而已!

我因为要消遣自己满腹的悲愁,时常跑到附近的荒郊去散步。啊!径三!谁知道无意的散步,竟会使我新痊的心上的伤痕,混和着旧日的遗恨一齐爆发出来呢!我从城内的墙衖七湾八湾的走出了小西门,走过了一座砌起和石岭一般的石桥,一片铺满绿麦的田野便在我的眼前展开了。几株枯落的古树像老人一般的站在路旁向行人鞠躬致敬。我沿着那条小溪向上流直走上去,可以看见赤城山的余脉盘在溪底露出赭色的岩石。赤城山的颜色犹如天半飞下来的一堆朱霞,在水落木枯的残冬,山色却格外流露出一种妩媚的色彩;假如我向它招手时便会远步姗姗的走近了我的身旁。我独自沿着溪岸走了七八里光景的路程,隔岸有七枝矮矮的石塔铺排在我的面前;我走过了溪中铺好的几级石步,石下的水声活像是壶中腾腾的沸水。一片苍苍的高大的古树,夹在这一面溪岸的两旁;我在浓黑的绿树阴中进行,觉得我自己的躯体完全像一堆残雪在日下消融了的一样,踏上了中途的石桥,呆呆的蹲在桥上发痴。无意中看见了树叶反映着阳光的颜色,自己不觉被伟大的自然震慑住了。要我写我怎么也描写不出这一断天然的画境。假如我向南朝着日光射过来的方向看过去,那树叶的叶面反射出晶莹的光亮,令人的眼光眩耀得几乎要流出泪水来;若朝向北面转看过去,又是另外不同的一番情调，那微弱的阳光，那绿而带黄的叶背，那鱼鳞似的斑驳了的树皮，那叶背垂在空中翩跹飘动的情形，那树后衬托着的一座高丘，那说不尽的一切都使人感触着暮年的悲哀。径三！我想像着这两面不同的境色，便是我一生两截不同生活的写真，我站着的这座石桥和我祖母死去了那个年头一样，使我划然的分成了两种不同的境遇。我在桥上呆呆的站了一回，循着那边岸上向小北门一方回去。啊！天呀！假如我的眼睛没有发花时，教人如何忍受得住呀！在那边立着一块坟石，新刻着亡女某某之墓，令我又回想到五年以前的一幕重大的悲剧了！

那幕重大的悲剧我预算让他和我的身体同时葬入土中，永远不让第二人晓得我两人中间保存着的秘密。便是我决然要到外面去尝飘流的生活而不肯回家，大半也是受了这层意外的刺激才使我作出轨外的行为。啊啊！我现在向你追诉我过去的情形，你要知道我并不是向你来忏悔我从前的罪孽！径三！我若要把我和那人的关系一丝不漏的写了出来，恐怕就是这样接连的写了十个晚上也还写不完成，我现在只能把它缩成极短的写法，写出来告诉你给你知道一个梗概。说说好听些吧，现在三角恋爱的名词总算是最盛行最好听的名词了。我的事实也许正落在这个最好听的名词的圈套里面。我和她——就仅仅称她吧，因为我一提起了她的名字，我的心总会起了重重的战栗——也可说是亲戚，因为她是我族人的内侄女，她因为在幼少的时候便死去了她的母亲，所以不时也到她姑母的家中来，我和她认识便在她到姑母家中来的时候。我一见到她便觉得是我的皇冕，是我的灵魂，是我的生命；我爱护她比爱我自己的身体还要来得亲切。她那时也似乎爱上了我的样子。径三！万料不到鬼蜮一般的人情居然也在美丽的少女身上发见了出来。自从我的家庭遭了破产以后，她对于我的感情便霎时的转移了方向。啊！径三！世界只有女子的心是蛇虺一般的恶毒！只有女子的心是狐狸一般的狡猾！只有女子的行为是朝秦暮楚的行为！我受了这一层的刺激，我曾经整整的流过一个多月眼泪！我的神经衰弱症大概就是她的恩赐！在她和她的未婚夫宣布婚约的前几天，我不忍听这不祥的消息便离开了我的故乡。啊！我到今还没有找到第二个爱人去向她复仇；实在鬼蜮一般的只知爱别人的金钱不知爱别人人格的女人，那一个肯爱我这有识的无产阶级者呢！

总算天还有天眼，那可诅咒的她，——实在说起来虽然不肯爱我，我那里肯牺牲了最初获得我的爱情的人去诅咒她呢！像她那种只知有钱不知有比钱更宝贵的纯洁的爱情的女人，我到今还只有深深的怜悯她。——在没有和那市侩结婚以前，便瞌了两只伶俐的眼睛和人间长辞了。径三！我一面固然在为自己的不幸哀吊，一面却又深喜她到死还保存着处女的清洁。我让她死去无依的灵魂，深葬在我的心底。不知死后的她有没有翻悔自己生前的错误。

墙外骤然传进了一声凄厉的鬼啸的声音，不知这是她听到了我的言语而悲哭，还是我的祖母在责备我不应该恋着这一个毫无价值的女子？街上传进来几声沉闷的柝声，已经到了五更的时分；灯芯已经只剩得一寸多长，大概熹微的晨光不久又要透进年老的窗格中来了。我向你要说的话还没有说完，也不知写到什么时候才能够完结。虽然是长夜惯于不眠的身体，现在终究有不可言说的疲倦袭击着我了！我把我自己所定下来的计划向你说一说作个小小的结束吧。我预算在家中看看几部子书和古人的诗集，好在我家中虽陷入了破产的地位，这几部没有人要的书籍是始终没有人要的。我除了看书之外，我还想勉强随你对于我的希望去随便写几篇文章，或者还可以卖来了几元钱来补助家中的零用。……

十四，四，十七夜脱稿于杭州工专

（原载《小说月报》第十七卷第三号，一九二六年三月）

# 李劼人

## 编辑室的风波

《日日报》的编辑室在中国内地一个省会的某条街中。这省会有五十多万人口，每日吃的米麦菜疏，鸡鸭鱼肉，是很多的，独于《日日报》的销数在本城中经过了七八年，依然还只千余份。

有人说，这城里的人因为吃得太多太好，一个个都有肠肥脑满的样子，可以无须再拿眼睛来当口，再拿《日日报》来当粮食，再拿头脑来当肚腹了；又有人说，并不是人家的头脑不想容纳《日日报》，只怪《日日报》太缺少滋养料，差不多同芜菁一样，惟有肚腹饿到十二万分的饥人不得已而欢迎它。这话倒也有理由，我们只消走进《日日报》的编辑室，就知道一切了。

表现《日日报》资格的所在，除了印字钉的模糊，和报眉上几千几百几十号的数字外，最确切的还是要算编辑室里的蛛网尘埃，与到处堆积的上海北京等处被剪裁以后的废报。总经理兼总编辑赵先生每每于对客的言谈中慨然说道："怎么能得一得机会把这编辑室好好的整理得像个样子！"然而一直到《日日报》被封之前，这机会竟不曾来。

《日日报》被封的前两三月，已经恶耗迭传，总编辑赵先生一天又向编辑本省新闻的周先生嘱咐说："周先生，我们以后恐怕更要谨慎些才好！许多人向我说，我们近来的报上对于那有作用的教育联合会的态度不大对，听说其间几个坏人正在鼓动他们的靠山，要向我们生事哩。"周先生抱着水烟袋，撑起两只水泡眼道：

“我并没有自家拿过主意,他们送来的稿件,我总一字不易的交给排字房,反对他们的东西,一篇也未发表……”他便把近一周的报纸通通翻出来,把这一类的新闻指给赵先生看。

赵先生大概看了一遍,指着条短评说:“赫,赫,赫!或者这上面生了问题了。”

那短评是周先生做的,标题是“吾人对于新组织之希望”,不过是些普通的说法,中间有这么几句话:

> “……国人通病,往往因个人之私利,遂不惜举团体之公益而破坏之,窃负之,一而再,再而三,驯致四万万人咸为散沙……惟小人能以利合,事之可悲,孰过于是!……今幸而有教育联合会之组织,诚不啻天鸡之一鸣……闻主其事者,咸教育界之名宿,吾人既祝其成功,且欲观其后效……”

赵先生道:“你这文章原是恭维他们的,不过他们看法不同,一定说我们又在弄甚么鬼了……这样好了,周先生,我们以后对于这些事简直给他们个不闻不问,短评的材料宁可向省外的事情上去取用。比如谈谈胡憨在河南的战争不免是和平的障碍,张冯的暗斗影响必大,望执政有以调解之,一类毫不会生关系的东西。再不然,就把本城的琐碎事拿来说说也行,比如昨天那条虐媳致死的新闻,就可以大做文章:或是提醒警察,叫他们注意街上的疯狗。不过说到官厅,我们的口吻总得放和缓一点,最好是在文后加一句‘请勿河汉斯言’或‘言之者无罪’的话,那就更活动了。”

赵先生周先生从此更加小心,不但短评做得几乎等于一幅白纸,而且本省新闻也逐字逐句的加以研究。他们用心之深浅,只须看报上用的某字或一个大□字的多寡便足以测验之:例如说:“某师长于某日派某代表往某处议某事,”或“某伟人曾向某人有某种表示。”最使他们感困难的,就是各大人物的通电,或是历数他人的罪状,而文中涉及本省要人,或是自己表白,虽然分明是本省要人的对头，但电上偏要说彼此早有联合，这等公电既可以拿来填空白，又可以省俭许多多的裁剪工夫，当然要尽量发表，因之，他们才发明用大□字的妙法，就是把一些扼要的字句或本省要人的姓名，一律删去，而以大□字来代替。

你们必以为某字和大□字的妙用一定会使看报的人感受种种不明了的痛苦了。其实不然不然，因为这千把饥渴的读者，若干久来早能和赵先生等的心情息息相通，若干久来早练习成一副特别眼光，专能从无字处看出痕迹，凡是某字和大□字，在他们眼中仍足以显出她们代表的字义。而且每逢周先生一时的忽略，把某种新闻编得略为明显，比如说：某县知事因县民反对勒种鸦片，遂变本加厉，横征暴敛之类。于是乎亲爱的读者们必费纸费墨费邮票，寄信来说："贵报主特正谊，诚可佩服，惟处今之世，记事言论总宜少加隐晦，勿多树敌为是。鄙人为贵报之老友，既深爱之，敢贡愚直……"

赵先生周先生既常常被支配在这种懦怯的暗示之下，所以新闻的编辑越发弄来只剩了一点枯燥的影子。然而还是有风波，这却从他们不甚注意的外省新闻上发生出来的。

《日日报》上本省新闻的材料大概只有四种："衔略钧鉴"的快邮代电，"开奉等因"的例行公文，"委任谒见"的辕门抄等算一种，这是她的骨干，也就是亲爱的读者们所最愿看的东西。其次，各人送去替自己登广告的东西，比如说近闻某人作七言绝句一首，竟将某公姓名官衔概行嵌入，颇为某公击赏，称为巧不可阶之作云云；或是说某名公途经某地，为某将军招宴一次，喝绍酒一杯，大欢而散，这也算一种。其次，是专门把小事化大，不是报告某排长近由火神庙移扎龙王庙，便是报告汪二麻某日大醉回家，当街踩死老鼠一只，人尽称奇的地方通信，这也算得一种。末了，还有一般以条子计钱，写"恭呈主笔先生钧鉴"的滥访事们，他们既要吃这一项饭，却又没力量去采访有价值的新闻，只好开着门捏造一些产妇生蛇，城隍托梦的话，也算得一种。末后这一种虽太滑稽一点，但位置在枯燥无味的新闻中，倒也很别致，既是亲爱读者们欣赏之件，所以周先生也尽量发表，滥访事也尽量制造，居然成了《日日报》的一种特色。

至于它的外省新闻（自然更没有外国新闻，因为太与读者们的头脑不生关系的原故，）比较更要简单些；既没有无头无脑，残篇断简式的专电，又没有不负责任，捕风捉影式的通信，我们可以说她这一张纸的材料，完全是由北京上海报上剪下，叫排字匠去照样翻印一次的。谁料得定已经这样简单了，还有风波。

但是这也要怪编辑外省新闻的钱先生。因为钱先生很想用力把这一张纸编好一点，所以分明都是从剪刀上得来的新闻，他偏喜欢改头换面硬做来像是《日日报》自己生产的新闻：又因外省事件牵涉本省的地方不多，历来招灾惹祸，使得赵先生周先生受坐牢之苦的，都在本省新闻，因而赵先生对于这一张纸才视为不足轻重，一任钱先生掉花头。

他们绝对不料在恭维教育联合会月多天气之后，编辑室忽接到一封口气极为严厉的信，查究“该报某日所载浙江孙传芳占领无锡，张宗昌逃赴徐州的消息，从何而来，”并且说“迹近造谣，居心可恶。”原来这是军部副官处称“奉谕查考，立等答复”的公函。

赵先生把信看后，立刻就蹙起眉头，像是很不舒服的说道：“他妈的，又在外省新闻上来搜寻我们的不是了！钱先生，你看，……我们这条新闻是从那里转载来的？”

钱先生站在当面道：“这可太怪了！这一条原是他那机关报上汉口专电，我转载时还加了几句按语，就怕弄出事来，像《天顾报》那次载吴佩孚败退，弄来自己停版一样。你先生请看，我原说恐是传闻之误，姑志之以待证实的。”

他们正在商量着要回信时，一个杂役进来，手上持着一张名片说：“有客来会赵先生。”

名片上印着两个大字:易平。官衔是军部副官。赵先生还未说请,那副官早已挺着胸脯走了进来,身上穿着呢外套,照例是不脱的,大剌剌给赵先生点了一点头,便向一张大藤椅上坐下道:"你先生,贵姓就是赵?《日日报》的总编辑就是你吗?"

赵先生道:"不错的。你先生惠临,想来一定是因为浙江那条新闻来查询敝报的了?我们正要回信哩。"接着,赵先生就委婉曲折把这条新闻的来源说明,并说:"敝报登载新闻,素来就很谨慎。凡是稍有可疑的地方,总是搁下的居多,就不得已而发表,也必加以按语;我们岂不知道在目前和平运动的时候,是不应该转载这类不实在的新闻?就因为这条既是军部机关报的专电,我们相信必有来历,而且披露在前一日,所以我们才敢大胆转载,却不料果然生了误会。"

易副官的态度,方比较和平一点道:"哦!原来是我们报纸上的专电!可也难怪,虽是我们的机关报,我们倒不常看它,上峰事多,那里有看报的时候,所以才生了误会。起初上峰很生气,说你们有意捣乱,叫务必彻底查办,我们的副官长因才发了公函,又叫我亲身来问问。我虽是随着上峰东奔西驰的,但我生长本城,早知道你们贵报是不捣乱的;至于别的那些报馆可就难了。说起来原也叫人生气,比如去年《天顾报》,明晓得我们接近直系,它偏要天天登出一些吴佩孚大败,奉天飞机已到天津的恶消息,难道这些消息不是真的?不过叫别人看见,我们既是接近直系的人,偏偏我们属下的报纸这样不争气,好像我们有心希望吴佩孚打败的一样。这几天《中国新报》又在放肆了,天天鼓吹着说,萧耀南怎样的和孙传芳联合,奉天内部怎样的不妥,明晓得我们正在和张作霖段合肥携手,却故意造出这段谣言,赵先生,你说像这样不懂事体的报馆该不该封呢?我们的机关报不料也这样胡闹起来,等我回去报告,管他那编辑是秘书也好,参事也好,拉到军法处,先捶他几百军棍再说,……赵先生,把你们打扰了,我即刻回去报告,这回没有你们的事。不过以后你们仍得谨慎些好！”

赵先生一面答应着，一面又把他们的上峰和他们恭维了一番，并说改日还要请他上馆子，把易副官的倒毛拍顺了，方低声请问这回的事是怎么突然发生的。易副官到底是年轻人，便直爽的说道：“我们军部的人同你们并无丝毫恶感，老实说，我们只晓得枪炮，甚么报纸不报纸，干我们屁事，恭维我们也好，骂我们也好，谁来管你们的闲事。只是几个在教育界的红秘书连马弁都不如的人，不知同你们有甚么怨恨，常常在上峰跟前毁你们；就是这一回，也是他们把你们的报指给上峰看，说你们是敌党，那会儿，若不是参谋长在旁边骂他们是小老婆的嘴时，你们真不免要吃大亏。总之，你们留心着，以后别再惹他们，倒是同我们常常打着交道，于你们有益多了！”

赵先生送客回来，不禁叹道：“我看除非在外国旗子之下，只好闭着口的当哑巴的了！”

周先生脑子简单一点，因就恍然若以为可的说：“老实话，我们也学各商轮，租一面外国旗子来挂起，就可以吐气扬眉了。”

钱先生道：“不行吧？我们这里是省会，不是商埠，不能挂外国旗的。依我说，倒是关闭不干的好。”

关门不干是报馆的总收场，在旁人看来，像这样受气办报，岂不深表同情于钱先生的见解？其实他们总是敝帚自珍，谁也不愿当真弄到关门，万不得已而关门的，不是因本身的经济，就是因外界的压力；内部的人虽在愤慨之际常常发出此种言语，但也不过用来从反面鼓励自己的勇气而已。所以《日日报》依然毫无生气的发行着，直到末了这一天，因为一句极不相干的笑话又将一位马弁不如的人触怒了，硬说这笑话是对他而发的，影响于他的前程甚大。他于是遂拿着这张报纸到他上峰跟前哭说《日日报》的不是，求他的上峰替他作主。他的上峰果然大怒，就叫身边一位秘书开条子给城防司令项必达叫把《日日报》给我封了。

封报馆原本不算一回甚么事，不过按照往例总得加个罪名，以见赏罚之公，可是这位秘书出身于高小毕业，凭着浑身本领，博得他上峰的欢心，赐了他一个专门学校校长，对于公事历来就主张革命的，因才提笔写道："着城防司令项必达即将《日日报》馆封闭，编辑人等逮捕重笞，以儆效尤，而重公安。"

于是当天午后三点钟，某街中《日日报》馆的大门上便交叉着贴了两张城防司令部只用硃笔填过日月而无所谓硃语的封条。总编辑室待整理的机会，虽不意的到来，但赵先生却拘到城防司令部里静等重笞去了，蛛网尘埃，被剪裁后的废报依然堆积在其间。

《日日报》封了，同城五六家报馆好像简直不晓得有这么一回事，自始至终，没有一个字披露。肠肥脑满的人们只忙着吃，亲爱的读者们虽接到了《日日报》发行部的通知："本报于某月某日无故被封……"也不过头摆上两摆，横竖是芜菁之类，不吃也没有大关系。

民国十四年四月脱稿

（原载《文学周报》一七九期，一九二五年六月二十八日）

# 王任叔

## 疲惫者

### 一

一连饿了四天的运秧，今天真是怎么也煎熬不住了。他只得走向乔崇先生家里去。

论他的年纪，已然有四十光景（的确，我曾在前一月到山上去折花去，遇见了他，问他的岁数。他说："大概四五十岁吧！穷人是算不来年纪的，挨一天算一天账！不像有钱人，屈着手指儿数年纪，挨到了四十五十，热热闹闹做一会儿寿，二五八六地喝一会酒！穷人也算什么，也值得去记岁数！……"）没有父母是当然的事，没有子女倒是有些超出常例以外了。然而一按他的实际，他非特没有子女，他连一个老婆都没有讨过咧！这不免要使你们惊奇了！但我们的运秧是不能负担解答你们这个惊奇的责任的。

他在我能记忆时起，并不在我们村里的。一到我十三岁那年，他归来了。那时刚刚是他父亲死亡这一年三月里。

他父亲的死，差不多我们村里都是传为美谈的一桩事。

大概他有五六十岁了。他从下三府归来。他一归到他那杏树脚下老屋里，空堂堂的屋，使他感到难言的寂寞；又不知谁来一拨动他老的春心，他终于想讨一个老婆了。

五六十岁的老翁，讨一个老婆慰慰寂寞，在中国的社会里并不算什么一回事。然而，在他，便觉得有些僭越了。

大概是我家那位朝觐哥，他搭赸着他老，肯为他作媒。后并诱他老说："我已然给你说妥了，你明儿去娶她吧！"

果然第二天起来，我们看他老左手提着小吊篮，右手拿着炮仗。说是去迎接新嫁娘去了。

结果，他赚得了失望，于是他归来痛哭了。于是他死了！

他死了，算什么，地球上每天死的人多着呢？但是为他儿子的便不得不来守一会丧了。

便是这一次，运秧归来了。我们看见他那背骨高耸和肩齐平的形态，我们都觉得他是个很好顽的人。我们因上他一个尊号，叫"运秧驼背"。

据前一辈人说，运秧先前背脊是没有像这样驼着的。大概他年少外出佣工。背背大树，压弯了他的脊骨。然而这是想象的话，我不曾听他亲自招个这样口供。

他那时归来，依然是褴褛得很。一只漆黑的木箱，一床破被，几领衣服，便是他全盘家产了。至于他老父遗下的老杏树脚下的一间屋，照例是应该作他哥老运夫为长子长孙费的。运秧当然是没分住，只好让他哥老运夫到外面去时卖与哆哆叔；然而，我们的运秧也并不曾要过。

运秧说，外面作工没味，受人欺侮；重的肩子叫你担，苦的工作叫你做，推来惝去，外面人，一点也不肯负责任的。此后罚咒也不出去作工了。

运秧既然罚咒不外去了，那末到什么地方去住呢？这在恂恂儒雅的我们，当然是很成问题的一回事，然而在运秧的身上，却不成什么问题了。

运秧便把一切行李搁置在我们新祠堂的箱楼上。于是定出他作工的价目，以便他人雇佣。

运秧工价比什么人都贱，别人家从百钱一直加到二百钱，而运秧却老是六十大钱一工。这似乎可以招徕生意了。

然而一般主人家，因为运秧这个肚子不大好，一餐饭足足能吃一筒，虽是工价较贱，来回一计算，则似乎也不大合算了。所以运秧还是有熬饿的时间。

熬饿也只有熬饿罢了，运秧有苦向谁去说呢！据运秧亲口告我说："这都是数该如此，所以我终饿也是饿不死的。我自然也没法去作践这一条命。有时委然熬得没法，那么这公有的清水，我终得喝一口；这被大家作践的青草叶，我终得吃一些！"

一天，他觉得委实太寂寞了，非稍稍活动一活动不可。于是他建议移居。

他独自一人的事，本不用要谁赞同的。只要他自己意志一决定，他便立时可以实行了。

但他真好，他每用这么个法子来消遣这寂寞的。他每每自己提一个任何议案，再把他自己投入别一个思想里，来驳斥这个提议。驳斥一会以后，他又把自己投入又一个思想里来反驳……他这样地互相驳覆一下，空室中虽只有他一个人，便无异于满座同志，谈论风生地在说话了。他于是不觉寂寞了。

这一天，他自然也是经过久长的筹论过的。他决计把家搬到三圣殿去。

三圣殿是个真好去处。位置刚在西园之上，下大山的半腰。我们一登其上，可以瞭望远近。四园山屏，矗立如武侍。青翠苍绿，几乎终年如常。可见那山里松竹的繁茂了。俯瞰细田畈，形如大船。船底一带溪水，永恒地在奔流着。每当人眩眼看时，几疑那细田畈真个在水上驶行。左旁一村，瓦屋比栉，形如菜刀。与前面龟形的小村遥遥相对。每当晚间晨兴，烟雾飞扬，弥漫山谷，将这一座圣殿，高擎云间，住在这里的人，几疑是世外的人了。

然而我们运秧也真是被世人忘却了的世外的人呢！

运秧把木箱搬上圣殿，第一回便碰了一个钉子。

我们那位乔沅哥，仗着乔崇先生亲兄的势，早已霸占住了三圣殿的住屋。运秧搬来住，虽是所占的地位只有靠关帝左旁的一个墙角，然而不免多少使乔沅哥有些不方便与讨厌。

“运秧哥，这是不兴的事，菩萨面前怎么好住人。”

“那么你怎么住着？”运秧缓缓地侧着头问。

“那是不同的。我们住的是偏屋。”

“那么，乔沅，老哥虽是一钱不值，这条狗命，但终多少比较这柴把值几个钱吧！你那柴把可以在殿中放，我倒使不得在这儿躺吗？乔沅老哥你也够可怜啦，睡伴着你的柴把！……”

运秧好似并不晓得哭，很和平地对着乔沅哥笑。乔沅哥一听这话却也理由十足，再不好轻易驳斥。笑一笑，皇帝开恩那么样。准他住下了。

但是运秧的生意真不好，这一春，很少有人雇佣他。熬饿的日子委实太多了。自然只得厚一下脸赶这一条路。

“乔崇，乔崇，在家吗？”运秧吆喝着走进一楹五间二弄的大楼屋去。

乔崇先生道是什么打官司的人来了。匆忙地奔了出来。迎头一看，是他，觉得碰了一鼻子灰，皱一下眉，返入后房，把房门呀的一关，仍横倒在床上吸他的鸦片去了。

这房门，这欺贫暴富的房门！完全，完全的好似在骂运秧。运秧心里不觉一阵寒栗，继而有一股酸意直冲到鼻子儿上来。急忙连连用干笑掩饰过去，然而在他的眼角上已经有一点微微的润湿了。

毕竟乔崇先生的家是不像运秧一般的只建筑在几根稻竿之上的，只有一席地。就是他一间客堂，已够足运秧建筑二十多个的家庭。所以运秧虽是被乔崇先生不睬睬，关出门外；这客堂，却正够足他来去地踱着，消磨时光了。

也有在一时，运秧觉得这“踱”，没有多大意味了。而且塔塔的履声一起，益形他的寂寞更深。索性坐在凳上，守着沉默；那么由寂寞而参悟到寂寞，便也无所谓寂寞了。

太阳终算还有情，居然把运秧难熬的半天将得挨过了。由东山爬到中天，笔直的照着。

乔崇先生的长工，息工归来了。

一纳头见了运秧，于是打诨插科，一齐都起来了。运秧真做了他们开顽笑的具体家伙。

“运秧，作什么来？”

“嘻～～走走！”运秧当然只好迎着笑。

“哼，我知道了，你莫不是来揩油，来赖饭吃！”

“嘻～～那何必说起！”运秧的语音几乎使人很难听到。然而运秧缩头迎笑的神态，还是依然。

“呃，老实，”长工觉得自己侮辱他人过甚了，良心上也有些过意不去，所以又转换一个问题。“运秧，老酒味儿如何？今儿和我们作工去，明儿又得烂醉一顿了！”

烂醉，运秧一生也不得烂醉一回酒过。“只有这一天，只有这一天。”运秧想起来了。

于是运秧被空虚占领着的心，稍稍有些悲哀的惠临了！

## 二

一说起已是一年多的事了。运秧那时还有人雇佣。他身边居然有六七毛钱了。

这天，当然是他自己的光阴的一天，他酒性有点难熬了。

实在的，对于饭，运秧似乎还是次一等的需要。惟有酒，我们的运秧，却不能缺少的。除了吃草叶的日子以外。

他奔到街上去。在毛益生酒店里，他立下了。

“打一毛钱酒。”

店伙知道他的脾气:他没有钱的时候,断不肯来上店的。这次来势颇健,大概他又有些钱了。

“一毛钱酒。多少钱糕?半毛?”

“好,半毛钱大黄糕。”

当然,大黄糕是他下酒的好朋友了。运秧断不肯学一般人势利的脾气,有了钱,便忘怀老朋友,去买椒香或火炙吃的。

“一饮而尽”运秧虽做不到。讲一句实话。一毛钱酒,运秧却只有十饮。而黄糕还有一大半。这似乎有些太不济事了。于是运秧的手,向柜上自然地一拍:

“再添一毛钱。”

店伙当然有些吓呆了。运秧虽然有钱,但充其极也多不过二毛钱罢了。倘再加一毛钱酒,那么一共二毛半钱,怕不是要拖欠半毛了吗?

“半毛罢了,酒已然吃得烂醉了。”店伙假装着劝,说。

“烂醉了!什么,哼,现钱交易,我给你现钱交易吧!来,偏要再打一毛半来!”

他左手向腰间一擦,把四毛钱丢在柜上,于是店伙只好听从了。

照以前一毛十饮的例来推这一毛半钱的酒,运秧大概也只一十五饮罢了。

于是运秧满面通红笑孜孜的荡出店去。

运秧在街上东闯西跌地走了一段路,他又行到一家广货店门外。他笑呼呼的向店堂里看去。他突然地好似发现了一件珍宝,大踱步跨进店门去。

他从柜上箱内,取出了一瓶花露水,把玩起来了。

“这裱画不错,还有一个大姑娘。这个姑娘倒也生得不错!”他于是笑盈着两唇了。

正当这位艺术家在鉴赏艺术的时候,店伙虎吼也似的喊声起来了：

“你，运秧，偷贼！谁家的东西？可任意取！”

“哼，这么拿一下，干吗了？”

“你又不买，拿什么！”一把，店伙把运秧手中的瓶夺了过来。

“这么样恶狰狰的，装给谁看？大家都是十个月生的，差不多点吧！况且你又安知我不买！”

“你买，你买去给谁，你又没有大姑娘小姑娘相好，你自己一付酒糟的脸，又用不着这个！”

“哼，我运秧不是说一句话，你料笑我没有大姑娘小姑娘相好吗？来，来，你几毛钱一瓶，我去送给你看。”

运秧仗着酒胆，似乎有些愤愤然了。

“几毛钱，倒也不用，你要，便一毛吧！”

“使得，便一毛！拿去！”运秧又把钱向柜上一括。店伙倒有点愕然了。

“好，你买去，不过你送给谁呢？”

“你看！”他把瓶塞打开，一古脑儿喝到肚里了。“我便送给我的大肚肠，小肚肠去！哼，你料笑我没有大姑娘小姑娘吗？”

这一来，店伙不免有些恐惧了。像这么一下子吃了，可不是会药死吗？但不死的运秧，恐怕吃了砒霜也不要紧！何况他过的日子既无所谓无生，又无所谓死的；“要死，”这个恐惧当然不足以阻止他不饮花露水。

他又茫然的闯出店外。他于是鼓腹浩歌了。但他并不唱《想我郎》也不唱《孟姜女》，他只是任自己唱着《哼哼曲》。

他向一心亭穿过，行在桥上，他似乎有些站立不稳了，但他又不幸而不至于堕下水去！

他走到隔水村，他闯到祠堂那儿。祠堂外有条长石凳，他在凳上睡着了。

他很幸福，堂外一株樟树，绿叶浓重，萧萧地唱歌，催他安眠。

这事和现在相差只不过一年光景罢了。然而穷人的运秧的心境却几乎像过了二十多年一般的变换了。当长工提起这事问他时,他觉得眼前是英雄气象完全消失了!他真是有些凄凄然了。然而也只好凄凄然罢了!

长工搭赸一会儿,把饭菜端出来吃了。但并不多备一付箸碗。

运秧依自己志气讲话,实在应该立时走了。然而雪白的饭,喷热的羹,不由得他饿眼霍霍的亮了,饿肚咯咯的转了!

——啊!也只好耐一下子吧!

运秧于是自己走到厨下,取了一付碗筷来,想挨着长工并排坐下去。但长工们似乎今天还是有饭吃的人,大可以骄傲人家,各都横着肱不使他坐下来。

于是他也只好在桌角旁站着吃了。

他第一口饭是拌着他的眼泪吃下去的!

## 三

运秧自这一次后,不再有向人家处赖饭吃的事了。但他到底怎么过日,我是无从知道。而据乔沅哥说,他又是永不会偷盗人家的。

乔沅哥说:"哈,奇怪,我们村里要像运秧那样石骨铁硬的人,是连半个也寻不出了。这个驼背哥,就使饿了时行过萝菔田,他也不拔一个吃吃的,这就可见他的骨硬了!"

但是后来偏有一件贼案图赖着他。

在这个月里,有一个阿三,突然地来做他的邻侣。运秧起初觉得有些讨厌。后因碍于阿三的势面,也无可奈何。

阿三本来是在城里当司法的,因犯规斥革。他又曾为乔崇先生在官司上帮过忙,所以想来归依乔崇先生。乔崇先生一时难以发落,便叫他权在这三圣殿里作个逆旅住下。至于他的生计怎样维持，乔崇先生也曾授与他一条计策，叫他在乡间各处，夜里去掏缸沙卖。

这天，阿三黎明归来，一看他的邻侣，已然不在草窝里钻着了。起初不免有些奇怪，继而在他贼的心理上生起了一种被贼的恐怖了。他于是把皮箱开开来，一数他的钱包，似乎缺少了二元钱。他记得在这二十天中，他所卖得的缸沙钱，大约有十元了。怎么钱包里只有八元钱。但他自己想想，实在还有一点模糊，十元与八元之间，终久是那一边，颇难决定。不过从运秧趁早便出去这一件事上看来，他的钱便难保不有损失。于是他便决定他的钱是有十元，二元是被运秧偷去了。

他去告诉了乔崇先生。

乔崇先生对于偷卖缸沙这一件事上，本也想分润些干俸的，这一来，不是把他权利损失了？于是差一生独眼传运秧到案。

恰恰运秧又是喝酒归来，很兴头地来到乔崇先生地方。

"什么，乔崇，叫阿哥来，作什么？"

"哼！驼背，"当然的，乔崇先生一向不曾叫过人家叔或伯的，免损害他那绅士的威严，何况只有阿哥资格的运秧，当然连正名也有些不屑叫了。"驼背，你有没有拿过钱？"

"谁的钱？"运秧因有三分酒意，所以颇能使些嬉皮笑脸。

"那位阿三的钱。"

"阿三是谁？"

"呸贱狗，拿了钱，还要作假！"乔崇先生不免愤愤了。

"呃，老弟，你不用气急。阿三是什么样的人(？)真有福气，我会去拿他的钱。"运秧仍不屈的说。

"照我毛忖忖，驼背哥是石骨铁硬的人，"于是乔沅哥向着别人说了"断不会偷钱的。他和我同住了多年，他即使火没有了，要吃烟时，到我们灶里来借一个火也不来的。他真有这般硬呢？——阿三，你~~~"

“乔沅先生”阿三打断乔沅哥的话辩护着说：“哪里，我清白有十元钱，缺了二元；我们住的地方除他以外，再没有加添别一人的足迹了。那么我这二元钱是谁偷呢？”

“谁偷！”运秧对阿三作一下不屑的神气，转又对乔崇先生说“乔崇，我对你说，他的钱，你们说我偷也好，就算是我偷吧！但我要反问一句，我的钱，可是谁偷了？你老阿哥，虽算不来什么人，但终久比你多活几岁，我自从七八岁上起，便和人家看牛作工，一直到现在有四十光景了。虽是近几年人家因我力衰，不大要我作工。但极缺极缺算来，我终作过二十年工了。我这二十年作工里，每年十元算，也得有二百元钱了。我这二百元钱，可不知谁给我偷了！我也不曾娶个把老婆，生个把儿子过，化去了一百二百。我一直到现在，还是个光杆子呀！我又没有像你年纪虽少，儿女有了一担，要负担。我除喝些酒外，也不曾打过牌输过钱。我横忖竖忖，我终应有二三百积蓄，但我现在竟一些没有，连一条被也只剩有了一些破絮。我为什么到这步田地？我的钱，老实说，关帝是不曾偷过的，周仓关平也不曾拿过的。至于我的好朋友老鼠，他也断不来损害我一丝一毫的东西的，可决其不曾偷。你老阿弟既然肯为阿三帮忙，查拿偷儿，那么老阿哥的事情，还请你查一个究竟。让我死了也好闭得上眼睛……”

运秧这一篇滔滔的话，显见他实在有三分酒意了。于是乔崇先生怒了，一声咤喝，众手齐下，把运秧缚了起来。

过几天，乔崇先生写了一封信给知事先生，说运秧犯过十件重大的窃案，今被阿三查获，特地来送县的。

这样一做，阿三得升做侦探，运秧也有幸的在牢狱里吃了一年多的饭。

运秧放了犯，这不死的身体越发肥了。但是吃饭的习惯倒养成功了，甚至于一餐也熬煎不住。

于是运秧只好迫走做乞丐这条路了。可是他因和我们是同宗却从不曾到我家来讨过。

所以现在的运秧可说是寻到一条生路了，我深深地为他祝福！

（原载《小说月报》第十六卷第十一号，一九二五年十一月）

# 郑振铎

## 书之幸运

天一书局送了好几部古书的头本给仲清看。一本是李卓吾评刻的《浣纱记》的上册,附了八页的图,刻得极为工致可爱,送书来的伙计道:"这是一部不容易得到的传奇。李卓吾的书在前清是禁书。有好些人都要买它呢。您老人家是老交易,所以先送来给您老人家看。"又指着另外一本蓝面子,洁白的双丝线订着的《隋唐演义》,道:"这是褚氏原刻的,头本有五十张细图呢,您老人家看看,多末好,多末工细!"说着,便翻几页给他看,"一页也不少,的确是原刻的,字迹一点也不模糊,边框也多末完整。我们老板费了很贵的价钱,昨天才由同行转让来的,拿到手呢。"又指着一本很污秽的黄面子虫蚀了好几处的书道:"这是明刻的《隋炀艳史》,外面没有见过。今早才收进来,还没有装订好呢。您老人家如要,马上就可以去装订。看看只有八本,衬订起来可以有十六本,还是很厚的呢。老板说,他做了好几十年的生意,这部书还不曾卖过呢。四十回,每回有两张图,共八十张图,都是极精工的。"又指着一本黄面子装订得很好看的书道:"这是《笑史》,共十六册,犹子龙原编,李笠翁改订的,外间也极少见。"这位伙计晓得他极喜欢这一类的书,且肯出价钱,所以一本本的指点给他看。此外还有几部词选,却是不大重要的。

仲清默默的坐在椅上,听着伙计流水似的夸说着,一面不停手的翻着那几本书。书委实都是很好的,都是他所极要买下的,那些图他尤其喜欢。那种工致可爱的木刻,神采奕奕的图像,不仅可以考证古代的种种制度,且可以见三四百年前的雕版与绘画的成绩是如何的进步。那几个刻工,细致的地方,直刻得三五寸之间可以容得十几个人马,个个须眉清晰,衣衫的襞痕一条条都可以看出;粗笨的地方,是刻的一堆一堆的大山,粗粗几缕远水,却觉得逸韵无穷,如看王石谷,八大山人的名画一样。他委实的为这部书所迷恋住了。但外面是一毫不露,怕被伙计看出他的强烈的购买心,要任意的说价,装腔的不卖。

“书倒不大坏;不过都是玩玩的书,没有实用,”他懒懒的装着不大注意的说着。

“虽然是玩玩的书,近几年买的人倒不少,书价比以前贵得好几倍了呢。”伙计道。

“李卓吾的《浣纱记》多少钱?那几部多少钱?”

伙计道:“老板吩咐过的,您老人家是老交易。不说虚价。《浣纱记》是五十块钱,《隋唐演义》是三十块钱,《隋炀艳史》是八十块钱,《笑史》是五十块钱……”他正要再一部的说下去,仲清连忙阻挡住他道:“不必再说了,那些我不要。”

“价钱真不贵,不是您老人家,真的不肯说实价呢。卖到东洋去,《浣纱记》起码值得一百块钱。《隋炀艳史》起码得卖个两三百块……。”

仲清心里嫌着太贵,照他的价钱计算起来,共要二百块钱以上呢。一时那里来这许多钱去买!且买了下去,知道宛眉一定又要生气的。心里十分的踌躇着,手不停的翻翻这本,翻翻那本,很想狠心一下,回绝那个伙计说,“我不要买,请送给别人家去!”却又委实的舍不得那几部书归入别人的书室中。踌躇了好一会,表面上是假饰着仔细的在翻看那些书,实则他的心思全不注在书上。

伙计站在他旁边等候着他的回话。

“这几部书都是一点也不残缺的么?没有缺页,也没有破损么?”他随意的问着伙计。

“一点都没有,全是初印最完全的。我们店里已经检过了,一页也不缺。缺了一页,一个钱都不要,您老人家尽管来退。您老人家是老交易,一点也不会欺骗您老人家的,您老人家放心好了。”

“那末,把这三部书的头本先放在这里吧。”说时,他把《浣纱记》,《隋唐演义》,《隋炀艳史》另放在一边,“其余的你都带回去。价钱,我停一刻去和你们老板面议,还要去看看全书。”

“好的,好的,”伙计带笑的说道,好像他的交易已经成功了,“请您老人家停一刻过来。价钱,老板说是一定不减的。这部《笑史》也给您老人家留下吧,这部书很少见的,有人要拿去做石印呢。”伙计拿起《笑史》也要把它在《浣纱记》诸书一堆。他连忙摇头道:“这部我不要,没有用处,你带给别人家看吧。”伙计缩回手,把它和其他拣剩的书包在一个包袱中,说着“再见,您老人家”而去了。他点点头,仍旧坐下去办他的公事,心里十分踌躇着买不买的问题。

他的妻宛眉因为他的浪买书,已经和他争闹过不止几十次了。

“又买书了!家里的钱还不够用呢。你的裁缝账一百多块还没有还,杭州的二婶母穷得非凡,几次写信来问你借几十块钱。你有钱也应该寄些给她用用。却只管自己买书去!现在,你一个月,一个月,把薪水都用得一文不剩,且看你,一有疾病时将怎么办!你又没有什么储蓄的底子。做人难道全不想想后来!况且,书已经有了这许多了,”她说时指着房间的七八个大书架,这间厢房不算小,却除了卧床前面几尺地外,无处不是书,四面的墙壁都被书架遮没着,只有火炉架上面现出一方的白色。“房间里都堆得满满的了,还买书,还买书,看你把它们放到那里去?”她很气愤的说着,“下次再买,我一定把你的什么书都扯碎了!”她的牙紧咬着,恨恨的顿一顿足。

他低头坐在椅上,书桌上放着一包新买来的书,沉默不言,任她滔滔的诉说着。

“这些书都是要用的，才买来。”他等着她说完了，抗辩似的回答了一句，但心里却十分的不安，他自己忏悔，不该对他的妻说不由衷的话，他买的书，一大半是随意的购买，委实不是什么因为要用了才去买的。

“要用，要用，只听见你说要用，难道我不晓得么？你买的都是什么小说，传奇，这些书翻翻而已，有什么实用！”

“你怎么知道没有用？我搜罗了小说是因为要做一部《中国小说考略》，这部书还没有人做过呢。”

他的妻气渐渐的平了，“难道别处都没有地方借么？为什么定要自己一部一部的买？”

“借么？向那里去借？那末大的一个上海，那里有一座图书馆给公众使用？有几家私人的藏书室，非极熟的人却不能进去看，更不用说借出来了。况且他们又有什么书？简直是不完不备的。我也去看过几家了，我所要的书，他们几乎全都没有。怎么不要自己去买呢！唉！在中国研究什么学问，几乎全都是机会使他们成功的。寒士无书可读，要成一个博览者真是难于登天呢！”他振振有词的如此的说着，他的妻倒弄得没有什么话可说了。

“不过为了做一部书而去买了那末多的书来，也实在不合算。书店买不买你那部书还是问题，即便买了，三块钱一千字，二块钱一千字的算着，我敢担保你买书花的钱是决计捞不回来了，工夫白费了是当然！”他的妻恳挚的劝着。

“我也何曾不知道。他们乱写了一顿，什么诗，什么小说，出了一二部集子倒立刻有了大作家的称号，一般青年盲目的崇拜着，书铺里也为他们所震吓，有稿子不敢不买了。辛辛苦苦的著作却什么幸运都没有遇见。唉！世间上的事都是如此。谁叫得响些，谁便有福了。以后，再不买什么劳什子的书了，读书买书有什么用！”

"非必要的书少买些就好了,何必赌咒说不买书呢。别人的事不去管他,你只自己求己心之所安而已,"他的妻安慰着他说。"不过,你说的话真未见得靠得住。现在说一定不买。你看不到几天,一定真又要一大包一大包的买进家了。"

他被他的妻说着了真病,倒说得笑起来了。

不多几天,他又买了一大包的书回家了。一大半是随手的无目的的买来的。他的妻见了,又生气起来:"你真的一个钱在身边也留不住,总要全都送了出去才安心!家用没有了,叫我去想什么方法。你却又买了一大包的书回来!"她气愤愤的从架上取了一本书抛在地上,"一定要把他们都扯碎了。才可出我的一口气,"说着,又抛了一本书在地上,却究竟不忍实行她的扯碎的宣言。他伏下去一本一本的拾起来,仍旧安放在架上,心里却也难过起来,暗暗的恨着自己太不争气了,太无决心了,太喜欢买书了,买了许多不必用的书,徒然摆在架上装装样子,一面却使他经济弄得十分穷困。他叹了一口气,自己怨艾着,他的妻坐在椅上默默的无言。两行清泪挂下她的双颊。他走近她身边,俯下身去,吻她的发,两手紧握着她,忏悔说道:"真对不住,真对不住,又使你生气了!我实在自己太无自制力了。见书就买,累你伤心。我心里真是难过!下次决计再不到书店里去了。"他又咬着牙顿一顿足的誓道:"下次再去的不是人!"他的妻仰头望着他,双眼中泪珠还满盈盈的。

像这样的,一年来不止有几十次了。仲清好买书的习惯总是屡改不悛。正和他的妻宛眉打牌的习惯一样。

"你少买书,我就少打牌。"

"你不打牌,我也就不买书。"他们俩常常的这样牵制的互约着,却终于大家都常常的破约,没有遵守着。

现在,仲清要买的书,价钱太大了,他身上又没有几块钱剩下。买不买的问题,总在他心上缭绕着。这一天,恰好宛眉又被她五姨请去打牌了,他又得空到天一书局去走一趟。老板见了他来,很恭敬的招呼着他，刚才送书来的伙计也在那里，连忙端了一张凳来请他坐，又送了一杯茶来。

"您老人家请坐用茶，我到栈房里拿书给您。"那个伙计说着出店门去了。

"这几部书真是不容易见到。我做了好几十年的生意了，还不常遇见。《隋唐演义》卖出三部，李卓吾批的《浣纱记》只见过一次，那样好的《隋炀艳史》却简直未曾见过。不是您，真不叫送去看。赵三爷不知听见谁说，刚才跑来，要看这几部书，我好容易把他回绝了。刘鼎文也正在收买这些小说传奇。不过他们都是买去点书架的，不像您是买去用的。"老板这样的滔滔的说着。

"那几部书倒委实不坏，不过你们的价钱未免开得太大了。"

"不大，不大。不瞒你说，不是您老主顾，真的不肯说实价呢。这种书东洋人最要买，他们的价钱真出得不低。不过我们中国的好东西，不瞒您说，我实在有些不愿意使他们流入异邦。所以本店不大和东洋人来往。不像他们，往往把好书都卖给外国人了。像他们那末样不知保存国粹的做着，不到几十年，恐怕什么宋版元钞，以及好一点的小说，传奇，都要陈列在他们外国人的家里去了。唉，唉，可叹！可叹！"老板似乎很感慨的说着，频频摇着他的光头。

仲清不好说什么，只默默的遥瞩着对面架上的书。慢慢的立起身来，走近架边，无目的的翻翻架上的书，又看看他们标着的价目。

伙计抱了一包的书回到店里来，"你老人家请来看，一页缺残也没有，只有一点虫蚀的地方。不要紧，我们会替您老人家修补好的。"

他一本一本的把这三部书都翻了一遍，委实是使他愈看愈爱。《隋炀艳史》上还有好几幅很大胆的插图，是他向未在别的书图上见过的。每本书，边框行格都是完完整整的，并无断折，一个个字都是锋棱钢利,笔画清晰,墨色也异常的清浓,看起来非常的爽目。一页一页的似乎伸出手来,要招致他来购买它。他心里强烈的燃着购买的愿望,什么宛眉的责难,经济的筹划,他都不计及了,然他表面上却仍装出可买可不买的样子。

"书实在不坏,只是价钱太贵了,不让些是难成交的。这种玩玩的书,我倒不一定要买,如果便宜了,便买,贵了,犯不着买,只好请你们送到别家去吧。"

老板道:"价钱是实实的,一个也不能让。不瞒您说,《隋唐演义》我是花了二十五块钱买下的,《浣纱记》是我花了四十块钱买下的,《隋炀艳史》却花了我五十块钱,都是从一个公馆里买来的。除了我,别一家真不肯出那末大的价钱去买他们的。我辛苦了一场,二三十块钱,你总要给我挣的。这一次您别让价了。下次别的交易上,我们吃亏些倒可以。这次委实是来价太贵,不能亏本卖出。"

他明晓得秃头老板说的是一派谎话,却不理会他,假装着不热心要买的样子,说道:"那末,请你的伙计明天到我公事房里把头本拿去吧。太贵了,我买不起。"

老板沉下脸,好像失望的样子,说道:"您说说看,能出多少钱?"

"一百块钱,三部书,《隋炀艳史》要衬订过。"

老板摇摇头道:"不成,不成,实在不够本钱。我本没有向您要过虚价。对不起,请您作成了我,不要让价了。大家是老交易,不瞒您说,有好书我总是先送给您看的。"

他很为难,想不到老板这样强硬,知道价是一定不能多让的了。

"那末,多出了十块钱,一百十块,不能再多了。我向来是很直爽的,不喜欢多讲价。"

"是的,我晓得您。不过这一次委实是吃亏不起。您是老主顾,既然如此,我也让去十块钱吧,一共一百四十块。不能再吃亏了。”

他懒懒的走到店门口,跨足要到街上去。心里却实实的欢喜这几部书,生怕被别人抢夺去了。“我再加十块钱,一共一百二十块,不能再加了。”

“相差有限,请你再加十块钱,一百三十块,就把书取去吧。”

他知道交易可成了,只摇摇头,仍欲跨出店门,“一个钱也不能再加了,实在不便宜了。”

老板道:“好了,好了,大家老交易,替您包好了,《隋炀艳史》先放在这里,订好了再送上。”

伙计把《隋唐演义》,《浣纱记》包好了递给他,说道:“我替你老人家叫车去,是不是回家?”

他点点头。伙计叫道:“黄包车,梅格路去不去?多少钱?”

“今天钱没有带来,隔几天钱取来再给你吧。”他对老板道。

“不要紧,不要紧,您随便几时送下都可以。”老板恭敬的鞠躬一下,几乎有九十度的弯下,光光的秃头,全部都显现出;送到门口,又鞠躬了一下,看他上车走了才进去。

他如像从前打得了一次胜仗,占了敌国一大块土地似的喜悦着,双手紧紧的抱着那一包书。别的问题一点也没有想起。

他到了家,坐在书桌上,只管翻阅新买来的几部书,心里充满了喜悦,也没有想起他的妻在外打牌的事。平常时候的等待时的焦闷与不安,这时如春初被日光所照射的残雪,一时都消融不见了。“实在买得不贵,”他自想着。

阅了许久,许久,才突然的想起了经济的问题。“怎么样呢?一百二十块钱,一块都还没有着落呢!”他时时的责怪自己的冒失,没有打算到钱,却敢于去买书。自己暗暗的苦闷着后悔着,想同宛眉商议。又怕她的生气,责备。

他从来没有开口向人借过钱,这时却不由得不想到“借”的一条路上去了。这是一条唯一的救急的路。

向谁去借呢？叫谁去借呢？他自己永没有向人开口过，实在说不出，只好请宛眉去。这一次已经买了，总得还钱，挨些气也无法。叫她到五姨那里去借，五姨没有，再向二舅去，总可以有，"唉，这样的盘算着，真是苦恼！下次再不冒失去买书了！"

懒懒的在灯下翻着新买的书，担着一肚子的忧苦，怕宛眉回来听了，要大怒起来，不肯去借。

嗒，嗒，嗒，门环响着，他知道是他的妻回来了。他心脏加速的猛烈的跳着。"蔡妈，开门，开门！"他的妻如常的叫道。

蔡妈开了门，她匆匆的走进房，见他独坐在灯下，问道："清，你还没有睡？在看书么？"他点点头，怀着一肚子鬼胎。她走近他，俯头吻了他一下，回头见书桌上放着一堆书，问道："你又买书了么？"他点点头，心里扰乱起来。

"多少钱？你昨天说身边一个钱也没有了，怎么又有钱去买书？是赊账的么？千万不要在外面赊账！你又没有额外的收入，这一笔账怎么还法？唉！又买书！"见他呆呆的如有所思的坐在椅上，一句话不响，便着急的再追问道："怎么不说话？是不是赊账买来的？回答一声说：'不是'，也可以使我宽心些！"

他心上难过极了，如果有什么地洞可逃，他一定逃下去了。她见他仍旧呆呆的坐在椅上不言语，便颤声的说道："唉！你还是不说话！想什么心事！是不是赊账买的？请你告诉我一声！说，'不是'说'不是'！唉！"

他硬了头皮，横了心，摇摇头。她喜悦的说道："那末，不是赊账的了。是不是？"他点点头。她向前双手抱着他，说道："好的清，我的清，这样才对！买书不要紧，有多余的钱时可以去买。千万不要负债！"

他沉默着，什么话都说不出口。

全夜在焦苦，追悔，自责中度过。

第二天清早，他起床了，他的妻还在睡。他们没有说什么话。午饭时，他回家吃饭。饭后，坐在书桌上翻阅昨夜买来的《隋唐演义》，一面翻着，一面想同他的妻说话，迟疑了半天，才慢吞吞嗫嚅的说道："你能否替我到五姨那里借一百二十块钱来？这几天我要用。"他的眼不敢望着她，只凝视着书页，一面手不停的在翻着，虽然假装着很镇定，心却扑扑的跳着，等待她回答。

"什么用，借钱？你向来没有问过人借钱。"她诧异的问。

他不声不响，手不停的翻着书页。

"什么用要借钱？你说！不说用途，我不去借。"

他只是不声不响，眼望着书页。

"晓得了，是不是要借去买书，还书店的账？除此之外，你不会有别的用途。"

他点点头，等候她的责备。真的她生气起来，把桌上的书一本一本的抛在地上，"一天到晚只想买书！这个脾气老是不改，我已不知劝说了多少次了！唉，唉！最好把饭钱房钱也都买书去，大家饿死就完了，"她伏着头在桌上，声音有些哽咽。他心里很难过，俯下身去拾书，说道："不要把这些书糟蹋了，价钱很贵呢。"

她抬起头来问道："多少钱？是不是借钱就去买这些书？"

他点点头，承认道："是的。"把一本书拿到她面前，指点给她听，"共买了三部书，实在不贵，一百二十块钱。你看，这些书多末工致！如果我肯转卖了，一定可以赚钱。"

她不声不响，接过了书翻了一会。她的眼凝注着他的脸，见他愁眉不展的样子，心里委实不忍。她的气平下去了，叹了一口气道："为了买书去借钱，唉，下次再不可如此了。没有钱便不要买。欠账是最不好的事！这次我替你去借借看。五姨也不是很有钱的，姨夫财政部里的薪水又几个月没有发了。能不能借来，还是一个问题呢。"

他脸上露出一线宽慰的笑容。"五姨那里没有，二舅那里去问问,他一定会有的。”

“你下次再不可这样冒失的去买书了。”她再三的吩咐着。

他点点头,不停手的在翻着书页。

(原载《文学周报》第二〇六期,一九二六年一月三日)

# 五 老 爹

我们猜不出我们自己的心境是如何的变幻，不可测；有时，大事变使你完全失了自己的心，狂热而且迷乱，激动而且暴勇，然而到事变一过去，却如暴风雨后的天空一样，仍旧蔚蓝而澄清；有时，小小的情事，当时并不使你怎样感动，却永留在你的心底，如墨水之渗入白木，使你想起来便凄楚欲绝；有时，浓挚的友情，牵住你一年半年，而一年半年之后，他或她的印象却如梅花鹿之临于澄清无比的绿池边一样，一离开了，水面上便不复留着他们的美影；有时，古旧的思念，却历劫而不磨，愈久而愈新，如喜马拉耶山之永峙，如东海，南海之不涸。

三十年中，多少的亲朋故旧，走过我的心上，又过去了，多少的悲欢哀乐，经过我的心头，又过去了；能在我心上留下他们的深刻的印象的有几许呢？能使我独居静念时，不时忆恋着的又有几许呢？在少数之少数中，五老爹却是一位使我不能忘记的老翁。他常在我童年的回忆中，活泼泼的现出；他常使我忆起了许多童年的趣事，许多家庭的琐故，也常使我凄楚的念及了不可追补的遗憾，不忍复索的情怀。

是三十年了，是走到“人生的中途”了，由呱呱的孩提，而童年，而少年，而壮年，我的心境不知变异了几多次，我的生活不知变异了几多的式样，而五老爹却永远是那样可惊的不变的五老爹。长长的身材，长长而不十分尖瘦的脸，月白的竹布长衫，污黄的白布袜，慈惠而平正的双眼，徐缓而滞涩的举止，以至常有烟臭的大嘴，常有烟污的焦黄色手指，厚底的青缎鞋子，柔和的微笑，善讲善说的口才，善于作种种姿势的手足，三十年了，却仿佛都还不曾变了一丝一毫似的。去年的春天，我到故乡去了一次。五老爹知道我回去了，特地跑来找我。他一见了我，便道：

"五六年不见，你又是一个样子了。听说你近来很得意。但你五老爹却还依然是从前一贫如洗的五老爹！……"

面前立的宛然是五年前的五老爹，宛然是三十年前的五老爹，神情体态都还不变，连头发也不曾有一茎白，足以表示五年的，三十年的岁月的变迁的，只有：他的背脊是更弓弯了。

这是我最后一次的见他。半个月后，我离了故乡。三四个月后，黄色封套，贴着一条蓝色封条，上写"讣闻"二大字的丧帖，突然的由邮局寄到。"前清邑廪生春浩府君痛于……"我翻开了丧帖一看便怔住了：想不到活泼泼的五老爹这末快便死去了。

后来听见故乡的亲友们传说，五老爹临死的两三个月，体态完全变了一个样子，龙钟得连路都走不动；又变成容易发怒，他的妻，我们称她为"姑娘"的，一天不知给他骂了多少次，甚至动手拿门闩来打她。亲戚们的资助，他自己不能去取了，便叫了大的男孩子去。有时拿不到，他便叨叨罗罗的大骂一顿，是无目的的乱骂。他们都私下说"五老爹变死"了。而真的，不到两三个月，这句咒语便应验了。

但我没有见到过这样变态的五老爹。五老爹在我的回忆中，始终是一位可惊的不变的五老爹。长长的身材，长长而不十分尖瘦的脸，月白的竹布长衫，污黄的白布袜，……三十年来如一日。

我说五老爹是"老翁"，一半为了他辈分的崇高。他是祖母的叔父，因为是庶出的，所以年龄倒比祖母少了十多岁。他对祖母叫"大姊"，随了从前祖母母家的称号；祖母则称他为五老爹，随了我们晚辈的称呼。叔叔们已都称他为五老爹了，我自然应该更尊称他。然而祖母说："孩子不便说拗口的话，只从众称五老爹好了！"

我说五老爹是"老翁"，一半也为了他体态的苍老。我出世时，他只有三十多岁，然而已见老态，举止缓徐而滞涩，语声苍劲而沙板，眼睛近视得连二三尺前面的东西也看不清楚，他还常常夸说他的经历，他的见闻。我们浑忘了他的正确的年龄，往往当他是一个比祖母还老的老翁。然而他的苍老的体态，却年年是一样的，如石子缝中的苍苔，如屋瓦上的羊齿草，永远是那样的苍绿。所以三十多岁不觉他是壮年，六十多岁也不觉他变得更老，除了背脊的更为弓弯。

他并不曾念过许多书。听说，年轻时曾赴过考场。然而不久便弃了求功名的念头，由故乡出来，跟随了祖父谋衣食。如绕树而生的绿藤一样，总是随树而高低，祖父有好差事了，他便也有；祖父一时赋闲了，他便也闲居在家；祖父虽有短差事在手而不能安插自己私人时，他便又闲居着。大约他总是闲居的时候多。他闲居着没事，便抱抱孩子，以逗引孩子的笑乐为事。孩子们见他闲居在家便喜欢；五老爹这个，五老爹那个，几乎一时一刻离不了他；见他有事动身了便觉难过；“五老爹呢？五老爹？我要五老爹！”个个孩子一天总要这样的吵几次。而我在孩子们中尤为他所喜爱。我孩提时除了乳母外，每天在他怀抱中的时候最久。他抱了我在客厅中兜圈子；他抱了我，坐在大厅上停放着的祖父的藤轿中荡动着；他把我坐在书桌上，而他自己裁纸折了纸船纸匣给我玩，我一把抓来，不经意的把他折的东西毁坏了，而他还是折着。在夜里，他逗引着我注视红红的大洋油灯；我不高兴的要哭了，他便连声的哄着道：“喏，喏，喏，你看墙上是什么在动？”他的手指，便映着灯光做种种的姿态；我至今还清楚的记得：他映的兔头最像，而两个手指不住的上下扇动，状着飞鸟之拍翼的，最使我喜欢。其他犬头，猫头，猪头，也都和兔头的样子差不了多少，不过他定要说他是犬头，猫头或者猪头罢了。最使我害怕，又最使我高兴的，是：他双手叉着我的肋下，高高的把我举在空中，又如白鸽之飞落似的迅快的把我放下。我的小心脏当高高的被举在空中时，不禁扑扑的跳着。

我在他头顶上，望下看着，似乎站在绝高的山顶什么东西都变小了，而平时看不见的黑漆漆的轿顶，平时看不见的神龛里的东西，也都看得很清楚，连绝高的屋脊也似乎低了，低了，低到将与我的头颅相撞。当我被迅速的放落时，直如由云端堕落，晕迷而惶惑，而大厅的方砖地，似乎升上来，升上来，仿佛就要升撞到我的身上。直到我无恙的复在他怀抱中时，我才安心定神，而我的好奇心又迫着我叫道："五老爹，再来一下！"

我大了一点，他便坐在祖母的烟盘边，抱我在膝上，讲故事给我听。啊，你们不知烟铺上是如何的奇妙神秘的一个地方。小小的一盏玻璃罩的烟灯，放在烟盘上，烟盘上还放着白铜的烟钎，烟膏匣，烟灰匣等等，而一把古色古香的烟筒却放在盘边。夜间静寂寂的，除了小小的烟灯，放出圆圆一圈红光，除了祖母的嗤嗤潺潺的吸烟声，除了一团的白烟，由烟斗，由祖母嘴里散出外，一切都是宁静的。啊，这是如何奇妙而神秘的一个地方！而五老爹抱了我坐在这烟盘边，讲着长长的，长长的故事给我听，直讲到我迷迷沉沉的双眼微微的阖了，祖母的脸，五老爹的脸渐渐的模糊了，远了，红红的小灯光渐渐的天边的小圆月似的亮着，而五老爹的沙板苍劲的语声，也如秋夜的雨点，一声一滴的落到耳朵里，而不复成为一片一段时，他方才停止了他的讲述，说道："睡着了。"便轻轻的把我放在烟铺上躺着睡，扯了一床毡子盖在我身上。

他讲着"长毛"的故事，形容那种红布包在头上，见人便杀的"长毛"，是那样的真切。他说道："'长毛'都拿着明晃晃的刀，尖尖的长枪，人一见了他们便跪下来献东西给他们。他们还是一刀把人的头斫下，鲜血直喷！有一次，一大批的男男女女，老老小小，躲在一大堆稻草下面避着'长毛'。'长毛'团团转转的找不见人，正要走了，一个执着长枪的'长毛'无意中把枪尖向草堆里刺了一下，正中一个男人的腿，他痛得喊了一声。于是'长毛'道，'有人！有人！'他们都把长枪向草堆中乱刺，稻草都染得红了，草堆里的人是一个也不剩。还有，我家的一个亲戚，你应该叫她祖太姑的，她现在已经死了，她的一家死得才惨呢！‘长毛’来了，全家不留一个人，只有你祖太姑躲藏在厨房的灶洞中，没有被他们看见。她亲眼看见‘长毛’的头上包着红布，手里都拿着明晃晃的刀枪，头发长长的。‘长毛’走后，她由灶洞里爬了出来，满天井是死人！亏得一个老家人躲在别处的，回来见了她，才背了她出城逃难。半路上，他们又遇见一个‘长毛’，老家人头上被斫了一刀，红血流得满脸；还好，你祖太姑很聪明，连忙把手上戴的小金镯脱下来给他，才逃得性命出来！”

他这样的追述那恐怖时代的回忆，使我又害怕，又要听。微明而神秘的烟盘边，似乎变成了死骸遍地的空宅，旷场。而他的讲述《聊斋》，也使我有同样的恐怖。我不怕狐仙花怪的故事，我最怕的是山魈，僵尸。有一次，他说道：“一位老太太和一个婢女同睡在一屋。老太太每夜听见窗外有人喷水的声音，便起了疑心，叫醒婢女一同去张望。却见一个白发龙钟的老太婆在那里用嘴喷洒水花。她知有人偷窥，便向窗喷了一口水。老太太和婢女都死了过去。第二天，家里的人推进房门，设法救活他们，却只救活了婢女，老太太是死了。婢女述夜中所见的情形。家人把老太婆所没入的地方掘起来，掘不到七八尺，却见一个僵尸，身体还完好的，躺在那里，正是婢女夜中所见的白发龙钟的老太婆。他们把她烧了，此后才不再出现。”我听得怕了起来，仿佛我们的窗外也有人在呼呼的喷着水一样。我紧紧的伏在五老爹胸前不敢动，眼睛光光的望着他，脸色是又凄凝，又诧异，如一个宗教的罪人听着牧师讲述地狱里的惨状一样。

但他最使我兴高彩烈的笑着，聚精会神的听着的，还是他的《三国志》的讲述。他手舞足蹈的形容着，滔滔不息的高声讲述着刘备是怎样，张飞是怎样，曹操是怎样，这些英雄的名字都由他第一次灌输到我心上来。他形容着关公的过五关，斩六将，仿佛他自己便是红脸凤眉长髯的关羽,跨了赤兔马,提着青龙偃月刀;他形容着张飞的喝断板桥,仿佛他自己便是黑脸的张飞,立在桥边,举着丈八蛇矛,大喝一声,喝退了曹操人马;他形容着曹操的赤壁大败,仿佛他自己便是那足智多谋,奸计满胸的曹操,他形容曹操的割须弃袍,狼狈不堪的样子,不禁的使我大笑。他讲得高兴了,便把我坐在床上,而他自己立起来表演。长长的身材,映在昏红的小小灯光之下,仿佛便是一个绝世的英雄。这一部《三国志》足足使他讲了半年多,直到他跟了祖父到青田上任去,方才告终,然而还未讲到六出祁山。每夜晚饭后,我必定拉着他,说道:

"五老爹,接下去讲,曹操后来怎样了?"

于是他又抱了我坐在祖母的烟盘边讲述着这长长的,长长的故事。

我已经到了高等小学里读书。有一天,吃中饭时,我一个不小心,把一根很长的鱼骨鲠在喉头了;任怎样咳嗽也咳不出,用手指去抠,也够不到,吃了一大团一大团的饭下去也粘它不下去。喉头隐隐的作痛,祖母母亲都很惊惶。他们叫我张大了嘴给他们看,也看不见鱼骨鲠在那里。我急得哭了起来。五老爹刚好从外面进来——当然,他这时又是赋闲住在我们家里——我一见他,便哭叫道:"五老爹快来!五老爹快来!鱼骨鲠得要死了!要死了!"五老爹徐缓的踱了过来,说道:"不要紧的,等五老爹把你治好,五老爹有取鱼骨的秘方。"于是他坐在椅上,拉我立在他双膝中间,叫我张大了嘴,又叫丫头去取一把镊子来。他细细的细细的看着,不久便用镊子探进喉头。随镊子到口腔外的是一根很长的鱼骨,还带着些血。他问道:"现在好了么?"我咽了咽口水,点点头,心里轻快得多,直如死里逃生。至今祖母对人谈起这事,还拿我那时窘急的样子来取笑。

但五老爹也有一件趣事,使我至今想起来还好笑。他是不吃鸦片的,却喜欢在烟铺边盘桓着。有时也躺在烟铺上,用细细的铁钎，挑着烟膏，在烟灯上烧着，烧干了，又浸入烟膏匣中，然后再取出再放在灯上烧，如此的，烟泡渐渐的增大了，直到了够抹在烟斗上吸几口为止。他几乎天天总要这样的烧几颗烟泡，放在烟盘上给祖母吸，免得她自己费工夫去烧；他烧烟泡有一个特别的怪癖，一定要一面烧，一面放在鼻孔边嗅着；烧好一颗烟泡，不知要嗅多少次。我常常取笑他，说道："五老爹又把烟泡放在鼻孔边嗅了。他的鼻孔是会吸烟的！"有一次，他正在烧得很高兴，忽然一时忘神，把烟泡烧得太久了，烟泡发起火来，而他还照样放在鼻孔边去嗅，因此，鼻孔竟被烟泡灼焦，使他好几天不能再烧烟泡，再嗅烟泡；而五老爹烧烟泡烧焦了鼻孔的故事，遂使合家都传为趣谈，使我至今想起来还好笑。

五老爹快四十三四岁了还不曾娶亲。还是祖父帮助了他一笔钱，叫他回故乡去找一个妻子。他娶的是大户人家的一个婢女，年纪只有二十左右，同他在一起真可算是父女。当然，他的妻不会美丽，圆圆的一张脸，全身也都胖得圆圆的，身材矮短，只齐五老爹的腋下高，简直像一个皮球。她不大说话，样子是很傻笨的。他结婚了不多几月，便把她带到我们家里来，于是他们俩都做了我们家里的长住的客人。我们只叫他的妻做"姑娘"，并没有什么尊称。自此，五老爹不再手指足画的谈《三国》，讲鬼神，但却还健谈，一半，当然是因为我已经大了，自己会看小书了，不会再像坐在他膝上听讲《三国志》时那末的对于他的讲述感兴趣了，一半，也因为他现在已成了家。

他成了家不久，姑娘便生了一个女孩子。这孩子很会哭，样子又难看，合家的人都不大喜欢她，而她的母亲，姑娘，终日呆涩死板的坐在房里，也不大使合家怎么满意。只有五老爹依旧得众人的欢心，他也依旧烧烟泡，嗅烟泡，健谈不休。

祖父故后，我们家境也很见艰难，当然养不起许多闲人食客，于是在一批底下人辞去后，跟着告别回归故乡的，还有五老爹和他的“姑娘”和他们的善哭的女儿;他的去,一半也因为祖父已经去世,他的希望,他的“靠山”是没有了,所以不得不归去,另谋别一条吃饭的路。

啊,与我童年时代有那末密切的连系的五老爹是辞别归去了,从这一别,直到了十年后方才在北京再见。记得他带了他的妻女上“闽船”归去时,祖母叫了一个老家人替他押送着行李,那简简单单的包括两只皮箱,一只网篮,一卷铺盖的行李,还叫我也跟了去送行:“顶疼爱你的五老爹回家了,你要去送送。”闽船是一种长不及二三丈的帆船,专走闽浙一路海边贩运货物的,而载客是例外。这样的船,在海边随风驶行着,由浙到闽,风顺时也要半个月,逆风时却说不定是一月两月。由闽出来时,大都贩的是香蕉,青果之类,由浙回闽,贩的却都是猪。猪声哈哈的,与人声交杂,猪臭腾腾的,与人气混合,那真是难堪的苦旅行。五老爹要是有钱,他可以走别的路径,起陆,或由上海坐轮船回去。然而五老爹如何有这样大的力量呢? 于是只好杂在猪声猪臭之中归去。船泊在东门外,那里是一长排的无穷尽的船只停泊着,船桅参参差差的高耸天空,也数不清是多少。五老爹认了半天,才认出原定的船来,叫伙计帮着拿行李上船,抱孩子,扶女人上船。伙计道:“船要明早才开。”五老爹自己立在船头对我说道:“你不要上船了,跳板不好走。回去吧。我一到家就有信来。”又对老家人说道:“来顺,你好好的送孙少爷回去,太阳底下不要多站了。”来顺说:“五老爹叫你回去,你回去吧。”我心里很难过,没情没绪的跟了来顺走。走了几十步,回头望时,五老爹还站立在船头遥望着我的背影。

啊,与我童年时代有那末密切的连系的五老爹是辞别归去了;从这一别,直到了十年后方才在北京再见。

十年后,我在北京念书;住在三叔家里。每天早晨去上学,下午课毕回家。有一天,天气很冷,黑云低压的悬在空中,似有雪意。枯树枝萧萧作响,几片未落尽的黄叶纷纷扬扬的飞坠地上。我匆匆忙忙的赶回家。一进门,看见有一担行李,放在门房口,便问看门的李升道:“是谁来了?”李升道:“一个不认识的老头子,刚由南边来的,好像是老爷的亲戚。”

我把书包放在自己房里,脱了大衣,便到上房。一掀开门帘,便使我怔住!和三叔坐着谈的却是五老爹!十年未见的五老爹!他的神情体态宛然是十年前的五老爹,长长的身材,长长而不十分尖瘦的脸,污黄的白布袜,青缎的厚底鞋,慈惠而平正的双眼,柔和的微笑,一点也没有变动,只是背脊是更弓弯了些。他见了我也一怔,随笑着问道:“是一官么?十年不见,成了大人了,样子全变了,要是在路上撞见,我真要不认识了呢。只是鼻子眼睛还是那样的。”

屋里旺旺的烧着一大盆火,五老爹还只是说:“北京真冷呀!冷呀!”三叔道:“五老爹的衣裳太薄了,要换厚的,棉鞋棉袜也一定要去买,这样走出去,要生冻疮的。”

五老爹还是那样的健谈。在晚上的灯光底下,他说起,在家里是如何的生活艰难,万不能再不出来谋生,而谋生却只有北京的一条路;他说起,他的动身前筹备旅费是如何的辛苦,东乞求,西借贷,方才借到了几十块钱;他又说起,一路上是如何的困苦难走,北边话又不会说,所遇到的脚夫,车夫,旅馆接客,是如何的刁恶,如何的善于欺压生客;由晚饭后直说到将近午夜,还不肯停止。还是三叔说道:“五老爹路上辛苦,不早了,先去睡吧。李升已把床铺理好了。”五老爹走到房门边,把门一推,一阵冷风,卷了进来,他打了一个寒噤,连忙缩了回去,说道:“好冷,好冷!”三叔道:“五老爹房里煤炉也生好了。睡时千万要当心,窗户不要闭得密密的。煤毒常要薰坏了人。”五老爹道:“晓得的。”三叔又给他一条厚围巾把他脖子重重围了,他方才敢走出天井,走到房里。

他的房间在我的对面,也是边房,本来是做客厅的,临时改做了他的卧房。第二天,他起床时,太阳光已辉煌的照着。天井里,屋瓦上，枣树上，阶沿上，是一片的白色。太阳照在雪上，反映出白光，觉得天井里格外的明亮。他开了门，便叫道："啊，啊，好大的雪！"

这一天，他又和三叔谈着就事的问题。三叔微微的蹙着双眉，答道："近来北京找事的人真多，非有大力量，大靠山，真不容易有事。二舅在这里近两年了，要找一个二三十块钱一月的录事差事，也还找不到呢。"

五老爹默默的不言。他在北京直住到半年，住到北京的残雪早已消融完尽，北河沿和东交民巷边界的垂杨，已由金黄的丝缕而变成粗枝大叶，白杨花如雪片似的在空中乱舞时，他方才觉得希望尽绝，不得不收拾行李回家。在漫长的冬天里他只是缩颈的躲在火炉边坐着。太阳辉煌的照着，而且一点风也没有，这时，他才敢拖了一把椅子坐在阶沿晒太阳。天色一阴暗，一有风，他便连忙躲进屋来，一步也不敢离开火炉边。刚开了门，一阵冷风便虎虎的卷了进来，他打了一个寒噤，叫道："好冷，好冷！"又连忙缩回火炉边去。

一到了晚上，他更非把炎炎旺旺的白炉子端放在他房里不可。三叔再三的嘱咐他，把房子烘暖后，炉子便要端出门外去；要放炉子在房里，窗户便要开一扇。煤气是很利害的；一冬总要薰死不少人。他似听非听的，每夜总是端了烧得炎炎旺旺的白炉子进屋，不再放它出门，窗户总是闭得严严密密的。好几天不曾出过什么毛病。

有一夜，我在半夜中醒来，仿佛有什么东西在呻吟，那重浊而宏大的呻吟声，不似人类发的，似是马或骆驼的呻吟，或更似建幕于非洲绝漠上时所闻的狮子的低吼。我惊了一跳，连忙凝神的静听，清清楚楚的，一声声都听得见，这声音似从对房发出的。我穿了衣，披了大氅，开了门出去，叫了几声："五老爹，怎样了？怎样了？有病么？"他一声都不答应。我推了推门，是闩着的，便去推他的窗子。窗子还没有关闭着。我把窗一推，一股恶浊的煤气由房里直冲出来，几乎使我晕倒。这时，三叔也已闻声起来了。我们由窗中爬进，把门开了，房里是烟雾弥漫的。五老爹不省人事的躺在床上呻吟着。合家忙碌碌的救治他，把他抬到天井里使他吸着清新的空气，李升又去盛了一大碗酸菜汤来，说是治煤毒最好的东西，用竹筷掘开他的牙齿，把酸菜汤灌了进去。良久，他才叹了一口气而复活了，叫道："好难过呀！"

足足的静养了五天，他才完全复原。自此，他乃浩然有归意。挨过了严冬，到了白杨花如雪片似的在空中乱舞时，他便真的归去了。送他上东车站的是三叔和我。行李还是轻飘飘的来时的那几件，只多了身上的一件厚棉袍，足上的棉袜，棉鞋。

五年后，在故乡，我们又遇见了几次，是最后的几次。他一听见我回来了，便连忙赶来看我。还宛然是五年前的五老爹，十五年前的五老爹，三十年前的五老爹，神情体态都一点也不变，只是背脊更弓弯了些。

他依然是健谈，依然是剌剌不休的诉说他的贫况，依然是微笑着。但身上穿的却是十五年前的衣服，而非厚的棉衣，足上穿的却是十五年前的污黄的布袜，青缎的厚底鞋，而非棉袜棉鞋。他叹道："穷得连衣服都当光了。有几个亲戚每月靠贴一点，但够什么！"

第三天，二舅母来时，她说五老爹托她来说，如果宽裕，可以资助他一点。我实在不宽裕，但我不能不资助五老爹。三十年来，他是第一次向我求资助。

我带了不多的钱，到他家里去拜望他。前面是一间木器店，他住在后进，只有两间房子，都小得只够放下床和桌子。他请我在床上坐，一会儿叫泡茶，一会儿叫买点心，殷勤得使我不敢久坐。我把钱交给了他，说道："这次实在带得不多，请五老爹原谅。以后如有需要时，请写信向我要好了。"他微笑的谢了又谢。

第二天早晨，他又跑来了，说道：“我还没替你接风呢。今午到我家里吃饭好么？”我刚要设辞推托，不忍花他的钱，他似已知道我的意思，连忙道：“你不厌弃你五老爹的东西么？五老爹在你少时也曾买糖人糖果请你，你还记得么？菜都已预备齐了，一定要来的。不来，你五老爹要怪你的。”我再也不能说得出推辞的话，只好说道：“何必要五老爹多破钞呢！”

这一顿午饭，至少破费了我给他的三分之一的钱。他说：“听说你喜欢吃家乡的鲍鱼海味，这是特别赶早起去买来的，你吃吃看。”又说道：“这鸡是你五老爹亲自燉的，你吃吃看，味儿好不好？”我带着说不出的酸苦的情绪，吃他这一顿饭，我实在尝不出那一碗一碗的丰美的菜的味儿。

我回到上海后，五老爹曾有一封信来过，说道，这二三月内，还勉强可以敷衍，希望端午节时能替他寄些款去，多少不拘。然而端午节还没有到，而五老爹已成了过去的人了。我寄回去的却是奠仪而不是资助！啊，我不忍思索这些过去的凄惋！

（原载《小说月报》第十八卷第八号，一九二七年八月）

# 黎 烈 文

## 觉悟者之末路

太阳渐渐地升出水平线了,正开行的轮船,把浮在江面上的霞光,激成无数鳞鳞的红浪,和白色透明的泡花;凌乱的远山,被一层层的云雾锁着,仅有些微蓝色的余留,给我们认识;种着柳树的堤岸,已经被人家放出牲口来蹂躏了;没出水面的沙滩,丛生着又深又密的芦苇,千百成群的小雀,很愉快的飞起飞落,好像是欢迎这一天光明的开始呢! 在这时候,我正倚着船栏,受自然的洗礼。伟大纯洁的自然,差不多要把我曾经汩没的天真,恢复过来了;但是我回过头来对舱里一望,又不由得使我害怕! 牌赌啊,鸦片烟啊,世界一切的罪恶,差不多都在这特种势力范围内,得有相当保护,一宗宗全部陈列出来了。咳! 这个有什么法子呢? 光明在这里,黑暗就在那里……

当我涌起这些思潮的时候,舱里忽然发生一个惊异的声音,我走进去一看:正是睡在我上面铺位那个姓王的先生,很张惶着把行李翻来覆去,好像是失了东西寻不着的样子;旁边有几个人瞧着,咕咕喽喽的议论。这王先生本来也很奇怪,从汉口上船起,不曾多讲一句闲话,整天睡在铺上。这时天气还热,船上臭虫极多,他却一点也不觉得,看他的脸色,大约很有忧患呢!

我这时在他臂上拍了一下,他回过头来,我问他道:“先生! 你失了东西吗?”他很失望的说:“寻不着了! 这一定是有人偷去了! 哎! 这真要害死我呀!”

我听了他这无头无尾的话,有点发笑。旁边一个人赶着告诉我:“先生!他丢了三十块钱呢!”

“丢了三十块钱,放在什么地方丢去的呀?”我很惊异着问他。

他瞪着眼睛,静默一会儿,忽然坐下哭起来了:“天啊!我怎能到广东呢?我所有的旅费,全都丢了!我真苦命啊!这还是用三分月息向朋友借来的呀!我家里还充满着希望,以为我到了广东,就能得个位置,把借款还清,并要赚钱养家呢!哎……哎……”

他这痛苦的呼声,感动我的同情心了。我安慰他说:“先生!莫慌!你再过细寻一下,不要放在什么地方,自己忘记了吗?”

“什么地方都寻遍了,终归不见。咳!这只怪我自己不小心,我因为是钞票,所以放在身边。”他说着,自己用手在头上乱敲。

我虽替他焦急,却想不出什么法子。这时旁边有人说:“你快去告诉茶房,叫他给你查去,或者可以查出来呢!”

我想这主意很对,便也跟着赞成。一会儿有人把茶房叫来了。这茶房名字唤做阿三,当我在汉口上船的时候,他便拦着我要两块钱买铺位,我因为已经有了船票,不肯给他,他便发恨走开去了。后来我竟找不到铺位,只得承认他的要求,他才让出一个铺位给我。原来这些长江轮船上的铺位,全都是茶房的产业。他们每人分管几个铺位,当客人未满足他的欲望以前,他便摆些东西,只说已经有人定去了,使客人不得不服从他的支配。这是船主许给他们勒索客人的权利呢!

“呔!丢了什么东西?什么时候丢的?丢在什么地方?”阿三板着面孔,对王先生很粗气的问。因为他在后舱打牌,从昨晚起,不曾停止,现在却有人扰乱了他的兴致咧!

“丢在什么地方!我若晓得,就不会问你呀!咳!我告诉你,我丢了三十块钱呢!这三十块钱,都是交通银行的钞票,放在这个里衣口袋里,昨晚我还摸着,今早醒来就不见了。咳!这是我预备由上海到广东的旅费哟！请你给我去查一下罢！若能查着，我情愿出几块钱谢你。”王先生咽着声音说。

阿三冷笑了一下，“先生！莫怪我说直话，你既只有这点儿旅费，就不应该全数放在身上。失了别的东西都可以查，只有钱钞一项，却是不能查的。因为钱钞是人人有的，并且人人同是一个模样的。你有交通银行的钞票，别人也有交通银行的钞票，这个谁能分出是你的或是他的呢？你不信，我这里就有一百多块钱的交通钞票咧！”阿三说时，在系在腰上的板带里面，掏出一卷很厚的钞票，扬着给众人看。

王先生急得不能做声。我和几个旁人代他商量，阿三摇了摇头，“各位朋友！不是我不肯帮忙，实在是做不到呢！”说完，转回打牌去了。

现在王先生完全绝望了，他哭着，把头在铺边上撞得咚咚的响。有一位老头儿，在旁边看着不忍，拿出两块钱来，大声对众人说：“喂！朋友们！来来，大家修福积德，做点好事，施舍他些罢！”说完，便把两块钱递给王先生。

真奇怪！王先生却不受这施舍，他对老头儿说：“先生！我很感谢你的好意。但是我宁死不能承受这种侮辱人格的慈善的施舍。如果你能够本着人类的同情和互助，那么就请你借给我一笔整数的旅费。我敢用我自己的人格来担保，将来总能够还你。”

老头儿不懂他的意思，说了一声“浑话！不识抬举！”走去了。

这时围在王先生旁边看热闹的人，渐都散去了，不过还在远远地交头接耳的议论着呢！我也开始清理我的铺位了。因为这舱里的铺位，共有三层，每层距离二尺多高，我恐怕上下为难，所以睡在最下一层。王先生却睡在第二层，正是我的上面，刚才他寻东西的时候，翻来覆去，落下一些灰屑在我铺上。但是当我拂去这些灰屑的时候，我心里不禁奇怪的想着：“他的钞票不要丢在我铺上呀！这个很受嫌疑呢！”我又想：“那扒手不会使坏么？不要把赃物丢在这里害我啦!”我想到这里,我心里发生恐怖了。于是我也和王先生一样,把所有的行李,都检视一遍。旁人或者要疑心我的举动,但我这时却不曾注意他们。

当我正在呆着检视行李的时候,忽然听到舱外砰然一声,好像是重物落水一样。接着就有人叫着:“救人呀!赶快救人呀!”一霎时,全舱客人,都集在船的一边了,我也挤在里面。这时每个人差不多都有一种心理变态的表现,虽然惊骇,恐怖,怜惜等等,各自不同,但集合这群众心理的总和,总不外希望二字了。可是这地方江面既宽,水势又奔放得很急,要想救人,正如大海捞针一般。所以不到片刻,这群众心理的总和,又由希望而变成失望了。

纷扰已经过去,大家都回到舱里了。有人叹息说:“咳!可怜啊!为着三十块钱,牺牲了生命……”

“出门真危险呀!像这样的事,又谁人能够料到呢?他家里讯还不能得到,将来真不晓得要怎样办啊!”又有一个人是这样说着。

但是先时给钱把王先生的那个老头儿,却很骄傲的道:“这人也实在生得贱!我好意怜恤他,给他钱,他倒抬架子不要;现在呢,不是白白的做了一个无名鬼吗?古话说得好:‘不信老人言,灾祸在眼前。’真是一点不错!”

我对于他们的说话,谁也不表示附和。我只静默的坐着。我的脑袋,正像一部电影机器,开始演戏了。在汉口上船的王先生啦,睡在铺上的王先生啦,失窃时候的王先生啦,拒绝施舍的王先生啦,以及广漠的江岸,奔放的江流,都在我眼前映出来了。这是一出多么惨酷的悲剧呀!

“喂!朋友!让开点!”一个粗鄙的声音惊觉我了。阿三由我的铺上爬到王先生睡过的铺上,很快地翻了一遍,后来在一只旧皮箱里选了几件衣服,笑嘻嘻地拿下来说道:“这也可以抵两块钱的铺位钱呢!”

阿三去了不久,又引了几个茶房,和轮船上的管事来了。七手八脚把王先生的遗物全数搬去了。也不晓得是保留呢?还是有别的作用咧?

“咳!可怜的人,就是这样完了!我想偷他钱的那个扒手,是怎样罪过呀!”一个人发出很深的叹息。

“什么事都完了!先生们可以把他忘记了!”坐在我旁边的一个少年,现出很痛苦的样子,用要求的语气说。这少年约有二十多岁,他也睡在第二层铺上,他的铺位正和死去的王先生的铺位并列着。我只在初上船的时候,和他谈了一会,晓得他姓周,是一个中学毕业生,得有朋友的介绍,到上海去寻生意的。以外便一点不知,因为很少和他见面,他尽日尽夜的在后舱打牌,有时连睡眠都不顾咧!

这时大家都注意这个少年,因为他那种不安的态度,实在惹人疑惑。我便问他:“你怎么还不去打牌呢?已经完场了吗?”他还没有回答,却有人接着说道:“是啊!十六圈还没完场咧!”我回头一看,原来是阿三来找他呢!

“去!去!快点!死了一个陌生人,要你做出这个怪模样,莫非见鬼吗?”阿三很急的催着。

“我不去便怎样呢?你去邀别人罢!我不打了!”少年满脸怒气的回答。

阿三却不生气,反嘻皮笑脸的说道:“真的吗?真不打了吗?”

“真的!我一定不打了!”

“啊!正好!那么算账罢!别人的我不管,只请你把我那二十四块钱拿来罢!”阿三一边说着,一边就伸出手来了。

少年踌躇了一会,忽然站起身来,指着阿三骂道:“你这恶魔!你害人哟!我不晓得你要害死多少人来?”

阿三看他那样子,倒吓了一跳。“我害人!害过谁来?害过你吗?各位先生!你们大家说句公道话。我们虽不该邀他,但是打牌也得自己心愿。他若不来，难道我们还捉着他打不成？哼！输了钱就想这样赖过吗？我劝你老实点罢！我们什么好手都会过，还怕谁来？”

这时有几个闲人，连忙替他们排解，阿三倒好，也就没有多说。可是少年却不理会那些，他望了众人一下，忽然高声说道：“惊动各位先生！我有几句话说。”这个呼声一下，即刻就召集了许多人，团团围拢来。少年在舱外拣个空阔的地方站着，对众人说道：“诸君！我不能再忍耐了。我实在是个罪人！我晓得我如果首先就宣布我的罪状，那么我也即刻就会要失掉自由。我还是先说我犯罪以前的事实罢！我的姓名，诸君没有知道的必要。我所能告诉诸君的，就是我并不是个没有受教育的人。我曾在中学毕过业，我敢说我自己在学生时代，是个很纯洁的青年。可是毕业以后，就学坏了。因为我既没有能力升学，又没有职业安身，只好闲闲荡荡的过了一年游民生活。这一年里，我也就什么坏事都做尽了。但是这个都不是我本来的坏啊！是社会的诱惑啊！以前的事，可以不讲，单说目前罢。我因为闲在家里，不是长计，找了一个朋友介绍，到上海去寻生意，所以这回总算是我第一次的远行咧！我对于船上的生活，本不习惯，加以这统舱比牢狱还要污秽，空气又坏，臭虫又多，铺位又窄，简直使我不能一刻安宁。恰好这恶魔（指阿三）来邀我打牌，所以毫不踌躇就答应了。但是不料他们会弄我的鬼啊！先让我赢了一点，随后便一败涂地，把我所有的现款尽数输去，还差二十多元，这几乎不曾把我急死！我想来想去，没有法子，那时上铺去睡，无意中发见和我并列睡着的王先生，衣袋凸起，好像有什么东西，他自己又不时摸着，我便谅定是钱钞一类了。在先我还没有偷他的意思，后来我一想到我的赌账，就不知不觉大胆的犯了这个罪恶。咳！我到现在，自己还不明白是怎样一回事呢！”少年刚说到这里，忍不住流下眼泪了。众人惊异得了不得，发出种种的怪声：“啊！他就是扒手！”“哼！该死的东西。”“他竟自己承认，这一定是被冤鬼寻着呀！”

“把他捉住！莫让他走了！”一个船上的管事，高声叫着。阿三便走上去一把将少年拿着。少年狠命地一推，“在这船上，你还怕我逃走吗？逃到那里去呢？”众人都说：“这话不错！”阿三才松了手。少年继续说道：“诸君！我的确是个罪人。但是我的犯罪，是不是经过诱惑和逼迫，这也要请诸君注意！并且我实在不料王先生竟会因这点损失，牺牲生命。我若早晓得是这样，我也决不敢偷他的了。咳！现在良心在这里审问我，灵魂在这里刑罚我。我不能隐瞒了。诸君！我是一个罪人。咳！我现在知道了！我知道悔悟就是犯罪者自然的刑罚，这个刑罚，比一切人为的刑罚都要利害。啊！我不能忍耐了。死去的王先生哟！你原宥我罢！你的钱在这里，一点也没挪动，我还你！”少年说时，在袋里拿出一卷钞票，出人不意掷到江中去了。众人起了一个呼声，望着那些钞票在没有落水以前，一张张散开，像蝴蝶一样的飞着。

少年趁众人的视线，集在钞票的当儿，突然踊身一跃，只听到一个奇怪的响声，接着就看见江面上起了一个大的旋涡，一圈圈的波纹，还没推开到多远，就被一个浪头打平了。

这时有个女客叫着：“快些停船去把他救起来啊！”但是多数人说：“这害人的毛贼，该得这个报应！死有余辜，还把他救起来干甚么？”

阿三也咬牙切齿，气愤愤地说：“这贼种实在该死！但是我们的赌账去问谁要呢？还有两块钱的铺位钱也没把我啊……”

船仍旧开行着，好像没有一点事的样子。两岸的风景，变换得更快了。山岭，平原，接二连三的过去。白茫茫的江面，涌着洪波，仿佛有个死神立在那儿，望着我们狞笑呢。

一九二一，一二，一八。上海

（原载《舟中》，泰东图书局一九二六年五月版）

# 舟　中

一个四月的晚上，我由汉口搭船到上海来。我家并不在汉口；汉口只是我由家里到上海的一个转船的地方。我每回由家里出来，总是坐一晚火车到汉口；因为汉口没有亲戚，也没有朋友，就不得不去投那最狡猾的人——湖北人开的旅馆。在旅馆住不上一天，再换坐江轮，继续我那枯寂的旅行，一直到上海止。这种情形差不多每回一样，虽然我最厌坐轮船，但是除掉坐轮船以外，实在没有别的东西可以把我由汉口载到上海了。

我上船时，还只六点多钟，统舱虽已挤满，房舱里却是很稀的。一个茶房把我引进一间还没搭客的房舱，房内上首和左边各有两个铺位，一上一下的安着，虽然不很宽舒，到底没有统舱里那种臭气了。我为起身方便起见，拣了左边的下层铺位。茶房给我把被盖打开，行李安置妥当，我便倒身就睡。这时外边虽然人来人往：扰攘得不堪，我这间舱里却特别清静。我看一看那盏嵌在壁间的电灯，又望一望房的周围，这小小的新的环境，倒真像别有天地呢！

过了一会，船上的客人渐渐多了。将近九点钟的光景，我这舱里也添了两个客人。他们是一男一女。男的年纪四十上下，乡绅打扮，样子倒很忠厚。女的却年轻多了，看去至多不过二十四五，衣服虽不十分华丽，但很大方，合着她那苗条的身子，俊俏的面庞，自然是很令人注意的。他们刚进来的时候，都忙着安置行李。稍停，才把铺盖铺好，女的拣着正面的下层铺位，男的也就指定那个上层。事情稍为清楚了点，女的坐着柔声喘气。那男子却急忙在网篮里拿出一根烟袋，呼呼的大抽水烟；随后对我笑了一笑，问我尊姓大名,开始攀谈。女人先时看着我很生分似的,后来讲起都是同乡,便也跟着谈笑起来,好像熟人一样。

那男子说他姓何;女人是他的嫂子。她是福州人,有十年不曾回娘家了,这回是他老兄特为请他送她回去的。我当时心里虽疑他竟有一个这样年轻的嫂子,但是又不便问他,只好东拉西扯,说些别的闲话。船是十点半钟启碇的,我们却谈到一点钟才睡。何先生爬上铺去,不到五分钟就哼哈哼哈的酣呼起来:只我和他嫂子尽睡不着。我平常本是很贪睡的,从没有上床十分钟还不合眼的道理:可是今晚却不然了,越是想睡,倒越睡不着,心里像失了什么东西似的,只管在铺上转来转去。

这时何太太的头,离我的头还不到五寸。因为我们都是睡的下层铺位,两个铺位在一个水平线上,一横一直的凑合着:要不是被铺边隔开,她那螓首怕还会顶到我的怀里来呢!先是我猜她一定会睡在那头的:及她睡的时候竟向我这方面倒下来,这真使我十分惊异了。我虽向来没亲近过妇人,但是现在却被妇人的发香薰醉了;同时我又得到一种非常的感觉,我自己也分不出这感觉是苦是乐,我只觉得我的体温渐渐增高了,我满肚皮充满着就要爆发的潜热了。我虽竭力抑制自己,但是她却偏要目不转睛的望着我,有时还带笑说道:“你也睡不着!”这真使我更为难了,我的自治力几乎要失败了:后来我没法,只好死劲把眼睛闭住,又把毯子蒙头盖着。因为天气很热,竟出了一身臭汗。

第二天早上只有五点半钟,就听得船上敲起当当的钟声。我连忙起来,不料何太太也老早醒了,她见我起来,也跟着起来。我胡乱把脸洗过,也没和她说话,就拿着我随身带的一把帆布椅子,又在网篮里面信手抽出一本书来,踉踉跄跄的跑到船尾,想静坐看一看书。岂知我取书的时候,没有留心,竟拿着一本罗素著的《战时的正义》(Justice in War Time),看不到两三页,觉得没有趣味,厌气起来,心里本来很慌,这时就更乱了。呆呆的坐在椅上,望着两岸忽而山岭，忽而平野，忽而一个丛生着芦苇的沙洲，这种种景致，在上海住久的时候，常常想念的，这时不过一瞬就过去了，并不觉得稀奇。过了一会，我实在忍不住了，正想进去，恰巧何太太已走出来了。她望着我笑道："太用功了，会成书呆子罢！"我也笑了一笑，起身把椅子让给她坐。她毫不客气的坐上，在我手里把书拿过去翻了一翻，说道："原来是洋书！现在真奇怪，无论什么人都喜欢读洋书，我看洋书读起来叽哩咕噜有什么好听？"我这时正傍着椅子，站在她的旁边，看着她那刚才梳好的头，真是发光可鉴！另外还有一种像粉又像香水的气味，由她的颈上一直冲到我的鼻里。咳！要是这时没有旁人的监视，我怕已经弯下去亲了她呢！

她回头看见我正在那里"饱餐秀色"，倒不好意思起来，把书掷到我的怀里，笑说道："真是呆子！书呆子！"站起身来又道："快吃饭了，进来罢！"我笑着点了点头，携着椅子跟她回到房里。这时她那位老叔子方起来不久，正在那里张着大嘴，哈浪哈浪的漱口，一见我们进来了，连忙说道："吃饭的时候，你们倒跑到外面去了！"我初听这话，心里吃惊，怎么他竟干涉我像自家人一样？后来一想，这是他的脾气，倒也好笑。

九点钟吃过粥了。一个茶房走进来问我们打牌不，说外面有一桌牌还缺一脚。恰巧刚才何老先生同我们讲，想得牌打，就有人来邀，真是正中下怀了。连忙在提箱里拿出几块洋钱，又嘱咐他嫂子和我，小心扒手，不要出去，便喜孜孜的跟着茶房走了。

十点半钟的时候，船到九江，我本要上坡去走走的，因为何太太说一个人在船上寂寞，只好陪她坐着。这时许多小贩傍着舱门窜来窜去，叫成一片。一个卖磁器的，挑着一担磁器放在门口，问我们买不。她走近去拣了两个小刨花缸子和两个肥皂盒子，那经纪要代价大洋一元，她却只肯出小洋八角，讲来讲去彼此不肯相让，她就使气不买了。经纪走后，她和我说道："磁器还好，就只价钱太贵了。做小生意的人，也这样固执！"我听了这话，忽然发生一个堕落的念头，急忙跑去寻那小贩，恰值这小贩正要下船了，我也没同他讲甚么，就给他大洋一元，买了刚才何太太选中的那几样磁器。回到舱里，她很惊异的看着我道："怎么？你也看上这个！"我笑着把磁器递在她手里，说道："因为你喜欢呢！我买着送你的，切莫嫌弃！"她先还疑我是诳她的，后来见我态度诚恳，也就很欢喜的接受了。我这时躺在铺上，心里真是说不出的快乐。因为用礼物去媚一个陌生的妇人，这还是头次呢！

十二点半钟船由九江开行。一点钟午餐，着茶房去催了两回，才把何老先生叫来。我们三个人一块吃着，她带着许多路菜。这时都拿出来摆在桌上。何老先生尽着报告他的牌况，什么白板同发财对碰啦，什么单吊红中啦，琐琐碎碎的说着，对于我和他嫂子的交谊，却一点也不注意。饭刚吃完，嘴唇一抹，又抱着水烟袋急忙跑去了。

这时房里仍旧只我和何太太两人：我睡在帆布椅上，她坐在铺上。我因见她时常愁眉不展，又想着她的小叔子已经这大年纪，那么她的丈夫不晓得更要怎样衰老？她究竟为什么嫁着一个异乡老汉？这种种问题萦怀着。再也忍不住了，我更冒险问她道："你是福建人，却怎么嫁到湖南呢？"她听了这话，已经懂得我的意思，很坦白的告诉我，说她父亲是个秀才，但是家里很穷。她十五岁的时候，有个亲戚给她做媒，说有一个营里的哨官，是湖南人，年纪虽然大点，已经四十岁了，但还不曾娶过。并且在福州置有田产，以后是不回湖南的。她父亲听着一面之辞，毫不考虑就把亲事议妥了。成婚一年，就碰着革命，在福建的湘军多被解散，她丈夫也就闲着没事。以前她父亲误信媒人的话，说她丈夫在福州置有田产，其实一点积蓄也没有。所以坐吃山空，不到半年就精光了。

这时她丈夫忽然要回湖南去，说家里有祖遗产业，可以过活；并且湖南熟人很多，谋事比较容易点。她当时因为生米已成熟饭，自然不能不跟着他走。不料到了湖南，才晓得她丈夫却是一个已有妻室的人。她受了骗，被他们逼着降做侧室。初时她丈夫还很爱她；后来因她没有生育，加上正妻的种种挑拨，于是一天疏远一天，到现在竟是“视若寇仇”了。这回打发她回去，表面虽说是送她回去省亲，其实就是大归呢！她说到这里，很凄楚的哭起来了。她又说她的一生被她丈夫糟蹋了；就是以后他仍叫她回去，她也决不再去了。她这样说着，使我也不禁哭了。我要找几句安慰她的话，却茫茫的不知从何说起。

她见我陪她流着眼泪，倒有点奇异起来，她像是怀疑世间竟有这样深挚的同情者。但是后来她相信我了，她虽没说甚么，我却很能看出我这几滴眼泪已经滴到她的心的深处了。她把自己眼泪浸透的手帕递给我，我接着揩过，我对她说道：“你要晓得！你以前的痛苦，都是因你自己不能独立，以致被人拿做物品一样任意使用。过去的不必说了，将来呢，你如果想要挽救你那被劫的余生，那就纯看你自己的努力如何。你一定要维持自我的尊严，脱离任何人的支配。换句话讲，就是自己领有自己，不被他人使用；然后发挥你的自由意志，去企图幸福。”她听着这些说话，不大了解，问我甚么叫做自由意志。我给她解释道：“打个简单譬喻：假若你以后想要再嫁，那你就只管找着那个你所爱嫁的人去再嫁；至于你的父母赞成不赞成，社会上非笑不非笑，都是不相干的，都不必顾虑。假若你以后愿意独身，那你就实行独身；如果你的父母——或是无论何人——来侵犯你，你都要拚命抵抗，不受半点勉强。是这样做去，你才能得到真正的快乐。”她默默的把我的话思索了一会，问我道：“万一我的力量薄弱，竟不能实行我的自由意志，那又怎样呢？”我这时不晓得甚么胆子，竟很快的答道：“那就只好自杀。因为我们可以牺牲我们的生命，但是不能牺牲我们的自由意志。我们与其忍辱偷生，被人蹂躏，那还不如一死了当呢！”

她又哭了。她听着我的话，越发伤感起来了。这时我也懊悔着，不应该拿这些危险的事情去教唆一个可怜的被掠夺的妇人哟！

我当下安慰她说:“哭泣是无益的。你还是自己保重身体,去做你所应做的事罢!以你的年纪,将来还很有希望咧!”她噙着两泡眼泪,痴痴的看着我,也没说出甚么。反而我倒惊异起来,我觉得除非我离家的时候,或是刚从远方回家的时候,母亲是这样眼泪汪汪的看着我外,没有第二个人像她这样恳切的注视过我了。咳!我这时真发疯了。我觉得她像我的母亲,但又觉得有点两样。我想投到她怀里,却被一个无形的人拖着,好像对我说:“这是做不得的,这是一桩危险的事情!”我真是弱者啊!我竟屈服在礼教的权威底下。

我们脸对脸的静坐了一会,各人脑袋里都装满着神秘,她不能了解我的玄想,我也不能窥见她的心思。后来我因听见茶房高叫:“安庆到了!”方才从这性的催眠里醒觉转来,我把手上的表一看,已经五点钟了。这时从窗内望去,已经看见城市的影子了。我趁这机会对她说道:“到外边去走动走动罢,已经到了安庆呢!”她深深的叹了一口气,便起身跟着我走。我们跑到船尾上,望着那个有名的宝塔王的尖顶越走越近,及至可以看见宝塔全体的时候,船已到了安庆城下了。但是并没傍岸,只在江中停轮几分钟,乘客上下,都用驳船,看他们在汹涌的波涛里面摇来摇去,真有些担心啊!

船继续开行后,舱面的人都走进里边去了;只我和她两人尚留在船尾。我们同伏在船栏上面,先还彼此离开站着,后来不晓得怎样,竟渐渐的挨近起来,至于肩膀靠着肩膀了。这时我感受得一种愉快的温暖,从她的身上一直传到我的心里,使我仿佛像酒醉了一般。她呢?也双颊红红的发热起来,显出一种病的状态了。正在这奇怪而有趣的时候,恰好茶房跑来请吃晚饭,我们便一同回到舱里。只见那位何老先生已经迫不及待,狼吞虎噬的先自吃着了。我们进去,他好像没有看见一样;我问他输赢如何,他也一声不响,只微微的笑着,表示一种得意而骄傲的样子。他嫂子对我说道:“他别的事情虽然老实,但是打起牌来,十回倒有九回是赢钱呢!”

我这时因为另外想起一宗心事，便带笑说道："话虽这样，但是还是早点收场好罢？当心上当呢！"不料这位老气横秋的何老先生听着这话，便大不服气起来。他大约误会我是有意轻视他的，急急把饭吃完，在怀里掏出几张钞票给我看道："我，上当！上什么当？你不信，看罢！晚上还有十六圈呢！我包管还要赢这么一倍。"我听着这话，着慌起来，赶快问道："还有十六圈！难道你今晚不要睡吗？"他很瞧不起的看了我一眼，"高兴还要打二十圈呢！睡！睡在这里饱臭虫！"

我笑着，还要想法子把他阻住，他已经掉头不顾的走了。何太太怕我生气，对我说道："他老是这样夹生的，你同他争论什么！走开不好吗？我们总少受点烟臭。"我这时默默的坐着，心里奇怪她竟有这样懵懂的念头，她不觉得我们就要发生的危险，想法子留住这个罪恶的制止者，倒还望他走开，这真是何等糊涂！后来我又转念一想，她说不定还是想要利用这个机会来引诱我啊！唉，这时我真困难极了！我想到外面去避过这么一晚，但是避到那里去呢？统舱里面是臭恶不过的，并且也插针不进了；别的房舱呢，也都住满了。想来想去，这真没有法子。后来我只好决定搬到上层铺位去睡。我想，只要不嗅着她的脂粉香气，总多少可以减少一点兴奋罢！

刚到七点钟我便嚷着要睡，她说："慢点睡罢！我们还好谈谈呢！"我不过笑了一声，却动手把行李往上层铺位搬去，搬完了行李便睡。她起初呆呆的望着我，后来到底忍不住了，她倒在铺上哭起来了。我这时就再狠心些，也免不得要软化了。我连忙跳下来，假意问道："甚么！又哭甚么？"我问了几声，她毫不理会，却只顾哭着。真利害哟！女人的眼泪真比王水还要利害哟！我被她这一哭，竟弄得手足失措，也不顾这些那些，大胆的坐到她铺上去了。我把她摇着，问她究竟为甚么哭泣。过了好久，她才愤愤的说道："问甚么呢？我已经为一切人所厌弃了。你再避远些罢，我身上又臭又有毒呢!"我听了这话,不觉失笑起来,我说:"你别多心罢!我因为底下空气不大流通,才睡到上面去的。既是这样,我仍旧睡在下面好罢?"我一边说着,一边就把被盖搬回原铺。这时她仍不住的呜咽着,我性急不过,竟忘记自己和她是甚么关系了,伸手在面盆里找着一条毛巾,爬上铺去强迫揩她的眼泪,这么一来,她忽然笑了,我便两手一软,……

天啊!我到底被什么鬼迷了心呢?我竟干出这样破天荒的事情——欺负一个同船的不相识的妇人。我明知这是一个罪恶的冲动,却终不能自己制止。咳!忏悔啊!我真无穷尽的忏悔啊!但是这又有什么用处呢?我虽跳到太平洋里,又那里能够洗去这一生的污点呢?我这时睡在自己的铺上,我的心像皮球一样的在胸里跳上跳下。已失去的灵魂,也跑回来了,她把我责备得真难堪啊!我回头望她一下,我的眼泪就更像泉水一样的涌出来了。

在这兽性凯旋的时候,她却不唧一声的睡着,她睁着眼睛看我,像是怨恨,又像是怜惜,或是别有感触罢?但我却无论如何没有这样胆子看她,因为我惭愧着呢!她后来像有什么决心似的,坐起来对我说道:"哭甚么呢?你难道比我还懦弱吗?我们到底应该怎么办法呢?话不成就是这样完结吗?"我听着这话,也没回答她,我只静静的想着:"难道我们还要做出甚么更大的罪恶吗?难道我们这样沉沦还不足算吗?"她见我一声不响,便把我摇了一摇,又接着说道:"你不是劝我发挥甚么自由意志去企图幸福吗?我现在就实行你的办法如何?"

咳!有甚么事情能够比这个还使我惊惧呢?我晓得她要企图甚么幸福呢?恐怕就把我的头颅割下来也不敢问她啊!但是她继续说道:"你不是说你还不曾……?我晓得你是很怜惜我的啊!请你给我想想法子罢!我现在不愿回福州去了呢!"事情就弄成这样严重了,她竟提出这样要求来了。但是,咳!这个是我所能承认的吗?我能够和一个年纪比我大而一切不如我的妇人——并且是一个被人抛弃的妇人——去营共同生活吗？无论我的双亲听着会要气得发昏；就是朋友们知道，恐怕也要说我是有神经病啊！不过我既不能满足她的希望，那么为甚么先要和她干出那样把戏呢？“始乱而终弃之”，我虽不顾她的利害，自己能够问得过良心吗？并且自己教别人脱离家庭和社会的束缚，同时又自己言行不能相符，这是何等可耻的矛盾啊！我被这两方面极端相反的问题难着，自己都不能解决了。我既不愿牺牲自己的地位，我也不愿陷害一个可怜的妇人。我心里想：“只要除开这个，总还有别的两全的法子罢？”但是想来想去，实在没有别的主意。她见我尽不答应，她又哭起来了，她说：“你真这样狠心吗？你忍得逼死一个已经给你损害的女人吗？”咳，这是何等可怕的威逼哟！像我这样懦弱的人，能够忍受得来吗？这时我只好硬着头皮答应道：“好罢！你要怎样就怎样罢！我是无可无不可的。但是，对不起，请你让我安静睡一下罢！横直要后天才到上海呢！明天一天，明晚一晚，都好从长商议咧！”她听着这话，好像还不满意，又逼着我问道：“那么你是答应我了哟！是不是呢？”我做出十分要睡的样子，只在鼻子里唔了一声。她也不好再说，便转身睡了。但是一个人遇着这样关系终身的事情，那里还有心睡觉呢？我只躲在被窝里整整的流了一夜眼泪；有时听得她醒着叹气，并且喊了我两声，像是要同我谈话的样子，但我却再没理她。

快要天亮的时候，那位何老先生回来了。看他满脸怒气，晓得他总上了当啊！他望了我们一下，我装做睡着。她也装做睡着。我这时心里一半抱愧，一半却是怀恨。我想他若不贪着打牌，我们在他监视之下，又何致闹出这样乱子来呢？

五点半钟船到芜湖了，我起来把脸洗过，站在船边上看着那些搬夫运货。这时招呼我们的茶房从我身旁走过，对我说道：“上岸去顽顽罢，这里有一点多钟耽搁呢！”我听着这话，便信步走上码头。因为心里烦乱，昏头昏脑的走着，也没注意甚么，好几回几乎被人撞倒了。在岸上徘徊了一会,直到船上的货物眼看要运完,方才转去。回到舱里一看:何老先生好梦方酣;她虽醒着,也还不曾起身。见我由外面进来,便问我到了什么地方。我这时好像偷儿见了失主一样,心里又惭又惧,也没和她多讲,只说:“到过芜湖了。”我刚坐上铺,她又爬近来轻轻说道:“你还有心去看热闹!你也不想想我们到底要怎样行止呢?在上海你没有妥当人家可以暂时把我安置吗?”我连忙止住她道:“你那里这样粗心!你不怕他听见吗?”她笑道:“他已经睡死了,那里就会听到?”我说:“总要小心些罢!”这样一来,她免不得有些顾忌,也就给我吓退了。我倒在铺上思前想后,总觉得昨晚不该许她。我将因此堕落到无边的孽海,永远不得超脱。我想到这里,我恐怖极了,我宁肯自己担负一切罪恶,只要和她不再发生那个关系。这时我的心真不堪问啊!我只顾及自己的前途,却不管别人的危险。我打定了主意,“三十六着,走为上着”,我便一声不响的睡下。

将近一点钟的时候,茶房把午饭开来,告诉我们快到南京了。我这时心里慌沉沉的,我想就要逃走,却又有点不忍。但是我一念到那个终身累赘,也就不敢稍微留恋。我糊乱用过了饭,何老先生睁圆着眼睛看着我说道:“怎么?你今天脸色不大对呢!怕是有病罢?”我吃了一吓,还没回答,他嫂子连忙给我遮饰道:“他也输了钱呢!”何老先生面皮一红,怒视了她一眼,也就没往下说了。

一点半钟船已到了南京。何老先生邀我们上岸去闲逛闲逛,我心里喜欢极了,连忙答应。他嫂子说懒得跑路,不愿上去;又对我丢了一个眼色,好像要我也莫上去。我晓得她是想留我在船上商量那个事情,所以我只做不见,反拚命劝她到外面去走动一下。她无可奈何也就答应了,三个人走上码头不远,见着一家酒馆,我说:“我们上去吃杯罢?”何老先生说:“好!”便一同跑上楼去。刚才坐下来,我便故意在身上一摸,“啊,不好了!我忘记带钱了!”她说:“不要紧的,我这里有呢!”我笑道:“那有这个道理!请你们先用罢，我回去一转就来。”何老先生赶上来拦，却被我推开走了。

我一气跑回船上，把茶房叫来，我说：“我有急事，今晚就要赶到上海，请你快点给我收拾行李，火车就要开啦！”说完，给了他三元酒钱。他虽十分惊异，也就不好留难。行李收拾好了，我又在船上找了一家旅馆的接江，要他招呼我去乘火车。

三点半钟由南京开往上海的特别快车里，有一个奇怪的客人，他呆呆的坐着，眼睛没有看见一样东西，耳朵没有听到一点声响，他的心也冷冰冰的像沉在一个无底的深渊了。他现在虽然仍旧活着，其实在某个时候就已经死过了。他没有良心，也没有灵魂；他只留着一个皮包骨头的肉体。这肉体要到若干年后才得腐烂。

一九二二，五，一八——上海

（原载《舟中》，泰东图书局一九二六年五月版）

# 夏丏尊

## 怯 弱 者

### 一

阴历七月中旬，暑假快将过完，他因在家乡住厌了，就利用了所剩无几的闲暇，来到上海。照例耽搁在他四弟行里。

“老五昨天又来过了，向我要钱，我给了他十五块钱。据说前一会浦东纱厂为了五卅事件，久不上工，他在领总工会的维持费呢。唉，可怜！”兄弟晤面了没有多少时候，老四就报告幼弟老五的近况给他听。

“哦，”他淡然地说。

“你总只是说‘哦’，我真受累极了。钱还是小事，看了他那样儿真是不忍。鸦片恐还在吃吧，你看靠了苏州人做女工，那里养得活他。”

“但是有甚么法子啰！”他仍淡然。

自从老五在杭州讨了所谓苏州人，把典铺的生意失去了以后，虽同住在杭州，他对于老五就一反了从前劝勉慰藉的态度，渐渐地敬而远之起来。老五常到他家里来，诉说失业后的贫困和妻妾间的风波，他除了于手头有钱时接济一些以外，一概不甚过问。老五有时说家里有菜，来招他吃饭，他也托故谢绝。他当时所最怕的，是和那所谓苏州人的女人见面。

“见了怎样称呼呢？她原是拱宸桥货，也许会老了脸皮叫我三哥吧,我叫她甚么?不尴不尬的!"这是他心里所老抱着的过虑。

有一天他从学校回到家里,妻说:

"今天五弟领了苏州人来过了,说来见见我们的。才回去哩。"

他想,幸而迟了些回来,否则糟了。但仍不免为好奇心所驱:

"是甚样一个人?漂亮吗?"

"也不见得比五娘长得好。瘦长的身材,脸色黄黄的,穿的也不十分讲究。据说五弟当时做给她的衣服已有许多在典铺里了。五弟也憔悴得可怜,和在当铺里时比起来,竟似两个人,何苦呵,真是前世事!"

老五的状况,愈弄愈坏。他每次听到关于老五的音信,就想像到自己手足沉沦的悲惨。可是却无勇气去直视这沉沦的光景。自从他因职务上的变更迁居乡间,老五曾为过年不去,奔到乡间来向他告贷一次,以后就无来往,唯从他老四那里听到老五的消息而已。有时到上海,听到老五已把正妻逼回母家,带了苏州人到上海来了。有时到上海,听到老五由老四荐至某店,亏空了许多钱,老四吃了多少的赔账,有时到上海,听到老五梅毒复发了,卧在床上不能行动。后来又听到苏州人入浦东某纱厂作女工了,老五就住在浦东的贫民窟里。

当老四每次把老五的消息说给他听时,他的回答,只是一个"哦"字,实际,在他,除了回答说"哦"以外,甚么都不能说了。

"不知老五究竟苦到怎样地步了,既到了上海,就去望他一次罢。"有时他也曾这样想。可是同时又想到:

"去也没用,梅毒已到了第三期了,鸦片仍在吸,住在贫民窟里,这光景见了何等难堪。况且还有那个苏州人……横竖是无法救了的,还是有钱时送给他些吧,他所要的是钱,其实单靠钱也救他不了……"

自从有一次在老四行中偶然碰见老五，彼此说了些无关轻重的话就别开以后，他已有二年多不见老五了。

## 二

到上海第二天，他才和朋友在馆子里吃了中饭回到行里去，见老四正皱了眉头和一个工人模样的人在谈话。

"老三，说老五染了时疫，昨天晚上起到今天早晨泻过好几十次，指上的螺也已瘪了。这是老五的邻居，特地从浦东赶来通报的。"他才除了草帽，就从老四口里听到这样的话。

"哦，"他一壁回答，一壁脱下长衫到里间去挂。

"那末，你先回去，我们就派人来。"他在里间听见老四送浦东来人出去。

立时，行中伙友们都失了常度似地说东话西起来了。

"前天还好好地到此来过的。"张先生说。

"这时候真危险，一不小心……"在打算盘的王先生从旁加入。

老四一进到里间，就神情凄楚地：

"说是昨天到上海来，买了两块钱的鸦片去，——大概就是我给他的钱吧，——因肚子饿了，在小面馆里吃了一碗面，回去还自己煎鸦片的。到夜饭后就发起病来。照来人说的情形，性命恐怕难保的了。事已如此，非有人去不可。我也未曾去过，有地址在此，总可问得到的。你也同去吧。"

"我不去！"

"你怕传染吗？自己的兄弟呢。"老四瞠了目说。

"传染到不怕，我在家里的时候，已请医生打过预防针了的。实在怕见那种凄惨的光景。我看最要紧的，还是派个人去，把他送入病院吧。"

“但是，总非得有人去不可。你不去，只好我一个人去。——一个人去也有些胆小，还是叫吉和叔同去吧，他是能干的，有要紧的时候可以帮帮。”老四一壁说，一壁急摇电话。

果然，他吉和叔一接电话就来，老四立刻带了些钱着了长衫同去了。他只是懒懒地靠在沙发上，目送他们出门。行中伙友都向他凝视，那许多惊讶的眼光，似乎都在说他不近人情。

他也自觉有些不近人情起来，自恨自己怯弱，没有直视苦难的能力，却又具有着对于苦难的敏感。身子虽在沙发上，心已似飞到浦东，一味作着悲哀的想象：

“老五此刻想泻得乏力了，眼睛大约已凹进了，据说霍乱症一泻肉就瘦落的。——不，或者已气绝了。……”

他用了努力把这种想像压住，同时却又因了联想，纷然地回忆起许多往事来：记到儿时兄弟在老屋檐前怎样游耍；母亲在日怎样爱恋老五；老五幼时怎样吃着嘴讲话讨人欢喜；结婚后怎样不平；怎样开始放荡，自己当时怎样劝导；第一次发梅毒时，自己怎样得知了跑到拱宸桥去望他，怎样想法替他担任筹偿旧债。又记到自己幼时逢大雷雨躲入床内；得知家里要杀鸡，就立即逃避；看戏时遇到《翠屏山》，《杀嫂》等戏要当场出彩，预先俯下头去；以及妻每次生产时，不敢走入产房，只在别室中闷闷地听着妻的呻吟声默祷她安全的光景。又记到二十五岁那年母亲在自己腕上气绝时自己的难忍，五岁爱儿患了肺炎将断气时虽嘶了声叫“爹爹来，爹爹来”，自己不敢近去抱他，终于让他死在妻怀里的情形。

种种的想像与回忆，使他不能安坐在沙发上。他悄然地披上长衣，拿了草帽，无目的地向外走去。见了路上的车水马龙，愈觉着寂寥，夕阳红红地射在夏布长衫上，可是在他却时觉有些寒噤。他荡了不少的马路，终于走入一家酒肆，拣了一个僻静的位子坐下。

电灯早亮了，他还是坐着，约莫到了八点多钟，才懒懒地起身。

他怕到了老四行里得知恶消息，便不得消息又不放心。大了胆到了行里，见老四和他吉和叔还未回行，又忐忑不安起来：

“这许多时候不回来，怕是老五已死了。也许是生死未定，他们为了救治，所以离不开身的。”这样自己猜忖。

老四等从浦东回来已在九点钟以后。

“你好！这样写意地躺在沙发上，我们一直到此刻才算‘眼不见为净’，连夜饭都还未下肚呢！”他吉和叔一进来就含笑带怒地说。

他一听了吉和叔的责言，几乎要辩解了说“我在这里恐比你们更难过些”。可是终于咽住。因了他吉和叔的言语和神情，推测到老五尚活着，紧张的心绪也就宽缓了些。

“病得怎样？不要紧吗？”他禁不住一见老四就问。

“泻是还在泻，神志尚清，替他请了个医生来打过盐水针；所以一直弄到此刻。据医生说温度已有些减低，救治欠早，约定明晨再来替他诊视一次，但愿今夜不再泻，就不要紧。——我们要回来时，苏州人向着我们哀哭，商量后事，说她曾割过股了，万一，老五不好，还要替他守节。却不料妓女中竟有这样的人。——老五自己说恐今夜难过，要我们陪他。但是地方真不像个样子，只是小小的一间楼上，便桶风炉，就在床边，一进房便是臭气。我实在要留也不能留在那里，只好硬了心肠回来。”

他吉和叔说恐受了秽气，吃饭时特叫买高粱酒，一壁饮酒，一壁杂谈，方才到浦东去的情形：说什么左右邻居一见有着长衫的人去，就大惊小恐地拢来，医生打盐水针时，满房立满了赤膊的男人和抱小孩子的女人，尽回覆也不肯散，以及小弄堂内苍蝇怎样多，想到自己祖父名下的人落魄至于住到这种场所，心里怎样难过。他只是托了头坐在旁边听着。等到饮毕，他吉和叔回去以后，还是茫然地坐着原处不动。

“我预备叫车夫阿兔到浦东去，今夜就叫他陪在那里，有要紧急来报告。再向朋友那里挑些大土膏子带去。今夜大约是不要紧的,且到明天再说罢。”老四一壁说,一壁就写条子问朋友借鸦片,按电铃叫车夫阿兔。

“死了怎样呢?”他情不自禁地自己唧咕着说。

“死了也没有法子,给他备衣棺,给他安葬,横竖只要钱就是了。世间有你这样的人!还说是读书的!遇事既要躲避,又放不下,老是这样粘缠!”

老四说时笑了起来,他也不觉为之破颜。自笑自己真太呆蠢,记起母亲病危时妻的话来:

“你这样夜不合眼,饭也不吃,自割自吊地烦恼,倒反使病人难过,连我们也被你弄得心乱了。你看四弟呵,他服伺病人,延医,买药,病人床前有人时,就偷空去睡,起来又做事,何尝像你的空忙乱!”

老四回寓以后,他也就睡,因为睡不去,重起来把电灯熄了,电灯一熄,月光从窗间透入,记起今夜是阴历七月十五的鬼节,不禁有些毛骨悚然,似乎四围充满了鬼气似的。

## 三

天一亮,车夫阿兔回来,说泻仍未止,病势已笃,病人昨天知道老三在上海,夜间好几次地说要叫老三去见见。

他张开了红红的眼在床上坐起身来听毕车夫阿兔的报告:

“哦!知道了!”

他胡乱地把面洗了,独自坐在沙发上拿了一张旧报纸茫然地看着。心里不绝地回旋。

“这真是兄弟最后的一会了,……但正唯其是兄弟,正唯其是最后的一会,所以不忍,别说他在浦东贫民窟里,别说还有那个所谓苏州人,就是他清清爽爽地在自己老家里,到这时我也要逃开的……可惜昨天不去,昨天去了,不是也过去了吗?昨天不去,今天更不忍去了。……不过,不去又究竟于心不安。……"

这样自己主张和自己打消,使他苦闷得坐不住,立起身来在客堂圆桌周围只管绕行!一直到行中伙友有人起来为止。

九时,老四到行,从车夫阿兔口中问得浦东消息,即向他说:

"那末,你就去一趟吧,叫阿兔陪你去好吗?"

"我不去,"他断然地说。

兄弟二人默然相对移时。浦东又有人来急报病人已于八时左右气绝了。

"终于不救,"老四闻报叹息说。

"唉!"他只是叹息。同时因了事件的解决,紧张的心情反觉为之一宽。

行中伙友又失起常度来了,大家拢来问讯,互相谈论。

"季方先生人是最好的,不过讨了个小,景况又不大好。这样死了,真是太委屈了!"一个说。

"他真是个老实人,因为太忠厚了,所以到处都吃亏。"一个说。

"默之先生,早知道如此,你昨天应该去会一会的。"张先生向了他说。

"去也无用,徒然难过,其实,像我们老五这种人,除了死已没有路了的。死了倒有福。"他故意说得坚强。

老四打发了浦东来报信的人回去,又打电话叫了他吉和叔来,商量买棺木衣衾,及殓后送柩到斜桥绍兴会馆去的事。他只是坐在旁听着。

"棺材约五六十元,衣衾约五六十元,其他开销约二三十元,将来还要搬送回去安葬……"老四拨着算盘子向着他说。

"我虽穷,将来也愿凑些。钱的事情究竟还不算十分难。"

他吉和叔与老四急忙出去,他也披起长衣就怅怅无所之地走出了行门。

## 四

当夜送殓,次晨送殡,他都未到。他的携了香烛悄然地到斜桥绍兴会馆,是在殡后第二日下午,他要动身回里的前几点钟。

一下电车,沿途就见到好几次的丧事行列,有的有些排场,有的只是前面扛着一口棺材,后面东洋车上坐着几个着丧服的妇女或小孩。

“不过一顿饭的工夫,见到好几十口棺材了,这几天天天如此,人真不值钱呵。”他因让路,顺便走入了一家店铺买香烟时,那店伙自己在唧咕说。

他听了不胜无常之感,走在烈日之中,汗虽直淋,而身上却觉有些寒栗。因了这普遍的无常之感,对于自己兄弟的感伤,反淡了许多,觉得死的不但是自己的兄弟。

进了会馆门,见各厅堂中都有身着素服的男女休息着,有的泪痕才干,眼睛还红肿,有的尚在啜泣。他从管会馆的司事那里问清了老五的殡所号数,叫茶房领到柩厂中去。

穿过圆洞门,就是一弄一弄的柩厂。厂中阴惨惨地不大有阳光,上下重叠地满排着灵柩,远望去有黑色的,有赭色的,有和头上有金花样的。两旁分排,中间只有一个人可走的小路。他一见这光景,害怕得几乎要逃出,勉强大着了胆前进。

“在这弄里左边下排着末第三号就是,和头上都钉得有木牌的。你自去认吧。”茶房指着弄口说了急去。

他才踏进弄,即吓得把脚缩了出来。继而念及今天来的目的,于是重新屏住了鼻息,目不旁视地进去。及将到末尾,才去注意和头上的木牌。果然找着了,棺口湿湿的似新封未干,牌上写着的姓名籍贯年龄,确是老五。

“老五!”他不禁在心里默呼了一声,鞠下躬去,不禁泫然的要落下泪来,满想对棺祷诉,终于不敢久立,就飞步地跑了出来。到弄外呼吸了几口大气,又向弄内看了几看才走。

到了客堂里,茶房泡出茶来,他叫茶房把香烛点了,默默地看着香烛坐了一会。

“老五!对不住你!你是一向知道我的,现在应更知道我了。”这是他离会馆时心内的话。

一出会馆门,他心里顿觉宽松了不少,似乎释了甚么重负似的。坐在从斜桥到十六铺的电车上,他几乎睡去。原来,他已疲劳极了。

上船不久,船就开驶。他于船初开时,每次总要出来望望的。平常总向上海方面看,这次独向浦东方面看。沿江连排红顶的码头栈房后背,这边那边地矗立着几十支大烟囱,黑烟在夕阳里败絮似地喷着。

“不知那条烟囱是某纱厂的?不知那条烟囱旁边的小房子是老五断气的地方?”他竖起了脚跟伸了头颈注意一一地望。

船已驶到几乎看不到人烟的地方了,他还是靠在栏杆上向船后望着。

(原载《小说月报》十七卷五号,一九二六年五月)

# 罗黑芷

## 二　男

二男那姑娘原是清朝中兴时一位名将的孙女，而现在是共和国的一个律师的妻子，又是一个多病的小女孩的母亲。

从前她曾经做过许多不同的梦。一年一年的光阴，和那太阳天天从东方跑到西方的每一个晷刻，都恍惚在她的这些梦里过去。她自己也不大觉得：光阴这东西怎样会跑得这么快？她糊里糊涂过了许多的日子，一直到了二十四岁的年龄，迫切的肉体上的需要来了；这使她很暴燥。有时她独自在房里急速地从这一壁的角落里走到那一壁的衣橱面前，在橱上镜子里照见自己的面貌微微笑着，于是又急急转过身躯离开那地方，口里啭啭地对自己说话。这种举动使得她的母亲在无意中瞧见了的时候，很替她忧虑。但是此时有那轮廓现得最明晰而形体最庞大的一些影子赫然横陈在她的眼前，那便是一些太太们的影子。她仿佛看见一个在冷天邀一些朋友们在炉火熊熊而暖香袭人的房里，在璀灿的电灯的光底下打麻雀牌的太太；一个坐在那漆光鉴人轻如风驰的汽车里在通衢上来往如飞而顾盼自雄的太太；一个在广大的宴客厅里被围在钗光鬓影之中而笑语轻盈的太太；还有一个坐在家里便有三五个俊俏的婢女在身旁伺候，而出门便有七八个雄健的壮丁在前后护卫的太太。这些太太们的憧憧的影子在她的心里往来着，一刻也不使她宁静，所以她走乏了之后一屁股坐下在床沿边，便只得叹一口气。这是她的无边的黯愁，但是却将她母亲为她忧虑着的那一点，多少变成精神上的东西了。

她本可以早早做了一个寻常的妻子而过那寻常人的生活的；因为有一个姓汤的二十来岁的青年人也曾在她的梦里如淡烟般出现了一次。只可惜这个青年的家产仅仅只有那床上的寝具，和随身的衣服，那房里的一张桌子和几把椅子，那厨房里的锅灶淘盆和饭甑这一类的东西。再加上几本旧烂的书籍，和一个四十多岁而要自己操作的母亲，便算完全了。这个青年在一个星期中至少有两次要到她家里来拜望她的哥子，因为他是他的同学。有一天，她曾经从她母亲的房门帘缝里加意地窥瞧了他：那白皙而丰润的脸，和那一双聪明的眼睛，已经是很可爱的了，再听见他用那很诚恳的，那很晓得生活的况味而又不肯看轻自我权威的态度来和她哥子谈话，“这是一个好青年人呵”她心里便这样地批评了他了。不知在甚么时候，她的母亲曾有一次喝醉了躺在靠椅上；口里衔着一枝烟卷慢慢地吸着；思索了一会子，便笑眯眯地向她说：“这孩子倒还不坏，这孩子倒还不坏。”这太太似乎有点意思了，然而她蓦然想起：“但是我的死了的爸爸是一个甚么样的人？这里的老去的爷爷又是一个什么样的人？我这个丈夫不中用倒也罢了，只他的这个小忘八羔子的儿子全个儿不能像他的祖上给我争一口气，没来由的辱煞人！”她想到这里，不禁长叹了一口气，“只看二男将来的运气罢了；”她停了一停，“汤家的孩子可不行，远水救不得近火。”以后，这青年在这太太的嘴边总算占了一个时时受夸奖的便宜，而在二男的寸心中他也只仅能得着了“这是一个好青年人呵！”的位置。至于意外的想头是于他无望的了。

二男的血液里处处混含着她母亲的要素，并且她还分了她母亲对于她的父亲和她的哥子的轻视和怨恨。最大的原因就是：二男的父亲不曾做得一个官，而她的哥子又是一个不成材的废料，所以这位太太想起了她家里的“爸爸”和这里的“爷爷”的全盛时代，两颗大而晶莹的泪珠便从她的眼角里流了出来沿着双颊一直滚到嘴角边，及至这东西再从那嘴角缝浸进了她的口里，而她用舌尖来试尝一下的时候，她知道这眼泪的味竟是苦的。因此二男的母亲心中所赖以安慰残年的便是不能不睁开眼睛去在她这个玲珑剔透的女儿身上寻觅她的梦想的需要和填补她的过去的怨恨；而二男鉴于她母亲的过去，也得须慎重她自己的将来呢！所以这母女俩希望的内容，在平时谈话中已经给一般的亲戚朋友们多少知道了。

这是在前面说过的，二男是一个律师的妻子，又是一个多病的小女孩的母亲。但是当她未曾嫁给这律师做妻子以前，她和她的母亲在这一点的意见上稍稍有些不合的地方。在她的母亲的眼光看来，这律师虽然已经是有过两个小女孩的父亲，又是一个娶了偏房的男子；但是他第一便有了做法官的资格，而且据他的亲戚说，还立刻有被任为县知事的大希望；这个便是很难得的了。第二，这律师有一个很大的田庄在乡里，那庄的周围尽是青青的高树。那庄外的田里每年至少可以产出千七百石森黄的谷子；这个便是世上的人们所奔走仆仆求而不可骤得的东西了。第三，凡是中年人娶后妻的，对于他妻子的爱情，一定是比初婚的男子要浓密些的；“这个，二男你不知道，是世界上的通例，”她用解释的口吻向她的女儿说，“一个男子对于他的妻子活在世界上的时候，无论是怎样不满意她，或者竟向她做出横暴的行为；然而待至那妻子死了，他便感觉到在这个世界上他是个孤独的人。于是那死了的妻子的坏处此时在他的孤寂的心中都会变成了好处；何况那多少有点好处给她丈夫的妻子呢？一旦忽然有这样一个心思更灵巧而岁数更年轻的女子立在他的面前，他一定是会把他追慕前妻的心肠加倍亲热地用在这个女子的身上的。我现在所说的这个女子自然是指他的后妻说了。”

二男听了她母亲的这一番话，低了头不做声，“但是”她这样地想着，“一个男子既然娶了偏房，那末，对于正妻的爱情先就有了分心的地方。当我们两家提起这件婚事的时候，并没有听见旁人说他已经有了偏房;现在待得婚约已经定妥了,他忽然透出这个有偏房的消息来,这里面便显然含有不信实的地方。纵令如他所说,他的娶偏房这件事是奉了他的母亲的命的,那末他们的口实自然是为的后嗣问题了。这个做偏房的女人便能够替他家生男育女,他又何必另娶正妻呢?我的母亲说:我们这样的人家万无悔婚的办法;并且处处哄鬼瞒神要成全这件事。别的问题都不说了,单只这偏房的事为什么不早说明呢?他家的父母既然要这儿子续娶,为甚么又要急急地替他先安排一个偏房呢?这不是有意作践人么?不去,——不去!这是欺辱!"

想到这里,她的脸也红了,眼睛里潜伏着内燃的怒火。

她为了这件为难的事,有半个月的光景不曾吃一顿甜美适口的菜饭,也不曾得一夜合眼安眠的稳睡,她的面庞看看是憔悴了。但是那位律师倒是一个有柔和的性情和漂亮的手段的人物;无论二男是如何样地忿骂他,当他们受了她的母亲的允许而得当面谈判这个问题的时候,他总是"小姐——是的;——小姐——是的。"一味地屈服起来;待得她的怒气发泄尽了,口也干枯了,声音也渐渐柔软了,又禁不住那律师只是和颜悦色地问:"小姐,喝杯茶歇一歇罢?"她的心里又有点怜悯起这个男子来了。其实,二男对于这个未婚的丈夫曾经提出了两个重要的条件,而这两个条件都在她盛怒之下迫得他承认了,所以她才觉得这个男子还有可恕的地方;因为可恕,便也有点儿可爱了。至于那条件的内容就是:一、将来结婚后她要离开大家庭而分建一个小家庭;二、她要划分出男家的产业三分之一作为她已分的所有物。于是她的母亲只盼望她女儿的婚期一天近似一天地到来,而她自己也不能说不盼望她的一生的起点有一个早早的交代。

一个月以后,她变成了一个律师太太了。一年以后,她做了母亲了。但是她的母亲的所赖以安慰残年的东西呢?她要在这玲珑剔透的女儿身上去寻觅的梦呢?她要凭借一番惊天动地的举动去填补的那过去的怨恨呢？一切也都还没有到来。那到来了的只有她鬓边的青发大部分都成了灰白色，她端起在手中的酒杯内的酒没有他女儿结婚时的那种教人瞧了连心窝里都喜欢得痒痒的那种玫瑰花的艳红，而她的眼角里流下来挂在颊上的冷泪被她用手绢儿揩了去又接着迸出来了。所以当她看见她的女儿仍然穿着从娘家带去的衣裳回来看她的时候，她有满肚皮要说的话竟在喉咽中滞塞住了。她知道，她骗了自己了；然而二男所视为必须慎重的她自己的将来呢？

她的将来是一个渺茫的梦，这是没有人能够替她预先去占验的。她的过去是一本很清楚的账簿，这是她自己能够一页一页揭开来细看的。只有她的现在却是朦胧地在似梦非梦之间，令她常常望着那置放在临窗桌上的一面椭圆形大镜出神。这是春深夏初的一个早晨。她照例坐下在那桌前的时候，她身上穿一件鱼肚白的绸袷衣；她的下半截身体因为被桌子的暗影遮住了，瞧不清楚；而在那椭圆形大镜子里面却现出她的一个轮廓美好的头，和那头上漆黑而放亮的头发，一副被胭脂染得似桃花的红色一般的脸颊，和两只含愁凝视的眸子，一条小而正直的鼻梁，和那微露出上下白齿的小小嘴唇皮；从她的这个坐着的背影看来，她的身段是小小的，而且很活动的。她现在刚梳完了头，而且弯举起她的两只那裸露出半截臂腕的小而白的手，去熨贴她头上的散发。当她翘起手指在鬓边轻轻用力抿刷的时候，约略可以瞧见她的掌心也染了些儿淡红的脂痕。她懒懒地放下双手把来随意地搁在桌上，她的两个眸子里有水波样的东西在那里荡漾着，她又在思前想后了。

“一个女子为什么一定要嫁给人呢？”她蓦然向自己提出了这个问题。当她还在闺阁中的时代，她常常听见这个亲戚说：某家姑娘嫁给某人做了妻子；又听见那个亲戚说：某家的儿子聘定某个姑娘而做了丈夫；但是她继续地关心听去，这些一对对夫妇总是难有极圆满的生活的。在那把旁人的苦痛当作闲谈的人们固以为这个是人类生活上极平常的事，因为他们所谈论的旁人的悲欢也难免不就有自己的一份在内，但是自己在这个生活里滚来滚去，终没有法子可以摆脱这无形的桎梏，渐而久之，也就各人藏起各人的肺腑，大家在虚伪的面具之下勉勉强强地完了他的或是她的一生。一旦偶然间碰见有那和自己的境遇大略相同的事情，在他们的眼中看来，这个当然不是什么希奇的例外。那已经死了的心终难唤起他们对于旁人的丝毫的同情。然而那时的她，还只是一个在双亲卵翼之下过日子的人；除了他在小说书上所能窥见的男女间的交涉以外，这些在旁人口中嚼短论长的人世间的实例，至多仅能引动她坠下一两滴纯洁无邪的处女的清泪。至于那其中的不可告人的隐痛，她又何从有经验去证实呢？所以那时在她的耳朵里听来的旁人的悲欢到了现在都成了她自己的怵目惊心的回忆。

"一个女子为甚么一定要嫁给人呢？"这个问题她究竟答解不出。怪她自己的母亲吗？那母亲也是这样糊里糊涂过了四五十年的光阴的。"母亲的过去"和"自己的现在"究竟曾经有了个甚么分别？假如她那时抱定了主意，不受母亲的压迫和耳目所给的甜蜜的诱惑，或许现在的情形有不同的地方也未可知。这个使她心里进退两难的困苦，也是命运给她注定了的吗？她知道她自己不应该生下地就是她母亲的女儿；既做了她母亲的女儿，这个命运便会一生跟着她。

她做处女的时候是一个极骄傲的姑娘。只有旁人是来求她的，从没有看见她是去求旁人的；只有她是用言语责备旁人的，从没有一个人是敢用言语来责备她的。就是她的父母有时在偶然盛怒的时候用稍带严厉的口气说了她一两句，到后来究竟还是被她的有条理的辩辞和女孩儿的娇气压伏得笑眯眯的；但是现在呢？她曾记得她的母亲有一次向她的翁姑说："嫁出门的女，泼出门的水。"一个女子嫁给人了，便不是她的父母所生育提抱而长大的骨肉吗？她的母亲说这样一句话，想必是有口不能应心的苦情；不然，这便是对于亲家母的外交辞令了。她自从到了丈夫的家里，不上一年多的工夫竟会变成了一个言语温和而举动小心的好人。“好人！”她不觉地微微呼出口来了。“好人”的代价就是牺牲，牺牲自己的金钱，牺牲自己的意志、希望和身体，去在这个世界中占得一个同行到坟墓里去的位置。她现在可证明了这不过也是从前那些旁人所谈论的许多事情当中的一个例。

过去的事情想他做甚么？那可不行！到了这个时候，那平时记不清楚的极细微的一桩一桩的事都会像一面光洁的镜子里所呈露出来的一切，要用手去拂拭也拂拭不掉的。此时她的眼睛里已经包满了要落的泪珠。

“咳！——嫁人！——生小孩子！——”这一串沉浊无生气的字在她的乱丝般的心中比甚么事都要感觉得敏锐些。因为一个女子嫁人以后，第一便丧失了那悠柔如水的心情；这种心情的滋味，除了她自己偶然在碧色红云的天底下，或衰草黄花的野路边，或亲戚宴会的筵席上，或车水马龙的通衢中，能够领略，能够咀嚼，使她心旷神怡之外，旁人是不得而知的。她此时或者正在那儿悲悼这一去而不复返的自由也未可知；不过当她很无聊赖地回转头去看见那静静下垂着的浅青色的纱帐，她的眉尖不禁微微一皱。她的眼睛从那帐门上移到那满雕满绣的床架上，再从那床架上移到左边壁上挂的四副淡墨兰竹的绣屏上，渐次渐次在那紫檀几上的那绿玉石座子的大自鸣钟，那描着牡丹呈瑞的白磁帽筒，那宝光焕发的蓝色花瓶，那盖子上蹲着狞目张口的怪兽的古铁色的香炉，和那三只白磁描金的茶杯，都放出死色沉沉的光齐望住她的一双眼睛，好像说道：“你为什么要关我们在这里？”这些无生命而似乎又有生气的陈设品，只在一年前曾有几次现出快乐的面貌；但是自那时以后，每天从朝至暮他们只见她一样地坐在镜子面前梳头，一样地在掌心内调胭脂，一样地出房门去吃饭，一样地进房来洗脸，一样地换件应时衣服出门去，一样地又回家来，一样地和她的丈夫坐在房里谈些怎样去谋事干的计划和一些欠债与还债的话,一样地陪她的丈夫上床去睡,到了第二天天明了,又一样地伸一个懒腰穿好衣服爬下床来,于是便在这老不改变而且是理想失败了以后的生活中摆出厌恶的样子来了。她赶快缩回眼光,低下头去,把她的头放在那交叉搁在桌上的两臂之间,不敢再去看其余的东西。

此时从那后房里透出的一声声的微弱的呱呱啼哭,和奶娘在睡梦里的含胡说话,同她的呜呜拍着小儿的声音,如利锥般刺进了她的耳鼓;她的头脑里不禁充满了那替这个世界的小女主人翁而生的恐怖。

这一天的上午她自己也不知道是怎样度过去的。

等得她的丈夫起了床,她便笑吟吟地走过去向他说:"我今天想到妈家里去看看,你说好不好?"

她得了许可,出了大门,便又忘记了自己要到什么地方去。及至她到了她母亲的家的门口,她忽然折转身,顺脚走到潮宗门正街的一个亲戚家里,那主人还没来得及泡出茶来,她说:"我有事还要到别处去。"她在他们的有点奇怪的许多目光中,出了这家的大门,便又不知自己有的是什么事,并且不知自己要往何处去的好。然而她的母亲在这一天终于瞧见了她立在她的面前,一副绷紧了的小脸和两只直视着的眸子。

这母亲骇异地问:"二男你怎么样了?"

没有回答,只见那泪珠如断线的珠子一般从那雨后桃花似的脸上滴了下来。

(原载《醉里》,商务印书馆一九二八年七月版)

# 乳　娘

天还未亮，房里一盏小小煤油灯照见四壁是暗红的；这灯光从低处平行射出或向高处楼底栿梁间和壁角的暗黑地方散去；这灯是搁在床头旁一个矮方凳上的，几件粗制的桌椅和衣橱等家具的投影，庞大而且轮廓模糊。床上乳娘怀中的婴儿被身上的烂疮灼痛醒了，立刻发出沙声来啼哭。因为怕主人听见，她赶忙从睡梦中塞过一个肥大的乳房到那婴儿嘴边，乌乌地拍着，但是那小主人不吃乳，越哭声音越大，几乎不曾将他的小小喉嗓炸破。乳娘窘了，想爬起来抱着他，仿效他的母亲在这种时候将他横卧在两只弯伸着的臂膀上唱一节短短的歌曲，去平静他的哭声；可是瞌睡不容许她睁开眼皮，并且不容许她的身躯离开睡褥。她闭着眼睛，用一只脚去踹那睡在那一头的她自己的女孩。（是九岁的女孩，经主人家的好意留下在这儿做她的帮手的。）“阿莲，阿莲，起来起来，毛毛哭呢！抱他下床去走一走。”可是瞌睡在这天将明的时候压覆在人的身上比什么东西还来得紧密，小女孩朦胧地唔了两声，又不回答了。乳娘只得勉强挣扎坐起，将小主人抱在怀中。哼哼地唱那主妇的歌；但是音调生硬，那神经质的婴儿总啼哭不止，这显然是不生效力的了；她终于披衣下床在房中的暗红光里，抱着他走来走去，一面唱歌。

四壁的暗红渐渐变成黄色，又变成淡黄色，又变成灰白色，床头凳上的灯光便缩小起来，只躲在那小桃子形的熏黄了的玻璃罩子内发光。从窗板的隙缝里已经现出一条一条的白色明亮的天光；那婴儿似乎在乳娘的臂中睡着了。初春的昧爽使人鼻孔里感觉到清醒，乳娘的胸部顿时轻松了许多。夜间过去了，白昼又开始了，这于人生的负担上似乎减轻了些。

自从乳娘到了这主人家以后，一天到晚，须得替这小主人洗三次的烂疮，换六七次的襁褓，这些事那中年的主妇也常来帮助她料理，可是她的工作似乎永得不到一个终点，刚刚把婴儿的给屎尿弄污了的小衣裤和襁褓洗完了晾在院中的晒衣竹竿上又想起自己和她女儿的万不能再拖延不浆洗的衣物，于是一面须得用耳朵和眼睛去照料她的女儿抱着小主人不会跌交么？不会给风吹了鼻子么？于是她得常常在那弯俯着身体跪在洗衣盆侧矮板凳上时，喊叫："阿莲！抱他进房去啦！你摸摸他腿弯里看湿了没有？"

阿莲虽是一个九岁的小女孩，她也能模仿那主妇的歌曲，抱着那婴儿时，便锐声唱了起来：

"莫哭呀，莫哭呀，我的小团团，
你哭时，娘的心碎了。"

以下的歌句便只有清脆的调子。乳娘因为自己唱得不好，每从主妇手里接过那婴儿时，便常常交给他："哪，唱啦！他就会眠着的，让她老人家去歇一歇。"

乳娘不但做她分内的事，一得闲暇，便做她分外的事。她心里老是感激这主人家的宽厚，给了她一个暂时安身的处所，给她有饭吃，给她这小女孩也有饭吃，又给她四元银钱一月的工资。这四元银钱，付去两元给那替她哺养着生后才有半岁的小女婴的女人之外，还可以付多半的饭钱给那代她看抚第一个女孩的娘家的阿哥。她时常这样想：

"阿莲的爸爸有三块洋钱一个月，他将两块钱去付阿求（他俩的一个七岁的男孩）在外婆家的饭钱，剩下的一块钱就可以凑拢来养活大毛（就是那十岁的第一个女孩）了。"

这比什么事更使她高兴，所以她自从到这主人家以后，身子渐渐肥了,脸上的肉一天高似一天的堆了上来,虽然疲劳一到晚间就像一杯烈性的火酒似的从她肚子里钻到脑袋里昏昏地教她软柔了。

她在这天早晨把小主人安放在摇篮内以后,便开了房门,在堂屋,阶沿和庭院中扫地;阵阵从草木上吹来早晨的有香味的湿气使她忘却了一切的辛苦;她只预备着这一日的工作完成,便是她的最大的喜悦。

不久,那主妇的颜面出现在她眼前了,那在年龄上从十四岁直算下到两岁的六个男女小孩也陆续出现在这屋子中的各处了,那终日只看着她的两个小孙儿过活的老太太也起来了,这实在是一个人口繁衍的家庭。

"奶娘,小阿毛昨夜哭的厉害呢!这真是没办法,在这村子里竟找不到一位好的医生。"

主妇的显在脸上的焦急很使乳娘担心,然而她从这两个多月以来竟也没有法子教那小主人不啼哭;种种的咒符和单方药末都试用过了,烂疮只是在那小头皮上和胸腹上加劲蔓延,使得那小脸颊全部充血起来。乳娘立即答道:

"这是灾星,你老人家,但是也真要好好地看待呢。"

这乳娘的勤勉和伶俐很合主人家的意思。从老太太起始到一位暴眼睛的煮饭的娘姨,都赞扬她,说她能干。但是不幸的消息来了,这不幸的消息就是从那娘姨传出的。

就在这天的下午,当那娘姨和她坐在灶房的桌旁喝茶时,那娘姨将身体俯过她的面前来,低声说道:"你知道么?你不能久在这里了。"

乳娘的眼睛光了起来,半晌说不出话。

"告诉你罢:那天晚上,我正在那窗外走过,忽然听见少奶奶悄悄地和老太太说:她家的租谷给佃户统没收了,一年的粮食就这样完了,恐怕以后也就永远完了。我就站住,从窗上的破纸缝里向里头偷瞧，看见少奶奶站在老太太身旁低声说：老爷在办公的地方和旁人争吵，就给撵了出来，还要查办呢！他现在逃了，写信到家，说些疯话，什么‘孩子们摔到塘里去罢，我们自己逃命，人有时候只能顾到自己的性命的。’你瞧！这成什么话呢？老太太哭了，只用手帕偷偷地蒙住嘴；少奶奶的脸色在灯光旁边是白到骇人的那样子，时刻回头去瞧房门，怕有谁闯了进来。后来，她们安静一点儿了，我便回过头去要走，只听得少奶奶这样地叹一口气说：‘这奶娘也只得让她回去了。’你瞧，你不记得前五天那长工刘三退了吗？我想，不久我也得要去了。”

这娘姨的话一定是故意捏造出来调弄乳娘的，因为她瞧见她太勤勉了，这是不利的榜样；而且，在这乳娘眼里也不曾看出这主人家有什么重大变动的情形；——老太太和平日一样的逗着小孙儿有说有笑，少奶奶呢依旧是整天坐在桌旁拿着糊浆和布片给小孩们做那成堆的鞋子；小阿毛醒了她便赶忙走到摇篮边将他抱起放在怀中唱起她的幽扬的歌来；至于那些小孩们终日的嬉笑和吵要糖果豆子吃简直成了每日习惯的事情；一阵狂风暴雨决不会不掀动点儿波浪在水面上的；然而乳娘的完全将她的心力灌注到工作里去的一点平静的幸福就给这娘姨的一番话捣碎了！

白昼从屋角阶下完全退去。夜的黑幕又重新包住了她的卧房。那盏小小的灯又放出暗红色的光充满了四壁。平日她到此刻所感到的那烈性的疲劳现在反使得她的两只眼睛圆圆地睁开，小女孩阿莲已经呼呼地睡在床上了，小阿毛那婴儿在她的胸前吸得乳响，不时放出暴发的啼哭，那烂疮又在痛了。

呀地一声房门推开了，现出那主妇少奶奶的椭圆形的苍白脸来。她瞧见她（主妇）的衣服的扣纽是散开的，将一只右臂的肘夹住那衣襟的边，便要来抱小阿毛，她赶忙站起，拍着那婴儿的背脊，自己先行唱起那个千篇一律的歌来：

“莫哭呀，莫哭呀，我的小团团；

　　你哭时，娘的心碎了。”

可是那音调终是生硬的，而此刻在那主妇听来，惊讶地感到这声音里有眼泪。

“奶娘，你病了吗？”

“我不曾病呀，你老人家。”

一九二七年三月二十日

（原载《春日》，开明书店一九二八年六月版）

# 蹇先艾

## 水　葬

“尔妈，老子算是背了时！偷人没有偷到，偏偏被你们扭住啦！真把老子气死！……”

这是一种嘶哑粗躁的嗓音，在沉闷的空气之中震荡，从骆毛的喉头里迸出来的。他的摇动躯体支撑着一张和成天在煤窑爬进爬出的苦工一样的脸孔；瘦筋筋的，一身都没有肉，只剩下几根骨头架子披着皮；头上的发虽然很乱，却缠着青布的套头；套头之下那一对黄色的眼睛瞰着直瞪。最引得起人注意的，便是他左颊上一块紫青的印迹，上面还长了一大丛长毛。他敞开贴身的油渍染透的汗衣，挺露胸膛，脸上的样子时时的变动，鼻子里偶然哼哼几声。看他的年纪约有三十岁的光景，他的两手背剪着，脚下蹬的是一双烂草鞋，涂满了溷泥。旁边有四五个浓眉粗眼的大汉，面部飞舞着得意的颜色，紧紧的寸步不离的将他把持住，匆匆的沿着松林走。仿佛稍一不留心，就要被他逃逸了去似的。这一行人是在奔小沙河。

他们送着骆毛去水葬，因为他在村中不守本分做了贼。文明的桐村向来就没有什么村长……等等名目，犯罪的人用不着裁判，私下都可以处置。而这种对于小偷处以“水葬”的死刑，在村中差不多是“古已有之”了的。

行列并不如此的简单：前后左右还络绎的拖着一大群男女，各式各样的人们都有，红红绿绿的服色，高高低低的身材，老老少少的形态……这些也不尽都是村中的闲人,不过他们共同的目的都是为看热闹而来的罢了。尤其是小孩子们,薄片小嘴唇笑都笑得合不拢来,两只手比着种种滑稽的姿势,好像觉得比看四川来的"西洋镜"还有趣的样子:拖住鞋子梯梯塔塔的跑,鞋带有时还被人家踩住了,立刻就有跌倒的危险,小朋友们尖起嗓子破口便骂,汗水在他们的头上像雨珠一般的滴下来。

妇人们,媳妇搀着婆婆,奶奶牵着小孙女,姑娘背着奶娃……有的抿着嘴直笑,有的皱着眉表示哀怜,有的冷起脸,口也不开,顶多滋一滋牙,老太婆们却呢呢喃喃的念起佛来了。她们中间有几位拐着小脚飞也似的紧跟着走,有时还超过大队的前面去了;然后她们又斯斯文文低悄悄的慢摇着八字步,显然和大家是不即不离的。被好奇心充满了的群众,此时顾不得汗的味道,在这肉阵中前前后后的挤进挤出。你撞着我的肩膀,我踩踏了你的脚跟,……便一分钟一秒钟也没有宁静过。一下又密密的挨拢来,一下又疏疏的像满天的星点似的散开了。这正像蜜蜂嗡嗡得开不了交的时候,忽然一片更大的嘈杂的声浪从人海中涌起来,这声音的粗细缓急是完全不一致的:

"呀!你们快看快看,那强盗又开口了!"

"了"字的余音还在袅袅不断,后面较远的闲杂人等跟着就像海潮一样拚命的撞击过来,前排矮小力弱的妇女和小孩却渐渐向后引退。但骆毛(便是他们呼喊为强盗的)的语声这时嘶哑的程度减轻而蓦地高朗了许多,颤颤的像破锣般的在响成一片:

"嘿!瞧你们祖宗的热闹!老子把你们的婆娘偷走了吗?叫老子吃水?你们也有吃火的一天!烧死你们这一群狗杂种!"

骆毛口里不干净的咕啰骂着:姑娘奶奶们多半红了脸,把耳朵掩起来;老太婆一类的人却装做耳聋,假装问旁边的人他说的是什么;村中的教书先生是完全听进去而且了解了,他于是撇着嘴觉得不值一钱的喊道,"丧德呀,丧德!"骆毛自己的两耳只轰轰的在响，这时什么声音都是掺不入的，他只是一味大步的走出村去。摇摇摆摆的走，几位汉子几乎要跟不上了。看看已经快离开了这个村落。后方的人群“跑百码”般的起来，一路还扭嘴使眼嘻嘻的嘲笑。骆毛大概耳鸣得轻了一点，仿佛听见一长串刺耳的笑声，他更是一肚子的不高兴，用力的将头扭回来，伸长着脖子狂叫道：

“跟着你们的祖先走那儿去？你们难道也不要命吗？……老子背时的日子，你们得色啦！叫你们这一群龟子也都不得好死，看你们还笑不笑！”

但是当他的头刚好转过，枯瘦的脖子正要像鹭鸶似的撑长去望时，才一瞥，就被那长辫子的力大的村农强制的扭回去。他气愤愤的站住不走了，靠着路旁一棵大柏树。

“走！孙子！”长辫子当的给了他背脊骨上一拳。

“哎哟！你们儿子打老子吗？”他负痛的叫了一声，两条腿又只得向前挪移，“那不行！尔妈民国不讲理了是不是？……”他几乎要哭出来。

这时离开村庄已有半里的光景。这是一个阴天，天上飞驰着银灰的云浪。萧萧的风将树吹动，发出悦耳的一片清响。远处近处都蔓延着古柏苍松。路是崎岖不平的山路，有时也经过田塍或者浅浅的山丘。大家弯弯曲曲的走，似乎有点疲乏。在一座坟台之下略略休息。这一个好机会，群众都围拢来。潇飒的松枝掩盖在头顶，死寂的天空也投下几丝阳光来，透过了绿叶，骆毛傍着那一块字迹模糊的残碑坐下了。

“尔妈。老子今年三十一！”他换了一口气，提高嗓音的又开始说，“再过几十年，又不是一条好汉吗？……”

“骆大哥！啊啊，说错啦！干老爷子！你老人家死咧的话，我儿子过年过节总帮你老人家多烧几包袱纸。你就放心去罢，有什么身后开不了交的事情，都留下让我儿子帮你办。干奶奶——哎呀！啥子干奶奶，简直就是我那嫡亲奶奶呀——我养他老人家一辈子还不行吗？……”

小耗子王七蹁着脚走过坟前，用手搓着眼睛，把眼睛圈都搓得快红了，向骆毛请了一个大安，亲热的说了上面的那一大段话。小耗子在今年跟骆毛交过手，败仗下来，就拜了老骆做干爹，是个著名的小滑头儿！

“七老弟，你就再不要干老爷子湿老爷子的啦！”老骆冷笑了一声说，“好汉作事好汉当，也用不上牵累旁人！我的妈呢——”

老骆心里忽然难过了起来，他也不再说下去，站起身来就往前走。人群又被他拖着像一根长绳，回环在山道上了。

登程以后的途中，老骆几乎绝无声响，除了习惯成自然的几声哼哼之外，不啻顿然变成哑巴。这些随从的人们都加倍的疑惑起来了。而几条大汉却很高兴，他们以为这样可以使大家安宁一点；进一步，也可以少伤点风化，因为老骆的话，没有一句不是村野难听的。所以就是老骆走得慢了，他们也不十分催逼他。

骆毛只是缓缓的走，含着一脸的苦笑，刚才王七那几句话引起他无限的感触；他心里暗暗悲酸着，想到他的母亲，便觉心里发软。那热狂的不怕死的心登时也就冷了一半。他的坚强的意志渐渐软化下去。

因为他精神上的毁伤，使他口都不愿意再开了。他心里完全是犹豫和踌躇了——

“我死后，我的妈怎么办呢？……我的妈啊，你在哪儿？你可晓得你的儿子死在眼前了吗？你如果在家紧等我不回来，你不知道焦心成那个样子！唉！唉！……”

骆毛虽然是个粗人，可是想到死后老母无人养活，他也觉到死的可怕。直至他们捉住他的两臂，要往水下投他的时候，他狠心把眼一闭，他老母的慈容犹仿佛在目前似的一样。

天依旧恢复了沉寥的铅色，桐村里显得意外的冷冷落落。那黄金色的稻田被风吹着，起了轻掀的很自然的波动。真是无边的静谧，约略可以听见鹁鸪的低唱，从掩映着关帝庙那一派清幽的竹林中传来。远的山峰削壁的峙立着，遥遥与天海相接。阖村都暂时掩没在清凄与寥寞的空气之中了。

村后远远的有一间草房，圮毁的伫立坡上，在风声中预备着坍塌。木栅门拉开后，一个老妇人拄着拐杖走出来。她的眼睛几乎要合成一条缝了，口里微微喘气，一手牢牢的把住门边；摩挲着老眼目不转睛的凝望，好似在期待着什么。看她站立在那里的样子，显然身体非常衰弱；脸上堆满了皱纹，露出很高的颧骨；瘦削的耳朵上还垂着一对污铜的耳环，背有点驼，荒草般的头发，黑白参差的纷披在前额。她穿着一件补丁很多的夹衣，从袖筒里伸出来的那只手，颜色青灰，骨头血管都露在外面。

她稳定的倚傍着门柱，连动也不动一下，嘴唇却不住的轻颤。最后她将拐杖靠在一边，索性在门限上坐下来了。深深的蹙着额发愁道：

"毛儿为甚么出去一天一夜还不回来？"说着又抬起头来望了一望。

东邻招儿的媳妇，掠着发带笑的扭过来。她是一个村中少见的大脚婆娘，胖胖的脸儿，粗黑的眉毛，高高的挽起一双袖子。大概是刚从地里回来。她正要同这个老妇说话的时候，只见她的十岁的孩子阿哥沿着田边喘吁吁地跑过来，口里喊道："妈，真吓死人的！我再也不敢到河边上去了。"

"甚么事，这样大惊小怪的？"招儿媳妇向她的儿子说。

"他们刚才把一个人掷到河里去了。"

"因为什么事？"

"偷东西叫人捉到了。"

"是谁？"

阿哥把嘴向那个老妇一扭，说道："是她的……"

招儿的媳妇急忙把儿子的嘴用手握住,不让他说出来。

其实那个老妇本是耳聋的,这回又因为等儿子着急,越发听不到他们讲的是什么话。只见他们的嘴动。她因问道,“你们讲什么话,这样热闹闹的?阿哥,你见过毛儿没有?”

阿哥不敢答,只仰了面望他娘,他娘替他高声答道:“没有看见。”

那个老妇把耳朵扭向招儿媳妇道,“你可是说没有看见?”

招儿媳妇点点头。那个老妇叹了一口气,口里咕哝道:“他从来没有到这个时候不回家的。哪里去了!”说着又抬起头来向远处望一望。望了半天,又叹了一口气,把头倚在门框上。招儿的媳妇拉着她的儿子慢慢地躲开了。

直至招儿家里吃了晚饭,窗外吹来的风,入夜渐凉起来。外面冷清清的只有点点的星光在黝黑天空中闪烁,招儿的媳妇偷偷的跑到那个老妇的门前看一看,只见她还坐在那里,口里微弱听不清楚的声音仿佛是说,“毛儿,怎么你还不回来?”

(原载《现代评论》第三卷第五十九期,一九二六年一月二十三日)

# 在贵州道上

多年不回贵州，这次还乡才知道川黔道上形势的险恶，真够得上崎岖鸟道，悬崖绝壁。尤其是踏入贵州的境界，触目都是奇异的高峰：往往三个山峰相并，仿佛笔架；三峰之间有两条深沟，只能听见水在沟内活活地流，却望不到半点水的影子。中间是一条一两尺宽的小路，恰容得一乘轿子的通过。有的山路曲折过于繁复了，远远便听见大队驮马的过山铃在深谷中响动，始终不知道它们究竟来在何处。从这山到那山，看着宛然在目；但中间相距着是几百丈宽的深壑，要经过很长的时间才能达到对面。甚至于最长的路线，从这边山头出发是清晨，到得对山时已经是黄昏时分了。天常常酝酿着阴霾，山巅笼罩着一片一片白縠似的瘴雾，被风袅袅地吹着，向四处散去。因为走到这些地方，也许几天才能看见一回太阳；行客则照例都很茫然于时间的早晚，一直要奔波到夜幕低垂，才肯落下栈来。

在贵州界内最称险绝的是九龙山沟，羊角垴，石牛栏，祖师观……这几处，都是连绵蜿蜒的山岭，除了长壑天崭之外，石梯多到几千级。从坡角遥望耸入云端的山顶，行旅往来宛如在天际低徊的小鸟，更没有想到自己也要作一度的登临。

走到这一类的山谷之中，不用说行装累赘的搭客要发出"行路难"的叹息来，连筋强力壮的轿夫都裹足不前了。这是走旱路很普通的情形：每逢路不好走，轿夫们照例要请乘客让轿的；让轿当然不是客人所乐意的事情，偶一为之还能照办。于是他们便有了第二种偷懒的办法，就是"换加班"——另外找人来替抬。换加班在他们的经济上自不免要受些影响,不过身体方面总算少吃了若干的亏了,这不能不说是得可偿失的妙法之一。至于这班抬短路的,——他们叫做"加班匠"——随时在小市集或者荒村野店中都散布得有:他们多半是烟瓣很深,无家可归的二十多岁的乾人①(老年中年不敢说没有,怕终归是少数。)专门抬短路的。他们本来就有相当的气力,而且又是冷肩头②所以特别有翻山越谷的本领。尤其是烟瘾过足之后,马上就可以拖起轿子狂奔二三十里才歇气。这些汉子有的是两个一组,还有一乘竹兜子的滑竿③是预备抬乡民们从甲地到乙地去赶场之用的。有的加班匠则可以说是彼此素昧生平,漫无组织的:在这家烟馆里横陈几个,在那家烟馆里陈列几个。买卖上门来了,才现去找配角。这其间还要演一套装腔作势的把戏。照例一位站在一家挂"闻香下马知味停车"的方灯的馆子门口发问:

"有人抬加班没得?"

起头是大家都装聋。

"弟兄,抬加班去不去?"找配角的转向门内叫人了。

"懒毬抬得!尔妈又是那几个钱一里!"屋里便有人喃喃抱怨,不肯马上发驾。

"抬来哟,闲起有啥事做,找两个钱吹鸦片烟,比郎我④都好呢!"

"车去车来都做这个生意,尔妈又来抬!"

于是假装摆架子的这位便从他们的"英雄馆"钻出来了。

一位在前面懒洋洋地走,草鞋沙沙响着;那一位在后面跟随,从裹肚里找烟盒吃叶子烟,借以表示自己的闲情逸致。他们走到

---

① 乾人即无父无母永远漂流糊口的人,迹近乞丐。

② 在贵州夫子抬短路的,因为肩头不常受累,故谓之冷肩头。

③ 滑竿系一种无篷构造很简单的轿子。

④ "郎我"意即"那样",此处是谐音。

轿子跟前，便在一家小店门口的板凳上坐下来，同轿夫讲价。只要价钱一妥，立刻就精神焕发，抬起轿子上路。要是附带有滑竿架子的，加班匠还得向轿夫露一个笑脸，请他们帮忙带了走。一经他们抬起动员之后，乘客恐怕谁都要感到分外的舒服。原因第一因为他们是生力军，抬起可以飞跑；第二，因为他们的抬法很稳，有时比轿夫的步伐还谐和些，坐轿的自然一点受不着什么颠摇的痛苦了。

这天我们从桐梓起程，一离栈，天上便下起濛濛的阴雨来，真使人不快。清晨算是走了一段平阳大路，饭后便要翻闷头井，祖师观，石牛栏三座险峻的长岭。据说上坡下坡总共有三十几里。这些蛮荒的山谷，从轿夫口中的歌谣听来，已经够可怕了。他们常常喜欢唱道：

“分水岭来不算行，
石牛栏才累死人！
闷头井来还不算，
祖师观要走天半！”

下午的雨从濛濛一变而为淅沥的大点了。道路非常泥滑。最是在我们省里的山路，大小不等的青石块，高一块低一块地乱嵌在土里，晴天已经就凹突不平，很容易使脚受伤；雨天更是泥塘深坑，时时有使人跌仆的危险。加之，田里的水有时还要满溢出来，泛澜在路上，汩汩地流动。幸而山水还没洪发，要不然，难保不是一场很大的水灾呢。

轿夫们戴起斗笠，扎着裤脚，一滑一溜地走着，没有一个不是口里喃喃抱怨的。又不敢走得太慢了，怕前后的轿子与挑子衔接不上，中途有意外发生，夫头这时更显出一种着急忙迫的情形，一会儿跑向前面去，一会儿又跑在后面来，招呼不迭，总是用好话鼓励着大家前进。乘客如我们，坐在轿内，望着这样不好的天与坎坷的道路，也觉得惴惴自危，因为我们的脚下就是万丈深的悬崖。万一跌下了去，那不也很“倒霉”么？

九点钟的光景，我们才在山坡下的一个小镇歇脚，打早尖①。据说这一去便没有好路走。启程之前，夫头和颜悦色地走来，打算请我们让轿。妻和C女士因为是女流之辈，算是幸免于难了。蓀侄立刻遵命，就下轿来，穿起线儿草鞋，打着洋伞慢慢爬坡。我因为在病中，夫头是知道的，所以连一个让轿的字都没有向我提起。我很谅解他们的不得已的苦衷，——然而我走，不也很费力么？终于勉强走出轿子来，想看看雨的大小和天色；如果山路不滑，我想就是挣扎着走几里，也并不是完全不可能的事情。我站这家小茅店的前头，看见轿夫们多一半在那里喝茶：有的不知道是汗还是雨湿了衣裳，脱下后，便露出红肿的双肩；有的弯着压驼了的背在喘气。雨是漫天而来，远山的白雾很迅速地在向西南移动。

夫头也是抄着手望天，离我没有几步；他走过来说：

“先生，听见说你人不安逸，不让轿好喽，我们喊加班抬你。”

“那又叫你们贴钱了，真过意不去呢。”我看见雨还是那样的下，山又很陡，不由得气沮了；我的话固然是谦逊，但同时也就是表示赞同的意思。

“那点，那点！胡小山已经喊加班去了。”

我微微地笑着，含糊答应。

“抬加班，那乘，那乘轿子？”

“尔妈，老子昨儿个来，今儿个又回三坡去。”

我们正在说话，胡小山带着两个加班匠来了，两位口里还咕噜着。一位身躯很高大，样子不过十八九岁，穿得还干净；那一位和他正正相反，是个矮黑的二十多岁的胖子，脸色真难看，一望而知是中烟毒很深的；穿件两半截连成的破汗衣，腿上一条又小又短的

① 上早路，吃早饭谓之打早尖。

裤子箍着，屁股的一部分都露在外面。

“是不是这乘？”矮胖子颤动他脸上的肉问。

“对喽！”胡小山回答他。

矮胖子便喊了一声“弟兄！”高汉蹒跚着过来，两个把轿子提了一提，胖子嘻嘻笑着说：“还得行，弟兄，不重，不重！”

气歇够了，夫头便催着大家赶路。

我的这两位加班匠仿佛争功似的，抬起我的轿子先走，也不等后面的大众；胡小山和那一个夫子老李都有点龙钟了，自然精神差得多，喘着气紧跟他们跑。我们在路上并不寂寞，时时可以听到加班匠的笑话。从他们的清谈之中，我才知道胖子姓赵，他的口气很大，似乎是一个抬轿的老手；抬后头的那个高汉叫贺光亭。

“贺光亭，我们两个抬起都还对啊。”在路上先是老赵得意地迈着大步说。

“还跟得上步数吗，赵大哥？”贺光亭在后面响应他。

“弟兄，顶呱呱！”老赵急急回答，又忙着报路：“泥塘不知深浅！”①

“踩边边还要浅点！”

“弟兄，老赵抬轿，该有一把手！不是客气的话，下雨天老子都敢放开脚步跑，翻山同走平地是一样的。”

“老实赵大哥，你前会些不是说家里出了岔子么？你怎么还是这样欢喜法？”

“这叫做黄连树下抚瑶琴②，——洋洋坡！”

“慢慢梭！”

“越上越陡！”

“越上越好走！”

---

① 旱路轿夫照例对唱有韵脚的短语，以防危险，谓之报路。

② “黄连树下抚瑶琴”系贵州的隐语，意即“苦中作乐”。

“滑得很!”

“踩得稳!”

老赵口里虽然在报着路滑,脚却故意向泥塘踹去,水溅得很高,发出尖脆的响声来。

“赵大哥,你看你的草鞋都烂了!”老贺忽然换了一个题目。

“尔妈,你真是教场坝土地——管事管得宽,不穿草鞋,又碍啥事?弟兄,老实我哥子问你一天吹几盒烟?”

“七八盒,也就是这个样子吧,你呢,老赵?”

“我吗?比你能干得多,七八盒再加上七八盒,再加上七八盒。”

“啊呀!你这个东西,也真能吹,拿给我就不行。”

“滑滑路!——骇死你,这就叫多!”

“踩干处!——到石牛栏我看你还是买双草鞋去吧,这样拖起拖起的,咋个走?”

“不瞒你老弟说,我有两百钱,又可以吹上两盒了,买草鞋?这双草鞋给你说,都是捡得来的;尔妈,老子再捡一双,又可以穿到河洞了。”

在一种依稀恍惚的情态之中,我只顾低头听他们的话,险阻艰难的祖师观已经快走完了。虽说是下坡又上坡,时刻在山顶上回旋,自己的身躯仿佛与对山的白云相齐,下望是低陷数十百丈的淙淙溪水与纵横的阡陌,我的心也十分坦然,直到轿夫叫我看祖师的神像时,我才觉得走的路真不少了。

老赵这时走得更加快速度,两只手摔着半圜,率性不去扶肩板了,把后面的贺光亭简直拖了走,急得老贺乱嚷起来:

“不要尽跑,这样拖,我就来不起了。背时鬼!”

“呵,就来不起喽,年纪青青的!背时鬼!我背时,你背利;我敲当当你落气!”

我看见老赵两只肥紫的肩膀在肩板下不时掉换,口里喃喃着,

真有趣,不由得自己对他也发问了:

“老赵,你是什么地方的人?”

“三坡就是你今晚上要歇的那堂儿,先生!”

“你的家也在那里么?”

“先生,我从小就打烂仗,四川也走过好几趟,那年抬过王道台上成都。娘老子都没得,前年讨了一个婆娘,爱穿爱戴,我养她不起,跟倒野老公跑了,不带贵的东西!先生,你说我老赵还有啥子家呢?这如今变教场坝的桅竿——独人了!”

“你抬得很不错,为什么不找一个长路抬呢?”

“从前是抬长路的,到云南,上成都,下重庆,都走过。这如今烟吃上了,抬不惯长路;二来那堂儿去找这样的生意?人家都说我们是跑流差的,放不下心。先生,抬你抬得不好,不要见怪!星宿跟着月亮走,——沾你老人家的光,到栈房多赏几个酒钱罢!先道谢一下!”

我和他这一说话,不要紧,他却想敲起我的竹杠来了。

贺光亭在轿子后面也掺着嘴说:“先生,你不要小看老赵呢,他以前还吃过粮①,当过几个月的排长,这如今算是背时,以先人抬他,现在他又抬人了。这也没啥稀奇,那个保得千年富,那个保得万年贫呀!”

我听后没有言语,只抿着嘴笑了一笑。

到了石牛栏,他们是最先赶到,也就最先歇气吹烟去了。我便下轿来,在街上散步,一面等候 C 女士和妻的来临。因为的确我的轿子走得太快了,连胡小山们都没有跟上,丢在后面,很远很远。当走在中途,空虚的山谷里,前不见行人,后不见来者,只有我一乘小轿在那里忽升忽降,又是这两位陌生的加班匠抬着我,我想万一

① 贵州凡当兵,谓之吃粮。

有什么劫掠之类的事件发生，像我这样一个文弱的青年如何能抵得过他们呢？一直到石牛栏的小店歇脚，我的跳跃的心才安静下来。雨这时已经渐渐停止，偶尔还飘过一点两点树上飞来的残滴。我流览半天风景，妻们的轿子也到了。她和 C 女士都出来活动活动身体，大概是在轿子里闷得太久的缘故吧？后来我们三人简直端了店家的板凳，在路旁坐下来。

忽然大路上有一个乡下的妇人也走到我们的身边来，拄着一根柴棍，包着白头巾，好像走了很长的路，面红耳赤显出十分困顿的情形。我们疑惑她总是到那里去赶场的农家大娘之类，在路上这些人物我们遇见得最多，几乎一见就可以辨别得出。不过这位大嫂仿佛有什么心事似的，埋着头只顾走，走到店子那座石台阶前，居然坐下了，大概是想歇歇气再奔路。但不知道她的眼睛为什么忽然抬起来，不住地向斜对过老赵们在那里吹烟的烟馆门里看，看得真入神，连瞬都不瞬一瞬。渐渐地她的头有点颤动，口里咿唔起来。使我为之骇然，我慌忙让妻和 C 女士躲开，我说：

"你们看见没有？那个女人是疯了的，怕人得很！"

她们起先好像不大注意，等再注目去看时，那个妇人的头发已经披散了，两脚一阵乱跳，没有想到她竟会放声大哭起来。嘴唇边还颤着一些含糊的字眼，夹杂着哭声，正好像清明节女人哭坟的那种凄酸曼长的调子。但后来她的声音骤然转入高尖了，我听清楚了几句，是：

"赵洪顺，你有本事出来！杂种东西！我有啥事对不起你？"

她的哭声把四围的人都感动了，大家一齐围拢来问她。

"大嫂，你在这堂儿做郎我哭？"

"有啥不得了的事这样伤心啊？"

那个妇人不住地摇头，半天才说："诸位，你们管不到我的家事，叫赵洪顺出来，我跟他说个明白！怕喽他我不姓谢！"

"那个叫赵洪顺？"有人问。

"就是赵胖子,这是他的大嫂。"旁边有知道的便替代回答。

我知道我的疯人的悬拟完全错误了,也忙着过去旁观。

"诸位,请你们评评这个道理,嗯嗯,"那妇人一路哭着,一路诉说:"我家就住在三坡,婆家姓赵,在那边烟馆睡起吹烟的那个黑矮子就是我的男人。这个杂种龟儿,不学好,背着我学会了吹烟,百不理事;抬加班的钱,一个人还不够用,总是回家大吵大闹,逼着我要钱,嗯嗯,……找我出气;把我的手饰衣服都卖光了,我只好出去帮人,他这个东西,不业嗜好①,天天还是找上门来,三块两块地拿起去,我啥话都没有说,他是我的丈夫!他昨儿又跑来啦,他逼我改嫁,说他已经收了人家二十块钱的聘礼,他简直把我卖了。我来他家这两年啥事对不起他?嗯嗯,……他要我嫁,我情愿到昭忠祠去把头发绞了当尼姑,我早就吃长素了。我们从今以后,各干各的,我在三坡找他两天都没有找到,他这个忘恩负义的东西,以为跑脱了呢;王家却到我主人家那里来要人,嗯嗯,……卖自己的妻子,太可恶了!嗯嗯……"

"大嫂,你也不要太伤心了,喊赵大哥来给你告个么二三②就是了。"店家的老板娘走来劝。

"我倒要看看他会把老娘卖了才怪呢!"赵大嫂眼睛哭得像红肿的桃子,跑到街心去,把头发一阵乱摆,喊道:

"赵洪顺,尔妈,你出来!我姓谢的那点对不起你,七出之条犯了那一条?"

老赵大概是烟瘾过足了,从对面一大步跳出来,扭住他的太太就是一阵拳头。

"你这个烂婆娘,不要脸的东西!裹上了野老公就去你妈的三十三!你发啥子鸡脚疯?不要给我姓赵的再丢丑了,尔妈,男人

① "不业嗜好"意即"不学好"。

② "告么二三"即是"赔罪"。

抬轿,婆娘养汉……”

老赵一面高声地骂着,一面用手挽住妇人的头发,用破草鞋的脚乱踢。

赵大嫂借着机会,益发娇痴,坐在地下,简直不肯起来,只是伤伤心心地哭。

“老赵你发神经病了?”

“尔妈,也有这样野蛮的人!”

轿夫们都愤愤不平地上前来拖赵胖子,有人便在他背脊上给他几拳。老赵这个家伙有一股子劲,并不怕打。

“你的轿子不抬了吗?”夫头气得吹胡子,走过来就是一巴掌。

“不抬,讲好了的,那有不抬的话说!”他鼓起眼睛说,这才把手松了,叹口气,“赵大嫂,就算老子对不起你。老子答应人家的生意,要干挞。你要是不放心,跟到老子走,三坡见,我不会像岩鹰飞到半天云去的。随便啥地方都陪你去。猫抓糍粑,脱不了爪爪,我早晓得有今天……”

“我刚走三坡来,又回去!”

赵大嫂抱怨着起身,一颠一踱地向三坡的路上走。很费力,很可怜;老赵抬起我横冲直撞地狂奔,回都不一回顾。

“老赵,你这家伙也忒没有情分了,自己的同床共被人呀!”走到一座松林里,胡小山带着讥刺的语调向老赵说。

“弟兄,——”他看见胡小山年纪太大,这个称呼有点欠妥,忙改过口来,“胡大哥,你不明白!”

“你明白啥?我看你早给烟薰糊涂了!”

“胡大哥,你那里会晓得老赵家里的事情;这个婆娘向来就不带贵。你问她那天不是打扮得妖精怪气地去摆街?我一年四季都在外头,晓得她在家搞些啥名堂①;尔妈,总而言之:十个婆娘九个

① “搞些啥名堂”即“做些什么事情”之谓也。

坏……前踩左！”

“后踩右！”老贺应。

“…………”

“赵大哥，”老贺听了他的话很为不平，大声地叫，“你不要冤枉你家大嫂喽，她才是个贤德之人！不是你吹上烟，她就不会同你闹翻的，好意思！脸摆在那堂儿去？你，你说，你出脱了人家多少家事？人家帮了人，你那个月不去分几文？你又嫖又吹，瞒那个都瞒不过我贺光亭呀！一个人不要太昧天良了吧。”

赵胖子低头不语，只管伸直腰赶走路。

翻山翻得人头发昏，雨虽然没有，天已经透露一丝两丝的阳光；路却非常难走，而且沿路都是盐巴客，把他们沉重的背兜横梗在大路当中，不肯让人；一不小心，轿夫便和他们吵闹起来，真正使人烦腻不过。有时正在闷闷的时候，远处放牛儿忽地传来一派山歌声，听着倒非常有趣。他们的声调拉得很长而且自然：

“十七十八正风流，叫你跟哥你害羞；

二十四五人老了，想哥日子在后头。”

黄昏时候，我们才到河洞，这个地方是寥寥可数的几家人户，有座瓦盖栏杆的木桥，桥下水声潺湲可闻。我们歇在桥口，抬头可以望见妻们的轿子从山谷的曲路蜿蜒而下。在河边大家聚齐后，又出发。赵胖子挺胸正走得起劲，那知又有意外了，从路旁冷不防走出一个卖泡巴的老太太把他抓住。这位婆婆年纪虽老，却有力气，无论如何不让他走。老赵则大撒其伧①。

胡小山们从后面赶来了，忙问是什么事情。

“他该我的钱不还！”老太太恶狠狠地说。

“多少钱，值得这样闹？”

---

① “大撒其伧”意即大骂其人。

"一百文!"

我在轿内听见这个渺小的数目,觉得真好笑:第一,这位老婆婆也真算认真了;第二,为什么老赵连一百文的债务都不肯偿清呢?

"还钱不还?"

"前是胸膛后是背,要钱就是定子①会!"

"不是人说的,狗禽兽,你玩赖,不还钱也叫你走得倒!"

胡小山过来吼老赵一声说:"老赵,你这个烂乾人,吃人家的家事不给钱,有这种道理吗? 一百钱,好大个事情!"

"大哥,没得钱,还不起,有啥法想?"老赵给自己辩。

我以"鲁仲连"的资格说:"胡小山,加班的钱,扣他一百就是了。"

"先生,这不行。"这好像挖了老赵的心。

胡小山在裹肚里拿一百递给老太太,踢了老赵一脚说:"抬起走,欠账不还的乾人!"

老赵瞪着眼睛,招呼后面道:"走啦!"

走了好几里,老赵一句话都没有说,只顾向前冲。就是看见对面的挑子来,也不叫"踩左踩右"了。后来竟唏唏呼呼起来,好像在哭。真没想到他这样硬肘的汉子,居然也会脓包。我问道:

"老赵怎么回事? 哭了!"

"胡小山扣我一百文。"

"一百文就值得哭吗?"

"一百文够吹一盒呢,先生哪!"

"不上进,就慕倒吹烟!"贺光亭也加入嘲笑他。

"到栈房,这一百钱我还你,你们的烟瘾也未免太大了。"我有点可怜,便这样安慰说。

---

① "定子"即拳头。

"先生,要吹烟才有气力呢!"

"唔,你们下力人那里挣得了钱呢,都让烟给害了啊。"原来妻的轿子也追上我们了,她在后面叹息着说。

晚上九点才到三坡栈房已经由夫头打好了,就是他们告诉过我的荣隆栈。下轿一搬行李,铺床,又加上吃夜饭,真是极忙碌之至,我更记不起什么老赵小赵了,而且疲乏已经把我包围了呢。吃完饭,我正出门来散步,想借此消化吃下去的东西。乍看有如幽灵,忽然一个矮胖的黑影子在我的面前一蹲,声音很凄涩地说:

"先生,你老人家不是答应还我一百文么?"

"你是谁?"我始而有点惊诧,"呵!老赵,你还没有走?怎么不去了你的家务事?"

"我也住在这间栈房,先生,太累啦,明天才走。钱,你要是不方便的话,明天早上拿也可以。"

"拿去!还有两百文就算我给你的赏号罢!"我总共递了三个值百的大铜元给他。

"多谢你,先生!"

老赵的黑影闪进东厢房的烟室中去了。

我们住的这家栈房虽然很大,但是并不十分清洁,满屋的壁上都是打油诗和漫画,光怪陆离,无所不有。屋址靠近河边,河风不时吹来,刮得窗纸呼呼乱响。C女士住在我的隔壁。妻给蕨侄把床铺好,他倒下去,呼呼便睡。我写完日记,已经将近十二点,因为明天还要走路,不得不稍事休息,也就脱衣躺下。妻胆子比较小,又听见到处都是响声。虽然一半靠着板壁,一半睡在床上;但时刻都在警觉之中,她怕有窃盗的潜来。

我睡梦得正模糊,所谓模糊也就是代表半睡半醒的状态,忽地听见店门嘎的一声响亮,我不觉身子一掣。以后的声调更庞杂了;

不过起初是很单调的步队之行声,渐渐便夹杂着指挥刀的铿然,由远而近,进了店子。杂沓的步履,一直响到东厢房之前,接着仿佛有几只灯影在乱晃,只听见叫,“起来! 起来!”那边的人大概都惊醒了,立刻形成一种紊乱,有的在发梦忡,有的在大声急呼找草鞋。我心里战栗着,想起轿夫们都睡在那边屋子,难保不是拉夫的呢。我打算坐起来,妻忙止住我说:

“不相干,大概是查号的吧?”

“那他们一定要到上房来。”

“不,店老板一定可以搪塞他们了。”

“唔。”

我漫应着,又安然睡下;但却竭力维持着不要使瞌睡来临。妻真细心极了,她还是用耳朵再谛听。大家都沉默着。

“我原说在这点,你看对不对?”一种洪亮的声音,把喧嚣的空气压下去了。

“军士,我们真不晓得……”

这仿佛是店老板的话;不然,总应该是幺师①之类。底下的声音很细,听不真。

接着便是轿夫们的无意识的起哄;有些在廊檐下睡的,正睡得矇眬,也翻身起来,口里直问:

“啊呀,啥事,啥事,半夜三更闹个不清?”

军队的弟兄好像这时完全挤在东厢房门口了。

“捆起来,杂种! 老子也叫你跑得脱!”

“军士! 军士! 军士!”半哑破竹似的声音忽然起了,这个调子于我非常熟悉,觉得从前在那里听见过。

“在拿人啊!”妻悄悄拉我的衣裳颤抖说。

我低声回答她道:“也许这家栈房住得有坏人,团防倒是顶尽

---

① “幺师”即北方所谓“伙计”。

心地，不要怕！不要怕！”

“架起走，你这家伙跑得倒不慢，擒到啦！”

嘤嘤的哭泣声在那边屋子里抽搐，绳子捆绑和拳头抨击的巨响，使人有一种森冷寒缩的感觉。一个军官发出号令，东厢房的团防在排队，足音是繁响不是跫然。后来队伍开走，大门关上了。那些被扰的人们似乎都不愿意再睡，聚在一起纷纷议论这件公案的始末。我心里已经坦然无事，没有闲情再去继续潜听。这后半夜，的确入了酣眠中了。

第二天我们起来，又重新整理行装出发。天差不多完全放晴了，我们贵州的地境，居然也是蓝天白云，轿夫们无一个不是欣欣然。我把C女士和妻的轿子先打发走，自己一个人压后阵。刚出店门，正预备上轿，迎头便看见昨天抬我的那个高汉子加班匠贺光亭，我忽然想起老赵来，便问他道：

“你一个人在这里，老赵呢？你们散伙了？”

“先生，老赵没有了。”他凄然说。

我不由得愕然。老赵没有了，那么，难道他得了急症死了么？

“怎么老赵被他的太太带回去了吗？”我只好这样问。

“昨晚上的事，先生睡着了，大概不晓得吧！”

“呵！昨晚上的事，我知道一点，是不是拿人？”

“那你老人家还问我！先生，那个晓得老赵还当过棒老二的！① 他，他今天算不到就要吃卫生汤圆呢！② 唉！只可怜他的女人，你不要以为她郎我泼，夫妻情义倒是很重的。”

我已经坐入轿子，贺光亭还是泪眼淋漓地望着我。

胡小山不容我再给他说话，和老李抬起我便走，他一路走，一

---

① 四川、贵州称土匪都叫“棒老二”。

② 被枪毙，贵州乡民谓之“吃卫生汤圆”。

路说:“先生跟他谈啥! 抬加班的,烂流差,棒老二,都是一流货!”

我在轿内用力拉窗户,想回头再看看贺光亭,窗户偏偏拉不开;等到窗子拉开时,伸出头去瞧,我们已经离三坡很远很远了。

我的心里为这件事难受了好几天。唉! 我们所处的世界是何等的惨酷呵!

一九二九,四,七日

(原载《东方杂志》第二十六卷第九号,一九二八年五月)

# 许志行

## 师弟

每次坐火车经过K站时，心头总涌上一种怀旧的寂寞来，几回想下车去看一看曾经在那里做过一年多生意的老店，却总是：一来没有这机会，二来也有些不高兴。今年因为要到故乡去省伯母的病的便道，在K站下了车，并且还过了一晚，因这机会，遂得与别了七八年从未会过一面的老店相见。这店虽然至今还开着，但看去的情形，较我在那里时更见怆凉了：门前一向摆的卖熟食的那摊头也没有了，木头架起的那廊栅也全部坍坏了，柜台上的伙计也少了去，左右的邻舍也都换了局面，即是对河的那爿几十年了的老木行，也已不开在那里了。

我对于这爿店本没有甚么可以值得系念之事：只不过在平时每当追怀往事的时候，也总联想起它。此番重见了它那较前更怆凉了的景况，更排解不开的想到当年的情形来。忆起可怜的师弟，愈加凄楚而不堪回首了。

十五六岁的时候，我正在这店里充当学徒。店为本地的一位绅士所开，开在市末临河的地方。主人虽是地方上的绅士，而店的排场并不阔大，除了一位经理和一位管账之外，柜台上用了四位伙计，两个学徒，作场里雇了三个酿酒制酱油的司务；到了冬忙，又临时添一些人来，叫做帮冬。

地方既处市末，清淡自不待说；好在凡是走上来买东西的顾主，大都是些厨房司务和男女佣人之类，那些上银楼进绸缎局的贵人小姐，永远也不会来光临的。店是朝南的门面，门前一条官河，两岸相距，虽然无人测量过，但约来也不上百尺之阔；对岸没有市街，只一爿孤零零的木行，所以河面上便统年浮着长长的木排；到了傍晚时分，市上一些游手好闲之徒，手提鸟笼，口唱京腔，三三两两都来木排上逍遥。

店里的经理是一位又悭吝又刻薄六十余年纪的老人，须发都一样的灰白，弯曲了背脊，鼻上架起一付老花眼镜，镇日高高的坐在账台里，伸颈探头的留心着柜台上的伙计们，不许他们在柜台上有半句的闲话，说是谈起了闲事，便不关心到生意上去了。这些伙计们的薪水，都很菲薄，又要受到非常拘束的店规，所以大家都很不服；但是对于经理，犹如私塾里的小学生对于教师一般的害怕，在经理的气焰之下，甚么也不敢有所强辩，因此之故，凡是来到这店里当伙计的，都有个绰号叫做“一节头”。这绰号的意思是说无论性子如何忍耐的人，端节进了店，中秋一定要辞了走，总没有能够做得久长的人的。

我在这店里一半也为了经理的太苛刻，总觉毫无兴趣，常常想设法离开。其时的性情又很粗暴，动不动就使性发怒，无论柜台上的伙计，作场里的司务，个个都要和他们吵嘴，有时和经理也竟敢对起口来：所以满店之人，没有一个和我相好，至于经理，尤其当我坏蛋相看了。

然而经理因为要节省薪水起见，我进去还不满足年，便说我人长大了，老练了，可以上得正柜做生意了；因此辞退了一位伙计，另外添进一个小学徒来，替代我的职务。

这位小学徒，就是我的师弟：他第一天进来的时候，我见了就很诧异，因为从来不曾见过这样小的人，家里会放他出来学生意的。他穿了一件深蓝色的竹布长衫，罩一件黑色的老布背心，剃得光光的和尚头：身材又小又瘦，由他的荐头送进来，经理见了也不满意的对那荐头说：“人太小了，怕做不来事吧！”荐头回答道：“这请放心，不过人生得小些，年纪倒有十三岁了，在家里时也是个夯子，样样事情也做惯了的。”但经理总觉不悦。由我和荐头带着他拜过了师，一一与伙计们都作揖过了，末后我也受了他一个师兄之礼，吩咐他站在柜台横头。

“你好好的在这里罢。”荐头这样对他说了一句去了。

他呆呆的站在柜台横头，双眼望着对面的墙壁，很难过似的出泪；看见荐头去了，更凄伤得哭出声来。吃饭的时候，叫他吃饭，也说吃不落；但这原是很平常的事，凡是初次离家出来学生意的头几天，大都是如此，所以店里的人也都不去介意他。

店里的规矩：倘是新来的学徒，要问他在家里的排行来取名，譬如排行第二，就取名叫二官：我的这位师弟，他是家里惟一的独生子，所以就取名叫他杨大官。

晚上上了店门，我一面告诉他如何用板在店堂里搭铺来睡，一面带问他家住那里，有多少人？他因我问起这些的缘故，又好端端的淌出泪来，呜呜噎噎的告诉我：家在O镇的乡下，家里一位母亲，一位妹妹，父亲是从小就不见的。

第二日，我将一切应归他做的事情做给他看：扫地，抹桌，换烟管水，以及洗饭碗擦洋灯等等。他一面看着我做，一面还是在出泪；我对他说道：“你不要常常这样子，经理见了要说的，”我这样一说之后，他越加苦起来，说道：“我要回去！”我说：“你怎么要回去？要学满了生意才能回去呢。”他说：“我不要学生意，我宁可跟着母亲学种田地……”于是我又好好劝解他一番，叫他不要牵记家里就好了。

自他进店之后，我居然升高做了师兄：但在他面上，却也毫不以师兄自豪，总很和悦的待他，有些事情他做不了的时候，也总相帮他做。他在店里，除了我，也没有第二个可以搭话的人，所以也很喜欢我，经理不见的时候，便挨过来和我讲话，讲到他母亲和妹妹的事上时，总忍不住要哭出来的样子。他说：“不知甚么缘故，当叔叔来通知已经荐着生意了的时候，我高兴得了不得，急急盼望出来，动身的那天，母亲含泪送我上船时，也一些不觉难过，到了K地，见了许多没有见过的东西，更是快活非凡；而一进了店，却就立刻两样起来，心里立刻难过起来了！……”我说：“这是你第一次到外边来，总是如此的，再过几天便会慢慢的好了。”

过了十余日，他牵记家里的心，果然渐渐的平静了。

我每夜必在账台上练习一张小楷，他也看样和我一起写；他只在乡间的私塾里读过三四年书，而写出来的字比我好得多，并且又能自己作通顺的家信，我仿佛对他也有些妒忌和惭愧似的。有时我又教他学打算盘，他天资很聪敏，又肯用心，教他过一二遍，便能自己打，而且能够运用了。

但他总是人太短小，做事一不小心，便要闯出祸来：洗碗的时候，碗打碎了；擦灯的时候，灯罩擦破了，换烟管水的时候烟筒头落在河里了……许多事情，屡遭经理严厉的叱责。有一次差他送一坛酒到某处，好久不见回来，我也正担心他不要又闯了祸吗的时候，经理忽然喊我道：“C二官，你去看看这小鬼看，怎么还不回来！”我奉命出去，走到半路，不料他果然站在那里泪汪汪望着地上的一堆碎坛哭，我知道他已闯出了祸事，走过去，气愤愤地说道：“哼！你又怎么了！”他断断续续的说：“这……这挑担的……”“那末你为什么不拖牢他赔呢！”他说：“那里拖得牢他呵！……”我看看也无可如何，对他说：“回去罢。”但他却赖着不肯走。我说：“祸已闯了，还不回去；不回去有甚么法子！”他被我这样的叱说之后，也没有一句话说，懒懒的跟着我走了，走得将近店时，他又停住不敢进去，说要我将此事瞒过经理；但这是做不到的事，到店之后，经理一见他怆惶的神情，哭红的眼皮，便逼着问我原由。我也无能为他掩塞，只好照实告诉。于是经理怒从心起，从账柜里绕将出来，提了师弟的一只耳朵，愤愤的骂道：“你这小鬼，进店来没有好事做过，只会捣坏东西，如此下去，一年之中，不知要给你败掉多少钱呢！这里用你不着了，你滚蛋罢！”骂罢，一个巴掌打倒他在地上哭了。

他因为常常要闯祸的缘故，经理之对于他，较之于我更不满意，即是伙计们，也都说他学不出山的。他无论一言之误，一事之错，虽是微细的事，也总每每惹起经理的发怒；而他自己也真不能争气，经理越是骂他，他错事也越做的多，经理发怒追到他的荐头，要他立刻滚出去的事，也有好几次。他每次被经理一顿责骂之后，老是跑到作场里躲着偷偷的哭泣；到了夜里，又对我说：“母亲望我在店里要得经理的喜欢，现在经理横要我回去，竖要我滚出，母亲得知了，不晓得……”说着又哭起来。“以后做事自己小心些好了，经理总不至当真要你回去的。”我这样安慰他。他说：“我也并不粗莽，总处处小心着，可是好像有鬼似的！……”

一日三餐，他永远没有好好的吃一顿过，每当大家用饭的时候，他便一手提了饭桶，一手提了菜篮，送到分店里去；回来时，自己到厨房里去吃一些残菜冷饭。但他虽然如此苦楚，却也并不因此叫怨；他心上觉到不安的，倒是担心着一旦被经理开除出去，不好回家见母亲。这恐慑的念头便常常盘踞在他的小心里，使他不得一些快乐，总是忧忧愁愁呆得像木偶一样。

北风起，大雪飞，大家都喊冷呀冷呀的时候，可怜他双脚的跟头，两手的面上，生满了腐烂的冻疮；托开了两只坏手，走起路来一拖一颠的：这又格外惹起经理的憎恶了！到了晚上，我替他到药店里去讨一些叫做“马屁”的为他敷上烂处，而在床里，总隐隐的听到他呜咽的声音叫道：“娘呵，痛！……”“那末怎么呢？”我问他；他说：“暖在被里热了又不好，伸出被外冷了又不好，总归痛！……”

当这时候，刚巧又是酱萝卜当时的时候，店里每天从贩卖萝卜的船上，一担一担的买进来；便要他在作场里将整个的又长又粗的一条用刀划成薄薄的无数片，而后酱了好卖。每天的上午，他总要划到六七十斤光景。他生满了冻疮的两手，捏了这冰一样的铁刀和萝卜，划得慢了，又要被酱司务申斥。有一回，我到作场里去，见他右手紧紧的捏住左手的一指哭泣，我问他“做甚么”；他将这指头给我看，原来深深的割了一刀，不住地涌出血来。于是我帮他寻些布头包好，叫他到店里去罢，萝卜由我划好了；但出去不多一歇，进来对我说道：“经理在骂你，叫你出去。”我到了店里，经理板起脸儿骂我道：“你只会贪懒，柜台上生意不肯做，倒是躲在里面！这划萝卜的事，用不着你管了！要这小鬼来做甚么的！”于是我也很不平的回说：“谁要贪这事来做；他割开了手哩！”经理说：“割开了手，就不要划了吗？学生意不吃苦，那里学得出山的！”

不久之间，我被调到分店里帮冬去了。

分店是在一条较为热闹的街上，左右对面都有别的店铺。店里的规矩，没有老店那样严紧，经理本是我的老师兄，人也比较和气；柜台上的伙计也不像老店里的那样被拘束，都很快乐自得，调戏女人的手段，尤其高妙，柜台上不论来一位贫家的姑娘也好，富家的婢女也好，只要面貌略为好看些，大家便都笑眯眯的抢上去：

“好漂亮呵！这里要甚么？”伙计嘻笑着对那女人说。

“不要搭赸，好好的，这瓶里三两酱油，那瓶里五个钱料酒，要多些！”那女人也微笑地说。

“你没有塞子吗？我来同你塞罢！”伙计舀好了酱油和酒，回到柜台上，指着瓶口对那女人说。

“这烂掉你的！瘟掉你的！不得好死的！”女人便骂了；但样子并不当真，也还嘻笑着。于是满店里的人都格格的笑起来，那被骂的人也格格的笑起来，仿佛骨头也轻松了一段。

我从冷静而森严的老店里，调到这热闹而又宽放的分店来，颇觉舒服有趣，每餐的饭食，仍旧由师弟一拖一颠的从老店里送来，而伙计们有时还嫌他走得慢了，到得迟了，饭冷了，菜冷了的种种责他,他默然忍受,没有一句回话。他每次送饭来,放下饭桶和菜篮,倘若见我闲着的时候,便走过来和我谈话,总说自我离开老店之后,他便觉得有种说不出来的难过,仿佛失去了甚么依靠似的。

有一天,送早饭来的是作场里的一位司务,我心想师弟大概有了别的差使吧?但午饭夜饭仍旧是这位司务送来,于是我有些疑惑了,问那司务。司务说:"他昨晚上上店门板的时候,掮了一块门板,一个不小心:从上阶沿跌到了下阶沿,今天起来不得。"我想跌了一交而至于今天起来不得,这跌一定是有些厉害了,颇为他担忧不堪。但是到了第二日,他又送早饭来了,我问起他跌交的事,他卷起袖管,解开衣襟,给我看右手的上臂和腰部都跌破了皮。我说:"不至伤吧?"他说:"腰撞在石角上,此刻还痛。"我说:"腰里是要紧的部分,不晓得受伤不受伤?既然还痛,那末今天为什么不再歇一天呢?"他说:"经理骂我故意装腔,一定喊我起来!"

此后第三天第四天,饭仍是他送来,问他如何,总说腰里还是痛。又过了几日,饭又不见他送来了,问那送来的人,说他昨夜里吐了血!吐了血?……我不觉吃了一惊,到下午落市之后,即忙跑去看他;他睡在楼上的床铺里,见了我,哭起来说道:"C二哥,果然伤了呵!"我默然一歇,问他看过医生否,他说看过了;医生怎样说呢?他说医生说不要紧的。

他服了几帖药,睡了两三天,幸而血只吐了一次;说在床里寂寞不过,仍旧起来了。经理也总算对他发了良心,分店里的饭遂停止他送。

其时已是阴历十二月的初十边了,分店里差我到O镇去追索一笔旧账,这事他也知道了,特地走过来对我说:"C二哥,我家在O镇落乡三里路的山芋村,最好你顺便到我家里去转一转,望望我母亲妹妹。"我很愿意的答应了他。他又说:"但你不要将吐血的事告诉母亲知道,便是生冻疮也不要说起,只说我在店里一切都好；叫母亲不要牵记。”我也答应了他。

K地到O镇只要半日的路程，我到了那里，公事办妥之后就访问到山芋村的路径，出了市街，北风呼呼的迎面吹来，沿着田塍彳亍而行，身子几乎要被吹倒。我一路思量：见了他的母亲，不如将他吐血的事告诉了她，好让他母亲发急为他医治。一路问去，到得山芋村已是下午三四点钟的时光了；这村人家甚稀，约莫不过六七家，都是坍旧的平屋，一字儿排着；各家的门前都高高堆着一堆稻柴，附近的田圃和桑地里，种的满是山芋，村场上不见有人，门也都关着，狗也没有叫；只一条耕牛系在场上的一株树下，懒懒的望着我来。我正不知如何问讯的当儿，俄见一位三四十岁模样的妇人，提了一篮山芋，从屋后出来，于是我即上前问道：

“请问这里姓杨的是那一家？”

“先生是那里来的？问那人家做甚？”那妇人问我，我就将来意略略的告诉了她，她慌忙放下山芋篮，一种怪难形容的高兴样子说道：

“先生原来是我小儿店里来的，我就是姓杨，先生，大官就是我的小儿，快请到舍下去坐坐罢！”她说着提了山芋篮，一头说，一头领着我走；我跟她到了家里，她随手拖一条长凳掀起衣角抹一抹干净，说道：

“家里是糟得不成样子的，请坐罢，先生。”接着又喊出一位八九岁样子，黑脸污手的女孩来，叫她去烧茶。我坐下看一看屋的四周，真是糟的不堪：满地的鸡屎，地又凹凸不平，几条桌凳，歪歪斜斜的放在那里，面上满是灰尘，一圈猪栏，栏里两三只小猪；那种猪粪的气息，更是扑鼻难当。

“请别忙罢。”我对她说。

“便煞的。先生贵姓？”

“C。与令郎是师弟兄；这次来讨账，令郎托我顺便来望望你老人家的。”

“呀唷,真罪过煞了;先生原来就是C师兄,小儿信上,总提起C师兄如何如何的好,如何如何的照应他;C师兄,你真是一个好不过的人,这样照顾小儿呢;冷天冷时,又要你特地赶进来!”

“师兄师弟是没有什么的。”

“呀,C师兄,像你这样好的师兄,是真天下少的!小儿总算前世修得,逢着你这位好师兄。连我在家里也放心得落。小儿是傻不过的,C师兄!年纪又小,身体又不好;我本想让他再读几年书,只是不瞒你C师兄说,在家里也实在难;可怜他五岁上死了爸爸,由我一番心血拖他大来,不知经了多少的苦头,本想不把他学生意,在乡下耕田种地些好了,皆为他一来体质薄弱,二来耕种田地难望出山,同他叔叔商量,也说学生意日后有把望,所以今年东托西托总算托着了一头生意,就忍心的放了他出去。……”她一面说着;一面不住的抹泪,样子怪可怜。

“令郎人很聪敏,就是身体差一些;但你老人家也放心罢。”

“多谢C师兄称赞,小儿实在傻不过的,全靠要C师兄照应哩;他现在不知得长大些否?身体得壮些否?饭吃得落否?天冷了,又得知他衣裳够不够?身上冻不冻?……”她这样问着我,我心里只是暗暗地凄苦,再也没有勇气将她儿子吐血的事告诉她了。我只是说:

“都还好,人也好像比起初进来时长大些了;你老人家可别牵记他。”我说这些话,几乎合了眼泪一同出来。

“哦,那也罢了,只要他人长大起来,身体壮起来,我也好了。”

谈了一会,那女孩冲上茶来,母亲含泪带笑的对她说:“啊囡,叫声C叔叔,这位是你哥哥店里来的待你哥哥最好的C叔叔。”接着又向我说道:

“这是小女,今年也有十岁了,可是蠢得很;身体也这样瘦寡呢。”

我吃了一开茶,看看时候晚了,向她告别,她却什么也不许我走，定要留我歇夜，说有空床；到镇上去住客栈是白费钱的。我无可推诿，看看外面的风也吹得更紧了，晚来的天气也更冷了，所以也就答应了她。

她为我特别做了两种饭菜：一碗荷包蛋，一碗蒜煎豆腐，用晚饭时不住的“吃呀！吃呀”的箝到我饭碗上来；而她母女俩，只各吃了一碗饭，其余都吃的蒸熟的山芋。晚餐之后，她又亲手炒了一升芽豆，拿到房里叫我吃；又娓娓不倦的和我讲她的儿子。我几回想将她儿子吐血的事说出，却几回总忍住了。她又从箱子里翻出一个红帖子来，说新近替她儿子已对了一头亲，等他学满了生意，会赚钱了，便要为他娶来；又说这位小女儿，也已出了帖，说自己年纪虽还没有老，可是一生也只有这一男一女，总得早些看见他们各自成了家，那末心也安了，死也瞑目了。……我看她说到这些时候，脸上好像露出又悲哀又满足的样子。

次早我告别出门时，她将昨夜吃剩的芽豆，包了包，要我带去和她儿子两人吃；又包了二百钱，叫我给她儿子在新年里买些东西吃；又说可惜不好带，否则再带几个山芋去，说她儿子是喜欢吃山芋的。又再三叫我转告她儿子只要好好的安心在店里，不要牵记家里。

到了O镇搭轮船回店，一路想起师弟的母亲，心里很不安宁；第一责罚自己为甚么终于没有说出师弟吐血的事，一时虽然瞒过了她；但倘若病再复发起来，到了不可救药的时候，不是耽误了她的一生吗？想到这里，便不胜悔恨，几乎要跳上岸，再回去对她说了才好。然而追悔莫及，也终于无可奈何。

回到店里，将公事交代之后，拿了芽豆和钱去看师弟；却是谁也想不到，师弟又睡倒在床上了。

“C二哥。你回来了吗？”师弟在床里见了我，无力的叫我。

“回来了，你怎的又睡倒了呢？”

“你去的下日，又无缘无故的吐了血，昨日前日都连连的吐了；你看如何好哩？C二哥！我家里你去了没有？”

“去的，并且歇了夜。”

“我母亲妹妹都见吗？母亲说什么吗？”

“都见了，在家里都好；你母亲托我带了一包芽豆在这里，还有二百钱；叫你不要牵记家里。”

“唉！……母亲！……”他立时淌下泪来了。我那时候虽然自称是硬汉，不肯轻易出泪的人；但此刻见了师弟这样凄凉的情形，眼泪也不和我商量，一涌出来了。

“你不要这样子呢，好好的静养；我不曾将你吐血的事告诉你母亲。这药是谁给你煎的呢？”

“你想有谁给我煎呢？都是我自己起来的。”

“要吃甚么吗？饭吃不吃？”

“甚么也不想吃，只每顿吃一碗茶泡饭，咸菜下下；医生说要忌嘴的。”

“放宽心，静静的养几日，总会好起来的。”我这样说了一句，下楼去了。

时候既是冬忙，店里的生意比平日加倍的忙碌，也剩不出空的时间去望望师弟的病；只是常常忧心他总不致于死的吧？想到他孤零零地病在床上，便也联想起慈祥和蔼对于他怀着无穷希望和快乐的他的母亲，更觉得他的生命，比甚么都贵重呀！

有一天，老店里的经理，突然差人来通知我，要我仍旧调回去；我也很愿意，因为回去之后，更可照顾照顾着师弟的病了。

到了老店里，上楼去看师弟时，他正熟睡着；我默默的坐在他床沿上，看他的脸色更加瘦黄了，呼吸也更急促了。枕边一封新从他母亲那里寄来的信，我悄悄的抽出来读：信里说些叫他新年里不要过分游戏；为什么近来总是没有讯息的种种嘱咐和系念的话。

“呀！……”师弟忽地醒了哭起来。

“你怎么了？杨大弟！我在这里哩。”

“呀！……母亲！……”他似乎还未见我，只是哭着。

“你怎么了？杨大弟！我在这里哩。”我又这样的重说了一声，他才掉转头来向我望望说道：

“C二哥，你……”

“我来望望你，你这几天好些吗？”

“血夜夜吐了，并且又咳嗽起来；C二哥！我……医生还说不要紧的！……”

“不要紧的，宽心些静养几时，总会好起来，医生说不要紧总不要紧的；心里第一要放得宽，越忧急便越难好。为甚么凭空哭呢？”

“刚才做了一梦，梦见到了家里，并且病完全好了；母亲妹妹见了我都很开心。……”

“你总是想着家里，不要想它好了，你母亲也叫你不要想。”

“在床里冷清清地，也没有人来看看我，也睡不着，东想西想，只有想家里的事……听说经理已去叫我的荐头，要我回去了。”

我这才知道被突然调回来的原因，大概就为此了。

“那是好的，回家去有母亲服侍你，好起来就快了。”

“病好了，不知经理还要我来勿？”

“那自然还要你来的，你受伤是为了店里的事，不要你来怎么好说呢？你可不必再顾虑到这些事。”

次日，师弟的荐头果然来了，由我领到楼上，看过了他，吩咐他要带的东西自己检出来；而师弟却帐子不要拆，被头也不必带，只要拿几件替换的小衫裤就好了，说横竖病好了就要出来的。

师弟挟了小包袱，跟着荐头走出店去的时候，我正靠在柜台上，看他的身段显然较前更瘦小了，脚跟的冻疮仍旧很厉害，走起路来仍旧一拖一颠的，仿佛将要跌倒来的样子。他跨出门槛时，突然掉转他又黄又瘦的脸儿来，向着我和伙计们说道：“C二哥，再会罢！王先生，张先生，都再会罢！”但我的喉咙头简直答应不出来了。

自他去后，我仿佛总有种甚么东西在我心里作祟似的，觉得不安的很。到楼上见了他那不曾拆去的床铺总仿佛见他仍在床里呻吟；晚上一个人独自在账台上习字的时候尤其有种不可抵御的凄寂刺入心坎里来。

过了岁底，翻到新年，店里以新年的旧习，从初一到初四，整整上了四天门板。在新年里，家家户户，大大小小的人，都显出一种快乐的新气象来；尤其平日被拘束在店里的一些伙计和学徒们，一到新年，犹如牢狱里的犯人得了皇上大赦一样的欢悦。我本是个最喜热闹和游玩的人，约了几位别店里的学徒，高高兴兴的进戏馆看戏呵，上茶楼吃橄榄茶呵，在街上张西洋钟呵，看山东人变戏法呵，夜里大家围拢来打天九牌呵，敲年锣年鼓呵，忙个不亦乐乎；对于可怜的师弟，什么也没有思想去想着他了！

但是快乐的日子是最容易过的，新年转瞬过去了；过了正月半，大约是二十边的一天，师弟的荐头到店里来，向经理拱一拱手说道：“恭喜，恭喜！”经理也照样回了他一拱之后领他到客厅里去。我冲进茶去送进水烟筒去的时候，满拟问一问师弟的讯息，然而经理在座，终于不敢轻举。

“C二官！”歇了一刻，经理喊我的名字。

“做甚么？”我进去问道。

“你去将杨大官的铺盖行李，都仔细的检了出来，好让这位先生带去；因为杨大官不来了，已经死了。”经理慢慢的对我这样说。

“……”这时候，我也好像死了一样，一些知觉都没有了，只是呆呆的站着。

“出去罢，站着做什么！”经理这才把我的脑子又重新说醒了转来，我怏怏的走出了。

我走上楼梯，踏到楼板上的时候，我满眶的眼泪大雨样的滚下来，见了师弟的床铺，动手将拆的时候，力气都没有了。想到他临去时说：“帐子不要拆，被头也不必带，只要拿几件替换的小衫裤，横竖病好了就要出来的。”而今终于不能再出来了的师弟，几次哭得噎住了气。卷被头时，又检出他母亲的一封旧信和托我带来的一包芽豆，我的身体简直软倒了。

到了这年的三月里，我也永远离开了这爿店，距今已有七八年的工夫。而在这七八年之中，对于这位可怜的师弟，不论什么时候回想起来总是很伤心；此番重见了老店，更常常的想到他来。……

（原载《孤坟》，泰东图书局一九二九年三月版）

# 李健吾

## 私情

我跳过去，冷不防给了他一个锅贴，又退回来，骂道：——

“你？忘八羔子！这话是你讲的？他妈的有钱还账，难莫赖我一辈子？老蛐蜒——”我转过身向茶馆里劝架的人们道：“诸位试评一评这理，去年腊月欠的债，到而今说话也有一年了，他妈的谁见过一个制钱，刚才催紧了，老蛐蜒效会了血口喷人，说我同他女儿不干不净，要他妈的赔偿名誉——”

“前天你自己向我——”老头子唧哝着。

“我？别装孙子了！”我抡起拳头要跳过去，幸亏人多给拦住，不然怕打不毁那老同行；“就是你那位街头卖骚的千金，鼻头发红，一脸黑雀斑，小名叫做叶子的？别臭美了，大太爷娶上十个八个的，也轮不到她！闲言少叙，他妈的还账！”

“看我们大家面子，宽他两天——”

“不行！血口喷人！他妈的非打官司不成，有他老头子玩儿乐的日子！”

“看你们多年老街坊的面子——”

“街坊？他妈的造咱家谣言，说我偷他姑娘？这官司吃定了！”大家推推搡搡，做好做歹，把我从茶馆劝出来。“妈的他姑娘，那阎婆惜，问我正眼看过没有——”茶馆里头有一个喊倒好的，要不是大家拦住，我真要进去，问：“谁？”但是我仍然嚷道：“好小子，要帮场就出来，别躲在里头唱小旦——妈的我宁可偷他姑娘,也不要你!”

我悻悻然,摇摆到后街小胡同口,靠在拐弯处的石头上。

不瞒众位说,我和那老头子都在老爷庙摆估衣摊子。他的在殿阶下的左面,我的在右面。我们是老同行,又是紧邻,时常斗嘴是免不掉的;可是我的生意一天旺似一天,招上老骨头的窄心眼,暗地里不知自己捣了多少鬼。可是要不是——话又说回来了,他有一个十七八岁的女儿,叫做叶子,往来给他送取货色,总要从我的摊子前过来过去。小风骚样子,说坏罢,也还有三分妩媚,流水有意地向着我时笑时怒。对天盟誓,小子我他妈的要从来看上她一眼,算我泄了气。自然我们常要说话,高兴起来我也许开她个玩笑——这又算什么:人非草木,孰能无情?过了眼前的新年,我才二十三岁,自己也攒了点儿体己钱,正是成家立业的好时光。

我家里还有一位老娘,早就盼我娶一房亲,给她老人家抱孙子,然而那如何能行。咱虽说不上文明哪,自由结婚哪,可总也得经过咱的亲眼挑剔,弄个好相知——话又说回来了,我所见过的只有他这个女儿;稍为中我意的,您别笑话,也只有这黑里透俏的叶子!我心里也早明白她不会不愿意,瞧她那份儿神情,眉来眼去的,也就猜得出;不过咱究竟男儿汉,话岂是轻易开得口?我也明白她爹那老胡涂的小心眼儿,愿意让他女儿搭上我,好把两家买卖并成一处,让他来个独占鳌头。瞧,我也不胡涂!他试着向咱借钱,三两吊算什么,我立即扔把他;瞧,我老催他,他老不还,活像诸葛斗周郎——今天在茶馆里,妈的他居然会说出那样不要脸的话,真亏他!让人想着怎能不生气,我偷他女儿,好像他在装腔做势的招驸马。别丢他三代的阴德了,有了那么一个活宝贝……

不过,有人在背后向我笑哪,他妈的是谁?——一团糟!刚说曹操,曹操便到。

我抬头望着天:今天怪,一个在东,一个在西,月亮跟太阳会了面。

“喂，怎么不睬人，从哪儿学来了大爷气？”她跳到我面前，乜斜着小蛤蟆的眼睛，嘴圈上还留着笑了半截的笑劲儿。

“不怎么，走你娘的路！”

“好呵，我偏不走，不走，不走定了！”

“少恹气！回家找你爹卖俏去，这儿用不着。”

“放屁，什么话！就因为你用不着，我才不走。得啦，你不是刚同我爹吵过嘴吗？哼，你真英雄，我还看见你打了他一个耳刮子，打的他半天喘不上气，听你在茶馆里吹嘴——嘿，多么英雄呀！”

我从石头上站起来，向她打了一个“匪仔”，傲然道：“对不起，鸡不与狗斗，咱不与你斗！你不走，我走！”

“不行，今天我替爹报定了仇！”她伸出一对白胳膊，跳跳跃跃地拦住我，眼睛露出凶光，向四旁闪着。“随便你罢！要不我叫巡警，就说你——”

“说我怎么？”

“我知道什么！”她的脸墨中透血，那娇样子真像要吞了天，吞了地，妈的要吞了我！

“哈哈，我却知道哩！哈哈，我却知道哩！”

她扭身贴在墙角，脸藏在臂里，抽抽噎噎哭起来。小狐狸精布天罗地网——哙，什么我不明白呀！可是我这时也真迷了，把几年的心事倾筐都倒在她跟前。

“妈的别哭了，听我说。”

“走开！少恹气！”

“不，听我说；”成天成夜在心头滚来滚去的计划，我真惊讶这样一句话能说得尽：“我决定要娶你做老婆——”

她的泪眼睁得活赛龙睛鱼。

“听我说！这是真的，我早就这样打算。你看，我现在已经攒了三十串钱，娶你总行了——”

“嘻！嘻！嘻！刚才还打老丈人！”

“你也爱我——”

“别乱拉扯！嘻！嘻！嘻！”

“什么？”

“昨天我给爹讲，决不嫁你贩估衣的，宁可嫁给——”

“谁？”

“宁可嫁给——”胡同口外走过一个老头子。“宁可嫁给他！”

“孟掌柜，那老家伙？你给他做三姨太太？”

“比嫁估衣郎强！”

“我攒了三十串钱——”

“你？”

“你爹我娘也不会不愿意，咱们又——”

“少拉扯！哎呀，天黑了，我得回家——是呀，看我爹让你打掉多少虎牙！”

这时天真黑了，胡同里也没有人来往，我向前一跳，冷不防伸手向她腰下一搂——你看，他妈的我真爱她！但是出乎意外的意外，猛地抽出右手，她在我左颊上给了一个锅贴，向我笑骂道：

“你？忘八羔子！”

十五年，十一月

（原载《西山之云》，上海北新书店一九二八年三月初版）

# 末一个女人

我们也不知道为什么同土匪开火。自然来由很多,然而你所猜想的官面堂皇的文章却一点不是我们的原因。那一次的原因是说不得的,虽然我只是一个芝麻大的排长,负不了那多的责任,可是我每一想起这回事,黑脸膛也禁不住透出红来。那种文章我们旅长并非没有做,左不是土匪猖獗,奸淫掳掠,无恶不作,本军奉命来诛伐的那些话头。其实揭开了看,不过旅长们和匪首分赃不均罢了。

然而为了这次的进剿,上面却补发了我们一个月的薪饷,至少这可以维持十天的战事。我这一辈子里头还没有见过像这次火并的凶狠。我们平常有一个经验,宁可同邻省正式的军队接触,也不愿意招惹土匪的仇视:那种打法简直不是人同人干。就是这一次我几乎把命送掉,直到如今,十年的事了,只要我一想起来,还免不掉牙对牙,打几回冷战。

从地利上这一点来看,我们最初的形势可以说是很坏,差不多有一点常识的小兵都知道。我们要从下往上攻,同时又要采取联络的包围的阵势,然而最困难的是所有扼要的小道,高一点的土疙疸,密一点的树林子,都让土匪先占了去,即使我们一节一节地把它们攻下来,他们还有机会退到堡子里头,隔着土城死干一阵。头两天我们不分昼夜冒冒失失地往前进攻,吃了一个很大的亏。不等我们探出他们掩藏在什么地方,耳边就见嗞的一声,接着一声哎哟,紧跟着就倒下一个伙伴,连提防都不用想打算。最气人的是我们没有法子挑他们出来,长枪短刀地拚一下:这不能不说是残忍了。

头两天弄得我们简直没有主意，胆子寒了许多，自然说不上后悔，然而眼看着上好的弟兄们，粗粗实实，让人家和打鸟一样地收拾了，真有说不出的惨。而且死到土匪手里头！起初我们对于他们并没有什么深仇大怨了不得的事体，我们也不过是借此唬一唬他们，骗一骗上头罢了，然而眼睁睁看着老弟兄们，连一句喏都来不及唱，却不是一个月的关饷关得来了。我们士卒马上就团结成一气，大有不捣黄龙不回家的滋味。旅长从省里把几只破炮也请了下来。

土匪渐渐支持不住了。他们以为我们只玩上七八天就疲了，我们却抖起精神干了半个多月。不到四天的功夫，我们便抢了几个小寨子过来。俘掳来的女人是不用提了，至于男人们由上头拷打了以后，便发下来听我们处置。在往常是要等钱来赎的，现在却不然了。大多数他们都是带着辫子的，弟兄们有的淘气不过，拿辫子挽成一个花纂，老老实实把他们五花大绑地挂在老树杈子上。他们的身子在空里摇摇摆摆，和脱了线的风筝一样，和地里风吹着笑的纸扎人一样，煞是好看。有时他们招得弟兄们气上来，拿着刺刀在他们身上隔几分钟扎一下，看着他们抽搐，血往底下滴；有的忍痛不出声，只是哼唧，有的怪声吼着，老子爷都叫出来，逗得弟兄们大笑起来。有时我实在看不下眼，便一枪把他们了事。这种野兽的办法，叫土匪远远从城垛子上望下来，足够寒了他们的心。

围了半个月的功夫，我们算把堡子打下来。土匪晓得大势已去，收拾收拾，趁黑从西门溜走了。直到天亮，弟兄们才奉令由大道追下去，只有我们这一营，带着些受伤的弟兄们，赶晌午的时分，缓缓地进了堡子，留守在这里。

堡子里头凄凉极了，整个是一座空城。那些土匪大多是世居在这里的老百姓，大大小小，好好歹歹，凡可带的都带走了。没有一个女人的影子。大巷小巷一样的静；门都从外锁着；砸开了门什么东西也没有,有也不值钱;满院是空的。真是凄凉极了,活像几百年前荒弃了的村落。我们奇怪他们带走的居然那么齐全,就连一个鸡叫唤,一个狗汪汪,也没有人听得见。他们仿佛早就存心扔了这堡子,一点东西也不留给我们解馋。我们说不出地生气,失望,觉得他们太不够义气。

堡里空野的地方填满了新坟,土虚虚地堆起来,一个连一个,前面各自栽着一个木牌子,上面浮画着死者的名姓。我们真佩服他们百忙里还有这闲工夫。

我们住在堡子西头一家半砖半土的房子,一共有一二十个弟兄们。全堡子就是这一家的大门没有上锁。院子总算宽大,从这里穿出过道,墙后便是一片平整的压麦场子,紧靠西北犄角,差不多就贴着院子那面的后墙,是两个和房脊一样齐的麦秸堆子。这可以免得我们弟兄到远处去捡柴了。迎面是堡子的土城。围着场子有一棵榆树,两棵槐树,在东北犄角还有几棵石榴树,老气横秋,长到这样子也算不易。我带着两个弟兄顺着城下面绕过来,草在脚底下绊个不停。东边那里故意辟出一块地,好像是一个小花畦子,除去石榴,还有些草花,我们也叫不上一个名堂;花儿是有的,开得红红的,大大的,一脸没有出息的模样。

这些野花长得有两三尺高,像一个开了屏的金孔雀,就在这座大屏风后头,我们看见一个女人。我们的神并没有不守舍;我们的眼也没有花。花畦后面有一个新坟,堆上去的土还不到一尺高,四围堆着一圈浮干的土,旁面有一堆铁家具。她半跪半坐地仆在坟的土堆上头,下身衣裤沾满了土星星,手里还攒紧一把土。在她身旁躺着一把铁锨。她的背向着我们。我们过去在土圈子外头围住了她:一张绝望的老脸,两只绝望的泪湿着的眼睛。这要不是大白天,我们简直会疑心她从坟里爬出来的。

她的身子向前倾在坟上头,动也不动,连我们在她跟前都没有觉察出来。她的年纪在五十岁左右。她穿着一件黑粗布长衫子。

她嗓子里发出哽噎的响声,像极了冬天炕头上猫打的呼呼。她家里人会把她忘掉在后头,我们不得不希奇了。

过去一个弟兄把她推了起来。

在我的意想中,看见我们这些生疏的奇怪的兵士,她一定不是惊呆,便是叫唤,和见了鬼一样。然而事情却又这样出人意外,平淡无奇。她好像是一个心里空无所有的傻老婆子,脸上不见感觉,也没有表情,那种样子和见了见惯的熟人一样。她的态度再安详没有了。

"他们都走了,没有一个肯帮我的忙;"她抬起头来,语气又自然又柔和,祈求我们道:"我求他们,他们不听,都走了;他们叫我跟他们走,我不走;那有什么用呢?他们都不是我的亲人。我老了;我不怕;十多年前我男人就死了,现在我孩子也都死了;我走哪里?"

我们看着她,不做声,心里掂夺着好不好把她结果了。

"你们不肯帮我的忙吗?这是我孩子的坟!"一面她拄着铁锹站起来。

我们的心动了。她眼睛里的话比嘴里的话还克制人。我们可以杀一个土匪,但是我们得替一个母亲埋了她的儿子。我们不得不答应帮她最后的忙。给一个土匪修坟,这种光景我们从来还没有经过;我们踟蹰着,臊起来。

差不多费了半点钟的功夫,我们帮她把坟堆高,用锹背把土打结实。她的力气比我们的力气还耐久。

"老太太,"我问她道:"你不是这家里的,这家姓赵不是吗?"

她扶在铁锹的把上,顿了顿,好像没有听清我们说什么,又弯下腰。

她慢慢地喘起来。她立在坟前面,看着,不动弹,眼泪从沉穆的脸上一点一点地滚下来。我们虽然是粗人,也晓得这种神圣的光景。静静地立在她后面,等她一同走。她心里好像有了很大的变化，如今母亲的心也尽了，聚在一起的念头也散了。她的凄凉一直逼到我们的眼帘，我们不由得各人把头转过去，望着西面的空里。太阳悬在西天上，一层薄薄的云正好飘过来遮住了它，云虽然透亮了，底下却黯多了，好像黄昏就要来的样子。

忽然她扭转身，嗓子哑哑地问我们道："你们为什么不弄死我呢？"

我们诧异地看着她，第一她的问话太突兀，第二她居然晓得我们是什么人了。年轻的弟兄忍不住好笑起来，跺着脚；他明白我们刚才扮了一出什么戏。女人很不安宁地望着他。

"你多大年纪了？"他带笑问她道。

她的嘴唇颤动着。"我是属狗的。"

"可别咬人呀！"他笑下去道："我瞧你有五十多，够我奶奶的份儿了。"

我们俩也笑将起来：她做他的奶奶！

"干吗，我们要弄死你呢？"他调皮下去道："咱们是老亲家，你老人家忘了吗？我们还帮你上坟哪！老奶奶，走罢；算你老人家上了年纪，我们把你打入灶房罢！这么一个大堡子，也就是你老儿一个东道！"

头一两天她看我们总是斜着从眼眶犄角射出来，好像一个老奸巨猾的油子，未开口先揣摸我们的神气。她的外表很消沉，木然的样子，好像日子扯着她过。她轻易不做声，顶多你问急了她，唯唯两声，或者唧哝一句。但是她并不十分倔强，虽然有时装着耳聋，不听我们支使。好在弟兄们骂她两句，也就过去了。忙的时候她给我们添柴，拉风箱，择菜，切菜，高兴的时候还帮我们缝洗走了线的旧衣服，破袜子；一些别的零碎的事情；但是没有事的时候，她就坐在灶房炕锅前头的草垫子上，想着她的没有事的心事，往往我从门口过，瞥见她头垂在怀里，似乎睡着了，但是一走进屋子，她就灵醒过去，抬起头像没有看见我地望一望我，然后眼睛转下去盯着那个小黑洞的灶门,再也不动弹。

没有一个弟兄能挡得住她发脾气;她爱发脾气。事情只要她以为同她有关系了,十之九她总要掺进来,找机会和弟兄们过意不去。例如弟兄在案板上切菜,不用说,从来不会细致,但是她一定要把那个弟兄教训一顿,直到那个弟兄举起菜刀把她撵走,或者请她来切了事。随便她家里什么东西,由我们毁坏,她绝不开口,顶多留连两眼,透出怜惜的样子,然而毁东西不要毁一个半截!她会口里嘟嘟囔囔把我们骂一个半死。她似乎什么也明白,同时又非常糊涂。

她自己的事她是绝口不吐一个字,就是堡上的话,她也是装聋不理会,好在一个上了年纪的女人,我们也就不怎么她了。我们就晓得那坟里是她新死了的儿子,此外她便一字不提,打好了主意不让晓得她的身世。这身世一定凄凉非常,有时我都不敢替她想。后面园子我不记得她再去过,连这个她也有些忘怀。

慢慢她同我们一起住惯了,也就不显生分,我记得有一次她从她的瘫症里头爬起来,大发脾气,险些把老命送到上头,但是从这以后,她也就越发沉闷,脸上轻易不见动静。我不欢喜看到她,她那副脸总是扯得长长的,左一道沟,右一个坑,黄昏时分她摸着墙往屋里蹭,骤然从眼里一过,我心里说不上的别扭。

我们这一次剿匪,进行上总算顺利,省府还特别来了一通奖慰我们的电报,上头印下来,每连发了一份。年轻的弟兄们不管认识字不认识字,拥拥挤挤,乱喊乱闹地抢那一张分文不值的破纸。后来连长走过这面,让大家在院子坐好,由他念讲给大家听。说来也巧,我们有的站着,有的坐着,正好围着灶房门口。

连长正经其事地向我们念着,大家有心没有心地听着。在他讲解的兴奋的中间,忽然有一个尖溜溜的嗓子从灶房里头出其不意地打着我们的耳朵。含含糊糊大家也没有听清嚷些什么。

连长不念了,我们一齐回过身,凑到门口往里望,有的撕破了窗户纸,低下头凑在纸眼儿往里看。我们以为这婆子不是发疯就是做梦。她坐在她那个草垫上头,手里拿着一块劈柴不知在地上画什么,低下头,正眼不睬我们。

"——也不知道谁是贼!狗食的!"她扬起嗓子唧哝着,这和电打一样到了我们耳朵。我们半天看定她骂没有开口。奇怪的是她会听清我们的电报,那样半傻半癫的老婆子。

连长一摔手里那张纸,扔在脚底下,走到她跟前,差不多脸都气得有一点青紫。他的身量是很魁梧的,堂堂一表,站在她身旁,威严凛凛地和一座山差不多。她抬起头望着他,莫名其妙,带一点吃力,又有一点吃惊。她的眼睛闪着,像一个见了苍蝇的壁虎子。她不清楚为什么我们围住她,脸上像挂了云的茫漠。

"你说的什么?"连长追问她道。

"我听不清你说的什么,官爷。"她坐在草垫上连动也不动。

"我问你谁是贼,"他向她耳朵喊道。

"谁是贼?"她搜索着他的脸,缓缓地应道:"没有人是贼,没有人是贼。你们丢东西了吗?那除非是你们自己偷的!我苦老婆子要它做什么用呢?"

"少废话!"他一巴掌向她肩后打下去。

她全身不觉扑在灶台上面,半天缓不过气来。这样上年纪的糊涂虫,同她计较些什么,也就是连长,心性高傲,脾气暴躁,要是我们就不睬她。忽然她挺起身子,从草垫上跳起,上身靠住墙,手里挥着那根劈柴,从上到下哆嗦着,和逼急了的虫艺儿一样。连长往后退了一步。

"谁是贼?问问你们自己;"她那一双瘪下去的老眼横向我们门边一扫,一口气骂下去道:"还有谁是贼?为什么你们不住在你们自己家里,跑来作践我的家呢?谁敢这样明目张胆?堡子上人是土匪,他们跑到堡子以外抢过你们没有?呵呵,你们派兵来要钱粮,三天交不齐,就要排家来搜,还绑下我们的人做扣头。山里的强盗待过我们这么一次。我们求你们打强盗,你们扼在堡子外头给我们要钱粮。我们啃树皮,从光绪朝啃到今儿;这两年好不易收下了粮,却要养强盗。我们不给,我们是土匪。呵呵,他们完不起,你们就要洗他们。为什么不许他们防守他们祖先的田地,房产,坟上,他们自己?你们不打贼也不打毛子,却来欺侮我们百姓。

“我恨你们!我恨你们!你们吃了官俸,还要吃我们的!我是一个苦老婆子,我没有男人,我可有儿子!我把他们教养大的,我一辈子守着他们,我看着他们学好,走歪了步也要捱打!他们求功名,功名你们也给打消了;没有法子来种地,你们完了他们说不清的地亩钱,回头咬他们是土匪。他们死了,是你们杀的!

“你们为什么不把我也杀了呢?我还有一个没有埋。他们是我的命!你们没有娘吗?你们也有娘的,你们也有娘的。问问你们的娘,她也有孩子的,她也有孩子的。问问你们的娘,我也有孩子,孩子都死了,死了见不到尸首,还落了一个贼名!呵呵,呵呵。”

她的脸上挂满了眼泪,起初用袖头揩着,慢慢撑持不住,倒在草垫上,抽答起来。我们一句话都没有说,瞪起眼睛听她诉苦,听她教训,好像我们被绑到山头上,见了女大王。连长头一扬,就一直出去了。他连电报也忘了。

“真有你的!”连长一出去,弟兄就跑到她跟前嚷起来。

外面弟兄堵住窗眼夸道:“她奶奶,骂得真脆吆!”

我走过去,劝她不要伤心,人死有命,这话一点不差。随我们怎样喊闹,她封住口,只是不言语。

从这以后,晓得她火性大,我们轻易也不招惹她。我们做弟兄们的心眼并不全坏。她每天仍是在灶房里头,整日都像打盹,坐在草垫上头,和瘫了一样。她的记性越来越坏,往往告诉她做什么,要是不把事情摆在她的眼前面,一转身她就忘了。问她什么,她总是装哑巴,要不就是推听不见。生起气来,她还是照样地不饶人。

弟兄们顺着她的心性，由她支派，日子一多，也就分不清她是不是自家的老太太。

她的性情有时变得很古怪，军队上以我这样能体谅人们的人也常常叫她迷瞪住。说她是死心眼儿，有时她转得很快，恰好出人意外。没有法子捉住她，滑得和鱼一样；不过她直拗起来，比老牛还难使唤。高兴的时候，她能替我们做许多事。

有一个弟兄从外面带回两只鸡来。这比我们占了堡子还要高兴。我们许久没有闻见肉味，不用说这样肥实的两只鸡。我们在院子把他围住，追问他从哪里弄来的；他告诉我们他用了什么样手法从营长那里骗来的：想着从上官那里来的两只活鸡，大家不禁哄然大笑。她这时坐在灶房门坎上，跟着我们一起笑。她的破天荒的鬼笑逼得我们大家转过头望着她。她扶住墙慢慢站起来。

"给我！让我给你们宰了煮着吃！"

弟兄打趣她道："老奶奶，你是要宰谁呀？煮鸡呢，还是煮我们呢？这可不是玩儿的呀！"他打起手势，挤着眼，脖子一伸，逗得大家都又笑起来。

我们特别欢喜她自告奋勇替我们弄鸡吃。只要她兴头好，她做出什么来，都是可口的。我们觉得这样的希罕的东西非女人做拿不出手。把鸡扔给她，大家就都散了。

过了半点多钟，屋子就剩下我一个人，说不出地无聊赖，朦胧住眼睛，正要倒在桌子上面，忽然我听鸡咯咯地叫唤，直声直气，头两声穿过我耳朵就和传了电一样，不由我打了一个冷战。我的眼睛一要闭上，它就隔着墙吱杂起来，不知犯了什么病，咯咯个不停，好像受了什么酷刑，要不就是见到什么邪怪。我心里烦躁上来。

"我的奶奶，你积积德，别让它叫唤好不好？"我拍着桌子大声喊道。

不到几分钟，我就听见另外一个鸡嗓子吵起来，比前一个的还尖还急，简直是半夜的鬼嚎。我不相信她不会宰鸡。拿鸡开玩笑，人间还没有这样残忍。我跳出房门,走向隔壁的灶房。我不觉在房门口呆住。

她处置鸡就和我们末后收拾土匪一样,把两只鸡五花大绑地分开吊在一条板凳的两条腿上。在它们中间的草垫上头她坐着,看住两只捱磨的鸡。我从来没有见过这样宰鸡,不知什么使她有了这种离奇的念头。她脸上显出一种残虐的有意味的微笑。她手里拿定一个上鞋底锥子,带一种疯狂的意志,照准鸡身上扎下去。鸡的痛苦的喘息和叫唤使她兴奋地笑将起来。从鸡身上鲜血一滴一滴地滚下来。两根凳腿同四周的地上染得一片猩红。两只鸡的小眼睛忍住疼痛,一时睁开,一时闭上,眼盖子灰灰的抽搐地翻动着。她坐在那里,好像没有意识的小孩子,高高兴兴地拆她的玩艺儿。这种宰鸡的法子我有生以来头一回看见。我说不出我心里那份难过。冷不防我把她手里的锥子打下来,拿脚踢远了。

"我的老奶奶,你下一辈子还想做人不想?"我把板凳提开,向她喊道。

她吓了一跳,大失所望,瞪住两只透亮的老瘪眼盯着我,郁怒的样子,和半道被人打食的猫狗一样。

她指着鸡叫道:"我二仔就是那么死的!"

"那么死的?"我退到门口,机械地应道。

"他吊在树杈子上,在树杈子上吊死的!"她忍住苦,低着嗓子道:"他们看见了的。天杀的一刀一刀把他扎死,就和那鸡一样,那鸡一样。鸡到了人肚子,我二仔到了狗肚子,还不如鸡,不如鸡。你相信吗?"

我觉得浑身不舒服;说不定她孩子就是我吊上树的。

"那是你们干的,我想起来了!"她从草垫上跳起来,倚住身后案板的棱角,恍然大悟的样子;多少怨恨和自艾我不知道藏在这嗓子里头。忽然她小了声,惨苦地道:"我多么想看他和他那死法!吊在树上头,上也不能,下也不能,那一定很苦的,我可怜的二仔!”那鸡抽搐着,想撑开绳子,“我奇怪二仔怎么捱受的。”

“别那么太狠性了吧,你上了年纪的人。我们看着你可怜,才饶了你一命,过去事你也犯不上死追求,那报应还有个完吗?”我劝她道:“你瞧弟兄们待你不很好吗?”

“我恨你们!”她切齿道。

我没有回她的话。我实在不愿意听人说我们收拾孩子,又结果娘。

她又坐到草垫上,一壁唧哝着。

我不觉对她有点儿不放心了。那种不曲不伸的阴郁的神气实在对我们不相宜。可是她好像又一点记性也没有,想起什么说什么,至于你回她的话,做的表情,她全不懂得理会。而且她一个孤苦的老婆子,颠三倒四,也就是嘴头上辣一点,阴狠不到哪里。

隔了许久,她算把鸡扔到锅里头了。我看她踡在那个黑犄角,有兴趣地看着弟兄们抱着柴火进来,那种微弱的样子,和那几十年安驯惯了的柔顺的面孔,不觉遣散了我的疑心。起初她只是出神地看着柴火,也不言语;但是弟兄们却不会那么老实,有些故意把劈柴一捆一捆地在她四围堆起来,逗她发脾气,她推开脚前的柴火,蹒跚到门外来。

她看着院子堆满喂牲口的草料,弟兄们聚在一旁忙着,有的抽草,有的理草,有的搬铡刀,有的来回运切碎的草料;她不做声地看着。忽然她联想起什么,瘪嘴窝子那里抽出几根带笑的丝来,同时口里唧哝着。

“老奶奶,我们的鸡呢?”弟兄望着她喊道。

她看着他。

他走到她跟前,抬手端起她的下巴,一只眼斜向她,一只眼飞给大家,挑逗她道:“你没有偷了我们的鸡罢,奶奶?”

她不明白他是什么意思。她把脸摔过去。

满院的弟兄们不觉触着痒痒,粗野地笑起来。

她退回灶房里头,骂着大家听不清的话。

那一天的晚饭我是在营部吃的。我决心躲开了那两只一身溃疮的烂鸡。吃完晚饭,留在营里同弟兄们押宝,一直闹到夜深一两点钟,我实在睁不开眼了,便挤出这一圈子赌棍。夜里的风也起来了,吹得我又是清爽又是冷。营部离我们的住所还有半里地的光景,差不多要走完那条大车路。我刚溜到营盘门边,只见守卫的弟兄们聚在门外的台阶上,向夜里望着,吱吱杂杂,交头接耳地纷纷议论。我问身前遮路的弟兄他们看什么。他很慌张的样子,拉起我的手,一同迈到门外来。我们向漆黑的夜里望着。

说是漆黑,实在空里还弯弯地挂着一个月牙,加着闪闪灼灼的碎星星,各处隐隐约约地都露一个大概。

大家都留神向我住所那边望着。仿佛是我住所那一带吧,从房脊四边往空里升起似雾非雾的烟来,迎住月光,发出透亮的银灰色。我们都呆在地上,想认明它究竟是什么东西。慢慢从浅的银灰色它变得深灰了,越来越浓,往上也越升越高,四围也越扩越大。忽然在我们惊痴之下,带着许多的黑渣子,它往空里喷上去。我们也忘了冷,也忘了风。紧连房脊透出一点红,接着就是火星子碰上空里。

“火!”

这一声呼喊把我们从这种奇景的迷梦里头叫醒过来。我们一起叫唤起来。我第一个往我住所那里跑去,心里唯恐应了我的猜测。有些弟兄各处送信去了,有些弟兄跟着我跑下来。不用说了,正是我们住的那所房子起了火。火势越发大了。顶凶顶亮的时候,是麦秸堆引着了,火星乱碰。近处没有井,我们只好听它延烧。起火的地方正是我们住的那院子,风卷起火,一直扎到大门道。里面还有枪声。我们把四近的土墙推倒,给火腾出空地。

但是我们的眼睛立刻都从火那面转到大车路上。不远站着一个女人,在黑影里发狂地吼笑着。我们过去围住她。她似乎没有看见我们,全神都在火上面。她的衣服和她蓬散的头发上粘满了没有切过的一根一根的草料。从她手心掉下一个洋火盒子。爬过去一个弟兄,从地上把它捡起来。一个空盒子。

“救出里面的弟兄!”我向大家喊道。

她回转头向我狞笑着,带着一种得意的神气,和咬胜了的公鸡一样。在嘈杂声中,大家都听见她高声唧哝道:“我拿柴把门堵上了!我先从那里点起的!”接着和夜猫直声地嚎叫一样,她笑起来。

“把她扔到火里头!”

“扔到火里头!”

“火里头!”

不等我来拦阻,留她做活证,大家一涌而上,有的揪住她的头发,有的摇起她的臭脚,把她从地上横扛起来。我听清她嘴里还沉声地嚷:“我恨你们!”然后大家跑近火势顶凶的地方,连第二句话也不问,笔直从空里把这老婆子撂到火里头。这是堡上末一个女人让我们收拾了的。

一九二九年,十二月

(原载《坛子》,开明印书馆一九三一年一月版)

## 燕 志 俊

# 守 夜 人

在河北面的秋原里，田主收了几亩落花生，车上辕马的腿坏了，没有向园场里拉。

黄昏时，来了两个守夜人，用猎枪背了布被合干草，布棚，在河北面的草原里，傍近花生田，近林的地方，用干草铺地成床，铺了被，扎上船篷似的布篷，预备遮夜露。

那高膀子的王立芳，向腰里掏出烟盒，用手指拿了两支烟，分给他的侣伴，然后点了火柴。黄昏更黑下来，好像撒下的布幔，跟了四面秋天的柳林的边沿黑昏昏的沉下。

两个人一时闲坐着吸烟，散步。

“你听！”王立芳斜耳向林外的河里说：“呼，呼，呼，……这是打夜鱼的跟鱼，你听！”

“你听他们跑，”侣伴也斜耳向林外说：“泼刺，泼刺，泼刺，……这是在那里？”

“这是在这林西桃树行下，”王立芳用烟火指着说：“那里的水很深，绿茸茸的，鱼也多。”

侣伴没再做声，轻微的侧侧头，又轻微的向黑暗凝思，抓着头发，好像想点话想说，深深的咀嚼着在河口打鱼一类的事。

“可是，”他说，“水鸭呵，水鸭快来了，可是，也许今年这些炮声吓得他们不来了。”

“没有的事！”王立芳说：“已经早来了，前天这林西，这林西的柳树沿下,落了一群,可是!”

“那咱俩明天去打。”

“不行,”王立芳摇摇头,向鞋上抹灭了烟头,“很生很生的,枪够不到就起群。”

“可是今年那兔子可不少,”侣伴说:“斑鸠怕炮响,水鸭怕炮响,什么都怕,只是兔子不!”

“他怕什么呢,”王立芳说,“夜间在豆田里,萝苇田里,什么草沟里,果子田里,睡他的太平觉完了。他怕什么——斑鸠?黑夜里,斑鸠被大土炮震得满林里乱撞?”

“就是水鸭也不能安!”侣伴站了起来,向干草里拿出他的猎枪,自己向黑暗里走去,在那广漠的睡眠的花生田里走了一圈,静悄悄的走了回来。

他好像在不停的静思着,想找话告诉告诉方好。

“立芳哥,”他忽然快声地说。

“什么?”

“看个纸牌吧?”

“没有灯呢。”

“可是,咱这不是地方,这林里的蚊子一定很多呵。”侣伴说。他的脸已完全埋在黑暗里,只有他站着的身影的一半,衬在林后西方熄灭的鱼肚色里。

“那怕什么,”玉立芳说:“你没住过宿,在野外,你只要盖上一条被单,他是白哼哼;夏天我在这树林里守夜,看麦子,盖上一条被单,连头带脚的裹住,那时候蚊子倒是真多了,可是白哼哼,抬了人去也是吃不着的……可是,这什么,你呆啦,这时候坡野那里还有蚊子。你不能比家里,家里多暖和,也没大些了,这里你听,那里还有一个!”

侣伴静的斜了一回头,然后转了回来。

“不错,”他说:“没有一个,这比家里冷多了,可是,你拿来了几床被？”

“几床？一床还是主人的呢。”

“咱俩几铺睡？”

“你说？”

“我看一铺伸脚暖和。”

“不错，”王立芳说：“伸脚真不错。”

侣伴又默默地走到花生田北面，向天放了一枪，很快的走回来。

“立芳哥！”

“唔？”

“睡吧，时候不早了。”

“好！睡！”王立芳说，他将他那枪的机器弄了弄，然后搁在被下。两人舒好了被，都倦倦的睡下，在被中，都无意的仰看着满天的繁星，都轻微的微思着似的。

“黑夜的露水很凉呵，”王立芳半睡思的说。

“那有布棚！”

“不错！你十几了？”

“我？”侣伴说：“我十九。你呢！”

“二十四。”

“你怎么还没娶媳妇？”

“嘿嘿！谁给媳妇，穷光蛋！”

“别说，你穷，我就更不用说了！”

“你还没提亲，你也？”

“嘿嘿！要那个做什么用！”

两个人寂静了一刻，好似更深的睡思，更深的睡意，眼前像有微流的昏雾。一群野鸭由夜空鼓翼过去，但是看不见，在远处的林顶上低低的散逝了，如渺远的落叶的沙沙一般。在河原的曲折处，有村中的灯光透出来眏眼，如黑夜的流萤在林中一般；河原宛如熟睡。

"你睡着了么?"侣伴好像由睡思中抬一抬头问。

"——没有。"

"你见过陈家的小兰没有?"

"小兰?"

"呵,小兰呵,"侣伴说:"前街向外的那小胡同里,一个白木板门,她父亲死了,只有她和她娘,你怎么还不知道?不就是一双尖生生的小脚,红鞋,说话就红脸的那个小兰么?——还没有婆——"

"噢,噢,噢,"王立芳连连的说:"我知道了——可是不跟高家姊妹好哩!"

"嗳!高家姊妹都出嫁了;那回我从那胡同里走,看见第三的苑,抱着她姐的一个黄瘦的小孩子,准是都来走娘家了——苑不跟没出嫁时年青了。"

"你认得她么?"

"不很认得,"侣伴说:"可是她认得我,那回,春天,我从那胡同里走,去给俺娘买根油条,因为她病得不想吃——天晚了,苑走到我前面,向我笑,推了我的胸膛一下,我也没做声,就走过了。"

"那——她从前认得你么?"

"不认得,"侣伴说:"从那一回,我就认得她了。还有一回,我走到那里,也是天晚了,她拉我到那路南的小园里,问我多大了。"

"怎样问你?"

"她抱住我,和我亲嘴,一脸香肥皂气味。"

"后来呢?"

"后来我不知怎的怕得心里只跳,挣出跑了。"

"唔!你不该跑,她拉住你是爱见你,怎不拉别人呢。"

"我不敢呢——你也认得她么?"

"我也认得,"王立芳说:"那时我有十八岁,在她家里放牛,那时她还小，她两姐常叫我上街去买东西，那时还都是闺女，住在那圆砖门的西屋里，早晚格格的娇声细气的笑——”

“你听见么？”

“怎的不听见？”王立芳说：“和我住的牛棚只隔一垛短墙，早晨洗脸都脱下褂子露着胸膛，我去了，也不避讳，也不——”

“她们不怕你么？”

“不怕，和我混熟了，别人却不行。到晚上在院里凉快，我一样偷过去，从夏布褂里插下手去格支那大的，香，她也不生气，只眯着眼吐我。她二妹却不行，谁偷和她耍笑，她就骂，不留情。”

“格支，那不格支着奶子么？”

“呵，奶子呵，就是格支奶子呵。”

“那你和她好过么？”

“那里的事！”

“你还想她不想？”

“想这个做什么用？”王立芳凄低的说：“人家出嫁了，都有了三个孩子，不是年青的时候了；那才出嫁时还哭还叫，这也不哭了，也不叫了，老气了。”

“哭什么？”

“哭什么呵，她女婿是个井庄，一个眼！”

“苑的女婿怎样？”侣伴问。

“苑的女婿更坏。她娘卖给城里当小婆子，四十多的个老家伙了，苑才二十，所以走娘家不安稳。”

“唔！……”

两人寂静了一刻，村中的灯熄灭了，好像睐眼睐烦了，自己入了睡。从村间的草地上吹过一阵微风，带过河原上远近闹嚷嚷的虫鸣，悠忽不定，好像睡死一般。

“立芳哥？”

“唔？”

“想睏么?”

“不睏。”

“你娘多大年纪了?”

“四十三。你娘呢?”王立芳倦倦的矇眬的说。

“四十二,小一岁。也不知是什么病,夜夜叫唤,找先生试了脉,喝了两回理中丸也不好,我这来没人给她烧开水喝了,一定不——”

王立芳的睡乎起了。

“立芳哥?”

“…………”

“立芳哥?”

“——唔?”

“睡罢?”

“——唔。”

两人静悄了,河原更静悄,星儿明明的满天睒眼,远近的虫变成宛如梦般的凄诉,静悄,静悄,静悄,……在河原的柳树后,渐渐地升起一个大而圆的,几乎可怕的淡红的月亮,河原稀疏的明亮点了。

凉露落上河原的一切和守夜人的篷上……

（原载《文学周报》第二五七期,一九二七年一月二日）

# 彭家煌

## 怂恿

### 一

端阳节前半个月的一晚，裕丰的老板冯郁益跟店倌禧宝在店里对坐呷酒。

“郁益爹，旁大说：下仓坡东边政屏家有对肉猪，每只有百三十来往斤，我想明日去看看；端阳快了，肉是一定比客年销得多，十六七只猪怕还不肯。”禧宝抿了一口堆花（酒），在账台上抓了一把小花片（糖），向老板告了奋勇后，两只小花片接连飞进了口。

“嗯，你去看看，中意，就买来；把价钱讲好，留在那儿多喂几天更好，这里猪楼太小，雅难寻猪菜。”郁益安闲的说，忽然想起旧事，又懒洋洋的关照着：“你去了第一要过细些，莫手续不清，明日又来唱枷绊，翻门坎。他屋里的牛七是顶无聊的家伙，随是什么，爱寻缝眼的。”

“那怕什么，凡事离不了一个理，不违理，就是牛八雅奈我不何！”禧宝满不在乎。

牛七是谿镇团转七八里有数的人物：哥哥四爷会八股，在清朝算得个半边“举人”，虽说秀才落第，那是祖上坟脉所出，并不关学问的事，只是老没碰得年头好，在家教十把个学生子的《幼学》、《三字经》，有空雅爱管点闲事；老弟毕过京师大学的业，亲朋戚友家与乎宗祠家庙里，还挂起他的“举人”匾；侄儿出东洋；儿女们读洋书的，不瞒人，硬有一大串。这些都是牛七毕生的荣幸，况且箩筐大的字，他认识了好几担，光绪年间又花钱到手个“贡士”，府上又有钱，乡下人谁赶得上他伟大！他不屑靠“贡士”在外赚衣食，只努力在乡下经营：打官司喽，跟人抬杠喽，称长鼻子喽，闹得呵喝西天，名闻四海。他雅喂过蚕，熬过酒，但都是冒得一眼经验，凭着一鼓蛮劲去乱巜幺，每年总是亏大本，没得“打官司”，“抬杠”那样的成绩好。他的身胚很高大，大肚皮水牛一般的，在文质彬彬的兄弟里，他真是走了种的蛮。他的排行是第七，人们便派他一个“牛七”。他胆量很大，又学会了刀，叉，拳，棍的武艺，黑夜里听见屋前后有响动，一个人敢拿短棍入山赶强盗。有一年清乡委员下了乡，还几乎挨了他的做。横冲直撞，那里找得到对手；牛眼睛钉住了谁，谁就得小心些；若不幸闯在他手里，就同黏了油漆样，弄不清爽。他那黑漆的脸又油晃晃的，顾名思义，雅有尊他“油漆”的。但“油”与“牛”，厉害很悬殊，因而尊他“牛七”的毕竟占了势力。

禧宝洋腔海白惯了，生意经他知道点巧妙，是非场里可没得他的份。他相信老板郁益的大哥原拔抵得牛七的四爷；二哥雪河而且是牛七顶怕的，而且他家里雅有人挂过“举人”匾；尤其雪河为人刚直，发起脾气来，连年尊派大的活祖宗雅骂的。有一年牛七冲撞了他，托族叔枚五老倌到裕丰放鞭爆赔礼，雪河叫细人子把鞭爆踏灭，跳起脚，拍桌子骂；“枚五爷，你书由屁眼里读进去的啊？这事由你放鞭爆就了啦吗？好不粪涨！”枚五老倌给侄孙骂了一顿，垂头丧气，出门投族人，要开祠堂门整顿家规，但是，空的，蛆婆子拱磨子不起，还是由牛七亲自送礼赔罪了事。雪河在省里教过多年洋学堂的书，县里是跑茅厕一样，见官从来不下跪的，而且在堂上说上几句话，可使县太爷拍戒方，吓得对方的绅士先生体面人跪得出汗，他还怕谁！这在谿镇的妇孺都知道，背地称他雪豹子。牛七只蛮在乡下碌的人，撞了他，不是小蛾子扑灯火！裕丰有这样的声势，禧宝那有“牛七”在眼里。

翌日早餐后，禧宝换了件白褂，赤脚上加了一双袜，扣在裤腰带上的牛骨头烟盒子也取下装一满盒条丝烟，找了一把黑摺扇往脖子上的衣里一插，掮着洋伞，出门邀旁大到下仓坡买猪去。

下仓坡是述芳政屏两兄弟的产业。他俚(他们)保管不住，不能不找主儿。牛七是他俚的从堂兄弟，本有承受的优先权，但他那几年事事不顺手，于是述芳将下仓坡的西边，连屋带田卖了一半给裕丰，现在归原拔经理着。卖祖产，就是卖祖宗，这在谿镇人认为是奇耻。牛七瞧着述芳兄弟许多人拖拖踏踏挤在下仓坡东边住着，对东边的祖产真有丧了考妣一般的悲哀。

“你屋里巜幺成了这个样子，以后真不好办！蛮好的祖产，轻松的送掉，真碰得鬼，我看你，述芳！你想想，当年骅四公创业如何的艰难苦楚，到了你们手里，就风吹落叶样凋零下来，再空两年，怕连东边也靠不住。将来我看你迁到哪里去?”牛七这样说，述芳雅不愿将一口闷气从屁眼里撒出去，仗着牛七和政屏二娘子的娘家那一霸人物为后盾，于是信了牛七的主张，在卖给裕丰的一邱田的那一头耕种起来，原拔质问所得的回答是：“妈妈的，我耕我的田，碍着谁的祖坟啊?”裕丰的雪豹子知道了，拍桌子骂牛七。因为原拔自从搬到下仓坡，家里常常闹鬼，黑夜里有石子飞进窗，裕丰就闹贼，这是牛七的鬼，雪河早就有耳闻，于是他派人警告述芳。述芳蛮不讲理，倒许起七日七夜的朝天忏，说裕丰欺他，人不知道天知道。族长贡老爹知道什么葫芦装什么药，牛同豹子会有一架打，于是邀人出来和，哼，白忙了几天，贡老爹缩了颈根，其余没面子的白菜鬼谁来管这闲事！于是雪河在县里告了一状。述芳没料到要见官，逃了。雪河又一禀帖，加了述芳个“恃势凌人，畏亏逃审”的大罪，在县署请动了四差八票下了乡，寻到盂兰会上，将述芳抓了去。祸是牛七闯出来的，就是千斤的磨子，不能不硬着背，只得联合劣绅，上堂抗辩。雪河斩钉截铁的几句话，县官就戒方一拍，牛七随着“跪下”的命令，伏在地下，半句屁都不敢放。那场官司，牛七掉了“贡士”,述芳捱了四百屁股,还坐了一个多月的牢,赦出来后,就一病登了鬼籍。这是牛七一世不会忘记的,而禧宝却忘记了,即令禧宝不忘记,但是裕丰这样的胜利,恐怕更使他没有“牛七”在眼里,况且他是跟政屏买猪,这关牛七的鸟事?

## 二

买猪,禧宝是老手,政屏自然弄不过他。譬如人家一注牛头对马尾的生意,有他在中间谝谝,没得不服服贴贴成功的。好比一楼猪,他只在楼边吼几声,挥几鞭,那些货就从他那猪腰子眼睛里刻定了身价:大肚皮的那只分量多少;白颈根的油头如何;黑尾巴的吃路太差;那怕那些货喂过隔夜粮,又磅过斤两,雅逃不过他的神谋圣算。他人和气倒还在次,唯一他那嘴啊,随便放句什么屁,都像麻辣子鸡样塞在人家口里,又厉害,又讨人欢喜。平常倒是跟政屏还讲得来。他一进政屏的门,就搬出他那生意场中的口白:

“嘿,政二哥,发财发财。一向不见啦,两公婆都好吧?”

“好,好,你自己好!”

“这晌如何不到店里来?舍不得二嫂吧?哈哈哈!店里正熬酒呢,你来,我准为四两堆花的东。”禧宝嘻皮笑脸的说,伸出四个指头在政屏前打了个照面。

“有酒呷,好的!明后天许来称肉。”政屏很欢喜。

“今年府上喂些什么宝楼?我看看去。”禧宝说着,政屏领他进去看猪。

“卖吧,这对货?”禧宝在楼边吼几声,拍几下,试探着问。

“节边子来了,卖是要卖的,但是有好多人来看过,都是价钱讲不好,吴桂和出了五十块,中费归他出,我没答应,至少要五十五六。”政屏表示卖意,顺势吹了几口牛皮。

“政二哥真厉害，这对货四十块卖得掉算运气，你还想五十五六，做梦喽！”禧宝用先声夺人的语句，直往“五十五六”上压。

“五十六末，雅要看什么货啊！”旁大凑着说，“到火房里来谈吧？”于是三人走进火房。

牛七的野猫脚是常在政屏家走动的。他自从跟豹子交过手，掉了“贡士”后，他到政屏家，最爱走后门：那里有茂林修竹，是僻静的地方。这天，他走进政屏的后门，听见火房里有禧宝的声音，他怔了一怔，点点头，悄悄地踱到窗外去窥听。“禧宝之来是什么坏勾当，政屏不经他的同意，擅自跟这坏蹄子干什么！”他急切要探出个实在。他由窗纸破处瞧见政屏在桌上拐着水烟袋，取了插在炉边的火筷，箝着火炭，又将火筷夹入拿烟袋的手指缝里，腾出右手来擦一擦烟袋嘴，才伸出指头到烟筒里去掏烟。烟筒是空的，即刻就起身，于是牛七的头避开了。

“不必去拿了，我自己有烟。”这是禧宝的声音，这声音又将牛七的头引回来。禧宝双手接着政屏的烟筒和火筷，取下裤腰带上的烟盒，上了烟，引火抽着。政屏睁眼凝视空中缭绕的烟，有时还钉住地上的烟屁股。牛七扳起油漆的脸，眉毛皱着，似乎有谁欠了他的钱不还的神情，“若是政屏还暗中呼吸禧宝那腐尸喷出来的臭烟味，那真是下流透了顶。可恨二娘子还泡了茶一杯杯分递，禧宝配接她的茶吗？”牛七似乎有些看不上眼，心里在咒骂。

一刻子，政屏竟公然抽起禧宝的条丝烟来了。条丝烟，在政屏家是稀罕的宝贝。他生怕辜负黄生生的烟，抽出半年难洗一次的烟斗，用小棍子通了几通，将周围凝结的黑黄色胶汁往自己的赤脚上一揩，随即装烟抽着，一口长气，连两颊都吸进去半寸深，烟如进了坛，没一点糟蹋的，过足了瘾才递给旁大。“禧宝的和气，堆花，条丝烟”连连的在他的心里打转，楼里的那对货，无形中已轻轻的减了价，如果禧宝诚心买的话。然而在窗外牛七的脑里，却是“政屏那一世没吸过丝烟的丑态。”“禧宝那鬼脸，那刁滑，那可恶的语调，总而言之，处处讨嫌得要死。”“裕丰那么兴盛，他妈的禧宝还孝顺他，猪卖给他真得十倍的价钱才行。”

“这对货是真的要卖吗？如果真的要卖，那我真不敢向你开口。政二哥，我买，你总让点，再开个实在价吧！”禧宝正式开口了。

“怎么不卖！你不是别人，让是要让一点的，只是……”政屏在桌上摸了一个算盘，在算盘的横木上扒了一颗子，又在横木下偏右的一行扒了一个“二”，交把旁大，一面将口里含着的“不到这里不成”吐出来，旁大看了，递给禧宝。

“什么，政二哥雅真是……，还是这个价钱，那有什么讲头，就是过秤，雅跟价钱差得太远啦。那只大的连毛不过一百二十四五斤！”禧宝说着，掉转头。正伸长脖子在窥听的牛七的头，于是猛然的又缩了。

“两边都吃点亏吧”！旁大擅自在算盘上扒了一个“四”，一个“二”，给禧宝看，禧宝接连说了几个“这不行”，可是算盘已到了政屏的跟前。政屏啰嗦了半天，才在算盘上扒了个“四”，扒了个“八”，几个“再少就吹了”连翻套似的出了他的口，算盘同时又到了禧宝的跟前。这样的来回三四次，结果是禧宝袖子一勒，坐了个骑马装，一手叉腰，一手劈空气，用劲的说：

“当面的锣，对面的鼓，我俚打开窗户说亮话，政二哥，你是三两块钱不在乎，我出价雅实在不算少。一句话，买卖成不成在你，四——十——五——块——钱，你愿意，我俚就空几天来赶猪，不愿意，我俚就对不起，在府上打扰太久——啦——”禧宝本没讲完，眼钉着政屏，站起来，口仍然张着探形势，等回话。旁大雅起身，装出要走的神气。形势很严重，政屏似乎已屈服，很为难的苦笑着说：

“这样，我就太吃亏了。你们真厉害！”

“好啦，好啦，话就讲到这里止，政二哥，过几天来赶猪就是。

恭喜恭喜，两边如意，我俚走了吧！”旁大两边作揖，政屏起身预备送客，窗外的那位客，咬紧牙关，一溜烟的早两步走了。

五天后，禧宝到政屏家赶猪，政屏不在家，关照了二娘子说过几天送猪钱来，随即将猪赶走，又空两天，那猪肉已装进了人们的肚皮。

## 三

为着这事，一天，牛七起了个绝早，跑到政屏家，在猪楼边张望了一下。

“为什么这样早，七哥？”政屏有点惊异。

“不为什么。……喂，你的猪卖啦？”

“呃，禧宝买去了。”

“啊，禧宝买去啦！多少钱？”

“四十五块钱。”

“吗啊，四十五？只卖四十五啊！钱付清了吗？不卖把张三，不卖把李四，单单卖把禧宝！禧宝的钱好些？……你卖把范泰和何如？他会少给你的钱？”

“禧宝同旁大来，讲了半天，不好意思不卖把他，我愿是不大愿意。赶猪的那天我雅没在家，听说猪赶去不久就杀了，钱是一个还没到手。”政屏为积威之所怯，见牛七问得奇怪，敷衍着说。

“既然你不愿意，他俚如何趁你不在家就把猪赶去杀了呢？钱还一个都没有到手，有这样强梁！当初你如何跟他讲的？”牛七假意的盘问。

“那天，我逼住了，他俚只肯出四十五，我说这样我就太吃亏了，后来雅没说不肯。旁大就两边拱手道喜，说空几天来赶猪，随即就走了。”

“那就有大戏唱啦！这件事你硬可以讲没答应他俚。人不在家，胆敢把猪赶去杀了就是，把你当什么东西！事情没得这样痛快！生米煮成熟饭啦！政屏，禧宝送猪钱来的时候，难为他一下，硬要活猪还原，随他是多少钱不要答应。政屏，这是个顶好的岔子！我看裕丰有好厉害：娘卖ㄅ一的！”

“看着，今天初六，明天初七，……端阳快了，现在还不到手钱……七哥，裕丰不裕丰，猪是禧宝买去的，如何好奈何裕丰！况且从前吃过裕丰一回亏，现在何必……”

“裕丰怎么样，禧宝怎么样，禧宝买就是裕丰买，你当禧宝是好东西，他专会钻裕丰的狗洞，不管他是谁，我都要请他结结实实上老子一回当。娘卖ㄅ一的！从前的事，不必讲得，鸭婆子进秧田，来往有数，于今送肉上钉板，还不砍他个稀烂？政屏，你不听雅随你的便，以后，你屋里的事就不必来问我啦，”牛七跟政屏赌气，“你屋里的事”，就是政屏每年少饭谷，少不得拿钱到牛七家去籴，政屏那敢开罪他！

“不是这样讲，七哥，我单怕是脚伸出去收不回，又是一交绊倒山磡脚下爬不起。七哥既肯替我出主意，我还有个不好的？”

“那么，这样，政屏，我是无论什么事，没得不卫护你的。禧宝送猪钱来的时候，你硬说从前没答应卖猪给他。不管三七二十一，死人要活猪还原。没得活猪还原，跟他拚了。隔壁原拔伢子同裕丰是一家，叫二娘子死到他家里去。”牛七刚断的替政屏出了个好主意，又睁着眼睛凑近政屏的耳边。“原拔伢子不到这边来的吧？”政屏答声“不来的，从来不来的，”于是牛七放胆的解释那主意的内容：“政屏，‘要活猪还原’，这不过是一句话，‘要二娘子去死’，雅不过是小题大作，装装样子。我的意思是跟他俚闹翻了，二娘子，就悄悄的到隔壁去上吊。你们即刻在外头喊‘寻人’，并且警告原拔；事情是为他俚起的，他俚当然会寻人。人既然在他家里，他自然要负责。你屋里有我作主，你就赶快把信二娘子的娘家蒋家村，叫几十个打手上他俚的门，只要一声喊，就够把原拔裕丰吓倒的。将来人是好生生的，就敲点钱算了，如果人真的死了，那就更好办！”牛七说到这里，顿住了，在腿上拍了一下。“政屏，裕丰有的是田庄屋宇，哼哼，叫他俚领教领教我七爹的厉害！”牛七抿着嘴，保持着盛气，腿上又捶了一下。“雪河伢子在省里，三五天之内，料雅没得谁敢跟我作对。”牛七依然是抿着嘴，板起脸，牛眼睛睁得酒杯一样大，在室内横扫；政屏只有“是”的应声。只是这主意决定了以后，二娘子关着房门痛哭了一场。

## 四

“嘿，政二哥，老等你来拿钱，牌子真大，一定要人送上门！”禧宝一进门就搬出他那油滑的老调。政屏装做没看见，低了头，板起面孔，预备发作，半天才心一横的答：

“什么话，我并没答应卖猪把你，请你仍然赶回来。”

“猪早就杀了，今天送钱来。你要仍然赶回来，你到那些人的肚子里要去。”

“啊，杀啦？不同我商量好就赶去杀啦？不行，我要活猪还原。”

“要活猪还原？有的是，政二哥，这晌买进来不少啦，嘿嘿嘿，你要那一只就那一只，加倍赔你的钱雅行。”禧宝仍然嘻皮笑脸的跟他缠。

“放你娘的屁，你跟你爷老子弄幌子，狗入的，没得活猪还原没得好收场。放仔细些，我告你。”政屏鼓着勇气说完几句破脸的话，几步冲到妻子房里不见面。

“哎呀，政二哥动气啦！这何必呢？无缘无故的，这何必呢？”禧宝朝着墙壁说，事情僵了，只得退出来跟原拔商量。原拔走出来想大公无私的来调和，在大厅上见了政屏，正待开口，突如其来的给政屏臭骂一顿。原拔回了几句，政屏就纵步跳上前，一手拐住他的辫,一手撩着他的阴。禧宝那张空嘴没用场啦,站在旁边只发颤。文绉绉的原拔无可奈何的嚷出几声“救命”。幸而他的崽甫松来得快,甫松是开豁了两下子的,三两个笨汉不会拢他的身。他只在政屏的太阳穴上轻轻的一按,政屏全身软了,甫松又一掌刷去,政屏一鹞子翻身倒在天井里。二娘子听了信,赶来帮忙,给原拔家的长工盛大汉一把搂住,正合其式,她那肉包子似的乳峰,贴胸的粘在老盛的怀里。她那又肥又嫩的水豆腐一般的身体,还给这久旷的鳏夫上了一把暗劲儿。原拔这边人占了优胜,即刻退进房,关上门,让政屏在厅上一跳八丈高的骂,让他的堂客蓬头散发,哭哭咧咧,直朝窗木上砸脑床,额上竟自挂着鲜红的彩。

牛七编的剧,第一出刚闭幕,第二出拿手的又人不知鬼不觉的开始了。常人的口白,“出嫁从夫”,这是天经地义。二娘子虽是响屁都不敢放的贤德女子,标致堂客,本来犯不上做一对死猪的殉殡,但是这幕剧的花旦只有她一个,为着要圆牛七和她丈夫的台,而且可趁此机会以公济私的出出被搂抱的气,她不出马,还有谁告奋勇!因此,在原拔家正午餐时,她援进他家的窗。她单单溜进老盛的房里,在床湾里上了吊。

## 五

牛七自从替政屏决定了大政方针后,天天只等禧宝送猪钱来,这天,政屏喘吁吁的走进来,他知道是喜信到了。

“有什么事?有什么事?政屏,禧宝来了吗?”牛七奔上前问。

“来了,来了,我跟原拔打了一架,二娘子已经上了吊。”政屏急促的凄然的说,几乎要流泪。

“那么,这样……我俚就去,四哥,我俚一同去吧!二娘子的娘家报了信吗?”牛七三脚两步的奔着,一壁问。

“去是去了,但是这件事情如何好收场呢。唉!”政屏依旧是很凄然。

“有什么收不了场,这样好的岔子,难道还给别人占了上风去! 政屏,你真是多心!”牛七有点不心服,但是事情闹大了,如果二娘子果然有差错,说不定惹起雪河豹子的威,他不能全不顾虑,于是他凑近四爷问:“四哥,你看要如何才稳当,这件事?”

“我看,这件事我俚只能暗中出主意,出头闹是要靠政屏和二娘子的娘家的。还是等蒋家村来了人再说吧! 不过这苦肉计,我是不大赞成,如果二娘子有个什么,就是裕丰倾了家,政屏有什么了不得的乐趣! 你……”四爷镇静的低声的说,责备牛七,眼睛防备着政屏,怕他听见。牛七皱眉无语。不久,到了下仓坡的竹山,走进了政屏的后门,在蒋家村没来人以前,一切都照牛七原来的计划。

“二娘子不见啦,寻人啊!”“啊呀,二娘子好好的,为什么不见啦!”“如果有什么不吉利,和原拔家脱不了枷绊,事情是由他家里起的。”政屏家人来来往往将这套成语送到原拔家人的耳边,原拔家人喷出口里的饭,丢下筷子,纷做一团去寻人。盛大汉是顶关心的,走到卧室取围腰布,预备去寻找;忽然他狂奔出来,“不得了,吓死人,吊在我的床架上啦。”

“快点,快点,把他解下来摆在床上。”原拔镇静的发号令,于是大家拥进去,七手八脚把二娘子抬到盛大汉的床上。二娘子的身段颇柔软,脸上依然有几分美丽的桃花色。原拔用手指在她的鼻前探探,点了一点头,“嗯,不碍事,不过暂时晕去了。”他想,即刻派人到裕丰取高丽参,西洋参,闻鼻散,顺便要老弟郁益着人找堂侄日年来。原拔娘子用湿手巾将二娘子脸上的凝血揩去,又摸摸她的身体。“身上还有热气,救总有救的。高丽参不知什么时候才能到呢? 这真是天大的祸,唉! 二娘子,你平常对我俚雅蛮好的啊! 为什么心一横,命都不要啊?”她几乎掉下泪来。擦凝血,是受了原拔的指使,因为那凝血很可助牛七政屏的威,虽则是二娘子自己流的。

政屏过来瞧了一瞧，冲进冲出的很气愤，口里嚷着：“遭人命，还了得！”他的带着胜利的威武，很使原拔家的孩子们有些恐惧，因为孩子们雅有看过“遭人命”的。

裕丰在豁镇可算是众望所归的人家，四嫁姐为人很慈蔼，最爱周济苦人，治家又严肃，儿子原拔郁益又能安分守己，满崽中过举，在外面很争气，雪河又爱急公好义；家里无论什么事，有的是帮忙的，虽则说人们爱钻狗洞，雅不能说绝无感恩图报的。乱干一百几的小通州得了信，雅赶到下仓坡。他在二娘子的身上摸了一摸，说好救，不过要赶快。他没进过乡立的小学，当然不知道科学的人工呼吸法，但他主张通通气，那通气的方法是：一面吹屁眼，一面吮嘴唇，这是他发明的。淹得半死的螃蟹坳的毛牙子就照他这法子治好的。原拔虽明知不必通气，但他是最谨慎的，又不便孤负小通州的热心，就让他去包治。

这办法决定了后，原拔的家眷躲开了，二娘子的阴魂回来了，脸上红一阵白一阵堆了变幻的彩云。不久小通州拿了吹火筒来，关了房门。

“死在你的床上啦，你不能只在旁边看。我在这头吹，你在那头吮，这算便宜了你，何如？”小通州笑对盛大汉说。

盛大汉只是笑，小通州找不到帮手，迟疑着，对于手里的吹火筒没法办交代，对于吹女人的屁眼免不了有点含羞；一直等盛大汉口里唱出一声“好的”，这才回复了高兴。本来二娘子虽是乡村的姑子，然而白胖带嫩的小胚子，很有点曲线美，礼教森严的豁镇谁敢对她问什么鼎，虽然这是严重的时候，他俚仍是观望着。最后是小通州先告奋勇，吹火筒在地上一蹬的说：

“老盛，这是要救命，管不了那些，动手吧，来！”

盛大汉走拢来，他俩颤着手去解二娘子的裤子，窗外面的孩子们鬼鬼祟祟的徘徊着，发出嗤嗤的笑声，那援着窗户想偷看的，冷不防挨了甫森的“耳巴子”,哇哇的哭。真个,二娘子死了,不知道羞耻,即令没死,想顾羞耻,要奋勇的爬起来,但是这人命案可就功亏一篑了。恐怕这两个莽汉有进一步的举动,为着要贯彻牛七和她丈夫的主张,她雅只有忍着点吧。小通州素来是帮裕丰的,平常雅遭过牛七的铁蹄,二娘子并不在乎通气,他非不知道,但这是借题发挥的好机会,对于桀骜不驯的家伙,只有用通气的方法去治疗。他的吹火筒已经瞄准了,嘻嘻哈哈的送着气,吹了几口又喷了几口唾沫。盛大汉却是甜津津的在二娘子樱桃口上用尽平生的气力来吸吮。如果吸不转气来,他愿意自己也断了气的。那时二娘子的全身震战得很厉害,痉挛般在抽引,那种味况,恐是她前生所梦想不到的,在牛七政屏心里,怕雅是梦想不到的。通气,通了十多分钟,盛大汉还想通着,又通了几分钟,盛大汉开起玩笑来:“小通州,我吹着,你吸着,不一样吗?”小通州骂了一声“放屁”,即刻他找了一皮鸡毛在二娘子的鼻前试了一试,鸡毛前后摇动着,这可证明大功已告成,无须再通了,于是他俚才收手,一切恢复了原状。原拔家人得了这喜信,视若无事的笑着,又聚在二娘子身边。

“原拔爹,人是很稳当的,没事着急得,你府上每年闹鬼,以后如果再有这样的事,我还有更好的办法来包治,我预定了这笔买卖。哈哈哈!”小通州当众表功,原拔又笑又气。

## 六

牛七在政屏家干着急。二娘子虽是上了吊,而政屏一个人闹不起劲,所听到的只有“二娘子脸上通红的,鼻孔里有气流出入”的噩耗,“二娘子被通了气”的消息,也微有所闻,不过不曾证实,他真气得热血倒流,在室内彳亍个不住,直到两点钟后,才见到四五个穿长衫马褂的和两个戴大眼镜杖着旱烟袋的白胡子老倌,带着五六十短衣赤足的大汉浩浩荡荡的拥进下仓坡的大门。牛七的精神奋发起来，春风满面的接待那些蒋家村的绅士，并且请他俚号令带来的那些汉子，四散在原拔家。他跟他俚画蛇添足的谈了一阵，把担负这次事变的重任，堆在他俚的肩上：

“二娘子自从上了政屏的门，两年啦，周围邻舍，没一个不讲她贤慧。政屏对她，重话都没讲过。本来嘍，她自己这样在行，谁敢讲她半个‘坏’字。这回为啦受了裕丰的欺侮，不明不白的死在隔壁，谁不瞧得气愤，寒家就是死截人毛种，雅要跟他俚拚一下子的。只是讲到来龙去脉，人总是蒋府上的人。”牛七眼睛周围巡视探形势，“诸位老爹是平常接都不到的，今天既是看得起政屏，都发了大驾，那末，政屏吃了亏，雅就不是蒋府上各位老爷的光彩。嗐，嗐，嗐，诸位老爷看对不对。”牛七眼睁着仍在巡视，他效了秦庭之哭，自然得到那些绅士的“是，是，是，”于是他胆壮了，即刻吩咐着政屏：

“政屏，你关照蒋府上的人一声，只管放威武些，这是人命案，不要太便宜了裕丰。硬要在这回把他家里洗成流水坑，想什么就要什么，不好生办出来，就把原拔家毁啦！再讲，这是人命案。”牛七越说越声音大，“闹出了祸，诸位老爹跟我七爷担当就是。我七爷不信邪，就是碰得恶老虫雅要咬它一口。”他一手砍空气的喊，捏着拳头拍胸脯，头向侧面一摆，大有“不可一世”之概。政屏应着，带啦白胡子老倌们到原拔家去查看个实在。

预备来大显身手的这群莽汉，本闷得发晕，忽然得了政屏的暗示，于是原拔家的桌椅跳舞起来，杯盘碗筷，响声杂作，同时还有许多人叫嚣着助兴：“把谷仓打开。”“把大门取下来当柴烧。”“把他家里的祖坟掘了，妈的。”“……”真是天都闹转了。

但天崩地裂的声音，骤给一位来客镇住了。那来客在人丛里挤进去，这群纠纠的汉子竟先让出一条路来，痴痴的站着看。那来客的魁梧，红脸盘，服装的完美，到处显出“了不得”。他虽是戴着眼镜，但似乎不大看见下仓坡有这许多英雄在耀武，只低着头，谁都不理，一直冲到原拔的卧室。原拔家人互相传语，脸上浮出喜色，好像得了救星，吓散了的灵魂又归回了。“这不是裕丰的豹子，就是举人，总而言之，至少是裕丰请来的大好老。”蒋家村的人这样猜着，没得从前那样放肆了。

牛七听说原拔家来了一位红脸汉，知道是日年，他当着许多人臭骂：

“哼，他来了怎么样，日年，我还不清楚，裕丰隔房的穷孙子。他伯伯打流，偷人家的家伙，当众丢过丑。全屋都是跛脚瞎眼的，娘偷和尚还说不定，读了这些年载的书，还是个桐油罐，破夜壶，猫屁不通的红漆臭马桶！这没出息的杂种，我料他跳起脚雅痾不出三尺高的尿。政屏，你去看看，他如果不安分，叫些人结结实实的排他一顿。”牛七跳起来咒，口里的唾沫飞上了政屏的脸。他骂，是会骂，能不能“排”，却没有他的责任。

政屏跑到原拔家，日年正跟蒋家村的绅士开谈判，其余的挤在后面，集中视线，注意日年的议论。政屏知道形势不对，日年果然有些不安分，可是牛七他要排日年一顿的话，竟无从入手。

日年起首对蒋家村的绅士们道歉，借他俚的力量镇住可怕的暴动，随又质问他俚带那么多人来的用意，语意中带有“趁火打劫”的讽刺，又请禧宝政屏等当事人将事实辨明，那时旁大进省去了，由禧宝政屏据实报告，辩正。日年再逐项简洁中肯的解释：什么“卖买手续不清的责任”喽，“禧宝原拔裕丰界限很分，明陷害原拔近于可笑”喽，“二娘子自杀嫁祸的无聊”喽，这许多富于理性的事实，竟封住了那些绅士们的嘴。他俚无从抗辩，悄然的先后散去了。然而坐镇东边的牛七却坚持着，大概裕丰不洗成流水坑，他不便就收场。

二娘子躺在床上有呼吸，有热度，脸上红艳艳的，只是口眼紧闭着。原拔家人寸步不离的谨防着。胆小的原拔娘子那时雅安闲的说她那老鸡婆孵鸡蛋的要事，孩子们聚在一块抛石子，小通州时时“可怜啦，我的二娘子死得真惨啦！”假哭着凑趣，有时也来几句“死得够了吧？”的俏皮话。真个，他俚看二娘子死到几时，大有任其自然之势。二娘子脸上硬露出死得不耐烦的神情，大概她死了这么大半天，不免有些肚饿和尿涨！

这样的情景，谁敢闹人命案，掀天的波浪，竟平静下去，这是牛七意料不到的，半夜三更，不很相干的，谁肯陪着他丧气，蒋家村的不消说，牛七的四爷，雅只顾他自己干净，走了，只剩得牛七在东边屋里对政屏发脾气：

“你们真无用，以后看还找得到这样的好岔子不？蒋家村的人雅真是些饭桶，来了这么好几十条，没得一条中用的，半天啦，没闹出一眼子印象，唉，真气死人，气死人！”牛七拍着腿唱埋怨，埋怨了一阵，仍是不甘心，“政屏，我的话你是不肯听的，事情闹到收不了场，你雅不能怪我，时候不早啦，我是要少陪！”牛七前行了几步又站住。“但是原拔伢子不肯多出钱，人不要抬回来，听见吗？我走了，有什么事你跟五婶婶商量商量就是。”政屏知道他的臭脾气，送他出了门。

政屏的五婶婶跟牛七有意见，因为她怜惜二娘子活受罪，才出头来调和。她向原拔商量，要他出百把串钱，放鞭爆赔礼，原拔不答应，五婶婶是专走五湖四海的女光棍，刁横的牛七雅蛮怕她的。她对原拔说：

“原拔爹，你想想，二娘子尽留在你这里，于你有什么好处。可以抹糊就抹糊点吧！这件事就是政屏没道理，你是读书明理的大量人。家里又富足，就可怜他这一趟辛苦，雅可怜二娘子这趟糟蹋吧！我是不相干的，只愿邻居的和好。实在和不了，雅不关我的事。”

原拔生怕二娘子会饿死，承认出五十串钱，和放爆竹，政屏自然不敢再坚持，于是猪钱和赔款点交清楚，爆竹一响，二娘子依然壁直的死着被抬回了家。

## 七

第二天晚边,原拔在屋后的竹山散闷,忽然发觉四五丈远的政屏家的后门口走出个穿长衫的蛮汉来。

"这件事,真吵了七哥的心!"政屏送他出门,很难为情的忙鞠着躬说。

"这有什么讲头,都是自家人。"那蛮汉头都不点的仍带责备的神气答,他忽然瞧见了原拔,急忙的直往前冲,即刻,他那伟大的肉胚,在暮色朦胧的竹山黯处消逝了。

二娘子呢,可怜,她自从死过这一次,没得谁见过她一次,真个,她是被活埋了。但是,雅奇怪,空几天,玩青苗龙的玩到下仓坡,谁都出来瞧热闹,政屏也出来了,只是他的房门虚掩着,门弯里有一堆黑影,迎龙的鞭爆就从那儿放出来,惹起许多人打哈哈。

## 八

热闹的端节过了,在省垣勾留了一晌的旁大回了家,到裕丰闲坐,那时郁益禧宝都在店。

"唸,我说,宝先生,前回下仓坡那对货味儿何如咧?"旁大莫明其妙的问。

禧宝没回话,涨红了脸,眼向郁益一睃,转背朝着旁大,把舌头吐出来两寸长。

(原载《怂恿》,开明书店一九二七年八月版)

# 贼

新年还没过完，振宇先生又为着父亲的明片，沉入恼愤中了；明片上除照例的“丹儿学膳费无着，穷年饭谷亦差数十担”外，还加上“汝敦哥自去年九月入伍后，至今音信全无”等的寒酸话。他常收到家中索款的信，没一回照办过，他父亲明知不能将他怎样，但这种信还是一封一封的寄；他也明知那于己无损，有时且可借此对付向自己借钱的朋友，然而还是一次一次的恼愤着。本来，家里穷，再加上敦哥当着兵，而且音信全无，已足够恼人了，这没脸面的事偏又堂皇的载在明片上，设或给阔友或爱人知道，甚至给识字的听差浏览一遍，那岂是闹着玩的？！因此，他非常恼愤。不过徒恼无益，愤更不值，为补偿因恼愤所受的损失计，索性把家书销毁了，出去消遣消遣，这在他差不多成了个例规。于是他咬紧牙齿，手指头全神贯注的抓着那明片，差不多几世纪以来蓄积的怨毒至今才碰着机会，得以发泄净尽——就使劲的一扯。明片粉碎的飞进字纸篓里后，他抽了两口气，擦着火柴吸烟，可是神经更加兴奋起来，皱一会眉毛搔一会头，一种受了羞辱的苛酷而愁烦的样子全露在脸上。

“敦哥除了当兵不能做别的。当兵自然免不了危险，如果阵亡，也就算了啦他一世。”“丹弟的学膳费，……唉，三十多块钱若不在正月初五那天花完，即令不寄家，也不至死在公寓里烦闷。”“半个月没出门啦，昨儿雇着车满想一进老张的门就叫他垫上车钱再开口借，他不在家，就原车访老徐，访老陈。他妈妈气死人，展转的奔波，鬼影子都没有，仍然挺尸样的回了家，叫听差垫了十五吊，这算是逢时遇节对他慷慨过，不然……”“灵芝芳的《馒头庵》偏在这时候开演……自从邀人捧过她两回后，听说现在很能叫座儿啦，那小妞压根儿不错，我不捧，终归有人捧的。一回生，两回熟，再捧两趟，说不定就可上她家去溜达。”“老罗作过几次的东，和他是新交，难道一次都不回礼，薪水七八十元一月，好意思？！只是钱……海，有啦，明天预支薪水去，管得了那些！”

不管身边半个“乾隆通宝”都没有，他想排遣脑中的“敦哥”和“穷年的饭谷”等，瞧着身上黄生生的大氅，贸然发一发狠，不答价就跳上车，吩咐车夫在单牌楼歇一歇，车抵目的地，他跳下来走进有“当”字的大门，刮下大氅往柜台上一抛，那神气好像是：“老主顾，狐皮袍、九成金的闷壳表都当过，件把大氅算得了什么！大爷虽则穷，总还有大氅当。”伙计照他所要求的数目，给了他十圆，他像当店里的大掌柜一般跨出来，不可一世的跳上车，指示车夫往游艺园的路上奔。心腔突突的嫌恨车夫追不上汽车，游艺园的包厢会落空，游艺园里丽人们的脂粉浓香会徒然的向天空飘散，心爱的灵芝芳会等得心焦而意懒。车夫喘着气，冒着汗，腿儿跟不上，全不看见似的只顾使劲踏着脚铃催。软弱的夕阳已给严寒逼上了万家的屋顶，夜幕渐渐在眼前开展。冷气一丝丝侵入腋下，朔风一阵阵送进裤脚管，他虽有些抖战，但腰身扭一扭，肩上的负担倒是轻松了，裤里有新鲜的气流漾动着也颇有益于卫生。“敦哥至今没音信，许他忙着当排长，迟早总会荣归的。于今当老兵的谁肯白卖命！家中的苦况，算得了什么，这年头那家有剩的！”这念头飞燕掠水一般的飘逝了，翻腾着的主要的打算，却是“请老罗老周等，连自己，门票一元少不了；包厢三元；小有天的和菜，不，点菜，三元；香烟和杂费至少一元半；剩下的还公寓的听差，好维持以后的信用。逛他个痛快，他妈妈，逛他个痛快！包厢顶好在前排的中央，那末，她一出马就瞅得见，心里一定惊喜的跳着叫：哟，我的他坐的还是包厢呢！……那简直不待捧，她眼眶里那对活溜溜的珍珠儿怕不会向我怀里滚！单怕惹乱她的注意疏忽了做工倒是真！”

兴尽归来，已是夜阑人静的时候。老罗不便回家，振宇先生邀他到自己的公寓去。

公寓在后门外僻静的街尾。振宇先生的卧室在院南。院西的一道墙，塌下一大块，下面堆着预备补墙的泥砖，排成二尺高的长方形。卧室是狭长的，窗和房门朝北并开着，窗下摆着桌椅，床在南头。房门口的壁上挂着些春服，桌椅上堆着他俩新脱下的。

在老罗的呼呼的鼾声里，时钟敲了两下。那时房门口ㄊㄧㄊㄚㄊㄧㄊㄚ的响着，耗子啃东西似的。

过十二点睡，便通宵难得好睡，这是振宇先生的老毛病。况且白天他过于劳苦奔波，神经系起了“恒动”性，那时就不肯停止运用。他虽是闭眼仰睡着，实际上，灵魂是在乱梦的状态里，在接近他的理想的另一个世界里。在那世界里，他是有威权的天使，能任意指挥一切，满足一切。他由父亲的明片上演绎起：俨然的看见敦哥穿着脏透了的灰衣，废疾院的残伤者一般，托着过重的长枪，摊在壕沟里瞄准，消瘦的脸上，生气全无；肚皮贴着背脊，软弱到不能随意的转动。那完全是饥饿压迫他，命令驱使他，机械的勉强的挣扎着，生命在杀气森森的枪刺上摇晃。唔——敌人的通红的炮弹从天边闪出，冲破浓云，斜落在他那不幸者的壕沟里，哗喇——他消灭了，他的同伴消灭了。唉，可怜，这算了啦他一世，难怪音信全无！爹妈从此别挂念了吧！我也别挂念了吧！孤寂的他在消灭之后还有我在遥遥的挂念着，魂如有灵，该记取我这点手足之情吧！如果这是梦幻，那便还得挂念，还得忧烦，而且也没用，甚至今生再能相见，更没用，除非他仍往另一个枪炮堆里钻去。他不能做别的，也没别的给他做。在这世上，他徒然留着不良的印象在人们的脑中，粮食缺乏的家庭里徒然增加了消耗。……

在老罗的呼呼的鼾声里，时钟敲了三下，房门口还是ㄊ一ㄊㄚㄊ一ㄊㄚ的响着，耗子啃东西似的。

振宇先生觉着自己并没睡熟，又侧转身朝里面试试看，但头上发热，热水似的在酝酿着沸腾，脑中思虑的火继续的燃着：涵瑜，你的嫂子也到了游艺园，她最爱逛那儿的。她曾在你面前说我来着，说我家里铜锢没有，薪水一眼眼。哼，小有天里吃着满桌酒菜的是谁？她缩在角落里正吃着一碗素面，忽然瞧见我，三口两筷将面装下肚就赶快遛着走。她好像瞧见我没穿大氅，但这是逛，并不在乎礼貌，大氅交给听差收着也作兴。我堂皇的在坤剧场前排的包厢里坐着，多写意！不怕她穿得很标致，还是由杂座里躲到新剧场的人堆里去。她还许逢人偏说包厢里是她妹子的未婚夫呢！哼，那样的逛也算是个老逛家?！像她那种上海人，一粒花生米要做几口吃，表示口里常常有的吃，我吴振宇就瞧不起！……

在老罗的呼呼的鼾声里，时钟敲了四下，房门口依然是ㄊ一ㄊㄚㄊ一ㄊㄚ的响着，耗子啃东西似的。

振宇先生还是不能熟睡，他有点心焦意烦了，但黑魆魆的天地颇适合他的幻境，他在床头展转反侧的真是闲愁万种，幽怀沉结，一切的一切，他所感觉的只是渺无边际的空虚。于是他俯着身子睡，脑门里又换了一个花样：可惜同床的是老罗，不然正好并头……床是这么的窄！灵芝芳的确向我笑过，射过多少回媚眼。但是还得努力的捧，现在就追她的马车是徒劳。唉，牺牲大氅去逛，究竟是打肿脸称胖子的事。不过逛得老罗他们个个都开怀，于自己的情面总算过得去，往后该叨谁的东，我算算看，吼，老周好像在预备请吃一台花酒。……

在老罗的呼呼的鼾声里，房门口比较强烈的响了两下便蓦然寂静了。

振宇先生恼闷的转身向外睡，索性张开眼睛看天亮了不。窗纸上蒙着一片深灰色，房门口处却现出半截淡白色的天空，星星一眨一眨的似在开玩笑。他微微的咳了一声,可是那淡白色突然伸长了,好像房门开开尺把宽。但在几分钟的寂静中,那淡白色又缩短了,给什么障着了似的。他受了强烈的刺激一般,胸部一起一伏的跳动着,捏了老罗一把,但老罗却是很闲逸的合着节奏打着鼾。他想再观动静,但是一种恐惧逼来,不容他再侦察。他不信妖魔的,他决定那是偷儿。"糟啦,偷儿在门口一伸手,桌椅上的皮袍、马褂和壁上的一切,会一扫而光,对不住老罗还在次,明儿个怎么好起床,那儿来的第二副本钱再添制?!偷儿是刚来倒还不打紧,单怕他是最后的搜索!妈妈的,来不及喊醒老罗啦,得吓他个措手不及,追回原赃才算数。"于是他扔开被,赤着脚,纵步跳下床,"贼来啦!"他喊着助威,追出了房门,顺手拾起两口断砖,继续凶狂的嚷:"你爬墙,你爬墙,我送掉你的命!你动,我开枪打死你,妈的。"他就如有不共戴天之仇似的鼓起毕生的勇气去应敌,深夜中的虚伪的咆哮竟将偷儿压服了。

"怎么啦,怎么啦?"老罗惊醒后,喊着奔出房。

"贼,贼,老罗,只有这儿是出路,我守在这儿,请你快快叫醒听差点灯来。"

两个听差持着灯来了,偷儿将头藏在砖堆的角落里正同鸵鸟见着人埋头沙里一般的可笑。他被捕时瑟索的立起,本能的挣扎了两下便无抵抗的低了头。脸儿黑瘦得可怕,身上穿着一套泥色的夹裤褂,比尘埃还脏。他在抖战中似乎不知道这世间有他自己。

"打,打,打,偷东西啊!打!"振宇先生磨着牙齿,晾着蓝筋突起的拳头在偷儿的眼前晃动,"简直没有王法了,非把他打死不行!"

"还是把巡警叫来吧?!"听差提议。

"不行,不行,吊起来打他个半死半活再交给巡警。"振宇先生始终坚持的要严办。

"天快亮了,我看短了东西没有,再瞧着办吧?!"老罗说。

偷儿在听差手里屈服着，振宇先生和老罗即刻进房查看，什么都没短，又都跑出来。只是振宇先生的甜蜜的梦被闹散了，而且受了虚惊，他决不肯轻轻放过那可恶的偷儿，还是跳起来嚷着“打，打，打！”

“唉，打他干吗？这种人也是没法才做这事的。不过他进错了门，他是个倒霉的贼！哙，你看对门房里，门还是敞开的，皮袍大氅挂着好几件呢！”老罗用闲逸的口吻说，又指着那羞怯到万分的偷儿，“贼啊，你太倒霉了呵！偏偏走到我们的穷房里来，偏又遇着这位先生——手指着振宇——醒啦！”

“老罗，你真见鬼，这种贼骨头你跟他开什么玩笑。这次不警戒他，下次他又偷别人的。你优待他，他将来不会优待你的。你说他倒霉，如果他今晚在这儿发了财，那就该咱们倒霉了。真见鬼，真笑话。”

“这不是笑话。咱们现在是正倒霉的时候，他光顾了，即令不被捉，也就是倒霉透了顶。若果咱们现在是发财的时候，就让他今晚不倒霉也算不了什么！你说优待，不打他，这算得是优待？！”

“你的话不近人情，你去瞎煽你的，我是冷，我要穿衣去。”振宇先生十分不高兴的进房穿了衣。“冷”字提醒了老罗，老罗跟着顶了他几句：“冷吗？何如！你也知道冷。我想凡是生物都想活，这条路上不能活，便在那条路上活，总是打着主意要图活。就比方他——手指偷儿，一壁自己也往卧房移动想穿衣——吧，不一定就想靠‘偷’来活着，不过‘偷’也是他一种暂时不得已的生活方法罢了。你看他那枯瘦如柴的样子，那恶心的单薄的衣服，在这样冷的晚上，他那能不想打点生活的主意！你别打他，我是爱管闲事的，倒要来问问他看。”老罗一壁穿衣服，口里还是不断的叽咕着“唉，一切的生物总是不择手段在谋活的，一切的生物总是……”

“好，你问他去，我不管。”振宇先生消极的抵制着。那时偷儿也已被押进了房。

“喂,我问你,你干吗要做贼啊?——你说啊,低着头干吗?我们不一定要办你,你老实的说啊!”

偷儿缩做一团的战栗着,他以为老罗还在跟他开玩笑,始终低着头。后来被逼不过,才死气沉沉的眼睛向老罗翻了一下,他为老罗那和蔼而诚挚的表情所激动,他顿觉以前的话不是开玩笑,他相信他是天地间的极好的人,他为他的真实而伟大的情感所支配,眼泪蜿蜒的流下,腿儿慢慢的弯曲了,蹲在地下,终于颤着嗓子说:“先生,我不敢瞒您,我,我,我是个逃兵,由阵上逃出来的。到这儿三天了,没得吃,没得穿,也没地方住,靠人家布施,大半天也接不到几个大子,不得已才干这下流的事,下次可真不敢了,请您开恩放了吧!若是上头知道,这条命还不知……”偷儿说着,捣蒜一般的叩头。

“你别叩头。”老罗挥手止住他。“我不把你交巡警就是,你放心,再说下去吧,既是好好的当着兵,干吗要逃呢?”

极苦闷的表情呈现在偷儿的脸上,他不愿旧事重提,只是摇着头。但他感于老罗那慈悲的样子,关怀他那般的深切,只得又鼓着勇气放胆说下去:“说起来,话就可拉长了。先生,您不知道先年的兵好当,于今的兵简直是白卖命。像咱们当小兵的,无非为着一份儿口粮。口粮?!上起火线来,有时两三天见不到又霉又臭的饽饽。在阵上受了伤,三四天没人管,”他手触着伤处,喉儿给什么塞住了似的。“大寒天穿的还是这个!”他瞧瞧身上的服装,眼眶儿红了。“提起饷,每月十块还得扣伙食,三四月不关是常事。当新兵的还得挡头阵,炮火连天,许进不许退。唉,讲到当兵,我,我,再世也不想啦。我是大前天晚上开差时跟弟兄们打伙儿逃的。没想到逃到这儿……”

那时候儿,听差的无形中解了严,兴致很浓的听得正入神,老罗的脸上笼罩着浓厚的愁容,可是振宇先生却在床边皱着眉头打瞌睆。

“那末,你不想家吗?你逃到这儿打算怎样呢?你家在那儿?你姓什么?”老罗杂乱的问。

“想是想回家,但……”偷儿瞧瞧自己的模样又顿住了。好像说不出口似的,即刻又改变方针说:“听说我老弟到这儿半年啦,他是由山西到这儿的。不知他在那儿,干的什么事。他出门四五年啦!我在营里常常调动的,好久没写家信。家里也没信给我,我不知我老弟在那儿干事。我是P府人,我姓吴,名字叫吴敦诚,我老弟叫……”偷儿神经纷乱的,还要往下说。老罗打断了他的语句:

“老吴,这人是你的同乡,又是你的本家呢!”老罗带笑的瞧瞧振宇先生,又回转头来问那偷儿:“再说,再说,你老弟叫什么?刚才我不该打岔的。”

振宇先生早已由梦里惊醒,他早就怀疑偷儿的语音怪耳熟的,“吴敦诚”已使他万分的愕眙,而“我老弟叫……”更是一炸弹,炸得他的灵魂飞溅了满地一般。他在灯光之下敏锐的隐约的辨出偷儿是谁了,他想不到在几年的睽隔中,那偷儿的像貌变得那般的凄惨可怕,简直比梦里所见的还可怕。他也没注意自己的样子也变得使偷儿认不出,许是他在自己威武的“打”的声音里震悸得不敢抬头的缘故吧,许是自己离灯光稍远为黑影迷蒙了吧。起首,他的脸上拚凑着哀愁、忏悔、羞惭的种种颜色,但一目睹偷儿那寒酸透了顶的姿态,与其卑劣达于极点的行为已暴露在听差、在阔友之前,那不啻会将自己的一切葬埋了,他不能将自己的名誉和他的同归于尽,于是各种情绪骤然转变而为剧烈的恼愤。他不等偷儿开口,暴跳起来,将自己竖在偷儿和老罗之间,深赤色的嘴唇,不断的朝上翻:“放屁,放屁,我的同乡没有这样贱的贼骨头,我的本家没有这种烂污胚。把他带上区去,带上区去,我不能让他在我房里瞎说霸道的。”

“那何必,那何必,我看这人怪可怜的,送他到区上去于咱们没有什么益。我刚才说错了，别动气，别动气，啊！”老罗竭力和缓振宇先生的盛怒，一壁掏出两块钱来，说：“喂，姓吴的，你别再干这事啦，强盗收心做好人。好在离家不很远，你还是回你的老家吧！这里我给你两块钱。唉，老吴，咱们虽是穷，两块钱也不过两个子儿一般的，你也给他两块吧！”

“不是动气，实在的，这家伙太可恶了。老罗，既是你这样的慷慨，据他自己说又是P府人，那末，我带他到会馆去查查，看有人认识他的老弟的没有。”振宇先生很张惶的两只眼睛钉着那偷儿。接连的说：“顺便也好请同乡多捐几个钱打发他回去。真是见啦鬼！捉贼，捉贼，捉出那末大的麻烦来，这是我今生头一次，老罗我告诉你。”不知如何，振宇先生公然对偷儿开了恩。

偷儿初不料到申述自己的身世会闯出滔天的大祸来。他虽是出没于枪林弹雨中，早置生命于度外，然而既已逃出了危险境，又要尝铁窗的风味，这可不值得，而且自己是逃兵，或许还要受军法的审判和处决。他为着不绝如缕的生命，又起了动摇，于是又颤栗着，又泫然的流泪了。一直到振宇先生赦了他，他才匍伏在老罗的跟前叩了两个头，勉强的收受两块钱，随即又向振宇先生跪下去。当他诚虔的叩头时，老罗的“同乡”“本家”在他的耳里似仍在荡动着，卒致引诱着他向振宇先生大胆的看了几眼。振宇先生脸色很难看，不情愿受这卑劣的偷儿的敬礼似的，头转向着别处。

白日钻出了浓云，普照着大地，偷儿换了一套半旧的棉裤褂跟着振宇先生在往会馆去的路上交谈的走，到了会馆后，振宇先生关照管事的，请他收留这流落京华的一位同乡。于是那偷儿暂在听差的房里住着。

当那间房里没有别人时，振宇先生颓丧的立在房门口，瞧着那偷儿说不出一句话。心里不知是恼愤，是羞辱，偷儿却伏在桌上抽噎着，他回忆军中的生活，逃遁时的惶恐，在街头行乞时的丑态，在公寓偷窃时的苦心,与夫老罗、振宇先生的脸子,他不由得抽噎了。

"唉。"振宇先生叹了一声,"哭什么,我真不好怎样的骂你。我告诉你,在这儿我不许你说我是你弟弟,你明白吗?"最后的两句话,声音是轻轻的。

会馆里的听差——老王——走进房来,振宇先生很神气的吩咐道:"老王,你陪他去洗个澡,吃吃,逛逛,听见吗?"老王欢喜的答应了,振宇先生掏出两块钱给偷儿便走开。即刻,以援助同乡的名义,在会馆募起捐来,以他平日应酬之周到,公然在几刻钟内募了八块钱,很高兴的回了公寓挺了一大觉。

下午,他到衙门里预支了半个月薪水便出来,看了几家公寓,不能自已的又到会馆去。

偷儿一个人躺在床上,振宇先生又在房门口站着,默默的,默默的,眼光炯炯的射着那偷儿,脸额上的筋皱成了交织的河流一般,真像谁该欠了他十万八千的不高兴。他从偷儿的头上看到脚上,看透他的骨髓,看透他的全体,总而言之讨厌透了顶。于是一把无名火烧起来了,他开始对偷儿烦,算是抑制着盛怒的对他烦:"不知道你如何这样爱睡觉,唉,我一见你们这种人就头痛!好好的兵不当,要这样的没志趣!"在茫无头绪的千言万语中,他只随便挑选了这几句。

"兵实在是当不了,我情愿安闲自在的饿死。"

"那末,你还是回家去,搭晚十二点的车。"

"回去怎么办呢?做手艺,学我那行的于今又不行时,唉,还是请你留留意找找事看吧!"

"找事,找事,有什么事可找,这副样子你别再在这里丢我的脸啦。还想找事,我为你气够了。"他的牙齿似乎又在磨砺着。"唉,昨儿接到爹爹的信,说你音信全无,又说些丹弟的学膳费无着和穷年的饭谷什么,饭都不够吃,丹弟还读什么书,读了书有什么用!"他提起明片上的事又恨起丹弟来,最后才归到本题上:"爹妈很挂念你，出门大半年也应给个信他们，只顾自己在外面去瞎混！我看你还是今晚动身回去的好。登在这儿，有什么好处，嚼用这样的贵，我是自己还管不了。像你这样子找得到什么事，莫在这儿丢我的脸！”

偷儿的神情异常的沮丧，他望了振宇先生一眼，默然的将头低下去。

振宇先生在身边掏出一包现洋来，往桌上一压：“喏，这是十五块钱，连早上的四块，除了路费，总还可到家十多块。回家后，你对爹妈说，我每月薪水不过二三十元，衙门里欠了好几个月不发，应酬又大，脸面又不能不顾，暂时是无论如何没有钱寄回去的。”说着又敷衍了两句，“唉，四五年没回家啦，看六七月能回去转一转不。”

老王端了一杯奉承振宇先生的茶来，振宇先生即刻吩咐道：“老王，晚上十一点时，你陪他到北车站去，替他打好票，送他上车噢！车十二点十分开，别误了事！喏，我给你半块钱喝酒！”老王微笑的谢了。那时同乡也有关怀那流落者的，站在房门口探望，振宇先生当着他们显显自己的功能：

“唉，为别人的事，受了劳苦还得掏腰包。除了你们替他捐的八块之外，我一个人还给了他十五元。老王都看见的。”老王跟着补了一句，“是，十五块现洋。”

“唉，好人难做，于今的世界好人难做。”振宇先生苦笑着朝同乡的点点头，立刻走出会馆去。偷儿在房门口痴痴的目送，他瞧着振宇先生那深毛的羊皮袍、那柔软的獭皮帽，那金丝眼镜与夫那一画一画的打狗棍，自恨没有资格叫他一声弟弟，于是做梦似的怅惘着，眼眶儿又潮湿了一回。

后门外的僻静的街尾的公寓门口停了三乘黄包车，门口堆着好几件行李。振宇先生挥着打狗棍指挥车夫搬运着。

“嘿,你搬家吗? 搬到那儿?”老周来了,问。

“吭,住在这儿不妥当,搬到鼓楼后身的大成公寓试试看。”

“老罗说你昨晚拐着了一个贼……”

“管他干吗,早已打发他走啦。”

“喂,游艺园今晚的夜戏是灵芝芳的《宝蟾送酒》。我已经打电话包好了厢,你一定去的吧?! 到七点钟时我同老罗来邀你好不好? 我知道你现在很忙的。”

“去的,去的,今天闷极了,正想逛他个痛快! 要叨你的东那受当得起! 那受当得起!”

行李上了车,振宇先生也上了车。他侧转头向院内的断墙连连的望,一壁应酬着老周,车行了几十步,他还点头的口里咕噜着:

“去的,去的,不必来邀了,咱们在游艺园见就是,一定的! 一定的!”

(原载《小说月报》第十八卷第六号,一九二七年六月)

# 茅　盾

## 创　造

### 一

靠着南窗的小书桌，铺了墨绿色的桌布，两朵半开的红玫瑰从书桌右角的淡青色小瓷瓶口边探出来，宛然是淘气的女郎的笑脸，带了几分"你奈我何"的神气，冷笑着对角的一叠正襟危坐的洋装书，它们那种道学先生的态度，简直使你以为一定不是脱不掉男女关系的小说。赛银墨水盒横躺在桌子的中上部，和整洁的吸墨纸版倒成了很合式的一对。纸版的一只皮套角里含着一封旧信。那边西窗下也有个小书桌。几本卷皱了封面的什么杂志，乱丢在桌面，把一座茶绿色玻璃三棱形的小寒暑表也推倒了；金杆自来水笔的笔尖吻在一张美术明信片的女子的雪颊上。其处凝结了一大点墨水，像是它的黑泪，在悲伤它的笔帽的不知去向；一只刻镂得很精致的象牙的兔子，斜起了红眼睛，怨艾地瞅着旁边的展开一半的小纸扇，自然为的是纸扇太无礼，把它挤倒了，——现在它撒娇似的横躺着，露出白肚皮上的一行细绿字："娴娴三八初度纪念。她的亲爱的丈夫君实赠"。然而"丈夫"二字像是用刀刮过的。

织金绸面的沙发榻蹲在东壁正中的一对窗下，左右各有同式的沙发椅做它的侍卫。更左，直挺挺贴着墙壁的，是一口两层的木橱，上半层较狭，有一对玻璃门，但仍旧在玻片后衬了紫色绸。和这木橱对立的，在右首的沙发椅之右，是一个衣架，擎着雨衣斗篷帽子之类。再过去,便是东壁的右窗;当窗的小方桌摆着茶壶茶杯香烟盒等什物。更过去,到了壁角,便是照例的梳妆台了。这里有一扇小门,似乎是通到浴室的。椭圆大镜门的衣橱,背倚北壁,映出西壁正中一对窗前的大柚木床,和那珠络纱帐子,和睡在床上的两个人。和衣橱成西斜角的,是房门,现在严密的关着。

沙发榻上乱堆着一些女衣。天蓝色沙丁绸的旗袍,玄色绸的旗马甲,白棉线织的胸褡,还有绯色的裤管口和裤腰都用宽紧带的短裤:都卷作一团,极像是洗衣作内正待落漂白缸,想见主人脱下时的如何匆忙了。榻下露出镂花灰色细羊女皮鞋的发光的尖头;可是它的同伴却远远地躲在梳妆台的矮脚边,须得主人耐烦的去找。床右,近门处,是一个停火几,琥珀色绸罩的台灯庄严地坐着,旁边有的是:角上绣花的小手帕,香水纸,粉纸,小镜子,用过的电车票,小银元,百货公司的发票,寸半大的皮面金头怀中记事册,宝石别针,小名片,——凡是少妇手袋里找得出来的小物件,都在这里了。一本展开的杂志,靠了台灯的支撑,又牺牲了灯罩的正确的姿势,异样地直立着。台灯的古铜座上有一对小小的展翅作势的鸽子,侧着头,似乎在猜详杂志封面的一行题字:《妇女与政治》。

太阳光透过了东窗上的薄纱,洒射到桌上椅上床上。这些木器,本来是漆的奶油色,现在都镀上了太阳的斑剥的黄金了。突然一辆急驰的汽车的啵啵的声音——响得作怪,似乎就在楼下,——惊醒了床上人中间的一个。他睁开倦眼,身体微微一动。浓郁的发香,冲入他的鼻孔;他本能的转过头去,看见夫人还没醒,两颊绯红,像要喷出血来。身上的夹被,早已撩在一边,这位少妇现在是侧着身子;只穿了一件羊毛织的长及膝弯的贴身背心(vest),所以臂和腿都裸浴在晨气中了,珠络纱筛碎了的太阳光落在她的白腿上就像是些跳动的水珠。

——太阳光已经到了床里,大概是不早了呵。

君实想,又打了个呵欠。昨晚他睡得很早。夫人回来,他竟完全不知道;然而此时他还觉得很倦,无非因为今晨三点钟醒过来后,忽然不能再睡,直到看见窗上泛出鱼肚白色,才又朦朦的像是睡着了。而且就在这半睡状态中,他做了许多短短的不连续的梦;其中有一个,此时还记得个大概,似乎不是好兆。他重复闭了眼,回想那些梦,同时轻轻地握住了夫人的一只手。

梦,有人说是日间的焦虑的再现,又有人说是下意识的活动;但君实以为都不是。他自说,十五岁以后没有梦;他的夫人就不很相信这句话:

"梦是不会没有的,大概是醒后再睡时遗忘了。"她常常这样说。

"你是多梦的;不但睡时有梦,开了眼你还会做梦呵!"君实也常常这么反驳她。

现在君实居然有了梦,他自觉是意外;并且又证明了往常确是无梦,不是遗忘。所以他努力要回忆起那些梦来,以便对夫人讲。即使是这样的小事情,他也不肯轻轻放过;他不肯让夫人在心底里疑惑他的话是撒谎;他是要人时时刻刻信仰他看着他听着他,摊出全灵魂来受他的拥抱。

他轻快地吐了口气,再睁开眼来,凝视窗纱上跳舞的太阳光;然后,沙发榻上的那团衣服吸引了他的视线,然后,迅速的在满房间掠视一周,终于落在夫人的脸上。不知道为什么,这位熟睡的少妇,现在眉尖半蹙,小嘴唇也闭合得紧紧的,正是昨天和君实怄气时的那副面目了。近来他们俩常有意见上的不合;娴娴对于丈夫的议论常常提出反驳,而君实也更多的批评夫人的行动,有许多批评,在娴娴看来,简直是故意立异。娴娴的女友李小姐,以为这是娴娴近来思想进步,而君实反倒退步之故。这个论断,娴娴颇以为然;君实却绝对不承认,他心里暗恨李小姐,以为自己的一个好好的夫人完全被她教唆坏了,昨天便借端发泄,很犀利的把李小姐批评了一番，最使娴娴不快的，是这几句：

“……李小姐的行为，实在太像滑头的女政客了。她天天忙着所谓政治活动，究竟她明白什么是政治？娴娴，我并不反对女子留心政治，从前我是很热心劝诱你留心政治的，你现在总算是知道几分什么是政治了。但要做实际活动——吓！主观上能力不够，客观上条件未备。况且李小姐还不是把政治活动当作电影跳舞一样，只是新式少奶奶的时髦玩意罢了。又说女子要独立，要社会地位，咳，少说些门面话罢！李小姐独立在什么地方？有什么社会地位？我知道她有的地位是在卡尔登①，在月宫跳舞场！现在又说不满于现状，要革命；咳，革命，这一向看厌了革命，却不道还有翻新花样的在影戏院跳舞场里叫革命！……”

君实说话时的那种神气——看定了别人是永远没出息的神气，比他的保守思想和指桑骂槐，更使娴娴难受；她那时的确动了真气。虽然君实随后又温语抚慰，可是娴娴整整有半天纳闷。

现在君实看见夫人睡中犹作此态，昨日的事便兜上心头；他觉得夫人是精神上一天一天的离开他，觉得自己再不能独占了夫人的全灵魂。这位长久拥抱在他思想内精神内的少妇，现在已经跳了出去，有自己的思想，自己的见解了。这在自负很深的君实，是难受的。他爱他的夫人，现在也还是爱；然而他最爱的是以他的思想为思想以他的行动为行动的夫人。不幸这样的黄金时代已成过去，娴娴非复两年前的娴娴了。

想到这里，君实忍不住微微喟了口气。他又闭了眼，冥想夫人思想变迁的经过。他记得前年夏天在莫干山避暑的时候，娴娴曾就女子在社会中应尽的职务一点发表了独立的意见；难道这就是今日趋向各异的起点么？似乎不是的，那时娴娴还没认识李小姐；似乎又像是的，此后娴娴确是一天一天的不对了。最近的半年来，

---

① 卡尔登，当时上海的一家电影院名。

她不但思想变化,甚至举动也失去了优美细腻的常态,衣服什物都到处乱丢,居然是“成大事者不修边幅”的气派了。君实本能的开眼向房中一瞥,看见他自己的世界缩小到仅存南窗下的书桌;除了这一片“干净土”,全房到处是杂乱的痕迹,是娴娴的世界了。

在沉郁的心绪中,君实又回忆起娴娴和他的一切琐屑的龃龉来。莫干山避暑是两心最融洽的时代,是幸福的顶点,但命运的黑丝,似乎也便在那时走进了他们的生活;似乎娴娴的变态,最初是在趣味方面发动的,她渐渐的厌倦了静的优雅的,要求强烈的刺激,因此在起居服用上常常和君实意见相反了。买一件衣料,看一次影戏,上一回菜馆,都成为他们俩争执的题材;常常君实喜欢甲,娴娴偏喜欢乙,而又不肯各行其是,各人要求自己的主张完全胜利。结果总是牺牲了一方面。因为他们都觉得“各行其是”的办法徒然使两人都感不快,倒不如轮替着都有失败都有胜利,那时,胜利者固然很满意,失败者亦未始没有相当的报偿,事过后的求谅解的甜蜜的一吻便是失败者的愉快。这样的争执,当第一二次发生时,两人的确都曾认真的烦恼过,但后来发现了和解时的澈骨的美趣,他们又默认这也是爱的生活中不可少的波澜。所以在习惯了以后,君实常常对娴娴说:

“这回又是你得了胜利了。但是,漂亮的少奶奶,娇养的小姐,你不要以为你的胜利是合理的,是久长的。”

于是在软颤的笑声中,娴娴偎在君实的怀中,给他一个长时间的吻。这是她的胜利的代价,也是她对于丈夫为爱而让步的热忱的感谢。

但是不久这种爱的戏谑的神秘性也就磨钝了。当给与者方面成为机械的照例的动作时,受者方面便觉得嘴唇是冷的,笑是假的,而主张失败的隐痛却在心里跳动了,况且娴娴对于自己的主张渐渐更坚持,差不多每次非她胜利不可,于是本不愿意的“各行其是”也只好实行了。这便是现在君实在卧室中的势力范围只剩了一个书桌的原因之一。

思想上的不同,也慢慢的来了。这是个无声的痛苦的斗争。君实曾经用尽能力,企图恢复他在夫人心窝里的独占的优势,然而徒然。娴娴的心里已经有一道坚固的壁垒,顽抗他的攻击;并且娴娴心里的新势力又是一天一天扩张,驱逼旧有者出来。在最近一月中,君实几次感到了自己的失败。他承认自己在娴娴心中的统治快要推翻,可是他始终不很明白,为什么两年前他那样容易的取得了夫人的心,占有了她的全灵魂,而现在却失之于不知不觉,并且恢复又像是无望的。两年前夫人的心,好比是一块海绵,他的每一滴思想,碰上就被吸收了去,现在这同一的心,却不知怎的已经变成一块铁,虽然他用了热情的火来锻炼,也软化不了它。“神秘的女子的心呵!”君实纳闷时常常这样想。他现在唯一的办法是讽刺;希望讽刺的酸味或者可以溶解了娴娴心里的铁。于是李小姐成了讽刺的目标。君实认定夫人的心质的变化,完全是李小姐从中作怪。有时他也觉得讽刺不是正法,许会使娴娴更离他远些。但是,除了这条路更没有别的方法了。“呵,神秘的女子的心!”他只能叹着气这么想。

君实陡然烦躁起来了。他抖开了身上的羊毛毯,向床沿翻过身去;他竟忘记了自己的左手还握住了夫人的一只手。娴娴也惊醒了。她定了下神,把身子挪近丈夫身边,又轻轻的翘起头来,从丈夫的肩头瞧他的脸。

君实闭了眼不动。他觉得有一只柔软的臂膊放到胸口来了。他又觉得耳根边被毛茸茸的细发拂着作痒了。他还是闭着眼不动,却聚集了全身的注意力,在暗中伺察。俄而,竟有暖烘烘的一个身体压上来,另一个心的跳声也清晰地听得;君实再忍不住了,睁开眼来,看见娴娴用两臂支起了上半身,面对面的瞧着他的脸,像一匹猫侦伺一只诈死的老鼠。君实不禁笑了出来。

“我知道你是假睡咧。”

娴娴微笑地说，同时两臂一松，全身落在君实的怀中了。女性的肉的活力，从长背心后透出来，沦浃了君实的肌骨；他委实有些摇摇不能自持了。但随即一个作痛的思想抓住了他的心：这温软的胸脯，这可爱的面庞，这善蹙的长眉，这媚眼，这诱人的熟透樱桃似的嘴唇———一切，这迷人的一切，都是属于他的，确确实实属于他的，然而在这一切以内，隐藏得很深的，有一颗心，现在还感得它的跳动的心，却不能算是属于他的了！他能够接触这名为娴娴的美丽的形骸，但在这有形的娴娴之外，还有一个无形的娴娴——她的灵魂，已经不是他现在所能接触了！这便是所谓恋爱的悲剧么？在恋爱生活中，这也算是失恋么？

他无法排遣似的忍痛地想着，不理会娴娴的疑问的注视。突然一只手掩在他的眼上；细而长的手指映着阳光，仿佛是几枝通明的珊瑚梗。而在那柔腴的手腕上，细珍珠穿成的手串很熨贴的围绕着，凡三匝。这是他们在莫干山消夏的纪念品，前几天断了线，新近才换好的。君实轻轻的拉下了娴娴的手。细珍珠给他的手指一种冷而滑的感觉。他的心灵突然一震。呵，可纪念的珠串！可纪念的已失的莫干山的快乐！祝福这再不能回来的快乐！

君实的眼光惘惘然在这些细珠上徘徊了半晌，然后，像感触了什么似的，倏地移到娴娴的脸上。这位少妇的微带惺忪的眼睛却也正在有所思的对他看。

“我们过去的生活，哪些日子你觉得顶快活？”

君实慢慢的说，像是每个字都经过深长的咀嚼的。

“我觉得现在顶快活。”

娴娴笑着回答，把她的身体更贴紧些。

“你不要随口乱说哟。娴娴，想一想罢——仔细的想一想。”

“那么，我们结婚的第一年——半年，正确的说，是第一个月，最快活。”

“为什么?”

娴娴又笑了。她觉得这样的考试太古怪。

“为什么?不为什么。只因为那时候我的经验全是新的。我以前的生活,好像是一页空白,到那时方才填上了色彩。以前的生活,现在回想起来,并不感到特别兴味,而且也很模糊了。只有结婚后的生活——唔,应该说是结婚后第一个月,即使是顶琐细的一衣一饭,我似乎都记得明明白白。”

君实微笑着点头,过去的事也再现在他眼前了。然而接踵来了感伤。难道过去的欢乐就这么永远过去,永远唤不回来么?

“那么,你呢?你觉得——哪些日子顶快活?”

娴娴反问了。她把左手抚摩君实前额的头发,让珍珠手串的短尾巴在君实眉间晃荡。

“我不反对你的话,但是也不能赞成。在我,新结婚的第一年——或照你说,第一月,只是快乐的起点,不是顶点。我想把你造成为一个理想的女子,那时正是我实现我的理想的开端,有很大的希望鼓舞着,但并未达到真正的快乐。”

“我听你说过这些话好几次了。”

娴娴淡淡的插进来说。虽然从前听得了这些话,也是“有很大的希望鼓舞着”,但现在却不乐意听说自己被按照了理想而创造。

“可是你从来没问过我的理想究竟是成功呢抑是失败。娴娴,我的理想是成功的,但是也失败了。莫干山避暑的时候,你的创造刚好成功。娴娴,你记得我们在银铃山瀑布旁边大光石头上的事么?你本来是颇有些拘束的,但那时,我们坐在瀑布旁边,你只穿了件 vest,正和你现在一样。自然这是一件小事,但很可以证明你的创造是完成了,我的理想是实现了。”

君实突然停止,握住了娴娴的臂膊,定着眼睛对她瞧。这位少妇现在脸上热烘烘了；她想起了当时的情形，她转又自怪为什么那时对于此等新奇的刺激并不感得十分的需要。如果在现今呀……

但是君实早又继续说下去了：

“我的理想是实现了，但又立即破碎了！我已经引满了幸福之杯。以前，我们的生活路上，是一片光明，以后是光明和黑暗交织着了。莫干山成了我们生活上的分水岭。从山里回来，你就渐渐改变了。娴娴，你是从那时起，一点一点的改变了。你变成了你自己，不是我所按照理想创造成的你了。我引导你所读的书，在你心里形成了和我各别的见解；我真不知道是怎么一回事，我不相信书里的真理会有两个。娴娴，你是在书本子以外——在我所引导的思想以外，又受了别的影响，可是你破坏了你自己！也把我的理想破坏了！”

君实的脸色变了，又闭了眼；理想的破灭使他十分痛苦，如梦的往事又加重了他的悒闷。

## 二

君实在二十岁时，满脑子装着未来生活的憧憬。他常常自说，二十岁是他的大纪念日；父亲死在这一年，遗给他一份不算小的财产，和全部的生活的自由。虽然只有二十岁，却没有半点浪漫的气味；父亲在日的谆谆不倦的“庭训”，早把他的青春情绪剥完，成为有计划的实事求是的人。在父亲的灵床边，他就计划如何安排未来的生活；他含了哭父的眼泪，凝视未来的梦。像旅行者计划明日的行程似的，他详详细细的算定了如何实现未来的梦；他要研究各种学问，他要找一个理想的女子做生活中的伴侣，他要游历国内外考察风土人情，他要锻炼遗大投艰的气魄，他要动心忍性，他要在三十五六年富力强意志坚定的时候生一子一女，然后，过了四十岁为祖国为社会为人类服务。

这些理想，虽说是君实自己的，但也不能不感谢他父亲的启示。自从戊戌政变那年落职后，老人家就无意仕进，做了“海上寓公”，专心整理产业，管教儿子。他把满肚子救国强种的经纶都传授了儿子，也把这大担子付托了儿子。他老了，少壮时奔走衣食，不曾定下安身立命的大方针，想起来是很后悔的，所以时常教儿子先须“立身”。他也计划好了儿子将来的路，他也要照自己的理想来创造他的儿子。他只创造了一半，就放手去了。

君实之禀有父亲的创造欲的遗传，也是显然的。当他选择终身的伴侣时，很费了些时间和精神；他本有个“理想的夫人”的图案，他将这图案去校对所有碰在他生活路上的具有候补夫人资格的女子，不知怎的，他总觉得不对——社会还没替他准备好了“理想的夫人”。蹉跎了五六年工夫，亲戚们为他焦虑，朋友们为他搜寻，但是他总不肯决定。后来他的“苛择”成了朋友间的谈助，他们见了君实时，总问他有没有选定，但答案总是摇头。一天，他的一个旧同学又和他谈起了这件事：

“君实，你选择夫人，总也有这么六七年了罢；单就我介绍给你的女子，少说也有两打以上了，难道竟没有一个中意么？”

“中意的是尽有，但合于理想的却没有一个。”

“中意不就是合于理想么？有分别么？倒要听听你的界说了。”

“自然有分别的。”君实微微笑的回答，“中意，不过是也还过得去而已，和理想的，差得很远哪！如果我仅求中意，何至七年而不成。”

“那么，你所谓理想的——不妨说出来给我听听罢？”

旧同学很有兴味的问；他燃着了一支烟卷，架起了腿，等待着君实的高论。

“我所谓理想的，是指她的性情见解在各方面都和我一样。”

君实还是微微笑的说。

“没有别的条件——咳,别的说明了么?”

“没有。就是这简单的一句话。”

旧同学很失望似的看着君实,想不到君实所谓“理想的”,竟是如此简单而且很像不通的。但他转了话头又问:

“性情见解相同的,似乎也不至于竟没有罢;我看来,张女士就和你很配,王女士也不至于和你说不来。为什么你都拒绝了呢?”

“在学问方面讲,张女士很不错;在性情方面讲,王女士是好的。但即使她们俩合而为一,也还不是我的理想。她们都有若干的成见——是的,成见,在学问上在事物上都有的。”

旧同学不得要领似的睁大了惊异的眼。

“我所谓成见,是指她们的偏激的头脑。是的,新女子大都有这毛病。譬如说,行动解放些也是必要的,但她们就流于轻浮放浪了;心胸原要阔大些,但她们又成为专门骛外,不屑注意家庭中为妻为母的责任;旧传统思想自然要不得的,不幸她们大都又新到不知所云。”

“哦——这就难了;但是,也不至于竟没有罢?”

旧同学沉吟地说;他心里却想道:原来理想的,只是这么一个半新不旧的女子!

“可是你不要误会我是宁愿半新不旧的女子。”君实再加以说明,似乎他看见了旧同学的意思。“不是的。我是要全新的,但是不偏不激,不带危险性。”

“那就难了。混乱矛盾的社会,决产生不出这样的女子。”

君实同意地点着头。

“你不如娶一个外国女子罢。”旧同学像发见了新理论似的高声说,“英国女子,大都是合于你的想像的。得了,君实,你可以留意英国女子。你不是想游历欧洲么,就先到伦敦去找去。”

“这原是一条路，然而也不行。没有中国民族性做背景，没有中国五千年文化做遗传的外国女子，也不是我的理想的夫人。”

“呵！君实！你大概只好终身不娶了！或者是等到十年二十年后，那时中国社会或者会清明些，能够产生你的理想的夫人。”

旧同学慨叹似的作结论，意要收束了本问题的讨论；但君实却还收不住，他竖起大拇指霍地在空中画了个半圆形，郑重的说：

“也不然。我现在有了新计划了。我打算找一块璞玉——是的，一块璞玉，由我亲手雕琢而成器。是的，社会既然不替我准备好了理想的夫人，我就来创造一个！”

君实眼中闪着踌躇满志的光，但旧同学却微笑了；创造一个夫人？未免近于笑话罢？然而君实确是这么下了决心了。他早已盘算过：只要一个混沌未凿的女子，只要是生长在不新不旧的家庭中，即使不曾读过书，但得天资聪明，总该可以造就的，即使有些传统的性习，也该容易转化的罢。

又过了一年多，君实居然找得了想像中的璞玉了，就是娴娴，原是他的姨表妹；他的理想的第一步果然实现了。

娴娴是聪明而豪爽，像她的父亲；温和而精细，像她的母亲。她从父亲学通了中文，从母亲学会了管理家务。她有很大的学习能力；无论什么事，一上了手，立刻就学会了。她很能感受环境的影响。她实在是君实所见的一块上好的“璞玉”。在短短的两年内，她就读完了君实所指定的书，对于自然科学，历史，文学，哲学，现代思潮，都有了常识以上的了解。当她和君实游莫干山的时候，在那些避暑的“高等华人”的太太小姐队中，她是个出色的人儿：她的优雅的举止，有教育的谈吐，广阔的知识，清晰的头脑，活泼的性情，都证明她是君实的卓绝的创造品。

虽则如此，在创造的过程中，君实也煞费了苦心。

娴娴最初不喜欢政治，连报纸也不愿意看；自然因为她父亲是风流名士，以政治为浊物，所以娴娴是没有政治头脑的遗传的。君实却素来留心政治，相信人是政治的动物，以为不懂政治的女子便不是理想的完全无缺的女子。他自己读过各家的政治理论，从柏拉图以至浩布士，罗素，甚至于克鲁泡特金，马克思，列宁；然而他的政治观念是中正健全的，合法的。他要在娴娴的头脑里也创造出这么一个政治观念。他对于女子的政治运动的见解，是美国总统罗斯福的："如果大多数女子自己来要求参政权，我就给她们。"英国的已颇激烈的"蓝袜子"①的参政权运动，在君实看来是不足取的。

他抱了严父望子成名那样的热心，诱导娴娴读各家的政治理论；他要娴娴留心国际大势，用苦心去记人名地名年月日；他要娴娴每天批评国内的时事，而他加以纠正。经过了三个月的奋斗，他果然把娴娴引上了政治的路。

第二件事使君实极感困难的，是娴娴的乐天达观的性格；不用说，这是名士的父亲的遗传了。并且也是君实所不及料的。娴娴这种性格，直到结婚半年后一个明媚的四月的下午，第一次被君实发见。那一天，他们夫妇俩游龙华，坐在泥路旁的一簇桃树下歇息。娴娴仰起了面孔，接受那些悠悠然飘下来的桃花瓣。那浅红的小圆片落在她的眉间，她的嘴唇旁，她的颈际，——又从衣领的微开处直滑下去，粘在她的乳峰的上端。娴娴觉得这些花瓣的每一个轻妙的接触都像初夜时君实的抚摸，使她心灵震撼，感着甜美的奇趣，似乎大自然的春气已经电化了她身上的每一个细胞，每一条神经纤维，每一枝极细极细的血管，以至于她能够感到最轻的拂触，最弱的声浪，使她记忆起尘封在脑角的每一件最琐屑的事。同时一种神秘的活力在她脑海里翻腾了；有无数的感想滔滔滚滚的涌上来，有一种似甜又似酸的味儿灌满了她的心；她觉得有无数的

① 蓝袜子，指妇女之有学问者，微含讥讽之意。

话要说，但一个字也没有。她只抓住了君实的手，紧紧地握着，似乎这便是她的无声的话语。

从路那边，来了个衣衫褴褛的醉汉，映着酡红的酒脸，耳槽里横捎着一小枝桃花，他踉跄地高歌而来，他楞起了血红的眼睛，对娴娴他们瞥了一眼，然后更提高了嗓子唱着，转向路的西头去了。

“哈，哈，哈哈！”

醉汉狂笑着睨视路角的木偶似的挺立着的哨兵。似乎他说了几句什么话。然后，他的簸荡的身形没入桃林里不见了。

“哈哈，哈，哈，哈……”

远远的还传来了渐曳渐细的笑声，像扯细了的糖丝，袅袅地在空中回旋。娴娴松了口气，把遥瞩的目光从泥路的转角收回来，注在君实的脸上。她的嘴角上浮出一个神秘的忘我的笑形。

“醉汉！神游乎六合之外的醉汉！”娴娴赞颂似的说，“这就是庄子所说的刖足的王骀，没有脚指头的叔山无趾，生大瘤的瓮盎大瘿，那一类的人罢！……君实，你看见他的眼光么？他的对于一切都感得满足的眼光呀！在他眼前，一切我们所崇拜的，富贵，名誉，威权，美丽，都失了光彩呢。因为他是藐视这一切的，因为他是把贫富，贵贱，智愚，贤不肖，是非，大小，都一律等量齐观的，所以他对于一切都感得那样的满足罢！爸爸常说：醉中始有‘全人’，始有‘真人’，今天我才深切的体认出来了。我们，自以为聪明美丽，真是井蛙之见，我们的精神真是可笑的贫乏而且破碎呵！”

君实惊讶地看着他的夫人，没有回答。

“记得十八岁的时候，爸爸给我讲《庄子》，我听到‘藐姑射仙子’那一段，我神往了；我想起人家称赞我的美丽聪明那些话，我惭愧得什么似的；我是个不堪的浊物罢哩。后来爸爸说，藐姑射仙子不过是庄生的比喻，大概是指‘超乎物外’的元神；可是我仍旧觉得我自己是不堪的浊物。我常常设想，我们对于一切事物的看法，应该像是站在云端里俯瞩下面的景物，一切都是平的，分不出高下来。我曾经试着要持续这个心情，有时竟觉得我确已超出了人间世，夷然忘了我的存在，也忘了人的存在。”

娴娴凝眸望着天空，似乎她看见那象征的藐姑射仙子泠泠然御风而行就在天的那一头。

君实此时正也忙乱地思索着，他此时方才知道娴娴的思想里竟隐伏着乐天达观出世主义的毒。他回想不久以前，娴娴看了西洋哲学上的一元二元的辩论，曾在书眉上写了这么几句：“自其异者视之，肝胆楚越也。自其同者视之，万物皆一也。万物毕同毕异。”这不是庄子的话么？他又记得娴娴看了各派政论家对于“国家机能”的驳难时，曾经笑着对他说：“此一是非，彼亦一是非；都是的，也都不是的。”当时以为她是说笑，现在看来，她是有庄子思想作了底子的；她是以站在云端看“蛮触之争”的心情来看世界的哲学问题政治争论的。君实认定非先扫除娴娴的达观思想不可了。

从那一天起，君实就苦心的诱导娴娴看进化论，看尼采，看唯物派各大家的理论。他鉴于从前把两方面的学说给她看所得的不好的结果，所以只把一方面给她了。虽然唯物主义应用在社会学上是君实自己所反对的，可是为的要医治娴娴的唯心的虚无主义的病，他竟不顾一切的投了唯物论的猛剂了。

这一度改造，君实终于又奏了凯旋。

然而还有一点小节须得君实去完工。不知道为什么，娴娴虽则落落有名士气，然而羞于流露热情。当他们第一次在街上走，娴娴总是离开君实的身体有半尺光景。当在许多人前她的手被君实握着，她总是一阵面红，于是在几分钟之后便借故洒脱了君实的手。她这种旧式女子的娇羞的态度，常常为君实所笑。经过了多方的陶冶，后来娴娴胆大些了，然而君实总还嫌她的举动不甚活泼。并且在闺房之内，她常常是被动的，也使君实感到平淡无味。

他是信仰遗传学的,他深恐娴娴的腼腆的性格将来会在子女身上种下了怯弱的根性,所以也用了十二分的热心在娴娴身上做功夫。自然也是有志者事竟成呵,当他们游莫干山时,娴娴已经出落得又活泼又大方,知道了如何在人前对丈夫表示细腻的昵爱了。

现在娴娴是“青出于蓝”。有时反使君实不好意思,以为未免太肉感些,以为她太需要强烈的刺激了。

## 三

这么着在刹那间追溯了两年来的往事,君实懒懒地倚在床栏上,闷闷的赶不去那两句可悲的话:“你破坏了你自己,也把我的理想破坏了!”二十岁时的美妙的憧憬,现在是隔了浓雾似的愈看愈模糊了。娴娴却先已起身,像小雀儿似的在满房间跳来跳去,嘴里哼着一些什么歌曲。

太阳光已经退到沙发榻的靠背上。和风送来了远远的市嚣声,说明此时至少有九点钟了。两杯牛奶静静的候在方桌上,幽幽然喷出微笑似的热气。衣橱门的大镜子,精神饱满地照出女主人的活泼的倩影。梳妆台的三连镜却似乎有妒意,它以为照映女主人的雪肤应该是属于它的职权范围的。

房内的一切什物,浸浴在五月的晨气中,都是活力瀰满的一排一排的肃静地站着,等候主人的命令。它们似乎也暗暗纳罕着今天男主人的例外的晏起。

床发出低低的叹声,抱怨它的服务时间已经太长久。

然而坠入了幻灭的君实却依旧惘惘然望着帐顶,毫无起身的表示。

“君实,你很倦罢?你想什么?”

娴娴很温柔的问;此时她已经坐在靠左的一只沙发椅里拉一只长统丝袜到她腿上;羊毛的贴身长背心的下端微微张开,荡漾出肉的热香。

君实苦笑着摇头，没有回答。

“你还在咀嚼我刚才说的话么？是不是我的一句‘是你自己的手破坏了你的理想’使你不高兴么？是不是我的一句‘你召来了魔鬼，但是不能降服他’，使你伤心么？我只随便说了这两句话，想不到更使你烦闷了。喂，傻孩子，不用胡思乱想了！你原来是成功的。我并没走到你的反对方向。我现在走的方向，不就是你所引导的么？也许我确是比你走先了一步了，但我们还是同一方向。”

没有回答。

“我是驯顺的依着你的指示做的。我的思想行动，全受了你的影响。然而你说我又受了别的影响。我自然知道你是指着李小姐。但是，君实，你何必把一切成绩都推在别人身上；你应该骄傲你自己的引导是不错的呀！你剥落了我的乐天达观思想，你引起了我的政治热，我成了现在的我了，但是你倒自己又看出不对来了。哈，君实，傻孩子，你真真的玩了黄道士召鬼的把戏了。黄道士烧符念咒的时候，惟恐鬼不来，等到鬼当真来了，他又怕得什么似的，心里抱怨那鬼太狞恶，不是他的理想的鬼了。”

娴娴噗嗤地笑了；虽然看见君实皱起了眉头，已经像是很生气，但她只顾格格地笑着。她把第二只丝袜的长统也拉上了大腿，随即走到床前，捧住了君实的面孔，很妩媚的说：

“那些话都不用再提了。谁知道明天又会变出什么来呀！君实，明天——不，我应该说下一点钟，下一分钟，下一刹那，也许你变了思想，也许我变了思想，也许你和我都变了，也许我们更离远些，但也许我们倒又接近了。谁知道呢！昨天是那么一会事，今天是另一会事，明天又是一会事，后天怎样？自己还不曾梦到；这就是现在光荣的流行病了。只有，君实，你，还抱住了二十岁时的理想，以为推之四海而皆准，俟之百世而不惑；君实，你简直的有些傻气了。好了，再不要呆头呆脑的痴想罢。过去的，让它过去，永远不要回顾；未来的，等来了时再说，不要空想；我们只抓住了现在，用我们现在的理解，做我们所应该做。君实，好孩子，娴娴和你亲热，和你玩玩罢！”

用了紧急处置的手腕，娴娴又压在君实的身上了。她的绵软而健壮的肉体在他身上揉砑，笑声从她的喉间汩汩地泛出来，散在满房，似乎南窗前书桌角的那一叠正襟危坐的书籍也忍不住有些心跳了。

君实却觉得那笑声里含着勉强——含着隐痛，是嗥，是叹，是咒诅。可不是么？一对泪珠忽然从娴娴的美目里迸出来，落在君实的鼻凶边，又顺势淌下，钻进他的口吻。君实像触电似的全身一震，紧紧的抱住了娴娴的腰肢，把嘴巴埋在刚刚侧过去的娴娴的颈脖里了。他感得了又甜又酸又辣的奇味，又爱又恨又怜惜的混合的心情，那只有严父看见败子回头来投到他脚下时的心情，有些相像。

然而这个情绪只现了一刹那，随即另一感想抓住了君实的心：——这便是女子的所以为神秘么？这便是女子的灵魂所以毕竟成其为脆弱的么？这便是女子之所以成其为 Sentimentalist①么？这便是女子的所以不能发展中正健全的思想而往往流于过或不及么？这便是近代思想给与的所谓兴奋紧张和彷徨苦闷么？这便是现代人的迷乱和矛盾么？这便是动的热的刺激的现代人生下面所隐伏的疲倦，惊悸，和沉闷么？

于是君实更加确信自己的思想是健全正确，而娴娴毁坏了她自己了！为了爱护自己的理想，为了爱娴娴，他必须继续奋斗，在娴娴心灵中奋斗，和那些危险思想，那些徒然给社会以骚动给个人以苦闷的思想争最后之胜利。希望的火花，突又在幻灭的冷灰里

---

① Sentimentalist，英语。意即感伤主义者。

爆出来。君实又觉得勇气百倍,如同十年前站在父亲灵床前的时候了。

他本能的斜过眼去看娴娴的脸,娴娴也正在偷偷的看他。

“嘻,嘻……嘻!”

娴娴又软声的笑起来了。她的颊上泛出淡淡的红晕,她的半闭的眼皮边的淡而细,媚而含嗔的笑纹,就如摄魂的符箓,她的肉感的热力简直要使君实软化。呵,魅人的怪东西!近代主义的象征!即使是君实,也不免摇摇的有些把握不定了。可是理性逼迫他离开这个娇冶的诱惑,经验又告诉他这是娴娴躲避他的唠叨的惯技。要这样容易的就蒙过了他是不可能的。他在那喷红的嫩颊上印了个吻,就镇定地说:

“娴娴,你的话,正像你的思想和行动:只知其一,未知其二。我们鼓励小孩子活泼,但并不希望他们爬到大人的头发梢。小孩子玩着一件事,非到哭散场不休;他们是没有忖量的,不知道什么叫做适可而止。娴娴,可是你的性格近来愈加小孩子化了。我导引你留心政治,但并不以为当即可以钻进实际政治——而况又是不健全不合法的政治运动。比如现在大家都说‘全民政治’,但何尝当真想把政治立即全民化呢,无非使大家先知道有这么一句话而已。听的人如果认真就要起来,那便是胡闹了。娴娴,可是你近来就有点近于那样的胡闹。你不知道你是多么的幼稚,你不知道你已经身临险地了。今天早上我就做了一个可怕的梦——关于你的梦……”

君实不得不停止了;娴娴的忍俊不住的连续的小声的笑,使他说不下去,他疑问地又有几分不快地,看着娴娴的眼睛。

“你讲下去哪。”

娴娴忍住了笑说;但从她的乳房的细微的颤动,可以知道她还在无声的笑着。

“我先要晓得你为什么笑?”

“没有什么哟！关于小孩子的——既然你认真要听，说说也不妨。我听了你的话，就连想到满足小孩子的欲望的方法了。对八岁大的孩子说‘好孩子，等你到了十岁，一定买那东西来给你。’可是对十岁大的孩子又说是须得到十一岁了。永久是预约，永久是明年，直到孩子大了，不再要了，也就没有事了。君实，——对不对？”

君实不很愿意似的点了点头。他仿佛觉得夫人的话里有刺。

“你的梦一定是很好听的，但一定也是很长的，和你的生活一般长。留着罢，今晚上细细讲罢。你看，钟上已经是九点二十分。我还没洗脸呢。十点钟又有事。”

不等君实开口，像一阵风似的，这位活泼的少妇从君实的拥抱中滑了出来；她的长背心也倒卷上去了，露出神秘的肉红色，恰和霍地坐起来的君实打了个照面。娴娴来不及扯平衣服，就同影子一般引了开去。君实看见她跑进了梳妆台侧的小门，砰的一声，将门碰上。

君实嗒然走到娴娴的书桌前坐下，随手翻弄那些纵横斜乱的杂志。娴娴的兀突的举动，使他十分难受。他猜不透娴娴究竟存了什么心。说她是不顾一切的要实行她目前的主张罢，似乎不很像，她还不能摆脱旧习惯，她究竟还是奢侈娇贵的少奶奶；说她是心安理得的乐于她的所谓活动罢，也似乎不像，她在动定后的刹那间时常流露了中心的彷徨和焦灼，例如刚才她虽则很洒脱的说：“过去的，让它过去罢；未来的，不要空想；我们只抓住了现在，用我们现在的理解，做我们所应该做。”然而她狂笑时有隐痛，并且无端的滴了眼泪了。他更猜不透娴娴对于他的态度。说她是有些异样罢，她仍旧和他很亲热很温婉；说她是没有异样罢，她至少是已经不愿意君实去过问她的事，并且不耐烦听君实的批评了。甚至于刚才不愿意听君实讲关于她的梦。

——呵,神秘的女子的心!君实不自觉地又这么想。

神秘?他想来是不错的,女子是神秘的,而娴娴尤甚:她的构成,本来是复杂的。他于是细细分析现在的娴娴,再考察娴娴被创造的过程。

久被尘封的记忆,一件一件浮现出来;散乱的不连续的观念,一点一点凝结起来;他终于不得不承认,他的所谓创造,只是破坏。并且他所用以破坏的手段却就在娴娴的脑子里生了根。他破坏了娴娴的乐天达观思想,可是唯物主义代替着进去了;他破坏了娴娴的厌恶政治的名士气味,可是偏激的政治思想又立即盘踞着不肯出来;他破坏了娴娴的娇羞娴静的习惯,可是肉感的,要求强烈刺激的习惯又同时养成了。至于他自己的思想却似乎始终不曾和娴娴的脑筋发生过关系。娴娴的确善于感受外来的影响,但是他自己的思想对于娴娴却是一丝一毫的影响都没有。往常他自以为创造成功,原来只骗了自己!他自始就失败了,何曾有过成功的一瞬。他还以为莫干山避暑时代是创造娴娴的成功期,咳,简直是梦话而已!几年来他的劳力都是白费的!

他又想起刚才娴娴说的"你自己的手破坏了自己的理想"那句话来了。他不得不承认这句话是对的。他觉得实在错怪了李小姐。

他恨自己为什么那样糊涂!他,自以为有计划去实现他的憧憬的,而今却发现出来他实在是有计划去破坏自己的憧憬;他煞费苦心自以为按照了自己的理想而创造的,而今却发现出来完全不是那么一回事!

——迷乱矛盾的社会,断乎产生不出那样的人。

旧同学的这句话闪上他的心头了。他恨这社会!就是这迷乱矛盾的社会破坏了他的理想的!可不是么?在迷乱矛盾的空气中,什么事都做不好的。他真真的绝望了!

霍浪霍浪的水声从梳妆台侧的小门后传出来,说明那漂亮聪明的少妇正在那里洗浴了。

君实下意识地转过脸去望着那个小门,水声暂时打断了他的思绪。忽然衣橱门的大镜子里探出一个人头来。君实急转眼看房门时,见那门推开了一条缝,王妈的头正退出一半;她看见房里只有君实不衫不履呆呆地坐着,心下明白现在还不是她进来的时候。

突然一个新理想撞上君实的心了。

为什么他要绝望呢?虽说是迷乱矛盾的社会产生不出中正健全思想的人,但是他自己,岂不是也住在这社会么?他为什么竟产生了呢?可知社会对于个人的势力,不是绝对的。

为什么他要丧失自信心呢!虽说是两年来他的苦心是白费,但反过来看,岂不是因为他一向只在娴娴身上做破坏工作,却忽略了把自己的思想灌输给她,所以娴娴成其为现在的娴娴么?只要他从此以后专力于介绍自己所认为健全的思想,难道不能第二次改变娴娴,把她赢回来么?一定的!从前为要扫除娴娴的乐天达观名士气派的积滞,所以冒险用了破坏性极强的大黄巴豆,弄成了娴娴现在的昏瞀邪乱的神气,目下正好用温和健全的思想来扶养她的元气。希望呀!人生是到处充满着希望的哪!只要能够认明已往的过误,“希望”是不骗人的!

现在君实的乐观,是最近半个月来少有的了;而且这乐观的心绪,也使他能够平心静气地检查自己近来对于娴娴的态度,他觉得自己的冷讽办法很不对,徒然增加娴娴的反感;他又觉得自己近来似乎有激而然的过于保守的思想也不大好,徒然使娴娴认为丈夫是当真一天一天退步,他又觉得一向因为负气,故意拒绝参加娴娴所去的地方,也是错误的,他应该和她同去,然后冷静公正地下批评;促起娴娴的反省。

愈想愈觉得有把握似的,君实不时望着浴室的小门;新计划已经审慎周详，只待娴娴出来，立即可以开始实验了。他像考生等候题纸似的，很焦灼，但又很鼓舞。

房门又轻轻的被推开了。王妈慢慢的探进头来，乌溜溜的眼睛在房里打了个圈子。然后，她轻轻地走进来，抱了沙发榻上的一团女衣，又轻轻的去了。

君实还在继续他的有味的沉思。娴娴刚才说过的话，也被他唤起来从新估定价值了。当时被忽略的两句，现在跳出来要求注意：

——我现在走的方向，不就是你所引导的么？也许是我先走了一步，但我们还是同一方向。

君实推敲那句“走先了一步”。他以为从这一句看来，似乎娴娴自己倒承认确是受过他的影响，跟着他走，仅仅是现在轶出他的范围罢了。他猛然又记起谁——大概是李小姐罢——也说过同样意义的话，仿佛说他本是娴娴的引导，但现在他觉得乏了，在半路上停息下来，而被引导的娴娴便自己上前了。当真是这般的么？自信很深的君实不肯承认。他绝对自信他不是中道而废的软背脊的人儿。他想：如果自己的思想而确可以算作执中之道呢，那也无非因为他曾经到过道的极端，看着觉得有点不对，所以又回来了；然而无论如何，娴娴的受过他的影响，却又像是可信了，她自己和她的密友都承认了。可是他方才的推论，反倒以为全然没有呢，反倒以为从前是用了别人的虎狼之药来破坏了固有的娴娴，而现在须得他从头做起了。

他实实在在迷住了：他觉得自己的推论很对，但也没有理由推翻娴娴的自白。虽则刚才的乐观心绪尚在支撑他，但不免有点彷徨了。他自己策励自己说：“这个谜，总得先揭破；不然，以后的工作，无从下手。”然而他的苦思已久的发胀的头脑已不能给他一些新的烟士披里纯①了。

房门又开了。王妈第二次进来，怪模怪样的在房里张望了一会；后来走到梳妆台边，抽开一个小抽屉。拿了娴娴的一双黄皮鞋出去了。

君实下意识的看着王妈进来，又看着她出去；他的眼光定定地落在房门上半晌，然后又收回来。在娴娴的书桌上徘徊。终于那象牙小兔子邀住了君实的眼光。他随手拿起那兔子来，发见了"丈夫"二字被刀刮过的秘密了。但是他倒也不以为奇。他记得娴娴发过议论，以为"丈夫"二字太富于传统思想的臭味，提到"丈夫"，总不免令人联想到"夫者天也"等等话头，所以应该改称"爱人"——却不料这里的两个字也在避讳之列！他不禁微笑了，以为娴娴太稚气。于是他想起娴娴为什么还不出来。他觉得已经过了不少时候，并且似乎好久不听得霍浪霍浪的水声了。他注意听，果然没有；异常寂静。竟像是娴娴已经睡着在浴室里了。

君实走到梳妆台旁的时候，愈加确定娴娴准是睡着在浴盆里了。他刚要旋转那小门的瓷柄，门忽然自己开了。一个人捧了一大堆毛巾浴衣走出来。

不是娴娴，却是王妈！

"是你……呀！"

君实惊呼了出来。但他立即明白了：浴室通到外房的门也开得直荡荡，娴娴从这里下楼去了。她，夫人——就是爱人也罢，却像暴徒逃避了侦探的尾随一般，竟通过浴室躲开了！他这才明白王妈两次进来取娴娴的衣服和皮鞋的背景了。他觉得娴娴太会和

① 烟士披里纯，英语 inspiration 的音译。意即灵感。

他开玩笑！

“少奶奶早已洗好了。叫我收拾浴盆。”

王妈看着君实的不快意的面孔，加以说明。

君实只觉得耳朵里的血管轰轰地跳。王妈的话，他是听而不闻。他想起早晨不祥之梦里的情形。他嗅得了恶运的气味。他的泛泡沫的情热，突然冷了；他的尊严的自许，受伤了；而他的跳得更快的心，在敲着警钟。

“少奶奶在楼下么！”

便是王妈也听得出这问句的不自然的音调了。

“出去了。她叫我对少爷说：她先走了一步了，请少爷赶上去罢。——少奶奶还说，倘使少爷不赶上去，她也不等候了。”

“哦——”

这是一分多钟后，君实喉间发出来的滞涩的声浪。小小的象牙兔子又闯入他的意识界，一点一点放大了，直到成为人形，傲慢地斜起了红眼睛对他瞧。他恍惚以为就是娴娴。终于连红眼睛也没有了，只有白肚皮上“丈夫”的刀刮痕更清晰地在他面前摇晃。

一九二八年二月二十三日

（原载《东方杂志》第二十五卷第八号，一九二八年四月）

# 喜　剧

## 一

“一，二，三，四，——一，二，三，四！”

青年华的手在衣袋里反复数他的全部财产：四个铜子！他虽然饿得眼睛前迸出金花，然而这个，数铜子，却还没有弄错，一，二，三，四，——一二三四！的确只有四个铜子。

他托开他的乌黄的瘦手掌，很郑重地把这四枚铜子呈献给大饼摊上的山东大汉。

“那不行啦！两个烧饼卖八个子儿！还差四子儿！嗨！”

山东大汉把一只黑手在身上擦，怪生气似的说，一对圆眼睛凶猛地瞧着华的面孔。

听着这山东口音，又看见那一脸横肉，两颗闪着红光的圆眼睛，青年华忍不住打一个冷噤！五年前在××路发传单被捕时用枪柄打他的那位“八太爷”的狞相，便又在他眼前浮出来了。五年的监禁，许多老朋友的面貌渐渐从他的记忆中褪色了，但是这位“孙联帅”①部下的大兵的威容，却就从那时候枪柄的一击深深地印入他的脑膜。现在刑满出狱，复为“自由之身”的第一天第一次和人发生交涉，真不料又是那样的一脸横肉，两颗凶狠的眼睛，那样的山东口音。经过了五年，这世界的一切当真并没有丝毫的改

① 孙联帅，即孙传芳（1885—1935），字馨远，山东历城人，北洋直系后期最大的军阀。一九二五年后曾任浙、闽、苏、皖、赣五省联军总司令。

变么？他的昏惘的神经就感到自己的被捕仿佛仅是昨日的事了。

托开着的一只瘦手簌簌地抖起来了。青年华看着另一只手里的两个烧饼，吞吞吐吐地说：

“八个铜子？你不要欺人！我是常买烧饼的。昨天还是两个铜子一个——”

“哼！妈的！两子儿一个！昨天你还买？做梦！这年头儿！两子儿一个！你看，不是青天白日的世界么？什么都涨价！你奶奶做的烧饼才卖两子儿一个！”

站在烧饼摊旁边的两三个工人都笑起来了，都转过眼来打量着青年华。他们都是焦黄的脸，穿着破旧的蓝布衣服，依然是五年前青年华见惯了的那种困苦的模样。

看见青年华尽在那里发愣，卖饼的山东汉子也不再多说话，很干脆的取了那四个铜子，又取回一个烧饼，就转脸招呼别的主顾去了。青年华下意识地往地下一蹲。烧饼就往嘴里送。

“革命！革命！吃的穿的都革贵了！他妈的革命！”

青年华猛抬起头来，看见那个说话的蓝短衫工人正在那里掏出钱来买烧饼，嘴边犹自浮着一层唾沫。

革命？难道当真已经革过命么？——青年华不能相信似的向四下里张望。不远的街角飘扬着一幅“青天白日满地红”。虽然很破旧，而且已经褪色，在斜阳下的微风中发抖，可确是“青天白日满地红”，确是五年前可以算作杀头的凭证的“青天白日满地红”！青年华陡然神清气爽了，咽下最后的一口烧饼，急忙问道：

“革过命了啊，哪一年的事？”

烧饼摊的汉子以及那些个工人都一齐回过脸来，带着一种诧异的轻蔑的冷笑。青年华觉得有申说的必要了：

“哎哎——你们看！我是刚刚从西牢里放出来的。坐了五年的牢，外边的事情，我是什么都不知道。”

“想来你是共产党?”

工人中间的一个,含着一口烧饼轻声问,又对他的同伴使眼色。

“不,我是国民党员。——”

一边说,青年华站起来了,准备着背诵自己的经验,并且准备着听取别人的称赞。

但是卖烧饼的汉子做一个鬼脸,吐出浓浓的一口唾沫,忙着拿饼放到火边去烤。蓝布短衣的人们,怪样地对青年华望一眼,也就匆匆地跑开了。

## 二

信步走了十多分钟,青年华站在一座桥上了。桥那边的大建筑是总商会,他认得。那里也有一幅青天白日满地红的国旗懒懒地垂在旗杆上。他踌躇地踱着,不知道到什么地方去好。

猛然他想起不远就是××同乡会,而同乡会的办事人赵某却曾有一面之雅。既然无处可去,两手又空空,那就去撞一下罢。

同乡会号房的脸色就不对。瞪着眼对青年华看了半天,这才懒洋洋地回答:

“赵先生不在这里了。”

“别的办事人也行。有要紧事,一定要见一见。”

号房的脸色更加难看了。斜过眼来又对青年华打量了半晌,然后似乎十二分卖情面似的嘴巴朝墙上的圆形时钟一扭,大声说:

“你看,是什么时候了啊?三点钟停止办公,常务委员早已回家。”

什么!常务委员?青年华又诧异,又兴奋。连同乡会也是委员制了么?他这才更明晰地意识到世界确是换了一个样子了。于是他好像有了把握似的提起精神说:

“那么，我就在这里等候吧！等到明天。我没有地方去过夜。”

“不行，没有这规矩！”

“没有这规矩，也得要过一夜！”

号房冷笑了，但倏地收起笑容，厉声说：

“赶快走罢！识相点！不走，就叫巡捕！”

青年华不回答，简直的就坐下来了。号房一面怒气冲冲地骂，一面就跑出去。

许是去叫巡捕罢？不管他！反正总要给我一个地方过夜。——青年华这么忖量着，心里反而泰然了。

可是意外地，号房带来的却不是巡捕，而是四十多岁的瘦男子，穿着中山装。不知道是青年华的哪一点叫人起敬，这瘦男子居然很有礼貌。

“老兄是来找赵旭老的么？有什么贵干？”

“哦，哦，——这个，有一点事——”

“老兄是初到上海罢？”

“不——我是刚从西牢里放出来的。”

“什么！西——？”

“西牢！五年前，干革命，在马路上发传单被捕，直到今天方才出来。”

“五年前？”

“是五年前。那时上海还是孙传芳的势力，那时国民革命军还没有出师北伐。”

青年华的嗓子响亮一点了，胸脯也自然而然的挺得笔直，大有凭这资格便可以到处困觉吃饭的气概。然而不幸，四十多岁的瘦男子并没有认识到青年华的这资格，和这种价值；他在鼻子里“哼”了一声，似笑非笑地看了青年华一眼就转过脸去申斥那个号房道：

"你办公事越办越老到了啊！也不看看是什么路数，就往我这里回！来——"

说时迟，那时快，瘦男子一边拉长着那个"来"字调，一边刚要向后转走，却不料青年华已经抓住了他的胳膊。

"慢走，我的住夜问题还没有解决。"

瘦男子不动了，也不作声，两粒细眼睛咕咕地乱转。有一个当差跑进来了，号房也揩着额角的急汗挨上前来。但是瘦男子对他们挤眉弄眼，不许他们有什么动作。他的眼光很害怕似的钉住了青年华的放着右手的那个衣袋。

眼光是会说话的，青年华突然悟到了瘦男子为什么这样惴惴，忍不住仰脸狂笑起来。笑声还没有完，他猛觉得手里的那条瘦胳膊像蛇一样的滑走了，而同时几只粗壮的手却将他捉住了，一直将他拖走有丈把远。

终于站住了，青年华听得瘦男子的声音说：

"搜他的身上！"

于是搜。结果一无所得。似乎这太意外，瘦男子反倒踌躇起来，手插在衣袋里，燃着了一枝卷烟。喷出了几口白烟以后，他毅然说：

"哼！送捕房罢！在逃的共产党！"

"上捕房也不要紧，可是共产党，怎么说？"

青年华忍不住反问了。但并没有得到回答。瘦男子已经走得连影子都不见。

一个管门巡捕模样的酒糟鼻子的矮胖子走到青年华的身边，拍着他的肩膀说道：

"小伙子，走罢！有话到行里去说。白赖是不中用的！孙传芳时代发传单！那不是共产党是什么？你去问问就知道，眼前革命做官的大亨在孙传芳时代都是很安分的，从不捣乱！我亲眼看见！"

## 三

二十四小时以后,青年华又在热闹的马路上徘徊了。捕头只骂了他一顿,并不肯用拘押的方式来替他解决严重问题的住与食。

他也不同于昨天此时的他了。他的衣袋里已经没有四个铜子,他的脑袋里却装满了疑问。

在他的饿狠了发花的眼前,一串一串地漂浮着大大小小的耳朵形的疑问符号,他不辨方向地信步走着。

当真这世界有点换样了。女人们都剪了发,胸前高高地耸起一对乳房,脸上搽得红的红,白的白,臂膊和大腿都是光光的露在外面。影戏院异常之多,广告上竞夸着"神怪武侠新片"。

在这一切表面之下,还有什么呢?他不很明白。虽然,有一点是确定了的:已经革过命。然而这"革命"却已经跑出他所能理解的范围。

他呆呆地站在十字街头的电车站上。四周围是光臂裸腿满身香气的女人,是各种的车声和人声,是蓝的红的刺眼的电光招牌。一种说不明白的憎恨,渐渐从心头涌上来了。

突然有这样的呼声刺进他的耳朵:

"阿要看政治消息!

当日政治消息!

广东政府攻打湖南!

汪精卫勾结冯玉祥阎锡山。

阿要看:共产党攻打福建!"

青年华转过脸去,一张新闻纸在他眼前一晃,仿佛是什么《民生日报》。在这报面上瞥见一行大题目:《总司令昨日回南京》!

立刻他的脑海中展开一张政治地图了。但这是五年前的"旧地图”,北伐军刚打到了武汉,而雄踞南京的,是姓孙的“联帅”!

把今天的印象加上昨天的印象,更加上昨天之昨天——那就是五年前他被捕当时的景象,他简直糊涂到不像人了!

肚子里早就咕咕地叫,这是比什么都急迫。怎样解决这问题呢?青年华一挥手,好像扔去了一切的“政治消息”,便又在人堆里乱挤,心里盘算着怎样方能弄到食和住。他想起孙总理的全部遗教是解决衣食住行,然而虔奉遗教的他却像丧家之狗,他不禁有点忿忿了。

这愤慨似乎很有点疗饥的功效,但同时又像一个风轮似的在他脑海里转,使他眼睛里看出来的人和物都变成了双重的轮廓。

在什么街的转角处,他一头撞在一个人的身上,两个都跌倒了。

“狗东西!瞎了眼么?”

先爬起来的一位破口大骂,用脚踢躺在地上的青年华。大概当真是饿得厉害了,青年华不动,也不作声,只翻起眼睛对那个人瞧。忽然他叫道:

“是你么?金——我是华!”

他赶快跳起来。什么肚子饿,什么忿忿,一下里都逃得精光了。

## 四

现在青年华已经吃得很饱,并且一枝茄立克斜插在嘴角,很神气地坐在金的会客室里。

他喷了一口烟,对主人说:

“我真想不到这五年来有这么多的变化。现在我都明白了。想起我们同学的时候,你是多么持重,总不肯乱走一步,现在我佩服你毕竟是高明,见识远大!”

“啊，那时，那时，——我也无非遵守着‘忍辱负重’的古训，宁可让你们骂一声‘反革命’——可是，现在，你看，我还不是革命的忠实信徒！”

这样回答了的金，仰脸喷出一口烟，电灯光射在他的胖圆脸上，亮晶晶地像一个小太阳。

青年华点头微笑，一边用劲吸烟，一边看墙上挂的总理遗像，心里油然起了这样的感想：伟大的总理呀，你的遗教确不是不兑现的支票，虔奉你的遗教的人就可以解决衣食住行，而且很舒服地解决了，眼前的金，不是很好的标本么？

但是金忽地翘起大拇指在空中划一个圈，转过脸来毅然说：

“不过社会上尽有许多混账东西，还在那里口口声声说捐税太重，无法生活；嘿！他们连革命要有牺牲都不知道！这种不知不觉，不肯牺牲的人，真不配在革命政府底下做老百姓呀！”

“捐税很重么？”

青年华忍不住问了。无论如何，他还有点记得五年前惯熟了的标语口号。而且前天在大饼摊头所得的印象又很无赖地浮上了他的记忆了。幸而金并没有注意到。微微一笑，他就回答：

“可说是不轻。但是，老华，商民是踊跃输将的呀！他们知道赞助革命政府。只有无知无识的农工才要喊苦。老华，你知道革命政府发了多少公债呢？九万万！四年之内发了九万万！比北洋军阀十五年内所发的数目多上好几倍哪！这就是商民拥护政府的证据。——”

于是猛吸了一口烟，金又放低了声音加一句：

“然而商民到底还是好利，所以公债的市价统扯起来只到得五折。”

于是谈话转了方向，讲到女同志，讲到跳舞场，电影明星，浴美大会，——在青年华都是闻所未闻。当真这世界是换了样了，更适宜于寻欢作乐了。

但是正像《天方夜谭》里的一个故事似的，听饱了人世间赏心乐事的青年华，却猛然省悟到自己腰间没有半文钱，并且今晚上睡的地方也还没有着落。眉尖皱起来了。他吞吞吐吐地说出这样为难的问题。他很想问这位殷勤的主人借这么十块八块，可是到底勇气不足；他只说很想找点工作，聊尽革命一份子的义务。

真不料金的眉头也皱起来了，换上一枝烟，猛力吸着，这位主人仰起脸看墙上的裸体油画。

"我也知道有点困难。刚从那边出来，党里一切情形，我还不很熟——"

既然等不到金的回答，青年华只好搭讪着再继续自己的"独白"，心里却又有点抱怨孙总理的遗教了。

"哈！有了！"

突然金跳起来喊，打断了青年华的"独白"，也打断了他心里的"抱怨"。翘起一个大拇指，金走到青年华的跟前，异常郑重地问：

"你不是说过昨天有人诬赖你是共产党么？"

"唉——"

"好！你就算是共产党，你就去自首罢！这么一来，你的工作问题就解决了。"

"可是我实在不是共产党！"

"哈哈，不是算作是，却也不妨。何况往嫌疑上说，你就有几分像。"

青年华愕然张大了嘴巴。

"你放心去照计行事罢。要是你的第一次，我们老朋友肯教你去冒险么？现在时间不早，你跟我去看看跳舞场罢！"

金松一口气，将半枝香烟掷在痰盂里，就哼起《丽娃丽达》的歌曲来了。

再到了马路上时，青年华又已不同于数小时以前的他了。他的衣袋里依然没有半个铜子，他的脑袋里却也没有疑问，而是满满地装着金钱和美女了。

（原载《北斗》第一卷第二期，一九三一年十月）

## 徐 雉

# 嫌 疑

### 一

经过了三年革命的军队生活,带着满身斑斑的创痕回来的归帆,近来重又干他的著作生涯了。

他由C先生的介绍,在S城的一家报馆里担任编辑的职务,主编该报的副刊。这家报馆创办还不到一月,报纸销路既异常的停滞,而经费又是很感拮据困难,对于副刊的投稿者照例是不送稿费的。所以这一月来简直没有什么人投稿,全靠归帆一个人唱独脚戏,每天搜索枯肠地把白纸填满黑字;不够,更从旧报纸上把饶有兴趣的小品文字剪些下来,以凑足一天三千的字数。

一个月迅速地过去了。他的文思已渐入于枯境,他所有的装进去远不及装出去那样多的“肚里货”,差不多快搬完了,点滴的心血都化成了一行一行齐整的文字,已到了蘸无可蘸的程度,却不见别人把却酬的稿件送上门来。他手里一枝写秃了的毛笔也似乎逐日的沉重起来,说得过火一点,它的分量是几乎和他从前从戎时佩在腰间的那枝手枪相等的了。

邮差送来了一件又重又厚的邮件,他把它放在手上一秤,觉察到这不像是一件普通的信函的样子,剖开一看,却是篇洋洋万言的文稿,题名《岭东杂记》,末署“舜生作于S城××局”等字样。他心里怀着一种俨如那受运命眷爱的渔夫在海里摸得珍珠时的欣喜，当下就按着××局的地址，回了一封表示感谢的信。信里还附着几张他的朋友所馈赠他的游券，说，依馆里的向例是没有稿费的，这些薄物是他以私人名义相赠，聊表微意罢了；末了，又说，请他以后时赐佳作，多多益善。他像似把这些游券当成鱼饵，以诱致一切投稿者都把稿件投入他张开着的罗网里去。

过了几天，他又接到由××局寄来的一封邮件。他一壁把它拆开，一壁暗思着：这一定是那位舜生先生眼见得他的文稿业已登出，并得了几张游券，替代稿费，心头一热，又把他的什么杰作寄来了。他用右手的大拇指食指及中指同时插入封套内，似乎觉得摸着了什么东西了，更向外一抽，却抽出几张游券和一张信笺，这些游券恰是他前几天赠给那位第一个投稿者的。他心里愣了一愣，觉得事情有点异样。他想，许是那位投稿者不愿受酬，仍然把他的厚贶退还给他，还是嫌游券不称他的心意，要求换取现金呢？

他拿起折叠着的那张信笺摊开一看，首先瞥见信末署着这家报馆的经理的姓名，但笔迹却和那位投稿者不差毫厘，这更使他莫名其妙。他把信从头至尾读了一遍，才恍然大悟，原来信笺上是这样的写着：

> "……那篇《岭东杂记》是我的旧稿，舜生是我临时捏造出来的假名，因我不愿看本报的人知道这篇浅薄的文字是我撰的。那几张游券仍奉还给你。……"

这位经理先生还兼任××局的副局长，他总是住在局里的日子多，报馆里是不大来的，除非馆里有十分紧要的事情。归帆在该报馆里供职不久，所以他不认识经理的笔迹。

## 二

除了《岭东杂记》外，归帆又向他朋友处索得几篇文学作品，但也只够维持到三四天，现在又一一登完了，甚至连我们那位尊贵的投稿者——经理先生——也不见再送稿子来了。

他兀自坐在编辑室里的一张写字台前，重又把那枝沉重的笔儿擎起，把笔头在口中吮了又吮，两眼凝神注视，像是在召集他心里的万念，使之攒聚于毫端，他是没落于沉思的海中了。

他追想起他以前曾在广东干过两年的革命工作，迨后历次北伐也无役不参加，在国共合作时期，也曾以国民党员的资格，和 CP 分子同站在联合战线上一致奋斗过；自然，关于他们的琐闻轶事他多少总耳闻目见过一点，是可以在副刊上发表，作为读者们一种酒后茶余的谈话资料的。于是他便开始撰述一篇《关于几个共产党人》，以救济这几天的稿荒。那天他先完成了《毛泽东的名片》那一段：

这是民国十五年一个秋天的早晨，距国民革命军攻克南昌还不到两个月。那时孙传芳已引军远退，我们第六军驻扎沿南浔铁路一带，司令部和政治部都设在南昌城内。

那天，我们政治部刚挨到我当值日官，值日官的责任是：(一)接待宾客；(二)收发公文；(三)督率并训练部内的勤务兵；(四)汇录各科的工作日记……等等。我危坐在办公室内，身上斜挂着一条阔约三寸长约四尺的红带子，算是值日官的一种标识。

传达进来，向我行了一个军礼，说："报告值日官，外面有客要见主任。"说着就把一张名片递给我，仍装着一种立正的姿势。我点一点头，把名片拿过手来，名片上墨渖尚未干，显然是临时在传达室里写的，在它上面我只看得出一个"毛"字，"毛"字下面还有两个字，因为字体潦草过甚，却认不清楚了。

"好！请他进来。"

传达又向我行了一个军礼，出去把一位瘦削文弱，中等身材，年约三十余岁的客人引了进来，不过他身上穿的是什么衣服，我是记不得了，仿佛是罩着一件灰色的布质的棉袍。因为那时我并不曾想到今天我的笔儿会谈到他，要像小说家那样精细地去观察他，注意他。

“请问林主任在部内吗？”他语音低得几乎使人听不见，像似肺病已到了第三期，但态度却是十分镇定自然。

“他大概是还没有起床，让我去问一问，你请坐！”

主任室的勤务兵告诉我，说林主任还没有起身，于是我便和这位毛先生攀谈起来。

“先生府上在那里？”我打着带宁波土音的普通话。

“湖南。”

“现在在那里做工作？”

“中央党部。”他说时脸上露着惊奇骇怪的眼光，语音也提高了点，已不是起先那样像从鸽子的翅膀里发出的微声了。他好像在疑惑我和他开玩笑，不过态度仍是很谦逊的。

一会儿勤务兵说林主任请客人进去，我便引他到主任室。

“啊！毛部长！请进来，这里坐。”林主任笑着招呼他。

我听见林主任喊他毛部长，才晓得他是鼎鼎大名的共产党领袖毛泽东，因为那时中央党部当部长姓毛的，只有他一个。我想起刚才问他“府上在那里”和“在那里做工作”，不觉暗自好笑。

归帆生怕这篇小品将使他受重大的嫌疑和冤屈，几次想把它撕毁，掷在字纸篓里。但他又想到别的报纸上像这类的文字如同车载斗量，多得很呢。举一个例罢，那持论不偏不倚毫无党派作用的C报的附张上，前天不是载着一篇《吴佩孚的轶事》吗？固然，吴佩孚是一个军阀，难道那位附张的编辑，仅仅乎选登了这样的一篇文字，便会变成一个军阀的走狗吗？最后，为了稿件的缺乏，他决定把那段文字在副刊上先行发表了。

“……我是完全抱着一种为艺术而艺术的见解，来作这篇文字的，并不想，也并没有，替CP份子宣传些什么。……”为避免一切意外的误会，和无谓的纠纷起见，他本拟在篇首加上了这么的一段声明；然而过细一想，又怕这样一来，反被人家说他做贼心虚，有意掩饰，没奈何，只得把那段声明文字删去了。

## 三

这家报馆的编辑室里，白天里常常不见人影，静悄得鸦雀无声；一到晚上，几位编辑先生才一个个的溜进来，赶他们的夜市，把室里沉寂的空气打破。

那篇《关于几个共产党人》终于发表了。那天晚上，归帆恰巧因事迟到半点钟，其余的几位编辑便趁他还没有来馆时，你一句，我一句，纷纷地议论他起来。他们起首是各人据着自己的座位，彼此遥语着，后来渐渐地把主笔先生的写字台作为中心，几个人下意识地围作一团。参加谈话的人数也由少而多，起先不过是一二人偶尔的谈及，而后差不多全体都加入了。

“你看见过今天本报副刊上那篇《关于几个共产党人》的文字吗？”

“阿！是的，我看见过的。”

“真的吗？在那里？我倒没有留心到。”

“我拿给你看，……你瞧！你瞧！”

“什么！……关于几个共产党人，……毛泽东，……这倒要看一看。”

“哦！还是副刊编辑先生自己做的，我当是别人投的稿呢。”

“你想，他会是共产党吗？”

“那不至于罢。”

“咦！那也很难说，谁知道呢？”

"这篇东西我看是没有多大意义,既不像名人轶事,又不像……"

"呸!这般土匪配称名人吗?"

"文章的好坏倒没有什么关系。"

"他实在也有几点令人可疑的地方:第一,他做事很努力,据说CP份子对于工作都是非常起劲地去干的;第二,他……"

"那倒不是这样说。我以为可疑之点,不在于工作的努力与否,而在于他从前曾和CP份子同过事。喂!王先生,你想是吗?"

"是的,是的,政治部里的人物本来多是些浮薄少年!"

"还有一点,就是……他家里很穷苦。"

"我们报馆里的经费已经是十分的困难,现在又发现了这样的一篇文字,你想还有谁肯出钱来津贴呢?"

"无论如何,就使他没有进共产党,……总之,他已犯着这个嫌疑!"

"为什么他还不见来?大概他是在参与什么秘密会议罢?"

他们谈了半天,文章越做越远,愈扯愈长,犹归纳不到一个结论,渐渐感到平淡无味,于是先后地各归原座。

那位主笔先生正苦找不着明天社论的材料,这时突然的有一种思潮涌到他的心头,便按住稿纸,提起笔儿,写上了一个这样的题目:《共产党人的侧击法》。

"……一般共产和准共产的份子惟恐正面的理论敌不过我们老成硕望的党国要人的中心思想,便改变战斗的策略,采取了一种侧击法,专从文学上入手,使一般青年潜移默化,同流合污,……"主笔先生得意忘形地这样振笔直书着。

编辑室的门呀的一声开了,进来的便是归帆,几双眼睛顿时各带着猎狗似的侦察的眼光一齐向他直视。他径自走到自己的写字台前坐下,并不顾虑到他们是在注意他,这时他的心绪如飘浮的游丝样的正牵挂在别一件事上面:

“刚要出门，偏又碰到那个鬼，向我讨房金，把我纠缠了许多时候，好容易才把他哄走。……现在是什么时光？……啊！已是九点钟了。明天副刊稿子尚一篇都没有，这怎么办呢？还是把那篇文章续下去罢！昨天是毛泽东，今天那一个呢？……林祖涵吗？……也好，就谈谈林祖涵的轶事罢。……但是那个房东今天拿不到钱，怕不会甘心，说不定明后天又要来和我纠缠的。……七块钱一月的房金，付是应该付的，只是，……报馆里二十块一月的薪水够什么用呢？前个月的薪水已用完了，……付伙食费，……一家四口。……向谁去借钱？‘焕古’和我一样的穷困；‘荫福’前几天尚问我贷款呢；‘明成’现在已居高位受厚禄了，不见得就会理我，……唉！此一时，彼一时；……‘贵法’或许肯接济我一点，他倒是一个重义的人。”

归帆瘫痪无力没精打采的神态，和面部悠然深思的表情，越发增加了几位编辑先生的疑虑。他们一壁干着剪刀浆糊的工作，一壁窥探着监视着他的一举一动。他们像是在把他当作画室里的模特儿，笔端尽管在稿纸上蠕蠕地移动着，几只眼睛却一闪一闪地不时的望着他，所不同的，只是他们面前没有放着一具画架。同时室里的空气中荡漾着一种喳喳切切的私语的声音。

他们中的一个，见归帆正在索索地写着信，陡然引起了他的好奇心，便蹑手蹑足地，踮着脚趾，绕到他背后，偷看他写些什么：

“贵法仁兄大人足下，……弟日来生活异常困苦，拟恳兄暂惠借十元，以济眉急，……”那个失望的隐秘的窥探者几乎哑然失声而笑了。

## 四

一连几日没有到馆，把副局长的职司作为正业，报务视为副业的经理先生，那天晚上蓦然的由××局到来，像是馆里已发生了什么重大的事，须急待他亲自来处置解决似的。

茶房来请归帆进经理室去。自从他莅馆以来，除平日和经理偶然觌面时互相颔首外，他们迄未晤谈过一次，他以为这回经理请他去，大概为的是要和他讨论些馆里的什么事务罢。

“我一定要开诚布公地把馆里一切进行的事宜和计划和他畅谈一番，尤其是关于副刊稿件缺乏的问题。但是……最好让他先向我提起，然后再把我的意见侃侃地统发表出来，否则我也只好表示沉默，因为这样才不致犯着侵越他的职权和地位的嫌疑。……哦！还有，……这倒不要忘记！……还有我这二十块一月的薪水实在不够维持生活，一定要请他酌量增加些才好，……唉！假使能增到三十元，……不过这要见机而作，而且措辞要越宛转恳切越好，不然，便会偾事的。”

经理先生这时正埋头在桌上摊着的一张报纸里，像要从字里行间探讨出什么哲理来。归帆进来时，他便请他自己找一个座位坐着。

“你那篇《关于几个共产党人》拜读了，做得委实不错！”经理故意地这样恭维他，打算用这种心口不相合的反语，来引出归帆心里蕴藏着的秘密来。

“……”他当是经理真的在谀扬他，有些受宠若惊的样子，讷讷地只是答不出话来。

“这篇小品具有大胆的描写，足见你在文字上很有工夫。”经理这时正在采取一种后面包抄的战术，向他猛烈地进攻。

那位副刊的编辑倒吃了一惊。这种毫无意味的幼稚的作品竟会邀得经理先生过分的奖饰！他诚恳地笑了一阵，随着便表示谦逊地回答说：

“孙先生，你太看重我这微弱的创作力了。这些玩意儿，在我看来，实在还谈不到什么描写的问题上去。据我的意见，在中国现代文坛上，只有郁达夫对于性的描写，那才是大胆呢。还有你那篇

《岭东杂记》也写得很出色!”他明知道《岭东杂记》是一篇无聊的通套滥调的旧文艺,但经理既以礼来,他不能不以礼往了。

急于要知道归帆的隐秘的经理,见他只是大谈其文艺问题,不肯从实招供,渐渐感到失望;但又不愿就此罢手,于是又向归帆放了一枝冷箭:

“你以后不妨多多做些这类的文字呢!”

“呵!孙先生,关于这类文字的材料我倒收集得很多哩。今晚我打算做一篇林祖涵的轶事,你晓得我从前曾跟着那位林先生一块儿办过事,而且还代他做过许多的文章呢。……明天我预备写一篇……呀!是的,那位恽代英先生演讲时口沫四溅的怪样子,倒很可以拿来描摹一下。……后天,便要临到那位麻面的萧楚女和胖子的王枕心了。……”狂热的归帆还想极力地如数家珍般的接续说下去,但在他记忆里所能搜求得到的共党中人仅只这几个,使他可以拖长到无尽头的话语不能不戛然而止。这时他显然是带着一种夸大狂的心理,因为便是在这几个人当中,他也不见得个个都熟识:如恽代英,他只聆到过他一次演说;至于萧楚女,他始终没有和他会过面,只听人说他是个麻子。

“一个共产党员!一个共产党员!我可断定他是一个共产党员!他无意中已把秘密都暴露出来了。”经理暗暗的忖着,私心庆幸他进攻的策略的成功。

那位倒运的副刊编辑不觉得自己已落在一个无形的圈套中,他想“花开堪折直须折,莫待无花空折枝”,现在火候到了,他可以提出加薪的要求了。经理既是这样的器重他,谅来不致拒绝他的要求的。他含着笑脸吞吐地说:

“孙先生,我现在有一件事要和你商量,我委实觉得很……抱歉。可是……也出于没法,我想……恳求先生……”

“你放心呀,我不会告诉别人的,抱歉也不必,我还不是和你一样的信仰共产主义吗?可惜没有人替我介绍,而且也不熟识人党的手续。”经理抢着说，打断他的话头，一面更猛烈地向他暗施攻击。他料定他的敌人现在已处于失败的地位，可不是吗？他不是带着一种乞怜求恕的声口吗？他不是因秘密的泄漏而怀着无名的恐怖吗？不错！他一定是个共产党人。

那位副刊编辑的眼皮张大着，显出诧异的样子，他说：“孙先生，你误会了我的意思了。我并不信仰共产主义，我说的是加薪呀！因为我近来的生活异常的困难。”

“那末，你对于共党中人怎的知道得这样的详细呢？”经理很扫兴似的反问着。

“那是因为从前国共两党曾合作一时的缘故，在那个时期内，凡是曾干过实际革命工作的三民主义信徒，自然难免和共产党徒接触的。”

经理颓然的倒在椅背上，他是完全失败了，好像一支乘胜追击的军队，陡然遇到了敌军四处的埋伏，结果，反弄得一败涂地，不可收拾。但他心里却还在这样的忖着：

“要求加薪！那是激烈分子干的勾当。你就使不是个共产党员，你也是个准共产分子！”

室内顿时像死一般的沉寂。经理默默无言，显然是不高兴的样子。归帆不敢再把加薪的事提起，而且觉得没有再和他谈话的必要，便别了经理，怏怏不乐地扯开经理室的门。他见门旁灯光下闪出两三条依稀的人影，原来是几位编辑伏在门边，从门隙里偷窥着刚才室内所表演的活剧。他们见他出来，知道这出戏已是闭幕，便纷纷如鸟兽散。戏虽是演得不错，只是欠热闹一点，这是使他们不甚尽兴的地方。假使经理能发一点脾气，把副刊编辑痛骂一顿，或甚至两个人互相扭打起来，那一定是大有可观的。

当他回到编辑室时，室内蓦地里起了一阵格格的笑声，和他的履声合成了一种不和谐的音乐的节奏。他并不理睬他们，只赶紧把明天副刊的稿子编好，这次他却做了一篇《谈共产党的罪恶》，把报上所载关于共党杀人放火的事实抄袭了一点，不够，他自己再捏造些进去，更尽量地用暴动，洪水猛兽，俄国卢布，共匪，浮薄少年，赤色恐怖，过激，杀人放火，煽惑，麻醉，阴谋，共妻，性交自由，地痞流氓，篡窃，捣乱，……等等最时髦的字眼来装饰他的文章。至于那篇《关于共产党人》，他是不想，而且也不敢，再接续地写下去了。

## 五

那晚在由这家报馆回到他寓所的路上，他心里着实有点儿担忧。他闷闷地坐在电车里，低着头不住地沉思着。他不是在追忆他过去悲壮热烈的革命生活，也不是在遥念那远在故乡的他的面黄肌瘦因营养不良所致的爱妻，他只是在揣想着那出经理室里的喜剧的最后结果。是的，经理像是很怀疑他，当他是个共党中人，说不定他的职务会被辞退。经理是挟有莫大的权威的，无论何时，都可以命令他离开这家报馆，这仅只一反掌之劳；因此他不禁对着他未来命运的恐怖而发颤。于是他又后悔起来，后悔着不该鲁莽地做那种易使人误会的文字。

回忆将他占领了。他想起，在三月以前，那时正值北伐成功，裁兵实现，他也在被裁之列。他为解决生活问题起见，便跑到S埠去谒见一家书局的经理。——在他未参加革命的军事工作以前，他原是在那家书局里供职的——想回复原有的职业；但经理带着嘲笑的口吻说:“这里已没有你的位置了!”有一个朋友介绍他到一家洋行里当小写，但他因为从前已狂喊过“打倒帝国主义”，不情愿作洋奴，所以没有去。他没法，只好留意报纸上的广告。有一家商铺招考职员，他本可以被录取的，可是经理先生在他履历表上发现他曾干过革命工作，便疑心他是个激烈分子，于商界不甚相宜，虽然他对于商业很有经验，于是他又落选了！这样的在S埠流落了几个月，几十块钱的遣散费是用完了，可典质的都典质净尽了，只剩下一件破旧的军服和一条军毯，留作永久的纪念，因为当铺里不要这些东西。后来幸得C先生的介绍，到这家报馆里来办事，这在他已是很感到满足了！许多像他那样的革命青年，失业的多得很哩。有的过着贫困的非人的生活；有的因经济的压迫而自杀，有的没奈何地带着犯罪的倾向，误投入法律的罗网和漆黑的牢狱里去；有的被逼地跑到急进的路上去，还想轰轰烈烈地再干一次革命；而且他在K市还亲眼看见过有不少被幸福忘却的女同志们给生活驱使着，放浪形骸地把青春消磨在娼门内，那些“打倒帝国主义”“打倒军阀”的口号已不再从她们的樱口里大声喊出来，她们只把蕴藏在心的深处的悲哀，谱入哀怨而凄切的琴弦，愁愁惨惨地，断断续续地，弹唱给那些不知音的狎客们听。唉！在现在这样的社会环境里，谋生是多么的不容易，尤其是一般受人歧视的革命青年。如果他这次再失了业，他会得着怎样的结果？他为革命已把他所有微薄的田产荡尽，一切的亲戚朋友都和他疏远隔离，便是C先生怕也未必肯再为他介绍职业罢。

他抵他的住所时，不敢从前门进去，怕碰见住在这座房子的前楼楼下的房东。他由后门蹑手蹑足地轻步上楼，把他租居的亭子间里的电灯扭亮，一瞥眼就望见壁上挂着的一件灰色军衣，和床上铺着的一叠黝黑色的军毯，这些东西都是他三年来为革命而奋斗的生活的遗迹，除此以外，革命所给予他的礼物便只是些烦闷，痛苦，嫌疑，社会冷酷的嫉视，和生活更深的压迫。他像是已成了社会公共的罪犯，不论是谁，只要他高兴，都可以恶狠狠地用脚践踏他，和践踏一只狗一样，都可以把现时最可怕的头衔加在他身上，他唯一的大罪，便是因为他从前曾干过革命的事业。他奇怪，他自己从前怎的会被卷入革命的漩涡里去？会加入革命的队伍里去？现在呢，不消说他过去的奋斗精神早已消灭，连笑谑的故智和歌哭的余情都失掉了，没有了！

“唉！青年无罪，革命其罪！”他沉痛地感叹着，突然的擎起那件又似军衣又似中山装的衣服，发狂地在地板上狠命一掷，但又急忙地拾了起来，似乎想：“这于中山先生何关呢？”

一刹那间，他眼前起了一种幻想：他仿佛跪在经理的眼前，经理狰狞的面目怒视着他。他只是含着泪这样的哀求他，说：“经理先生，请你宽恕我罢！我知罪了！虽然我不是个赤化份子，但我以后务必极力地趋于腐化，再也不会如以前那样闹着革命的玩意儿了，也不敢再要求加薪了，只求你开个鸿恩，保留我原有的位置罢！救救孩子！救救孩子！”但经理似乎只冷然的向他一笑，傲然自得地大踏步走了。

第二天下午，他先后收到两封本埠的信。一封是寄自这家报馆的，他预料到它是会带着不祥的消息来的。他拆信时，手指颤抖着。它告诉他说，他报馆里的职务已被辞退了！另一封信是他的朋友贵法寄给他的，说，他失业快近半年了，自己最低限度的生活尚不能维持，那有余钱借给他呢？

楼梯上突然起了一阵响声，接着响声移到楼板上，渐渐的自远而近。他回头一顾，见房东赫然的站在他的眼前……

（原载《不识面的情人》，上海光华书店一九二九年八月版）

# 卖淫妇

你们要我讲一个故事吗？好！且让我想一下看。……呵！有了。……你们最好把你们的椅子移过来，靠近我坐着，使我每个字都能很清晰地传入你们的耳管里。

今夜皓月当空，繁星满天，在理我应该讲一个美丽的恋爱故事才好；可是我不能，因为虽则这二十余岁的我还未全失去青春，然而我早已收拾了我爱情的零落花片，毫不顾惜地把它们丢到世界的尽头处，在时代的狂风暴雨中埋葬了！

这故事的主人翁是一个年轻的女子。一提到女子，你们总要联想到明镜，以为它必将映出各种喜怒哀乐的幻影，以扰乱你们的情绪；或是联想到风，以为它必将小则吹皱一池春水，大则掀起巨海的怒涛。不错，她或许是如此，不过我也无须把她幻作一个英雄，或是一个超人，我只是在把她画成一个“人”。

是一九二八年春季的一个下午吧，我碰到了她。

那时我新近从A书局里取得了一笔小小的稿费，这使我空虚的钱囊里又得暂时充满了些金属，同时，我那久受压抑的内在的精神欲望也就活跃起来，要求迅速的满足，所以有好几个月没有涉足影戏场的我，终于受了惊心怵目的广告的诱惑，而重又进去了。

在S市，除了W戏院外，别的影戏院我是难得光顾的，原因是W戏院的座价较廉，而所映的影片又不怎样的陈旧。“穷”使我万事都得打一下算盘。这天在第一次开映的前两小时，W戏院内外已挤满了许多人，这仅只从玻璃门外面朝里一望，已够使我寒心了。

“今天大约票又售完，我得废然而返了。”我一面这样地担忧着，一面两脚却不由自主地早已踏入了玻璃门。

不过从我口里所说的“票”，其包含的意义的范围要比普通的狭小些。这“票”是单指正厅，而并没有把楼厅和花楼包括在内，这为的是我不但无力购买楼厅或花楼的票，连这两个带有铜臭的名词都不大撞进我的思想里的；单是正厅的票的售尽，在我，就等于全影戏院的票的售尽。这样，这“票”就在穷人字典中完成了它的新定义。而事实上，W 戏院里正厅的票虽常瞬息售尽，但在楼厅和花楼，这样的时候却是少有的，除了开映最名贵的或轰动一时的影片时之外。

幸好售票处还没有挂起“正厅客满”的牌示，我总算没有空跑一趟，否则这挟有无限权威的“十二金牌”式的牌示，早就把我和其他和我一般地买不起楼上的票的顾客召回去，而我这个故事也就无从继续叙述下去了。

这时已开始售票，许多人都往售票处拚命地挤去，有的——尤其是年轻的女子——被挤得直喊。他们大都预先把票资握在手里，以免临时摸索钱囊。那些已挤近售票处的前两三层的人，都是身儿挤着，手儿捏着票资往洞口里送，但有的手指仍按住那放在柜上的钱，像是防它失落；嘴儿喊着票的等次和张数，声音响亮到足以引起卖票人的注意；而眼儿又须顾及卖票人的往来迎送着的两手，眼睁睁地巴望他先替自己做下这注小生意。那个卖票人呢，可更忙了！他先得听到一阵阵嘈杂和急促的人声，看到许多无规则地活动着的手儿；接着，随他手之所至，先收下无论那一个购票者的票资，并认清那个购票者的面部，或至少须认清他的手，以免人多把票误递；然后验钱币，按着票的等次和张数扯下票，把它递给那个购票者；有时还得找出零头，和答复购票者的询问。这样周而复始地同时运用着他的听觉，视觉，触觉，等等各种官能。他仿佛是一部上好的机器，他的举动活泼而敏捷，他的态度镇静而庄重。

如果他是一员指挥若定的统帅，那末，那一群的购票者便是形色仓惶的败兵之将了，而他得独力支持这混乱的局面。

我期待了一会，想等那些团聚在售票处前的购票者肃清了一批之后，我再挤进去。然这徒然显出了我的懦弱，而那一簇半圆形的人丛的轮廓，虽不见得怎样的扩大，却也并不缩小。当每一个已购得票的人刚从许多人的包围中冲出来时，立刻就有人占据他的地位。这样逐渐递补，而那一簇的人丛仍是那么的一簇，只不过构成这人丛的分子时有变换罢了。

“挤进去！”我的神经中枢发命令了。这命令紧急的程度如同一个军令，事实是：假若这时再购不到“票”，那“票”便有被人捷足先得之虞，而那戏院里的先生们势必挂起“正厅客满”的牌示，对我们穷人作消极的驱逐了。

我的两脚奉到这个命令，先是有些踌躇；我一望到那一簇人苦斗的状况，就会使我胆怯而却步。他们喊着的口，睁着的眼，擎着的手，紧张的肌肉和波动着的身躯，处处都显出努力和挣扎的痕迹。这眼前悲惨的一幅画，就形成了现代社会的缩图。我仿佛是站在另一个世界上的旁观者，竟忘了我也是其中参战之一员呢！

“勇敢点！先下手为强！”这是神经中枢第二次发的命令。不错，先下手为强！这是现代人处世的哲学。于是，唉！像被一种什么力驱迫着似的，我的两脚终于颤索地向前面那个似乎堆叠着许多血肉模糊的尸体的战场而前进了！

我这样琐碎的叙述，你们怕是听得有些厌烦吧。现在，开锣戏已唱完，而我们正剧的主角——那个年轻的女子——也将在珠帘的掀动中步出红氍毹上，向你们显现色香了。请你们合上两手，把嘴儿摆摆正，预备鼓掌和喝彩吧！

当我手里捏着三角钱——自然这只够买一张正厅的票——正预备挤进去时，我忽地觉到有一件似软而硬的东西触着我的肩部，扭转头一看，原来是……

这“似软而硬的东西”就算是一个谜,请你们猜一下,看这究竟是一件什么东西。……什么?你们说是手?不错,这是一只手,但你们还只猜到一半。好!让我来告诉你们:这是一只女子的手。

不消说,这女子就是我这个故事里所要叙述的女主人翁了。我和她以前是从未谋面过,她这一下真使我吃惊不小。

“这位先生,谢谢你!可不可以请你替我带买一张花楼的票?我挤不进去呢。”她笑眯眯地向我说。她的态度很自然,两颊并不呈出一点表示羞涩的玫瑰红,宛若交际场中的斲轮老手。她的双眼妩媚而灵活,如同一对流动的水晶;当我的视线刚和她的相接触时,我觉得我的眼在她面前全失去了光辉!

“噢!……噢!……”我答应着,全身有些不自在起来,眼睛只向她一望就不敢再仰视了。

当她把购票的钱放在我的手中时,我的手是颤抖得很利害。接着,我便很迅速地转个身,又向她献媚似的,故意地装出一种极优美而又极活泼的姿势,只一跳就跳到售票处前面那一簇人丛的旁边。

你们笑,你们笑什么呀?你们以为我这样的举动是一种和她发生爱情的表示吗?没有的事!没有的事!

“喂!喂!”忽地她又喊住我,似乎想起了什么。

我跑回她身边。于是她引我到离众人略远的地方,使面部向着壁背部向着众人的站定了,同时又拿出一块钱塞在我手里,略微放低声音说:

“这是给你自己买票的。”

“不!不!难道连这一点小事也要报酬的吗?”我挣脱了手。

“嗳,要的,”她表示很坚决地把头一歪说,“算是我请客罢。”

我又客气了一番,终于把钱拿了。

我又装着以前的姿势,不过这次因为离售票处比较地远些,我竟跳了三跳才达到那里。这时购票的人已肃清了许多,售票处前的人已不像刚才那样地拥挤，原用不着怎样的挤压，但不知从那里来的勇气和热心，竟使我用过分的体力，横冲直撞地只一挤就挤到售票处的洞口前。

“花楼两张！”我一壁把两块钱放在柜上，一壁傲然自得地向卖票人这样地叫喊着，同时心里想，我毕竟也有吐气扬眉之一日！

花楼，这是一个用黄金和白玉堆积而成，或是满渲染着穷苦朋友的血汗的名词！花楼，这是一个多么动人听闻而漂亮的字眼；你只要喊一声“花楼”，你就是一个上流社会所欣赏的音乐家！哈，这怕是一个梦吧？这次我居然能由下层的正厅爬到上层的花楼，我居然也成了一个上等人。虽则我们不能说，坐在花楼和楼厅里的观众必是上等人，或是有钱的人，虽则上等人中也尽有不愿高踞于楼上而宁愿置身于楼下的；而在事实上，则确有许多人为着受经济的束缚，迫得让楼上的座位空着而去挤在楼下的。这样，在这小小的社会里就形成了两个显明的阶级，有如大社会里的对峙着的资产阶级和无产阶级两个营垒。而且，楼下的观众总是要比楼上的不知多了几倍，这也和资产阶级的人数远不及无产阶级人数之多一样。还有，如果花楼和楼厅一旦坍塌了，那被压死的还是楼下的人占大多数，这又和资本家偶因商业上的危机而缩小营业的范围，那因此而受失业之苦的还是大多数工人一样。

当我和那个青年女子并着肩预备拾级登楼时，无意之中我瞥见正厅门傍已高悬着“正厅客满”的牌示，但我只向它一望就不屑再看了。现在，胜利的王冠已戴在我头上，我已成了一个上等人，这牌示再也不会来磨难我。况且，我，一个上等人，应该学上等人的自尊——这是上等人须知的第一条——这种纸写成的牌示，仅足以使一切穷人和下贱人望而生畏的，我又何必去顾虑它呢？

于是，我便偕着她一步一级地上了楼。我的头是气宇轩昂地仰着，有如一只鹅；同时身儿摇摇摆摆地，却又像一只鸭；胸部是直挺着；眼睛里放射着两道威严之光；步履是既稳重而又不疾不徐，仿佛踏在我脚下的并不是一层一层的梯级，而是无数躺在地上的受伤的非人的人！我故意这样地做作，以试试我的模样究竟是否像一个上等人。说也奇怪，所谓上等人似乎不是生成如此的，只一学我就学会了。不要小觑我！虽则我身上穿的是一套旧式的西装，但我手里却握有一张花楼的戏券，这就是一个真实的证据，足以证明我现在——至少在此时此地——确是一个上等人，而不是那些既买不到楼下的票，而又买不起楼上的票的影戏院里的“后备军”。

我们拣第一排并肩地坐下。接着，她又站起来，把披在身上的那件斗篷卸下，放在椅背上。这时我才得有充裕的时间，把她的外表精密地打量一番。

她的年龄大约在二十左右。瘦削而微黑的脸，看去并不算怎样的娇丽，然而也具有一二美点。一望到她的面部，首先令我注意到的自然是那双媚眼；其次是鼻子，这鼻子生得很端正，可以作她面部的中流砥柱。头发是剪去了的，但剪得不彻底，背后还拖着两条油晃晃的短辫，只有六七寸长；在S市，这种发式大概要算是很别致的。这些短辫先是紧紧地藏在斗篷里，是当她把这斗篷脱下时才给我瞧见的。此外，她的装束也很入时：除那件斗篷外，她身上又穿着一件花呢的旗袍，肉色的长统丝袜，和浅黄色的高跟皮鞋。

这时，距电影开映的时间尚有半个钟头，于是她便和我攀谈起来。她由银幕里的“热的女郎”谈到梅兰芳，谈到跳舞，谈到蔻拉沙酒高昂的价钱，谈到跑狗和跑马。她这些谈话并不使我感受到什么兴味，言者虽谆谆，而听者却藐藐，因为我对于这些享乐全是外行。最后，她又谈到轮盘赌，她说：

“昨天我和王司令的四姨太，张参谋，还有王司令自己，我们四个人坐着王司令的汽车，又往B马路去玩轮盘赌。王司令的赌兴真豪，一输竟输去五百多块钱；四姨太也输了一百多；张参谋没有什么输赢；我倒赢了一点。”

在她的谈话中，她不时地提起王司令，以显示她和他相与的荣耀。大概王司令也是一切上等人中之一罢，我想着。接着，她问我：

“李先生，你也是常常玩轮盘赌的罢？”

说也惭愧，我不但没有玩过这样的玩意儿，而且连轮盘赌究竟是什么一回事，我都不曾实地观察过。这时我真想站起来，向这位上等女子深深地行一个鞠躬礼，以表示我对她的尊敬，而且对她说：“小姐，你认错了人了！我是一个该受你们践踏的可怜无告的灵魂呢！”可是不肯示弱的我，终于把这些话在喉咙里咽住，没有说出口来。

“不错，小姐，我也是常常玩的，只是我输得很少，总共也不过输去几百块钱罢了！”我撒了一个谎，而且觉得好笑。

她点点头，很客气地从烟盒里递给我一支香烟，而且还是茄力克香烟；这表示出她对于我是感到一种欣赏的满足。不是我夸口，真的，我以为她是在把我引为同志呢。

我们邻座的几个看客，都带着一种又是嫉妒又是羡慕的神态，对我们作深切的注意；这当然是因为在我旁边坐着一位时髦而又年轻的女子，而且她又滔滔不绝地在和我谈着话。而我呢，像是惟恐旁人不注意似的，一遇她的谈话偶而中止时，偏又把她当作熟友般的，装出亲热的态度，故意想出些无聊的话，向她问这样问那样，以引起她的谈兴；同时，我又左顾右盼地望望四座的观众，以傲视他们，很满足地。

这女子谈得口渴了，便叫了两杯咖啡，无疑地其中的一杯是属于我的。她说了太多的话，而我呢，却又说得太少。不过我也并不是没有谈话的资料，我可以谈到我终日御着一件军用雨衣以御寒的从戎生活；我可以谈到我蜗居在一间和贫民窟一样的陋室里，与一般工人为伍的情形；我可以谈到我为饥寒所驱，而迫得把我六部创作在书店老板严重的剥削和掠取之下出卖的苦况;我可以谈到我从这家当铺跑到那家当铺,像做贼一般地先站在当铺门外望一下,看有否给熟人瞧见而后才敢进去的怪状;我可以谈到……;唉!我可以谈到……。然而,这些,这些,我一些儿也没有在她面前泄漏了出来;这不是我有意藏拙,却是有道理的。朋友,我告诉你吧。在穷人的宝藏里虽缺少的是财富,而多的却是这些奇事;但这些奇事,一经富有者的眼光的化验,偏又会变做最卑微不过的东西。"当"什么和"卖",这是下贱人干的勾当,上等人是不屑为的。这种丑恶,在我们不妨侈谈无遗,而在他们听了却不免要掩耳而逃。你要知道,在他们的耳朵里是有着一种灵巧的机关的,一遇着这些奇事传入这耳鼓时,这机关便会立时自动地闭住:这是我在人类生理学上的一种新发现。所以,当你——假使你不幸是个穷人或下贱人——和上等人谈话时,你不但须仰起头大声地说着话(因为他们是站在社会建筑的上层而你是在下层),而且你的措辞须文雅,要有艺术化,切勿流于粗俗。最好在你未开始和他们谈话之前,你先得把你的口洗刷一下,而尤其要注意的,是你千万不要把你悲惨的生活渗入你的谈吐里,否则他们是不愿听的。

看完了电影,我们同到马路上。一阵冷风吹来,使我们不由地打了一个寒噤;她便把斗篷紧紧地裹在身上。我向她致了谢,正预备告辞,她却要我伴她回家。我应允了。

于是我们就跳上一辆电车。

电车,这又是现代社会的一个雏形。我每次上电车时,我总是先认清它的等次,然后就往三等或二等的铁门那里跑去,因为这样,使我生活的担子可以减轻一些。除非遇着三等或二等的乘客太拥挤,那驶车人或卖票人不肯开门时,我方被迫地去趁头等的;但往往当我被拒入三等或二等后,又由那里跑到头等的铁门外时,那电车已开行了!因此,为着乘电车,常使我耽误了不少的时间。

这一次,我竟忘了我身边是有一位尊贵的女子伴着我,习惯使我又下意识地往三等铁门那里跑;但当我刚预备进去时,我望见她已跳上头等,于是我也忙跟着她换乘头等。幸好她还没有注意到我,否则她怕要这样地暗思着:

“原来你是个下贱人!”

下了电车,我们又走了一里多路。在路上,她很周详地询问到我的职业,我的生活,以及我家庭的状况;同时她的美目更不住地向我流盼着,而这流盼却是近乎淫荡而含有诱惑的意味。

在这女子之前,我是堕入于迷雾中了。我仿佛是在织着一个美丽的梦,我又仿佛在一个月明星稀孤灯无眠之夜,遇到了狐仙。我极力地想留住这梦的幻景,让这梦继续地做下去。我很明白,如果这时我把我愁苦织成的生活和盘儿托出在她的面前,那末,她会瞧不起我,她会怫然地离我而去,不消说,我这玫瑰色的梦,也将由我自己的手中失落而立地破碎无余了! 因此,我对她关于我身世的一切询问,一概给以不真实的答复。我编造了一大堆的诳话,譬如我在失业的,而我却说我有着一种很高尚的职业,而且薪水是至少每月三四百块钱。这些不断的大言把我装饰成一个豪富的少年,从我嘴里滴下的每一句的话语,像是都由一颗颗的明珠穿缀而成,而其实,这些珠子却全是假的,赝造的。

我们进了一条臭秽的短巷,在一家门口站定了。这就是她的家,但全不像上等人家模样。这时我瞧见另一家门口有几个妇人,在望着我们切切喳喳地私语,这使我顿生疑虑,觉得其中必有蹊跷。

开门的是一个三十岁左右的中年妇人,这妇人很鄙夷似地看了我们一眼,接着便“砰”的一声把门很沉重地关上了。这情景更使我莫名其妙。

这是一所一楼一底的古旧的房屋。两旁的墙垣已有些欹斜。地板是凹凸不平;如果你在它上面行走,偶一不慎,便会使你遭了倾跌的。我估计着这房子的年龄,大约至少在六十岁以上。

“这样一个华贵的女子却住在这样卑陋的屋子里!”我想着心里着实有些纳罕。

进了客厅,我便停了步,她却叫我上楼去坐。我踌躇了一会终于应允了。

走近梯边,我低声地问她:

“刚才开门的那个妇人是你的女佣吗?”

“不,是二房东。”

“那末你是住在前楼的吗?”

“不,是阁楼。”

“阁楼!”我惊奇地喊了一声。我觉得我不但是在做梦,而且这怕是梦中之梦吧!

但这实在并不是梦,因为我真的跟着她从半梯中踏进了阁楼。我的背是佝偻着,因为这阁楼比寻常的还低矮些,使我不能把身躯挺直。所以,一进门,我就不客气地拣一张凳子坐了,这样,我才能勉强地把我的头抬起。

这里是缺乏空气和日光的。没有窗,只有挖在板壁上的一个圆形的小洞,这洞口的直径还不满半尺,从这洞口里可以俯视楼下的客厅。

从暗淡的光线中,我看出这房里的陈设很是简陋:除了一只衣箱,两张堆放着有蓝色花纹的布被的床——都是用几块木板和两条长凳拼凑架搭而成的——和桌椅等数事外,便别无长物了。

有一个两三岁大的孩子睡在床上。

她一进阁楼,便把斗篷和旗袍脱下,同时里面的一件夹袄和夹裤也全露了出来。她把脱下的衣服很小心地折叠好——似乎这两件衣服是她一切所有物中的最值钱的东西——后,就挨近我坐着。这时,我发现出她那套夹袄和夹裤都是淡灰色的自由布制的,而且异常地肮脏,和她漂亮的外衣很不相称。

她递给我一支纸烟,然而这一次却不是茄力克,却是低价的黄金牌香烟。

“这是一个怪女子!”我默念着。我的心被恐怖压迫着,我想逃,我觉得我仿佛是一个迷路的小孩,被人拐骗到这无人知晓的地方。

这时她的眼更媚了,而且媚得可怕。忽然她举起左手,加在我的右臂上,娇声地说:

“李先生,今晚就请你宿在这里吧。好不好?”

呵,上帝!这是什么一回事!我吓了一跳,忙从凳上站起来。我忘了阁楼的低矮,冷不防我的头很沉重地撞到上面的楼板,这使我又立时坐了下去。

“原来你是一个娼妓吗?”我一壁抚着头顶,一壁大声地向她发着问。

她不响,只仰着头痴笑了一阵,这笑声有如怪鸟的啼叫,异常地凄惨而冷酷,使我毛骨悚然。这是一种带哭的笑。

孩子惊醒了,呱呱地号叫了几声。于是她把他从床上抱起,给他喂乳;当乳头刚塞进他的小嘴时,他就不哭了。

她一边拍着孩子,一边就开始揭开她染着血泪的生命史的一页。她告诉我:她上无父母,下无兄弟姊妹,她的丈夫也已于一年前死去,只遗下一个孩子。她先是在一家印刷厂里当折书的女工。她对于这种工作很是熟练,每天除吃饭的时间外,从早晨六时起至晚上十时止,如果一息不停地劳动着,可折书六千页左右。工资以每千页九分计,每天可赚半块钱,一个月就是十五块钱。这在她虽是一种辛苦的活计,却也尽够维持她们母子二人的生活了。而且这活计可以带到家里做,使她同时又能照顾孩子。然而恶魔抓住她!不幸这印刷厂为着营业亏折而缩小范围,她便失了业,而且再也找不到别的工作。本来,在这人浮于事的中国职业界里,即使是一个男子尚且不易谋事,何况是女子,更何况她身边还有孩子绊住她,使她对于许多工作都不适宜。她不能带着孩子给人家帮佣;虽则少数工厂准许女工带孩子进厂,但大多数工厂却不如此。于是她托人作伐,想再嫁一个能使她终身有靠的人;然而她又失败了,因为她不是一个单身女子,人家只需求她的身体,而不愿收留她的孩子,她也不愿抛弃孩子而自谋生路。结果,只有一条路很显明地展开在她的眼前,这就是堕落为私娼!不管这是一条满布着荆棘的蔷薇之路,为着生活和孩子的缘故,她还是要让她的肉身破皮出血地在这路上滚去!滚去!也不管这职业是怎样的卑贱,怎样的受人唾骂和蔑视,但在生活先生的鞭子沉重的鞭挞之下,她也只好忍受一切!唯一的理由,便是因为她也是上帝的儿女,也是一个人,而且是一个有血有肉的人。谁能张着嘴而不吃饭?谁能挂着手臂而不拿筷?更谁能空着肚子而不知饥饿?

"你既然穷得这样可怜,那末,你一身漂亮的衣服那里来的呢?而且你买的又是花楼的票,吸的又是茄力克香烟,单观察你的外表,人们定会当你是公馆太太或小姐呢。"我发着问,我的疑窦犹未尽释。

于是这个和我一样下贱的人又痴迷迷地笑了一阵,这笑声和起先一样地凄惨,一样地可怕,一样地冷酷;这笑声像是对于全人类的一种咒诅。大概是她过的非人生活对于她的一种窒息和迫害,使她神经失了常态了罢!

原来事情是这样。她操这皮肉生涯还不满半个月,知心的熟客固然没有,而她又不愿站在马路上去拉客,觉得这是怪可羞的事。她对于这生涯全无经验,毕竟还不能达到像别的娼妓那样洒脱的程度。有几次晚上,她居然大胆地跑到马路上站定了,决意想尝试一下,然而当每个男子从她身旁擦过时,她只木然地向他望望。这时她只要一手把他抓住,然后再扮出笑颜,向他委婉地说几句温柔而殢人的话,而且事情简单到连挤眉弄眼都无须的,这样,好事也许早就成功了不知几多次。可是她没有这样的勇气,每次她总是独自个跑回家。然而,同时事实又告诉她,如果长此这样地下去，她将永远做不成一注生意，她总得想一个办法才好。于是，她就把她几年来从折书生活所积下来的三十多块钱，买了一身时式的衣服和些上好的香烟，每天跑到顾客最拥挤的戏院里，拣了个体面的男子，借托买戏券为名，就把他勾搭上了，接着，再向他夸张其辞，把什么“司令”，“轮盘赌”，“蔻拉沙”等等字眼，来装饰她的谈话，以诱致他到她家里。而那男子呢，为她那种似乎全身为珠光宝气所围绕的她的华贵的态度和显赫的举动所慑服，所迷惑，也就满心愿意地跟了她去。不过这种招徕顾客的办法，虽比站在马路上拉客的那种直率粗鲁而丢脸的举动，要比较地高尚而具有技术些，却也不很稳妥。因为有些男子陪她看了戏后，并没有随她到她的家里；如果这男子购票的钱是她出的，那她是徒然地遭了损失。有的虽随她到家，然而一到他发现她是个娼妓时，就望望然而去，但这还是有恻隐之心的，那残暴一点的还要唾她的面，挥拳蹴脚地殴打她，而且责骂她，说她是个骗子。再有的呢，虽愿在她那里度夜，而身边又不一定带有钱，因为这是出他意料之外的。在这半个月中，她仅只做下两注生意：除了种种精神上和物质上的损失外，总算赚到七块钱。这就是她们母子俩这半个月的生活费了！这就是她被蹂躏的肉身的代价了！这就是她生活的血泪的结晶了！这就是，唉！就是那具有善良的本性的人类的所谓“爱”和“仁慈”的充分而显豁的表示了！这就是，唉！就是现社会所施与她的莫大的宠赐了！然而便是这七块钱的宠赐的俯受，在一切以煌煌的禁娼布告为粉饰太平的工具的文明国家看来，也是犯罪的！

我们谈了好久，黄昏渐渐地迫近，阁楼里的光线也愈益暗淡，几乎是咫尺不辨人影。这时那抱在怀里的孩子早已入睡，她把他轻轻地放在床上，接着燃上洋灯。我也俯首曲背地站了起来，预备告辞。

“李先生，”她恳求着说，不肯让我走；“今晚你就宿在此地了罢！”

“对不起,朋友,”我摇摇头,很抱歉而又很痛心地回答说。因为是俯首曲背,说话的态度异常地木强而不自然,于是我重又坐下去,继续地说:“我也是和你一般的穷困,一般的受着失业的痛苦呢!虽则今天我从A书局里拿来了二十块钱的稿费,算是我一部四万字的创作小说的代价,但这笔钱至少要维持我一个月的生活呢!如果我下一个月再找不到一种职业,或是写不出一部小说,那我是除了自杀以外,简直毫无办法!……要是我是真的有钱的话,那你就使让我独自个睡在地板上,我也愿意。”

“咦!李先生,你刚才不是说,你每个月有几百块钱的进款吗?”她睁大了两眼,惊疑地说。

“对不起,朋友,我刚才说的全是诳话,我也是和你一样地是一个假冒的上等人呢!”

“哎哟!天哪!我今天又拉了一个空吗?”她这样大声地喊了几声,就扶着头扑到床上,一大颗,一大颗的眼泪,从她的面部流了下来。

孩子又被惊醒而号哭了,但这次她却没有理会他。

我深深地叹了一口气,从衣袋里摸出三块钱放在桌子上,又走到她床边安慰了她一番,她还是哭个不住。于是我就从她的床上拉起一条棉被,轻轻地覆在她的身上;在如豆的灯光的摇曳中,我俯着头,佝偻着背,悄悄地步出阁楼。

下了楼,那个中年妇人又鄙夷似地看了我一眼。我刚走出大门,就听见砰的一声那门很沉重地在我背后阖上,接着便是闩门的声音。

门外是丝丝的雨;天上是灰暗惨淡。仿佛是为社会中的不幸者下泪。

一九二九,十二月,于江湾沈宅

(原载《卖淫妇》,上海现代书店一九三三年版)

# 中国文库·文学类

## （已出书目）

**【第一辑】**

鲁迅选集　鲁迅著 …… 人民出版社
郭沫若选集　郭沫若著 …… 人民出版社
茅盾选集　茅盾著 …… 人民出版社
巴金选集　巴金著 …… 人民出版社
老舍选集　老舍著 …… 人民出版社
曹禺选集　曹禺著 …… 人民出版社
冰心选集　冰心著 …… 人民出版社
朱自清选集　朱自清著 …… 人民出版社
徐志摩选集　徐志摩著 …… 人民出版社
萧红选集　萧红著 …… 人民出版社
赵树理选集　赵树理著 …… 人民出版社
郁达夫选集　郁达夫著 …… 人民出版社
沈从文小说选　沈从文著 …… 人民出版社
子夜　茅盾著 …… 人民出版社
家　巴金著 …… 人民出版社
倪焕之　叶圣陶著 …… 人民出版社
围城　钱锺书著 …… 人民出版社
财主底儿女们（上下卷）　路翎著 …… 人民出版社
太阳照在桑干河上　丁玲著 …… 人民出版社
暴风骤雨　周立波著 …… 人民出版社
青春之歌　杨沫著 …… 中国青年出版社
林海雪原　曲波著 …… 人民出版社
红旗谱　梁斌著 …… 中国青年出版社
红日　吴强著 …… 中国青年出版社
冬天里的春天（上下卷）　李国文著 …… 人民出版社
沉重的翅膀　张洁著 …… 人民出版社
活动变人形　王蒙著 …… 人民出版社
白鹿原　陈忠实著 …… 人民出版社
毛泽东诗词选　毛泽东著 …… 人民出版社
艾青诗选　艾青著 …… 人民出版社

贺敬之诗选　　贺敬之著 ………………………………… 人民出版社
郭小川诗选　　郭小川著 ………………………………… 人民出版社
余光中诗选　　余光中著 ……………………………… 中国青年出版社
沈从文散文选　　沈从文著 ……………………………… 人民出版社
白洋淀纪事　　孙犁著 …………………………………… 人民出版社
可爱的中国　　方志敏著 ………………………………… 人民出版社
随想录　　巴金著 ……………………… 生活·读书·新知三联书店
文化苦旅　　余秋雨著 ……………………………… 东方出版中心
欧洲文论简史　　伍蠡甫　翁义钦著 …………………… 人民出版社
欧洲文学史(上下册)　　杨周翰著 ……………………… 人民出版社
中国文学史(共四册)　　游国恩等主编 ………………… 人民出版社

**【第二辑】**

丁玲选集　　丁玲著 ……………………………………… 人民出版社
戴望舒选集　　戴望舒著 ………………………………… 人民出版社
沙汀选集　　沙汀著 ……………………………………… 人民出版社
艾芜选集　　艾芜著 ……………………………………… 人民出版社
林徽因选集　　林徽因著 ………………………………… 人民出版社
骆驼祥子　　老舍著 ……………………………………… 人民出版社
懒寻旧梦录(增补本)　　夏衍著 ……… 生活·读书·新知三联书店
胡风回忆录　　胡风著 …………………………………… 人民出版社
保卫延安　　杜鹏程著 …………………………………… 人民出版社
野火春风斗古城　　李英儒著 …………………………… 人民出版社
上海的早晨(共四部)　　周而复著 ……………………… 人民出版社
烈火金刚　　刘流著 ………………………………… 中国青年出版社
一代风流(共四册)　　欧阳山著 ………………………… 人民出版社
创业史　　柳青著 …………………………………… 中国青年出版社
李自成(第一卷:上下册)　　姚雪垠著 ………… 中国青年出版社
青春万岁　　王蒙著 ……………………………………… 人民出版社
将军吟　　莫应丰著 ……………………………………… 人民出版社
野葫芦引:南渡记　东藏记　　宗璞著　　人民出版社
钟鼓楼　　刘心武著 ……………………………………… 人民出版社
尘埃落定　　阿来著 ……………………………………… 人民出版社
白门柳(全三册)　　刘斯奋著 ……………………… 中国青年出版社
梁遇春散文选　　梁遇春著 ……………………………… 人民出版社
孙犁散文选　　孙犁著 …………………………………… 人民出版社
季羡林散文选　　季羡林著 ……………………………… 人民出版社

周涛散文选　周涛著……………………………………人民出版社
史铁生散文选　史铁生著……………………………人民出版社
北京乎——现代作家笔下的北京(上下册)
　姜德明编……………………………………生活·读书·新知三联书店
臧克家诗选　臧克家著………………………………人民出版社
舒婷的诗　舒婷著……………………………………人民出版社
海子的诗　海子著……………………………………人民出版社
张天翼童话选　张天翼著……………………………人民出版社
高士其童话选　高士其著……………………………人民出版社
中国俗文学史　郑振铎著……………………………商务印书馆
中国鲁迅学通史(共六册)　张梦阳著………………广东教育出版社
论红楼梦思想　冯其庸著……………………………黑龙江教育出版社
中国现代小说史(全三册)　杨义著…………………人民出版社

**【第三辑】**

废名选集　废名著……………………………………人民出版社
陈映真自选集　陈映真著……………………生活·读书·新知三联书店
京华烟云(上下册)　林语堂著………………………现代教育出版社
大波(共三部)　李劼人著……………………………人民出版社
六十年的变迁(共三部)　李六如著…………………人民出版社
小城春秋　高云览著…………………………………人民出版社
苦菜花　冯德英著……………………………………人民出版社
黄河东流去　李凖著…………………………………人民出版社
平凡的世界　路遥著…………………………………人民出版社
芙蓉镇　古华著………………………………………人民出版社
浮躁　贾平凹著………………………………………人民出版社
绿化树　张贤亮著……………………………………人民出版社
曾国藩　唐浩明著……………………………………人民出版社
古船　张炜著…………………………………………人民出版社
第二十幕(上中下册)　周大新著……………………人民出版社
刘以鬯小说自选集　刘以鬯著………………………百花文艺出版社
金牧场　张承志著……………………………………人民出版社
红高粱家族　莫言著…………………………………人民出版社
梦家诗集　陈梦家著……………………………………中华书局
穆旦诗文集(一、二)　穆旦著………………………人民出版社
周作人散文　周作人著………………………………人民出版社
何其芳散文选集　何其芳著…………………………百花文艺出版社

上海屋檐下法西斯细菌　夏衍著……………………人民出版社
风雪夜归人闯江湖　吴祖光著……………………人民出版社
王国维文学论著三种　王国维著……………………商务印书馆
中国小说史略　鲁迅著……………………人民出版社
咀华集咀华二集　李健吾著……………………人民出版社
现代中国文学史　钱基博著……………………中国人民大学出版社
中国文学批评　中国散文概论
方孝岳著……………………生活·读书·新知三联书店
鲁迅和中国文化　林非著……………………南开大学出版社
唐代科举与文学　傅璇琮著……………………陕西人民出版社
中国诗学　叶维廉著……………………人民出版社
迦陵论诗丛稿　叶嘉莹著……………………中华书局
台湾文学史
刘登翰　庄明萱　黄重添　林承璜主编………现代教育出版社

**【第四辑】**

马烽小说选　马烽著……………………作家出版社
周立波小说选　周立波著……………………湖南文艺出版社
玛拉沁夫小说选　玛拉沁夫著……………………作家出版社
王愿坚小说选　王愿坚著……………………中国青年出版社
李準小说选　李準著……………………人民文学出版社
王蒙小说选　王蒙著……………………人民文学出版社
汪曾祺小说选　汪曾祺著……………………人民文学出版社
林斤澜小说选　林斤澜著……………………人民文学出版社
李国文小说选　李国文著……………………人民文学出版社
邓友梅小说选　邓友梅著……………………人民文学出版社
陆文夫小说选　陆文夫著……………………江苏文艺出版社
高晓声小说选　高晓声著……………………江苏文艺出版社
茹志鹃小说选　茹志鹃著……………………江苏文艺出版社
王安忆小说选　王安忆著……………………人民文学出版社
铁凝小说选　铁凝著……………………人民文学出版社
史铁生小说选　史铁生著……………………人民文学出版社
闻捷诗选　闻捷著……………………人民文学出版社
昌耀诗选　昌耀著……………………人民文学出版社
食指诗选　食指著……………………人民文学出版社
天安门诗抄　童怀周编选……………………人民文学出版社

朦胧诗选　　杨克　陈亮编选 …………………… 中国青年出版社
杨朔散文选　　杨朔著 ………………………… 人民文学出版社
秦牧散文选　　秦牧著 ………………………… 人民文学出版社
刘白羽散文选　　刘白羽著 …………………… 人民文学出版社
萧乾散文选　　萧乾著 ………………………… 人民文学出版社
柯灵散文选　　柯灵著 ………………………… 人民文学出版社
杨绛散文选　　杨绛著 ………………………… 人民文学出版社
贾平凹散文选　　贾平凹著 …………………… 人民文学出版社
邵燕祥散文选　　邵燕祥著 …………………… 人民文学出版社
1949～2009 剧作选　　老舍等著 ……………… 人民文学出版社
1949～2009 报告文学选　　刘白羽等著 ……… 人民文学出版社
1949～2009 儿童文学选　　冰心等著 ………… 中国青年出版社
周扬文论选　　周扬著 ………………………… 人民文学出版社
陈涌文论选　　陈涌著 ………………………… 人民文学出版社
张光年文论选　　张光年著 …………………… 人民文学出版社
唐弢文论选　　唐弢著　刘纳编选 …………… 人民文学出版社
王瑶文论选　　王瑶著　陈平原编选 ………… 人民文学出版社
钱谷融文论选　　钱谷融著 …………………… 上海文艺出版社
王元化文论选　　王元化著 …………………… 上海文艺出版社
蔡仪美学文选　　蔡仪著　杜书瀛编 ………… 河南文艺出版社
1949～2009 文论选
　　钱锺书等著　贺绍俊编选 ………………… 人民文学出版社